马雁

读书与
跌宕自喜

上海文艺出版社

出版说明

这本书的前身，是 2012 年 4 月出版的由秦晓宇编选的《马雁散文集》。十年前，马雁猝然离世，生前未及有正式著作出版，她的朋友们于震惊悲痛之余，倾力搜集整理遗作，遂有马雁作品两卷本（《马雁诗集》与《马雁散文集》）问世，功莫大焉。时光荏苒，这两部书一方面早已绝版，另一方面也有些微小遗憾一直让编选者挂怀。马雁的诗集，据悉已由冷霜重新编选，即将在南方一家出版社出版，而散文，因为原编选者秦晓宇事务繁忙，冷霜在征得晓宇和版权责任人韦源同意之后，委托我来重新编选，并在上海文艺出版社出版。

但我其实也并没有做什么特别的工作，因为朋友们之前已经做得很好，加之日后也没有更多遗稿的发现，所以此次总体篇目依旧是在原《马雁散文集》的范围内，某种程度上，称之为再版也不为过。

可能最大的变化，是恢复了马雁生前为自己第一本随笔集拟定的书名。当时的出版机缘是朋友贾勤策划的木铎文库约稿，我就把马雁推荐给了贾勤，时间大概是 2010 年 12 月中旬，马雁很快就整理好篇目并填好作品申报表，就在她动身来上海前不久，可能就是十年前的今夜，这本书稿的整体面目在她电脑上已经成形了。在拟提交给木铎文库的作品申报表上，她是这么介绍自己的书稿：

以古代诗歌、世界文学为主的读书生活随笔,其中重点关注语体和语用学意义上的创造性写作技巧、阅读审美经验传达及中国传统文化的传承等三方面主题。用三十篇左右的五千字以内的随笔文章,互相支撑、构造出一种丰富的、具有个人审美倾向和知识特征的阅读生活场景,通过作者独特的知识背景和理论结构,与读者分享一种新的阅读视野和可能性。

而我在十年前的上海岁末最后见到的马雁,依旧是那个时刻准备投身于新的阅读和写作可能性之中的马雁。

在恢复书名的同时,我也恢复了马雁全部自选篇目及编排顺序,其中写普拉斯的一篇《I am your pure gold baby,或每个人都有自己的地狱》,在之前出版的马雁作品集中被移入《马雁诗集》的诗论部分,现也恢复。如此或可让新一代读者辨识出马雁在遭遇意外之前的生命本真。是为这本书的第一辑。

旧版中的其余文章,作为第二辑,归入"集外",按写作时间顺序编排。第三辑仍为旧版中的日记选。

要向马雁的老读者表示抱歉的是,出于众所周知的原因,此次删去五篇文章,分别是短文《向真主致敬》和四篇日记(2008.4.18,2008.10.25,2009.6.20,2010.2.23),这虽然是遗憾,但好在这几篇原本也不在马雁预计出版的书稿篇目中,古兰经和日记,原本也都是马雁私密之物。

在旧版中,秦晓宇为普通读者着想,费心为不少文章做了一些引文出处和资料性的注释,但考虑到马雁虽是文献专业出身,但写文章并没有注释的习惯,跌宕自喜是她自认也是最鲜明的风格,故此次再版就将所有注释都删去了,但保留了秦晓宇为几篇集外无题文章所取的标题和相关说明。另有秦晓宇所编马雁年表和作为编后记的追悼长文《何谓"读书与跌宕自喜"》，皆为心血之作，此次也都被我删去了，这是最要向晓宇表示歉意的地方。但作为再编者，也作为马雁的朋友之一，我私心希望新一代读者能够在这本书中遭遇到的，首先是一个堪为典范的写作生命，而非一个值得纪念的逝者。十年的时间，虽然很短，但似乎也足够让死者和生者都卸下悲泣哀婉的面容，令一个真生命自灰烬中重生，只要她的诗句与文辞仍跌宕自喜在无数不相识的读者的心里。我相信这也是马雁和她的朋友们都乐意看到的事情。

是为记。

张定浩

2020 年 12 月 16 日夜

目 录

读书与跌宕自喜

俄罗斯的血液	003
高贵一种,有诗为证	005
这个可怜的费里尼	009
萨瓦托说……或一味最好的解毒药	014
读诗与跌宕自喜	017
爱伦·坡:作为死亡爱好者的小说家	024
瓦莱里的秘密	029
每一秒钟都知道自己活着	032
石榴、意义、身体和爱情	037
有所思	042
生活的战争学校	050
愿得展眉	053

"梅花第几行"	058
I am your pure gold baby,或每个人都有自己的地狱	061
像伟大而不变的真理一样冰冷	064
我发现了	067
美与幸福的发明学	070
符号世界虐杀琐碎真实,或反之	075
"卿云烂兮,糺缦缦兮"	080
我这个人,脾气很不好	083
第一只小板凳	090
第二只小板凳	095
第三只小板凳	099
菖蒲花,难见面	102
百尔所思,不如我所之	105
最是寂寞小阳春	108
是余音绕梁,也是莫名其妙	113
轻装上阵,或者不	117
"但是眼睛不回收泪水"	122
我是梦中传彩笔	126

集外

一蓑烟雨任平生	135
我的故事	137
乡下生活的手记	139
昨天晚上又看王安忆	142
我在成都当诗歌少女的经历	144
我怎么就不纯情	152
下午	157
三十五楼一〇七	160
地道	163
到韦源家看画	166
北大女生及其他	172
闲话成都女人	175
落坡岭	178
早春	184
印象里的杂志	186
这样子就对了	190
她	192

铁路	196
思想自传	199
喝茶	206
从社会伦理出发？	209
在成都买书	211
一念	213
大毛	216
夜中不能寐	219
水东门	223
危险	228
这两天我装病	230
出版社	235
尘世的烟火	240
居家主义者的物质生活	243
蓖麻	247
碧桃	249
秋天打柿子	251
姑娘们的店	253
叶鸭子	256

节日快乐，社会主义的女儿们	260
光明炽然　最近的生活	264
一个女性主义者的寡妇年方案	269
之子于归	272
何处是我朋友的家	275
绵绵若存的力量	277
杭州	281
一个无限解放性的象征	284
未免有情，我私人的鲁迅记忆	287
棱水	291
那天上午	293
向大师致敬	296
两相思，两不知	298
波伏瓦：存在主义最著名的情人	302
电光火花	306
地震	308
晃动的国土	312
人生只若初相见：必须持续地抗议和反对	315
青海笔记	318

独自生活	322
谜一样的姿态	324
《闪灵》不耽误时间	336
爱劳动的人有爱情	339
在密不透风的现代性中遭遇爵士乐	342
来自牛津的陷阱	345
月亮代表我的心	348
必须保卫黑社会	351
一本增强本雅明之神秘性的解密书	353
学习隐忍	356
旧学漫议	360
生活就是穿过不幸	363
作为某种意义上的最高理想	365
想想他,马骅	371
双去双来君不见	375
我在中文系的日子	380
我一生的愿望其实是做一个游吟诗人	387

日记选

2004 年	394
2005 年	412
2006 年	442
2007 年	451
2008 年	463
2009 年	474
2010 年	541

读书与跌宕自喜

俄罗斯的血液
读《托尔斯泰的解脱》

蒲宁《托尔斯泰的解脱》记述了托尔斯泰的最后时光,基本都是第二手的资料,但通过大师级的诠释自然不同。蒲宁是个真正意义上的大作家,国内对他介绍不多,多年前出版的他的自传体小说《阿尔谢尼耶夫的一生》有着惊人的幽明与智慧。蒲宁是俄罗斯贵族文化最后一个衰弱的雕塑,他一再吟咏的是关于贵族血液中的高贵,当然他也很清楚贵族生活的荒淫,但毫无疑问的一点是:通过贵族式的生活培养出的优雅、高尚的思考方式在历史的转折中,被摒弃了,同时人类也失去了某种只能靠传统才能培养出的纯金花朵。这也许永远也不能返回。

通常纯正的贵族往往身体孱弱,因为他们血统过于纯正,受过良好教育,有敏锐的感受力但缺乏行动能力。蒲宁也是这样一个人物。他的诗写道:"在俄罗斯 / 有这么多随处可见的、具体的苦难。"

说远一点,阿赫玛托娃,俄罗斯近代以来最高贵的女诗人。她打动人的也是作品中挥之不去的高贵气息。

那么,还有托尔斯泰,他也是一位贵族,但他生活在贫困中,类似于契诃夫《樱桃园》里描绘的背景,而这本书里,蒲宁看到了托尔斯泰在一切之外的挣扎。一些似乎毫无必要的挣扎,一些无法被人理解的挣扎。他一生说了无数错误的话(人们只看到他恢弘的小说却没看到他灵魂的挣扎)。他经常说自己罪孽深重，而他并没有做过什么。但对于人世的人来说，罪孽从来不曾离开过。他尝试着过一种更正确的生活，却始终在错误中彷徨。并没有正确，这就是原因。事实上并不存在正确。一家人有一个托尔斯泰是巨大的灾难，甚至他的妻子、儿女也永远不能真正理解他。他在错误中恍惚，没有人听他说话。他们听到的与他无关。

只有认真生活的人，才能知道托尔斯泰在经受什么样的折磨和幸福。弗吉尼亚·伍尔夫在读了俄罗斯作家的小说以后，感叹道，"这些俄国人生活得多认真啊！"是的，在那个苦寒之地，人们除了真正的生活，根本没有能够追求的。俄罗斯有着广漠、贫瘠的土地，那片土地上的人民只有苦难。他们的苦难是宏大的苦难，是无边的土地上随处可见、具体的苦难。而契诃夫说："俄罗斯是一片广漠的平原，坏蛋们在上面游荡！"

两种俄国人，偏执、虔诚、矛盾的俄罗斯人，和热情、自由、激烈的哥萨克。后一种几乎不算俄国人，他们是整个俄罗斯的梦想和仇敌。俄罗斯流淌的，是近乎冰冷的蓝色血液。

2004 年 2 月 8 日

高贵一种,有诗为证
读《林徽因文集》

中国近代以来在文化上有比较重要影响的女性,林徽因女士算是一位。最近的人们说起林女士,大概是那部言情长片《人间四月天》。而那些著作等身的女性,譬如丁玲,又譬如萧红,虽然身世同样富有戏剧性,却还没有被拍进知名的影视作品,为什么如此大家其实都心知肚明——或者说以为自己心知肚明。进而可以刻薄地说,林女士长得过于美丽了,与其他知名的近现代女性相比较,她的重要性更多在于某种潜移默化——对徐志摩也好,对梁思成也好。似乎的确如此,真正她自己拿得出来的《林徽因文集》,不过不到寸厚,且读者甚少。仿佛她确实缺乏创造力,这进一步使她的美丽和聪慧都成为某种罪过,因为她吃的苦不够多,而她的声名又如此之大。可是我不这么看。

十多年前,还不知道林女士的八卦及成就前,在期刊上读到别人引用的《莲灯》:

> 如果我的心是一朵莲花,
> 正中擎出一枝点亮的蜡,
> 荧荧虽则单是那一剪光,
> 我也要它骄傲的捧出辉煌。
> 不怕它只是我个人的莲灯,
> 照不见前后崎岖的人生——

浮沉它依附着人海的浪涛
明暗自成了它内心的秘奥。
单是那光一闪花一朵——
像一叶轻舸驶出了江河——
宛转它飘随命运的波涌
等候那阵阵风向远处推送。
算做一次过客在宇宙里,
认识这玲珑的生从容的死,
这飘忽的途程也就是个——
也就是个美丽美丽的梦。

觉得非常喜欢,比之卞之琳、徐志摩,别说是毫不逊色,简直是高出一筹。前面的韵脚和平仄的处理显然高出戴望舒之流,且有中西合璧的技巧,没有深厚的近体诗功底以及十四行诗技术,大概是很难写出前四行的。"浮沉它依附着人海的浪涛 / 明暗自成了它内心的秘奥。"两行对汉语的句式转换显得非常灵活,而当时李金发们还在纠缠于怪异语法……在我个人心目里,《莲灯》算得上中国现代文学里最好的诗之一。其中最可贵的是没有苦难,都是很优雅的。

后来读《林徽因文集》时,又发现了《"谁爱这不息的变幻"》:

谁爱这不息的变幻,她的行径?
催一阵急雨,抹一天云霞,月亮,
星光,日影,在在都是她的花样,
更不容峰峦与江海偷一刻安定。
骄傲地,她奉着那荒唐的使命:

看花放蕊树凋零，娇娃做了娘；
叫河流凝成冰雪，天地变了相；
都市喧哗，再寂成广漠的夜静！
虽说千万年在她掌握中操纵。
她不曾遗忘一丝毫发的卑微。
难怪她笑永恒是人们造的谎，
来抚慰恋爱的消失，死亡的痛。
但谁又能参透这幻化的轮回，
谁又大胆爱过这伟大的变换？

都是生活雍容的人才想得出来的问题。在传统来说，谢朓、晏殊之外就少有这样富有优越感的情绪和思考。太多苦难啊惨伤啊……这首诗有点像蒙田那种风格的意思——我举不出合适的例。如果说古代呢，就是晏殊那样的，也思考时间问题，追求纯粹美感。然而多数诗人都受困于苦难记忆太深重，乃至有时候没有什么苦难也自动往上面靠，因而缺少那种圆润的、感觉良好的东西；譬如《古诗十九首》也太多苦难，不谈苦难却去谈人生苦短，要纵欲，但其实没有健康的底色。林诗大概从宋人那里学到了轻盈——轻盈是很要紧的，代表一种审美趣味；从汉诗、乐府学会了在在小心，凡事都爱惜，不想破坏，对目前自己的生活非常珍视，而且确实是自己的，不是别人的。清人的诗也很多赞颂，但都是和自己划清界限——那是别人的，和我无关，美是美，而我自己是死不足惜的；这就是清人的态度。但林女士的诗却没有这样最后以悲哀作结，她另有一种悲哀，是关于世间的无限和个人的有限，几乎可以上接陈子昂、李白。但又不同男诗人的兵戈铁马为出路，她的出路是爱。并且不满足地追索爱的道理,最后给出了绝望的勇气。

  我以为这是很高的一种境界。丁玲没有达到,她从不绝望,最多是挖苦,其立场基于无来由的自命正确;冰心没有达到,她虽则爱,但并不能想到爱的底色是绝望的勇气;萧红也许达到过这种高度,可是在另一个方向上,因为她真的太苦了……而林女士,美丽而优雅,并且幸运。

  然而虽则幸运,也并不能降低她的高贵。因为即使苦楚,她也仍会是这样美丽而优雅,有诗为证。

2010 年 12 月 21 日

这个可怜的费里尼
读《我是说谎者：费里尼的笔记》

我又开始看费里尼的《我是说谎者》。他不只一次提到了博斯（Hieronymus Bosch），还有另一个受博斯影响的画家，一个专门画小丑人物的画家，彼得·勃鲁盖尔（Pieter Bruegel）。费里尼，是一个坏蛋，他的照片看着就是一个坏蛋。

年轻的时候像是个浪荡子（他也拍过《浪荡儿》），无可救药的自我迷恋，环绕自我三万英尺。但是布列松也说，要在原地深挖，"事物有多重意蕴"。这个浪荡子。我被他的里米尼给迷住了。一个糟糕的地方，很多人都去那里，他还活着那里就成了名胜古迹。因为那是费里尼的故乡，他电影里的地方。

他生病的时候，很多人送来鲜花，还有省长也来看他。严重的病忽然好了，因为一个人来了，叫他"小白痴"，伙伴们派他来的。"你去跟那个小白痴费里尼问好，跟他说他是个小白痴。"在病床上，他"想着 Rimini：一个一笔成形的字，一排小士兵，我无法把它客体化。"聪明的家伙。他说了一生的谎话，这是最大的一个。他所有电影都在说，关于里米尼。"如我第一次所见"。

很多伟大的小丑——我怎么想不起来费里尼的小丑们？他们多半穿着黑色风衣，英俊的，忧郁的。最后他们要自杀。他给罗西里尼写的故事后来拍成了别的，成了《甜蜜的生活》里的一段小场景。他们的生活一塌糊涂。跟我们的一样。

我沉迷于他的里米尼，一个美妙而糟糕的梦，谁也不做这样的梦。因为这样的梦缺乏浪漫色彩，这只能是现实，而且总是被忽视。镇上的傻子朱迪吉欧，晚上当巡夜警察把"查过了"的纸条放进商店铁卷门缝里之后，他塞进另一张写着"还有我"的纸条。还有那个四海漂泊的水手艾宁，偶尔会寄一张明信片给咖啡馆的朋友："经过鹦鹉岛，想起你们大家"。夏天，为了骚扰那些匆匆忙忙脱光衣服，光溜溜地躲在船后做爱的情侣，他们没事就去问船后的男人："对不起，现在几点？"

一定发生了些什么，在他决定离开里米尼到罗马的这段时间。画漫画的小家伙，小时候是苍白瘦弱的，后来当导演也是犹豫而琐碎的。

他这样赞赏罗西里尼——

> 那个事实，因为藏匿在平凡得教人懊恼的熟悉之中，隐身于日常生活习以为常及最显眼的事物之中，有其恒定的必然性和完整、几乎神圣不可侵犯的悲剧性。仿佛罗西里尼几近心不在焉且轻盈的眼睛，在面对最骇人的情境时，仍保有未受污染的惊人力量，而惊惶便在这对望着它的眼睛之清明的无意识中沉寂下来。这样的眼神，这种观察事物的方式，当时一旦发生就是与历史、文学、人物、辩证的那个时代是一致的。战后，只要事实是伤痛的、不连贯的、悲惨的、晦涩的，它与罗西里尼无泪观察的眼睛之间，便有奇迹般的和谐。

这也是他自己。但后来他不赞同了。

杰尔索米、卡比莉亚……费里尼有好几个女小丑。惊愕、讶异、狂喜、可笑和忧郁。"我相信我之所以会拍这部电影，是因为我爱上了那个有点疯癫、有点不可侵犯的苍老的小女孩，那个夹杂不清、可笑、难看又极其温柔、我取名叫杰尔索米的小丑。直到今天，每当我听到她用小喇叭吹出那主旋律时，仍让我黯然神伤。"

而卡比莉亚，一个受伤害的女子，来自罗马郊区一个狗棚子，狗棚子里挂着小碎花窗帘，已经斑驳的平底锅和汤锅擦得雪亮，依序挂在墙壁上，一张好像露天咖啡座那种的大理石面小铁桌，桌上有一小块针织的花边桌布及插在小花瓶里的雏菊……她告诉费里尼她的故事，"穿插着残忍和丑陋的事实，无足轻重的生命，以及其他一听就知道是她假借看过的电影和漫画小说而捏造的情节。她顽固地把两者混淆为一，是为了能心碎地相信，自己不幸的一生，恰似那个她用无知小女孩天真感性的梦幻所润饰和叙述的人生"。

我深受感动。这本书是他病后写的，这场病叫他没法拍关于里米尼的电影，因为他是说谎者，而里米尼不要他说谎。像每一个大师一样，费里尼。

前几天，当我有濒死的感觉时，物体便不再拟人化了。原来一直像一只奇怪的大蜘蛛或拳击手套的电话，如今只是电话而已。也不是，连电话也不是，它什么都不是，很难形容：我不知道那是什么，因为体积、颜色和透视的概念，是了解事物的一种方法，是界定事物的一组符号，是一张地图，一本可供大众使用的公认的初级教科书，而对我来说，这种与物体之间的理性联系突然中断了。……物体是它们自己本身，浸浴在明亮而骇人的辽阔寂静中。那一刻,你对物体不再关心,无需像阿米巴变形虫那样用你的身体笼罩一切。物体变得纯洁无邪,因为你把自己从中抽离了;一次崭新的体验,就像人第一次看到大峡谷、草原和海洋。一个充满了随着你呼吸的韵律而跳动的光线和鲜活色彩的洁净无瑕的世界,你变成一切物体,与它们不再有所区别,你就是那朵令人晕眩的高挂在空中的白云,蓝天也是你,还有那窗台上天竺葵的红叶子和窗帘布纤细的双股纬线。那个在你前方的小板凳是什么?你再也无法给那些在空气中如波浪般起伏振动的线条、实体和图样一个名字,但没有关系,你这样也很快乐。

最后你累了,再也不能回想你的里米尼,一个一笔成形的字,一排小士兵,你无法把它客体化。不应该试图客体化,那是冷漠的。

说谎是好的,但至少有一句是真的,"我从来没有说过:'长大以后我要做……'我不觉得自己会长大,就这一点,说实在的,我并没有错"。

在热烈和冷漠之间找到最适当的位置,这是好的。死于无限地渴望最精确的限度,是我们所能达到的最高度。

这些句子是献给卡比莉亚的——

我说,我有几万朵花。

别人问我,有没有金色波罗花?

我说,有,我有各种花。

你看,亲爱的,我有各种花,都在这里,我把它们全都拢在一起。我有几万朵花,亲爱的。它们都是我的。我有几万朵花。

我的生活已经被毁坏了,但我还是有几万朵花,金色波罗花也有，我有各种花。等你来的时候都可以看见，我有几万朵花，我在几万朵花中间安静待着。

亲爱的，别人问我的时候，我说，我有几万朵花，金色波罗花也有，我有各种花。

2004 年 7 月 24 日

萨瓦托说……或一味最好的解毒药
读《博尔赫斯与萨瓦托对话》

>……因此，欧洲的现实变得比美洲和非洲丰饶：经过几百年的时间，欧洲的每个角落通过成千上万艺术家的劳作，都变得繁荣富强起来。那不是一个简单的自然风光，而是创造者辛勤劳动的结果，是他们使得那里风光更美丽，赋予那里的风光以灵魂的属性。假如福楼拜不让包法利夫人住到诺曼底的鲁伊小村里，那里就只是个普通村庄而已。也就是说福楼拜自己的精神居住在那座村庄里了……
>
>（摘自《博尔赫斯与萨瓦托对话》1975年1月11日）

我写下这个题目，想起了玛格利特·杜拉斯的一个小说，想起一个法国女演员对着黑夜里的流水轻轻喊道："鳟鱼，她说"。也就是说，她喊的其实是，"毁灭，她说"。

《博尔赫斯与萨瓦托对话》是一本小书，2002年春买到时读了第一遍，并且非常激动，向我的朋友们讲述。当然，我的朋友们并不对此感到惊奇，他们大多对博尔赫斯有着很深的了解，而我则不然。对于一个骄傲而无知的人来说，阅读博尔赫斯是一味最好的解毒药。不管从哪个方面来讲，博尔赫斯都是骄傲与无知的对立面。骄傲与无知的对立面就是智慧。

现在，我又有胆子大言不惭地说，博尔赫斯是一个没有胆识、缺乏行动能力的作家，他的作品缺乏最根本的生命力和热情。但这个话只有让卡夫卡这样的大师来说才是有道理的，人们学会了报纸头条上大人物的说话口气，却并没有这样说话的基础。拥有博尔赫斯那样的勇气，是需要我们付出毕生努力的，在达到他之前，先不要再说更多。

世界上有很多种智慧吗？不应该用"种"，不应该来分类。有很多个智慧，可以这么说。

这本书，是一本简单的、朴素的书，它的装帧非常平和，它可以躺在一个最好的书店里，被人们不断地注意到，即使在特价书店里，它也是合理的，有着本身的面目。它最应该出现在一个爱读书并且谦逊的人的书柜里，并不需要经常被拿出来，也不需要被反复摩挲，它不会是一本让人终生难忘的书。也不应该被人热切地推荐，它是一本充足的书，有充足的一切，毫无欠缺。它应该被仔细阅读，但不应该被狂热地对待。

这里面的每一个话题都是丰满的，都是经过斟酌的。上面我引用了其中一次对话时，萨瓦托说的话。那段话是精彩的，但不应该用精彩来形容，因为那其实是简单的、平实的道理，对一个有智慧的人来说是必然遭遇的问题，也是理应得到的答案。但却并不简单是答案这么简单，对于一个问题来说，答案只是一个形式。一个问题期待被解决。甚至，问题并不是问题本身，当问题被描述出来的时候，它是一个样子。在被描述的背后，是无限的解决和未解决，实现和未实现，存在和未存在……

只有一种东西是毫无疑问的，那就是情感。但这本书里，博尔赫斯和萨瓦托没有谈很多关于情感。这是不言而喻的。当然了，怀疑神，或者对长篇、短篇的小说意识……基础是情感。情感不可磨灭，不可能被任何别的因素所抵消。当它强烈它就是强烈，当它虚弱它就是虚弱。

从对话一开始，两人就确定：不谈政治，不谈日常生活琐事，要谈"永恒性的话题"，即文学、艺术。他们都不相信报纸上说的那些"大事"，再说，"大事"和"小事"都是相对的，就"大事"本身而言，正如博尔赫斯所说，"基督被钉在十字架上是事后才觉得重要起来的，发生的时候人们可不知道"。

最后，是尊严。他们的对话进行了七次。年轻时他们是朋友，有二十年他们不再互相联系。政治的观念、历史的观念让他们互相远离。当他们老了，有一天，偶然相遇在一个书店里，他们回想起年轻的事情，既惊讶又激动。已经过去整整二十年！一个天才的念头让他们再次聚在一起，谈一些有意义的话题。

第七次对话结束，1976年本书出版；书中的两位主角从此再也没有打听对方的情况。事实上，他俩并不是朋友。

2004年7月9日

读诗与跌宕自喜
读《唐诗选注》

上周三下午开会出来，顺便到打折的德盛书店看看。本来只是想随便看看，顺便还要买隔壁饭馆的五香兔脑壳，但看来看去，时间就过去了。不少书都引人得很，比如巴蜀书社的一套四大名著，硬精装，字大且纸好，正红色的封皮上是描金的绣像。一套下来只要一百块，犹豫了半天。想买是因为这书实在是馋人，不买则是因为用处不大，而且不好意思——这么大个人跑去买一套四大名著，有点怪怪的。这种奇异的自尊心说起来，大概也没有人会了解吧？

（上面这句话的样式其实是跟日本人那里抄来的："并没有什么特别的理由，只是喜欢到远一点的地方。喜欢到远一点的庭院，去割远一点的草。喜欢到远一点的路上，去看远一点的风景。不过像这样说明，大概谁也不会了解吧？"）

最后是买了两本书，还有一本是什么忘记了，一本是葛兆光《唐诗选注》。

葛兆光我是喜欢的，最开始还是很小的时候，搞不清楚葛兆光和葛剑雄，只是笼统地喜欢。但那时候喜欢的，后来多是不喜欢了，那时候真是迷死了，后来却几乎不再提。人家喜欢，也不想多谈。葛剑雄是因为看那个江陵焚书多少周年祭。到读大学的时候，已经很仰慕葛兆光了。记得中国思想史的第一卷，头一个版本还没有那么牛气的样子，没有导论单行本一说（单行本的导论俨然有些大师气味,有把思想史写作当门课来教的意思了,所以不好),也没有什么要买必须三本一起买的说法。大学时把读书的范围圈定在秦汉经学源流,所以把图书馆里涉及的书通通读了一遍,只不过有的通史就只读一段。又有的类书里面也找,借到了只翻翻,看不懂的、记不住的那简直太多了。最记得是借章太炎还是刘师培的全集,查目录查到里面有篇小文章,图书馆却没有文集。说起来以后,别人告诉我偌大一个北大只有本系一个师兄那里有一本。因为该师兄是专家。该师兄不太愿意理我,我想借去看,他只许复印,并且就坐在宿舍等我还。所以印象深刻。

葛兆光是顶顶聪明的人,早年是学文献的,成天窝在故纸堆里——这生动场面隐约里是从文章上读来?还是跟葛同过学的老师告诉我们的?反正是我们前面的前面难望其项背的牛人。同样的神话又譬如有贺照田——但我在书店看见他的名字印在书脊上,并没有瑟瑟发抖似的敬畏。因为是昏黄灯光,暗淡的五院,这样的意象在作怪吧。有时候老师提到他,又有李零,都有些口舌不利索。即使李零先生自己来跟我们讲话的时候,也有些心不在焉的理不直气不壮。

这种情形中的细微奥妙恐怕只有文献专业内部的人才能理解。老先生们都讲究的是小学的功底,是汉学的传流,这两位后起之秀却专门搞歪门邪道。也不能说是小学的功夫没过关,基本还是过了关的;也不能说不准研究义理,小学功夫也并不是个终结。也许老先生们暗中期待的是述而不作吧?又或者是微言大义。是风头正健的人物,但在专业内部却并不见得人缘多么好。

我念书的时候,葛兆光已经去了清华。清华经常有些奇怪的人,为了不常见的某种原因去那里。不知道他们在相对自由的空气里，是不是会觉得舒服点呢，但也许也会有一种很寂寞的感觉吧。传统这个东西是很有趣的，没有它的时候觉得很空虚，很失落，有了传统却又受不了。有一阵，我热衷于看旧书，也没有什么意思的，比如《深衣考》，再比如《初学记》。写校勘记也是一个很有意思的活，但现在几乎都想不起来是怎么回事了。校勘记可以写得很略，也可以写得很专业的样子。我记得是参考了很多书，最后做了一个校勘记出来，老师很喜欢，大概也意外的吧。

但小学我是学不好的，训诂还勉强，文字和音韵就简直不行了。训诂比较简单，脑子用用就好了。文字和音韵都是要下苦功的，我这个人懒，所以学不好。老师很看不起我，因为不爱去上课，而且考试也很差（那种不上课但成绩好的人，自然是可爱又可恨的，而不上课成绩也不好的就丝毫也不可爱，只有可耻）；同学不说，恐怕心里也是看不起的。

然而我还是不上课却在图书馆里翻没用处的书，依然故我。图书馆有位老先生我很崇拜的，叫作岳仁堂。人很清瘦，腿脚不太灵便，做事十分严谨。进他的馆要换图书证，要登记，如果要找什么书又没有头绪，可以去他那里的一个大簿子上写下来，把自己的问题写清楚。我有天无聊的，就去翻那簿子，前面做了答复的，都是岳老先生亲自写的。字不十分刚劲，有几分清秀的意思，又是淡得像兑了水的蓝黑墨水，洇在粗糙的纸张上。统统是鸿篇巨制，似乎就是在上一堂目录学的课了。有一次我把丛书集成翻来翻去地找，老先生看不过去，终于把他很宝贝的丛书集成那小小的目录册子从抽屉里拿出来，递给我看了。当时我感觉，他心疼的并不是我。但也并不让人生气。这件事情记得很深。现在想来，他的大登记簿子其实也不是要帮人解决问题，只是要让自己可以经常在脑子里想象这个图书馆。这种快乐很值得人羡慕。

说来说去还没有说到这本书,那现在就开始说。之所以要买这本《唐诗选注》其实是因为自己一直对古诗都不够了解,读也读得不精到,那么大一块资源在那里放着,不好好学习是浪费。葛兆光的书我是信赖的(虽然不止一次,我和别人说起过《中国思想史》里照搬海外汉学的研究成果,虽然注明了参考文献,但那也远远不够),人读书读到一定程度以后,就会有见识,而天赋有高低,我看他天赋是够了的,见识也够了的。文字功夫也不错,所以可以看看。前一阵看闻一多的《唐诗人研究》,觉得写得很好。乍看这本《唐诗选注》就觉得好像自己的立论少了,抄来的东西多了,无非是古代的各类文论读得熟,信手拈来,又或者改头换面一番,都是炫人耳目的。所以就生气,终于那天半夜,从书柜里把《唐诗人研究》搜出来,还有一本《金圣叹选批杜诗》,对比着看。才当真发现这本书的好。

其实序言写得糟糕,因为里面有怨气,《阅微草堂笔记》里说,文人不发愤懑是好的,但文人心里有积郁却写些不着调的文章,则很坏。因为怨气是压不住的。所以说大禹聪明,比他的父亲聪明,要疏通才好。压制不住,或者转而说些不着调的话,其实还是着了调的,不可能不借题发挥一下。所以大多明清的文人笔记都不好,因为他们拐着弯发火。拐着弯最不好。想来那时候葛兆光跟着金开诚老师,满胸的抱负,却没法施展,其实不是金老先生不好,是北大的空气不能容得他。至于说现在,清华就容得他了?那不过是清华没人罢了,没有容不得他的人,也没有容得他的人。所以说,是好,也是不好。

《唐诗选注》里精彩的是每个诗人名下都有个小传,因为是做文献出身的缘故,所以很注意考察《唐才子传》,版本都在序言里写好了的。知道找史料，又有史学的眼光（就算《中国思想史》是照搬海外汉学的论点，也毕竟读了那么多原作，自己的见识也长了），所以小传必定是好看的。做文学史少不了文献的功夫，这是一个前提。所以把这些诗人小传串起来看，很有些意思，譬如初唐四杰，闻一多是主张翻案，并且把四人离经叛道的行为都轻描淡写就带过去了，从效果上说是不错的，却未免有文过饰非的嫌疑。葛兆光这本则基于现有的历史材料，做另一个方面的理解，也就是所谓"同情的理解"。这么一来，骆宾王小传里的这段话就十分好了，"恰恰是他们这种富于个性的气质、不平则鸣的性格加上一肚子牢骚与悲凉，使他们摆脱了初唐诗坛上那种百无聊赖地搬运辞藻的慵懒和平庸，使诗歌多了一种刚健、悲凉而饱满的情绪，恰恰是他们这种坎坷而丰富的生活经历，使他们的诗比起千人一面千篇一辞的应制、酬和、同咏、奉题少了一些无聊与空洞，多了一些生机勃勃的主题与内涵"。

又，葛兆光对诗歌语言的感觉我是同意的，他看重的几个要素在我看来都是十分重要的，所以读后面的笺注也觉得十分有兴味。比如对唐人诗歌喜欢关注的时间与永恒主题，他十分敏锐，并且不自觉地在这选本里勾勒出一条不中断的脉络。当真是认真读了选本，也就可以写出一部唐代诗歌史了，不过大概也没有人会这样用心吧。又喜欢的是他把杜审言和杜甫之间的继承关系提出来，其实古代的各家文论多半都有了，但于我这样不爱读书的人，自然是意外的收获。不过这些东西都多半可以从闻一多的文章中找出来，这是有趣的。譬如说到《春江花月夜》，其实那么多论点，最终葛的立论却是源于闻一多的《宫体诗的自赎》，倒也难为他自己在注解里交代出来。

我看《唐诗选注》图的是个痛快。譬如说李白，引了王安石用的那个"快"字。王当初用的是"词语迅快",葛却发挥了一番,先用了《说文》里"快"字本意,"喜也"。于是贴合到了"跌宕自喜,不闲整栗"(《诗辩坻》卷三)。也贴合到了李白想象力的自由奔放,从想象到语言的任性转化,"思疾而语豪"(《韵语阳秋》)。但这快也不是都好,因为快所以冲动,欠洗练,"语多猝然而成者"(《沧浪诗话》)。不过这快是个表面现象,背后是巨大的知识体系,因为李白"五岁诵六甲,十岁观百家"(《上安州裴长史书》),后人要学却不肯下苦功夫,就成了粗率油滑。因为太快,所以不能建立新的体系,却把前代的精彩都笼括到他身上来发出奇光异彩。这种评价有些残酷的苛刻,却是中肯的。这么再来看《蜀道难》《将进酒》自然是大不同了。譬如"尔来四万八千岁,不与秦塞通人烟",似乎夸口,又似乎是神话,其实样样都有——赋可入诗,并非自李商隐起,钱锺书先生可以休矣!犯的是个常识错误,近体诗本就是从赋体吸取资源而来的。

然后再说说杜甫。本来不喜欢杜甫,自小读他没感觉,再加上读古诗都是从着父亲,父亲喜欢的是孟浩然、李商隐,我的口味也受影响。虽然本能想抵制,但他说杜甫没意思,就凭我自己的本事也看不出什么意思来。闻一多赞杜甫的文章才给我启了蒙,这回看葛兆光才真正明白到他的好。"冥心刻骨,奇险到十二三分"(《瓯北诗话》卷二),葛兆光选的几首都把杜诗里出彩的紧缩和舒展的两种句法做了分析,最妙是《登高》:

风急天高猿啸哀,渚清沙白鸟飞回。
无边落木萧萧下,不尽长江滚滚来。
万里悲秋常作客,百年多病独登台。
艰难苦恨繁霜鬓,潦倒新停浊酒杯。

"从声律上说,'一篇之中句句皆律,一句之中字字皆律';从篇法结构上来说,'首尾若未尝有对者,胸腹若无意于对者,细绎之则辎铢钧两,毫发不差';从字法上来说,也字字精确传神,'皆古今人必不敢道决不能道者';从节奏句式上来说,起首二句和结尾二句很密集,但三四两句有'疏宕之气',五六两句有'顿挫之神'(《岘佣说诗》),用现代话来说就是节奏疏密相间,句式松紧变换,显出了诗歌语意的顿挫与跌宕。"

这样读才是读诗,实在是高兴。忽然想起柏桦说"诗歌是一种慢",说得不错,也应该是杜甫。但难为我们这时代却出不了杜甫,而"慢"又是什么意义上的"慢"?倘若没有快,就没有所谓的慢,单纯的慢难免成了借口。李白式的快并没有出现过。

本来,读《唐诗选注》心情激动已经好几天,今天找了些空写下来,心里的念头太多,所以写不清楚。写写停停,中间和朋友说了几句话。他说,现在已经无所谓了,诗歌只是表现的形式,写得好坏没什么意思,至于诗歌背后的那个东西其实也没什么意思。有区别的只是要或不要,但要或不要其实也没什么意思。生和死区别不大,用不着专门去追求,所以他还活着。我说,我要快乐的生活,他说他也要快乐的生活,并且祝我生活快乐。这话又从何说起呢,快乐有意思吗?快乐本身有什么意思?快乐的意思是什么?如果我们抬头,看见"明月出天山,苍茫云海间",虽然没什么意思,但也是一个诗意。

所以,本来想写的一些话到这里就不打算写了。

2004 年 9 月 21 日

爱伦·坡：作为死亡爱好者的小说家

读《爱伦·坡文集》

收到一条短信说："我忽然觉得你有一点爱伦·坡式的气质，觉得有点恐怖。"之后又一条："你脑子里也有通往幽冥世界通往死亡的弦。我刚才在看他小说改编的电影，忽然想到你，被吓了一跳。"

"脑子里也有通往幽冥世界通往死亡的弦"这句话说得很好。一直以来我都想对坡的作品和观念说三道四，却一直找不到一个好的说法来开头。怎么归纳都似乎有偏差。我对坡最大限度的利用，是他对诗歌乃至整个写作、诗意思考（这种用法出于我个人对"思考"一词的拨乱反正）的非常高明、冷静乃至显得有些傲慢的见解。这些见解本身是出自一种颠扑不破的真理传统，而由于他本人的卓越才能和大量杰作而更加具有说服力（而我去利用这一点，是可笑的）。

现在我要试图努力写一写我对坡的小说以及我所能看到的他的整体的创作，所怀有的一些不准确的意见。

坡的小说被描述为恐怖的、怪异的，于是他的作品中想象力的成分超过了思考的成分（想象力与思考之间有什么区别吗？它们之间是不是有一条由人们凭空想象出的一种名为"理性"的虚构之物作为界限？在界限的一端是想象力，另一端则是比前者更高明的、其实是同一类事物的东西，"思考"？）。不止一次，我困惑于他小说、随笔中深邃的思想，却又不断被拉回到"这不过是恐怖怪异小说罢了"的逃脱之途径，直到我读到他的散文诗《我发现了》。其序言是这样写的：

> 对爱我并为我所爱的为数不多的人——对那些爱感觉而不是爱思索的人——对梦幻者以及那些相信梦幻乃唯一现实的人——我奉上这册真言之书并不是因为书中句句是真，而是由于其真中洋溢着美；此乃真之本质。对那些我仅将此书作为一件艺术品奉献的人：——请允许我们把它视为一段传奇；倘若我的要求不算太高的话，或许可把它视为一首诗。
>
> 我书中所言皆为真理：——所以它不可能消亡；——即或它今天遭践踏而消亡，有朝一日它也会"复活并永生"。

在《我发现了》里，集合了坡曾经不连贯、不完整地发表在他的小说（《催眠启示录》里有《我发现了》里的论点的基本原型）里的种种"奇谈怪论"，那些多少显得有些惊人的论点并非为了吸引、吓唬那些喜欢读他的恐怖怪异小说的读者而凭空捏造，而是他费尽一生的时间和精力而苦苦思索出的"伪科学"。是他这样一个具有着罕见天赋的人所走的一条令人费解的道路。

但这还不是全部。如果仅仅把坡看作一个在人类十九世纪技术进步的洪流中软弱、敏感并耽于幻想的诗人，则是不公正的。这一点并不难做到，虽然这种做法对天赋的要求之高，难以找到满足条件的个体。

坡在他的每一篇小说、诗歌、剧本以及随笔中，都朝向一个真正的问题。这一点是难以做到的，正如莎士比亚所选择的通俗故事，在平庸的作家手上只是一次情变本身，而在莎士比亚笔下就是命运。最简单的例子,《威廉·威尔逊》讲述一个纨绔子弟的故事,从他年幼到青年时期,他作恶多端,具有一切的恶习,而他从他童年开始最讨厌的一件事就是,他有一个同学和他同名同姓,在他最风光得意的恶作剧中,总是暗暗和他捣乱。到他成年后终于逃脱了这个噩梦后,一天他正在寻欢作乐,那个可恶的同名同姓的家伙忽然再次出现在他面前。在一场冲突后,威廉·威尔逊决定要和这个讨厌的家伙决斗。当他终于成功地杀死了对手,却发现那正是镜中的自己。

一个愚昧的寓言逻辑?是的。这个现代寓言如此精巧,充斥了似乎合情合理的现代经过科学洗礼的思维,却仍被坡归结于一个神话的结局。

坡在小说里写到了死亡、罪恶、瘟疫、鬼魂,但他又不是一个复活古代朴素神话氛围的作家,他对人的精神世界做了天才的关注与分析。《贝蕾妮斯》《玛丽·罗热疑案》《泄密的心》在精神分析学被提出之前,非常准确地意识到并描绘了人类潜意识活动。

他最杰出的小说《人群中的人》与他其他的恐怖怪异小说相比,似乎缺少一些炫人耳目的元素,通篇几乎是现实主义的典范,但其中对那个人群中的人所做的近乎神奇的描述,对那个人群中的人进行的近乎天启的判断,则是对即将开始的现代社会生活的一个寓言式的预言。就这一点,波德莱尔一定受到了不少启发。这个"人群中的人"的形象成为二十世纪现代文学中一个始终没有出场的重要人物。他是二十世纪人类社会生活中的每一个人——如果他们不发生类似于卡夫卡《变形记》中的变异的话。

坡的小说没有关于通常的"死后得救"这一主题。在大量的关于死亡主题(瘟疫和鬼魂也间接地并入这一主题,罪恶则是对死亡的既恐惧又向往的矛盾情绪的变形)的小说中,坡絮絮不休地探讨着各种死法、各种死因以及肉体的各种死后境遇。对死亡全面、巨细无遗的关注与描绘,使坡的小说具有一种与丑恶、肮脏和欲望不可分割的紧密联系。从某种程度上说,这种联系几乎是本质性的。对于这一点,坡的创作本身就是无可反驳的铁证。因此,坡理所当然地应该被贴上颓废、病态的标签。

但即便如此,"死后得救"却是坡始终关心的一个命题。坡的小说里充斥了在此生关于死后不能得救的焦虑幻想——对坡来说,死后得救并非一个无须证明、顺其自然的结局。显而易见的是,他也无法证明这一点。而究竟是否需要证明这一点,也是一个时代性的命题。与坡同时代,同样是以怪异、罪恶和异教(在坡的时代以及国家环境中,异教已经不再是那么重要的概念,但坡小说中大量的东方宗教、犹太信仰以及清教之前的宗教意象仍显得非常引人注目)为主要题材的法国人梅里美,在《卡门》中以极大的能量赞美了异教的死亡态度,在《炼狱里的灵魂》中则以反讽的笔调描绘了选择虔诚的低廉代价和可观回报。坡的小说始终在死亡这一事件四周的不远处周旋,却难以靠近死亡对他来说所意味着的真正重大的问题——他真正感到困难的是如何去面对这一问题,如何去做出一个可能更接近他真实想法的回答。

而他的真实想法究竟是什么,这也是困惑着他的一个问题。他花费大量的笔墨去描绘关于人类精神活动的种种现象,探究人类精神活动的种种癖好。相比之下,他对物质世界的态度则显得略带嘲讽,这一切是命定将会失去的。作为一个有天赋的作家,他的使命是去追寻人类生活中那些真正有价值的东西,但价值究竟是什么他却无法回答。这就是坡作为一个现代作家所真正感到无能为力的吧?

坡在《我发现了》这篇典型的伪科学笔记文章的附记中，对灵魂不灭、物质永恒做出了自己的阐释，从而表达出了某种意义上可以称作信仰的东西。他以天才的敏锐意识到的问题被他天才的想象力解决了，有了这样一种答案，"因想到将失去自我本体而产生的痛苦便会马上平息。为了上帝是一切的一切，每个人都必须成为上帝"。在半条腿跨进了现代的门槛的坡那里，他罕见的领悟能力和思辨能力似乎成为一种负担，他的时代和自身所具有的接受能力使他不得不预感到并提前经受了未来时代必将出现的问题。在他有生之年，他做出了所有可能的努力，从科学的角度去探究人类的大脑与神经，并从神学的角度做出了人类所能达到的最高强度的想象与抒情。

2004 年 8 月 30 日

瓦莱里的秘密
读《文艺杂谈》

据不可靠统计，最受中国诗人欢迎的诗歌是瓦莱里的《海滨墓园》。作为马拉美的弟子，他继承了马拉美的艰深和晦涩，同时体现出了一种完善的美感。或早或晚，几乎所有的诗人都无法绕开他。那么，他的文艺思想，或者说得更直白一点，他的源泉是什么？这是一个有趣的问题，一个引人好奇的问题。

写《文艺杂谈》的瓦莱里也是一个批评家，从这本书里可以看到他的源泉，也可以看到他的力量，以及他的局限。源泉、力量以及局限，恰恰可以这么描述《文艺杂谈》所给出的东西。而瓦莱里的批评思想则可以用一句话概括："所谓的文学史资料几乎没有触及创造诗歌的秘密。"

瓦莱里用《文艺杂谈》为他的批评思想给出了一个范本——批评家首要应该关心的事情不是作家的生平与社会环境，而是创作一首诗的精神（类似的批评思想与范本还有本雅明及其著作）。

在瓦莱里看来，这种精神是清醒的、理性的，即"作为一位真正的诗人的真正的条件，是他在梦想状态中仍保持最清醒的头脑"。因此，在这本《文艺杂谈》中提到波德莱尔时，几乎把他描绘成了一个能工巧匠、一个投机分子，善于分析过往诗歌史从而选择了一条足以使自己留存青史的诗歌道路，用瓦莱里的话说，他把"批评的智慧与诗的才华结合到一起"。瓦莱里甚至尖刻地指出，波德莱尔面临的问题就是"不惜一切代价从一个大诗人群体里脱颖而出"，"成为一个大诗人，但既不是拉马丁，也不是雨果，也不是缪塞"。"这是他至关重要的理由。"

不过，如果真的这样理解的话，就完全误会了瓦莱里。首先，这本《文艺杂谈》并不是一本面对大众的书，这本书的前提就是天赋与感受力。进入天赋与感受力的世界，才可能阅读这本书。理解了这一点，瓦莱里的意图就逐渐明晰起来：在天赋与感受力的世界里，应该谈论的是什么样的话题？首先，肯定不应该继续去谈论天赋与感受力。在天才的世界里也存在技术问题，也存在"艺术有险阻，苦战能过关"。

瓦莱里是马拉美的弟子，对马拉美的艰深和晦涩他表示极度的赞成，"他（马拉美）明确地将必须付出的努力引入到艺术中来"。艺术家"应该将其全部努力用于为大众创造无需或者几乎无需丝毫努力的享受"。

他说："魏尔伦和兰波在感情和感觉方面发展了波德莱尔，马拉美则在诗的完美和纯粹方面延续了他。"这几乎有些新产品试用评估的味道了。布莱希特在《戏剧小工具篇》中提到："（使人获得娱乐）这种使命总是使它（戏剧）享有独特的尊严，它所需要的不外乎娱乐，自然是无条件的娱乐。……戏剧如果不能把道德变成娱乐，特别是把思维变成娱乐……就得格外小心，别恰好贬低了它所表演的东西。……娱乐不像其他事物那样需要辩护。"如果把"娱乐"这个概念换成"产品"，也可以是同样成立的，但只在某一个领域。

存在不存在一种背对着大众的艺术家，他的作品并非产品，并非需要人购买、赞赏，只需要获得自己的认可，只是自我的宣泄？当然可以，这种特殊产品的受众只有一个，就是作者本人。

磨炼技艺是艺术家的任务。

而艺术家这种职业也意味着创造，没有作品而有天赋的艺术家是不存在的。艺术家需要以巨大的付出来形成完美的技艺。有时候这付出的过程是依靠一种天才来完成的，有时候这种对痛苦的忍受是以受虐的快感来偿付的。凡此种种都是瓦莱里所关心的。

这种过程在每一个他所关心的艺术家身上是如何实现的，这就是他所关心的问题。因此，他关心歌德如何与拿破仑相遇，如何支配他旺盛的生命力，如何像一个魔鬼一样充满激情、酷爱自由、感情多变、富于诗意和创新；他关心司汤达式的谈论自身癖与扮演自我，关心他文字游戏背后深刻的对强烈个性的病态珍视（在涉及"表演"这个论题时，瓦莱里甚至与司汤达一道大步跨进了后现代，这真是具有讽刺意味的事情），并且对司汤达"天性中的恶意"极尽赞美……

"创造的领域也是骄傲的领域，在其中，脱颖而出的必要同生命本身是密不可分的。"这句话道出了瓦莱里文艺观念的秘密，这个秘密就是文学的荣誉。光荣是希腊精神的精髓之一，与光荣相关的，也有虚荣和罪恶。缺乏为光荣而努力的决心与力量的人，学会了对虚荣和罪恶的厌恶——也就是说，道德。像狗抢骨头一样，每一个杰出的艺术家内心里都有着如此不光彩的一面，他们渴望成就。一种病态的表达欲，不仅要表达而且要被倾听，他们用出色的技艺诱惑了读者来倾听，用高贵的主题诱惑了读者来倾听，总之，他们极尽能事，只为了一件伟大的作品。对瓦莱里来说，这就是艺术的秘密。

2004 年 12 月 14 日

每一秒钟都知道自己活着
读《陀斯妥耶夫斯基的上帝》

这本书,《陀斯妥耶夫斯基的上帝》,当然,我承认里面有精彩的段落,但绝非大多数段落都是如此。我更赞赏纪德所写的那一部分,而其他作家的评述在我看来,大多数是缺乏天赋者勉为其难的努力罢了。而尤其糟糕的,我认为是纳博科夫的文章,那完全是一个二流匠人的手眼。他毫无疑问是个二流的匠人,他不清楚真正的价值,也不懂得痛苦的存在。当然,可能并没有什么痛苦,至少对他而言。

对我来说呢,痛苦也许是一种后天的,是信仰带来的,如果有信仰,哪怕只有一点点,只有童年的一丝记忆,也会影响人的一生。因为一个十分完善的价值体系曾经向你敞开,你懂得人可以做到和善、公正和爱,而这些又不是那么容易就做到的,并且是可以比较的。你知道圣徒,即使只在传说中存在,但你知道了"完美"这个概念。必须要花一生的时光,去做朝向完美的努力,或摆脱这个记忆,摆脱这些概念。对于幻想来说,要么去找到它,要么使自己彻底明白它并不存在。这两者都不容易,甚至它们是同一个事物。

成为道德高尚的人,这需要一生的力量;或者了解道德并不存在,不怀着对美的崇拜而活下去,这也是需要力量的,而且,可能是需要更大的力量。读再多的神学书籍也没用,你能在瞬间洞察一些奇思妙想,但这种瞬间的体验并不能持续一生,必须要依靠艰辛的努力才能使灵魂,或仅仅使身体(包括大脑、肺、肝、大肠等等），保持旺盛的存活状态，每一秒钟都知道自己活着，选择并负责。

纪德的文章从多方面讲述了他对陀斯妥耶夫斯基的理解，包括他的创作方式。纪德是深刻理解了陀斯妥耶夫斯基，同时他又是一个懂得小说写作的人，他非常体贴地道出了陀斯妥耶夫斯基小说写作的秘密。这使我感到惊喜，我会花时间再去研究这一点。我要找到陀斯妥耶夫斯基的小说的秘密。其实秘密已经揭开，那就是认真生活，每时每刻都用自己全部的心灵去洞察，去体会身边人似乎不起眼的感受。同时加以想象。

这样的生活魅力百倍，因为可以在有限的时间里体验到多倍的生活。但是，也许挑战也在这里，我们也许更习惯于麻木吧，这样一点也不辛苦。像根木头或一块37度的包骨肉一样活着。没心肝的人才会这样呢，即使大脑已经倦怠，我的内脏里至少还有一些良知和智慧。

摘录：

1.
当他说，如果要求或与基督在一起，或与真理在一起时，那么他会选择基督，此时他就是一个旧神话的破坏者。

但是，在信仰者看来，基督与真理不是互相对立的，而他却把基督与真理对立起来。这意味着他不是基督徒。

普罗米修斯的悲剧被重演了。在思念美好的东西而又不能获得它的情况下，人描绘了旧世界的覆灭。

他想屈服，但又不能。

（维·什克洛夫斯基《陀斯妥耶夫斯基》）

2.

……陀斯妥耶夫斯基是"全身只有斗争"。他、他的智慧、他的心灵、他的创作就是一个角斗场。在那里,道德与无道德、爱与憎在搏斗,在不间断地、胜败无常地搏斗,还尚无定局,暂时胜负难分,各种观点、各种原则、各种思想色调都各自坚持着……

陀斯妥耶夫斯基的主人公们……不善于待在"自我"之中,不善于同自己和谐相处。他们的天性就是需要内心活动、打破界限、碰撞、争吵。

他们既不能少言寡语,也不能无所作为——怀着愤恨和失望之情,故意去侮辱、嘲弄准则,粗暴践踏道德,把自己的生活搞得支离破碎(本来它已经被断送了)。他们需要做极赤诚的人,需要对自己毫不容情,需要大家了解他们。

(德·佛·扎东斯基
《为什么加尼亚·伊沃尔金没有去取十万卢布》)

3.

大地上事物的成与毁,卡拉马佐夫们几乎不屑一顾。他们的秘密,也就是他们的非道德本质的价值和成就是在别处。

他们推崇特立独行的处世方式,过分迷恋于自己内心的纷然混乱的声音。

(赫尔曼·海塞《陀斯妥耶夫斯基(1821—1881)》)

4.

……他的生活中充满了可怕的秘密。

他的人物并不能以善恶的多寡,也并不以心灵的品性来划分等级,而是以傲慢的程度。

……政治问题在他看来不比社会问题重要,而社会问题又不比、远远地不比道德问题和个人问题来得重要。

他这样一个如此擅长于描述各式各样的撒谎者的人十分善于通过他们让我们懂得是什么促使一个撒谎者去撒谎……

他的作品绝不诞生于对现实的观察,……也不是诞生于一个预先设计的思想,因此,它不是理论的,而是沉浸在现实之中,它诞生于思想与事件的相遇中,与两者的混合之中。

面对着人类现实,他保持了一种谦逊的、顺从的态度,他从不强求什么,他从不迫使事件倾向于他……

他喜欢复杂性,他保护复杂性。

(安德烈·纪德《关于陀斯妥耶夫斯基的几次谈话》)

5.

生活不能在无聊与破坏中走向尽头,但它又不可能有别的结局。

他的艺术是为了逃避恼人的怀疑而采取的途径,是为了表达他的不可想的思想而采用的手段。

(米德尔顿·默里《论斯塔罗夫金》)

6.

……斯塔罗夫金也不信上帝了……他已经不再为此而努力了。他现在要做的是怎样找到一条宽恕自己的途径。

他对自己的蔑视实在太强烈了,即令基督肯宽恕他,他自己却无法宽恕自己。这样的自卑又太像骄傲了。

我们公认的价值观念虽然归根结底产生于我们作为社会人群的需要,但是当然也能从对神的信仰中汲取有力的支持。然而这种支持并非必不可少,陀斯妥耶夫斯基本人在他创造力全盛的时候已经认识到他自己被迫抛弃了这种支持。

(I. A. 理查兹《陀斯妥耶夫斯基的上帝》)

7.

……意义,不在于陈述了什么,而重要的是陈述的语调。

陀斯妥耶夫斯基式的人物会选择疯狂的、愚蠢的或有害的东西,例如毁灭和死亡,只是因为这是自己的选择。

(弗·纳博科夫《〈鼠洞中的回忆录〉》)

2005 年 10 月 23 日

石榴、意义、身体和爱情
读《克尔凯戈尔日记选》

《克尔凯戈尔日记选》里最动人的段落也许是：

> 石楠丛生的荒原，对于增进人们心灵的坚定，具有特别的影响；在这里，一切都袒露在上帝面前；在这里，五花八门的消遣没有立足之地，也没有我们的心灵得以藏匿，而对于敛集失落的思想这一严肃目标来说又是十分艰苦的众多光怪陆离的角落和罅隙。在这里，心灵必须坚定而准确地接近自己。"我往哪里去躲避你的灵？"在这石楠丛生的荒原上，人们会真心实意地叩问自己。

但是我不能叩问自己。昨天，夜里坐在露天的楼梯上，抽烟，之前是在吃石榴。吃石榴的时候忽然想起一个故人，当然我没有和他一起吃过石榴——我不记得我是不是和他一起吃过石榴。忽然情绪变得低沉起来，这些石榴与那些死去的人。以及即将会死去的人，比如我的父亲，他会在不久的将来，越来越衰弱。我们对于死亡的看法是不是过于胆怯，又或者不去思考这个问题？

我们总是会把死亡看作一次分别，而普通的分别并不会使人紧张，我们轻易地离开那些爱我们或我们爱的人，并且用世俗的价值来解释——因为贫困，因为口角，或因为别的什么？离别，从来不是可怕的事情,我们可以轻率地做出这个决定,对于生活的恒久不变性怀着愚蠢的自信,以为一旦离开并不意味着真正意义上的变化。但实际上呢?离别就是离别,离别就是离开一个生命,对一个生命冷漠,并且拒绝思考离别对自己的意义。比如说,离别也是使自己的生命与对方隔绝,离别是对生命的一次剥离,离别是否定这个生命曾经经历的那些时间。

对我来说,我的离别是因为厌倦,因为对生命的可能性充满好奇,我夺得一个又一个可能性,使它们成为现实,再放手使它们再度回到自身,与我无关。但经历一次并不意味着占有。事实是,从来都没有什么占有,占有是一种幻觉,即使你不离开,对方也会离开,即使人的意愿是不离开,事物自身也会损耗直到完全消失。因此,在事物消失前离开,就意味着主动性,意味着将被动的被背弃变成了主动的背弃。但这显然是幻觉,因为我们的生活就是不断地消逝。生活是一个消逝的过程。是不断遭遇,不断消逝的过程。

什么是有意义的呢?意义在哪里?难道在这个主动争取的过程,这个盲目的能量过程?而又有什么是不盲目的呢?一切在最终看来都是盲目的,都是不清楚最终结局的前提下做的自以为是的努力。最终结局,这么说,就仿佛存在一个最终的结局似的。

当然,也有一些强有力的理由,比如说物质的欲望,比如说享乐的冲动,比如说权力的魅惑,比如说爱情。这些理由使人坚定起来,可以完全无视一切消极的可能性,无视可能遭遇到的完全否定,这就是力量,但这力量有什么意义呢?这力量只在一种可能下有意义,那就是如果生活本身没有更高的意义,没有一种全面的否定。反之,这种力量也只在一种可能下无意义。生活本身就这两种可能性。

几乎所有人都多少想到过这个问题，不论是否是哲学家。虽然大多数人总是在一定的地方就停止思考了，因此人们的生活态度多半摇摆不定。有时虚无而软弱，有时又被诱惑弄得热血上涌。出现这种情况正是因为他们没有继续深入这个问题，他们只要找到一个答案（当然这答案实际上是找不到的，或者这个答案就只是一个给出，只要给出态度就是答案），生活就会立刻改观——要么成为一个懒散的虚无主义者，要么成为一个狂热进取的积极者。如果拒绝给出态度，那么就只能忍受折磨——即使这折磨也有两种，一种是过早停止造成的迷惑，一种是因为怀疑和犹豫造成的、强悍的悲剧感。

"有一种虚无主义者，因为过度的悲观和过于强烈的控制欲，因而具有一副超常的进取面目。"（《克尔凯戈尔日记选》）他们想要不断逼近，想要把那个答案找出来，既不想仅仅自负地给出答案，又不愿意因为给不出答案而一再虚无乃至衰弱，他们想把答案逼到一个死角，抽打它，强迫它露出真面目。这种想法是多么愚蠢啊。

对一个男人最大的赞美就是，我爱你的身体胜过爱你的灵魂。而对于女人呢，则是我爱你的灵魂胜过爱你的身体。这多可怕，仿佛男人天生有灵魂，而女人天生有身体。不过在我的经验来看，每次我对人说，我爱你的身体胜过爱你的灵魂时，对方都会大怒，呵呵，想来好笑，这有什么好怒的。难道他们没有身体吗，他们的身体不是用来观看和抚摩的吗？抚摩一个男人的身体，是最大的享受之一，当然前提是好的身体，美的身体，胜过了灵魂的身体。

还有什么比灵魂更虚无的呢，我只关心肉体。肉体的完美是至高的完美，而灵魂的完美，则仅仅是幻觉，是纯粹的幻觉。灵魂的完美不是用来欣赏的，是用来崇拜的，用来体验的，用来自己追求的。我保留我的灵魂，我也保留我的身体。因为它们都需要完美，它们需要互相战胜，它们需要出类拔萃，需要成为所有的胜利者。

我喜欢完美的身体，它们是值得仔细观看的，值得用手指轻轻触碰的，而大多数人的身体多么丑陋啊。和他们的灵魂一样丑陋。一个有美丽的身体的人，也应该有美丽的灵魂吧，否则也应该有一颗与他身体的美完全相反的丑恶的灵魂，否则多么可怕，怎么能有一方面臻于完美，而另一方面却十分平庸呢？

对于一个男人来说，应该好好地爱一个女人。应该满足她，如果她需要满足的话。被宠爱也是很必要的，男人也需要被宠爱。每个人都需要被宠爱。需要被郑重对待，就仿佛他是世界上绝无仅有的一个。但是，对我的母亲来说，从来没有被宠爱过。人们并不看重她。而她又是个敏感的、有纤细的情感的人，她一生都是委屈，都是被丢在冰窖里的绵长而渴望的热情。所以她会死得很早，因为她的生命力被欲望压灭了，那些从来没有被满足过的欲望，从来没有被注意到的欲望。她不知道怎么表达，只好郁结于心。我不能这样。

我多害怕像她那样，多可怕。那是毫无乐趣的一生，即使有偶尔的欢乐，但最终是无限的失望，她怎么能不早死。而我，即使死得很早，我也非常满足，我的欲望都充分地表达过了，也一一得到满足。

虚荣，虚荣，虚荣。一切都是这糟糕的虚荣在作怪。一点点的享受，意味着全部的生命为代价。

爱情就是一种拯救，我想。是对生活无意义的拯救，这种拯救并不能使生活有意义，但却可以使人在快乐中忽略生活意义的问题。比如说我，最近老想搞点事情出来，因为我力量不够，不能抵挡生活给我的质疑，但其实这是做不到的。因为我这个人，现在看起来已经缺乏获得爱情的条件了，我有一副忧郁的面孔，一副不使人轻松的面孔，每个人都想逃避生活所以寻找爱情——我的神情就是告诉别人，躲到我这里来就是撞进了生活的圈套。我太严肃啦，太严肃啦。太不具有轻盈的幸福可能性了。

所以我只能这样，被生活摧残的那种命运现在终于被我争取到了，这条道路并不漫长。这条道路又如此漫长。长到一生都显得不够这折磨的全部展开。

2005 年 9 月 26 日

有所思
读《六朝四家全集》

读《六朝四家全集》，引起很多胡思乱想来。

一、"血肉有情之品"

昭明太子给陶渊明写序，说"不伎不求，明达之用心"，又说"含德之至，莫逾于道；亲己之切，莫重于身"——其实是简单的道理，也是平常人行动的准则，但在我却又难。因为成了道理，自然是和生活远。所以说，读书人最愚蠢，因为他们读了书还那么愚蠢。可是没有办法，已经这样蠢了，曾经读过的书现在都在脑子里，而没有的德行终究没有，还是要慢慢一步一步地来，切不要以为谁讲了道理，谁就是真能施行的人。多半不是。

读书人值得怜悯，是真怜悯，但是不能对他们好。因为他们坏。他们坏就坏在知道什么是好，又偏偏做不到，做不到就罢了，还让人以为他不那么坏，结果呢，谁对他好谁就吃苦头。

譬如我，书没读多少，但读书人的坏我都有，所以是个不值得别人对我好的人。这么说，是有点怨气在里面的，是有一点骄傲的，像俄罗斯小说女主人公的那种骄傲，就是说，这种自卑又太像骄傲。骄傲不好，骄傲让人看不到事实。事实最要紧，所以要打击，要安静下来。这两天我读陶渊明。

《闲情赋》里一句好，好在微妙，"愿在木而为桐，作膝上之鸣琴；悲乐极以哀来，终推我而辍音"。黄瓦街有一个梧桐茶庄，刚好在两棵梧桐树间，门上对联大约是诗书传家的意思，那日走过，想，若主人是桐城后代就贴切了，是好对联。美人抚琴千头万绪，这木头也不见得懂，所以可以推，懂了也是块木头，所以还是要推。木头嘛，就是这样，就算做成了妖精，也只是和唐僧谈诗歌写作；美人，那是不该想的。

"归去来兮，请息交以绝游。"这我觉得不大好，有些自私自大，其实还是温和，只是这么做的时候乖戾。以前常常说，不知我者谓我心忧，知我者谓我找抽。反过来说的话，就是自大。找抽，就是折腾。

我譬如也可以做五柳先生这样人。我看我现在就是，这至少说明我看书不太懂，而且脸皮厚。前一句是一针见血入木三分的话，符合实际情况。赞一个。

我顶喜欢陶渊明写孟嘉，"始自总发，至于知命，言无夸矜，未尝有喜愠之容。好酣饮，逾多不乱，至于任怀得意，融然远寄，傍若无人"。喜欢喝酒，但酒后不乱，这就好，敢有自在心，好不容易。

"狡童之歌，凄矣其悲。"是呀，我也这么觉得。诗经不好，教人感伤，大家都一个模子里感伤来着，还好有些生僻字，否则流毒更甚。但有审美的生活态度好不好呢，以前人说好，我听到也以为好。现在我说，生活态度就是生活态度，审美了还生活什么，不好。各是各。是非曲直，岂是一个美学原理或者一件作品就能化解的。不能化解，可以安慰，但安慰不好，要正确。朋友父亲一生是乡村知识分子，指斥子女，凛然道，"我一生只做了一件事，那就是追求正确"。简直是康德。而康德也不过是个追求正确的老头罢了，多一点审美趣味，看星星。

中国诗歌没有爱情，西洋的呢，好像也没有，只有对美女的贪恋。这不好。但也很好，好是因为爱情不是诗里那样，不好是诗歌教大家以为爱情是那样。还好也有不读诗的人，所以会得享受爱情。

陶渊明写孝，我不大喜欢，但明白一些事理。孝是一个伦理基础。对于基础，不能说好与不好。打也打不翻，"五四"运动已经试过敢叫日月换新天，叫了那许多年，也没成功，因为违背事实。事实是世界上最顽固的东西。任你怎么抒情，怎么幻想，怎么打压，怎么夸大，又怎么漠视，总要遇到它，受它拷问。先不好好准备答案，到时尴尬。

今天看《霍元甲》，打擂台签生死状，上面写"胜负在人，生死在天"，蛮有道理。就是说，有无节制看自己。昨天和爸爸说，凡事做到七八分即可是智慧。如何七八分，哪里该收手，这是勇气。李连杰演得不错，早年霍元甲的刁劲真是难为他拧扭自己一脸的正气，只是中间对白抄了李小龙的诗，原诗大致是"在奋进中洗涤本性，在镜中认识自我"。

"不有同爱，云胡以亲。"这个也很好，但是废话。但还是好，看多一眼。再比如"一日不见，如何不思"也好。有道理的样子，其实没道理，但这么一讲就有了。霰雪飘零很惨淡，主要是特别冷，想起来就从骨头里往外冷。

看《九日闲居》，想起朋友续的诗，"君在天一方，寒衣徒自香。细雪白门外，梅花第几行"。有些味道。虽然前言后语其实脱断了，不是一时代语法，但还是喜欢。跳跃的，舌尖轻敲上颚，"嗒嗒嗒嗒嗒"数到五，有平仄，无也可。

"情通万里外，形迹滞江山"这一句有霸道，后来人就发展了。陶渊明似乎没力量，但有力量苗子。

二、"她时常在课堂上走神"

这走神的就是我。我总是思考奇怪的问题，比如说，每个人的生活是不是都只是一出闹剧，又或者可不可以乘时空穿梭机回到某时某地，又或者是否有一个回收站可以把放弃的东西又还原回来。这些都不需要想象力，但要认真陷入了，就会是我这样，老想些不着边的事情，想要摆脱肉体的局限，摆脱理智的局限，摆脱现实紧紧贴在肌肤的局限。虽然知道不可能，但愿望越来越强烈，强烈到认为这些未必不可能办到。一定在某时某处，有个某人想出了实现这些的办法，我多想去到那里，而不是待在这里，每天按部就班。

"茫茫大块，悠悠高旻。是生万物，余得为人。"看陶渊明写得多气派，我也是"余得为人"，其实和天地万物是一样的，天地间每一样东西都可以找到自己的位置，知道自己担当的角色。这是真的平等，而陶渊明还很客气，像在跟总总的物事怀了歉意。但他还是不忘记人间，因为说了"人生实难，死如之何"。人生真的很难吧，我都还没经历到，没想到陶渊明也觉得难。所以又失望了些。

又来写陶渊明，因为翻旧信，看到朋友说"安得促席，说彼平生"，当时竟然没有注意到，这回注意到了就应该写下来。其实我读到这句的时候也是心里咯噔一下，但没好意思记下来，况且拿捏不住分寸，怕说错话。其实这一句前面的"愿言怀人，舟车靡从"我也很喜欢，这里"愿"字有一种悬在半空中的味道，好像是壮着胆色要说大实话了，又好像是自己说来自己听，悄悄话用来安抚自己。是车到下坡路，人下来踏在半山腰的苇草中，远远望那边的暮色夕阳，略叹气，有所思。"有所思"三个字用在这里当真好，前面都是废话了。两个都是说，存在着这样的一个人——但是我不告诉你们他是谁。

"乃陈好言，乃著新诗"这"好言"真好，不是现在说的好言相劝——这听起来太婆婆妈妈；而是好的话，这好可以解释成嘉、懿什么的，可细看，却是越解释越糊涂和复杂了，明明一个"好"字已经说明白了。这是全面的好、彻底的好、综合的好。怎么也解释不出来，这就是最实在的意思了。

《九日闲居》里一句以前没留意，刚刚发现它的好，"敛衽独闲谣，缅然起深情"，这"缅然"下得好，更何况有深情。《归园田居》里"衣沾不足惜，但使愿无违"这句是中学时候就喜欢的，每每读课文读到这里就心里一阵颤栗，虽是言志，却有些柔弱在里面。我还是喜欢柔弱的，有一点偏爱。

本该写读谢朓的，却又写了这许多陶渊明。好笑的是，边读着边脑子里冒出个"转心壶"，是白玉堂偷听来的，于是就看不进陶渊明的饮酒，只想跳出来，好好地笑一笑。

三、"凡事必有益于我"

看庾信，因为忽然想起他的那些半疯式的诗，"稚子还羞出，惊妻倒闭门"是别人送了他酒，高兴的。"蹊窗催酒熟，停杯待菊花"的也是他。"结客少年场，春风满路香"，真亏他写得出路上的香气。

此刻，我坐在闷热的窗下，外面是声嘶力竭的蝉，手腕上慢慢渗出些汗，庾信的好是有余地，好在他写得不够好，所以才可以反复看，而不绝望。对于有些人来说，时刻感受着刺激，是前进的必要；对另一些人来说，局限反而有助于他。这时候又想起某人给他妻子的本子上写的共勉的句子"凡事必有益于我",出处就不必了吧,想来都知道。隔我两米远的地方有一株蓖麻,再远些,十米远则是一篷龙舌兰。龙舌兰在这里也很好,有一种同声相和的意思。"长虹双瀑布,圆阙两芙蓉。"这个两芙蓉也引人羡慕。我家楼下有木芙蓉,可是叶子全掉了,大概是有害虫。我家楼下还有无花果,结了果子但是没熟就全掉了。无花果是禁欲主义的,先是没花,后来连果子也不准长成。柚子树结了一个一个绿皮球挂在枝头。水芙蓉、木芙蓉都占齐来,真是好霸道好兴致。

还有这个《慨然成咏》,简直算得上刻薄了,"交让未全死,梧桐唯半生"。

也有寒酸的孤傲,叫人击节,也心中难受。"路尘犹向水,征帆独背关。"再有,"阵云千里散,黄河一代清"——好一阵大风!四海闻得,不敢怠慢。

四、"可怜无数山"

"惟天为大,日星度其象;谓地益厚,河岳宣其气。"李白之爱慕谢朓大约是出于这样的句子,但他却说是"诗传谢朓清"。其实,他们两人之间存在的共同之处是所谓"吞吐日月,摘摄星辰"(《存余堂诗话》)。而不是清丽。

难以想象写出"明月出天山,苍茫云海间"的李白会喜欢谢朓那些应制、酬和之作。当然了,和皇帝拉拉关系也不错,写"云想衣裳花想容"的李白也是用他的真性情在写,再是肯应酬,也还是有自己的口吻,否则这应酬就靠不住了。如果定要附会,那么谢朓也有和李白相类的句子,更不必提以赋入诗的例子。

"飞雪天山来，飘聚绳枢外。"

我喜欢的谢朓是写出"携手共行乐"这样句子的他。但没有陶渊明的寂寥，谢朓的生活太局限，他的清丽更多是宫体诗的砝码，而不是庾信的清新，也不是鲍照的俊逸。

扒拉掉他满身的恭维味道，也不必去看他那些废话连篇的赋（虽然也颇有些意象，却没有诗味）。谢朓写寂寞、写花鸟、写闺情都透露出虚伪气，虽然他很想写得诚恳些，却毕竟与自己的现实生活隔得太远，因为读起来是那样不着痛处。古人都爱悲天悯人，可怜无数山。倘若没有痛的感觉，中国古诗就不成立了。而谢朓诗里的痛都不够分量，他吃的苦不够多，而身边值得赏玩的又太多，他的词语和句子之间是和谐而呼应的，没有难以表述的复杂，也没有需要呐喊出的痛苦。

"大江流日夜，客心悲未央"像是杜甫的句子，这似乎有一点痛苦的样子吧，所以我喜欢。似乎没有喜，只有悲，读中国古诗就是这样的印象。这种趣味延续了几千年，以至我们不能想象和理解什么是幸福。

五、"两相思，两不知"

每个人都有一面镜子。可以在入睡前，对着镜子凝视片刻，向她道晚安，向自己的孪生姊妹。也可以在梦里，梦见在无人的乡间公路上，头顶是苍凉的桉树。清凉洁净的水漫过路面，踏着这水走向夜的深处。CM 和我躺在各自的床上，各自望着自己的天花板，说着各不相干的话，她的爱和我的梦。"就像一面镜子，但是比你自己更美好，更加如你所愿。"

全北京最寂寞的是十三陵。那里埋葬的人已经消散了，像尘土。那里的柏树越长越高，越长越大。那里蜿蜒着山陵，不远不近的几座陵墓似乎在呼应着，又似乎……活着的人也是这样，那些居住在那里的人，那些不居住在那里的人。

"两相思，两不知"也是如此，两情相悦者如此，老死不相往来者也是如此。总有一天，我们会隔着鬼门关这样相思，或者同在鬼门关的一侧仍只是这样的相思。而相思，本来就是不知。

2007年8月21日

生活的战争学校
读《在期待之中》

> 来自生活的战争学校。——那未能杀死我的,使我更为坚强。
>
> ——尼采《偶像的黄昏》

《在期待之中》满足不了忧郁爱好者自慰、自愉、自怜的欲望。这本书没有对忧郁大唱赞歌。几封书信、几篇论文,映像出一个天资聪颖、气质忧郁的犹太女子。西蒙娜·薇依（Simone Weil, 1909—1943），生于巴黎的犹太中产家庭,毕业于巴黎高等师范学校,在中学哲学教师的职位上进行了大量关于宗教、哲学、教育和社会学方面的调查、研究和思考,"二战"爆发后出走美国,在美期间拒绝接受优于占领区的治疗和生活条件,因肺结核于三十四岁夭亡。薇依被视为现代基督教个体神秘主义潮流的代表性人物。尤其引人注目的是,薇依以坚定的个人主义立场进行宗教思考、参与社会生活,身体力行其"基督教是不幸者的宗教"的信仰主张,以普通工人、农民的身份参加体力劳动,在美重病住院期间,她坚持按德军占领区的人均配额进食,以此共同经验国家、民族乃至人类的不幸——这部分地导致了她的早夭,也终于促成了她一生理想与实际的契合。

薇依一生短短三十四年基本上是在对自身、他人不幸的敏感中度过,折磨使她几度想要皈依却到死也没有加入教会求得安慰。她反复拷问自己的虔诚，拷问自己是否有资格受洗。薇依正是将贯穿始终、无法排遣的忧郁气质当作一生体验、反思和建设的基础，她没有办法确信自己是足够虔诚的教徒，而她又坚信皈依必须是神圣的，不能故意强化信仰虔诚的幻觉，这是对上帝的欺骗。虽然对旁人不幸的深刻同情甚至通感，使她深受折磨，她却不愿借助教会的集体活动去缓解、去抵抗，最后她选择了热爱不幸，把与生俱来的悲剧感当作源泉，把对不幸的同情从心理推向行动。她勇敢承认自己甚于常人的虚弱，从虚弱中发掘出救赎和治疗的道路。

如果说古代世界的英雄是以强壮为特征，那么理性与科学空前强大、不再以英雄主义为荣的现代世界，则不可能再产生古代意义上的英雄。中规中矩、温和平淡的现代生活中，最大的磨难是难以避免的虚无感（虚无感要么表现为持续一生的叹息，要么表现为对物质刺激的狂热追求）。人们丧失信念和力量，怀疑、虚弱，忧郁无时不在。薇依给出了一个现代英雄的典范：既不屈服于忧郁，也不假装自己胜利，她只是承认、接受。无限地承认。她接受了不幸的命运，她让忧郁驻扎在身，学会热爱不幸。那是怎样的热爱！她穷其一生，以罹患肺结核的弱质之躯，尽一切可能接近不幸、接近命运。如此，她走到生命尽头，完成了朝向上帝的旅程。

讽刺的是，后来的评论者在谈到她时，往往赞美她的思想主张，却嘲讽她迂腐、自虐。然而，众人虽聪明，薇依却正确。薇依那样执着得有些固执的信仰，并不是嘲弄的理由。不应轻视一个认真对待生活、全力追求真理的人——生活、真理、上帝，只是同一件事物的不同名字。如同不能用谎言欺骗上帝，人们不能口称对生活的严肃、对真理的热爱，却不在行动上去实践自己的说法，除非那只是谎言。当嘲笑薇依不肯用恰当的借口违背对上帝的诺言，以精明的算计凌驾于迂腐的忠诚时，正暴露出一种可耻的不洁：不敢面对生活的风险，不敢接受真理的挑战。没有什么聪明伶俐，只有虚弱和胆怯，只有面对渴望的退却。

如果一个忧郁者真如其所言的，极力想摆脱忧郁而不得法（而不是将忧郁作为逃避生活的借口），那么他们将会从薇依的自我拷问、自我改造中发现：生活的全部要求只是付出。面对忧郁，没有别的诀窍。生活唯一的解救就是生活本身。

而那些声称坚信虚无的忧郁者，其实只是不敢付出一切代价去赢得生命，不敢走上已经看到的正确道路。胆怯者应承认自己的胆怯，像薇依那样——不确信自己有抵抗集体幻觉的力量，那就以现有的全部真实（即使这真实就是不虔诚）去面对上帝。既不粉饰，也不自暴自弃。所谓"在期待之中"，就是虽纠缠于怀疑与犹豫仍不舍不弃，就是即使止于中途也不缩短终点距离。以"期待"掩饰退却者，谁也骗不了，只是败坏了生命——那生命是他自己的。

事实上，不应说薇依是英雄。毕竟，她的所为并非壮举，而仅仅是做人的本分。弱点的意义不是让人屈服，而是引致强大。生活就是发现谬误、不断改正的过程。这过程没有终点。在期待之中，对真理、对生活或对上帝，至死方休。

2006 年 12 月 15 日

愿得展眉
读《张爱玲文集（第三卷）》

灯下做针线想起《十八春》沈世钧灯下翻检旧日书信，惘然想起和顾曼桢相识已经是快二十年前的事情了。想起的时候就是这"惘然"打着头做修饰，这才明白张爱后来将这小说改了名作《惘然记》的贴切。

> 他和曼桢认识，已经是多年前的事了。算起来倒已经有十八年了——真吓人一跳，马上使他连带地觉得自己老了许多。日子过得真快——尤其对于中年以后的人，十年八年都好像是指缝间的事。可是对于年青人，三年五载就可以是一生一世，他和曼桢从认识到分手，不过几年的工夫，这几年里面却经过这么许多事情，仿佛把生老病死一切的哀乐都经历到了。

这下来的一段就是说书人一贯的"话说从头"了，自然也有些小手段的巧妙，但总不脱窠臼。

> 曼桢曾经问过他，他是什么时候起开始喜欢她的。他当然回答说："第一次看见你的时候。"说那个话的时候是在那样的一种心醉的情形下，简直什么都可以相信，自己当然绝对相信那不是谎话。其实，他到底是什么时候第一

次看见她的,根本就记不清楚了。

而第十六章,夹在旧书里被抖落出来的信被年长了十八年的手指拾起,在一户人家一盏灯下,"哗"一拉幕布,已经十八年后了——

  他却想起来了,这就是他那次从南京回来,到她的办公室里去找她,她正在那里写信给他,所以只写了一半就没写下去。
  这桩事情他记得非常清楚。他忽然觉得从前有许多事情都历历如在目前,和曼桢自从认识以来的经过,全想起来了。
  第一次遇见她,那还是哪一年的事?算起来倒已经有十八年了——可不是十八年了!——
  ……
  他一旦想起曼桢,就觉得他从来也没有停止想念她过。就是自己以为已经忘记她的时候,她也还是在那里的,在他一切思想的背后。

原文里的"惘然"出现是在最后看戏,但这里世钧也错不了在惘然着。开头的破题生硬了些,所谓"他和曼桢从认识到分手……仿佛把生老病死一切的哀乐都经历到了",不过这生老病死一切的哀乐并没有把这两人摧成粉末,人是这样两个人,历经的事情也只能是那样——倘若多一点委曲求全,又或者多一点跋扈,且不要那样纤弱的敏感,故事就不是这样讲了。可这两人又怎么可能不那样行事,世钧为曼桢捡手套那一节,真是委婉的痴情,是这样两个人就只能这样。可即使经过了生老病死一切的哀乐,并没有变得面目全非,只是中间这些年头他们各自受苦,也为对方受苦,为感情受苦。也有怀疑,这怀疑也是他们该得的,和凄凉的不忘却、不弃绝一样,没法剥除。十八年后终于见面,世钧眼里曼桢仍是一点没有变。

也许她是憔悴得多了,但是在他看来,她只是看上去有一点疲倦。世钧倒也很高兴,她还是和从前一模一样,因为如果衣服面貌都和他的记忆中的完全相像,那一定是在梦中相见,不是真的。

……

那时候一直想着有朝一日见到世钧,要把这些事情全告诉他,也曾经屡次在梦中告诉他过,做到那样的梦,每回都是哭醒了的,醒来还是呜呜咽咽地流眼泪。现在她真的在这儿讲给他听了,却是用最平淡的口吻,因为已经是那么些年前的事了。她对他叙述着的时候,心里还又想着,他的一生一直是很平静的吧,像这一类的阴惨的离奇的事情,他能不能感觉到它的真实性呢?

世钧起初显得很惊异,后来却脸上一点表情也没有,只是很苍白。他默默地听着,然后他很突然地伸过手去,紧紧握住她那有疤痕的手。曼桢始终微偏着脸,不朝他看着,仿佛看了他就没有勇气说下去似的。

……

他沉默了一会,便又接下去说道:"同时我想你那时候也是……也是因为我使你很灰心。"曼桢突然把头别了过去。她一定是掉下眼泪来了。世钧望着她,一时也说不出话来。

愿得展眉

  他抚摸着那藤椅子,藤椅子上有一处有点毛了,他就随手去撕那藤子,一丝一丝地撕下来,一面低声说道……
  他们很久很久没有说话。这许多年来使他们觉得困惑与痛苦的那些事情,现在终于知道了内中的真相,但是到了现在这时候,知道与不知道也没有多大分别了。——不过——对于他们,还是有很大的分别,至少她现在知道,他那时候是一心一意爱着她的,他也知道她对他是一心一意的,就也感到一种凄凉的满足。

看《十八春》总要流眼泪,不知道别人是不是也这样。张爱是煽情的高手,《十八春》又是解放之初试图复出而刻意迎合市民口味之作,但即使这样立意要放低身段,也有张爱一贯的"亲民"特质。小处譬如曼桢与曼璐这样鲜明的脸谱化命名,早在《必也正名乎》就表白了心志——

  我看报喜欢看分类广告与球赛,贷学金、小本贷金的名单,常常在那里找到许多现成的好名字。譬如说"柴凤英"、"茅以俭",是否此中有人,呼之欲出?茅以俭的酸寒,自不必说,柴凤英不但是一个标准的小家碧玉,仿佛还有一个通俗的故事在她的名字里蠢动着。在不久的将来我希望我能够写篇小说,用柴凤英作主角。
  ……张恨水的《秦淮世家》里,调皮的姑娘叫小春,二春是她的朴讷的姊姊。《夜深沉》里又有忠厚的丁二和,谨愿的田二姑娘。

这样穿针引线、抽筋扒皮地把离奇世情之外的线索抽出来,似乎并没有什么意思。就连先前掉眼泪时的激越，也快要百炼成钢了。"此情可待成追忆，只是当时已惘然"是温和的、屈服的，张爱会喜欢李商隐，真是格外叫人意外——以她对外彰显的对现代的刺激酷烈和市民的柴米油盐的偏爱，似乎不该。但想想李商隐的参差与明暗，她也有理由，只是不该隐瞒骨子里的凄婉。"房里有金粉金沙深埋的宁静，外面风雨琳琅，漫山遍野都是今天"就是她放诞的极限了。她还敢怎样。就是"惟将终夜长开眼，报答平生未展眉"这样的际遇，她也是开不得口的。

所谓"惘然"，也就是"于千万人之中遇见你所遇见的人，于千万年之中，时间的无涯的荒野里，没有早一步，也没有晚一步，刚巧赶上了，那也没有别的话可说，惟有轻轻的问一声：'噢，你也在这里吗？'"再怎么千万人、千万年，再怎么增之一分则长减之一分则短，也没有别的话敢说。一声"原来你也在这里"又有什么用。在这里并不是在一起，甚至都不是要在一起。

方才想起沈世钧的惘然想起快二十年前认识顾曼桢，针线渐渐难到做不下去，手指酸到拔不出针，所以过来写下这些字。天已经差不多黑尽了，以前常常因为想起《边城》结尾那句，"那个人也许明天就来，也许永远也不来！"，觉得心神尽耗、情思摧空，现在不会。只是尽着想象黑糊糊的水面上飘落的歌声，在漾漾的波纹上。是绵绵无绝期的纯真和勇气。

2006 年 6 月 5 日

"梅花第几行"
读《王勃集》

今天中午下了点雪。我穿过竹林去走了走,然后又沿着湖边的栈道走回来。湖边的栈道——我想说,这湖是我的湖——真是好,走在上面似乎微微有着弹性,于是也来劲,不累了。然后,透过水边生着的苇草,正好看见那边湖面,还有远处浅黑的山。晴朗的时候,山是红色的,但现在因为天色晦暗就只是模糊的浅黑。恰恰是透过枝枝蔓蔓的条块分割,才觉得趣味。若是一整片平静或略有波澜的水面,实在是没意思。

回来,电话响。那边说将将在一处湖边租了个渔棚。虽然只两间,还有一间是厨房。已经改造成两个房间了,还要再修几间。那么,大约春天的时候,就可以去住一阵了。又说看邀些什么人呢?我说说这个那个。那边说,那岂不是很闹?我说,那么就找不闹的人。那边又说,那岂不是很闷。闷也好啊,这样就可以由着自己闹了。前几天,还在那湖边住着,没有暖气,但是可以烤火。而且很舒服。这样啊,我就一直想着那湖边有火炉的渔棚。想了半天。终于知道怎么写这文章。

有一天,读王勃。读到《秋夜长》,被最后一句打动得不行。整个一首都是闺怨,"为君秋夜捣衣裳"。捣衣裳这种事情我是不会干的,再怎么"月明白露澄清光",捣衣裳也实在没意思。我宁可捣乱。而且对于一个不在身边的人,捣乱有什么意思呢?其实我这人是不会认真思念谁的,放在古代大约就是很不诗意的那种人了，思念良人这样的意境怎么也体会不来。但最后一句真喜欢，"君在天一方，寒衣徒自香"。

你看，这不是自恋得无以复加么！前面还在讲人家远得很，后面就全落实到自己身上。又是衣裳又是体温又是气味。实在是诱惑人哪。但又没谁好诱惑，眼面前，只有主体没有客体。

那个打电话的人我倒是不常想念的，说起来也只见过三两面。认识他的时候，最记得是在吸烟处，烟尽了，我站起来要往回走，他忽然做个手势要我别动，然后拂掉我头发上一点烟灰。这动作最记得深。我就说，这是很有深情的一个人。"魏晋风流"人都说好，四个要素也当真要紧，玄心洞见妙赏深情。样样不得少。所以相见欢。而不见，亦即是相见。

汉乐府里，大率女子称所相好的男子都作"欢"。真是神来之笔。倘叫对方姓名末一字，实在肉麻。两字则多。这一个字，连音节都那么律动的样子，一声唤来，平淡似的，又坦荡，一马平川过去。其实是余音不绝。都不回旋，因为没有那么多宛转复杂的心思。所以才欢。

再来说说那人。一次是见面匆匆，我带着一盒山里道人土造的苦丁茶，黑糊糊的一方，任谁看一眼都要怕，但泡在水里，层层叠叠散开来，还略甜。那也是冬天。

最好的就是冬天。那人也请我吃过饭，是在一家小小的火锅店。因为不太认识路，为请这饭，一条直路上走了能有四五站，不过也不觉得难为了他，因为我也是爱走路的人。虽然天寒，但走走就暖和了，再说能请人吃饭，且大家都欢喜，难为一点也不算什么。

虽是难得见面，却也电话不太通，邮件也几乎总不想着要写。信是写过一回，回过去，对方也不记得回过来，我也不记得挂念。就是这样，仿佛是埋伏在日常生活里一条线索，其实都不是，因为这线索都没有踪迹。只是想起来了就想起来了，然后笑笑却能孩子气似地掐断。

而两人说话写字都不必解释太多，解释呢，也好像是又说得深一层了。然后绵绵无绝期。真是要命，这一口气上不来，就叫痰迷心窍，好多所谓无疾而终就是这么作结的。

然后那句我喜欢的王勃，有个会写古诗的好朋友，续着玩成了个五古，"君在天一方，寒衣徒自香。细雪白门外，梅花第几行？"我这里今天外面下过一点雪，自然，是积不起，不过正好对得上这诗，外面也有梅花，只是没有几行。有两棵。也不在门外。是在房后。

所以，这写朋友的文章好像一封信。因为这样就明明白白我说的话、讲的事情，到底是怎样一种情态。这样就真好。

           2008 年 1 月 14 日

I am your pure gold baby，或每个人都有自己的地狱
读 *Sylvia Plath: Selected Poems*

自白派，尤其是 Plath 后期最出色的那些诗，是过分神经质了。她的用词、她的节奏、她的戛然而止。难以用汉语传达出来的——如果你要追求准确，那么你就失去音乐。Plath 后期作品的音乐性，有些类似于 Speed-Metal，而不是 Brit-Punk。也就是说，重要的不是旋律的经营，而是超炫的速度。那是一种加速奔向毁灭的速度。

最好的诗是在她自杀前一个月左右写的，比如"Daddy"。之前一年也有好诗，像"Lady Lazarus"，中期也有佳作，像 *Ariel* 集里的作品，像"The Thin People"。她的好诗总的特征就是歇斯底里。如果不能做到歇斯底里，自白派就往往显得像无病呻吟。

印象最深的，"I shut my eyes and all the world drops dead"，以及在这首"Mad Girl's Love Song"里反复回旋的"I think I made you up inside my head"。有些像 Post-Rock 的歌词，女性主义的。还好，不是"My babe shot me down"，不过，那个旋律很适合。但这还只是她自小就有的受害幻觉。

到了"Lady Lazarus"终于登峰造极。"like the cat I have nine times to die"已经是在讽刺她深爱的丈夫源源不断的艳遇了。

> Dying
> Is an art, like everything else,

I do it exceptionally well.

I do it so it feels like hell.
I do it so it feels real.
I guess you could say I've a call.

It's easy enough to do it in a cell.
It's easy enough to do it and stay put.
It's the theatrical.

这里是华彩段落。最难忘的是那一句,"I am your pure gold baby"。原文如下:

I am your opus,
I am your valuable,
The pure gold baby.

已经不是抗议,也不是呻吟,而是对自己念的咒语。她的回旋曲终于把自己绕进去了。她还将把你也绕进去,如果你同情她。而你读到这里怎么可能不被她蛊惑?

向一个人声称我是你纯金做的宝贝,基于一种不被对方当作一个人来对待的感觉。却不直接地抱怨,而是进一步把自己物化,与对方共谋(可能这不是事实,完全是她疯狂的幻觉)。你伤害我,那我就杀害我。

可能是一种无奈的爱,也是一种无法表达的恨,然后这两种感情混合了,变成了更深刻更无法脱离的爱。这种爱没有对象。

绝望的无法克服的感情。她没法去爱伤害她的人，她也没法爱被伤害了还不发怨言的自己。但她又分明知道这种爱。这种爱的逻辑使自己惊讶，也使她恐惧。当她写下那句话，是对对方的陌生化，也是对自己的陌生化。她失去了和现实的联系。变成一个绝对的陌生人。没有亲人和爱人。可能有美感，可能有艺术上的价值，甚至也可能是机械复制时代的爱情标本，但不再是那个叫作 Sylvia 的女人。

这时候，她不死还能做什么？她是一路朝死胡同里走……

Plath 后期的诗，一首比一首歇斯底里，就是把自己朝死里整。就像那道通向黑暗的楼梯，你能看见她走进去了。她自己修建的，她自己要去走。这是她的诗歌生命所要求的，她只有这样的高度和韧性。她只能用这种方式从诗歌史里脱颖而出。

每个人都有自己的地狱。

2008 年 1 月 3 日

像伟大而不变的真理一样冰冷
读《东方游记》

一篇关于维特根斯坦的文章提到,"一战"前的维也纳是华丽艺术和惊骇的庸俗作品的战场,充满华尔兹舞曲、掼奶油、巧克力蛋糕和高雅文化。政治气氛越严酷,它反而越无情和轻薄。奥地利讽刺作家卡尔·克劳斯(Karl Kraus)说:"在柏林,情况异常严峻,但并非不可救药。而在维也纳,情况正好相反,已经不可救药,但并不严峻。"

而同时,维也纳也是现代建筑思想史上最重要的城市之一。脱离了含糊性,呈现了复杂和混合,即所谓维也纳式的哥特式风格。正如表现主义总是从最缺乏生气的地方爆发,这个城市存在隐秘的想象。

柯布西耶在维也纳时,已经有一些大师气了,因为他说,"我们都是严肃认真的人,我们不喜欢怜悯什么人",在维也纳严肃认真,就只能看到"有钱的维也纳在演戏,无钱的维也纳在充当看客"。但同时,由于他是一个有一点力量的人,他看到"周围则是我们的欧洲玫瑰、我们的鸢尾、我们香气逼人的大百合"时,也念念不忘贵族的维也纳。他有一个梦想。所以他朝向东方。

西方的没落还没来临,但他排斥了西方的灵魂,或者说当时的灵魂太琐碎,他只看到沉闷无趣。他反对肉感,反对女性成为城市的偶像、大神,反对茨冈女人的新鲜气味,反对文明和秩序掩盖的平庸、乏味和混乱。他要求真正的混乱和异国情调，但他也不知道那是什么。他就是想要完美感，想要宗教感，他想要圆顶的大清真寺，虽然他也不知道生命意味着什么。道德感是拉夏德方人的盔甲，可以抵抗一切历史的风险，但为了赚到手工艺的钱，他们也可以脱下盔甲。这是个理性的人，不管柯布西耶的东方有多少驴子和土耳其小女人，他毕竟是个理性主义者。他在伊斯兰世界念念不忘三位一体，他的朝圣走上大马士革之路，要领会神圣的统一。

土耳其的疯狂在街道上，两边的屋檐几乎挨到了一起，他将之命名为一致、和谐、互相效仿的疯狂，他把可怕、冷漠、没心没肺、毁灭性整合为宏伟壮丽。这就是可怕的萨伏伊别墅，你在那里没法藏身，那是最好的视野，那是上升的斗兽场，别墅的主人被他送上舞台接受剖腹的刑罚。土耳其人"信仰的是叫他们不必害怕死亡的宗教"，"这是一种没有限止的信仰"；但柯布西耶毕竟是个西方世界的人，他承认"可惜我却只知道一种让人痛苦的信仰"。他只能追求最有诗意的建筑，而不是最有诗意的生活。

但是我也不想贬低他。每个人都是他人的异教徒。柯布西耶使西方认识到了圆顶大清真寺的狂妄，伊斯兰世界的整饬是一种恐怖。但他有他的意义，每个人也是自己的异教徒，每时每刻绑送自己上火刑柱。整个朝东的旅程，他念念不忘将语言浓缩为几个有限的词语。东方是一个宏伟的象征。他，柯布西耶是取火的人。他学会了喜欢比例简单明确的尺寸。光荣归于真主。在他的宗教里，每画下关键性的一笔，他就是神。

在这个意义上说，建筑师都是泛神论者，每当设计，他们就附体到万事万物之上，成为神。既坚实，又强硬，具有钻石的纯净。

托马斯·卡莱尔说，信仰就是使一个人实际上铭记心灵深处的事物，而且能确切了解他与这个神秘世界的至关重要的关系以及他在这个世界中的本分和命运。对于这个有信仰的人，这个英雄，一切都是美丽、可怕，并且不能言传的。他们总是不自觉地朝向伟大、深沉、神圣而不可知的无限领域。而这个特质，在柯布西耶很年轻的时候已经表现出来了，因为他在卫城时领受到了天启，这种领受是对始终追寻者的一个奖赏。

对他来说，建筑，"是一门命中注定逃避不了的艺术。就像一个伟大而不变的真理一样冰冷"。

2009 年 3 月 13 日

我发现了
读《建筑的永恒之道》

> 我最希望使自己生活中的光明和创造的时期复活，对于生活中全部有价值的东西，我希望记忆能战胜死亡。
>
> ——别尔嘉耶夫

我发现那里是在一个冬末的下午。我刚刚和朋友分手，从一处阴暗的打印社下楼，走过电器市场（马路对面，两只高脚凳子站在一排洗衣机前面，灰白色的油漆和近乎完美的比例分割使它们从整个平庸的画面中浮显出来，从嘈杂的市声中穿越进而震荡我的鼓膜，像夏天傍晚叫卖冰粉的声音，凉，甚至谈不上甜蜜——完美的不是甜蜜的），带着之前破碎的糟糕感觉和浑圆的美好印记。跨过一道小桥，是的，我的初恋之桥，那里，我记得有破旧的木头栅栏和金盏花，这种闪光将照耀我至死。

生活就是这样重重叠叠的影像和声音，我们活过漫长一生就像一部只有一人看到剧终的电影。在白色斑驳的"完"还没闪现时，我们终于闭上眼睛。当我穿过黑暗，进入城市的另一极，我发现了那里。

那是一处小树林中的开阔地，不大，只有四五平方米。一个穿劳作服的女人正抬着椅子朝房门走去。房子在开阔地的一侧，另一侧是一条蜿蜒的小路，一个男人一边打电话一边从那条小路走到了光亮的开阔地上，然后停在那里。他举着手机的手没有放下，他站在光亮地的边缘，电话大约已进入尾声。这是一部略感伤抒情的剧情片琐碎的开头。我停在树下，脚踏在这静止却随时可能飞速变化的场景边缘，不知道自己身处两个世界的门槛。

一份药品说明书上有这样的字样：不良反应……全身……消化系统……神经系统……泌尿系统……生殖紊乱……其他症状：秃头、呵欠、视觉异常（如视力模糊、瞳孔散大等）、出汗、血管舒张、关节痛、肌痛、体位性低血压……

一个叫亚历山大的人，一个神秘的名字，像善于建筑的阿拉伯人一样稀松平常。他说出了一个秘密。但他也许过于悲观，他说："在我们的时代，语言已被毁掉了。因为它们不再被共同使用，使之深入的过程也便瓦解了：因而事实上，我们的时代，任何人不可能使一个建筑充满生气。"

我不能试图反驳，也不能用他所说的模式语言来建筑。我只能望着那吸引我的光亮朝前梦游般走着，倾斜相交的道路，那里，一个穿蓝色上衣的中年妇女骑着自行车划出一道弧线。那道弧线谈不上优雅，却是完美的。如同极光闪耀的景深里，有帆布棚下悬挂的四五盆绿萝，它们叶片上不规则的黄色如同正午时地面的光斑。两个着大衣的女子正朝我走来，路边自行车筐里有一本健康杂志，彩色封面。那边，面馆里几个伙计正在谈笑。

一瞬间，全部的生活像海啸时的潮水，朝我铺天盖地地涌来。

一事物（房间、建筑或城市）中有活力的模式越多，它就越作为一个整体唤起生活，就越光彩夺目，就越具有这无名特质自我保持的生气。

而当建筑具有这种生气，它就成了自然的一部分。就像海浪或是草叶，其各部分由万物皆流而产生的无尽的重复和变化的运动所支配。

正是在那一瞬间，我终于接受，在建筑中漫步穿行，也许是一生中最美好的事情。在我们的时代，最优雅的一种可能生活，也包括做一个被困在城市里的波希米亚人。

2009 年 3 月 9 日

美与幸福的发明学
读《明日的田园城市》

维多利亚时代的英国有着相当残忍的社会现实——"残忍"而非"残酷",是因为这是某种为人尤其是资源配置者在相当长时期内容纳的非公平机制而非绝对强制的现实(我设想,否定强制性现实是某一种人类哲学,很多时候我们会顺从它)。大概不光英国,并且这个时期延续也很长。或者换句话说,当人类生活大面上有了历史性的改善时,回顾之前的经验就显得像是漫长的灾难片。这种缺乏穿越式身体经验洞察的态度,支持了加强当代思维中的批判性,使历史与现实隔膜加剧。是时间和空间的硬性距离,让人无法直接借助对过去异地的认识去帮助处理当代问题。但还好有一些文学作品提供了参照,在《明日的田园城市》里有大量这样作品片段被引为题记——从而让这本书所力图解决的问题十分具体、可感,阅读者有可能形成丰富的想象作为理解本书所依凭的背景。在这里,引用全书题记的一首诗是必要的:

> 新的时机赋予新的责任:
> 时光使古老的好传统变得陌生;
> 要想和真理并肩前进,
> 就必须勇往直前努力攀登。
> 看啊,真理之光在前方召唤!
> 先人的事业我们坚决继承。

用我们自己的"五月花"勇探征途,
迎寒风战恶浪绝路夺生。
不求靠祖辈血锈迹班驳的钥匙,
打开那未来的大门。

——J. R. 洛威尔《当前的危机》

作者的时代,十九世纪中后期,英国的社会状况非常不好,社会和宗教问题方面持续着严厉的争执和对抗,战争的喧嚣和军队的冲突则压过了前一组矛盾,而更加使人不安的是过分拥挤的城市集中、农村的进一步衰竭——整个社会面临着几乎无法抑制的社会性癌症,总体性的恶化引起了跨越党派、阶层和地域的焦虑乃至恐慌。与几十年后柯布西耶面对的问题有所不同,作者认为当时的英国所遭遇的不是城市本身在结构或功能上的模糊或不妥,而是一个大范围内社会总体性的资源配置失控与流动失衡及其导致的全员噩梦开端。今天,我们可以将这些问题简单描述为"城市公共设施缺乏,乡村生活贫困落后",也可以从狄更斯小说中读出黑暗、污浊、穷困、疾病……各种城市问题。但不一定意识到当时当地的观念/信念冲突乃至崩溃,或许在此时此地也能偶尔看到征兆(部分地因为信息传递的延迟和衰减……)。

这大致是作者在本书中介绍的背景,并从这一背景出发提出一套社会学面貌的解决方案——从有限的知识结构出发,我更愿意表达为"某种社会动力学观点及其应用建议"。用文学化的阅读眼光对待此书,最有魅惑力的是"三磁极理论",即城市、乡村和城市—乡村这三个吸引人民的生活方式被看作有力量的磁极,以一种富有想象力的几何式社会学眼光,创造性地提出城市—乡村(或者说田园城市)这个当时还不存在的第三磁极。从这种眼光出发，他认为已经发现了解决城市和乡村之间因运行模式和生活方式的先天性差异造成的衰退状况，便努力完成了尽可能完备的设计：与流传更广泛的城市规划理论不同，他不光关注建筑、交通之类的我们通常理解的规划要点，而是致力于发明新的社会权力机制，以及与之匹配的新的经济运行模式、新的文化生产程序。并且投放了大量的笔墨在乡村社区发展问题上，甚至以消灭土地主为远期目标之一。

而这本书也迅速地获得了重视和应用——如果一本关于城市—乡村新形态创设的书已经完成了整个田园城市的想象（从新的供水系统到城镇里牛奶店选址，在没有发明汽车的时代提出交通主要依靠铁路，分区规划了图书馆、浴室、有轨电车、鱼市、煤市、收容所、技术学校、洗衣店、奶牛场……力图实现基本生活要素，物质的、精神的自给自足），那它确实能构成这样的说服力。英国从维多利亚时代的黑暗解放出来了，抵抗住了社会衰退的历史趋势。

从今天信奉者的追述来看，就像作者自信的那样，这本书是一把万能钥匙（他们并且赞美这套理论是富有人民性的）。

严格说，田园城市理论完全有可能被认定为一种乌托邦理论。只是它居然实现了（至少，从它出发，解决了当时迫在眉睫的问题）。这是多么了不起的乌托邦。而考察这种成功，相当关键的一点也许在于，我猜测，是他捕捉到了任何乌托邦都必须解决的动力机制问题——到底什么在吸引人们在土地上颠沛流转，忍受不幸努力存活？马克思主义认为是阶级仇恨，无政府主义认为是对自由社会的向往，而这本书的作者认为是对有限度的幸福经验的记忆和渴望。

说到有限度的幸福经验的记忆和渴望，每个人的经验都是有限的，而且一个人的心胸也是有限的，视野是有限的，投入到对生活、世界和真理的研究和设想中的精力更是有限的。这几个因素之间的共同作用，使每个人分别形成自己的观念。首先，每个人的观念世界都有着不可磨灭的个人印记：他对痛苦和幸福的经验，他的个人定义。其次，每个人用一辈子的力量去祛除恶劣的心理现实，培育美好的心理现实。然后，当中某些人有意无意制造出了些分泌物——某种理论，或社会研究。最后，这些分泌物有可能被人理解、传播、实践并改造。如果我们对每个人的创造性都有信心的话，可以想象，只要专注于自身，勤奋努力，每个人都能建立一个乌托邦。

进一步地，怎样有效率地建成幸福的乌托邦呢？在相对一致的稳定的逻辑系统中，重要的区别在于前提：巴尔扎克一生难忘困住了自己的遗产继承权，写了一辈子的遗产继承纠葛；马克思，我不了解他的生平，也许他一生难忘莱茵河畔产业工人的贫困和愤懑，在理念世界发动无休止的阶级斗争；至于克鲁泡特金，想象力受到被沙俄文化高压的痛苦抑制，竭力用词语建造无政府主义天堂……对于每个理论建构者来说，只有自己的现实，只有自己时代的问题，只有自己身处的社会的焦虑。判断某种理论是否值得信任时，不光要拷问这些不同的前提，更可以去考虑对这些前提的处理态度和方式。从危机中可以看到仇恨的永恒性，发明阶级斗争，也可以看到不灭的有限度的幸福经验的记忆和渴望，发明田园城市。从个人狭隘的信念出发，多数的创伤经验，只是由于自己的局限性以及从而造成的个体认识或想象——就如基督说，原谅他们，他们做的他们自己不知道；就如《古兰经》写道，真主的仆人在路上小心翼翼地走着，蒙昧的人呼喊他们，他们回头答曰："和平"；就如德里达谈到犹太人如何从受迫害的记忆里解放出来的以及进一步解放的途径时说,在不可能宽恕的地方,宽恕才成为可能……错误和伤害,我们念念不忘的东西,是没有办法从自身获得释放和拯救的。

最后,我自己的前提呼喊着要被正视:当下身处的现实是非常糟糕的。但,仿佛,痛苦一直在消散……我不想说我们的世界是美与幸福的,但美与幸福有可能被发明出来。

2010 年 11 月 11 日

符号世界虐杀琐碎真实，或反之
读《玫瑰之名》

哲学让人终归面临绝望。或者不如说，绝望终归引领人走到哲学那里。《玫瑰之名》：

> 开篇伊始是圣经，祈祷圣经，圣经即上帝。开篇是上帝，每一个虔诚的修道士的本分是每天以唱圣歌的谦卑，重复从不变化的生活。可以说这种活动具有无可辩驳的虔诚","现在我要逐字复述所看到、所听到的一切，不敢添枝加叶，好像要留给寻求符号的人阅读（要是魔鬼起初不出现的话），以便可以做译解这些符号的祈祷。

好的文字，即使是另一种语言，通过翻译也可以传达出它的节奏、速度和音高。正是这样。"祈祷"的反复，"虔诚"如同线索串起黑珍珠，魔鬼终会出现，"要是魔鬼起初不出现的话"。怀疑本身便值得怀疑，因为怀疑即假设一个确定性的真实。基督不怀疑，基督只相信。祈祷上帝，则坚信魔鬼必然降临，"要是魔鬼起初不出现的话"，信仰上帝如同信仰魔王。真相大白于世之前，日复一日静修祈祷。除却祈祷，再无其他，方是虔诚者的本分。二元论者声称他们信仰两个上帝，一个创造了非物质世界的慈悲的上帝和一个创造了物质世界的邪恶上帝。人总能为世界的脆弱找到合情合理的解释、找到似乎真实的根据。而世界竟然远非脆弱，仅仅是其强悍命定了人的脆弱。脆弱让人疯狂：开初，他们建不能成功的巴别塔，意欲走近上帝质问他；上帝昭示了人的处境，人便自相埋怨，无望而沮丧。因此会有这个故事：有人在恐惧中睁大双眼，有人在黑暗中为基督而战。

> 第一位天使吹号，就有冰雹与火搀着血丢在地上……
>
> 第二位天使吹号，就有仿佛火烧着的大山扔在海中，海的三分之一变成血……
>
> 第三位天使吹号，就有烧着的大星好像火把从天上落下来，落在江河的三分之一和众水的泉源上……因水变苦，就死了许多人。
>
> 第四位天使吹号，日头的三分之一，月亮的三分之一，星辰的三分之一都被打击……
>
> 第五位天使吹号……有蝗虫从烟中出来，飞到地上，有能力赐给它们，好像地上蝎子的能力一样……这痛苦就像蝎子螫人的痛苦一样……
>
> 第六位天使吹号，我就听见有声音从神面前金坛的四角出来……
>
> 在第七位天使吹号发声的时候……我先前从天上所听见的那声音又吩咐我说："你去，把那踏海踏地之天使手中展开的小书卷取过来。"……他对我说："你拿着吃尽了，便叫你肚子发苦，然而在你口中要甜如蜜。"
>
> （《新约·启示录》）

世界的符号，是一所修道院，一座图书馆，乃至一间厨房。幽暗的厨房角落里，漆黑眼睛的农家女，那也是世界的一个象征。暗示无处不在。人的一生正是在密实整饬的暗示之网中穿梭。远非自由。

在界限之内，随心所欲！

符号的符号甚至也可以是一本书，或者一匹黑色高贵的马。除却那颗硕大的牛心，那个物质世界的明证，关于贫穷、饥饿、世俗的甜蜜爱情和最原始的交换。

萨尔瓦托，一个流浪行乞的异端、"无知的人"、信奉苦修的赎罪者，他所使用的语言是所有语言的母亲，又或者说所有语言的私生子，这种语言粗暴、妩媚并且贞洁，永远不可重复。语言使用一次之后永远消失；但又并非不复存在，它存在于各种语言之中，"如同水消失在水中"——啊，这样蹩脚的譬喻。

还有那让年轻修士阿德索倾心难忘，让他获得罪孽的无名女子，她使用阿德索似乎耳熟的语言，似乎能够了解这些意思，意思不过是符号背后的所指。在所指面前，符号是那么苍白。那么威廉呢？通过知识获得解放？那不过是一句谎言，却是符号化世界中的最后一句谎言，否则将要直接面对一个残酷的真实世界。

上帝是世界的符号，二元论者的两个上帝则是两个世界（或者说世界的两面）的符号。上帝是符号之上的符号。但，那是苍白的，让我们再度回到那颗硕大的牛心。

修道士们为了抽象而战，当然，如果基督也是抽象那未免残酷。这些关于基督的残酷力量正在成就这个故事，而这个故事正是世界的符号。符号的中心是物质，它因此而空虚。世界，基督教世界，佚名修道院，符号的道路在这里分岔：一条通往图书馆，一条通往厨房。

图书馆的内部是瞎修士约尔格誓力禁绝的亚里士多德《诗学·卷二》，那符号的符号。

厨房的内部是温热、可食、连接着修士与农家女之间复杂关系的牛心,那为符号世界所反映的琐碎真实。

抽象的罪孽来自于禁书,但是残酷,凶杀案乃至一个伟大图书馆的焚毁;具体的罪孽来自于肉体(人的,和牛的),温情甜蜜,为理性所遗弃,为别的罪孽所遮蔽。

阿德索在垂死之年记下了修道院中七天中发生的七件惨案,记下了中世纪的宗教斗争,记下了学者威廉对世界睿智的认知。他也没有回避那件与他自己有关的罪孽,在这些血腥、较量中间,这中世纪常见的"小意外"无足轻重。真实的事件无足轻重。

辉煌的事件是图书馆的焚毁,使人悲哀的是无名女子的火刑。他们注定将在大地上受苦。图书馆,这通往天国的第二座巴别塔,其实与上帝无关——与上帝无关的事件是不存在的,事实是那塔并不通往天国,也不通往地狱,上帝与魔王都不会降临世界,因为这塔,这世界的符号,将由上帝与魔王分别的(也是共同的)仆人点燃。

> 七雷发声之后,我正要写出来,就听见从天上有声音说:"七雷所说的,你要封上,不可写出来。"(《新约·启示录》)

威廉在世界的边界之内追问,获得智慧的乐趣,只要不向上做非分之想,在天空之下,人有无限的自由。然而他们认识了符号,一个假设竟然触到了真相。老阿德索垂死,却决非昏聩,他只是在真相的符号面前,在大地的死亡之舞面前,给出一个黑沉沉的希望:

老人说,他"不知道在他写的字句里是否含有某个隐喻,甚或不止一个,乃至许多,要不根本就没什么隐喻"……

他这么说着,死去。

翁贝托·艾柯隐藏在这一切后面,他说,他只是想借一个故事谈谈符号学,科学地认识世界。如果真有上帝,如果魔王真要降临——人已经忘记了这回事;可是,那又如何?

2003 年 2 月 12 日

"卿云烂兮,糺缦缦兮"
读《中国历史故事：春秋》

呆坐到半夜，想起喝一点水，走出去，想起来还没晾衣服，于是收拾了一盆子到凉台。外面下着雨，我忽然抱住胳膊，对着对面的书柜，什么也不做，只是静静地抽起烟来。过几天，我要去做一些事情，这也许是重要的吧，对于我这样从无一德可报天的人来说。这几天来没法愉快，也没法难过，只是苟全性命于乱世罢了。

师兄多年前也无非这样宣言：苟全性命于乱世，独立飘渺之高楼。前者不需要特别的付出，后者需要一些。反对时，只说这不够宽广。却不曾想自己连这不宽广都没有。

小时候看《历史故事》，喜欢公子小白，因为他命大且机敏，又似无机心，当然小白听起来比纠要好得多。但不喜欢重耳，耳朵重的人，自然笨拙。也喜欢楚庄王，因他有一种侠气。很屌的样子，流氓做到了国王，这国肯定有想象力。最不顺心的是看伍子胥，因他"冥心刻骨，奇险到十二三分"。二十年过去，我自己却成这样人。怎么才能成为一种人，而不是另一种人，大约和面相一样，过了三十岁就要自己负责了。所以这站在凉台上，外面落雨点，想起这雨声是我喜欢的，在异地常常盼着雨季快到，好有冰凉的积水可踏着回家。

其实我们想要的不是真理，只是一些安详。忿忿然，于人于己都不是安详。让人皱眉头、灰脸色，兴许会有些得意，不过这得意很快就过去。过去之后，仍是无边的琐碎与腻烦。生活于我当是愉快，至少每分每秒都这么想，也以为在这么努力。即便睡着，也是为明天的振奋在蓄积。蓄积起来的生命力，只是耗费了，这漫长的一世到底有多少可喜？既见君子，云胡不喜。只是这里也既见君子，那里也如此良人何，怎么这样容易就见着了？

但也就是这样容易，管仲事事不顺，却偏偏被鲍叔牙当宝贝般捡回家，性情乖戾，连鲍大嫂都有些受不了，鲍叔牙却仍把他当成手心里的宝。管仲那样的不识好歹，不晓得报恩，饶是人家连心窝子都掏来给了他，他却嫌有心脏病。凡事都没道理，人生只若初相遇，那意思大约就是不要总心存感激。得之是幸，却也可能是命。

那外面的雨仍旧下，我也仍欢喜，虽说一丝一毫的降水，都牵着千万人的性命在，我却只听乐声般，还尽着想象小叶榕被濡湿的黑麻麻气根。暮春者，不该只尽着惦记家仇国恨，也不该惊心溅泪，是懒懒地游玩，再吃些粗茶淡饭，抱怨抱怨，低级趣味一番。我不想成功成仁，只想六月半夜里能没心没肺地听雨，喝点淡酒，或抿一口茶，满腹幽怨或小人得志地睡到迷懵。再为些不着边际的理想，愁闷一辈子。或半辈子。

以前历史老师说，先秦最活跃最辉煌，又说这活跃辉煌的前提是终身不得安身的离乱。我却似懂非懂。百里奚投奔王子颓，蹇叔警告他：这样做，无非落个不忠不智。当真是两难。乱世造英雄，这英雄也是凡人来。是凡人，则宁为太平犬。以前爸爸常说，这中国人太没出息，为了点太平做狗都愿意，现在我却想，当真是这样，人一辈子无非求个太平，与心爱的人分享珍重时光。即便格调不高，但做人也不该是参加奥运会拿奖牌。

大好的年成，并不是天上落下金玉宝珠，只是让人过个太平的日子，让生活里一切具体可感的烦恼都如期发生，让重大事件让位于八卦新闻。

每心情不好，就会读诗经，这次也是。读来读去，却不得解脱。埋怨、激赏或私情缠绵，都碰不到心里那块黑铁。今却在古歌谣里遇到《卿云歌》：

> 卿云烂兮，糺缦缦兮。
> 日月光华，旦复旦兮。
> 明明上天，烂然星陈。
> 日月光华，弘于一人。
> 日月有常，星辰有行。
> 四时从经，万姓允诚。
> 于予论乐，配天之灵。
> 迁于圣贤，莫不咸听。
> 鼚乎鼓之，轩乎舞之。
> 菁华已竭，褰裳去之。

济苍生，安黎元，从不是人力能及。就像历史从来没有进步过，今天并不比昨天好多少。只求不更坏下去。除了感激，仍是感激。否则，怎么活得下去？

2008年6月9日

我这个人，脾气很不好
读《尘几录》

我这个人，脾气很不好。动辄喜欢攻击别人。前两天和别人一起出去，吃饭时仿佛同行的人故意要吹些耳边风给我听，说某某人总以为自己了不得，总以为别人不如他，所以如何如何……我听着很不是滋味，心想你们俩和我也是熟人，何必这样呢？可以给我提意见嘛。但其实，人家若给我提意见，我肯定要发火。因此，再次下定决心要改。奈何决心下了还没几天，竟然又想要攻击别人。然后我又给自己找理由，我这是给别人提意见嘛，我不吹耳边风。其实呢，枕头风倒是挺好的，很艳情的样子，又比马上风要高级一些。话说枕头风也是古已有之的，《红楼梦》里不是有枕头边加屏风的讲究吗，枕头风吹多了，是会头疼的。《围城》里也把老婆叫作 headache，所谓上床夫妻下床君子，枕头风吹多了会头疼，如果不在枕头上吹风，就胃疼，胃是神经性的器官，所以还是吹枕头风的好，反正要疼，不要全身性的转移扩散。

扯得太远，还是说陶渊明吧——却实在远，因为不是艳情诗。我其实喜欢艳情诗的，但艳情诗不用讨论，就好比艺术电影需要讲座，看 AV 却从来只需要了解找片门径，用不着鉴赏指南。说陶渊明，就好比放掉最有味道的艳情诗，专门来谈艺术电影。继续拉扯一下，我满喜欢苏味道，好比苏州的味道。苏州的味道不大好，所以简称苏味道，这样人家以为是讲的八大菜系。

苏州菜也不好吃,油焖茭白我爱。茭白好,胖胖的,好像很白痴的样子。我就喜欢白痴,陶渊明就有一点白痴。

我有一阵迷海外汉学,现在也迷,但现在呢,是偶尔迷一迷,以前是一个比较长的偶然时段,总有三五年。海外汉学的好处是陌生化,都是普通的道理,被不明白的人一讲,实在是好玩。比如那个写金庸的,再比如《北京共识》,这些不是严谨的海外汉学,至少还没学科化,但话说回来,日本中国学也是在功利的基础上自成一家。我喜欢谢和耐,我也喜欢高罗佩,最好的是老高的《秘戏图考》,好辣的名!可惜内容一般。但我不喜欢斯蒂芬·欧文,我倒是喜欢斯蒂芬·金,可惜他不搞汉学。搞汉学的里面,斯蒂芬·欧文不是最糟糕的,最糟糕的是一个女的,叫作奚密,但又似乎还不能算进汉学,因为汉学是讲死人的事情,奚密都是搞活人。等她把那些人搞死,她就可以做汉学家了。所以我这里提前不喜欢作为汉学家的她,是有先见之明的。

斯蒂芬·欧文的不好,一是他不懂中国古代诗歌,都是胡扯,二是他欺负大家迷信海外汉学,老是写书给中国人买来看。他欺负中国人多,总有那么大的市场。像他写得这么差,在国外是不大好卖的,何况又是诗歌、古代,但中国人多,他又是外国人,特别能满足大家的虚荣心。我也很虚荣,所以我也读过他不少书,但是都不喜欢。我还不喜欢他的中国名字。宇文是个胡姓,不算正宗炎黄子孙,既然都是胡人,何必改来改去换名字。

斯蒂芬·欧文还不好是他娶了个坏老婆。本来可以原谅他的,奈何老婆继续糟蹋他。娶了坏老婆的还有赵毅衡,本是个有贡献的翻译家,奈何看上那么没姿色的虹影。虹影啊,还不给他争气。现在好了,老婆红了,自己废了。斯蒂芬·欧文没被老婆废,但也快了。我恨田晓菲给自己起名字叫宇文秋水,真是俗气,还有秋水堂。再譬如要叫秋水,就不要穿红衣服嘛,哪有秋水是红的,那是流血漂杵。也不能戴眼镜,透过玻璃镜片的,还能叫秋水?总之就是不满意她。但今天我最不满意的都不是这些了。

昨天上午在山上堵车,四千多米的草甸上缀鹅黄的花,远处起伏深浅的绿,还有云。然后,虽然正午阳光好,却落下大点大点的雨,一滴一滴实在有劲。我于是翻开《尘几录》继续看。书是去年就给了,我却拖拉着不写稿,最后又变成一桩书籍诈骗案。稿是没写,书也没看完,但总有一天要看完的吧,何况还是写陶渊明这白痴。费里尼在罗马住医院,倒死不活,谁都当他是个宝,他的发小却叫一个伙伴去城里"看看费里尼……告诉他,他是个小白痴"。真是良药,且不苦口。

前面废话好多,我是说《尘几录》。我这人有习惯,能换钱的文章要认真写,不换钱的坚决不认真写,想怎么写就怎么写,反正谁看都不给钱。就是故意要乱写。钱么,很要紧的,我为五斗米折腰,四斗半可不折。继续说《尘几录》,前面废话好多,而且还要钱的,真不好。既然要折腰,就要折得实在。到处乱折。不好,不看。但还是看。

譬如"悠然望南山"和"悠然见南山","望"与"见"就算是古已有之的公案,这里几千年了还要让它继续诈尸,总要给个理由,不能想当然。大约田晓菲是不懂得文献学的。孔子说,"夏礼,吾能言之,杞不足征也;殷礼,吾能言之,宋不足征也。文献不足故也;足,则吾能征之矣。"田晓菲却认定一个"见"字,说"'见'字之重要,在于它是一个意识形态的选择"。虽然道理上也说得通,却犯了文献学"代古人立言"的大忌,全无考据,只凭臆断。所谓校书如扫落叶,越扫越多,就是说的田晓菲这样人吧。搞得满地都是落叶了,难道还想去做清洁工,延长产品链吗?所以我就直接翻过前面,看附录的陶小白,乐一乐。

陶小白这人好玩,"少时壮且厉,抚剑独行游。谁言行游近,张掖至幽州"。我就想起陈子昂。我看陈子昂很帅,至少很霸道。霸道就可爱,譬如说我。当然咯,他也追求伪科学,但那时候连科学都没有,所以谈不上伪。说他伪科学是后人鞭尸。鞭尸是不道德的,虽然可能很有快感。我就不鞭尸。小时候最喜欢陈子昂《感遇》,一个是"本为贵公子,平生实爱才。感时思报国,拔剑起蒿莱",恨不得自己也是个贵公子!"位卑未敢忘忧国"不高明,因为可以通过报国来发家致富,动机不纯。但贵公子好呀,再想班固"百男何愦愦,不如一缇萦",还是贵公子好。最喜欢"自言幽燕客,结发事远游。赤丸杀公吏,白刃报私仇"。痛快,而且是从繁华地带去塞外边地,更是有气魄。不过呢,陶小白倒也不丢脸,因为他不是写报国,而是吹牛。"少时壮且厉,抚剑独行游。谁言行游近,张掖至幽州。"几句读来,好像小孩子吵架:一个说,"我哥哥是解放军!"见对方还不怕,就追加一句,"他有枪!"但是人家还是不怕的呀。陶渊明却也就罢了。吹牛嘛,真把人吓倒了,就是犯罪。

但是他一讲道理,一正儿八经,一中年写作,就不行了。不能发忧古之思啊,不是这个气质,就好比不能让王力宏演小武。他也想哲学一点,思想一点,但是不合适。所以说,田晓菲引用引用席慕容、三毛什么的,从小女人散文写到老女人散文,是对着路了。要写陶小白,她就不合适了,她没幽默感。那怎么行?《五柳先生传》是陶小白的幻想嘛,他其实满心都是焦虑。不焦虑的人哪能注意到南山啊菊花啊豆子啊什么的?不焦虑的人都在酒池肉林。到我死后,哪管他洪水滔天。还想当葛天氏之民,还要问人家：你看我像不像葛天氏之民？太不自信了，不自信才能写好诗。因为诗歌就是通过语言，实现对现实的颠覆和重构。说白了，就是胡扯呗。和我写这个文一样，属于不拿钱，就不折腰的那种。拿钱的诗另说。"若非群玉山头见，疑是瑶台月下逢。"真是肉麻得要死。是我，谁拿这样诗给我，我都要说：你不要写奇怪的诗给我，因为我们没有萍水相逢过。

再来说昨天山上下雨，我在路上诗兴大发，读陶小白的故事。"八表同昏，平陆成江。"嗳，我忽然想到，要是有人姓陆，就可以叫陆成江，很厉害。看起来很一般的名字，简直是李建国，却很厉害。女生都有个坏毛病（经我不可靠考证过），喜欢幻想自己以后的孩子叫什么名字。我有个同学当时男朋友姓丁，就说：哎呀，我女儿要叫丁柔然。又问我，你孩子要叫什么呀？我说，我不知道呀，既然你孩子叫柔然，我的就叫月氏吧，反正龟兹是不叫的。我一会又想想，说，可不可以嫁外国人呢，这样我孩子可以叫吐火罗。她不理我，想想却说，你要生个双胞胎，大的叫大月氏，小的就叫小月氏。我不识趣地叹气说，怎么好像大头党和小头党啊……其实，后来我还想：要是先生了个私生子，就叫吐火罗，后来红杏被拽回墙，再生就可以叫真正吐火罗。但是我没跟她讲，这种事情怎么好讲呢？

但是陶小白就敢讲，什么都不怕，小白就是这样的咯。主席说，世上怕就怕认真二字。陶小白好认真。前面说"愿言怀人，舟车靡从"，你想人家，人家都不来。后来接着说"安得促席，说彼平生"，人家都不来了，他还想和人家谈人生。最后还扭着不放，"岂无他人，念子实多"。人家都不理你了，你还说我也是有人可理的哦，但是我就是想你嘛。这样真可怕。有个男生真可怕，到处追着找我同学，她说：哎呀，我们不合适嘛。那个男生说：有什么不合适？你说，我改。真可怕。但是我却喜欢"狂童之狂也且"！又比如，"纵我不往，子宁不来？"这是有女孩子的骄傲在的。不过女孩子也真脆弱，《山鬼》前面还"子慕予兮善窈窕"，好得意的样子；还"余处幽篁兮终不见天，路险难兮独后来"，体贴得到家，什么都考虑到，还知道反思；后面才几分钟人家没到，就"君思我兮然疑作"。真是千变万化。幸亏我不是男人，要不这辈子怎么过啊！不过大多数男人好像也就这么过了，所以做女人更是惨。你然疑作了半天，人家根本没注意到，还说：啊呀，你气色不大好，在公司被人暗算了吧？哪里被人暗算，都是被自己暗算的。

但是这诗后面，田晓菲还是好大胆子地写笺注，"以语所安，所安云：此诗反用《论语》开篇'有朋自远方来，不亦乐乎'之意"。好悲惨的家庭生活！一家人有一个傻瓜不可怕，怕就怕在全家都是傻瓜。而且顶不喜欢把傻瓜家的生活拿来晾，就像《楚门的世界》一样，好残酷。田晓菲还说："陶渊明向来被视为与大自然水乳交融，代表了所谓'天人合一'的中国文化特质，但是细读《停云》，我们看到的只是人与自然的对立与差异……这首诗不是悲哀的诗。虽然雨水连绵，但这是春雨，不是秋雨。"但所谓秋雨的象征意味，也是大量文本累积的结果，现在她却倒置因果——话说回来，哪有什么因果。我一贯相信，世界上本没有因果，说的人多了，就成了因果。不可知论万岁。蛮好一首诗，让她给搅得，我于是丢下书，爬到车外，在山顶的雾里散起步来。愿言怀人，舟车靡从，倒是真的，因为这里山路上在堵车。不过我也不愿意想要和谁安得促席，说彼平生，有时间干吗不弹弹琴跳跳舞？

孔子也喜欢：暮春者，春服既成；冠者五六人，童子六七人，浴乎沂，风乎舞雩，咏而归。但是我不大喜欢小孩，太多不行，大人戴帽子也不好，最好就是在路上走走唱唱，还可以随时手舞足蹈，真是很不错。

2008 年 6 月 18 日

第一只小板凳
读《梦里花落知多少》

虽然说，并不经常想起尼采那句"最可耻的是使别人感到羞耻的人"，但其实这句话我还是很看重的。也只是单方面。譬如说，自己去说些、做些，使别人感到羞耻，不觉得什么；要是别人跑来羞辱我，或者只是有那么一些个说法乃至自己心里的念头，会使自己羞耻，就要拿这句话来给自己打气。但其实，这些说法或念头，也不过是我自己想出来的。

把自己伪装得比自己所是的更好，当然是有诱惑力的事情。比如说，人撒谎，其实是希望那是真的，多数的谎话撑不了多久，就会真相大白，但即使大白，曾经一度所有人都这样以为吧，曾经一度也享受过这种虚构的乐趣吧。撒谎的人，真是爱生活啊！光真实的生活还不够，还要虚构出来一些，才满足。前面这几句不是说三毛，虽然好多人说她撒谎，我倒不喜欢去考据她有没有编造自己的情事——编造又如何呢？我看她是个情种吧，很可爱。我说撒谎是说，有时候我还是希望自己一生下来就是个巨人，直接爱看堂·吉诃德，而不会迷恋三毛。

再来说羞耻。像看过三毛，还喜欢过她，恐怕是使自己羞耻的吧。用我一贯喜欢的话说，这是个人历史上不容忽视的污点。而且还要再加上一句：这件事，谁也不许说出去！可是，向爱因斯坦先生学习！所以现在就勇敢地搬出第一只小板凳。个人历史上总有不容忽视的污点。何况抽斗里还有好几只小板凳，这才第一只。

好像是小学六年级的寒假,拿到了压岁钱,好像是十块还是二十块。其实压岁钱总数可能要多一些,但一年就能挣这么一回钱,都要上缴。能自己支配的,那一年就这么多,算是个很大的数目字——初一暑假里,每个星期是两块的零花钱,初三时午饭钱是每天一块。高三时每周生活费是二十块。物价上涨快。人穷记性好。拿到这么些钱,就到附近的书店去看,想买书。

书架上的书我就爱上了这本《梦里花落知多少》。之前是在表姐家看过《沙漠中的饭店》,再之前是在表姐家看过琼瑶,哭得天昏地暗,最爱是《菟丝花》。虽然不知道菟丝花是什么样子,还是喜欢。二十年后知道菟丝子是补肾的药。补肾和琼瑶没什么关系,但也东拉西扯上吧。小板凳,不能要求太高。这才第一只,后面还有更糟糕的。不要要求太高。好,再来说《沙漠中的饭店》。幸好看到三毛,要不真不知道怎么才好,琼瑶差点害死我。一天到晚想着孪生姐妹呀电梯邂逅呀,怎么得了!还要哭,还要盼着得绝症。我真幸运啊。三毛真好,做菜也好玩,原来不只我一个人爱胡扯,爱瞎编乱造。我以为《梦里花落知多少》也是一样,就是好玩,虽然和封面不匹配,封面太雅致,太抒情——自然小六的时候绝不这么说。那时候说很柔、很温馨。看看,这货真价实的小板凳,如假包换。但,哪里换得到这么地道的小板凳?

其实三毛的玩笑都很好,不比钱锺书差。恩,该倒过来说:其实钱锺书的玩笑都很好,不比三毛差。但这样……似乎就不是小板凳了,是大板凳。现在还捏不出来。所以,钱锺书不比三毛差这句,等以后捏大板凳的时候还可以再用一回,现在是超水平发挥,名校少年天才班。

第一只小板凳

所以第一次看《梦里花落知多少》，我不喜欢，看不进去，谁知道那写的是三毛的丈夫死了，她去奔丧啊，守节啊什么的呢。到看了《撒哈拉的沙漠》，又看了《哭泣的骆驼》（总共买了四本，还有一本《雨季不再来》），重又看《梦里花落知多少》，真个是哭得不要命了。现在也还记得她写两人凌晨海边捉螃蟹，惊天动地喊的，只是彼此的名字。还有他潜下海里，她还痴痴地朝水里张望。到如今还信爱情，大约是因为有三毛写的爱情吧。真的，相识十三年，结婚六年，还那样互相迷恋，我是因为信她写的事，就信有这样的情。但也许是没有的，没办法，早年中毒，没有解药。但也许爱情就该这样的吧，也许是这样的吧，怎么也没法动摇这念头。那是喜欢或爱上什么人之前，就已经有的概念。若不是这样，那便不是爱情。虽然没遇到，但也没关系，因为遇到的并不是爱情，所以也不难过。

没有读过三毛的人，大约不能想象这种妄念。

还有书后附录别人写她，是她的仰慕者，在英国孜孜地蹲写字间赚钱，也许是穿着铁灰色刻板的正装，去到大加那利岛上寻她，面对着面却更十万八千里。这种爱慕，也是有的，不论是别人对我，还是我对别人。因为看到那人，也看到三毛，知道各自的不同，也知道各自对对方的怜悯或尴尬，所以还好这样的情形并不难对付。只是，人生自是有情痴，我这样对别人不得回答，是别人不好，别人这样对我同是不得回答，我还是觉得他脑子有毛病。人和人就是这样的，我看上的，看不上我，看上我的，我又看不上。这话是《新啼笑姻缘》的台词，冯宝宝演的那一出。我也爱冯宝宝。看她胖胖的样子，眼睛大得有点傻，不胖都还叫人觉得她体态丰腴，总是有几分惊恐，又总是惊恐都压不住的正大仙容。俗得这样雅。

三毛是雅得这样俗。再俗，她还是雅。又或者不算是雅，至少是附庸风雅，还是靠得上边。她总爱写自己，写来写去都是瞄准自己的肚脐眼，张爱玲先前嘲笑过，我也觉得好像丢人了点，但这有什么关系。张爱玲是自卑的人，因为自己肚脐眼长得不好，还嘲笑人家爱自己的肚脐眼。张爱玲，就是那种使别人感到羞耻的人，最不好。比如这里，我也可以引经据典说自恋是多么高贵，但我偏偏不，因为不乐意跟张爱玲一流的人置气。但是呢，我还是扛不过，所以要暗示一下，我也有大量名人名言可引用的，也不是记不得，是偏偏不。小板凳嘛，是这样的。能够引用名人名言，就显然不是搬出来展览的第一只。以后再引用吧——说坏了，是搬下一只小板凳出来时再表演引用吧。凡事讲先后，有点秩序好，小板凳，排排队，一个一个来。

闲话休提，言归正传。三毛写她和白先勇，似乎是去白家跳舞，她和顾福生的学生们一起学画。饶是白先勇是出名的同性恋，她还是要云山雾罩地写自己风情万种，当真是美得不行。连人所共知的同性恋，也不放过笔下的缭绕，这风情才真够风情。话说，她去赴白家的舞会，着的是月色绸连衣裙，腰带上别一朵玉色的牡丹花。我真喜欢她这腰上一朵玉色的牡丹，虽然现在也不知道什么是玉色。大约是玉石的颜色，也是很好的颜色啊，只是玉色的牡丹不知什么样子。

我中学语文老师的女儿也是个人物。一天去老师家，女儿正弹琴，着黑色长连衣裙，忽地起身说，我要去别人家吃饭了，转身回屋。出来，耳后别一朵金色郁金香。急匆匆听到下楼声。我好是神往，真想是她做客那家人的儿子，和她熟悉，岁数大些，好追求她。

《梦里花落知多少》也有那追求她的人写陪她一日在岛上会

朋友。我才知道大西洋的岛屿上这样美，有白雾的草场，安静的牛羊和满篱笆的白蔷薇花。虽则小时外公家也有满篱笆的蔷薇花，但是粉红色，且有蚜虫，此外，外公家的羊也是臭的，不能和三毛岛上的比。生活在别处，到我自己能够腰带上别一朵栀子花的时候，虽则也白，也香，却并不觉得有什么意思。还是一样，三毛那样的爱情，似乎并不像别一朵花那么简单。又好像别了一朵花，但此花非彼花，还是梦里的花最好。

2008 年 8 月 18 日

第二只小板凳
读《花解语》

我有一个网友，现在是我大学同室的老公。那时候我刚刚会上网，有一天，那人和我说，你看过亦舒的《喜宝》没有？我很喜欢那本书啊。我当然没看过，那时候连再看一回金庸，都要用陈平原恭维武侠小说的文章打底，才敢。不过却因网友的推荐看了。

那网友是个穷出身却有好工作的白领，好有钱的。他说当年从家乡乘飞机去深圳，身上只几百块钱，还是母亲塞给他的。是第一回乘飞机，心想要是飞机掉下去，死了谁管老娘？又想，死了也好，赔二十万是填的老娘名字，说不定跟自己活着去到深圳比，还是个稍微好点的结果。这种心思，不是穷人不能想象，而亦舒也不是穷人就不懂喜欢的。

亦舒的故事个个是深仇大恨却温婉过活的聪明女子。就算是有钱人家漂亮女儿，也一定有一个穷人家女子做叙述者，又或者有钱的女子会过上一段贫贱日子，终于修成正果，刀枪不入。总之，穷就好比一道必要的工序，非经淬火，不成大器。但亦舒又说，何必要成大器，只是懂得过生活就够，可要过生活，亦舒却要警告你，那可比念三一学院博士还要难得多。所以聪明的女子终不得好结果，所谓好结果就是赵敏终得一个张无忌给她画眉毛。虽然听起来不怎么高明或难得，算起来却真是千年不遇。明朝到现在也快千年，除一个虚构故事里，哪里还有这样好事？

她的故事里也没有绝顶的美女，《玫瑰的故事》当然是例外。不过"玫瑰三部曲"，一开始是只没心没肺的 37 度弹性芭比，再来是苦情戏，最终总要铺垫出玫瑰年老色衰却魅力不减的结局。《红拂夜奔》说红拂老了，皮肤不再是年轻时那样像苹果一样光滑，而是布满密密的金色纹路，洗了澡就要重两斤。接着却说一句，老了并不是说她不美了。玫瑰也是这样，就因为有这密密的金色纹路，才终于配得上这"美"字。亦舒的那些不美不富的女子，倒都是淬过火的，因此大概也就是她所赞成的美了。

有时候我想考证一下亦舒是不是穷人家出身，却总是忘记。大约因为这事实在不重要。倪匡名字有这等帝王气，却总一副泼皮破落户行径，这倪家就算不是下三流，也必定是暴富不久，就算不是暴富不久，也一定心里还是穷人。这一家子都这样，亦舒也就不必考证了。

再者，《花解语》里一个细节以前我蛮喜欢。就是花解语帮那有钱的男子家做高级保姆，人家的新衣服她细细地挑开轧线，拆掉商标。人家的管家就赞她，说她会得生活，因为那男子总埋怨衣服上商标把自己搞得像店铺里的木头模特。这乍一看，是讲花解语没虚荣心，是穷人的虚荣心，就像 ADIDAS 要把几道横杠印在、绣在袖臂上一样，唯恐人不见。把项羽那句话倒过来说刚好，锦衣夜行犹如富贵不还乡。可富贵了，选还乡还是选不还乡，都一样是穷人逻辑。有人肯告诉富贵了的穷人莫要还乡，毕竟还是好的，会得有感激给她。所以我算明白亦舒为什么受欢迎，香港本就是穷人地方。

这套逻辑说来说去也没什么意思，穷当然不好，但也没什么。总之不是一件大事。除非天下都没有值得关心的大事了，只好来研究一下穷的问题。我倒觉得穷人关心一下发财是正经。

我顶喜欢的电影有《触不到的恋人》，因为里面有男主角在海边兜着线衣点烟。是那样寂寞的海边，他又是那样孤单的一个人，不管是因为独居，还是因为父母离异，却在与世隔绝地爱上一个人，连自己在爱都说不清楚，都没法明证。那一个镜头，就是我成了那个和他接不到一个维度的女子在远到不能消除的距离，观望着他。一举一动，都是那样不可能，不可能看到，不可能触到，却又毫发毕现。是看到过的男子最性感的一面。这种性感，仅仅是因为具体，凡具体就动人。所以我想，喜欢其实就是远远地，太近了就不行了。亦舒就是把生活搞得太近了，近得没有分寸了，因为近，所以就有纠结，就有无法解决，就有在在处处的麻烦和污浊。

香港的女作家，比起来，可能亦舒还算好，就像台湾朱天文朱天心虽则不好，总还不坏一样。说起来，李碧华这名字我也喜欢，但不是那小说家，小说家的李碧华我是一点不知道的，只听说写过《青蛇》，但就那电影也不大喜欢。反正邪里邪气的，不喜欢，哪里来那么多邪里邪气；亦舒的阴阳怪气我也不喜欢，但我还是喜欢看她的故事，因为我也是穷人，总要找一点平衡才好面对这世界。

再说李碧华，有一首歌是一个叫李碧华的女人唱的，好早以前了，总有十多年吧，电视上看见。她人呢长得一般，还算端正，加上她唱的歌，说是正大仙容总没有问题的。我喜欢那首歌呢，也有一点幽怨，但一点不阴暗，虽则是在受苦，却是愿意的。就是这个"愿意"，我喜。李文秀说，那都是很好很好的，但我偏偏不喜欢。这当然有些可爱，但我现在却想努力说，那都是不好的，但我偏偏愿意的。就像她唱的那歌词，"等你走完天涯为你暖一壶茶／难道这不是你要的为什么说我太傻／问你会不

会冷盼你盼到夜深 / 如果这不是你要的该怎样爱一个人",我就是喜欢。

所以说,看亦舒要看到我这个境界,才算是圆满。虽然这前面一句好像没什么逻辑好推演出来,但就这样吧,亦舒其实也是不讲道理的,我也就跟她一路学着水往低处流了事。

2008 年 8 月 18 日

第三只小板凳
读《白先勇短篇小说选》

这几天我脑子里老是在冒白先勇的名字，冒他的《游园惊梦》，死活就是找不到那句老是在我脑子里咬牙切齿的，"唱戏唱到私订终身后花园，反正轮不到我去扮奶妈！吃酒，我不惯做陪客！"我怎么老觉得那是十三天辣椒蒋碧月的辣话呢？真是可怜，可怜的钱将军夫人，可怜的老五。可怜她，得月台的蓝田玉。

小时候，我有两本成人读物，一本《宝岛》，一本残头残尾的《收获》，那一期正好是介绍台湾当代文学，有於梨华《傅家的儿女们》，有聂华苓《桑青和桃红》，都是节选，不节选的是白先勇的《游园惊梦》。可那时候不喜欢。只记得钱将军夫人下了计程车，在窦公馆的穿衣镜前望自己那袭过时的长及脚背的墨绿杭绸旗袍。那料子映照不出原本光泽，钱夫人的怀疑真是惊动人，她自忖是老了、眼睛不中用的那一瞬，说哀恸天地也不过分。人是自己也要骗自己的。且不说她是不是当真还有私房钱，即便是当真爱那料子，只怕送到台北的大裁缝手里，那成色也是要被奚落的。此中奥秘，不可说。白先勇这厢也沉得住气，只是不表。因钱夫人自己心里也是不表的。

表不得。一表，就成李奶奶开唱：铁梅，你爹姓陈，他不姓张。那怎么可以。就像张清芳唱的：虽然明知无法让你回心转意，故事还要继续下去。白先勇就是这样知心又狠心的人，他是知道有什么样故事。有什么样开头，就有什么样收梢。但他要拧扭，他就要这样的折磨。所以说，我揣测，白不仅是出了柜的男同，还是没出柜的 M。凡折磨人的小说，都只自虐狂作者才能创作。这条真理颠扑不破。

《游园惊梦》是念中学了，才又能鼓起勇气读一回的。可见人性本善大约是对的，至少人性本懦或弱总是对的。只记得最强音是钱夫人几杯花雕下肚，唱不动了惊梦，却心里呼喊。《雪国》里最强音是哪里，我不知道书上怎么说，只记得驹子酒后到客栈，不体面地唤人名字。"纯粹是女子纯洁的心灵在呼唤自己男人的声音。"且不管钱夫人对着镜子望不到意念中翡翠似的绿汪汪，不管钱夫人计程车穿过窦公馆门口一溜黑色小轿车，那前面的一阵阵心紧，且都是没有表过，到这里，也就越发显得不值得表。吴声豪的笛子吹得再高，也没有得月台的蓝田玉的心高。心比天高，命如纸薄。不光戏子，也是各位。

到得出了门来，那片秋月恰恰地升到了中天，也是钱夫人心里那根弦子该呆呆停住的时候了。

但这边，李彤，还在继续美得不行，美得薄命。所以看白先勇，也是喜欢过李彤的：

> 周大庆打开了桌子上一个金纸包的玻璃盒，里面盛着一朵紫色的大蝴蝶兰。周大庆说那是给李彤的礼物。李彤垂下眼皮笑了起来，拈起那朵蝴蝶兰别在她腰际的飘带上。周大庆替我们叫了香槟，李彤却把侍者唤来换了一杯 Manhattan。
>
> "我最讨厌香槟了，"李彤说道，"像喝水似的。"
>
> "Manhattan 是很烈的酒呢，"周大庆看见李彤一口便将

手中那杯酒喝掉一半，脸上带着忧虑的神情向李彤说道。

"就是这个顶合我的胃口，"李彤说道，几下便把一杯Manhattan喝尽了，然后用手将杯子里那枚红樱桃撮了起来塞到嘴里去。有一个侍者走过来，李彤用夹在手指上那截香烟指指空杯说道：

"再来一杯Manhattan。"

多少人说她是最后的贵族，多少人说她是谪仙子，都是外行看热闹。过日子，是如人饮水，冷暖自知。越是场面上光鲜的，越是不知道多少肚里的烂糟糟。要不何苦这样辛苦地扮相上场？须知，最亮眼的总是戏子。"垂""拈""别""撮""塞""指"，几个动词，是纤纤葱指，又是明眸皓齿，我看却是洗刷不掉的唱念做打。

唯美主义说生活模仿艺术，是不假。却也不真。因为，只有坏的生活才模仿艺术，不管模仿的艺术好是不好。

白先勇是真悲凉，因他笔下没有张爱玲的梁夫人，也没有被陷害的葛薇龙。他这里，既说辣话、又有辣手的人是没有的。只有一些惨淡。就算他有金大班，有尹雪艳，也只是皮相，皮相底里是众男人／大陆文化的疲软。这里，谁也没有生活的智慧。

大概，生活里其实并没有智慧可言——白先勇若是这样想，真冤死了多少一心富贵高尚的人。其实，谁想知道所谓的智慧或者真理性的东西呢？"真理如果不能用来发明一种烹饪鹰嘴豆的方法，那就一文不值。"

2008年9月3日

菖蒲花，难见面
读《铸雪斋抄本聊斋志异》

前天下午去吃面，带着一本《聊斋志异》。虽是辛辣的面，却也吃得清爽。

小时候，表姐有好多连环画，我也经常看，最喜欢的一本叫作《凤仙》。有个书生住在郊外的寓所，环境好，有天竟然有人在他房子里偷欢被撞见，那一对男女也不是糟糕的人，只是仓促走掉，说以后再来赔礼。过几天却送来一个妹妹，比那之前的女子更美，名字叫凤仙。姐姐叫八仙，还有一个什么仙，也是个姐姐，却忘记了。和《一千零一夜》里的三姐妹不一样，这里的三姐妹都是互相帮助，成就姻缘的。后来是怎么回事，忘记了，这几个仙大约也不是花变的，只是一群狐狸。喜欢是连环画里把这几姐妹都画得好看。

后来读唐诗说"曲终人不见，江上数峰青"是鬼诗，因为说的大约就是有才情的鬼。我也很喜欢，虽然是不见了，却有青绿山水那样遥遥地告诉你她来过。吃面那天顺手翻到的是《绿衣女》。聊斋的故事不如阅微草堂的恐怖，大约因为不营造，只是讲故事，讲得奇妙好玩。绿衣女当然是妖精，只是婉妙可人，来的时候就说我当然不是人啦，但你看我能吃了你么？就是来和你好一下的。书生当然也愿意，有一天说你唱歌我听吧，绿衣女不同意，说是怕人听到，后来还是唱了。这就是却不过的情，没办法，按照古人说法是孽债——只因这一唱便要丢命。但她还是唱，声音细细听不见，但认真听却真是好听。

虽则短短一个小故事，不过百把字，最后却也动人。那一回缠绵完了，差不多要天亮，绿衣女要走，"方将启关，徘徊复返，曰：'不知何故，只是心怯。乞送我出门。'"要走了，又说："'君伫望我，我逾垣去，君方归。'"她这样怯怯地说话，实在是我见犹怜。新文学时期最好的情诗，我一直以为是汪静之那句"我一步一回头瞟我的意中人"，似乎是妩媚，其实是哀绝。又想起徐志摩写情书说，"是真爱不能没有悲剧的倾向"，就是每走一步都是在深渊上面，不知道下一步踏出去还回不回得来。本来是死不足惜的，大家都只是匹夫匹妇，但奈何心里有那个人了，也就变成了千金的性命，丢不得。所以瞻前顾后，左右为难。既见君子，云胡不喜，却又怕一不小心，担待不起，又怕万一有个闪失，那是步步都不能错的。任是江洋大盗，妖魔鬼怪，好高的法力道行，都处处担心自身难保，只因承了恩情。

那绿衣女爬过围墙，书生却听见外面一阵怪声，跑去看，却只看见一只大蜘蛛张了网，正自狰狞。书生去细看，一只小小的绿蜂都快被蛛丝缠死了。救下它，缓过气来，就悄悄飞走了，后来再也没来过。书生也自是惆怅了一阵，后来当然不必细表，考取功名了吧，后来也记得年轻时的这一出，但他是凡胎，死了就再没人晓得。她呢，好不容易修来的人身，大约就废掉了，但也够了，修成人身本来也就图一点人世的情事。

《阅微草堂笔记》里时时处处有鬼写的诗、文，都是惨淡得不行，但写得似乎也不好。要看鬼诗应该读一读李贺。"长安夜半秋，风前几人老"是感时，还好，不凄绝，但平日里写的打打杀杀，打杀的不是胡人，只是光、影、树、城。凡是人间的事情他都不懂得，只晓得一破再破。他倒不是鬼，他是被鬼缠了身，

菖蒲花，难见面

样样事情看来都是有了化身般的不可信不可亲,但他又要与它们亲近,只落得个支离破碎。人家来和他好一回,是"曲终人不见,江上数峰青",他是"不得与之游,歌成鬓先改",他是"我有迷魂招不得",他是"九节菖蒲石上死"。

古人说,菖蒲花,难见面。所以不到万不得已,不能做李贺那样的人,不能写决绝的诗。昨天我去湖边走,看见湿地里菖蒲已经发了芽,回家检视去秋掏下来的菖蒲子还在。菖蒲花不好看,黄黄的不见得娇媚,虽然那样难见面,见到了却也不过如此。但这是彩头,不能随便胡说,过天合适了,买些花盆,年年种它几十株。

我且看看这菖蒲花到底有多难见面。

2009 年 3 月 17 日

百尔所思，不如我所之
读《千家诗》

古时候的人，凶得很。汉乐府里动不动就是赌咒发誓，来不来就是灭门之祸——还不是灭一家，是灭的全人类，连地球在内，那时候还好没有宇宙学，要不连宇宙都一起灭。我有个女朋友，经常发发狠就引那首《有所思》，比如什么事情烦了，就收卷起行头来，咬牙切齿地反复吟咏那句"拉杂摧烧之……拉杂摧烧之……"我这边心里也响起了回音，是后面接着的还要险的两句，因为还不解恨，所以要"摧烧之，当风扬其灰"。集中营里焚尸炉也不过如此。

像盟誓的诗，《子夜歌》也很吓人。"山无陵，天地合，冬雷震震夏雨雪"，全都是世界末日的景象。难道就因为一次恋爱失败，就要毁家灭国吗？难怪到《古诗十九首》的时候，都被吓得没有生活的勇气和信心了，又是苦又是怕。搞来搞去最多就是努力加餐饭，活着没意思，吃那么多饭有什么用？所以这些我统统都不喜欢。

我主张人要温良恭俭让，大家要一派和气，搂搂抱抱，相互微笑。古时候的人其实蛮会生活的。有一段时间我特别爱研究古时候的人怎么过日子，比如深衣考，"衣二幅，屈其中为四幅。布幅阔二尺二寸。用二幅，长各四尺四寸，中屈之，亦长二尺二寸，此自领至要之数，大略居身三分之一，当掖下。裁入一尺，留一尺二寸以为袼，其向外则属之于袂其向内则渐杀之，至于要中,幅阔尺二寸矣"。最后还来一个"矣"字,意思这就够了,不算多。还不多的呀,这才光衣服,加上裙子、腰带、帽子,不晓得要用多少布了。古时候一遇到年成不好,就衣不蔽体,魏晋名士那么有名有地位的,都要穿旧衣服,长了虱子都不洗澡,因怕衣服多洗几回就洗坏了。

还有吃饭的问题,我也研究。《山家清供》讲做青精饭,我也想做,但是找不到那个乌树,我想想芹菜也很绿,但是芹菜叶子煮出来的水做饭,饭也并没有染上颜色。所以古时候的人,是很辛苦的,并不简洁。我平时就不主张复古,因为太麻烦。但是有时候我又想还是要复古一下,这样把大家都搞烦,没办法的时候,就要听我的。

也没所谓大家,就是我身边的人。所以大家都怕我规矩多,一到什么时节,想想我要出主意,就害怕,不讨论,直接说你想怎么来就怎么来吧。这样就真好,世界在我掌控中。但其实我悄悄下来是读千家诗的。唐宋的人因为学会写五言七律,什么都规矩起来,就来感情呀事业呀,都有了模子,轻易出不了框框。所以看千家诗是难得有感触的,给小孩子读千家诗不会导致思想脱轨。只有一首,也不是很出名的一首,我小时候读了到现在也还不忘记,觉得很是寂寞,就是白居易那首《直中书省》:

丝纶阁下文章静,钟鼓楼中刻漏长。
独坐黄昏谁是伴,紫薇花对紫薇郎。

草木形骸,也不过如此。也不说是好时节,也不说是良人,就算是坏人罢,他也只是对着和他一样乏味的物件。还在上班,不能离开,所以好可怜,就这么两两相对,言语无味,面目可憎。我现在也是在上班，不能离开，所以我也烦得来，看着千家诗，恨得不得了。首首都是幽怨，好不容易有点快乐，又说"此生此夜不长好"，他怎么知道不长好。真是讨人厌啊。

大约没有大志向的人，就是这样的吧，外面是风起云涌的时代大潮，没志气去扑腾扑腾，就知道在这里不高兴日常琐事。但就让我沉迷于低级趣味无法自拔吧，境界低有境界低的好处。王韬写《言志》也无非"娶一旧家女郎，容不必艳，而自有一种妩媚，不胜顾影自怜之态，性情尤须和婉，明慧柔顺而不妒，居家无疾言遽色。女红细巧，烹饪精洁，倘能作诗作字更佳。薄能饮酒，粗解音律……"多么低级啊。我忽然想，"闲来无事不从容"的意思，大概就是说，让我做个堂堂正正的废物吧！

但是怎么说都不着痛痒，因为我今天真开心啊。

2009 年 4 月 9 日

最是寂寞小阳春
读《小团圆》

《倾城之恋》里，白流苏和范柳原在浅水湾附近的断桥边散步，那是傍晚，说起来地老天荒，两人都不讳言此刻彼此没有真心，希望辽远辽远的将来，也许会有的吧。一定是要现实生活都全部毁损了，才能有原始朴素的情感。否则，都是装扮。这大约就是遗少们的期盼。在他们的世界里，规矩和遗迹实在是太多，从小耳濡目染的都是情爱的经典描述，似乎并没有生动可感的真情流露。就像京剧里男子假扮的女子，到处都是女色的婉妙，却都只是套路——是闺秀中的闺秀，荡妇中的荡妇，由不得你不按着那套路来搬演。

但又有天地初开的诧异和不遵守。譬如《金锁记》里七巧的不懂得，"她睁着眼直勾勾朝前望着，耳朵上的实心小金坠子像两只铜钉把她钉在门上——玻璃匣子里蝴蝶的标本，鲜艳而凄怆"，因为不懂得所以能够不遵守。又有《连环套》里霓喜的泼辣和刺激，撩拨和调情都来得直接甚而幼稚，被有规矩的人看在眼里，就上不得台面了，但是还是新鲜而有生命力。

所以张爱玲的小说有着真正的肉欲感，虽然并不直接描摹性，至少不多。范柳原要白流苏裸着身子在热带雨林里奔跑，想看看她本性里的可爱之处，却是不可能的。对于白流苏这样的闺秀，脱离了樊笼她就一无可施展的余地。就连《留情》里的淳于敦凤，臃肿的肉身、贤淑的派头之上若隐若现的魅力无非是那略带苍老的嗔骂，那是从老姨太太们处耳濡目染来的"长三堂子那一路的娇媚"。

《小团圆》不知毁掉了多少人心目中的华美和气派，也满足了我这样人对当年深闺中的淫乱氛围的好奇。九莉当初说，蕊秋"不过是要人喜欢她"，后来却知道她打胎的次数也很不少。九莉当初以为楚娣与绪哥哥是柏拉图式的爱情，后来却知道两人床帏之间也各怀鬼胎。但她毕竟是"初开天地"的眼睛，看到的都是不合式，不妥当，不应该。在她看来什么都是新鲜，所以有《琉璃瓦》中郑川嫦的不知命——在那个世界里，知命是最要紧的本领，否则活不下去。蕊秋这样的美妇人是早早就知命的，她的出走欧洲不过是要了一回活宝，不过是扮演家家都要有的一个不规矩的妇人。而她的老无所依也是意料之中的事情，唯一的例外是九莉，也就是张爱玲她自己。她要扮演一个例外。但这也是她的本分。

遗老的家庭里无一例外都要有一个早慧的孩子来背诵"商女不知亡国恨"，都要有一个不本分的后代要卧薪尝胆发奋图强，只是这一次角色给了她，不是九林。怪只怪她聪明敏感，怪只怪她在自家里也演一出寄人篱下，"步步留心，时时在意，不肯轻易多说一句话，多行一步路，惟恐被人耻笑了他去"。

……与三姑比较远些，需要拉拢。二婶要是不大高兴也还不要紧。

"想好了没有？"

"喜欢三姑。"

楚娣脸上没有表情，但是蕊秋显然不高兴的样子。

早几年乃德抱她坐在膝上，从口袋里摸出一只金镑，一块银洋。"要洋钱还是要金镑？"

老金黄色的小金饼非常可爱，比雪亮的新洋钱更好玩。她知道大小与贵贱没关系，可爱也不能作准。思想像个大石轮一样推不动。苦思了半天说："要洋钱。"

《小团圆》里这样的片段多了，难免显焕家世的嫌疑。自然，老派人家有他们的规矩，规矩大得超过凡人的经验。但并不超过凡人的想象空间和知识领域。在舞台上展演的情节若是太高于经验世界，也是不行的，幸亏《小团圆》的多场色香味俱全的床戏是在《色，戒》的人体体操之后登场，否则还不知道要吓着多少人。她当初也是充分暗示了的，《沉香屑·第一炉香》里说中国人自有许多狎情小说和春宫图片作性启蒙，不比外国清教徒们的幼稚无知，饶是她这样的有家学渊源，饶是她偷读了父亲多少的色情小报，还是要栽到一个乡下才子的手里。邵之雍的来历在《小团圆》里点破不多，只是乡下有老婆这一层透露了他的性经验起点之远，还有秦淮河的歌女做妾——那是近于雏妓的吧。

但她终究还是怀了一层理想化的企望。《我看苏青》里，"对于苏青的穿着打扮，从前我常常有许多意见，现在我能够懂得她的观点了。对于她，一件考究衣服就是一件考究衣服；于她自己，是得用；于众人，是表示她的身份地位，对于她立意要吸引的人，是吸引。苏青的作风里极少'玩味人间'的成分"。而于她自己，一件考究衣服不仅仅是一件考究衣服，对于她立意要吸引的人，不仅仅是吸引，她要"玩味人间"，也就是说，既要吸引那想吸引的人，要有才女的天然妙目、正大仙容，又要不模仿还自然就具备比长三堂子那一路还要高明的"娇媚"。不妨把这个符号化的理想，看作是一个过气阶层想要脱胎换骨、混入新体系的野心。

她母亲那一代的美妇人,是缠了小脚却要遮掩,是白流苏那样"娇小长不大的身躯,白磁般的皮肤,永远萌芽似的乳",有着孟烟鹂似的"不发达的乳,握在手里像睡熟的鸟",是外国人眼里不折不扣的中国风格,神秘而脆弱。要说那种风格不美,也是不对的,但到了张爱玲却不愿仅在于此。《鸿鸾禧》里的邱玉清"是银幕上最后映出的雪白耀眼的'完'字",而娄家姐妹则是"精采的下期佳片预告",十分刻薄而贴切,但别忘记这剧情之外还有一个自认为既传承古典端丽、又习得现代健美的作者本人在——她这时候还没被迫抛弃自己的立脚点,尚没有写《华丽缘》时凄惨的自知之明。这时候的她自忖接纳了西洋化的教育、殖民地的文化、混血儿的爱情观,她还有资本希图做一支红玫瑰,所以虽有一双看透三亲六戚隐私的毒眼,却仍把邵之雍那句"所有能发生的关系都要发生",当作了爱情和勇气的宣言。

也未必不是爱情和勇气的宣言。张迷恨胡兰成的不守夫道,不惜一厢情愿地主动忽略:世界上其实并没有所谓夫道,正如也没有什么妇道一样。恨礼教的人,集中呼吁要解放妇女,却隐藏了要拘锁男性的潜台词。其实,在我个人是喜欢胡兰成的,他自称永结无情契是勇敢和坦白。且不论是乱世,本来人和人相知相交就只是彼此陪伴走一段路罢了。只要有足够的现实感,谁和谁也不可能刎颈相交。真要是那样了,不过是把爱情当成了事业——简直不仅是事业,而是成了霸业,一定要舍生取义,上演一出宏大的英雄叙事。有那么夸张吗?我当然愿意相信,世界上有永远坚贞的爱情,也同意人应当追求这样的爱情——不仅是爱情,做人就应当言而有信,忠贞不渝,只是不能强求。而且一定要对等。

但她要的爱情不是那样。她是既要有两人平起平坐地相看两不厌，像传说中的天长地久，又要能够自谋其食、独立社交，甚至要还母亲供养费，同时千娇百媚的狐狸精状态也不放弃——要有爱一个人爱到向他要零用钱的依赖和娇怯。真是传统、现代两不误，怎么可能实现得了。要实现也是一瞬间的事情，所谓天上一日，地下十年。胡兰成是这能实现美梦的人，且看他把爱情说得那样花枝招展，只是这样的爱情过不得日子。

　　张爱玲也不是过日子的人。她是背负了太多的使命的人，当然也没谁说她就是这一族人这一代人里应当代言的谁，只是她一生下来就习得了唱念做打的功架，遇事就没办法不拿出来耍弄一番。就像胡兰成也是自我暗示了乡村知识分子、落魄才子外加游龙戏凤的命，不拿出十二分的力气来摆脱不了。也没见到谁能摆脱自己的命。人大约都是有预感的吧，就像希腊神话一样。张爱玲小说里的男子多是负心薄幸，她能理解到的局限就是她遭遇的极限。胡兰成也不是一世的处处留情，只是要等他遇到降服他的那一道金符。而他却是张爱玲命中注定的那一道。就好像世纪末的冰川来临前，总有那么点回暖，她所属的一代遗老遗少们，有得一个她来在孤岛里风光显赫，把一阶层命运残余的灰烬也拿来燃烧一遍，还耀眼引人注目多年——也该知足了。而于她个人，过后的半辈子靠这点回忆里的余温（不管真假，她也梦过多少遍），再延续些时间。梦里得到了团圆，把一生的甜蜜痛楚都拿来数落一遍，就此解脱了。可是，是梦，就不能实现。

2009年4月7日

是余音绕梁，也是莫名其妙
读《唐宋名家词选》

中国的学者里，我痴迷的有那么三五人，龙榆生先生是其一，能与龙先生并列的还有一个吕思勉。然后下来也许还能有王利器，再有蒙文通……想想，就好开名人大会了。

其实也都不是什么名人，说来都是生疏的名字。他们这等人没有入得了时兴的大作，也没有犯得上批判的忌讳。是历史课本的书眉页脚上手写的铅笔字，到再版的时候就会消失。总会记得，因为不忍心。再譬如会做古小说钩沉的鲁迅，擅写西南马帮的艾芜，或者把十九世纪批判现实主义与明清章回小说融会的李劼人（他还做过遗老风格的成都市市长，有一院漂亮的芭蕉树），因为没有一心要捧红他们的当代红人，所以也就渐渐地淡出。淡出也没什么不好，电影里淡出的镜头是诗情画意的表示，总比一味阴冷的长镜头要好，譬如季羡林，仿佛一出漫无结束的长篇悲情电视剧，乏味到后来连广告也没人愿意来插播了。

又或者捧也是捧不红的吧。连张爱玲也说，"张爱玲五详红楼梦，众看官三弃海上花"，所以私淑只是私淑，谁心里都有一根隐秘的弦，弹拨得响也只是于我心有戚戚焉。

可是我之知道龙榆生却是因为当代的一个红人。说来那时候我年纪小，不晓得分别好坏，也曾迷恋过汪晖：汪在文章里忆及扬州师院的青涩年代，有一个章石承先生是他的导师，且似乎王小盾也与那章先生有些师承的关系——看看，都是现今炙手可热的人物。却说章石承正是龙榆生先生的弟子。汪的文章里隐约也提到了龙先生与南京中央政府的关系，却不说明白，只说那龙先生身后连名字也不敢示人，墓碑上只刻着"九江龙七"。那九江也不是他祖籍，是夫人的乡里。沦落到这田地，且是文人，总难免叫人同生身世之感。汪文中也述及在龙先生墓前矗立神伤——文人，但凡被卷上了风头浪尖，多少也排遣不去些忧惧，因此那时节的汪一定是有些真心的。所以，汪晖是可以原谅的，顺带着我也原谅了自己的曾受蛊惑。

龙榆生的词学现在也不大出名。我常常读的这本《唐宋名家词选》，选词手法好，注释简而不约。且虽他自己填的多是婉约一派，却也大是推崇豪放派的作品。这样说来说去我也觉得似乎不妥，没有说服力。只是那流传最广的《宋词三百首》，一无章法，二无注解，选词的疆村是大名士大遗老，当时的风流人物穷途末路，老来无所依，批词的砚是授给了三十不到的龙榆生。先先后后多幅授砚图是一时代的佳话。也是一时代最末的佳话吧。师承这件事情，早已经不见重视了。

总是发牢骚是不好的，做人要有审美的态度。要不是这本词选，大约我也不会认真读到白居易那几首《忆江南》，真有词味的是"山寺月中寻桂子，郡亭枕上看潮头"。连带着想起岳飞的"特特寻芳上翠微"，虽是诗，却也脱不了词味。词比诗更有叙事性，一阕词里绵延不去的是一个情事。只是欲说还休。诗是从《古诗十九首》，一直是抒情，对宏大的人生主题发议论，或者心有余恨。但诗经却又不同，"我心匪石，不可转也。我心匪席，不可卷也"是对人哀哀地诉求，反复唱着那句"忘记你我做不到"；又譬如"投我以木桃，报之以琼瑶。匪报也，永以为好也"则是无以为报、以身相许的表白，古今传奇里随手都是的段子。

词又是最讲体面的，诗可以打油，曲到了今天人多只晓得那"铜豌豆"的无赖。词最多是词牌里有下里巴人的遗迹，也不多只是"丑奴儿""鸭头绿"，连"菩萨蛮"也因为"杨柳小蛮腰"而不陋也不俗了。且说到词牌，也是最感伤的，凡是离乱的时世，却要唱"定风波"，凡是同心而离居的，却定要填一阕"点绛唇"。但有时候却又现实得不怜惜自己，我最爱是《破阵子》，"醉里挑灯看剑"是等着人问"尚能饭否"却等不到了，只好半夜里仗着酒胆想象魔兽世界，接受老泪纵横的结局才是聪明吧，总比"不信比来长下泪，开箱验取石榴裙"却还只遇到冷眼要可靠。

再有"相见欢"和"永遇乐"，我喜欢是前者，因为更口语一些，又因为后面那个总容易联想到"长乐未央"，不是好兆头。语言有时就是巫术，要小心不要给自己给生活念了咒语。但对于强悍的人来说，也无所谓，因为不是我要听生活的，是生活要听我的。那么只要相见就一定是欢欣鼓舞，唯有见也见不到是最糟糕。

龙榆生先生是喜欢李煜的，这其实也是废话，因为只要按着规矩来，读词就应喜欢他。以前觉得《浪淘沙》好，因那句"梦里不知身是客"有自觉的改正与调整的意思，有终于还是与现实相遇的解脱。只是不见踪迹的故人与这清明的节气，总还是人生无常的局限。这局限也就是"无奈朝来寒雨晚来风"，就是"自是人生长恨水长东"。而没有局限，大概也就无所谓相见欢了吧。

拉拉杂杂说了些废话，其实是想在诗歌里找一个出口，奈何却找不到。既然在生活里面，那就是出不去的，况且，出去做什么呢？还在这世界上的人，有无限的感伤的可能性，对着具体生动的生活，或者变幻莫测不可认识的规则。诗也好，词也好，唐也好，宋也好，它们有各自的表达和突围，我只是想知道，哪里才能找到那个表达。而表达的需求总是不断滋生变化的，有时候甚至不是表达，只是一不小心，某根弦就被弹拨响了。是余音绕梁，也是莫名其妙。

2009 年 4 月 3 日

轻装上阵，或者不
读《古典学术讲要》

没有掌握最基本的知识背景，并且没有什么任务局限的时候，我倾向于用东拉西扯的方式写文章。描绘出生动具体（虽然不见得活色生香）的生活背景，可以多少弥补一篇文章的空洞和无根。在这种习惯和劣迹的基础上，可以构造出一种写作观念。在这个世界上空泛的道理已经充斥几千年——说穿了，芝诺和斯宾诺莎之间又有多大的区别呢，假如明天就爆发星际大战，又或者平行空间一瞬间全部暴露在我们眼前？人类所有的知识理论无非是建立在有限的生活细节基础上，而能够分享这些生活细节的人之间就分享某种或某些知识理论。

由于有了生活细节这个颠扑不破的基础，可以说：对于一本书（包括《古典学术讲要》）来说，最基本的存在方式应该是在什么时间什么场合出现在什么人眼前，然后经历什么样的阅读（包括误读），最终还可能经历什么样的传播（这样考量时，作者基本上就不在这个分享的界域，他可以像一个神一样存在于我们关于这本书的观念当中，也可能非常不幸地无法为自己辩护。这是对作者的某种想象，也构成我的《古典学术讲要》的阅读经验）。在我看来，投入的阅读行为应当如此：积极的读者可以使一本书不只是它自身，而是整个生命，整个宇宙。

那么接下来，加入这些有信息量的句子就不显得奇怪了：我的朋友ZD大概参加了《古典学术讲要》的大多数讲座，而另一个朋友 HD 今天下午询问了我关于阅读《古典学术讲要》的感想，他也参加了这些讲座。他们都是离张文江先生非常近的人，不可推卸地，我受到他们的影响，一些遥远的观感导致了好感和景仰——张文江先生可能是最难被谈论的几个学者之一，一部分是因为他过于独特（这种独特责任在于外部）。他著作中关注和评价的对象都不是小人物，他有着很高的立足点：作为一个在这个年龄还比较活跃的学者、文人，他关注和评价的视点也多少透露出他的自我期许。最起码，会通是他想追求的。然而，现时代不是一个适合中国古典学术阐扬的时代，种种原因限制了他的可能空间。

但同时，即使很难找到切实的理由，独立而偏执的阅读状态又让我怀抱一贯的普遍的批判。这种批判同时又是摇摆而虚弱的。这是由于面对着一个真正的阅读对象：这本书处理了真问题，对待这些问题的态度是根本性的（因此也是无法找到可靠依托的，这里，全部都是我自己的，一旦它错了就没法推脱）。我只想在这里交代一点很小的我执，就是关于语词，至多也只是行文遣词的态度和习惯。

这本书所关心的话题是一些最基本的中国古典学术文献的阅读和理解，以及涉及当下的某种联系或者应用思维。这里涉及作者对于学术与实践的之间关系的建构，就假设他的要求低到述而不作（述和作之间关系是非常重大的一组认识论范畴，涉及可知论与不可知论之间的争端，而中国知识分子被这个难题困扰了几千年，这里没有能力追溯）。但这个"述"在我看来是有一些问题的。

庸俗点说吧，流于油滑。对于一个老知识分子来说，这个评语很残酷。但在我看来是这样。不过《渔人之路和问津者之路》

没有这个问题。第 70 页，我随手翻的：

> 一旦这个物品贵了，一点都不要吝惜，像垃圾一样把它抛出去。在大家都认为不值钱的时候，你要把它当作宝贝，一点点小心收集起来。还是刚才讲的道理，贵卖贱买。当然这里有一个前提，必须都是好的物品，也就是前面讲的山东出什么，山西出什么，不是好的物品也不能取。其实这句话中也暗含了一句投机格言："卖出要快，买进要慢慢来。"

教授讲课大家都听过一些，口语的遣词造句很能看出一个人的倾向。什么是好的物品？好坏是最基本的价值判断。这里把好坏与贵贱等同了。《货殖列传》当然是经典，树立起中国人的价值观的基本文献之一。但不加考虑的将好坏与贵贱等同是不妥的。每一个词语背后都是一个观念系统：使用什么词语，就是借助什么观念系统。此外，书中使用时语的地方很多，作为课程讲义来说，可以理解，但若保留一点批判眼光，就会更慎重地措辞，否则和商学院的读国学有什么区别呢？这是一点小小的批评意见，可以忽略不计。

当我们把这本书当成一个宇宙来看待的时候，一切又有着不同的面貌了。张文江先生是一个有着很深的忧患的人，也正因此他会选择以讲座的形式，孜孜地向学生讲述着这些旧时只是作为个人生活的古典文献阅读感想。最起码这些应当是朋友间闲谈的趣话，而现在却成了讲座。与一群阅读经验不对等的听众讲话，这种处境取决于两点：现实文化环境与个人文化追求。他这里是放低了身段在讲时语。

粗浅地看，他有一点意见就是中国什么都古已有之。而书中所选的文献所谈论的都是很基本的问题，一个人读了一点书都要面对这个问题。每个人的局限和勇气，导致结论的不同吧。而会通这个理想比较危险，因为整个西方学术的基础不仅仅是希腊哲学，也不仅仅是康德、斯宾诺莎什么的：达·芬奇建立了一个荒谬的想象世界，但那也是文艺复兴之后很伟大的认识观念；当代的西方世界的思想观念，后面有机械论、非欧几何、细胞分子学等等革新带来的一重重理念崩溃和重建的历史。没有痛苦和争端，怎么会有智慧的自信呢？建立在痛苦基础上的理论和思想，在很大程度上会持久地强悍。

对过去的取舍和重新发明实现观念世界的更新。这不是一个人、一代人能完成的——张文江先生也不能。大量的错误、荒谬乃至滑稽，披沙沥金过后，也许能有一点收获。但也没有包票的。印度古代文化那么伟大，现在不也湮没了吗？读《古典学术讲要》，我却越发想要做好准备中国古代文化会同样湮没——玛雅人那么高的智慧和艺术才能，现在什么都没有了。我们的文明最终也都是要毁灭的——其实现在看看斯宾诺莎，有的地方可笑幼稚之极。但没关系，那是当时的智慧顶点，并且传播影响很广。用古话说是时势造英雄。也有他个人的执着、自信（人类道路无非是累积的错误之上的错误，逻辑本身是回环结构。各种论点都有可能颠扑不破，雄辩者能使人附和）。因此，湮没也是无可厚非的。我们能做的也许就是轻装上阵。

在此悲哀的前景下，如果说我们还能相信点什么，就是一点微薄的经验（对于有文字的时代来说，也许还有符号的记忆）。建构起来的经验和记忆，其实没什么是真正无邪的。就连人性本善恶之类的，也无法成为立足点。某种程度上的虔诚或忠贞，对文化也好对传统也好，也许只是某种残存的没有进化完的痕迹。所谓数字的编码的人类文化，在宇宙的角度来看，只是无始无终的回环中的一节一片。中国的文明，譬如说《道德经》，当然是很高明的，但你能说它是高贵或高雅的吗？谈不上，它和数学一样，只是关于这个宇宙，关于我们生活的某种解释和逻辑。掌握一些基本的常识（有时候我们会说那是智慧），就可以在日常获得安宁——但甚至连死亡我们都没法定义，因为没人从死人世界回来带来可靠的信息。如果说中国古典传统能提供些什么，那就是基于汉字的符号记忆基础。有着丰富的定义和观念系统，每个人都可以从中找到使自己安宁的可分享的经验和记忆。这当然很宝贵，否则在这个全球化数字时代，我们就都是无根的，无依无靠的——这是所有的古典文化共有的价值，当然这是博尔赫斯的观点。

我以为逼问到这个程度，也许是个很高的格调，而这也是我在《古典学术讲要》里读到的一点真正的趣味：对伟大传统的理解与体认。在这个基础上去设想，张文江先生一定经历很多美妙的时刻，而那些参加他讲座的人也分享了一些。也许真有那么些人，在现时代都决意轻装上阵的时候，他们却倾向于选不。

2010 年 11 月 9 日

"但是眼睛不回收泪水"
读《学习之甜》

今天我要来大规模地感伤一下,原因是因为今天是 12 月 15 号,月中应该感伤。我记得马骅有一首诗题目是《一年中的最后一天》,但其实是萧开愚先写,萧比马水平高(我最近很喜欢用高级和低级这两个词,比如说,高级毛衣、高级地毯、高级电脑,大胖喜欢用豪华、宫廷、华丽等词语,以及高级这个词语,我正在向她靠拢。她总说她是教授水平,我想我也在向教授水平靠拢,很高级。要是谁看到这里搞不清楚大胖啊什么的,就不要看了,我很厌烦解释,对很多东西都很厌烦,我有很高级的厌烦情绪)。那首诗的确相当感伤。

一年中的最后一天
萧开愚

起床的时候大雾已经散尽。
女邻居穿着内衣在走廊上,
把粗眉毛画细。
我酒还没醒又害上感冒,
昨夜的寒风龟缩到了胃里。
如此糟糕的身体属于我,
就像难看的体形属于女邻居,

她别扭地闪身让我走向楼梯口，
我毫无目的但必须下去。

阳光从来不像此时强烈，
在草坪上印下清晰的树影，
在草坪上，男生翻筋斗，
女生单脚乱转，
发白的树叶零星地落着。
我开始退着走路，
并听见一辆卡车驶近屁股。
一年结束，
世界从连日浓雾中收回了它的形象，
（墙上的标语无耻地醒目）
但是眼睛不回收泪水。

最后一行，我拿不准是"回收"还是"收回"。这是从网上搜索拷贝来的，没查原书。但是好像"回收"要好一些，显得眼睛好像造眼泪工厂。我也有一双造眼泪工厂，但是产量不高。哎，我不要去想那些感伤的字眼或者意象，我不喜欢感伤。我也不喜欢忧伤。这种事情很矛盾，就是说，不喜欢的事情，但它又往往必然发生。不清楚是不是必然，反正它想发生就发生，就像一列火车朝着一个大湖驶去，轨道就是这么铺设的，一切都顺理成章。坐火车在秦岭里经过时，并没有过这样的想象，火车这种发明很奇妙，不像公路，公路有选择，但火车没有。其实公路也没选择，但显得像是有。最美好的公路电影就是一个人在驾驶位坐着，望着前方，一直开。一直开。前方有时候有山，有时候有草原，有时候有城乡结合部，有时候有商业区。但是他一直不停止地开着汽车，朝前。公路是无穷无尽的，由此可以证明。事实上，有无穷无尽吗？这样一部公路电影就是在论证这个多么伟大的话题。火车盘旋在轨道上，有时候到头了又往回开，很像是蚯蚓，我不知道蚯蚓分不分首尾，分不分也无所谓。总之就是这样，到头了就回来。游乐园里的小火车不是这样，是绕着圈开，不停地绕圈开，直到把坐小火车的小孩搞成白痴。于是他们就出来，开始人生道路。

其实公路也就和游乐园小火车一样，在盘旋，把我们搞成白痴。这就是我们的人生道路，可是，当我说自己是白痴的时候，甚至只说自己是笨蛋的时候，也会有人反对。大概是出于某种人道主义精神，连我给自己一副这样暗淡的光环也不让。

佛教的图画里，观音娘娘有光环，她也很漂亮，但是不够妩媚。大概因为她其实不是女的，但衣服还是飘飘的。穿白衣服的女子都显得性冷淡。所以天鹅湖里有个黑天鹅，但是是个坏天鹅。穿绿衣服的女子很妩媚乃至性感，所以有绿度母，比白度母更得法王欢心，双修像里都是她，身段妖娆，动作曲致。我大概生造了一个词语，不过我觉得"曲致"也还可以，有点像园林术语。我们中国人是不大性感的。我们中国的园林也没什么曲致，可是外国园林更没有了，大地景观简直还比不上英国的麦田怪圈，外星人也不大性感。但是，我不要纠缠于性感了吧，这其实没什么意思。虽然我喜欢瘦长的手指和匀称的肩膀。"嶙峋"这个词，也很好，但不如"森然"。

我喜欢冬天烤火的人，要有一群，至少三五个，要有一个旧铁桶（曾经装过油漆或者乳胶漆，乳胶漆这个名字显得特别有质地，我也喜欢）。他们聚集在一个废墟差不多的地方，或者城乡结合部的一小片空地，开始拿大斧子劈旧木器。这些木器曾经被虫蛀过，有点像阿拉伯文一样的孔洞，又像神秘的类似五线谱的音乐符号，显得这木器中间有声音乃至旋律。是隐藏其中的信号，必须用什么方式才能被倾听呢。我觉得是火，通过火的方式，使其中隐藏的密码释放出来——但释放的时候，你不会感觉到密码，这些密码飘散在空气里。有一点风，把火苗吹动了，还有火星，像飞行的小炸弹朝着衣襟袭来——在实现火力打击前坠毁。人脸上映着红光，闪烁着某种兴奋，但是他们淡然地说着闲话，关于白萝卜的价钱，或者回程公交车的路线。那些忙碌地穿过城市的人，以及这些搓着手跺着脚没有什么任务的人。

有的人一生下来就带着任务来到人间。我喜欢这种说法，没有比给自己脸上贴金更难的了。但我不知道在冬天的下午，即将下雪前的寒冷逐渐强烈地压向地面，快步走在这个季节凋瘦的深绿色道旁树下，忽然经过路口而头发被风吹拂到鼻尖时，那种酸楚的感觉是不是仅仅和时间有关，还是这个世界总会提供些细节在某个时刻让人泛起某种近乎孤独的感觉。

2010 年 12 月 16 日

我是梦中传彩笔

读《黑布局》

杯酒在手,高朋满座,诸位既然有这些闲暇,那我就继续讲述一些可能显得有些离奇的事迹,但我保证这些事迹是绝对真实的——那还是我上次回欧洲前好几个月时发生的。

由于罗马、俄罗斯帝国等使节的介绍,尤其是法国使节的大力推荐,我有幸与大苏丹结为相识。大苏丹委托我专程到开罗去,为他办一件非常重要的大事,这件事如此重大,以至于它必须成为一个永远的秘密。而除了这个秘密之外,我想告诉大家的是另外一件小事,虽然也许同样的使人好奇而无法自拔。

今天下午他们在开会,讲得头大,我也开始头大。基本上头大得不行,下班的时候,我健步如飞,因为有一个头很大的同事就在我后面走,真的是害怕。但其实呢,走得越快越心烦。后来我就去了一家旧书店。那家店的小孩好像有点笨,昨天我给他照相,今天他就跟着我,站在我旁边,还伸手摸我的书包。其实之前我摸过他的头,他的头发好短好短,摸着真舒服。他也很享受似的,就那样扬着头给我摸——怎么说呢,有点像个小动物。很舒服的样子。这样讲也不好,因为人就是人,有尊严有人格,像小动物是不可以的,除非是自己的孩子,而且还不能稍微懂事,一旦学会叫嚣人权就不好玩了。所以我蛮喜欢那个小孩,摸着他的头,他舒服,我也舒服。但是他们店里没有什么好书,被蚊子咬得不行了,还是没有。

隔壁那家倒有好书，我看来看去还是只要了一本五角丛书，忽然想起来之前答应定浩要给他一本《桃花泉弈谱》——本来有两本，现在不知道怎么搞的，一本也没有了，说不定是已经给他了，但是我却忘记了。只有一本《围棋的宏大构思》，不可以给，不是书好，是那个题目我喜欢。宏大构思，多厉害。书柜里必须摆几本这样的书，再比如《1844年经济学哲学手稿》，也是必须的，马克思写书都很厉害，起名字厉害。那黑格尔就不行，《小逻辑》，真小。布莱希特却是可以的，《戏剧小工具篇》，这个题目好，谦虚得简直自大。

忽然想起来有个香港写家笔名叫作"加藤鹰"，同行嫉恨道"简直自大得不知廉耻"。我外婆发明很多词语，比如说"写家"，我觉得很好，比"作家"好，作家这个名字不清楚，写家就比较好，而且意思写文章的人还要会写大字。我外婆还发明打火机叫"点火器"，我觉得也很好，因为打火机显得太有科技含量了，其实哪有那么多。

再来说买旧书，武宫正树自然好，藤泽秀行也不坏，但还是武宫好，因为名字有杀气，我也喜欢大竹英雄，这个名字有点像古龙的小说，有欢乐英雄，还有个郭大路。但我不喜欢王动，因为他不爱燕七。燕七有点英伦范，因为大概是个平胸。燕子李三，我也喜欢，因为好像会飞的样子。拼命三郎就不好了，但阿飞正传不错，要是电影才不错，小说还是不行的，因为他太笨。因为他的笨，连带林仙儿也显得不聪明了，因为林仙儿的不够聪明，连带林诗音也不清丽了。但我还喜欢木谷实，因为他的木谷道场好像一个农村合作社的样子，再加上他虽然不笨，但和吴清源一比，就好像榆木脑袋了。既生瑜，何生亮？

但是没办法，世界上的事情就是没办法。但是世界上没办法的事情，还是要去做。而且还不能叫苦。叫苦也没用。叫了也没人听。听了也没用。还是一个没办法。但没办法的事情却有没办法的乐趣在。就像吴清源说先着不败是一个千古不易之真理，但他还是要写一本《白布局》，为什么呢？虽然不能打破这个真理，但还是可以写写，因为趣向在这里。下围棋，或者别的游戏，或者生活本身，就是求一个趣向——"趣向"自然是围棋的术语也合适，做生活的概念也合适的。

小时候我下围棋是因为想当孙悟空，要学会天下法术，见一样学一样，没有我不感兴趣的。现在大概也差不多，但知道孙悟空其实也只会七十二变，所以踢足球我还是不会，所以打桌球我还是不会——但也许有天可以去学学，孙悟空取完经过后是不会死的，他是神仙了，大概过后几千年都在学东西。比如说，我觉得爱因斯坦可能是孙悟空变的，也可能最近他变的是博德里亚尔。都是聪明的那种。猪八戒也可以变，他也不死的，但他可能变的是克林顿。不晓得还有谁是变来的。也许我也是变来的，但我不知道。我想想看，也许我是二郎神变的，因为他比较好看，只是不要睁第三只眼，那样就不好看了。我也想我是哪吒变来的，这样我的表哥表姐大概就是木吒和金吒，都是笨头笨脑的名字，太好了。

我是下到爸爸让四子过后就再也没进步了。因为就几乎不下了。有一回去同学家玩，和他爸爸下了半局下不下去，没办法下，人家动不动就不应，我是怎么也没办法，我和同学两个人抓耳挠腮也没法。那一次的表现说明我也可能是孙悟空变的，那同学爸爸就是如来佛。但是他没那么胖，是个瘦人。

再小的时候，八九岁的时候，在妈妈单位和一个叔叔下过。那个叔叔会下，我那时候大概算一个普通的劫材都要算到休克的样子。但是中盘的时候，叔叔却表扬了我一手。好像布局布得乱七八糟了，忽然大飞。即使棋力极不相当的时候也可以有妙手，他总需应一手。那么现在想起来，只要能逼到对方不能不应，也就是我的最高境界了。

今天看《白布局》却发现，后着全力追求的也无非就是可以逼到对方不得不应的一手。自然不止一手，因为先着的优势不可能一手就化解，多几次转换，也许可以有一点收获。但却实在是绝望，这是没办法的事情。可是看《黑布局》却又发现，先着也是没办法的，因为先着不败是千万年不易之真理，但这棋局却总是一旦开始就要下下去——有一个规则在那里，你若不同意，就不要下棋。既然开始，那就是有胜算，所以并没有什么一定的事情。却是这样辛苦。

我后来不下棋，我堂弟却还继续下。我堂弟是个有点木木的孩子，譬如说下棋，我先下，他后下，但他却一直学到中国流，我只晓得秀策流就蛮以为自己成了棋圣传人。再比如我学琴学到外婆说是"好像割鸭脖子老是割不断，害人想提着菜刀来帮忙"，就觉得即使一小也无非如此，我堂弟却正经会吹笛子，现在也还会。这样的事情好多，但我却还是洋洋得意，好像自己比他过得开心。其实也是这样，因为就是比他开心。但是别人比我笨且开心，我就要嘲笑：人笨万事难。

《黑布局》要寄给定浩，他说要我写几个字，我也不知道写什么，所以就不写，但是一边看一边也记点笔记，还把喜欢的谱做了记号，算是雁过留痕——这个词其实很好，有俗气的可以引经据典到泰戈尔的诗，略脱俗的可以提爱默生照抄的印度古话"如果我在飞，我就是翅膀"，但我却老是想成雁过拔毛。然后心里还有相应的对策是一毛不拔。我爸爸说，比铁公鸡更厉害的是糙公鸡，一毛不拔之外还要倒粘走人家的什么。但这个境界我做不到。下棋的时候要做糙公鸡，就是明明执黑还要迫对方大雪崩，实在是坏。又或者着着凌厉，不容对方变化，《白布局》里这样的情形最多，叫人看不下去。想想那时候吴清源二十面打，如果周围都是这样人，脑力消耗是一头，更有一头是实在乏味。乏味啊乏味，真的是乏味。所以这时候明白木谷的好，要是没有他，真是不知道怎么办。不管大小雪崩，他要都是走粘，退，连扳，你可怎么办？

但这回看《黑布局》虽然没什么心得，却也有一点好处，就是我的秀策流偏爱多少有所消退——好古之心大多是虚荣，其实是不懂新知识。以前不喜欢木谷、大竹动辄讲厚味，只因为他们其实还是停留于趣向更多，凡事不踏实就没意思，要大砍大杀且拿出凶器来见血封喉，要不总归还是没意思。并不见得比小奸小坏更刺激。我这样的人本来是好什么都不求甚解，现在却真的有些后悔，倘若认真练练手筋，也许多少可以领略一下新布局的厉害，现在却只能看看谱子，并不能够懂得其中的大开大阖大是大非需要一手手地下出来。落子是魄力，但更多是能力。虽然魄力远比能力重要。

但是都不去讲那些无聊的，事情就是这样的，就是一个规则，你参与你就要玩下去，若不好玩自然就开不了头。就像我摸那个智障小孩的头，我喜欢那样摸小动物似地摸他，他也喜欢做小动物来磨蹭我手心。并没有什么人权或平等什么的，只是很简单的愉快，人就是追求这点愉快罢了。下棋也是这样，所以会得下棋的人知道怎么留出变化的空间，但是怎么留——这个真的是考验人了。因为留出什么样的空间才能大家都有的玩，真是要算无遗策才能实现。且不是一方面算，是双方都要算的。且不是一方算好了，是双方都要算好了的。我不晓得吴清源当年是怎样的感觉，但想来愉快总是有的，并不是一个天才就可以开创新局面，需要的是一群天才。

而在生活里呢，没有这样复杂，或者说远比这复杂，因为生活里你要下模仿棋的话，那简直几乎不可能，没有黑白那样分明的元素，生活是一切游戏创意所基的可怕原料，不能条缕分明有定式可习得，大家都是在心有揣度、惴惴不安、瞻前顾后、贪生怕死……却又这样不晓得疲倦而感觉到有趣。大概就是这样的，在攻与受之间获得均衡。或者就是个算不清的劫材吧，不管到什么岁数，我的水平总之是一算就要算到休克。

2009 年 6 月 17 日

集外

一蓑烟雨任平生
读黎静波《烟雨今生》

什么书评，我写不来；要写我认识的黎静波也不是件易事。不评他的书，只评他的人似乎很难；不评他的人，只评他的书就更难了。但，怎么评呢？无从下笔。

黎静波喜欢大声唱歌，无论何时何地，只要他愿意。这好像是一切热情的人所共有的习惯。周围的人大多衣冠楚楚，温文尔雅，听他这么一唱，先是奇怪，然后是好笑，接着开始恐慌、难堪、恼羞成怒……这时候的他往往忘乎所以，不，是忘情了。然而，这也是最深刻的孤独与寂寞，这时候的他该是在诗里吧？

黎静波的诗写的是真实的心。到底好不好，我不敢说，因为我不是行家。但我认为诗最重要的是有情，甚至有血有泪。《烟雨今生》几乎全写的是内心感受，寂寞、挣扎、淡然、疯狂、苍凉、无奈……黎静波不像个宿命论者，但为什么诗中的那些"注定""只能""永远无法""唯有"能让我们感到丝丝酸楚，一种近乎于痛苦的沧桑？因为，我们都是在这个不属于我们的太阳下面，几经风霜近乎麻木的孤儿。我不想用一些流行的论调来给这本书"增色"，也不可能。不曾流行，也不会流行，这些诗只能在潮流外，寂寂地低吟吧。但，有时候保留这种真诚与纯洁，自有一番骄傲和快乐。这也是《烟雨今生》的可爱之处。

《烟雨今生》还有一个特点就是禅理时有出现。空灵、静谧是另一个极端，但绝不是早已泛滥的温馨浪漫体，那是一种智与悲经过诗人冷静得近乎残忍的思辨后,相对协调的回归。人毕竟是活着的,而且还要活下去,为了一个在今天已经十分软弱无力的理由。这不是我们的时代,我们却得勉强地生活在这个时代里。

1994 年

我的故事

我是个没有故事的人。这当然是假话。我把故事写下来，但又不希望让人一下子明白。因为不愿让人太了解我的愿望——我的愿望就是我的目的。我是个很特别的人，我听别人这么说过。据说我也很聪明，就算别人不说，我还是这么认为。也有人说我长得不怎么样，这个我自然不接受——因为我是女生。

现在你看，一个聪明、特别的女孩，而且长得"不怎么样"了，会有什么故事呢？你别猜，因为我会告诉你——而且你一猜即中，我便无话可说。

我今年十七岁，是你所在的环境中年龄偏小的女孩，所以你应该用一种比较异样的心情来继续看我的文字。正如我写这些文字时，想到你会读到，就自然而然流露出一种特殊的口气——事实上，几乎每一个女孩都使用这种口气，根本谈不上特殊。

我犹豫了一下，不知该选择哪一种剧情。正如当年范懿的烦恼一样，我不知纯情与艳情哪一种更具吸引力。这说明我还不太了解游戏规律。为了防止有一天大出洋相，让人知道我全无经验，我想还是用纯情型比较妥当。当然不是每个女孩都像我这么聪明，所以她们常在不知所措的惊慌中，遭到巨大损失。可见，诚实是优点，而优点可以为我带来实际的好处。

我个子不高，但我并不为之苦恼。因为中国人超过一米九的不太多，我不是为他们活着的。我对体育、军事不太了解，但我有很好的耐心、很温和的笑容，鼓励你为我胡说八道。我永远是一副听话、温柔的样子，让你有继续说下去的兴趣。

我性格内向，总是静静地想我的心事，偶尔有黯然神伤的脸容。我每天写日记，把我的欢乐忧愁一点点记下来。我的日记绝不给人看，因为那是我的秘密。

我现在是一个娇小柔弱的女孩，还缺少坚定的信念和不屈的意志。但我没把握，这是我应该具有的吗？我还应赋予自己什么样的特质呢？

我知道你也许不相信我的话，以为我在讽刺什么，以表明自己是个看透男欢女爱的睿智的人，你认为我太刻薄，而又缺乏想象力。但我不在乎，就算在乎，我也要把"我的故事"写完，才能让自己有一个盾牌，才能全身而退。

我想过，你也许会一笑了之。我奋力用一种说谎的姿势说出真话，你怎么会有勇气相信呢？我有点难过，真的。

如果你正在猜测我欲盖弥彰的意愿——目的，那我可以告诉你，你——猜——对——了！

关于我的故事，我还有话要说，但我没这力气。

"满街都是寂寞的朋友吗？"

1996 年

乡下生活的手记

我曾经在乡下住过一年。这种经历是不能与人分享的，不能和别人谈乡下的风光，或者寂寞。如果他没有在乡下住过一年，谈这些就是完全不可能的。他怎么可能想象得出来：一个下午看云的形状在山上的投影、变化？整整一个下午，在图书馆看书，每半个小时到窗户边看一次远处的山，看那些云的影子移动到什么地方了。而且是很多个下午，几乎一年中一大半的下午是这样度过的。

我考上大学的那年秋天来到乡下，带着一个衣服箱子，和不多的几本书。我甚至带着三个盆子和一把雨伞。所以在乡下的日子从一开始就是完备的，完全不需要中途到城里去。我和一个女同学一起进过城，但我在人多的地方完全不适应，没有去和他们交流的欲望，只是坐在安静的树下，等着时间过去，好坐班车回到乡下。

就好像一个梦，突然就开始了，非常合情理。我带着三个盆子和一把雨伞来到乡下过日子。

最开始，我跑五百米，全力冲刺。然后，爬到最近的山上，俯瞰我住处所在的山谷。

下雨作为秋天开始的征兆。我打着旧雨伞，在几十米高的杨树下走路，有时候故意去踩水洼，把被汗粘住的脚丫润湿，同时也让沙子钻进凉鞋。这样走到一些异常冷清的地方，明显地有人在那里活动过，但很显然他们离开很长时间了。一个类似于图书馆的建筑物，六扇或者更多的玻璃门用红色的塑料链条锁锁住了，门里是一个空间举架很高的大厅，水磨石地板上的灰尘印着粗笨的脚印，一把椅子倒在左边的角落里。正面的墙上是五米高的风景壁画，画的是黄河大桥。建筑物门前一片羽毛球场大小的空地铺着灰水泥地砖，每一条砖缝里都冒出一丛丛的野草。那些麻雀"呼"地先先后后从草里飞起来。野草生长的速度是惊人的，所以可能夏天之前人们才离开，但荒凉的环境排除了寻找证据的可能性，连遗弃在灌木丛中的报纸，也被雨水和灰尘搞得一塌糊涂。虽然报纸上有日期，但被雨水多次打湿的灰尘痕迹是那么肮脏、凌乱，让日期变得不可信，甚至可以说，报纸上的日期完全引不起人的注意了。

地上长着各种常见的野草，和我家乡经常看见的一样。我的家乡，一个南方小城，人口密集，除了墓地，没有什么地方是人迹罕至的。公园的一个最偏僻的角落，也不可能有三天以上无人踩到。那些情侣甚至在植物园最茂密的竹林里拥抱着躺卧（我小时候捉迷藏时，不止一次撞见神情亢奋的他们）。

坟墓是人最多的地方，死人们一个挨一个，有时候新的坟压着旧的坟，他们就相互重叠地躺着。但墓地又最安静，除了节日，那里总是没有什么人。有人在死去亲人的坟头种了一株蔷薇，后来这些蔷薇就蔓延到整个墓地，甚至墓地外面。从春天开始，墓地就美丽起来。各种果树，梨、李子、杏，这些果树开花，在一个一个小丘之间，在青翠的灌木丛中开花。到蔷薇开花的时节是最美的。整个寂静的墓地，随处开着粉红的蔷薇花，没有人修剪的枝桠，它们的姿态科学（为了更多地获得阳光）而且优美。没有人攀折，甚至可以想象被雨水打湿的花瓣沉甸甸地落下来，落下来，粘在草叶上，或者直接覆盖到泥土上。

有一次，冬天，我父亲带我去为祖父扫墓。我们蹲在墓碑前。父亲把香点燃，插在碑前。他默默忏悔、祈祷的时候，我凝神听着林中的鸟叫声在空气中震荡的回声，抬头看凋零的树木。那些枝桠分岔很均匀，角度柔和，在冬天灰白天空的背景下，让我想起梵高的《纽南的小教堂》。梵高的父亲形容那个教堂的屋顶是那样高，"几乎让人怀疑可以直接到达上帝那里"。

2001年1月8日

昨天晚上又看王安忆
读《我爱比尔》

我一直很喜欢她，小说的启蒙人是她吧。初中的时候攒了一个星期的零花买了《米尼》，之前看过的小说就是陈染《空的窗》，那是小学，看不懂。小学的时候迷恋鲁迅，因为家里就只有他的书，《西厢记》我父亲不让我看。

昨天晚上头疼，忽然想起了《我爱比尔》，于是拿出来躺在床上看，看到阿三和比尔在周庄隔墙相思，早上起来在雾中遇见，眼神不自然了，有点一日不见如隔三秋的意思。这是微妙的笔法，中国笔记里多是这样的，小小的一个细节，却经营到了极致。对细节的迷恋是中国文人所喜欢的方式吗？也许和诗歌有关，要用尽量少的笔墨，说透言之不尽的意思。不过，我以为诗歌不见得不能说多一些的意思、大一些的意思。问题是为什么中国人要迷恋细节？譬如《红楼梦》，也是无休止的细节。小中见大，我们小学时候学写作文，老师也这样强调。可是小中见大本身是有一个前提的，在设定的框架之内说事，我并不喜欢这样。譬如我们说陀思妥耶夫斯基，早上还在和同事在谈论他，同事说，陀思妥耶夫斯基是非常紧张的，但他不再为这个事情焦虑，他知道他的力量就在这里，他不回避这个紧张。而王安忆却总是在回避。不过严重的问题不在于王安忆回避了什么，而是我从中看到了中国传统笔记小说的传统所回避的。也许是我看错了，不过假如我没看错呢？

我们到底在回避什么呢？

很常见的思路是，中国的文学传统回避宏大的思想，是这样吗？文学纯粹是娱乐性的吗？即使《焚书》这样的大手笔，我看到的也没有紧张，只有洒脱，或者是洒脱状。前天看《阅微草堂笔记》里的一则，说人落拓的时候要少说话，不一定那时说的是怨言，尤其是文人，为了装洒脱，说些脱略的话，结果反而惹祸了。也就是说，为了避免说出真实的沮丧，于是说些无关要紧的话。细节也是出于这样的动机吗？我简直没有一个头绪了，现在。

昨天看到后来，阿三和比尔分开，自己作画，她总是在即将接近那个秘密的中心（也就是中国文化和西方文化接驳的那个临界点）的时候，忽然泄气，她在那里迷惘了。这到底是个什么东西呢？王安忆到最后也没有说出来那是什么。我想也许她也不太明白那到底是什么。事实上，这个小说是王安忆在阐释自己的艺术观念。我没想到王安忆的艺术观会这样天真、幼稚。

后来合上书，我想起《飞向布宜诺斯艾利斯》，现在的名字叫《妹头》，那是好小说，比王安忆其他的小说都好。前面讲妹头的琐碎生活，讲小白的腼腆和平庸，后面有紧张的过渡，有小白的忧伤。她没有试图去讲解一个什么，也没有太多的概念在支持王安忆写作。那里妹头是个女人，而这里阿三是女艺术家，而且是中国女艺术家，中国和艺术把阿三的"女"给压住了，而王安忆的中国和艺术又都没有说得足够清楚。这个小说给人猎奇的欣喜，可是再没有什么了。连忧伤都没有。

上回在家看《妹头》，看完了，心里忧伤得不行，在屋子里来来回回走了半个小时，实在是难过。

2001 年 1 月

我在成都当诗歌少女的经历

有天中午我去二十六中找我小学同学王冬燕,二十六中在顺城街的北头,靠近文殊院。我和她还有她的几个同学一起到外面吃火锅粉。饭桌上陈红说她找了一个工作,是给一份新出来的报纸做发行。我说,我也要去。她就说了那个人的地址——在南河边,锦江宾馆附近。

第二天我就去了。那个人是个写诗的,穷困潦倒得厉害——不过和我后来认识的诗人比还是好得多的,至少我看见他家地上有个半新的电饭煲,这样东西我后来只在胡子那里见过,似乎还是他媳妇的嫁妆,要是他媳妇赌气回娘家的话,他可能也没有电饭煲了。

那个人白天睡觉,晚上写作,吃大头菜就白饭,似乎还画点水墨山水。他的桌子上摆着几本书,我看了看,没什么稀罕的,多数我都看过。不过我还是很崇拜他,因为他过的生活正是我最羡慕的。那一阵我迷梵高,总觉得自己的生活不够凄惨。

那个吃大头菜的诗人(下面简称大头菜)最开始很看不上我,觉得我是小孩。我则因为崇拜他而极力贬低自己。但是内心里面我还是有点怀疑他装神弄鬼,不就是没工作吗?晚上失眠写点日记,白天没饭吃就睡觉。

认识大头菜半年以后,他才看我写的东西——那时候我是愤世嫉俗的,觉得这个世界物欲横流,而我要为了纯洁的理想与所有人决裂。他看了以后大加赞赏，我又有点怀疑，我觉得这种东西似乎不大高明。

有一天大头菜过生日，请人在他家打麻将，我就认识了一个姓杜的，我后来叫他杜老师。杜老师岁数不大，长头发精神萎靡，说话有点口音——但是我听不出来是哪里的口音。第一回见他似乎没有说什么话，我一般很腼腆的，不爱说话，光吃。

到我中学毕业那会儿，我已经不和他们来往了。倒是我的几个好友经常和他们一道，比如韦源、复生。他们在一起大概是以吃喝为主。我呢，还是写点东西，但是性格太内向，不适应他们那种人来人往的交际方式。

后来我常常回想起我在成都的愉快生活，但是每每仔细一想又觉得不是滋味。也许在每一群诗人中都会有那么几个少女，美丽或不美丽（取决于当时当地诗歌的热门程度），她们热爱写作或者热爱和写作的人要在一起，即使那些诗人已经很长时间不写作了，她们也仍然在他们身旁。她们是诗人们心灵中的女神在俗世劣质的赝品，冷静地想，实在是一种讽刺，可是——还是留着吧，总比没有强啊！我看到太多这样的女孩。看到她们放肆地大笑，我会与大家一起把她们以及我自己的笑声当作波西米亚的标志。

不可否认，我确实有不少好朋友在成都，可是，我已经不是一个少女了，所以我觉得难过。我一直希望，还可以放肆地在茶馆里高声说话，招摇过市，对所有的人嗤之以鼻……但是我老了。我在回忆。

听说王艾到四川去玩那回，大概是去年吧，被杜老师狠狠地震了一把。王艾和朱朱到了成都，先去投靠唐丹鸿——关于这个江湖上谣传很多，我和唐大师姐没什么交情，所以打听不到内幕。不过，杜老师的阵势我是很了解的。大概是把王艾拉到培根路附近的一个小饭馆，我想应该是三食堂——我记得他们把十二中门口的几个饭馆都编了号，一食堂、二食堂、三食堂……以至无穷。这样的好处一是显示某种幽默，二是便于指代，有饭局的时候要招呼兄弟伙，打传呼或打电话都好交代。三食堂是以店堂宽敞和价格优势得到大家的青睐的。

杜老师是成都乃至整个四川当之无愧的诗歌领袖——这跟说臧棣是北大诗人的精神领袖是不一样的。杜老师不仅是精神领袖，他还是整个一切的领袖。比如夏天几个儿童诗人想去游泳，他们通常都要征求杜老师的意见，然后一群诗人集合，奔赴南虹游泳池。

说远一点，和杜老师还不是很熟的时候，我听说的杜老师是这样一个人：

假如你是第一次和他喝茶，那么喝茶的地点肯定是培根路的腹地，很可能刚才还下了一阵暴雨，地上全是黑糊糊的淤泥。每个人都把自己的脚搁在别人椅子的横木上，以防淤泥沾染了裤子。杜老师的椅子往往是架在阴沟的上方，黑色的泥水翻着耀眼的白色泡沫在他的身下汩汩地涌动，而杜老师毫不在意。他卷曲的头发粘在额头上，一双眼睛眯成极细的缝，抽着桌子上随便谁的烟，一言不发。你在这里是一个陌生人，你带着自己的诗稿，打印好的，叠整齐了放在塑料袋里，杜老师从你手上接过塑料袋后，顺手就搁在桌子上了。大家一边喝茶，一边看甲A转播，或者说什么时候去云南玩，或者说谁谁的坏话——而那个谁谁你并不认识。你就只能喝茶，或者抽烟。忽然，杜老师动作起来。他"啪"地从舒舒服服靠着的椅子背上弹开，两只黑黑瘦瘦的胳脖以大约一百二十度的角度分开，手心朝上，这样的姿势保持大约十五到三十秒。在这段时间内，大家安静下来——杜老师说："那个谁谁，你认识吗？"停顿十到十五秒，"一个青年诗人。"完。

于是大家开始随便说话，有人拿过来你的作品，传看，微笑着，但是不点头。他们很客气地说，"不错，很有节奏，音节也不坏，这样吧……"杜老师转过头，招呼那边坐着的一个光头，"首株，你们俩合作写流行歌，肯定整到了！"

继续说王艾到成都的经过。那次我正好不在，我在北京，王艾他们说要去的时候，我就有点担心。结果，他们郁闷而归。

其实说起来杜老师对他们已经很客气了，还请他们喝茶。只不过因为听说是京城来的诗人，就叫了很多小朋友来长见识，大家围坐一圈，把王艾当河马、鳄鱼一类的稀罕玩意，给看了。席间，肯定有一些争论，大概和一个诗歌研讨会差不多。这样正经喝茶的机会不是很多，而且杜老师是很喜欢这样的研讨会气氛的——所以在我看来这件事丝毫没有要给王艾等人一个下马威或者展示本地诗歌实力的意思，完全是一次诗歌例会。用韦源的话说就是，开会的事情是经常发生的。

夏天看见胡未那次，好像还见了萧曈。我和韦源到培根路是去见杨首株，首株和我说了一下午的禅学和密宗，还有中国传统哲学的功利主义内核。总的来说，我的感觉和中暑差不多。

然后有个穿白衣服的人一摇一晃从巷子深处荡出来，走到我们面前就坐下了。他懒洋洋地招呼老板给他泡了杯茶，韦源说，这就是胡未。他为什么说"就"？大概是他和我提过，其实成都大多数诗人我都听过名字，所以这"就"是无可厚非的。但是，我说了我当时和中暑差不多，所以也没有细想。胡未也没和我打招呼，就那么坐着。从这个时候开始首株就不说话了，用一种冷酷的眼神看着大家。

胡未坐了一会儿，指着塑料袋说，这里有我的诗，你们可以看看。我有点诧异。他似乎不是专门来这里的，因为韦源只约了首株和复生。而且胡未趿着拖鞋，并不像是来看望诗友的样子。也许他是碰巧带着自己的作品吧——这种想法后来被证明是天真的，事实是他们几乎每个人都随身带着自己的作品。正如韦源后来总结的那样，手稿最好随身带着，否则很容易弄丢。当然他也经常很痛苦地说：那天去喝酒，带着所有的作品，结果醉了以后什么都忘记了，连在哪里喝酒都不记得了，更别提手稿了。

胡未是一个很骄傲的人。这从他穿的白衣服就能看出来。而因为身材瘦高，脸孔的轮廓很深，我又觉得他应该很敏感，很在乎别人对他的看法。去年夏天看见他的时候他穿着黑衣服，比较好看。我回北京后跟胡子说胡未挺好看，他就认为应该把胡未和姜涛、韩博并提，但是后来没有下文了。大概是因为没有眼见为实。

胡未后来给我写信时留的地址是某某区畜牧公司（原某某区种鸡场），把我乐坏了。于是我就称呼他为种鸡场胡未。

春天的时候和胡未在"诗生活"遇见了，聊天，这才真正熟起来，说好回成都喝酒。喝酒那天晚上杜老师也来了，还有一个画画的，一个在川大学哲学的，以及几个女孩子。说话间，我发现胡未是个很天真的人，这是他的可爱之处。

而他的不可爱之处在于，我们约好第二天在三一书店再聚会，他却没有来，呼他他说在睡觉。杜老师也这样，可是我能原谅杜老师却不能原谅胡未。几乎所有成都诗人都是这样，只要你和他约的见面时间在晚上七点以前，那么他肯定会爽约。

后来胡未说他到巴基斯坦去了，我不相信。正如我不相信他是种鸡场的一样。可是他却一直没有回成都，也许真的去了巴基斯坦，我不知道。

杨首株不是诗人，说他是诗歌少年也不准确，因为我觉得他不是少年，当然他也不是中年男人。一般我喜欢把他命名为"首株兄"，这并不是说他给我很亲切的感觉。有时候，我是很害怕他的。我很早就知道他这个人，当他们说"有个人喜欢死亡金属"，说的就是他。他是学音乐的，可是喜欢死亡金属，这就比较让人喜欢了。我是不喜欢死亡金属的，我喜欢有旋律的，比如朋克，我不知道别人怎么听朋克，反正我是可以听出很好听的旋律的。这个我也不爱和人争论，反正我就这么觉得。我还觉得首株喜欢死亡金属是一种弑父情结在作祟。

有一天，在经过许多波折以后，我终于和首株见面了。我记得我穿得很好看的样子，我母亲教育我说凡是有正经事情就要穿好看点。虽然我知道和一个陌生的异性见面，刻意打扮是很不光彩的事情，但是我虚荣心很重，所以还是穿了好看衣服。首株这人看不出年龄。他自己说有一次去买东西，杂货店老板很亲切地问他："嘿，师兄，你们家娃娃昨天来打酱油了哇……"他很谦虚地回答："我们屋头那个打酱油还小了点，打醋倒差不多了。"

首株和我都在北京上学，所以他经常找各种借口来看我。有一天，他来我宿舍，死活把我从床上拖下来，要我陪他去坐过山车。坐完了过山车，他把我送回来，半年没影子了。半年以后，一个中午，我刚游泳回来，拉了帘子裸睡。他"哗"地拉开我的帘子，"把衣服穿好，去吃中饭！"半个小时后又果断地消失了。

有一回程烈的酒吧开张叫我去玩，我先去首株家拿点东西。我不知道他家的具体位置，他却说，你到了，自然会发现我。我一路走着，忽然一个沙哑的声音在空中如惊雷爆炸："我在这里！"我看见他著名的光头在一个阳台上一晃，不见了。在他家听了一会儿音乐，他就开始讲昨天看了电影《刺秦》。他很详细地讲了一遍，我都快瞌睡了，他忽然说："我还买了VCD，现在放给你看！"

首株平时很缄默，等闲不开口，也从来不谈文学。他从小弹钢琴，有时候就去帮人家调琴赚点零花，于是他喜欢说他是一个技术工人。有一回在我宿舍，他也这么讲，碰巧我的一个室友有些嫌贫爱富，对他很是不屑。他为了维护自己小小的自尊心，强调指出他还有技师证书，弄得那丫头简直不好再说什么了。

有一回和首株父母一起吃饭，他父亲很诚恳地要我多帮助他，说首株从小热爱文学，有些理想主义，这样是不好在社会上生存的，要我多开导他。我听得眼睛发直——哇，首株还是个文学青年啊，我一直都不知道！可是，嘴里塞满了大鱼大肉，一句话说不出来，急得眼泪都要掉下来了。首株的母亲就对首株说："啊，你看，你看，都把人家吓坏了，现在谁还像你这样死脑筋啊！"首株很矜持没有表态，只顾吃饭。于是他母亲又说："你怎么这么能吃呢，这也是不正常的啊！"

其实说实话，我在成都的诗人圈子里待的时间不多，主要因为我是一个很传统的人。一般晚上十点左右我就要回家。回到家如果身上有烟酒的气味，就会受到盘查，所以我一般都过着一种清教徒式的生活。

当然我也抽烟喝酒，但是我坚持嚼口香糖，身上随时都揣有薄荷味的喷雾罐，因此我经常被看作是假装淑女的典型。这种罐子价格不便宜，所以我总是很节省，显得很小气。这些都造成了我在成都诗人的豪爽面前，特别自惭形秽。

偶尔到培根路去喝茶喝酒的时候，我总是很紧张，因为我总会遇见一些陌生的人，而上回认识的人又差不多已经忘记我了，所以又要重新熟悉一回，这对于一个天性自闭的少女来说，确实是很严重的事情。最让我感动的是有一回，我去了，他们招呼了我以后，有一个我现在想不起来的谁谁说："哦，原来就是你啊，传说中的人物啊！"我受宠若惊，心想，难道他们在我不在的时候说起过我吗？虚荣心得到极大的满足。

后来有一天，我和我的一位美女邻居偶然路过培根路，遇见杜老师，杜老师很客气地说（杜老师等闲不肯开口，但要是有漂亮女孩，成都话叫粉子，却很自然就活泼起来）："哦，是你啊，传说中的人物！"我听了心都碎了！

——上面这段纯属虚构。

上大学以后，我很怀念成都的生活，正好有机会写了一篇当代文学的作业，几乎整篇都在讲述成都诗人的波西米亚生活。我的学院派的当代文学史老师给了我很客气的批评和很不客气的分数，让我很郁闷。可是，这篇文章竟然在成都流传开来，等我大一暑假回家的时候，果然成了传说中的人物。

那些夏天的傍晚，我坐在培根路阴暗的茶馆里，一边赶着蚊子，一边喝着瓶装雪花啤酒，抽着白万，这是我最亲切的成都印象。真正的成都诗歌少女的生活，始于我离开成都以后。

2001年2月12日

我怎么就不纯情

我是怎么开始我的非纯情生涯的,这个需要回忆。我打算从幼儿园说起。

我上幼儿园的时候有一回让一小屁孩给打了,原因是他想摸我的脸(可见我比较好看),我不肯(可见我很坚贞)。然后我就哭了,我爸接我回家,问了,我还挺伤心。我爸说,明儿他再想摸,你就揍他。

第二天我就揍他了,没成功。我回家又跟我爸说了,我爸说,你白痴啊,打人当然要使劲,不使劲怎么打得过。第三天我就成功了,幼儿园的小朋友就挺害怕我的。他们回家跟他们爸爸妈妈说,那个马雁打人的!他们爸爸妈妈就说,以后不跟她玩。

于是我就很孤独。

我自个儿在家待着也没劲,就去电影院看李小龙,然后我就迷上他了。我跟我哥央求了几天,他拿青树枝给我做了根三节棍。于是比我大的小孩都开始害怕我了。

后来,就连我们家邻居小孩都给我打遍了。他们去告我妈,我妈揍了我一顿,还逼我喝牛奶(我最怕喝牛奶)。我妈还威胁我,再有小朋友来告状,就要我牛奶鸡蛋一块吃(牛奶鸡蛋是我最害怕的吃食)。我这下发火了。我去找我们家邻居小孩,跟他们说,谁再敢告状,我就把他扔河里去。

他们害怕极了。谁看见我都拼命地跑。

我开始在家玩显微镜，我妈说要给我创造一个好的成长环境，从单位捡了个报废的显微镜给我玩。我每天抓各种小虫子来看，我想研究一种剧毒的毒药，去灭掉所有我看不顺眼的人。

这样没多久，我就上学了。入学的时候老师们开了个会，专门讨论怎么收拾我，因为幼儿园给每个小朋友都开了个介绍信一类的东西，或者说毕业鉴定。那上面说我生性凶猛，有暴力倾向。老师一般胆小，所以我也没当回事。

我那时候比较单纯，没想着给他们一个下马威什么的，心态挺平和的，用大人的话说就是安之若素。反正我一直这么被管教的。

我上学的时候很收敛，轻易不出手，所以大多数人都觉得我很内向。有的小姑娘刚跟大人夸过我，说马雁真不错，一点不爱说话，特腼腆，第二天就让我给打了，还把文具盒给扔河里了。回家告状吧，大人都不相信，说昨天还说马雁文静，今天就打架了，肯定是胡说。

但是老师特排挤我，他们觉得我有前科。我虽然看上去挺凶，可内心特敏感特脆弱，现在都还有点自闭。所以有一回办小报，我就瞅准机会发泄了一把。我的小报叫"无花的蔷薇"——名字就挺唬人，其实我根本不知道什么意思。我就觉得鲁迅的文章挺诲淫诲盗的，什么都敢写。我的小报题头就是一行孔武有力的标语——辱骂和恐吓绝不是战斗！然后不厌其烦地摘抄鲁迅杂文里带暴力色彩的段子。这个小报托鲁迅老儿的福上了我们学校的大黑板报，我就出名了。

我们学校的黑帮老大就派小喽罗来照会我，邀请我加入到他们当中去。我一下子有了一种找到组织的感觉，感动坏了，终于遇到了伯乐！可是，我还有点虚荣心，总觉得人家一招呼我就去了，显得好像没处投靠似的，所以我很郑重地回了封信，用的是四六句，抄了些古文，最后引了司马迁《报任安书》里的句子，表白我的一片侠义之心。那时候，对华丽的东西很是爱好，古文又多香草美人，黑帮老大虽然上六年级了，可是没什么古文功底（或者有但故意装成没有，好占我便宜），所以他很得意地把信到处给人看，说：看看，马雁说"士为知己者死，女为悦己者容"，这是在跟我抛绣球呢！

我气坏了，可是直接去找他理论太扫人家面子，我便写了个大字报，贴在我们学校的乒乓球台附近（那里是黑帮开会的地点，老师一般不去），叫作"告诸位同人书"。这回没用四六句，全是文革语言，他们就看懂了，我于是正式加入了这个神圣的组织。

其实我挺后悔写这个的，我干吗要让人知道我不纯情呢？我懊悔地跟别人说，他却说：你不说其实我们也知道。我心里"嗡"的一声，不会吧，我觉得我挺纯情的啊。所以我现在决定要用文字来证明我本质上是很纯情的。

我记得上小学五年级的时候，我们班主任出车祸牺牲了——我说"牺牲"，是因为我觉得不能说她"死"了。说"死"显得特没人情味，这也是这位已经牺牲的老师教我的。老师牺牲的时候我也挺伤心的，我们好多同学一起去医院见她最后一面——有人告诉我们她大概不行了，我们就逃课去看她。逃课的时候很威风的，我们班有三十多个同学，大家背着书包，从学校里缓缓地走出来，每个人的表情都很凝重。我是我们班的狗头军师，这些都是我事先设计好的。我们校长早就料到我们会有这样的壮举，所以他跨上自行车，带领学校全部的体育老师（总共是两男一女），率先抢占了我们的必经之路——公共汽车站。

但我们根本没有到公共汽车站，根据我的神机妙算，他们肯定会去那儿围追堵截；我们浩浩荡荡一行人抄了小道，沿着一条小河绕到了医院的后门，顺利到达。我还记得那条河边正开着金黄金黄的油菜花，蜜蜂"嗡嗡"飞着，一头小猪不知道从哪儿窜出来，看见我们给吓懵了，一头栽到了河里。这样富于田园情趣的远足实在是很惬意的，唯一遗憾的是我们要赶去做的事情是那样的悲伤，所以，我努力赶走心中的沮丧。我的笑声激怒了我们班的纯情派势力，她们大多占据了班干部的位置。在个人崇拜盛行的一干小学生中，我无疑占了下风。于是在胜利到达医院后门的时候，她们宣布我被驱逐了。我肩上挂着书包，孤零零地离开了队伍，一步一回头瞟我的同路人——那凄惨劲就别提了！多年以后我仍然爱看 Tom & Jerry，就是因为每回看到 Tom 被主人赶出家门，拖着疲惫的双腿，耷拉着两条瘦胳膊，我就不由得有了些身世之感——悲从中来，不可断绝……

外国的颓废派小说，一般前面都有一个批判性的序言，总是帮颓废的作者痛说家史，最后结论是：因为资本主义社会的冷酷无情，作家在历尽艰辛之后，对生活失去了热情，于是开始写颓废的作品，这是对资本主义最深刻的揭露……我觉得这些序言写得特别好，我是深有感触的。我本来是很纯情的，要是遇上好机会，说不定能变成一个热血女青年，我觉得我天生具有革命的技巧和勇气。比如，我很成功地策划了一次逃课远足，而这不过是雕虫小技，远远没有体现出我的最高水准。可是，命运的阴差阳错让我像一条被抛到了河岸上的鱼，永远与时代脱离了——这话是我跟一本颓废派小说上看来的，简直是我的写照。

那之后我花了很多时间来思考我的人生道路问题。我总是在上课的时候望着老师发呆，要是老师有一点点不太情愿的样子，我马上改成望着黑板发呆。这说明我这人还是很随和的,愿意与人为善,要是人家不乐意,我肯定不会勉强人家。可是老师不像我这样随和,她认为我望着她是一种挑衅,所以她就在我的练习本上作怪。明明我全做对了的,她偏不给五分,心情好的时候给个四分,心情不好就给三分。我觉得她这样是不对的,但是不能对老师要求太高:她们工资不高,言语无味,一般说来很难找到合适的男朋友,心情不好也难免。所以,当老师很得意地宣布,凡是只得了三分的同学,练习本要请家长签字的时候(她一边说一边微笑地看着我),我没有反驳或者质问,只是随手签上我父亲的名字。我父亲曾经很认真地教我写我们的姓,他说:"这么写,就好看了!"我仔细想过的,要是我父亲看见老师只给我三分,而我并没有做错什么题目,他肯定会发火。我代他签字只是不想闹出什么乱子来。学校怎么说也还是清静之地,老师也是很年轻的女孩子,总不能打她一顿吧。

我本着简洁方便的原则,做了很多这样的事情,除了代自己的父母签字,还有代他们给老师回信什么的。有时候,在同学的苦苦哀求之下,我也会帮他们的父母签字、写信。我觉得我很像古代那种代写书信的落第书生。而我唯一做不到的就是,不能代自己的父母和老师见面。一次家访时老师跟我父母建议,让我小学毕业的时候努力投考重点中学,因为我们厂子弟校是无论如何也不敢收我了。

2001 年 3 月 5 日

下午

我喜欢下午的时间。好像爱情和下午有关,可是现在我要说的不是爱情。好几年以前——也不是很久,可是,最近几年我似乎衰老得特别快,所以我说,好几年以前。那时候我还是个少女。少女的意思,就是身材瘦削,脸颊很窄,头发短得似乎是男孩子了,脖子细而且没有任何细小的纹路。那个时候,我爱穿白色的T恤、蓝色的外套、红色的胶鞋,就是那个样子。

有一回,我在下午恋爱上一个男生。我看见他憨厚的笑容,觉得下午的阳光温暖得抵过所有梦想。我说,梦想,那就是所有的梦想了。我于是爱上了小城里灰色的河水,破旧的木板房子,还有随处可见的金盏花。我那时候一点也不颓废,虽然看着颓废的书,听着颓废的音乐,以为自己很颓废,但是我一点也不颓废。

我总是在下午的时候经过一条很僻静的马路,路两边种着榆树。春天来的时候,榆树就发芽。我骑着单车,故意那么慢,因为我喜欢新的榆树。路两边还有三层的旧砖楼,红色的,人们在家中做晚饭。就是这样的,我在马路上耗费一个下午,打发我的爱情。

我喜欢这么想起关于下午的记忆。下午是美妙的时间。

我还在下午和一个情人约会过。我们在闹市,风刮起我的头发,遮住我的眼睛。我扬手掠开那些头发,风又来了。我在头发缝里看着不干净的城市。我在头发缝里看着这个情人,他的样子。我记不清楚他的样子了,他总在动,在风吹乱的头发里恍惚着。

两年前，一个女孩子来找我。我和她来到湖边，坐着。她说话，说了很多。她总是那样说话，让我厌烦。我看着湖水，没有鱼跳起来。也没有有趣的事情发生，我一边悲哀地想，我就是这样变老的。然而，她说了一个下午，最后告诉我，那个男孩子，就是她谈了一下午的那个男孩子，其实就在湖对面等着她。她跟他说，她要来找我说话，于是他就在对面等着她。

今天下午，我想起来这么多个下午。我想起来，原来我是喜欢下午的。今天下午就要结束的时候，人们在马路上匆匆忙忙地坐车回家，天变暗了。风在下午的最后一刻吹着，从新的四环上吹过去。整个四环是灰色的，路面像灰色的河流，在这个城市的外围流淌。我忽然想起《乞力马扎罗的雪》。

我怎么会在下午经过四环呢？我送一个朋友去坐公共汽车，他拿了很多东西，我帮他拿着一包书。送他下楼的时候，我觉得有些微妙。可是，我想，没有什么可微妙的，就是这样，我送他去车站。我们在马路上走着，人们从我们身边经过。我一直在絮絮叨叨地说话，很开心地说话，我不知道为什么忽然这么开心。我一直蹦蹦跳跳的，从别人面前跑过去，从汽车前面跑过去。我们好像下乡的知识青年，为时代的洪流所激动。

我和他穿过人流车流来到公共汽车站，他还在说话，说的是一个朋友，一个女孩子。他很惋惜地说着，我听着，不能有一点误解，因为那个人我不认识。于是，我只能说，哦，我不明白。他也没什么表情地说，啊，那样真的是不好的，现在好一点。我侧着头，说，哦，我不明白。他又说，于是我就明白了。可是我说什么呢？这里这么多人，而且也许马上公共汽车就来了，我不能说太多，不能太详细。我说，没有办法，喜欢什么就要付出代价的。那么谁喜欢，谁付代价呢？

我知道我的话是模糊的，在这个天色渐渐转暗的下午就要结束的时候，这么说话，是模糊的。这个车站上的人就像细小的灰尘一样，风一刮就再也回不来了。我一边张望着车来的方向，一边和他说话。我想也许应该更确切地表达我的意思，可是，我没有更多的意思了。

然后车来了，他说，啊，有座位。我"忽忽"地冲上去，抢了一个座位。他在车下说，啊，你不用上去的。我说，我来占座位的，然后"啪"地把那包书放在座位上，很得意地回头看他。我想我这个样子是很矫饰的，不自然，可是我确实想帮他占一个座位啊。他上车来，放好了东西，车就要开了。我伸出手臂拥抱他，就像好朋友那样拥抱的，我没有这样拥抱过很多人。或许这样去拥抱一个人，是好朋友，也会有一点难为情，可是现在没有，一点也没有。然后我们松开了胳膊，我看见他的样子，有一点羞涩的温暖，于是我又拥抱他，他亲了一下我的脸颊。

我"咚咚"地跳下公共汽车，在站台上朝他挥手。车上的光线已经暗了，我看见他坐在窗户下的位子上，朝我微笑。我也跟他挥手，我看见他的笑容，有一点点愉快，更多的是离别时的表情。每回离开家，父母和我告别的表情不是这样的，他们的表情有一点幽怨。和情人分手也不是这样，他们的表情是隐隐作痛的。和女朋友分手也不是这样，她们像惊惶的小松鼠，担心难再见面。而他的表情，就是离别的表情。

后来，车门关上，车开走了。我转身往回走，走了一会儿，噼里啪啦地跑起来，穿过河流一样的四环，整个天空变暗，到了傍晚。

2001 年 3 月

三十五楼一〇七

中午和两个同学去吃饭,就在学校门口的湘菜馆。回来的时候她们还在睡觉,我坐在地上,她们说说话也就起来了。我一边收拾东西,准备搬家,一边跟她们胡说着。宿舍还是和以前一样,夏天阴凉得很。

有一阵,老带别人到我宿舍玩,最得意就是我们宿舍特凉快,外面还有树。有时候早上会有一些男生在窗户外面锻炼,那里有个双杠,有一回来了个露阴癖,先是猴子起来发现的,她大呼小叫把我们弄起来,大家一起开了回眼界。

有时候在宿舍里照相,抹了口红,坐在乱纷纷的床边,一拉帘子也就看不见那些脏衣服了。

夏天的晚上,我常常坐在门口打电话,先是站着,然后是蹲着,最后干脆坐在地上。一边抽烟一边胡说,现在的那个男朋友就是这样睁着眼说梦话给勾搭上的。

那是夏天快结束的时候,还是很热,我和他从十一点开始打电话,他在加班,我呢,刚从打工的公司回来,他电话就打过来了。我说我的梦想是发点财,他说他也是。我说你发了财打算干什么啊?他说想住到个风景好点的地方——大概是这么说的,反正我记得是挺俗的理想。我于是批评他的这种庸俗想法,我说,发了财,也是一个普通公民,也是妈生的,不能忘本。我要发财了,还是要做一个普通人,完全像个普通学生。夏天热是吧?别有钱了就到学校外面去租有空调的房子，就在床上装个空调不成吗？反正有床帘！嫌学校伙食不好？还是要吃食堂，去加饭卡加个十万八万的，加得饭卡机都没法显示。衣服也别送去干洗，买个高级洗衣机，就放在公用洗衣机旁边就成了，要是怕人用，雇个保安看着也成。也别开汽车，同学都骑自行车，搞特殊化不好，去买辆原装的莲花，不也能过吗？

经过我的说服教育，他就觉得自己挺俗气的了，我满意了，就说挂了，回去呼呼睡了。早上起来，收拾收拾，又躺在床上了，同宿舍的丫头问，你怎么了？我说，我就这样，一睡醒了就犯困。在宿舍的时候老犯困，说着说着就倒下了。

还有一回有个神经病，也是我们宿舍的，跟我吵架。我愣生生把她骂到厕所蹲了一小时没敢出来，我就一直在过道里骂她，特过瘾。回来和她们一说，大乐，于是喝酒。喝的是黄酒，放在用完的奶粉桶里烫了，就着瓜子喝。喝了一会儿，我说，唉，我有点困。倒下了。她们也倒下了。后来就进进出出好几趟，一会儿去吐一回一会儿去吐一回，回来还去看看别的人怎么样了，夸对方真有战斗力。可是对方歪歪倒倒从上铺栽下来，说，战争已经结束了！连滚带爬就去吐了。

有时候遇到谁失恋了，大家就不说话了，连那个神经病也不敢废话了。失恋的人躺在床上，双眼发直或者号啕大哭，别的人还是干自己的事，或者看周星星。大哭的人也忍不住爬起来看，看完了，起床点眼药水，拿着饭盒去食堂，又是一个 fresh girl。

幸福的时候也有，不过幸福没意思，还是痛苦比较好。所以大家不爱和人分享幸福，痛苦呢，自己却不愿意和人分享，我们是很自私的人。

中午吃饭的时候，猴子说咱们系还没有开始喝酒呢。我笑笑说，没劲，喝醉的时候咱们都有过，用不着赶着毕业来个"第一次"。她们没有说话，于是开始喝酒。

2001 年 6 月 4 日

地道

夏天快结束的时候，大约是八月底，傍晚，我去找一个同学。她刚在小西天租了房子，邀请我去玩。我骑自行车横拐竖拐，穿过几条小街，来到她家附近。

给她打电话，她让我在路口等着，路边有一个水果摊，我看了看，要了些脆葡萄。这个小贱人，怎么还不出现，我想着这句话，觉得很有意思，决定一会儿见了面就这么叫她。

我正猜测着她会住在哪一个铁门里，她就出现在街角，一步三摇地跟我招手。我跨上自行车朝她骑去，在她面前停下，笑着说：你这个小贱人，怎么这么慢？

她弯着眼睛，笑着回答：小贱人你等急啦？

我们并排进了一个小胡同，她指指点点那些小铺子，跟我介绍这是一家面馆，这是一家发廊，这是一家网吧……然后她说，拐弯，这个院子。

她的家在黑咕隆咚的五楼上，我们坐了一会儿，听了周璇、白光的靡靡之音，决定去外面吃羊肉串。

大学的时候，她写过一个小说，关于一个女生差点被强奸的故事。后来她大笑着告诉我一个男生读了小说之后，跑来问她：你觉得作者和读者怎么才能交流呢？再后来，这个男生就成了她的男朋友。

她和那个男生好的时候，我经常从天台上看见他们在操场上散步。往往，我五点半左右吃了饭到天台上，就能看到他们俩拎着饭盆并肩走着，沿着跑道，走得很慢。而空气中飘着流行歌，绵软的女子声音，顺着讨好的旋律，春藤绕树。晚自习结束以后，我又爬到天台上去，遇到一个人就谈深刻问题。这时候，我又听见她在校园里吹口哨的声音，她的口哨吹得很好，不走调，清脆地穿透深夜的空气。她总是吹同一支曲子，一支根据民谣改编的流行歌，因为没有歌词，显得干净多了。我一听就知道是她，天台上的人也笑了，说，又是这一对狗男女。

现在，她和我一起走在暗黑的胡同里，几个中年男子站在光亮处谈论足球比赛。小孩尖声叫着从我们身边擦过，像一些小行星。夏天的夜晚开始变得凉爽的时候，夏天就快结束了。我说出这句话。她沉默了一会儿，忽然说，这简直是一个道理。我望着前方不清晰的路灯、虚了光的前方，说：对，一个道理。

租下这套房子以后，她的一个男朋友就来了北京。其实，他们已经分手了。她曾经很爱他。他借她的客厅住了一周。

他要离开她家那天，她看着他收拾东西，忽然觉得就这么让他走了太便宜他了。于是，她哭了。然后他也哭了。我微笑着，听她说这件事情，不知道应该说什么。我们在卖羊肉串的夜市坐着，热腾腾的肉串渐渐变凉，啤酒的泡沫渐渐消散。

她说，再来点？我们就着毛豆和羊肉，抽烟、喝酒、说话。我现在又有一个男朋友了，她说。一个中年人，他说要和我结婚，不过我不愿意，他下周就要离开北京了。

我现在很想有一个男朋友，否则支持不下去了。她说了这句话以后，再也说不出什么。

我喝了一口酒，觉得有点头晕。

她也喝了一口，又开始说话。租房子的时候痛苦坏了，我住在阿才家，白天出来找房子，晚上回去的时候已经快累散架了。就这样折腾了一个星期，我都要疯了。每天到各个小区瞎转悠，贴广告，在小商店买一瓶水，坐在树下发呆。几乎海淀所有的小区我都搜过了，还走坏了一双凉鞋。人也晒黑了，瘦了。最后一天，我从牡丹园小区出来，快中暑了，我想走过街地道，到马路对面再看看有没有房子。地道里有一个人在弹吉他唱歌，我就坐下来听他唱歌，一边抽烟。他一直唱，我就一直坐在旁边。

后来，我把我身上的钱放到他的盒子里，留了两块钱坐车，我告诉他我只有这么多。然后他就笑了，跟我说话。我说我在找房子，他正好有一个朋友有空房子，于是我就找到现在这个房子了。

那个人为什么自己不租呢？我问。

他不在北京住，他到处跑，在一个城市唱歌，然后换一个城市。他说他下一站是陕西，不过他很喜欢北京，在北京的地道、地铁站里都可以唱歌。

那他走了吗？我又问。

不知道，大概走了吧，也许在另一个地方唱歌。

           2001 年 10 月 17 日

到韦源家看画

我一直在写一个小说，讲我的好朋友韦源的生活。三年前我写过一个很短的小说，讲我和韦源。最开始我写了很多字，希望描述出生动的故事，但后来我一再地删改，小说越来越短。到我终于满意的时候，只剩一千多字。

前几天我想，应该写写韦源是怎样当泥水匠辛苦赚钱，这是他真实的生活。那个小说最开始是我去看他，到他家，我计划里后来他要说话，要逼着我从他家窗口跳楼。后来，我没有跳楼，我离开了那里，他感到沮丧。这个故事有魅力吗？他将用什么样的话逼我跳楼呢？

新的想法是，他跟我讲他怎么当泥水匠，用这样的讲述逼我跳楼。我不会跳楼，韦源没有任何办法能逼我跳楼，当然，即使他没法做到这一点，他也不会绝望得跳下楼去。

五月的时候，我在成都无线电技术工程学院的足球场旁的林荫下给他打电话。头一天我给他打过传呼，是另一个朋友回的，说他现在不用这个传呼机了。那天晚上，我和那个朋友在培根路喝茶，谈到了巴尔扎克和博尔赫斯，这是两个多么不同的人物，我们居然在没有路灯的培根路露天茶馆谈这个，并且谈到了十一点。这个朋友歪着头，冷漠而好奇地注视着我，说，我一直在想，是什么样的因素造就了你这样的人。他毫不掩饰的研究让我感到很难堪。这个朋友当然是我和韦源共同的朋友，他是我的中学同学，我们认识有十年了。韦源也是我的中学同学，但我们认识只有七年。他是否也这样研究韦源呢？韦源肯定不在乎任何研究，他可以脱下自己的汗衫，让对方数他的毛孔。

我打电话的时候说，你在哪里？你还回成都吗？你什么时候回来？韦源说，我在南充专区，我当然要回成都，春节回来。我于是挂掉电话，给萧瞳打电话，萧瞳也是我和韦源的朋友，他有一副胡人的面孔，一脸绒毛和一张形状优雅的瘪嘴。萧瞳说，你是哪个？我在睡觉。你回来啦，那我们去喝酒。晚上我跟凌越、马松要去香积厨喝酒，你过不过来？我说，那些人不认识，我就不过来了。

后来我在石灰街边上的商店里买了一件衬衣，朝骡马市走。到骡马市的招商银行办了一张信用卡。有一回，我和韦源约好见面，就在招商银行门口。我骑自行车到了那里，一颗硕大的脑袋立在他的肩膀上，他站起来，有两个我那么宽，也有两个我那么厚。当时，他的头发很短，看起来是刚剃了光头不久。另外有一回，我们见面是在西城区少年宫。少年宫也在骡马市附近。我放暑假回到成都，他当时正在给少年宫开办的暑期美术班教课。一帮中学生在画石膏静物，我们坐在教室的另一头抽烟，聊一些琐碎的话题。

韦源最开始画的是圣斗士之类的漫画，如果有一天他成名了（我对此深信不疑），这样的底细是会让人感到安慰的。那些妒忌他的人会因此高兴的。他那时候有一个画板，不是标准尺寸，是儿童画板。画板的颜色很新，上面用圆珠笔画着夸张、锋利的人头和四肢。我对此很轻蔑。他的作文本上有语文老师陈文汉的长篇批注，陈文汉口气诚恳，对韦源说了一些态度暧昧的话，既不劝他好好读书，也没鼓励他反抗学校教育。陈文汉是我们学校有名的语文老师，同样有名的是杜学钊。前者是韦源的语文老师，后者则是我的。陈文汉曾经请了著名诗人流沙河到我们学校阶梯教室做讲座，阶梯教室里人非常多，我搬了一张椅子在窗户外，才看到了著名的流沙河。流沙河的讲演多少表现出一个诗人的气质，让我深受鼓舞。讲演结束后，我拿着一本《庄子现代版》请他签名，被他拒绝了。

流沙河的老婆何洁，当时似乎和他已经离婚了，我曾经在《龙门阵》杂志上看过她的文章，回忆与流沙河在"文革"中的生活。我没有见过何洁，但我的初中同学李昕见过她。何洁出入于四川省高级官员的家庭，传授气功，被人称为"何仙姑"。

陈文汉对韦源的赏识令他在我们年级爱好文艺的学生中很出名。由于韦源是高中才进入我们学校的，所以和我们原本的圈子有一些隔阂。其实，我们原本也没有什么圈子，不过，对于外校来的，相对要生疏、冷漠一些。韦源和张复生建立了良好的关系。张复生后来告诉我（就是他，那天晚上和我在培根路喝茶谈巴尔扎克、博尔赫斯），他最开始并没有接受韦源，他比较喜欢和牛锋在一起。牛锋是自来水公司的家属，住在西皇城角边街，初中和我同班。张复生认为，韦源是一个有毅力，并且不怕打击的人，在他的坚持下，张复生开始有保留地和他交往。

我是在一个中午到一班玩耍的时候看到韦源的作文本的。我和张复生一般不说话，偶尔通信，张复生似乎是在三班，而不是一班。我到一班是找钟玉，钟玉和吴蓓关系不错。当时吴蓓还没开始学画画。她在高三下学期突然决定要考美院，虽然我从来没有看过她的画，但大家让我相信，她是一个天赋极高的人。韦源的作文本里有些页的背面画着一些速写。我不画画，但我知道速写是不能那么画的，那是圣斗士。比如说一条胳膊，他画的胳膊不是人的胳膊，而是圣斗士的胳膊。还有长着胡子的尖下巴，像林肯，但不像任何人。

后来，我们上大学以后，韦源来信告诉我，他又开始改变画风了，或者他正在画一幅什么样的画。我将信将疑，毕竟我不懂绘画，所以在回信的时候我避而不谈他的绘画，却用大量篇幅谈写作和阅读。

韦源批评时喜欢用的词是"苛"，发音时声带靠后，扁平。这个词在成都很多人的嘴里一度流行，我想他是从别人那里捡来的，后来大家不再用这个词了，成了他的专利。他说这个词的时候，结束时带着颤音，调值微微提高，富于一种简约的音乐感。他曾经用这个词形容杨首株的眼光，也曾经用来形容以杜力为首的诗人们的口味，后来他使用这个词一般是用在绘画上。我见过的韦源最大的一幅画是在总府街口子上的一家银行大堂，至少有十五平米。那是苏聪接的活路，苏聪、尹小军和韦源一起做完这个活路。一天晚上韦源领我走到银行大楼的玻璃门外，指给我看：左上角、右上角的树叶是我画。我仔细地朝里张望。韦源等我看了一会儿，然后问，怎么样？我说，比较细腻。韦源说，现在就是讲究要"苛"。

苏聪是韦源的老师加老板，我印象里是这样。我总是听到不同的人说到苏聪，他的形象介于天才和无赖之间，有时候他工于心计，还有一些人兴致来了就压低嗓音说，苏聪其实是黑社会的。我更喜欢尹小军。

尹小军曾经常常出现在程烈早些时候开的酒吧1812，我从来没有见过他。许君兰曾经和他、苏聪等人一起喝酒。许君兰擅长推销吉百利巧克力和农夫山泉，尹小军在她的描述中十分动人。

韦源的朋友中与我有交往的只有一个杨首株。通过韦源的热情推荐，未来的大音乐家杨首株成为我大学时期最好的朋友之一。他热衷于发起饭局，讨论中国哲学史，以及随心所欲地在他喜欢的场合冒充二级技术工。

韦源与他的这些朋友非常不同的是，他并不是一个喜欢说话的人，他从来不会吹嘘自己，在培根路下午的茶会上，他总是笑呵呵地听别人说话，把头转来转去，不断对准每一个正在高谈阔论的人。他的友好使他的朋友像滚雪球一样，越来越多，以至于有一天，他开始声称：没有什么朋友，我只相信兄弟伙。"血""刀光剑影""青稞酒"是他在描述自己的生活时经常使用的意象。阿坝州汶川县的岷江大桥，是韦源最重要的外景基地。

许君兰和韦源到阿坝过端午节的经过，让我非常嫉妒。许君兰想花十块钱买一些土特产带回成都给我当礼物，和摆地摊的农民达成了五块钱换三块水晶的协议。令许君兰诧异的是，韦源从地摊上拿走了六块水晶，他解释说：这是阿坝州的交易市场不言自明的规则，你跟他的五块钱换三块水晶的协议，其实包含了从地摊上拿六块水晶的必然性。

我在跟韦源认识五年以后，接受他的邀请到他家看他的油画。今年春节，韦源说他搬家了，搬到了成都最有名的刑事案件高发地段，莲花村。之前，他家在市中心的政府街，与四川省高级法院和太和号酱园厂毗邻。

韦源曾经在信里很诚恳地说，在美术上希望听到我的建议，因为张复生对美术没有任何概念。在同一封信里，他提到最近一段时间经常到十二街的张复生家听《春之祭》。十二街的含义有两层，第一是四川省音乐学院的所在地，第二是成都市殡仪馆的所在地。韦源的信让我对他心生感激，我不知道他根据什么判定我比张复生更有资格对他的画提出批评，但他的判定使我不容推卸地担当起这个责任。

我忐忑不安地跟着韦源走进位于政府街中部腹地的一个逼仄的院落，一幢马蹄型的灰色楼房被包围在红色砖墙里。我们穿过杂乱停放的自行车阵，在漆黑的楼梯间里往上攀爬。

在顶楼一间朝西的房间里，韦源让我看他那些靠在沙发上、摆在地板上、倚在墙角的画。我们气喘吁吁地坐在屋子中间的小板凳上，看着这些油画、水粉画。

2002 年 6 月 27 日

北大女生及其他

前天从成都坐火车到北京,遇见一个北大的女生——这样说显得奇怪,说起来我也是一个北大的女生,虽然不敢和现在书摊上卖得很火的那个"北大女生"攀比,但这几个字到底还是中庸的,在它成为专有名词之前,放在自己身上似乎也没太大问题。

火车上那个女生大约二十岁刚出头(后来听她谈话也印证了这一点),外貌属于中上,在北大里呢,如果是文科生就应该有过一两个男朋友了,若是理科生则是理所当然的班花。她坐的是硬座,可见是能吃苦的(看她的衣着,家境应该能承受得起卧铺的票价),和同座位的年轻男子说话,玩扑克,一起到车厢外透气,显得很大方,这是难得的。

因为她的上述表现,车厢里最醒目的也就是这个北大女生了。远远地看过去,她最清爽,虽然不漂亮,但有一种光彩,吸引着你。

我一直注意着她,同时胡思乱想着。什么是美好的呢?年轻、有活力,就显得美好。快到二十岁的女孩子是最美的,有着天生的好颜色,像新鲜的水果一样,散发香气,即使不漂亮。她们还没有经历过真正的挫折——挫折是因人而异的,能击倒一个人的就是他生命中的挫折。

可是,就我在北大的四年时间,北大的女生似乎不是这个样子。生得奇形怪状的大有人在，虽然一直提醒自己，不能以貌取人，但那也真是叫人看了难受。矫揉造作到了那种地步，实在叫人笑也笑不出来。

能够想象到的，小说中能够读到的各种丑恶，在北大女生身上都能找到——至于男生，我和他们接触不多，没有发言权。大学同学里最要好的女生，毕业前和我一起喝了回酒。那天我买了一瓶花雕，两人就着昏黄的台灯光，烫着酒，正是仲春天气，到了下午，还有些微寒。我们在班上大概是最不得意的两个人：我学习不好，耽于游艺，被班干部看不起进而被全班同学敬而远之，到了大三以后干脆搬出宿舍，连毕业材料都是由班上唯一的朋友（也就是她）替我填的；她呢，生性倔强，但还算与人为善吧，四年的时间终于褪去了她向世俗屈服的外壳，渐渐地也被广大群众抛弃了。毕业的来临忽然让我们俩发现了自己的尴尬处境。一向轻狂的我，被迫工作；而她考研失败，错过了招聘的时机。

那天，我们慢慢地喝，一个下午也就消磨过去了。生命是这样漫长，我们在这个学校里耗费掉了整个少女时代，出来的时候身心俱伤。大概没有谁能够不受到伤害吧，我们从五湖四海走到一起来，难道仅仅是为了互相伤害吗？

在火车上，我后来听到那个北大女生和别人闲聊，说她的一个同班同学回老家兰州找工作，兰州那个单位说"我们这里不需要你这样优秀的人才"。我不由得微笑起来——大概是带着一些恶意的微笑吧，现在回想起来。一个人为什么要选择这样的记忆、这样的句子？她大概不知道她说的这些话给听者带来的压力吧——所以经常有人说北大太傲气了。这个女生和相当一部分北大学生一样，没有分清楚傲气和傲骨。不过，又有多少人分清楚了呢？又有多少人做到了谦逊、诚实与公正呢？

北大或者非北大，其实并不重要。以北大精英自命的人们（他们那样有名，无须我再提他们的名字了），他们从何处得到了足以蔑视大众的知识，或者不容置疑的决断，或者自鸣得意的资本，都不是很重要的问题。

重要的是欣赏那些美好的，宽容那些错误的。错误的总有一天会醒悟，会朝美好的靠近。不会醒悟的错误，最后就消逝了——正如美好的最后也会化为乌有。

2002 年

闲话成都女人

四川水汽好，女人的皮肤特别细腻。成都大街上，就是十多岁的女孩子正该长点痘痘了，你看她脸上也是光滑白皙的。大概成都本地人是不觉得的，成都人甚至都不觉得皮肤白好看。反正女人的肤色都那样，没有特别黑的，黑得像煤炭的那种——盆地里，日照不足，不少想要橄榄色皮肤的女孩子想晒黑些而不可得，只有白得能看见青紫色毛细血管的。于是，成都女人对皮肤的白几乎有种过敏性的焦虑，那样可不健康，多半是得了白血病。

视健康重于肤色，成都女人的健康心态在中国恐怕是首屈一指了。成都女人算是现代都市里难得的真人。如果没有天生的丽质，恐怕也不敢这么有恃无恐吧。

她们几乎不用什么化妆品，还是那句话，本地人不觉得。到外地生活一段时间才发现：成都女人即使化妆，那也是淡得不得了。在北京，一个女人不化妆就出门，那她的身份不外乎两种：要么是老得已经连化妆都于事无补了，要么就是干粗活的女工，只要干一会儿活，妆就给废掉了。照说，成都街头的性别比例并不见得跟别处有太大的悬殊，可到过成都的外地人总感觉成都街上女人特别多，特别有新鲜劲——那不过是因为他们看惯了蒙在脸上的"脂粉薄饼"，乍一看成都街头那么多自由呼吸、活生生的女人，跟新鲜的果子一样，有点眩目又有点清香，怎么能不怦然心动呢？

不过，成都女人的不化妆倒并不全是自信心多么强，或者基于女性主义的主张，实在是因为她们想偷懒。成都女人的懒也是出了名的，也只有她们，才会把春熙路逛得分不出工作日和休息日。她们吃遍了所有的小吃摊，一定要找出全城最香最辣的一家串串香——你听这个由她们发明的名字"串串香"，孩子气的叠字，如同命名一种花卉的构词法，发音的时候还带着儿化，这么天真地对待一种食物，成都女人个个都还是少城人家的小姑娘，怎么忍心叫她们去干家务活，弄得油腻、苍老、粗俗呢？成都小吃之发达应该感谢成都女人的懒，没有她们千里挑一的决心，没有她们沉溺于味觉的癖好，没有她们懒得在自家开伙的娇气，我们是绝没有机会品尝到那么多精致小吃的。

成都全部的闲适都在露天展开，温和的气候适合户外的一切活动。成都女人的懒让她们偏爱简单的活动，她们引着成都人都热爱上了喝茶、吃小吃、打麻将、逛街……甚至在小公园里坐着发发呆、聊聊天也是好的。这时候，她们的口才是最精彩的节目。她们善于搬弄是非，把熟悉的人、不熟悉的人统统揶揄一番，临了，撇撇嘴，仍然是一个小姑娘。你能和她计较吗？然而，小姑娘之间是要互相计较的，所以她们之间有说不清的千丝万缕的斗争关系，每一阶段都是经过均衡的结果，所以成都的男人们最后就昏了头，被她们闹得天昏地暗——反而，成都大场面上的关系却简单明了，所有的智慧都被女人们浪费掉了。

成都女人善于吵架。她们本质上是温良恭俭让的淑女，但吵架是她们表现语言天赋的方式，因此，她们热爱斗嘴，却并不把话说得太露骨。如果她要骂你，她绝对不会用脏字，而是转弯抹角地使用各种隐语和切口，其间布满了逻辑的陷阱，这个过程甚至包含了一些温情的意思。她们还懂得哀而不伤，适可而止，受了委屈并不立时就大光其火。我始终记得小时候我家隔壁一对年轻夫妇吵架，半夜里，我躺在床上，隐约听见一个女子低低的抽泣声，"我只是想不通啊，你为什么那样对我，我想不通……"

2002 年

落坡岭

七日早上,快八点才醒来,收拾好已经八点半,出了门,在院子外不远的车站找车去苹果园。

头一天晚上和朋友看地图时发现,落坡岭通公共汽车,在苹果园就有。于是到苹果园东站下车,又换一路车到苹果园,几经周折找到去落坡岭的车时已经十点。

因为想着出去玩应该高兴,应该和人多交流,便和黑车司机也闲扯一阵,他们想叫我去潭柘寺,我怎么可能改变计划呢?再说身上只带了一百多块,我不打算花很多钱。

终于车来了。在郊区的马路上航行,好像漂浮一样,我睁大眼睛看着外面的一切,路旁的常绿树,灰色的路面,我身边的人们。在门头沟的小镇上停了有十五分钟,我们的车又开动了。这一回我看见了永定河。

去年十一和朋友坐火车去沙城玩,在车上看见落坡岭,十分喜欢;之前还看见水草丰茂的河流,也十分喜欢。原来那就是永定河,现在是结了冰。

以前经常去丰台,看见的永定河都是干涸的,于是很高兴地给朋友发短信说:我看见了永定河,有很多水。朋友回我说:这是什么世界呀,河里有水也稀罕了。我笑了一阵。

结了冰的永定河,很宽阔的一片白色,秋天时丰茂的水草已经干枯,浅黄色地在风里招摇。不,几乎没有招摇,因为枯草是干脆的，要么是折倒，要么是矗立。

坐在我身边的是一位六十岁上下的乡下人，牙齿棕色，有一些口臭，我觉得很是亲切。不时溜眼看他，又怕我这么看他，他又窘迫了，所以不好多看。一会儿有熟人发现了他，他们开始说话。他找了一个工作，大约是在一个工厂里，一个月七百五十元。我想了想自己的工资，想了想我的父亲，也是和他一样吧。可是父亲不用去上班了，当初上班的时候也就是这样。北京也有穷人，也有为微薄的工资而辛劳的人。不是为工资，是为正常生活的持续而辛劳。我又是为了什么呢？总归不是为了正常生活的持续。

车不停地到站，我有些紧张，怕坐过了站。山里的景色是差不多的，我的记忆力也不是十分可靠，售票员河北口音很重，他报站我几乎听不懂。我胆怯地问身旁的老人：到落坡岭还有多远？他咧开嘴一笑：还有好几站。

现在已经到了永定河的上游，很多地方河水开冻，浅浅的水，粼粼的波光，那正是我喜欢的。若是夏天，就应该去水边掬一捧水，凝视水中几乎看不见的小鱼虾。有一回在颐和园外的引水渠，看见污水中一尾半尺长的鲤鱼，心里很是喜欢，伫立良久。又有一回，到昌平小汤山附近的沙河，望见水库的引水渠漂着很多肥白的死鱼，多半已经腐烂，整条河弥漫着臭气，大约是涨水时从水库游来的，终于为着什么原因死了。就那么看着。

汽车上到山腰的时候，我看见一大片结了冰的湖面，应该就是这里了。我转头问身边的老人是落坡岭吗？他点头。我一人下了车。离水库还很远。路边坐着晒太阳的老人，这里大概是有一个工厂，或者他们就是山谷里村庄的人，也不太像。水库边上就是车站，就在山谷里，我于是朝那边走。岔路口坐着三两个中年人,我问他们去火车站怎么走,他们指了一条路给我,说不要上坡,直接往那边走。走到坡下时,看见一个小男孩正在坡顶上瞪着我。

我走到坡背面发现他还跟在后面,回头冲他笑笑,问他火车站怎么走。他趿着拖鞋,噼里啪啦跑过来,身后扬起一阵黄土的尘雾。这个孩子的河北口音也很重,还好童声清脆,我大概能听懂。他说,你不要下去,这边近。于是他领着我在密集的平房中间穿梭,竟然走到了铁路近旁。

忽然,身旁的院子里,一只公鸡叫起来,吓了我一跳。

我告别了这个小孩,朝车站走去,穿过铁路就是一个小小的火车站。售票室兼候车厅上了锁,远处有两三个扳道工人在抽烟。我把脸贴在玻璃上,看售票室墙壁上的列车时刻表,没怎么看明白,想了想,朝那几个工人走去。他们说回北京的车要下午六七点才有,又打量我一下,建议我坐公共汽车回去。我谢了他们,走向车站背后的水库。

水库是把山谷截住了造的,也许本来就是一个山谷。宽阔的冰面,上午的阳光,四周安静得很,我拿出水来喝了一点。抽一支烟。对面来了一对中年人,似乎是在散步。他们经过我身边,朝远处走去。那女的穿了一件红色大衣。他们为什么要在早春的上午散步?而且又是本地人,都是熟悉的景致。他们也许也在想,我是个什么人呢?结了冰的湖面有什么意思?我也不知道会在这里干些什么,又拿出些零食吃。吃一点。一鼓作气统统吃完。

吃完于是没事干。

湖面已经有开冻的迹象,近处的冰似乎融了,反射着太阳光,一些水珠,亮晃晃的。远处三个小黑点似的人在凿冰,他们又似乎在撑一张鱼网，大概是想破冰抓鱼。我远远看着他们，想要走过去看看他们的行动，又不敢从冰面上走过去。踌躇了半天。

绕到水库的那一端需要穿过一条隧道。穿隧道是可怕的事情，火车来了怎么办呢？我记得隧道里总是开有一些小洞，有时候工人在那里干活，火车来了，他们就躲进小洞，那里是安全的。

我消消停停朝隧道走去。走到第二个小洞的时候，已经很黑了，而出口还很远。这个隧道里至少还有十个这样的小洞吧，我朝两边张望一阵，估计了一下。一列火车开来，要想退出隧道恐怕来不及了。我于是躲进第二个小洞里。

洞只有一米来深，我紧紧贴住石壁，等着火车开来。一阵大风袭来，带着轰隆声，火车冲来了。这是一列货车，没有灯光。每驶过一节车厢，风就猛一阵。我在漆黑的隧道里，忍受着从铁轨传来的震动。四周完全漆黑，什么也看不见，手指紧紧抠住岩石小小的突起，火车声音大得压过一切。在这个隧道里，此刻，什么都没有，世界不存在，只有这列火车，和它的巨大的声响，和它卷来的巨大的冷风。这世界上唯一的动力，唯一的。

我心里禁不住企盼着快点，快点过去吧。然而这么一想，就知道错了，不，企盼会让人崩溃的，一崩溃就会没有理智。而风正在卷着我，只要一挺身，这一切就马上结束。黑漆漆的隧道里，只有我一个人的意志，一闭上眼，世界就不存在了，不存在疯狂也无所谓忍受。我又想到那些经常躲到小洞里的工人，他们是习以为常的吗？他们不会害怕吗？不会有我这样的煎熬吗？而煎熬，是的，煎熬，应该让它赶快完结，总之，不。我抓住岩石，拼命保持平静，不止一次，我感到自己的胸口一紧，那里，我的心脏正经历一次强力的收缩。呼吸几乎要停止了，然而那一刻过去了，我稍微安静下来，好像死过一次。而火车声没有结束，听着这雷同的声音，没有任何变化，逐渐紧张起来。

火车一过完，我立刻撒腿往外跑，不顾脚下的乱石会绊倒我，飞快地离开了隧道。

重新看到明亮的空气是多么好，这些山在阳光下熠熠闪光，四周还是一样的平静。

如果当时，我冲下铁轨，不会有任何人知道，这是一个安静的村落，一个安静的小站。永远不会有人知道。我望着铁轨。

又一列车开来，我坐在铁道旁的石头上，随着铁轨的震动，一阵阵发抖。

我究竟为什么活着？究竟是什么在支撑着我的意志让我抑制住俯身铁轨的冲动？

而这里一切平静。

火车经过仿佛只是一瞬，又好像永远没有结束。究竟是怎么熬过来的？怎么穿过那一片黑暗而依旧存活下来？

我站起来穿过铁道，沿着来时的路，朝公路走去。

爬上山腰的公路时，我遇到几个骑自行车的人，他们的车把上挂着充电灯。他们会在晚上开着灯骑车，他们是要去哪里呢？有几个人把自行车停在路边，躺在草丛中休息，缭缭的烟雾从他们指间的香烟升起。这是一个温暖的上午。

到了山脚，我离开公路，从荆棘丛中抄近路朝水库走。靠近水库的地方有一个采石厂，大卡车在装载白色的岩石块。几乎山的一半都被挖开，几百米高的山裸露出白色的内部，好像人的皮肤受到重创会露出来的白色组织。虽然是几十米高的地方都被挖开，但在一眼望去连绵的山峦中不过是小小的部分。采石机发出巨大的声响，但山谷里还是安静的。

通往水库的便道上空无一人，当我在草丛中茫无方向地走着的时候，一辆白色的汽车顺着便道开来，车上下来一个中年女人，问我："小孩，这条路能到大坝上去吗？"我回答她说我也不知道，我也想到大坝上去。他们于是继续开。

我爬上便道，跟在他们后面。

大坝就在我面前了，这几乎不算是一个大坝，只有三百米长，最多不超过五百米。大坝的铁门敞开着，上面挂着生锈的牌子，写着：闲人免进。我犹豫了一下，进了铁门，走上大坝。走了两步，又回来，沿着铁梯子下到散布裂缝的冰面上。

车上的人早就下车，在冰面上走着。那些凿冰抓鱼的人已经到了湖的中心。车上下来的是一对带着小孩的夫妇，我跟在他们后面朝着抓鱼的人走去，专找他们走过的地方走，心里还是很担心冰会裂开。有时候，听见身后有奇怪的声音，回头一看，脚下出现了一条刚才没有的裂缝。从裂缝看下去，冰层至少有半米厚。有些被凿起来的冰块就在脚边，我捡起一块，非常干净，比我见过的任何冰都更透明，像水晶一样，但是又不那么生硬。冰在我手上开始融化，我把它扔掉，继续朝抓鱼的人走去。

刚才在火车站远远看见的那三个小黑点似的人大约是管水库的。他们穿着黑色的皮衣裤，戴着毛线帽子。我走到他们面前，他们没有看我。那对夫妇问他们这里鱼多吗，冬天能抓到鱼吗……我站了一会儿，开始往回走。冰继续在我身后开裂，发出沉闷的声音。

2003 年 2 月 13 日

早春

今天早上我走出门的时候,遇见了雨。我想打一把伞是很好的,于是跑回去拿伞,却没找到。因为借给别人,却没有还我。我只好用头发挡住雨水往前走。看见一些雪片落在衣袖上,毕竟是不好看的。

马路边上走的人多半打着伞,有的红有的黑,都不很高明。我在图书馆被人偷了包,伞也丢了,现在这把是我从人家毕业生宿舍捡来的,用了多少年也还有股臭味。我毕业也两年了,可见它原来有多臭。而且我的伞也很难看,红色上面有黑的圆块,不知道造伞的人为什么那么恶毒。或者他以为那样是好看的?就是这样一把伞,我现在也没得用,只好顶着雨走。

在路边撒开胳膊走路是很痛快的,看见水坑很有经验地寻找合适的落脚处也是很痛快的,那些汽车看见我的样子,也躲开了。

上了公共汽车可以漫不经心地拿钱包,售票员很懂得世故,大家都很懂得,只有年纪轻轻的孩子们有些惊惶。他们在雨天就不会出来。我好像匪徒一样搜索车里的座位,选中一个,旁边的那人要诚惶诚恐地让我。无非是我一身肆无忌惮的雨水。

窗外的雨水弄花了玻璃,什么都看不清楚。到二里沟的时候,我又看了看从前的家,自然看不见,那里也没有我的亲人或者猫,只有一些书,可能也脏了。厨房应该有一股久不清洗的油烟味。灰尘也是很亲切的一种东西，当然要心情好的时候。

忽然一点雨水落到了书上，我有些愤恨，简直不知道哪里来的这些愤恨。这一车的人都是可恶的。最应该杀掉的自然是我，然后他们可以活着。我管不了那么多。

有个人喜欢烧自己的日记，隔一阵就要烧，我想他肯定是想经常感觉一下死亡，发着抖。我烧过自己的信。有时候听听《那天下午在旧居烧信》。要好几年才有一次那样的心境，其实都没有什么好郑重其事的，除了这个也没什么严重的，包括在内也不严重。

又有个人，妻子生病多年，不死不活，他也不知道该怎么表示。他的情人结婚了，而他的妻子还不死不活。我听见了觉得有些无聊，同样的话他讲过多次，可是事情没有一点变化。再譬如一个电影得了一个什么奖，可是奖金却很少，于是这件事也就算完了。

我们不过是在做无规则的布朗运动。这窗外的雨下得有滋有味，我看着，觉得很有意思。

2003 年 3 月 11 日

印象里的杂志

久不看杂志，心里很是怀念。

印象里真正看的第一本杂志是《星星》，那是八十年代影响很大的诗歌刊物，大约八八年左右买的。其实并不是喜欢诗歌，那时候哪里懂得呢？经常看的是《故事会》，母亲从什么地方带回家的，就想多买些来看。有一天在菜市场卖旧书的摊子上翻看，被"星星"这个名字吸引，于是连同几本旧《故事会》一起买回去了，不曾想竟然是现代诗歌。只出了一毛钱。

之前看的为什么都不算真正自己的杂志呢？因为《星星》让我找到一种陌生，我居然可以从世界当中发现什么——就是这个感觉。我把那册《星星》从头到尾翻了好几遍，看不懂，有写龚嘴水电站的，看不懂。看懂的是美国桂冠诗人弗罗斯特的两首诗，觉得他讲的道理太简单。想来美国诗人很笨，像杜甫这样的中国诗人我就觉得高深莫测。

直到现在，那册《星星》还是我家里唯一一本诗歌杂志。有时候也翻翻，算起来也是十多年的刊物了。

那时候爱看的是《故事会》《童话大王》和《小学生作文》。《故事会》有很多暴力色情的内容，比如小流氓强奸孤女，最终恶有恶报，我喜欢看那些隐晦的笔法，不能隐瞒自己暗地里对罪恶的私好。《故事会》打开了一个小孩的世界，我们听到的多是好人好事，却不知道世界如此复杂。《故事会》里还有一些改编自欧美恐怖小说的故事，通俗易懂，比土生土长的中国故事精彩多了，这是它吸引我的又一原因。《童话大王》的好和《故事会》类似。

《小学生作文》之类的杂志我们小时候都看过，想来抄袭其中文章的事情总是难免发生的，我抄过好几回，每回都能得五分。因此几乎上瘾，幸亏上了中学，语文老师不爱《小学生作文》那一路文风，要不我现在恐怕要被罪恶感压死。

小学快毕业的时候看过一阵《女友》，很喜欢那种软绵绵的文风，又有很多空中楼阁似的幻梦。也学着写那种上不沾天下不着地的抒情散文，外带爱情故事。而真的爱情要晚来好几年。后来上大学，有一个很要好的女同学竟然是《女友》的特约撰稿人，虽然已经很看不起那种文风，但为了多年前的爱好，我还是爱看她写的"小说"，轻飘飘的，有一些哀怨，有一些姿态。

上了中学有要好的同学推荐《少男少女》，比《女友》要纯情一些，而且广东是得风气之先的地方，有些新名词，譬如"无厘头"就是从那里学来的。不知道为什么就不爱看了，大约是在学校阅览室读到了《艺术世界》和《东方》，觉得自己应该深刻起来，应该与一切浅薄以及跟浅薄关系暧昧的东西划清界限。

我们中学的图书馆是很好的，藏书不少，弥补了我家书少的缺憾。期刊阅览室的管理员是个轻度精神病患者，我对他兴趣浓厚，老去阅览室，顺便看了很多杂志。最爱是《艺术世界》，记得某一期介绍一位俄罗斯画家，名字不记得了，他的主题是"天魔"，我被深深打动了，一中午不曾从那篇文章里抬起头来。又有一篇是介绍一位法国艺术家，圣奥兰，大约是麦当娜的严肃版，一个专访，喜欢得很。最喜欢是她说，"不要太早误会我"。《东方》也很喜欢，看多了，回家要求父亲给我订，很贵，一年要近百元，那是我中学时代最大的奢侈——还好它很快就被停刊了。前些年复刊质量大打折扣是后话。

《世界时装之苑》九四年的时候还是季刊，我也爱看。没钱买，是在表姐家看的，深入研究其中的服饰风格，直到现在，我穿衣服还不伦不类，就是因为脑子里还是十年前的时尚。

九四年我找到了《读书》。那时每月到一个稍大点的邮政网点买《艺术世界》，若买不到，就买《东方艺术》，反正是和艺术沾边的名字。有一天看到一个小开本的杂志，封面很喜欢，就买了。那是九四年第五期《读书》，我看了一年，没看懂。第二本是九五年买的，之后直到九七年，一直买。

上大学以后，看到九八年初，终于看不下去了。后来才明白是因为汪晖做了主编，《读书》的味道就变了。其实最开始很喜欢汪晖，他文章漂亮，和人说要到北京念书，目的呢就是要嫁汪晖。后来发现汪丁丁也很合我心意，就决定到了北京相机行事。也喜欢李零，因为他的《方术四题》里说好莱坞科幻大片是"给迷信插上科学的翅膀"，大乐。最不喜欢是陈平原，大概是觉得他散文写得不好，拖拉得厉害。又因为那时候《读书》上最热是宏观经济学，考大学时不知道该上基础文科还是经济学，斗争到失眠。

进了大学看了很长时间《作家》《作品》《当代文学评论》《小说界》（包括过刊）。后来几乎不看文学杂志。因为专业关系，总要看《文献》《人大复印报刊资料》（中国古代的若干个朝代）和一些敦煌学的杂志。从那里找到了我的偶像郝春文先生，把他的文章尽量找来复印装订成册，看着也欢喜。一个人的学问怎么能做得那样好？

再后来工作了，就几乎不看杂志，书架上似乎只有一本《第欧根尼》，还是好几年前别人送我的，看不懂，又不舍得丢掉，就一直放在那里。有一段时间工作上和《书城》有合作，他们就每期都寄过来，我也不看，带回家放在厕所里给客人看，表示我家也是书香门第。

实在无聊的时候，或者激情了，就去买一摞小报，看里面千奇百怪的买卖信息，逐条看，一个也不漏过，有的还要做上记号，表示有趣。不过那不算杂志，是报纸。

2003 年 3 月 15 日

这样子就对了

读《论语》

周末上午到闹市区办事,买份报纸坐在街边看。满报纸是消毒水、干扰素的广告。这么些年,闹市的上午这般安静,还是头一遭经历,心说难怪"大隐隐于市"。

两位卖报纸的小贩在我身后闲聊,纵谈国际国内大事,并处处点评。一个耐不住寂寞了,说最近街面上人太少生意不好做。另外一个,大约是老于世故的,却十分欣赏这清静,道:"这样子就对了,这才像个闹非典的样子!"

"这样子就对了",大概和王小波《革命时期的爱情》里面提到的,王二那位学体育却天生一个哲学家的老婆喜欢说的"这就对着啦"一样,意思是"这就进状态了"。所谓的对与错,包含着一个预设;进状态也是这样,需要进的那个状态其实是个理想状态。只听这一句,我就对那位报贩心生敬意:倘若一个人无是无非,就说不出这样有大气象的话了。

中国的读书人是喜欢搞政治的,对于时事现象总爱指点评论。可如果你去找几个以知识分子自居的人来问,看他们对最近的冷清萧条有什么看法,他们恐怕多要抖弄一些经济学的这指标那指标,判断一下过去或未来已经或即将遭受的经济损失,批评或指导一下高层的决策或计划,可是综括起来,却不见得比这位报贩更高明。又有几个人有这么大的格局,拿得出气魄做一个这么简明扼要的判断?好或者不好,说出个原因,但不要你解释，不准东拉西扯不得要领——难。

敬佩报贩倒不仅是因为他说的话在理，其实这个道理几乎人人都明白。关键是他说"这样子就对了"是怀着一种强烈的、坚决的、不容置疑的秩序感。

这种强烈态度让我想到《论语·先进》。孔子和弟子讨论政治，子路、冉有、公西华都说了一些礼乐教化、治国方略的主张，曾晳却讲了一段人们的日常生活场景，细致极了，连微风拂过衣襟也不遗漏。大凡略知道一些书本知识的人便难免觉得自己比别人要多懂得一些，总去设想有了问题就不该如此应该那般，还美其名曰为了追求"智慧的快乐"。其实这些牢骚意见不过是耍弄小聪明的快乐罢了。

世间的事总有一定的规矩，要人们安居乐业总有一定的简单逻辑。对于真心关切人间疾苦的人来说，怀有对幸福的坚定信念是最最有人情味的，也是最最要紧的。倘若执着于器忘却了道，便脱离了为政的本来目的；对于知识分子来说，做器而不道的思考，也就谈不上是社会的良心了。

那位报贩大概并没有想这么多——这简直是肯定的。不过，他的话本来就是民众自己的声音。他之不凡在于既关心自己单个人的生活，又胸怀天下人的生活；不仅要自己过得有板有眼，对公众空间的秩序也颇有诉求。

我并不知道这闹市中的报贩是何等样的人物，更不可能了解他还有多少有见地的想法，只是推测他这么有见识，大概是因为他每天卖报纸，家事国事天下事事事关心。可那些在报纸上写了文章赚得名声的人物却未见得真胜过这出语鄙俗的小贩。

2003 年 5 月 1 日

她

她恨我。这是一件很可以欣赏的事情。当然我也知道在内心深处，某个她自己都不知道的角落里，她爱我爱得要命。有时候想起这件事情，我就觉得欣慰。

完全不是那样，不是你们想象的那样：我是因为有一种施虐的感觉而喜欢她。事实上，我就是喜欢她。

我总是想起她来，想起她的点滴，欢喜的时候，我不喜欢她；我喜欢她懊恼或者沮丧的时候。她看起来很有勇气，总是把自己弄得血肉模糊的，总是一败涂地，在任何领域。总是被自己弄得非常难堪。她常常说自己不想活了，说自己绝望透顶。她喜欢各种象征，是的，她所喜欢的都是象征。任何一件事情，她都要感觉到那与她有关，与她可悲的处境有关，于是就狂热地爱上它们。包括男人，她只爱悲戚的、看不到任何指望的男人，然而她却不想拯救他们。她不知道，她希望的是和他们一起毁灭。

但是，不，不是那样。她不想和他们一起毁灭，她想自己毁灭，有一个人始终陪着她，亲眼看着她被荒谬的力量消灭。她需要这个过程，但是她又希望有人分享。不能让那个人太早退场，所以要一个和她一样了无希望的人，但比她孱弱，没有她那种视死如归的偏执。

她绝望的原因是因为她始终怀疑自己，她担心自己走在一条错误的路上。她一再地退避，一再地从一条看似美好的道路上跳到路以外的任何地方，臭水沟，或者荒漠。在那里，她感到极度的龌龊，但是那与她无关。真的，我知道，那与她无关。当然在我看来，那也不是任何人在害她。谁都不注意她，人们给她关怀，给她安慰，给她药片，给她一切她所不需要的东西。如果说这是在害她，那倒是真的。可是那些爱她的人，哦，她的父母，她的那些朋友，都不能帮助她。我知道我可以帮助她。

但是我不帮她。因为她骄傲，她跳起来抓住那条伸过来挽救她的胳膊，乱撕乱咬。而那是多么温存的表现，她把只能给自己的（她能够给出的也只有这些），全都奉献给那个帮助她的人了。她需要一个人说，我宽恕你所做的一切；然后她回答，不，我不需要这些宽恕。这样就可以了。可是没有一个人这么做，没有一个人在彻底接受她以后这么说，他们总是看都不看她就说：没关系，你做的都没关系，别难过。她怎么能不难过？

你们都不看她，你们都不理睬她，她日日所受的折磨没有人分享。

她也有一些挚友，跟她一起在这个璀璨都市灯光里飞驰，谁都没有她那么固执地要冲往那片亮光。她一言不发，但是她说，那是毁灭。那是欢乐。那是极致。那是一切。而她们说，天色见晏，去喝杯咖啡。

我看见她穿着愚蠢的流行的装束，在闹市，戴着某种耳机，听着某种聊胜于无的破音乐，甚至涂红了指甲。这叫她欢喜，而她自己则清楚这些欢喜没什么意义，并不能改变她的生活。能暂时改善一下也是好的，她这么对自己说，说这些不配出口的毫无意义的话。

真的，太长时间的孤独会造成这些，这些叫人痛心的变化，潜移默化地将她变成一个不一样的人。没有什么本质，本质在最小的触须上被腐蚀掉了,她变得不是她了。最开始,她把自己看得宝贵,无比珍视,她有这种能力,她能够看到脏的东西,能够本能地避开那些污秽。后来,渐渐地,她沾染的那些污点散布全身,简直来不及清理掉就又上身了。到处都是,到处都是!她惶恐了,她不认识自己了。她看着自己,一秒钟——就厌倦了。她必须躲开这些可恶的东西,她必须躲开自己。

她几乎已经放弃与它们争斗,她几乎就要把话说出口:去吧,让一切都去吧。她在日日的孤单里变得粗壮。粗壮不是她的,那与她无关,这些与她无关的东西上了她的身以后,她开始暴戾起来。最开始的时候,她的暴戾是出于本能,出于洁癖,出于高贵的天性。现在,不是这样,完全不是这样。她对此感到震惊,这震惊没有可被思考的空隙,她被太多人围绕,这些人欣赏她,玩味她。

而她,是的,我很早就看到她身上那些软弱的东西。她说的话,她想象的极限,都在那里。她对世界没有认识,她的世界被自己控制。最开始是她的纯净控制着世界,后来是另外一个她控制着自己,从而控制世界。这另外一个她是她最大的错误,她纵容自己,这纵容是天赋的副产品。我们都有这样的额外礼品,或者说天赋,随着出生就纠缠在血液里。她以为自己高贵,她也确实高贵,但是那些,那些杂质混在高贵的蓝色血液里,后来渐渐地变了色,现在褐色而粘稠地流淌在她体内。

难道她奢望不被发现吗?难道她奢望?她自己也不知道吗?当那些浑浊的流质进入她的心脏和大脑,就一切都完了,全都来不及了。她甚至不能企盼有一天过上庸碌的生活,她砸向世界的黑手套最后不会砸到自己脸上,只会像飞碟一样神秘消失。她将在黑暗与光明之外的,完全不被人们所知晓的世界里存活,连进裂的瞬间也没有。那里，一切缓慢。

  叫那些人都滚开，叫那些混账都别沾她，让她自己来，让她自己来。

2003 年 5 月 25 日

铁路

这真的是有些奇怪的。

那个人怎么会想到带我到铁路旁拍照片？

也许仅仅是因为他喜欢。

一个陌生人邀请我做他的朋友的模特，拍照。

从来没有人说想要给我拍照，或者小时候曾经有过，后来就没有了。那个人给我写信，给我看了一些他的朋友拍的照片。照片上就是他，这个写信的人。我看见一个不太精神的男子，在思考的样子。

我就跟他打了电话，约好。在很偏僻的地方，我乘公共汽车，又坐了一辆黑车，来到他们小区门口。他们两个人出来，一个很瘦，一个不胖不瘦。那个瘦的跟我说就是他给我写的信，但是和照片上不太像，比照片上瘦多了。

陌生的男子，我习惯这样，他们不能仔细地看我，而我毫不害羞地观察他们。这个人，和那个人，他们是那种有些害羞的男子，所以没有说很多话。

我们开始朝目的地进发，他们骑了自行车，瘦的那个载着我，我还抱着照相机的脚架。似乎是这样，也可能我是空手的，我不太记得。

一路上都是沙砾，都是货车，都是一些疲乏的、混乱的、闷热的，我不能很好地说出来那些是什么。我们在铁路旁边停下，把相机支好，我在一个很高的支架那里站着，试着爬上去，让他们拍，再从支架上下来，在铁轨旁边蹲下，又站起来。

然后我们深一脚浅一脚地朝车站走。那是一个很小的车站，有一间小小的阅览室，工人看着我们，他们去解释了一下，我们就走进去，又开始拍照。这一回，我坐在长椅子上，昂起头或者低着头，在门口东张西望。

拍完，三个人开始往回走，我已经满头大汗。

在他们家，我们开始吃西瓜。看一些照片，那些照片很好，我很喜欢其中一张。他们又请我吃冰淇淋，开始随便聊天，说各自的一些事情。他很瘦，把胳膊撑在板凳面上，好像这样才能坐稳。他似乎是一个很俊秀的男孩，非常瘦，而且黑。后来他的朋友说，唱个歌吧，他试了试琴，开始唱。

刚开始，我礼貌地保持安静。热的风刮进来，吹动了他微卷的头发，他垂着眼睛，声音不大，我很用心地听，他的朋友也很用心地听。热的风也没有让我们暖起来，那首歌是凉的，在盛夏的正午，让北京西郊一座居民楼五楼一间敞开窗户的房间寂静了。

不久我就离开了。

过了几天，他给我送照片来。装在一个印着暗纹的信封里，他还是穿着深蓝的旧汗衫，很瘦很瘦的胳膊，我们在楼梯间抽烟，还有别的人也过来了，他一直微笑着。

再后来有一天他跟我写信说，在拍一个片子，欢迎我去看拍摄过程，附了剧本，很简单的爱情故事。那天我没有去。其实之前，他打电话叫我去听他唱歌，因为我第一次听的时候他觉得唱得很好，可是我没有去。

有一天，我在书店看见他的那本小说，看见了，很薄一本，在书架上。我想起他,很瘦的样子,垂着眼睛,微卷的头发挡住了眉毛,低沉的声音在唱歌。

2003 年 7 月 18 日

思想自传

×××，你好。

感谢你对我的信任和鼓励，我一直记得去年夏天我们见面的情景，虽然我们只在短短的几个小时内有过一些交谈，但你当时的言谈以及那之后的只言片语始终让我感到亲切。我非常尊敬从事科学研究的人，因为个人天赋的限制以及在选择自己道路时的懒惰心理，我从很小的时候就已经远离了科学之路。对我来说，这是我个人生命中最大的一个遗憾。应该与事物有所接触，而不是以间接的方式去体认世界。

要在这么短的时间内写出一篇"思想自传"（这是一个我多么景仰的词语，很多我所景仰的大师都曾以此为题写出了非常辉煌的作品，但我恐怕现在还没有资格写这样一篇文字。甚至，我几乎从心底里相信，我一辈子也没有资格写一篇"思想自传"。但现在我竟然在写，这是异常愚蠢的事情。我之所以明知道这一点还这么做，是因为当内心的愚蠢开始苏醒的时候，我并不能无视它的存在)，这篇自传必然是不完整的。它的不完整源于我个人精神体验的不清醒、不成熟和没有价值。但我愿意把自己的想法完全袒露出来，在我过去的生活里，我几乎没有这样跟人剖析过自己。最近一年多以来，我开始能够和人谈内心世界的问题了，但还从没有真正把自己思考的整个变化过程主动地呈现出来过。我不能肯定别人是否需要看到、听到这些东西，我不能肯定我是否还有着虚荣心，想要伪造自己的精神简历，以期在对方心目中留下一个可能更高明但绝对不真实的印象。而你是我最尊敬的朋友，在朋友中间让我觉得可以当作师长的一个。因此我的愚蠢并不打算遁形。相反，在你的关注下，这个愚蠢的自我感到安全、温暖。

而安全是多么没有价值。人从很小的时候就开始期盼着安全（当我说到人的时候，其实就是在说我自己，我所认识到的人其实都仅仅是我自己，由于我本身具备各种各样的弱点、卑微和矛盾，我相信我能通过认识自己了解到在他人身上或许也多少存在的欠完美之处。很多时候我仅仅是为了帮助自己才做这样的思考，但如果我的思考最终能形成某种有价值的东西，从而帮助别人，那可能是我之存在价值的非常微不足道的证明。而这个证明并不是我自己争取到的，而是从某处，虽然现在我还不能认识到这个某处在哪里，慷慨地赋予我的。之所以有幸获得这丰厚的赐予，仅仅是因为我极大的虚弱，甚于常人的虚弱），但安全本身并不是一个被剥夺的事物，并不是一开始就需要争取的，而仅仅是因为人狭隘的想象力限制了自己。一旦人被剥夺了自身的安全，就必须通过数倍的努力去重新获取。

现在我能做到的也许仅仅是不真诚的谦卑，但我确实一直真诚地期待着有一天谦卑能重新回到我身上，这必须通过努力，必须通过坚定不移的精神活动使自己了解身体内部的动力的真实源泉。我经常陷入无可自拔的自大中，那种时候是极度虚弱的，人在最强悍的时候往往正处在虚弱的顶点，而毫不自知。甚至很多时候我感觉到快乐，但在同一个瞬间认识到这快乐的虚妄，究竟什么样的快乐才是真实的快乐呢？甚至普通的读书、思考也不能赐予我真实的快乐。

我从很小的时候开始读书，还不会认字我就开始认识诗歌。我对用文字、声音、影像描绘出的另一种存在怀有极大的好奇。我领会到那是神秘的，那中间有一种具体的真理，与现实生活大不相同。也就是说我相信，从那时候起，生活开始了一个裂变，一方面是现实的生活，一方面则是在文字、声音、影像中的另一维度的生活。也有一些时候，这两个维度的生活会出现重合。比如在一个陌生的地方，从未见过的景色以它的色泽、气息把我领入新鲜的境地。我喜欢自然的风光胜过人情，在那里我感受到身体的界限。我与世界唯一的界限就是身体的界限，而不是别的。只需要一个瞬间，只需要一步，我就可以进入全新的层次。

这样的想法看起来是危险的，但其实不然。因为这样的情形是罕有的，在我不长的生命中并没有很多这样罕见的时刻，因此我始终记得它们。

现在回忆起来，我十七岁之前一直过着非常孤寂的生活，从来没有与人进行过真正意义上的交谈。我父亲是我最好的朋友，他经常会和我谈论一些通常看来不适于一个少女思考的问题，甚至有时候他会给我一些帮助，在我对某些事物表现出兴趣的时候，他会毫不犹豫地给我可贵的支持。但我想他并不了解我对未知事物的一切构想。十四岁时，我深深为 Van Gogh 的生平感动。现在回想起来，我并没有一种真正意义上的艺术家气质或者天赋，我天性缺乏一种创造的冲动，我更喜欢沉迷于思考，沉迷于自身存在的各种问题。因此如果说 Van Gogh 打动了我，那只是因为他让我意识到人可能具备的精神强度，我对此感到震撼和惊骇。或者毋宁说，我对我可能会具有的精神强度感到恐惧、惶惑和一丝欣喜。这欣喜并不说明某种类似于天赋的东西，而仅仅是出于虚荣。

十七岁之前我的学习一直是跟随自己可能获得的视野，而个人的视野毕竟是狭窄的。幸运的是，我接触到一些非常优秀的作品。而从十七岁开始，我结识了一些朋友，他们和我同龄，也在进行一些学习，我开始了解音乐和美术，并有意识地去学习相关的知识。不再是所谓的文学在引领我的学习，我把一切伟大的事物都命名为艺术。一切严肃的思考也都是艺术。这种命名其实是错误的，但我并不能找到一个准确的命名。应该用什么来称呼这种独自的、唯一使我能够感受到真实尊严的精神活动呢？虽然只具有非常有限的创造性，但确实是我能够做到的唯一一种使自己作为独立个体参与其中的精神活动。我尝试着绘画、写作。虽然这些努力都是微不足道的，但确实给了我巨大的幸福。在平庸的生活里，我获得了一些非常珍贵的瞬间，也是在那些瞬间我发现人的精神力量。精神力量可以造就一切。至今我仍相信这一点。在日记里我写道："只有一种距离是不可跨越的，不可能通过努力取消的，那就是时间。时间令人绝望。但至少这种绝望带来了某种程度上的希望。"

也是在那个年龄，我做出了一个现在看来也许是错误的选择。而这个选择必须要通过之后很长一段时间付出巨大的努力来弥补，甚至还不一定能够得到真正的弥补。其实即使是现在，我仍然在依据那个决定（或者说，那种认识）安排自己的生活。我固执地认为通常的艺术与现世生活之间有着巨大的距离，必须取消这种距离，人可以尝试着在现世生活中保持某种独立性和创造性。因此，从十七岁开始，我把自己在现世生活中的努力赋予了一种高于世俗意义的价值。虽然这种赋予行为本身就说明现世生活处于一种更高的意义之下，但矛盾并不是绝对的障碍。矛盾的存在只是造成我在投入现世生活的每一个瞬间，都能体会到一种巨大的荒谬感，这种荒谬感使我或多或少呈现出与环境的格格不入。或者更直接地说，一种隔膜。这种隔膜没有随着时间的推移而减弱，反而日益加强，甚至在最严重的时刻，妨碍到我的感受力。在相当长的一段时间里，我甚至无法进行真正意义上的生活。现在回想起来，这种隔膜几乎是我不长的生命中最大的考验。

也是在十七岁左右，我结识了一些年龄更大的从事文艺创作的朋友。在他们身上我看到了坚韧和纯净的品质，也看到了一些让我不喜欢的东西。把现世生活与创造性活动对立起来的思路我并不欣赏，这很大程度上是由于我个人身上无法克服的世俗进取心引起的。宽广的生活是我所向往的，但宽广从何而来，我并没有找到一个答案，即使现在我仍然没有答案。

十七岁之后我离开故乡到中国北方念大学，学习中国古典文献方面的知识。这项学习最终由于我的懒惰和愚钝而以失败告终。如果说我从这失败的四年学习时间中得到了什么的话，那就是我看到了一些可敬的学者以极大的勤奋和自制在这艰深的领域进行了长期、有效的努力。而在我看来，中国古典文献学的没落似乎最终无可避免，这使我不自量力地在自己的认识和思考中企图加进中国传统文化的因素，我希望凭借自己微薄的努力和可怜的天赋，能为曾经向我敞开大门但自己却终究没有资格进入的领域做出一些贡献。总之，假如我能学习一些东西，那是因为他们向我敞开，并愿意对我进行一些也许并不值得的提升。

大学期间我认识了一些对我有过极大帮助的朋友，我应该提到他们的名字：宋振，虽然我和他接触的时间很短，但他让我领会到戏剧的强大传统，以及从细微、琐碎开始的戏剧活动最终是一场群众运动；杨早，他让我第一次了解了中国近现代以来最重要的思想家、活动家，并以自身的节制向我表明思考首先是一种由自身开始的清洁运动；胡续冬，他有着强烈的外向性和反思能力，我需要向他学习如何在有限的时间和空间中焕发出巨大的活力……大学毕业前，我得到的最有益的指导来自于小说家康赫。关于康赫，我应该使用更多的篇幅，更严谨、热烈的思考，现在我只想用他和我都非常喜欢的一句话来描述他，也许这是最简洁也最恰当的一种描述："神会给每一个人派来'魔鬼天使'"。

事实上，正如你所看到的，当我回溯自己精神成长的简单而微不足道的过程，直到这个时刻，也就是在距离今天两年半时间的我的大学生活结束时，已经显得非常混乱而缺乏自省了。的确如此，即使是现在的我，正在写信的我，也几乎没有足够的能力去清理自己近两年的精神生活。各种不同的力量在牵引我，宗教、哲学、文化、艺术以及更多，我常常会感到无所适从。在我面前，世界的体系庞大之极，在每一个末端我都感到自己能力非常有限，我无法清楚地描述这一切，我甚至无法清晰地看到我眼前的东西。

每一天我在躁动中入睡，当我醒来时，比前一天更强烈地意识到世界的不可知。但我又如此坚定地相信，这一切能够也必须被认识。我对一切脱离自身冲到我面前的事物感到一种触摸它的使命感。没有一个事物的存在是毫无生命力的，所有的事物都具有天赋的神奇本性，当他们互相作用时，激发出巨大的能量。我会对一片破碎的玻璃感到惊奇，会对一颗灰尘落地的声音感到惊奇。

但我并不愿意将其命名为神迹。一切都有待认识，而我掌握到的知识如此有限。我只能通过某种精神活动以及对此的改进，去尽量实现这一认识目标。必须给世界上一切事物一个确切的命名，通过命名它们将获得理应具有的尊严。我想，也许这就是我始终隐约感受到的命运。也许这并不是我的命运，但即使这种错觉也给我异常强烈的幸福感。因此，即使我会为这个根本不可能胜任的工作而感到沮丧，但我本身是幸福的，是我身体内的力量将我领到了这个充满神奇的领域。这是我最大的光荣。

再次感谢你的信任和鼓励。虽然上面这些混乱而愚蠢的话证明我并不能担当起这些信任和鼓励，但我已经尽力，并会继续为尚未被我清晰认识到、仍处于我认识世界的幽明角落中的那些神秘的事物——培养谦逊与坚定的神圣品质。那将是唯一值得期待的东西。

2003 年 11 月 14 日

喝茶

一个朋友,小男孩,借住在我家,我下班回家跟他打电话,我们去买菜吧。我们买了一些樱桃,四川樱桃,就在我家厨房里洗来吃。小朋友大叫:"四川樱桃!"然后我们就开始吃,我们吃来吃去,剩下些黄的,不够红的,他说:"真酸!"

这时我接到一个短信,是广州发来的。

"在做什么呢?"

"跟××吃樱桃。"

小朋友说:"你跟谁发短信啊?你跟他说,他打台球输我的钱还没给呢!"

我于是又发,"他说你输他台球。"

小朋友晚上写诗,"在阿三家吃酸樱桃"。

在北京,我没再买到过四川酸樱桃。

和广州那个朋友在成都喝茶的那回,是在下雨。清晨,我从东门到西门办事,然后给他打电话,到南门一家饭店找他。他床头放着一本《辛波丝卡诗选》,我翻了几页,我们就出发了。那天在下雨。我带着伞,后来他又说起过这事:有时候我虽然有伞,但我知道不带。

下车以后,我完全不知道方向,雨越来越大,我们躲在伞下,非常惶恐——尤其是我。我带人来喝茶,却连地方都找不到。现在我说,我喜欢被人护着,即使有伞也应该被护着,但当时我恍然不觉——只是着急找不到喝茶的地方。一个人指了方向给我们，但我还是找不到。就在那边那个荷花池，从前我在那里散步过，和朋友吃烧烤。但现在我看不见荷花，雨里的庭院显得过于平静。

出了后门，我们遇到一辆火三轮，像是电动车之类的东西。他去问司机我们要去的地方，司机竖起手指——三块。

好吧，三块，我们去那里。我们去喝茶。

"我的一个好朋友说，他很喜欢你。"

"对。"

没有话说，似乎。红鲤鱼在水中漂游，我们说到了北京以及广州。说到他的失眠，神经衰弱，以及其他。还有一些朋友，写小说的，应该在国内发表小说，对吗？应该和母语使用者有所交流。是的，应该。应该经常到一个地方，坐下喝茶，和人谈恋爱，然后微笑离开。

中间还冒雨去上厕所。他说，厕所很有风致。是的，很有风致。从一座阁子下穿过，还要拂开没人修剪的芭蕉叶，水珠滴在我头发上呢。

卖茶的老头在哼川戏，《江油关》，"得饮酒时且饮酒，得风流处且风流"。还有泡菜炒鸭胗。

我们需要乘坐时代的火三轮返回现实，然而——师傅，你好像拉错了方向。从铺天盖地的泥浆中出来，我们似乎已经是历尽生离死劫。一天，漫长一天，我梦游漫长一天，但是如此短暂。明天早上，飞机就把我们各自送往真正的现实。现在，我能说成都是个幻觉的城市吗？

能这么说吗？

是谁在寂静的房间里过冬？

只是现在，光竟然照亮了我们。看，五年前的句子，我只记得这一句。

2004 年 2 月 4 日

从社会伦理出发？*
读《孔子：即凡而圣》

我个人比较喜欢读海外汉学的书，尤其是和传统文化相关的题目。海外汉学著作似乎更接近自己的理解力。这一方面是个人阅读口味的问题，对翻译体文字更感亲切，更容易体贴入微地了解作者的意思；另一方面，则是因为我们大多缺乏对古典文献的阅读积累，即使是读古书比较多，也没有一个传统文化的氛围，倘若世界已经改变，那么还想拥有古人的情怀和心智就有些困难。而海外汉学著作的一个特点就是，对一些似乎不言自明的背景要加一番考究，这考究的过程对于我这样的传统的二手修习者来说，是十分难得且珍贵的。

这本《孔子：即凡而圣》的作者赫伯特·芬格莱特是一位哲学家，研究领域为古典儒学、道德哲学、心理学和法学等。看他的著作目录里，似乎涉及伦理学和社会学的课题比较多。以此作为阅读本书的一个小小的背景，大概比较容易理解作者的理路。

《孔子：即凡而圣》的一个基本立场是，反对以往西方的《论语》解读者对这本著作以及孔子的学说进行以个人主义和心理学为出发点的诠释，而主张从社会伦理出发，将《论语》解读为以"礼"和"仁"为基本向度，通过"克己复礼"建设性地参与社会生活，而不是通过个人内心的赎罪、个人尊严的追求

---

* 原文无题。

（以西方哲学主流为代表的一种选择），来实现人之价值的行动取向。

作者对《论语》中最重要的两个概念礼和仁进行了特别的解释：礼是社会性的，有一定物质基础的，是人的冲动的人性化的、文明的表达；而仁是人的内心决定，仁相对来说可能是个人所能选择的。至于道，则是不可选择的，只能选择从道或不从，但所谓不从并不是一个选择，而仅仅是一个错误。也就是说，在孔子那里并没有给选择留下一个空间，在西方，人可以选择魔鬼；但在孔子这里，不可以选择，而只可能失败。对于孔子《论语》与传统的关联，《孔子：即凡而圣》没有提出更多新颖的观点。关于"君子不器"，《孔子：即凡而圣》并没有给出一个完满的解释，留下了一个逻辑漏洞。

大概是我没什么悟性，看完以后只觉得这不过又是一个"六经注我"的海外版本罢了。但不同的人有不同的关注点，尊重他的良心，也就能从中看到很多东西。书中有很多精彩的段落，不过细细咀嚼起来，和孔子的关系并不如和二十世纪以来哲学、社会学主流的关系那么紧密。

"'克己复礼'不是一种屈服……而是人类精神的胜利。"看这句话，又和芬格莱特所反对的以往西方以个人主义和心理学为出发点的《论语》诠释有多大的区别呢？

2004 年 3 月 8 日

在成都买书

我高中时候拿到第一笔稿费买了两本书,一本是《现代西方哲学流派》,一本是《美学原理》,一共花掉四十块钱。当时成都市新华书店正在翻修,店就临时开在人民南路广场。这个新华书店翻修了近十年,最近终于又开张了,可巧就在我服务的公司楼下。要找书是很方便的,有时候空闲了就去看看。

成都其实有很多旧书店,比如东郊二环路上就有好几家。那里的书水平不太高,古代白话小说居多,也有一些四川文艺出版社出的怪怪的书,比如蒲宁的小说和诗集,买过一点,后来也不太愿意买了。最难忘的是在那里买到老版《布莱希特戏剧选》。

华西医大附近有一家很小的旧书店,门脸只有一米宽,书不多,大都和医学相关。买了一本高濂的《遵生八笺》,研究了一下辟谷术,不得要领,还是喜欢《醒园录》里的"千里不饥方"。在那里还买过冯梦龙辑的笑话集。

最近喜欢去的,一个是梨花街的四川书市,新书大约都能有个八折,那里是二渠道书商批发的地方,找书比较麻烦,分类标准就是每个老板的批发书类,要慢慢找,畅销书是好找的,但按学科门类分则不可能。楼上有世纪出版集团的专柜,那里也有别的社出的书,人文类的,但还是不全面。总之,只有自己找。

又有一家时间简史大书坊,西御街上,很冷清,几乎灰尘铺地,但有特价书,不少,三至五折都有。有时候也去看看,买到一些八卦闲书，也有美术类的，白描花卉什么的，正好拿来填填颜色，也不费钱。

不少人爱去人民西路的弘文书局，我小时候爱去，现在不爱去，觉得那里造作得慌。上次买了一册国画的明信片，十块，真贵。以后是不去的了。

天府书城的书不打折，但没事喜欢去瞧瞧，看看有什么新书，找好了去书市买。有时候去川大邮局上面的书店买书，那里好像可以八折，书有分类，人文社科都比较齐全，自然不能和万圣比，但多少能安慰一下。几乎不去走马街口上的西南书城，一个是不顺路，外加不打折，实在没意思。

电子科大新马路附近的书店也去过，好像买过一本建筑学的书和一个画册，蒙德里安的。不过那是去年的事情了，没有找到买书的好地方时候的事。

书院街附近原来有一家书店和我一度相熟，因为我去买过几本诗集，后来觉得河北教育那一个诗集丛书实在是骗人的，就不再去了。老板却一再欢迎我去，并且打折，可惜仍然书少，不必专门去一趟的。

又有一家在庆云北街，有时候去日报社顺路看看，因为是折扣店，所以很愿意耐心找找。前几天买到东方出版社的《闻一多选唐诗一千首》《王季思选元曲三百首》就是在那里，都是好几年前出的书，请朋友在北京帮我找都没找到，偶然寻到自然是惊喜。又带朋友去买了一本吕胜中的《中国民间剪纸》，五十二块的大书只卖三十块也是很值。另外，那里有一只小猫，不怕人，豹子花纹的，很让人喜欢。

2004 年 4 月 22 日

一念

天快黑的时候，忽然念念起来，这一季这样快就过去了，恍悟到的时候其实已经过了时辰。又忽然想起了桃花。大前天去遂宁，车在高速路上，看见田里大片大片的苍绿，似乎是苇草。那么一大片一大片地占据着良田，后来才念到那是已结了荚的油菜。

念旧的人总是叨叨着"菜子花花"。杨早的父亲和我念起他在四川的老家，一到春天到处的金黄，又有开愚似乎也这么怀恋地说起过。还把"菜子花花"这样的词印在心头的人已经不多了。也有些人是为着些好玩所以又捡起这老词，在我听到了，却又是同样地丢不掉。

上半月去看外公，他坐在窗台下，十分晦暗又有几分霉烂的味道，总是叨叨那几句老话。我爱听也不爱听的，等他消磨那几十分钟，又总是说起"莴笋娃娃""莴笋妈妈"的旧事。恍惚里似乎又有当时的场景，大概是两三岁时候的事情，却并没有忘记，我的记性为什么这样的好？

哥在过厅里睡觉，蒙着头，人是太瘦了，所以外公不说起，我是根本想不到的。后来出门的时候，我看了那床铺一眼，仍然觉得只是一窝被子而已。想去看看他，又或者唤醒了他，却实在是没有这个心气。哥总之还是年轻的，只是我见他的时候也不多。

去年这个时候，妈住在医院里，我说是每天去，其实在外晃荡的时候多。又说是找工作，却只在各个报社流连。后来连流连也厌烦了，就只是趁着雨天买些枇杷，撕了皮细细地吃，手指甲里嵌满了褐色，懒得洗。

端午节的时候买了些粽子，好像也没吃完，后来大概是扔掉了。不记得那许多。

桃花是开在图书馆拐角的地方，现在想起来，就只是那一株桃花罢了。每每骑车经过那里，总要自恋自伤一下。二十岁生日那天一人在双安桥上，那桥修得不好，车一过就震荡得厉害。认真想到死就只那一回。但也没有太危险的情景，后来总归是走下桥，慢慢地回去了。

最好是夏天，因为生命繁茂，就不能想太多的暗淡事情。最不好是暮春，身上的力气正在澎湃，却不太相信这旺盛一如去年，大概总是要慢慢消逝的，不如趁这时候早早地收尾。

秋天也很好，最后一场雨是由细密开始，到夹着刺骨的冷就是冬天了。夏天的残尾有一点清凉的味道，山林的绿是一年最后的印象。之后就只有阴霾，但阴霾并不叫人伤神，倒是人自己脆弱了，总去念方才还在的好。

外公最近也不爱吃糖，喝的茶他自己大概也分不清是什么味道，看报纸用放大镜都是十几年来的习惯了。现在不知道标题能不能看清。写毛笔字，又或者望墙上挂的画，水红的牡丹花，并没有鸟。现在是一并都没有了。又有小的箩筐，只比手掌大一点，放我的红绿丝线。木槿花从来只见开过一朵，还爬满了蚜虫。

楼下人家种的枇杷树结了果子，绿而瘦地缀了满枝，最后必定是要落，或者只有一层果皮的。野桃子我却吃过，很香甜，奇怪花坛里的桃子树并不能结可吃的果。

又一楼罗家的阳台外有一株桂花树，花并不香，却很能结桂子，绿绿地挂了一树。"山寺月中寻桂子"，倘若要我一个人去寻，还不如没有这景致的好。转念一想，一人去也有好的风味。并不是一个人，心里就这么念念，也就不是一个人了。这是桂子的好。

不忘记的还有小时候妈给我买了枇杷、樱桃，等我体育课跑步到了家门口时，叫我停下来吃，体育老师也不管。这也是暮春的好。再或者什么果子不够甜，用糖腌一腌……最记得有一年下了雪，满天都是白的羽毛般，妈新给我织了黄绿相间条纹花样的围巾，想起来那颜色觉得潮湿的冷，但这印象里似乎并没有丁点的惧寒。这围巾的好，是冷天的好，也是人世的简静。也很好。

2004 年 4 月 27 日

大毛

我们院子里有一个小孩叫大毛。现在说大毛是个小孩是不对的，他已经有二十六七岁了。我认识大毛的时候，他是个小孩，在我心目中他永远是那个样子。大毛当时住在半边街。我们的院子是一个工厂的宿舍，半边街不在院子里，在靠近厂区的地方，是一块"飞地"。之所以叫半边街是因为那一排平房，背靠着工厂的围墙，面对着农田，只有一半呵——大毛家就在那里。

大毛还有个弟弟叫二毛。那时候已经开始计划生育，只准生一个小孩，但大毛还有个弟弟，因为大毛是个傻子。大家说大毛是有一天在家门口玩，掉进了农民的粪坑里，于是就傻了。这个说法为大家接受，我去问我父亲，但我父亲说小孩掉进粪坑也不会变傻。我就想，大毛一定天生是傻子。

但如果大毛是傻子，那么二毛也应该是傻子，因为那是遗传的。但二毛并不是特别傻，所以可能大毛真的是掉进了粪坑，本来有点傻，掉进粪坑以后就更傻了。

大毛住半边街的时间并不特别长，大概我们小学快毕业的时候他就搬家到我们这个大院子来了，一起来的还有好几个我们班的同学。住在半边街，虽然远离我们这个院子，但靠近厂区，有时候可以偷偷溜进厂区，这也相当不错。厂区里很多好玩的东西——关键是平时小孩不准进厂区，能进去一回是非常了不得的。一想起大毛我就想起不多的几次溜进厂区的经历。

好像大毛曾经在比我高一年级的班里读过书，后来又到了比我低一级的班里，但始终没有和我同班。大毛好像还和我打过架，我和很多人打过架。我和大毛打架是因为大毛喜欢对人吐口水。口水，现在想起来并不多么恶心，多少人互相接吻，也没有忌讳口水，但小时候觉得口水很恶心，大家还说别人的口水沾在皮肤上会长"口水癣"。大毛打架打不过别人，就靠吐口水，大毛的口水总是随时待命，每次看见他嘴皮都在蠕动，里面酝酿了一大泡白花花的口水沫……所有的女生都害怕大毛的口水，一旦大毛张开嘴把酝酿已久的口水给他想威胁的人看时，那人就会落荒而逃。

有一天，大毛向我展示他的口水，我一拳把他打倒在地。

大毛的妈妈是我们子弟学校的老师，她把我抓起来，说我这样一打大毛会发病，他一发病可能就会死，这个责任我担不起……但后来大毛再也不敢请我看他的口水了。

后来大毛迷上了听随身听，他带着随身听，到处走——那时，他已经该念中学了，但学校不接受，于是他变成了我们院子里的巡回演唱歌手。他最爱唱的是小虎队。

前几天我又看见大毛，他在给我们院子做门卫，因为是残疾人，社区要给他安排工作。我们的工厂已经停产了，一大片地方都卖给了房地产开发商，包括当初大毛曾经掉进去过的大粪坑，都已经消失了，变成一幢幢住宅楼。大毛仍旧含着他那一大泡晶莹的口水，唱着歌。

院子里的小孩都长大了，该嫁人的嫁人，该搬家的搬家，没有人愿意住在这个衰落的厂区。有时候，在路上看见一个年轻人，我纳闷一阵，后来终于想到这是在这里租房子住的大学生。房子便宜，他们一毕业就会飞黄腾达，到深圳去，开着廉价的汽车，喝卡布基诺或者爵士汽酒。大毛看见我的时候，会很世故地跟我点点头，我埋着头飞快地走开去。

我们是这个院子里硕果仅存的绝代双骄啊。

2004 年 6 月 4 日

夜中不能寐

去年，我忽然对死亡有了新的认识。

我母亲去世，大概几分钟之后我才知道，我蹲在她枕头边，把她翻身过来，穿上衣服。我看见她臀部的褥疮，大概就在她去世三天前，我去买了专门医治褥疮的药水。我犹豫了一下，没有再给她涂药水。然后我和父亲合力把她抬到一张草席上，草席铺在地上。

我们找出一张白床单，蒙在她身上，我回到桌子前开始写日记。

天亮以后，父亲去清真寺找阿訇，我到他们的房间看着她。我轻轻揭开白床单，看她的身体，正在开始变得乌青。她的身体冷得很慢，因为是初秋，我甚至怀疑她是不是还没有死。于是，我试探着叫她"妈妈"，听着自己的声音觉得很怪，显得非常虚伪。

十四岁的时候，我外婆死，我曾经去看过她。她躺在一张钢丝床上，盖着红丝绵被子。很奇怪，为什么他们要给她一床崭新的红丝绵被子呢？表姐开始哭，但我没有哭。我有些好奇，也有些害怕。我外婆是一个脾气很不好的老太婆，而且我得罪过她。

我母亲被运到清真寺，放在一间有冰柜的屋子里，但没有放进冰柜。很多亲戚来了，我拿着一个大信封，开始收他们的礼钱，又用一个本子记账。我想，以后我的堂弟们给老人办后事的时候，可以参考我的记录，很有文献价值。不少亲戚来了，我父亲木木地坐在凳子上，有的亲戚，基本上所有的都带着一股不友好的气味。我挎着包，斜刺里冲上前去，护住我年迈的父亲。他一夜之间更加憔悴。

那些亲戚坐在桌子边，用挑剔的眼光看着，我的叔叔们也来了，两家人严阵以待。

而另一边，一个姑母告诉我，给我母亲用来遮脸的手帕太薄，要再去买一条新的。我和表姐一起去，表姐在路上却开始警告我不要和姐夫多说话，我忽然觉得很厌烦。

换新的手帕需要念一段《古兰经》，父亲来到母亲枕边，念了一段，忽然泣不成声，把头磕在枕头边，一声闷响。

换下来的旧手帕姑母说扔掉，我不肯，塞在衣兜里。

下午，姨妈要走了，我送她们出去，关车门的时候却把手指夹伤了。

我记得我哭是在第三天清晨。借到的送葬车来晚了，我去接他们，这边却要出发了。阿訇们已经准备好，母亲被抬到清真寺门厅里，他们叫我捧着一本《古兰经》，站在最前面。我浑身是汗，着急得要命，眼泪忽然刷刷地掉。念经的声音一阵大似一阵，我心里忽然有些欣喜，他们这样祈祷着，我母亲可以得救了。心里都感激。眼泪也是热的。

到了墓地，父亲和三个叔叔抬着母亲沿着狭窄的小道走着，我跟在后面。阿訇们也都到了，他们叫我跪下，我就跪下。刚才在车上的时候，我忽然眼泪哗哗地掉，现在被阳光一晒却又没有了。又是念经的声音，姑母叮嘱我带好心脏病的药好随时给我父亲应急，但他却并不激动，只是埋头在别的坟头插上芭兰香。

工人把母亲放进墓穴，撒上香料，又撒了沙子，盖上石板那一刻，我开始哭。空气里飘荡着念经的声音，一阵比一阵更响，像听不懂的歌，我只念念一句：她现在不痛了。他们叫我撒一把泥土过去，我撒了，眼泪不断地涌出来。阿訇们念完了，又有一个阿訇开始念。他念的声调悠长而洪亮，我忽然心里敞亮了，一切都变得敞亮了。她得救了，痛苦不再跟随她的身体、骨骼、皮肤……

我几乎每个星期都梦见她，现在过去了大半年也是一样。有时候梦见也就算了，习惯了，在梦里她活着，与我生活。父亲总要去坟地上，每个月都去一两回，生病了也不例外。他又到处以她的名义捐助各地的清真寺、回民小学。

这样的生活让我习惯，也没有太多伤感，一切都如此正常、合理。有时候我去她坟上，因为一段时间梦得频繁了，那么一定是她需要我了，我也需要她。我们在那里待一阵，然后离开。她的旧衣服有些我能穿，就穿上。我的眉眼像她，但比她福相些，照镜子时，我看见自己，而不是看见她的影子。

这些事情一直没有写下来，恐怕以后会忘记了。但也不一定，再说忘记就忘记了吧。本来也许会讲给马骅听，但现在也许他也已经死了。人们都会死，我没有想过讲给别的人听，他也一直想听。但也没有想过什么时候讲给他听，不过他总是会听的。

现在忽然想起两年前去辽宁海边，夜里，我、马骅、胡、康赫还有范致行去吃海鲜，马骅很有经验似地点了贝、螺之类的东西。我很喜欢那家的炒海螺，复杂、鲜艳、浓烈。在海边的街道上，我们吃到夜里两点才回去，一路上唱歌、胡说八道。那海边真凉快。早上吃早饭，我们不仅吃，还把剩下的都卷走了，这是传统。后来在北京吃饭也是这样，席卷。

马骅喜欢吃毛蛤。我也喜欢，在成都不好买毛蛤，改吃蛏

夜中不能寐

子，但肉太不经嚼。马骅说，他和同学投资在海边种毛蛤，也去海边渔村吃海鲜，很多。吃到拉肚子。海边的沙子都是银白的。他说临睡前想些武侠故事，就可以做梦梦见喜欢的故事，这种说法很有意思。

从云南写来的一封信里，他又提他喜欢睡觉。总是睡眼惺忪的样子，他。四年前这时候，我送给他几个桃子，留了一个字条给他。我穿天蓝色衣服。有一回游泳，他说，啊，老了，本来想游蝶泳的，蝶不动啦！他在眼皮上贴透明胶，我问为什么呢？他说，眼睫毛老戳进眼睛里——我又不是女的，要那么长的眼睫毛做什么，还那么翘！

我爱吃西葫芦，他买了西葫芦请我吃，我说炒着吃吧，糖醋味道的。他炒糊了。

2004 年 6 月 26 日

水东门

有一个朋友的外祖母，是成都人，因为知道我是家乡人，所以特别地看顾我。有一天到老太太的家里，虽然是九十岁的人却仍然清明矍铄。她与丈夫年轻时候的照片就放在床头，真是个难得的美人，老太太现在身材特别的矮小，想当年一定是娇小玲珑的样子。当初，为了理想，一对年轻人离开富庶的故乡，到东北去搞建设，年纪轻轻的她，又是难有的受过高等教育的好人家女子，竟然也完全忍受了家庭妇女的生活，把一家大小照顾得井井有条。现在也仍然是一个爱美的女人，我送给老太太一件深红色披肩，她当着家人大小立刻就穿戴起来，毫不害羞地接受大家的赞美。

也是成都的大户人家女子才有的大气呀。老太太拉着我的手和我问，你家住哪里？我说出的地名自然是她不知道的，于是就说到了老地名。"我们是住家在落虹桥呀！"落虹桥我知道，念中学时候总喜欢绕道从那小巷回家，为只为这好名字。那么就是在水东门附近了，老太太这才满意地点头。

现在的水东门不叫水东门，叫武城门，城门是没有的，武城门这个叫法也不可考。不过我仍然喜欢的是水东门，有时坐出租车还是固执地说，我要去水东门。出租车司机多是郊县来的，哪里知道这个名字呢？待我又说了玉双路，他们才知道，那是有名的娱乐地界。我却不喜欢。

成都有些地名是美得不讲道理的,比如说梨花街,再比如观音阁。

小时候,住在外公家,要去念书。我固执地反感外公的各项措辞,比如他领我去幼儿园,却偏说是幼稚园。怎么是幼稚园呢?明明是幼儿园。要念书,老师要问小朋友,你家住哪里呢?我的家住在二环路东一段,舅妈却说不可以,要说我们是住在江源巷42号,不要叫老师知道你家不在这边,要不就要回家去念书。那我就记住吧,江源巷42号。

江源巷42号是个院子,院子藏在小巷的深处,从石灰街拐进一个小小的交通巷,巷口有一个牌子,写着"文明街道"。进来要拐十七八个拐,住在白灰墙边小天井里的是我们的亲戚,那家的男孩子和我一个班,却比我小一个辈分。舅妈不许我跟小朋友讲我是阿姨,那个孩子是外甥。再过来,有一棵槐树,碗口大的木瘤挂在树干上。大姨说那树下不能站,否则脖子上也要长那样的疙瘩。万年青编成的篱笆里住的一家,我不喜欢他们,他们家没小孩。再过来,是祥林阿姨家,还有孔雀阿姨家,她们和妈妈是同学,但关系却不好。又有一个邱薇,我们都不叫她阿姨,因为她离婚,又爱打扮,大家都叫她邱薇,我却不叫,因为如果妈妈听见我不叫阿姨,一定是要挨骂的。然后一拐角,就是我们的江源巷,这里没有了小天井,也没有当街的小家门。隔壁住的是李婆婆,他们家养了个大猴子,所以我不去。我们这边有蔷薇、木槿和夜来香的篱笆,有一垄竹子,有美人蕉,有紫堇花,也有猫和狗。还有我。

再继续走,就是乱七八糟的小房子,穿过去是公共厕所。女厕所一共四格,两个表姐悄悄比较说,第一格不好,大家往里倒马桶,渍了很多尿水;第四格也不好,太靠里边,黑糊糊的,最好是第二格和第三格。表姐又说，擦屁股不好把纸拿到面前来叠，最高明是擦了以后立刻叠一下，我却做不到。

我最喜欢是七拐八拐的弯道里，一户窄窄的人家，却有石头雕成的门洞，那门洞顶上一朵半开的荷花。是什么人住的呢？妈妈和爸爸走过去的时候，窃窃议论那一定是从前的姨太太住的外家。姨太太应该很漂亮吧，我总看那门洞，姨太太应该也没有了，可从前一定是个漂亮的女人在那门洞的荷花下面。

穿过去，穿过去，到了南薰巷，有一院房子原来是我们家的呢。黑色的砖瓦，一圈瓦房围着一栋两层洋楼。哥哥说，那从前是我们家！什么时候不是的呢？被外公送给铁路局以后。外婆又说，"以前住在过街楼的时候……"过街楼在哪里呢？是琴台路那里吗？我只知道那里有一座过街楼。

外婆最最滑稽。有一天和我们讲以前："那时候打麻将，这么大一桶一桶银元就倒在床上，堆都堆不下……"哥哥一脸羡慕，问："都是我们的吗？"外婆正色道："都是刘师长的。"我们有一个奇怪的朋友，叫刘什么，总到家里来，送礼物，有时候陪大人说话。奇怪是他是个农民，却总来我们家。后来舅舅说刘的爸爸是我们家的管家，卷了钱跑路，一分租子没收到，却害一家人顶个地主的名头。

为什么要做地主呢？因为外婆喜欢田地，没有田地怎么有做家业的意思呢？可是做了家业，却到了解放。

我念书的地方叫作明星寺，从前是明星寺小学，被统一到公办小学下面，就出了三间教室。我们在教室里看幻灯，我什么都没看见，就哭起来。下雨我又哭，因为没法回家。于是哥哥来把我领回去，大姨跟我妈妈说把我带回家。学校生涯暂时结束，我却不愿意回幼儿园，就去念学前班。

从前幼儿园的彭老师最喜欢我，彭老师的儿子送我一盒蚕，却因为正在喷杀虫药，全部都死掉。我又哭一场。

我们家住在二环路东一段，门口的路上有夹竹桃。我喜欢红的，也喜欢白的。一到夹竹桃开花，我就跟爸爸说，我最喜欢红的夹竹桃。明天却又改口说，最喜欢白的。爸爸说，怎么动不动就最，还今天明天地改。那么我不说最，也不说喜欢，但我喜欢它们的呀。我最喜欢红的夹竹桃。我也最喜欢白的夹竹桃。

有一种无人驾驶的汽车吗？是什么人告诉我的呢？我每天都在二环路上找无人驾驶的汽车，很少的，但每天都能找到一辆两辆，也有无人驾驶的拖拉机。但我却没有告诉过别人。二环路上都是围墙，对面是苗圃，我喜欢那些花，却不能进去。又自行车棚里有很多漂亮的藤子，也不能进去。但粮店却可以随便待。粮店的女售货员都叫我"粗粮"，因为爸爸去报粮食关系，人家问，生了个什么？他说，生了个粗粮。人家说，粗粮细粮要搭着来嘛。粮店最好是做粽子，我也要看，我也要学。爸爸不许我学。

我有个邻居叫丹丹，我不喜欢她，她又胖又大，比我小，个子和我一样高。又有个许辉，邋遢得要死，妈妈却要我和她好，因为她妈妈和我妈妈好。暗地里，我担心间壁的间壁家姝姝比我好看，她的妈妈有酒窝，我妈妈没有，但她很小气，我也不喜欢。我把妈妈的高跟鞋拿出来穿着到处跑，她们也去穿各自妈妈的高跟鞋。我们忽然都穿上了高跟鞋。

我们家间壁住的是刘星，比我大两岁，和我最要好。刘星爱看书，我也爱。我认识很多字，我也会数数，比别的小女娃娃聪明的呀！刘星只和我玩，我们爱看连环画。那个老头两分钱看三本连环画，他把小凳子串在一起，很大一挂。有一天我跑去玩，我们家人到处找，又说要抓我回来。刘星跑来找我，跟我说，你们家人在抓你！我偷偷溜回去，刚好没受罚，妈妈一边笑一边说，你怎么也知道跑回来？我很得意地说："我有一把插在敌人心脏深处的尖刀！"是我从《便衣警察》里学来的。我认很多字的呀。

有一天，我学会了写"3"，妈妈在睡午觉，我不好叫她来看，又怕忘记了，就写了一地的粉笔字"3"，好等她醒来了给她看。她醒来，我叫她来看，却觉得没有刚才的"3"写得好，又伤心又生气。气她怎么要睡午觉。

妈妈已经死了，外公中风躺在医院里，我想着，写着，又伤心又生气。气他们怎么这样，我们的生活才刚刚开始，不可以睡午觉，而他们却总有一天要不醒来。

水东门在府河边，从前是一条小河从城里流出来，出城门的人撑船，所以叫水东门。有一种树叫作水冬瓜，我跟爸爸说水冬瓜树什么时候结了冬瓜，我们再来看。水东门没有门，有一点点水，却不是出城门的水。我们这城里的水多么少，多么少。从前穿出水东门的河叫作玉沙河，因为玉器作坊的人总在那河里洗玉器，那些玉石的沙子就混着河水漂下来。浮浮沉沉都是玉石的沙子，绿得有几分混沌，绿得圆满，不冷不热，是温润。要温润，外公就是。温润。他这一生多温润。

2004 年 8 月 17 日

危险

当然了，这是一件危险的事情。

我正想睡觉，当时。很不巧，我一个朋友忽然唤醒了我。事实上，这只是我胡乱撒了一个谎而已。那个被我胡扯说是唤醒了我的人，其实根本什么都没做。我甚至没有见到他，我已经有一年多没有见到他了。但是我这么说，是因为我感觉到如此，他忽然唤醒了我。

本来我想说的是，这是一件危险的事情：说话。说话是件危险的事情。

危险，意味着要以某种代价去做某件事情，但不一定要付出。我忽然想到了另一个人，但他没有把我唤醒。我想到一个死去的人，也许是死去的。既然大家都已经认为他死去了，那我也这么说吧，我想起了一个死去的人。但其实在我想起他的时候，并不是为了想一个已经死去的人而去想。我就是忽然想起了他，因为说到代价，我就想到了他。塞尚说："我每画一笔都冒着生命危险。"而卡夫卡说："话语是生与死之间的抉择。"就是说，一个人找到了自己的巫术。他们发现了一个秘密，这个秘密是只能被某些人发现的，他们身上有标记。不是人人都能发现秘密，这是天生注定的一件事。

一旦拥有标记又发现了秘密，就进入了危险。

现在，我又想起另一个人。糟糕的是，我想到她是因为，我认为她没有发现什么秘密。没有发现的原因是她没有标记，她有另一种标记。另一种标记就是能够知道有某种秘密，但没有去了解这个秘密的能力。没有这种能力，原因很简单，因为她看到的东西不完全。关于这一点，克尔凯戈尔其实已经泄露了这个秘密，部分地。他说，"上帝不是要去理解，而是要去行动，要好好注意这一点，包括其中所要承受的负担。"

其实秘密很简单。

我发现我洞悉了很多人的秘密。他们悄悄地生活着，希望不被人发现，至少在某些方面。要知道并没有什么了不起的天赋，天赋都是很脆弱的，必须要给予它们非常非常多的关注和保护。要保护某种天赋，这有赖于直觉。因某些东西而产生的天然的厌恶感应该保持住；而对某些东西的惯性的迷恋则应该消灭。这是很复杂的事情，很难讲述清楚。

又不能讲清楚，因为真理要求沉默。

我有一个直觉，要说一些话，但是要注意将它们小心地维持在事实的边缘。让它们游离于琐碎与纯粹之间，那里可能有一片空白地带。那就是适合于我说话的地方。同时要小心地填满这些空白，因为必须彻底完成这件事。还要小心避开抒情和譬喻，那都是带有倾斜度的引力，将把原本的意图牵引到不正确的方向上。

的确是有一个意图，它丝毫也不包含阴险，但必须巧妙、冷静和准确。

2004 年 8 月 24 日

这两天我装病

三年前，我和张栋夫妇同住，张栋老婆是四川人，教我做各种菜，但似乎都不地道。张栋爱踢球，有一天鼻梁上的眼镜被踢坏了，挂伤了眼皮。不敢回家。他们快结婚了。两个奔三十的人，不容易，一个嫁不掉一个娶不到。正好那天我也去看他们踢球来，所以我和胡子，似乎还有杨君陪他一起回来的。当时，张栋老婆一边给他涂酒精，一边大骂，我和胡、杨三人坐着装傻，瞪着眼睛看电视，间或互相看看。

杨给了我一箱碟，都是他以前卖打口剩下的。关于这个张栋老婆也很有话说，杨君被抓进派出所就是因为卖打口和盗版，是他们凑钱把他保出来的。我给杨写过一篇文章，采访朱文的，稿费很多，但是后来他们的杂志倒闭了。

装病的时候就在家里东走西走，东摸西摸，张栋老婆拉着我去菜场买菜，我们买各种便宜的菜。有一阵老许过来，住在客厅里，她终于带着她的几大口箱子的衣服去辽宁，见她的情人。半年后拖着那几口箱子又回四川去了，没有嫁掉。

在辽宁的日子里，老许每天走路到海边，捡海滩上漂来的海带，回家切好凉拌了吃。放一点麻油。老许说，东北菜真是难吃啊，肉切到半公分厚，茄子加酱炒。老许回来的时候瘦得不成样子。回到四川以后，大病一场，那时候我没有在她身边。有一张照片是老许和她的情人的影子，她挂在他的胳膊上，他的影子就映在沙滩里。那个人我终于渐渐忘记了，后来去辽宁的那个小城玩，我仔细观察那里的街道，想着老许说，有风沙的天气坐着火三轮穿梭在那个小城里。是什么感觉呢？

小火轮是一种船，有天我和小高去北京郊外看朋友，他告诉我的。我跟小高说，我们下了公共汽车再坐那个火三轮，到朋友住的小区里。小高就在公共汽车上浮想联翩，问我，你知道小火轮吗？是一种小船，江南很多，突突地响。我没有坐过，想了半天也只有个大概。火三轮没有火，我叫它"嘣嘣车"，因为它开起来会嘣嘣响。会开嘣嘣车的人，我小时候很崇拜。

我手里捏着一大把他们的隐私，总有一天要大爆一回，否则不知道我的厉害。海洋有一阵喜欢来看我，那时候我不和他们合住有半年多了，他打电话说："最近干吗呢？没什么，挺想你的。我来看你吧，做那个四川凉拌鸡呀记得。"然后他背着各种口味的果汁来看我，还带着蒋、老蔡以及其他没饭吃的人。我做了好多菜，因为知道他们会来。他们不来谁来。饿的呀。有一天早上，蒋的爸爸要来，他清早五点把我们吵醒，出去出去！我们在豆浆店坐到八点，自由说我要去上班了！一边气宇轩昂地走出去，我猜他是去新世界打电动了。

海洋、阿才和我坐在我的宿舍里，发抖，说话。把乱七八糟的笑话说了一遍，连猴都受不了，出去上自习了。我们宿舍的人都已经受够了，最早是首株来玩，骗他们说自己是个修钢琴的。宿舍里最讨厌是小琳，她有些看不起首株，首株越发来劲，跟她说修钢琴很赚钱，一个月能赚到五千块。小琳气死了，首株说，我有技术工人的证书，你要看吗？

我拿到奖学金那天跟蒋和海洋说，请你们吃饭！他们不信，你都不去上学哪里来奖学金？我不高兴了，我给他们看：八百块。他们就跟着我出来，我们坐车，在车上阿才打电话来，从温州。蒋在讲电话，我们都不说话了，听。蒋说："嗯？鞋子？好啊好啊，我穿四十二号。"我伸手过去，拿了电话对阿才说"我三十七号"；海洋也拿来电话，"我四十号"。自由最肉麻，说："阿才你怎么样，身体好吗？我和蒋一样，四十二号。"

到了阿才到北京那天，我和蒋去火车站接她。天在下雪，我跟蒋说，太冷了，不行了！蒋说，那我们跑步来！我不愿意，蒋就用脚踢我，我就跑，一停又要踢，我就一直跑。阿才从火车上下来，拎了两大提鞋盒子。我和蒋去拿了鞋子，叫她快点走呀，她拖着箱子走不动，气死我了。带那么多衣服做什么。阿才给我买的鞋子我不喜欢，但还是穿去杭州了，阿才给自己买了很多鞋子，有花靴子，有白凉鞋，摆了一屋子都是。屋子里除了床垫什么都没有。窗台上有个花瓶，谁要送她花？自由在里面抖烟灰。

我最喜欢自由打红警。他一打红警就不结巴了，他一讲英语就不结巴了。有一天我们在打拖拉机，他接个电话，还讲英文，"I am at a meeting. I will call you back later"，不记得了，我英语不好。又一天我们在吃云南鱼，自由的妈妈打电话给他，他说，我在上班呀。他早上九点来，下午五点回去，因为是在上班。

自由炒股票，跟我和蒋、阿才讲解股票是如何的好，我们听了很久，觉得确实很赚钱，商量一下决定凑五百块钱给他，请他给我们做代理，帮我们赚钱。海洋住在对面，"7A"，我们住在"7B"。但是对面有时候不欢迎他，我陪他去买了塑料箱子，带轮子，他把他的家当装在里面。如果被"7A"赶出来，他就用一根塑料绳拖着他的箱子，到"7B"来住。住"7B"有个坏处就是不好睡觉，除了我和阿才，我们有独立的房间。他们住在一间房子里，半夜也打游戏。我也打，打的是《暗黑破坏神》，我是金牌亚马逊。打到惊险处，就摇醒一个人在旁边看，免得害怕。

有一天下大雪，我坐在阳台上发呆，不知道为什么就哭起来。海洋跑过来看我，他们都在看碟，不知道为什么我一个人在这边。他看着我满脸是眼泪忽然大笑起来说，我们出去玩。我说海洋我们去买书吧，然后我们就坐着公共汽车到万圣去买书。万圣旁边的小胡同里都积了雪，海洋背着大包吭哧吭哧走路，我看着胡同腹地里一大片白茫茫的雪，忽然又掉眼泪了。我指着雪地，海洋，你看呀！海洋看了一眼说，有什么好看的，雪地又没有人。继续埋着头走。

阿才也哭，也是下雪天。那天我刚和老笨从昌平爬山回来，睡了一觉起来，看见她哭得一塌糊涂。我们一看，下午的雨已经变成雪了，就去叫阿才，我们去后海玩雪。阿才没出息，不肯去，还要哭。我们就自己去，后海的水面上一片一片地落大雪，我们站在岸边又羡慕又感动。黑糊糊的水面上落下来大片的雪花，一沾到水面就消失了，融到那片黑糊糊里去了。

但是阿才也很好，有一天我和她坐地铁，地铁里有几个男孩子像是暑假到北京玩的样子，偷看我们。阿才说，你看他们看我们。我和她互相笑笑，好像很老练。小孩子呢！后来出地铁，我和阿才在出租车上看见那帮孩子也在一辆出租车上，他们超过我们的时候，把头脸伸出窗户对我们挥起手来。

和他们一起我就没有生病过，怎么都不生病，咳嗽再厉害也要吃火锅。吃的是"小是小"，西直门外，在门口排队，又冷又饿。阿才盯着玻璃墙看，里面是吃火锅的人，我手里捏着号牌。我问阿才看什么呢？阿才说，看烤鹅呢！"让我穿过马路／为你买一盒火柴吧／如此，我们就是英雄的小姐妹！"我给阿才写诗，但是她不看。

蒋爱看的是村上春树，要我去学校图书馆帮他偷一本赖明珠译的。我说，你还这么挑！又一天我买了围棋，摆在地上，海洋说你买围棋做什么？我说，我要下围棋，你们这里是文化的沙漠。蒋光着脚丫冲过来要下棋来，我输了。蒋哼哼叽叽去洗澡，"文化沙漠，我靠，文化沙漠……"

不过我也不怀念，因为他们都比我怀念。那天海洋在网上跟我讲话，我给他照片看，他说，呀，头发这么长了！我说长得慢，不过是你好久没有看见我。上回是在清华西门外住的时候，他到北京来就来看我。他也不满蒋，因为开公司闹了很多人进来，无聊的人，都是无聊的。又有自由也消失了，海洋说那家伙是个骗子。又有阿才，回温州结婚了，胖得一塌糊涂。海洋回家了，大学不念了，回家写账本去。很无聊啊，海洋说，怪想你们的。我嘛，每天上班，不回北京了。

反正，我真是迷恋生活呀。因为这个迷恋所以把迷恋的人都拉在一淘，大家胡作非为。忽然又想起来，有一天晚上，送人去坐火车，只送到西直门地铁，因为是大雪，没有车坐，终于看到一辆公共汽车，于是涌上去。公共汽车只到魏公村，我们下车开始走，走着走着，蒋捏了一团雪开始打人，我们都开始互相打，在地上刨起来一团还没捏紧就要丢出去。但是还没丢出去，就被人打到了。后来就躺在雪地上，哈哈笑起来……

2004 年 9 月 1 日

出版社

下午，我在出版社看一栋房子。

我到出版社比约定的时间早了一刻多。是一栋楼里面，我到五楼，没有电梯，楼层空间又特别高，所以爬得很辛苦。像一个 MTV 里，那个女歌手一直爬楼，一边爬一边唱。虽然是很旧的楼，但刚刚粉刷过，外表也贴了瓷砖。走道里只有一两扇门开着，褐色的老式办公桌，堆在水泥地板上的牛皮纸包，里面是还没有发出去的书。

我在楼道里站了一会儿，走到楼道尽头的阳台上。初秋天气，阳光明晃晃的。向下看显得特别高，几乎有些吓人了。对面是一栋红砖的居民楼。隔得真近，大概不到十米，又那么高，简直可以摸到，但是不敢摸，怕掉下去。对面大概是六层楼，我没有数，但我站在阳台上可以看见对面的房顶。

房顶上很脏，乱七八糟的东西，比如翠绿色的玻纤瓦，已经碎成碗口大的片，就在房顶上。是顶楼那家加雨棚时剩下的吧？但是在那样的房顶上作业，真是可怕。房顶是平的，略向两边倾斜。但面积太小了，所以倾斜着很可怕，一不小心就要滑掉下来。又有一堆什么，大概是一堆土，里面长出来一棵树。应该是土吧，否则不能长出树来，但是又有谁会把一堆土运到房顶上去呢？而且这是红砖楼，并没有屋顶花园。连上房顶都很麻烦，好像没有楼梯，只能靠梯子通过一个小洞口上去。

有时候经过一些烂尾楼，可以看见没竣工的楼房裸露着的水泥阳台上，没有护栏，也会长树。那些树很有意思，但是到了要重新修房子的时候就会被铲除干净。有些工人住在烂尾楼里，用竹层板隔出一些小房间来。住大房间多好啊！他们满可以隔些超级大房间来住。也可以住阁楼里，总统套房。但是他们并不那么干，都是我的胡思乱想。

上小学的时候，大概，表哥带我去人家楼顶放风筝，我和堂弟也在他家楼顶放过风筝。虽然是放风筝，但我不敢跑，一不小心就跑掉下去了。那就不妙了。在昌平时，我也喜欢上楼顶，当然是偷偷地，我想那是违规的，但也没有人管，老师太少。在楼顶上，第一回去的时候，风非常大，很害怕，不敢走动太多，怕被风刮下去。她们都不敢，好像小黄陪我上去过，她很得意，因为她也上过楼顶了，但毕竟不喜欢，只是得意一下就算了。我喜欢在那上面，看我们的校园在山谷里，还有学校背后的山。如果我是在一所昌平山谷里的学校念书多好，这里很温暖。我躺在房顶上，太阳很舒服。我也趴在楼顶上，看那些从教室回来的人，他们穿过足球场，互相说话，互相转过头来看对方一眼，然后继续走。也有人在足球场上玩球，玩双杠。我最喜欢的是夏天傍晚广播的时候，在楼顶上听回荡在校园里的声音，蹩脚的音乐和主持人。胆子再大一点的时候，就敢随着风转圈，因为风并没有大到可以把人都刮下去。

对面的楼，我看见他们的厨房。每一家人的厨房。每一家人的厨房都不一样，都贴着瓷砖，地上是花的小马赛克，墙壁则是大块的白瓷砖。最干净的一家，擦得亮堂堂的，电饭锅、菜盆、碗都摆得整整齐齐。有一家好像是做大锅饭，砧板有洗澡盆那么大，又有三四个不锈钢的大盆子。肯定是附近公司的人租了民房，自己办的食堂。

二楼的一家吸引了我。他们的厨房窗户都用报纸糊上了，房间的窗户也糊上。报纸很旧了，所以泛黄，窗户也很久不开的样子。因为房子太旧，老鼠蟑螂太多，所以住的人不多吧。但我喜欢糊纸的那家，没准儿是用来做仓库的呢，怕阳光。但我喜欢。我想住在里面。我要住在一个破败的房子里，用旧报纸糊了窗户。但是在屋子里做什么呢？没有想清楚过，光是这么一个想象就叫我兴奋不已，来不及细想了。

我这个人很糟糕，喜欢着迷于事物的表面。比如说，小学时候想象上中学，要读重点中学，但怎么个读法并不知道，只想象每天骑自行车，骑很远。这样就兴奋起来，就好好学习了。再比如念中学的时候想上戏剧学院，就每天睡觉前关了灯，想象自己住在一个超级大屋子里，空荡荡的，因为没有钱（这个细节很要紧，所以想到了），成天在屋子里打圈。就是踮着脚转一个圈。转完了呢？就躺在地板上，没有下文了。那个屋子还要有一个铁楼梯，在屋子的外面。总是这样，在一个有铁楼梯的大屋子里，踮着脚打圈，然后躺在地上……想到这里就已经够了，可以睡觉了。所以后来到底要做什么，并没有细想。

我多么喜欢贫穷的生活啊，但是我并不能过那样一种生活。我记得田欢跟我说，"我就是想过那种挥金如土的生活嘛！"我不要那个"嘛"，我就是想过挥金如土的生活。但这个生活也就是这么四个字，挥金如土，就够了。到底怎么个挥金如土，并没有细想。想想看，这个词语不就够了吗？挥金如土，足够了。所以挥金如土的生活我也不想过，是不知道怎么过。想想就够了。想都不用想太详细，就够了。

住在一个窗户糊纸的房子里，第一回有这个念头好像是在北京的时候。有一天和朋友在祁家豁子附近等车去郊外，一抬头看见了一个窗户，糊着纸，一下子我被这个窗户迷住了。一个人住在里面，那是什么样的生活！一定得是个下定决心要与世界为敌的人，才能这么干。一切好的风光都不能叫他回心转意，他对世界毫无兴趣，对全世界幻灭。他一定不是因为某件具体的事情所以这么生活，比如失恋，再比如遭遇到事业的失败，这些都是可以有回旋余地的。他一定是因为一个坚定的信念。要这样毫无余地地生活，只有抽象而坚定的信念才能办得到。而且也不软弱，因为软弱的人也许就混在色彩斑斓的生活里，混下去了。他一定有很多很多想法，否则怎么可能对世界关上大门？

住在糊死了的房间里，一定要有很多快乐，才能坚持下去。因为这个小世界里有着远远大于外部世界的魅力，所以他才可以生活下去。这种快乐是什么呢？这种快乐就是成功地隔绝掉了外部世界的绝对的、不可抵消的不快乐。

在祁家豁子的时候，我对朋友说，我要住在那样一个屋子里，疯狂地、与世隔绝地爱一个人。但是没有发生，我没有住进去。这个理由不充分。爱，几乎是不可能的事情。所以那种窗户糊纸的屋子对于我来说，大概是一个象征吧。是一种不可能得到的生活。

然而每次看到的时候，都会心里一动，虽然并没有想到上面提到的那些。毕竟是期望那样一个对世界关上了大门的世界，但是这不太可能，就生活来说是不可能的。可不可以造一个这样的空间在想象里呢？也许是可以的。

对面的红砖楼还有一个窗户也很有意思。百叶窗帘卷到一半，露出一些什么来，却太黑了，看不见。一些亮晶晶的小挂件，好像是金纸做的长链，挂在窗棂上。像是办喜事用的东西，是一对新婚夫妇住的吧。一对年轻的夫妇住在这么破的房子里，一定也有他们的幸福所在。但我还是不甘心，仔细看，又有小小的玩意，是小玩具什么的，放在窗户下的桌子上，或许是一个女中学生的房间。那个金纸链像是节日里庆贺用的东西，被她收拣回来，挂在窗棂上，因为喜欢节日的气氛。又看见一些小的玩具，有吸盘可以吸在玻璃上的。那么就一定是个小女孩的房间了。但如果是年轻的主妇，收藏着这些小东西，其实也是很好的一件事情。

             2004 年 9 月 13 日

尘世的烟火

我们都有尘世的烟火吧。说这话的时候,我和小黄坐在天台上看远处的车灯,大概在几百米外,我们是在天台上所以能看见。那些车,从白杨树下经过,匀速地滑行着。尘世的烟火并不是附近炮兵部队每晚必放的炮火,只是烟火。但现在这么说着,就有点寓意的样子,在讲道理呢。

下午的时候,我们走出去,在附近的村子里看牲口。因为有个乳牛场,但是并没有饲养员。我们从大门右侧出去,绕着走。柏油路上映着道旁树的影子,在远处看的时候都是白杨树,走近却发现还有榆树、槐树,以及乱七八糟的灌木。山上的灌木有野酸枣,第一天我去爬山的时候就采了好多枝,胆子大所以当时就吃了几颗,带回去的是插在玻璃瓶里的。但发现其实不用爬山,到处都有。

我们下到采石场上,也没有工人,机器都摆在那里。我爬到机器上,有几十米高呢,但只爬到一半就不爬了,够了。然后下来,采石场很大,我们在那里像两只小蚂蚁。爬过去,再上山。踏在采石场上好像在古代,那么多石头。所以做远古的人一定很大气魄,古代人气魄多大。北方人气魄也大,到处不见人,只见大石头大山大河,所以气魄不得不大,动不动就要对着山川日月发宏论。但是却没有人听见。我们南方也好,因为到处是人,山清水秀,亲昵得好。

在山上，我们看见那个乳牛场。我怂恿小黄去那里。我们去看那些牛，好玩的。但是裙子被挂在荆棘上了，一个大洞。小黄脚扭了。但是牛真好，又笨。我们给它们草吃，它们在牛栏里涌动。

后来就是在村子里的杂货店外看见那几头驴。我没想到我那么喜欢驴呢，草灰色的那头，小小的样子，很秀气，细细地吃草，也不看人，偶尔翻起眼睛，很羞涩地偷看一眼，又低下头吃草。谁知道它什么时候又要抬头呢，我拉着小黄看它，真好看呢。伸手去摸它，它一下被吓着了，倒在地上，但还是转过眼睛来偷看。那么害羞的一头驴，叫人好不欢喜。怎么不能带走呢？带回家去给它青草吃吃。

但是尘世的烟火到底是什么东西，我们大概并不知道吧。

小黄从英国回来，我觉得太快了。看照片也不像真的。是冬天，我带她去吃云南鱼，在白石桥，吃得乱七八糟，光说是好吃的东西。我最会找好吃的，因为好奇，又因为拿着钱不知道怎么花，所以就去吃掉。那个鱼吃到后来我们就不知道说什么了，小黄之前好像跟我哭过一回。因为恋爱。怎么恋爱也要哭的？因为做了错事，所以哭。但是做了就做了，何必哭呢。

吃完走出来，在冷得要死的白石桥，小黄也就哭不出来了。我拉着她去逛服装店，都是大得吓死人的号码，而且便宜，看来看去却没有买什么。白石桥好，甘家口也好。我就喜欢这里。小黄要回去了。我送了她，自己也就回去了。尘世的烟火还是没有出现，只是坐着公共汽车回家而已。

回去是看碟，听人讲乱七八糟的基本常识，然后不听。有时候接电话，有时候不接。有时候喜欢买了羊排来炖，有时候喝脱脂牛奶和减肥茶。但是小黄又去英国，等她又回来，我们去她家。不认识路，坐公共汽车，是两年前了，冬天。小黄的黑大衣里是红披肩，吓得死人的衣服。不过也好看。

  我跟她爸爸喝酒，吃豆腐干。然后还是我们说话，在饭厅里说。说到后来终于还是不能说，因为在家里。她送我出来，我在新修的德外大街上想起另一个朋友，说是要去看他的，结果好几年了连他学校在哪里都找不到。是德外大街，但看来看去都不像有学校的样子。

  去坐过山车那回也有小黄。那回是奇怪的，坐完了先到西单，买袜子。没买到，为什么要买阿迪达斯的袜子，有钱也不是这么花法。然后是回中关村，因为西单的必胜客人太多。奇怪的，吃披萨也没必要回中关村。但是小黄早就回家了，没意思。后来知道是因为她不是欢喜的人，所以没有一起。

  现在我却是个欢喜的人。昨天早上收到猴的短信，要结婚了。小黄肯定是不知道的，不过世界也不大，除了我是深居简出，大家都一门子心思互相关怀。我忽然想到，这就是尘世的烟火。十七岁的时候说过一些不明大义的道理，其实是不懂的，现在忽然就懂了。但是那些开着车从白杨树下经过的人恐怕也不见得是幸福的。那么黑的夜晚里，荒凉的夜晚里，尘世的烟火也就只能说说。

2004 年 10 月 8 日

居家主义者的物质生活

星期五下午，我在路上遇见我的朋友法国人李安。两道硬朗的金色眉毛，高大的李安像一只巨大的鹰，正鸟瞰我们的城市。

我们站在马路中间，李安举着相机告诉我，"我去拍一些照，成都很多地方都拆掉了，越来越少……"他指了指不远处正在拆迁的菜市场。我呢，我去买了点东西，然后回家。李安看见我手里拎着的东西，"你买了书，还买了菜——很好！非常好！你买了书和菜，然后回家！"

他为什么要说"很好！非常好！"呢？

最记得张爱玲的婚书上两句"岁月静好，现世安稳"——买菜就是静好与安稳的一丝闪光，倘若连这点基本的物质情趣都没有了，生活恐怕就紧张到乏味了。

我和李安在成都的仲春傍晚挥别，也和暮色中的菜市场们告别。

也许，明天我们的菜市场就要拆除，再到哪里去买那美味的"五香兔脑壳"？而李安这可怜的法国孩子只好对着照片，怀念他所喜欢的这个中国城市最后的市民生活……

我们是地道的成都人，正宗少城花牌坊住家。

从我们家的蔷薇篱笆缝隙望出来，是那些买菜的人，拎着花布兜或一尾大鲤鱼。若是有大人领着，出了篱笆门走上十来米就到了巷子腹地的菜市，卖切面的有三家，卖鸡蛋的又有好几个摊子（偶尔也有乡下打扮的老妇人提着篮子来兜售"土鸡蛋"），新鲜蔬菜从城外茶店子拉到这里只要一个小时……又有卖冰籽、香草叶的干杂铺，灰暗得如同早期港片里黑市所在。

剐黄鳝的人是我的仇敌，他总拿血丝呼啦的黄鳝骨头来吓我，又说如果小孩子不听话黄鳝拿回家炒了还会钻进肚皮活过来……

每家的主妇都与菜贩是熟络的：今天的新鲜菜一定是隆重推荐给老主顾的；又譬如跟别人要在秤星上玩上点花样，熟人却自然是不同的；再有谁家有了远归的亲人，那么今天的这顿饭菜老板是要做半个东的……

家长里短的话也是在这里传播的。难以想象缺少了菜市场，主妇们的生活会是什么样——这是她们社会活动的一个重要场所。

我曾在北京住过几年。先是住在高科技的中关村，花了一个多月才找到一处地下室里的菜市，室内菜市最大的特点是有营业时限：一到下午六点就收工。经常下班就朝菜市一路飞奔。久而久之，菜贩也认识我了，总笑嘻嘻地议论，"这姑娘今天穿裙子，难怪跑得慢些……"

为了买菜方便，为了全面实现我的小女人家庭生活，我毅然搬家，就图有个近便的菜市场。每天清早沿着林荫道溜达到早市附近选新鲜蔬菜水果若干，又散步回去，来回也不过二十分钟，很是惬意。

新家又有一个好是处于生活氛围比较浓厚的区，附近的室内菜市营业到晚间九点，所以下班也来得及去大大采购一番。

慢慢地，我发现买菜有一个特别的好处：就凭着这小小的活动,搬家不到一个月,方圆一公里的人们都混了个脸熟。虽然是一人身处异地,一到回家的时候也有种亲切的感觉——这就是所谓的社区了(而那些没有菜市场的社区是什么样,我却想象不来)。

有时候又爱看小说、电影里的菜市。天下人的生活各有不同,但孔子说"饮食男女,人之大欲存焉",爱情是艺术中不灭的主题,饮食则是难以回避的细节。

电影《天使爱美丽》里爱米莉家楼下有一个小菜摊,不大的地方只有一个卖主,从洋白菜到做面包用的酵母粉应有尽有。爱米莉和邻人的社交活动大都发生在这里。菜老板经常侮辱口吃的混血雇工,街坊邻居于是忿忿不平乃至拔刀相助。

也在法国(法国人最爱吃,没错),大作家左拉的小说《巴黎的肚子》写当年巴黎中央菜市场的一群凡夫俗子芸芸众生。故事很严肃,讲革命的,不好看;好看的是里面的饮食男女,光描写鲜鱼贩子的摊位就花掉几千字,真真是把死鱼都写活了。又有面包师傅的油光粉面,熟肉铺子的肉欲横流……只逼着人感叹:"住在菜市场附近的人,有福了!"

还有就是赫赫有名的香港情色片大导梁德森《禁室培欲》中活色生香的香港菜市——清纯性感兼备的女主角终于适应了香港的地下生活,从被幽禁的日本女生转而成为一名准本港少妇,出没在芦笋、石斑鱼和西红柿之间,红润的小脸透着健康与满足……

且不论是日常生活、革命时期还是私密的性爱空间,都离不了柴米油盐、一日三餐。倘若有一天,菜市要从我的生活里消失,岂不是日子没法过、革命没法搞、恋爱都没得谈了。

我常常想,对于成都人这样自由散漫惯了的居民来说,要改

居家主义者的物质生活

变他们的买菜习惯真是难以想象的一件事。不论环境如何变化，菜农总是凭着习惯把菜拉到几十年来卖菜的老地方，以罚款为主的管理并不能彻底扭转他们的观念；而居民们则更有着一种几乎类似于骄傲的固执——我几十年都在这里买菜，难道买个菜也妨碍到谁了吗？而更常见的是，即使有了新菜市，人们还是像梦游一样下意识地来到老地方。

不论市民的心态如何，遍布全城的沿街菜市都正在或即将被拆除。

当我们看到蹲在瓦砾堆上铺开了菜摊、有着古铜色面孔的菜农，看到步履蹒跚的老人家几十年如一日拎着篮子来到菜市遗址——也许意识到这一点并不迟：我们的菜市仍然有生命力，目前所进行的改造也许还欠着点什么。

温暖的2004年春天，我在这我深爱着的城市期待着一些珍贵的瞬间能保留下来，延续下去。当数以百计的沿街菜市场正在被拆除，我真的不愿意过多地留恋这过去时代的市民生活，我接受——这瑰宝已经老去。但我更希望慵懒、缠绵的成都把她多年来散发着的魅力洒落在青菜、豆角之间，洒落在即将矗立在城市各个方位上崭新、明亮的菜市场中。

"我想住近菜场，我是居家主义者，我要过物质生活。"

2004年11月4日

蓖麻

我喜欢的植物是蓖麻,在车棚里的小天井墙外就有一棵。那墙外是工厂,我不能进去,但有一天,蓖麻成熟的时候,我到那蓖麻树下,捡了很多蓖麻。蓖麻是怎么结果子的,现在我怎么也想不起来,无论如何也想不起来。蓖麻子像豆子,但是有花纹,我喜欢那样不规则的花纹,像大理石纹一样。比如说花布上的花纹我喜欢仔细看,然后找出规律,某一处的叶子和某一处的是完全一样的。每次这样找到规律以后,就觉得沮丧。

有没有不重复的东西呢?蓖麻子是一种吗?这我也不是很有把握。但是制造出的东西却总是重复,比如两台电脑,比如两只杯子,它们之间的差别是细微的,几乎没有。

我刚才跟一个人说,"那样也很好。"他问我的问题是:"那你说一个人看《罪与罚》什么的,跟没事人似的,也是正常的喽?"他为什么会这样问呢?比如说我,我会不会跟有事人一样呢?如果说一个人看《罪与罚》,跟没事人似的,是不是也很好呢?我就是想要这样的人,就好像一颗白玉一样的蓖麻子。

白玉一样的蓖麻子也是有可能存在的。

还有一种植物我也很喜欢,其实我很喜欢各种植物。植物这种东西不会说话,这很好。可以老是看它们,它们变化来变化去,但是不说话。其实我也想做这样的人,老是老是不说话。如果我是一个哑人的话,可能就不会这么觉得了。但我觉得不说话、哑人是很温柔的。你想，一个人，坐在阳光下，旁边是窗户，光泻下来，窗台上的植物绿得透明，他也是透明似的。也没有笑，也没有哭，就是不说话，眼睛很澄明。那样是不是很温柔呢？

但是不要这样去看一个人，要做这样一个人，才是温柔的。这样的人，你看着他，恐怕就没什么意思，并不怎么陶醉，后来就光觉得乏味了。但是如果自己是这样的人，就很好。什么都不要说，不是闭紧自己的嘴巴，而是不说话；不是不想说，不是什么都没想，也不是忍住不说，但就是不说话。

什么都看见了。现在我什么都看见了，他坐在那里不说话，也没有更深的意味要传达。这样就很好。有意思并不好，最好的是没有意思。

所以说其实我今天一定是很沮丧，否则怎么会想这些东西。我眼睛上长了一颗麦粒肿，这很不好，红而且痒、痛，这样很不好。然后今天有点冷，然后觉得生活没什么意思。但是没有意思才好，有意思不好。没有意思就是通透明亮，哗地一下阳光泻到窗台上，照亮了那些大巴掌一样的绿叶子。

2004 年 11 月 12 日

碧桃

那天下着雨,一早就下雨。在郊外的路上,经过那条小河。

第一次见到那条河的时候是做梦。

自行车在夏天的树下滑行,又那么清凉,是热时的凉爽。安全的热与安全的凉。没有人的郊外公路。有水流从脚背冲刷过去。但是很温润的,没有丝毫的刺骨,也没有水花。在茂密的树荫下,我遇到了那条河。

然后,终于有一天,我在现实里见到了它。

每一个梦都会实现,但却是以不同的方式,有时候是意想不到的方式。但不管是什么样的方式,都是会带来一些感动的。

那天晚上,我和她在宾馆的床上躺着聊天。我们很胆怯地,不知道该怎么说,主要是我,她还比我好一点。然后我们说到了爱。她描述着,我渐渐感动起来。

夏天的时候我去过一个小镇。在一条大河边上,镇上没有人,都是明清的建筑。我喜欢的是那条河,在树荫下,可以看见清澈的水里泛出些绿色的鹅卵石。

又有一回看见一个朋友的父亲在老家的照片,也是一条河边,那么多的树,怎么可能呢?我没去过那样的地方。所以这个情景就会被我梦见了,梦里我还看见那齐到地面的水上飘着一片片桃红色的花瓣。

梦里我还知道怎么去那个地方呢。从一条国道旁边的岔路上去，就是了。我记得很牢靠，一定可以到的。上一条不算陡的盘山公路，就在山脚下，一个小镇上，看过去在镇上就有那条河。那么安静。

以后我要告诉一个人的，我常常想。

又梦见在草原上，如果跳下列车，就是满眼粉红、鹅黄的小野花。要去的地方不可以不去，但又怎么能舍弃这个地方、这些花呢？所以时间应该停止，也无所谓应该不应该。要去的地方可以不去，要做的事情可以不做。梦已经来到了现实里，那这是它最后一次出现了。

她说，她闭上眼睛就觉得幸福。我也知道幸福是什么滋味，但现在我想不出来，我只记得一些些，但未来的呢？我们好比两个失败的人，在午夜谈一些消失的东西，但也有幸福来袭。

后来我翻了个身，把被子拥在胸口，就像她一直含着笑说话那样，像是许了个心愿。有那么一个地方，在山脚下的小镇上，有一条不宽的河，水流与地面几乎齐平，上面浓浓的绿荫都映在水里，而浓郁的碧水上飘着一瓣一瓣的桃花……

我们安静站着，从水的这头看过去时，我就把好多忘记了的事情都记起来，都讲来给你听来。

2004 年 11 月 23 日

秋天打柿子

九七年的春天，我第一次到那个山谷去。那是大学里唯一的一次春游。大客车从学校出来，沿着郊区公路行驶。这周围的景色逐渐陌生起来，我们离开了平时总走的那条路，两旁都是果树。本来我们学校是被一片浅山围住了小半，现在我们来到了更大的包围里。

果园里的苹果树开花了，空气里仿佛有一股浓郁的蜜香。

路逐渐窄了，我们进到了山的内部。这里有一些弯道，但并不险峻。山溪也逐渐清澈起来，水流变小，但更接近了。

我们进到山谷中央时，太阳出来了。在荒芜的河床上，我捡到一棵奇怪的植物，像花瓣一样展开的肥厚多汁的叶子。它就长在松软的沙土地上，我们小心地挖起两棵。我和几个同学脱掉鞋子到溪里蹚水，水非常冷。

这时，悬架在山腰的铁路上开过一列火车，发出尖锐的呼啸声，我们欢呼起来。

第二次到山谷去是个秋天。

我独自走出长途汽车的终点站，慢慢沿着公路朝山谷进发。是上午十一点左右的时间，离开终点站不远，路上就没有什么人了。只有偶尔轰鸣着驰过的货车，一些开着摩托车行色匆匆的本地人。我有些犹豫地走着。公路两边就是柿子林。

在我们学校围墙外，就有柿子林，还有核桃林。核桃有着肥大的叶片，它们总是弯曲着，长在被暴雨冲刷成虹漏状的干涸溪流上方。夏天时，暴烈的阳光打在核桃树上，在黄土上投下清晰的影子。这景象如此安静，如此震撼人心。

柿子林很整齐，一棵棵柿子树排列成行，往往有几百棵柿子树在一起，它们很高大。走在柿子林里，什么都不会想，仿佛是有一些声音，但却很安静。

现在那些柿子林，在秋天的雾气里。我闭上眼睛，还能回想出那景色——

一条不宽的柏油路两边，其中一边高出路面一两米，另一边比路面低一些，杂草已经枯黄。远处有山，山上，黄栌的红和松柏的苍绿交相杂错。近处的洼地里是大片柿子林。叶落大半，剩下的都被霜冻成暗红色，树叶中间是一颗颗硕大的金红色柿子，沉甸甸地悬在白茫茫的雾气中。

一些穿着深蓝色、灰黑色衣服的人，站在树杈上，手里的长竹竿探向树梢的柿子。树下的人张着一米见方、用白色尼龙袋改制加上木头框子做成的兜子，安静地等待空中落下的柿子。

我默默地走路，不发出一点声音，从他们身边走过……

直到有一天我听到刘星的《秋天打柿子》。很多年过去了，我始终记得他们。这景象也许会一直留在我记忆里，不时地想起。不，不是不时地想起，而是，这无声的景象从此就在我的生命里。

2004 年 12 月 5 日

姑娘们的店

我家院子外面有几家发廊,这么说吧,并不是发廊,是挂着很粗糙的美发招牌的鸡店。但说她们是鸡是不对的,她们只是几个妓女,但妓女又是什么呢?我不能这么说,应该说,在一排租金低廉的临街小店里,间隔在麻辣烫、五金店、房屋置换、电动车店之间,有那么两三家,装着滑动玻璃门,进门就是大镜子,大镜子墙后面应该是隔成了几个小间——是一些店,什么店呢?是一些姑娘们的店。

每一间里,我估计也就两间,大约能放下一张按摩床,就跟我在美容店里躺的那种一样,但是,自然,很脏。很多人在上面躺过,而且都是男人,也许是乡下的男人、民工或者城里没什么钱的人。有钱的人不会到这种店里来。一到晚上,两三个姑娘就坐在门边的靠背藤椅上,互相说着话。她们总穿着裙子,有时候记得把腿叉开,对着马路,有时候就很随意地坐着。

那些光顾小店的男人头发一定很脏,我们这个南方小城很脏,而他们肯定不爱洗澡。能不洗就不多这个麻烦。他们的头发粘在一起,成了绺,还有头皮屑。所以姑娘们似乎也并不是十分巴结,她们很随便。对路过门口的男人也并不太热情——和电影里的妓女不大一样。有时候,她们也会对一些路过的年轻、面貌清秀的男子露出笑容——不过这笑容并不美丽。

我总经过她们门口,她们也会注意看我。在我们的院子里住的年轻女子并不多，她们大概把我当成附近大学里的学生，又或者一个比她们高级一点的同行？我们也会在同一家麻辣烫店里吃东西，她们中间有一个福建人，我记得她和同乡在我旁边的桌子吃，我听见他们说话。

她有一个小灵通，又或者是一个手机。她会很熟练地打电话。她有时候把头发盘成一个髻，有时候披散下来。我有时候把头发束成一把，有时候披散下来。又有一家店有一个胖姑娘，身材很高，大约有一米七多，眉毛很挑，眼睛很大，是几家店里最好看的一个。有一天晚上，我看见她喜滋滋地走到路口，上了一辆枣红色的面包车。

有时候我和邻居分析她们。她们在小小的按摩间里做什么呢？也许只是用手给顾客服务。如果顾客有更多的要求呢？那就到她们住的地方去？或者去旅馆？她们怎么去呢？怎么讲价钱？

年初的时候，是春节假中的一天，我经过一家店，是上午，开着门。一个中年人，似乎是城里人，头发也并不脏，穿的还过得去，走到门口，没有进门，和姑娘们搭讪。他们也许会一起出去，因为毕竟是白天，而且就在大马路边上。这个中年人的春节假是这么过的。

有一天晚上，我经过那家福建姑娘的店，门口来了两个小个子男人，岁数大约有四十来岁。两个姑娘很熟络地跟他们招呼着，也许是老顾客。他们之间有着交情，所以才那么亲切。

大学里那些学生也会来吗？他们怎么和姑娘们说话呢？姑娘们可能就住在里面，有几回上午十点来钟，我看见她们端着刷牙杯子在门口附近的水池梳洗。姑娘们也会离开，有一天我看见那个福建姑娘拖着一口大飞行箱在过马路。她离开了这里，又有新的过来。

我家院子外面，有五金店，有包子店，有木料店，还有这些姑娘们的店。但我最喜欢的是这些姑娘们的店，她们在店里过得有声有色。她们大概也有苦恼，和我一样，但是我看不出来，正如别人也看不出我的苦恼一样。每天早上，我经过她们的店，晚上下班也经过。其实别的地方也有很多这样的店，但我对她们感到最亲切，虽然她们换了一茬又一茬，但这些店开着，我每天都和她们一起活着。

2004 年 12 月 10 日

叶鸭子

我和老许最喜欢吃的是叶鸭子。我们认识有二十年了，认识叶鸭子只有十五年，但我们三个关系一样的好。

即使在我到北京上大学的那几年，每到假期我坐火车回到家，不管多么劳累，也会在第一时间去她家，和她一起去找叶鸭子。

我们骑着自行车，怀着某种程度上的生疏，甚至黄昏的马路上也弥漫着某种不放心的沉默……来到成都市中心某处小街上的叶鸭子饭店。

现在说是叶鸭子饭店其实并不准确，因为那家店并没有这样的招牌，有的只是"叶鸭子"三个字。在低矮的平房屋檐下（青瓦屋檐缝隙间生满墨绿的青苔，在屋檐下是仅一尺来宽的马路牙子，而铺马路牙子的井字花纹地砖上则嵌满了浅绿色的另一品种的青苔），一块已经褪色成土黄的木匾，匾上三个字"叶鸭子"。

没有注意过匾上的落款，估计不是什么名人。我外公是著名的"好吃嘴"，不少饭馆也曾经找过他题字，自然他不是什么名人，虽然能写很好的毛笔字，随便一写就是一尺见方。写了字以后，这家饭馆自然对他礼遇有加。在成都有很多这样的匾额，也许是很俊秀的黄体，或者有些妖娆的瘦金体，也有十分隆重的落款，但不必在乎那个名字。多少馋嘴的老头在等着挥毫之后的大餐！

"叶鸭子"总共有两个饭堂，两个饭堂之间隔着一户民房。实际上，这里都是民房，只是中间那家没有把他们的房子出租出来，因此"叶鸭子"只能在这户人家两边"遥相呼应"。其中一个饭堂只有几张桌子、几张凳子，没有任何厨具，因此看起来就是一些来路不明的人，汇集在这里，彼此陌生却毫不隔膜，只是吃。

我和老许是很讲究的人，所以我们总去另一个饭堂，那里的屋檐下除了匾额，还有一大排乳白色去了毛的生鸭子。这些鸭子白生生、沉甸甸的，使人在跨进黑咕隆咚的饭堂时，觉得胃口特别的好，觉得口唇特别的清爽，觉得这些鸭子特别的该杀。

"叶鸭子"里的桌子、凳子形制都很奇特，用不上漆的木头切削成形，拼接在一起就成了很奇妙的形状，在普通民居里看不到，也不是外国的样式，总之有那么几分古怪：高、矮、长、宽的比例总有些怪。长方形的桌子只够两人吃饭，凳子比小板凳高一些，比一般的板凳又要矮一些，而且不管桌子还是凳子的腿都是朝外略斜，而不是垂直于地面。

老许和我着迷的就有这些家具的形制。

不过最着迷的还是叶鸭子的味道。

我们这里虽然是南方，河流也并不太少，但做鸭子的烹饪传统却几乎没有。我记得家里会做的一样鸭子菜只有带丝鸭子汤，并且总有一股泥土腥味。又有一阵流行起来吃泡菜烧鸭子，但主要还是用泡菜味道来压住鸭子的本味。

除此之外就是街上腌卤店里卖的鸭子了，我们不喜欢吃那些味道很咸的鸭子，而且味道大同小异。用老许的话说，吃鸭子的水平与能力反映了一个地区人民生活、创造的水平与能力。而叶鸭子无疑就是我们这里最高水平的代表。这可以从我们的着迷程度看出来。

现在想来，叶鸭子最出色的地方在于它的原材料新鲜。现在一般城市里生活的人已经对鸭子非常生疏了，他们并不太清楚鸭子的一生如何度过，甚至有时候他们还能在城市里偶尔看到一两只鸡，但鸭子则是完全陌生的。要从城外很远的地方把鸭子运到城里来，这些鸭子很可能是不新鲜的，但吃鸭子的人不太考虑这一点。他们最多考虑一下，似乎某一家的鸭子要好吃一些，但因为没有一个特别有说服力的理由来使他们确认鸭子好吃的原因，因此人们对鸭子的口感其实是没什么品评的——就是说，所有的鸭子只有一个共同的味道，那就是鸭子味。

而这恰恰是我和老许不能同意的。

有时候，我们会在冬天的周末骑自行车来到郊外的引水渠边，安静地站在芦苇丛旁边，看干涸的渠底。就那么看着，也许可以看上半小时，然后沿着阶梯下到渠底，那里还有浅浅的水，可以在水里捞到一些指甲盖大小的贝壳。

也就是说，虽然不能在夏天的每个下午都下到浑浊的河水中去游泳，但我们毕竟还是念着这些地方和这些没有机会存在的时刻。不管鸡还是鸭子，对我们来说，都是具体的，我们沉迷于叶鸭子的味道，正如我们沉迷于"叶鸭子"那块土黄色的匾额，沉迷于黑咕隆咚的饭堂里不规则形状的桌凳。

"叶鸭子"总是选用很肥的鸭子——但不同于北京烤鸭，或者说，我们主观上喜欢说，那不同于北京烤鸭——放在一口高两米、直径一米、用黄泥糊成的大烤炉里烘烤。这个烤炉从外面看就像一块灰色的大石头。

鸭子的肚子里填满了各种香料，其中捆成把的芽菜是四川的特产，是某种蔬菜的茎叶腌制而成的，味道有些类似于北京的酱菜，但更香，主要是在川菜里做调料用。叶鸭子的做法在四川人看来是叫烤鸭，但和北京烤鸭两回事，因为这种烤鸭是入了味的。吃的时候用特制的汤料焯一下，皮很脆，但肉却是松软的而且咸甜味鲜。有时候我们也可以要一些豆芽菜、莲藕，跟烤好的鸭子一起焯过吃。在黑咕隆咚的饭堂里，我和老许总是很激动，按捺不住地冲到师傅面前去探望那很快就要与我们亲近的叶鸭子。

很快地，我和老许都已经变成了大姑娘，一个是时髦的泡吧族，一个是所谓的小白领。要再骑自行车到郊外去看清澈的引水渠，对我们来说也只是个记忆了吧，也许可以开车去，但高速路上没有我们需要的那个出口。

不过，城市生活里却有一个给我们的出口。有时候，我们会打着电话，约定到市中心某条僻静的小街上，找到已经翻修了店堂的"叶鸭子"，十分小心地避免蹭到桌凳上陈年的油渍，轻言细语地点上半只鸭子……然后笑起来，跟跑堂的小伙子再要半只，任凭袖子毫无顾忌地靠在桌边，返回我们从来不曾离开过的快乐生活。

2004 年

节日快乐，社会主义的女儿们

在3月5日召开的中国政府最高级别会议第十届全国人代会第三次会议上，温家宝总理在长达两小时的政府工作报告进行到四分之三强的时候，提到了政府2004年所做的妇女工作，原话是，"依法保障妇女、未成年人和残疾人的合法权益"。在这长长的政府工作报告中，女性出席且仅出席这一次。

感谢政府做了他们该做的事情。对此，妇女们毫无异议，不仅如此，在大众文化领域，我们看不到妇女对政府工作的关注，女性理性自觉的声音更是稀少得几乎不存在。女性栏目充斥着减肥、美容以及性爱秘诀的内容……这是多么值得羞愧的事情！

面对政府对妇女工作的关注，仅仅政府工作报告中的这么一句话，中国女性都应该感到受之有愧！她们对政治漠不关心，无所谓权利无所谓解放。即使她们什么也没得到，她们也无所失。

而与此相对的，几乎每一个男性都对女性主义（他们更喜欢称之为"女权主义"）感到一种潜在的恐慌。他们的恐慌使得一般非知识分子的女性习惯于去撇清自己并非女性主义者——就像是一种丑恶的毒疮，一旦附生于女体将是巨大的羞耻。只有当女性接受到相当程度的教育时，她们才会反思自己的性别身份及性别地位——在女性主义与知识分子身份之间的关系上，反对女性主义的男性们大可套用"知识越多越反动"的老话。

但真正值得关注的并非那些知识女性：她们毕竟只是一小

撮，她们获得了太多，甚至有一些可耻的骄傲，即使受到性别的压迫，但却无疑拥有某种超过普通女性以及男性的权益，她们以知识身份辟除了部分压迫。为什么说"妇女：最漫长的革命"？因为在女性的解放运动中掺杂着太多其他的对抗，它们裹挟着致使女性的声音濒临湮灭。比如说，阶级的斗争掩盖了性别的斗争。

由于1949年开始的自上而下的平等立法，中国女性被无偿赐予了受教育与工作的权利，女性的经济自立给社会主义建设带来了可贵的效益——广大的中国男性们也从细节上（比如说家务）身体力行着两性平等的基本国策，即使，不那么情愿地（从某种意义上说，受教育和工作的权利并非无偿，那只是预付给中国女性参与社会主义建设的一笔代价）。

基本国策中"两性平等"的书写虽然完毕，但社会主义的女儿们，作为乌托邦孕育的后代，她们的故事并未完结。

今天，市场经济深刻地改变着我们的生活，女性作为社会主体的半数，其生活也产生着同等深刻（甚至更甚）的变化：市场赋予人们自由选择的权利，大众文化、商品经济把女性开发为主要消费者，同时又把女体变为供凝视的商品。职业上的性别歧视、相貌歧视、年龄歧视等等纷纷重现——更可怕的是，这种种歧视被女性毫无障碍地接受了。于是，当初被社会主义理想所鼓舞的独立女性，其心理意识究竟在多大程度上具有自觉性，成为值得考量的疑问——在2005年的春天，这个问题变得十足可疑。

"哀其不幸，怒其不争"是适用于女性主义运动始终的。但愤怒不是方法论，所以不妨更加建设性地看待这个问题。女性主义不是理论，而是思想的方法，而且更应该被体认为行动的方法。

节日快乐，社会主义的女儿们

常常想起波伏瓦第一次见到情人朗兹曼的故事——

朗兹曼劈头第一句话："我是犹太人。"

波伏瓦在回忆录里写道，我懂得这句话的分量，因为这是他生命中压倒一切的力量。

和犹太人的受压迫一样，甚至更深刻，对于每一个女性来说，生命中压倒一切的力量就是"我是一个女人"。

当一个女性开始她的生命时，没有人告诉她应该怎么做。所有女性都面临这样的基本问题：女性如何生存？女性与男性、家庭、社会生活的关系如何？她的手头没有教科书，身边也没有导师，只能从童话、旧照片、小说、电影中去寻找答案。却没有任何东西可以证明这些声音真正来自女性、利于女性。

男性优势（male dominance）也许是历史上渗透最广、最普遍和最强固的权力系统，它塑造了形而上学，因此在形而上学中它几乎是完美无缺的。男性优势的观点成为"无观点的观点"（point-of-viewlessness）的标准，它的特殊性变成"普遍性"的意义。它的力量展现于共识/同意（consent），它的权威是参与（participation），它的无上权力是秩序的典范（paradigm of order），而它的控制就是正当性（legitimacy）的定义。一旦把这种男性优势、男性声音理解成一种来自对抗性群体的意见时，女性在摸索自身的正确生活道路时就难免时刻面临着谬误、无知、偏见甚至谎言。在谬误、无知、偏见甚至谎言中，每一个女性用她的一生做代价去寻求答案——这就是她们所不满的。她们要反抗的是一种被蒙蔽的状态，她们不仅要反抗这种被蒙蔽，还要揭示给她们的对手：在寿命绵长不断繁殖的历史意志癌块之下，男性也同样受到压迫。

女性的解放首先是要使她们的对手了解，真正的敌人并非男性或女性，而是他们共同的压迫者——历史意志。

不妨想象，当所有的女性都只懂得减肥、美容和性爱秘诀时，我们（所有的男性、女性）将面临什么样的生活处境？虽然这些秘诀是社会主流价值观告诉她们所应该掌握的唯一知识。

2005年的妇女节，社会主义的女儿们也许可以尝试着以阅读政府工作报告为消遣，而不是沉迷于选性感内衣或购买化妆品……祝她们在这一天中的快乐成为两性社会未来的希望。

2005年3月8日

光明炽然　最近的生活

最近一段时间以来,不少关心我的人都对我提出各种意见,有的甚至是很尖锐的,甚至是有刺激性的。当然最主要的是针对我的生活,以及为什么没有写新的诗或散文。这些说法有一些误会,同时也提醒我应该对生活有所反思。

这两天我很迷一个东西,就是琉璃。起因是对菩提这个概念的关心。菩提树在成都是常见的,南河边就有。我一个朋友很喜欢用这个词,又他说懂一点禅,我因不懂,好奇之下就关心一下。结果先是知道一个说法叫作"愿我来世得菩提时,身如琉璃,内外明彻,净无瑕秽"。这句话很合我心意。但再细读下来,发现这才是药师佛第二大愿。而药师佛第一大愿则是"愿我来世得阿耨多罗三藐三菩提时,自身光明炽然,照耀无量无数无边世界,以三十二大丈夫相,八十随形好,庄严其身,令一切有情如我无异"。

这么看来,"身如琉璃"其实只是关乎身,是穷则独善其身的意思,第一大愿的"自身光明炽然,照耀无量无数无边世界"才是广泽众生的。虽然对知识分子来说(即使我很不愿意用知识分子这个词来指称自己,却实在找不到更切合的身份,也许我就是命定有着知识分子的若干缺点,这么自称也是诚实),所谓的投入社会生活只不过是一厢情愿的事情,很多时候更是沾染污秽的起因,但不能因为怕沾染就彻底禁绝,因为其实社会生活终究是一件好事。这里面有个基本立场的问题，是出世还是入世的问题。

就一切生活的哲学来说，不论选择什么样的行动，其实最终都还是希望能对真正意义上的生活有所尝试。不同的只是对真正生活的定义罢了。

昨天中午，我因为做一件卑微的小事，在一个闷热的多功能厅值班，但幸运的是找到一处安静的窗下，所以读了一会儿《克尔凯戈尔日记选》。这《日记》读得多几遍后，就成了六经注我。

> 苏格拉底所经常谈论的仅仅是饮食——但实际上他不断谈论和思考的却是无限。
> 其他人则以玄而又玄的口气喋喋不休地奢谈什么无限；而实际上他们不断谈论的只是饮食、金钱和利润。

这样的说法是刻薄的，却是正确的，同时也是无法证明的。不论我们谈论什么，总之除了认真地生活以外，没有更好的证明方式。甚至，怀有去证明的动机本身就是十分无聊的。难道真的找不到比证明更有意思的事情了吗？难道没有比做一个喋喋不休的人更像是真正生活的选择吗？

> 有人死了，我们则赶忙说：他温和而安静地睡去了；死是一种睡眠，一种安详的睡眠。所有这些都不是为了死者的缘故，因为我们的话是一点也帮不了他的；而是为了自己的缘故，为了使我们不致失去生的快乐；我们这样做，正是为了使所有一切都为在诞生的号叫和死亡的号叫之

间、在母亲的号叫和孩子死亡之时的再次号叫之间的生活增添欢乐。

看到这一段时，我想到了一年半前母亲的死。应该说，我时时刻刻都没有忘记过这件事，不同的只是在各个时间里自己不坚定、不一致的态度。人们只有在不够强悍的时候才会寻找理由，才会像谈论美好事件一样谈论死亡，比如说，她死去了对她来说是更好的一件事。这是非常虚弱的说法，死去从来就不是好事情。活着并享乐，这是人人心中的欲望。对于垂死者来说，一旦放弃这个欲望他就死了。在乏味、平淡的生活里，不懈地，像狗拼命地抢一根骨头一样，从一切可能的缝隙里寻找快乐——而非快乐的替代品，而非安慰，而非对上一美妙瞬间的不可能获得的重复体验——这是我所赞成的，也是我在努力做到的事情。必须是不同的。首先，生活是缺乏趣味的，必须首先看到这一点，在没有自身积极参与的情况下，生活是令人厌恶的空白。其次，生活的快乐必须有不断的体验力和创造力，必须在沉闷的空间里打起精神来，把每一个此刻变成节日。

我时刻怀念我的母亲，同时也身体力行地完成着自己的生命，我不想替她享乐，不想替她完成她所欲而未得的生活。我只是最快地挣脱悲哀情绪，开始自己的享乐时光。怀念她，同时也是一件快乐的事情，时刻记得她在濒死时惊人的欲望，提醒自己，我和她具有至少同等强烈的欲望。这是遗传，这是血液里的东西，就好比我们走路时的身姿是同样的，我们顾盼的神色是同样的。我有着她给我的某些缺点，缺点使我更完美。

而最使我感到困难的是我的工作，我必须知道自己在做什么，在不断反省那些无谓的欲望同时，深刻地了解自己应该培育的那些欲望。使它们集中，并通过集中而得到加强，使它们经得起摧残，经得起琐碎的细小愉悦的引诱和消磨，使它们在一切外力都想将其消灭的环境下不断生长，长到它们可以达到的那么强。

我的工作，这是个复杂的话题。我每天上班，在一个报业集团里做一些文字工作，获取一些似乎缺乏实际用处的信息。这些信息对于大多数人来说是值得过目就忘的，但我要筛取它们，把它们变得能够为我所用；还要不断争取到更多的信息，通过不断地完成各种琐碎无聊的小任务而获得信任，以便获得更多的机会去了解我想了解的东西。

知识就是力量，知情就是权力。我热衷于使自己的知识结构更符合自己的愿望，这需要大量的时间和精力，同时要保证自己有足够的快乐。这些快乐依靠激情，依靠有激情的生活方式和态度去获得，同时这些快乐又鼓舞着我内在的激情不断增强，以便有更强的获取快乐的能力。

我的愿望本身也在调整，这前面已经说过了，也就是反省无谓的欲望并去了解应该培育的欲望。这是一个不断变化的过程，"the one who is going to be the one is the one"，这句话非常好，就是我想说的意思。没有任何一个可以凝固的瞬间，每一时刻都在消逝，所以没有任何一个瞬间是可以忽视的。也可以说，没有任何一个瞬间是有可能被凝固的。生活的选择不可能是判断，而只可能是决定。生活的过程是无数个瞬间，是无穷的体验，并且不可能二次经验。

这些都是非常简单的道理，但是在生活的时候，这些道理几乎没有什么用。因为在有可能通过抉择而实施的时候，实施的可能性已经过去了。而我忽然想到，我们并不是被生活的潮流所席卷。或者可以这么说，我并不想去左右这个潮流，而只想被潮流所左右。

但这潮流必须如我所愿，这一点就是我想努力的。调整自己的愿望，选择朝向最正确方向的潮流，勇敢地投身进去。

而那句我最喜欢的话，我持久地喜欢下去："为天地立心，为生民立命，为往圣继绝学，为万世开太平。"

2005 年 5 月 1 日

一个女性主义者的寡妇年方案

我的合居伙伴是个很霸道的女性主义者。

我们的合居生活是惊人的,洗手间里贴了半裸的女明星海报,目的只是为了刺激那些在我们家方便的男客,告诉他们这是一个女性的空间,劣根性般的凝视欲只会折磨到自己。

不过就是这个了不起的女性主义者却匆匆忙忙结婚了。为了避开寡妇年。因为她害怕成为寡妇?或者她的未婚夫说,明年不好,明年结婚我会死得很早,我死了没关系,关键是我死了你就是寡妇了,你不要当寡妇,因为那很可怜,所以我们今年结婚吧?

我总饶有兴趣地想象这个过程。是因为爱一个人,怕他早死,所以避开寡妇年,还是因为怕自己成为寡妇呢?寡妇是一个可怕的境地吗?

对大多数人来说,如果结婚不避开某个年份,那么所爱的人就会死得很早,这就已经是原因的尽头。但在名义上,这仍然只是一个寡妇年。一个没有立春的年份,一个缺乏温情的年份,一个在某种说法中恩爱夫妻必遭生离死别的年份。死神多伟大,他扔下大石头砸死人的时候,不必研究他/她的性别。但鳏夫一词不常见用却是很久以来的事实。

鳏夫并不值得注意,更不值得同情。光棍一条,快活得要死。寡妇却是悲凉痛苦的代名词。而且深入人心。

然而细细考究起来，所有关于寡妇生活的记载，主要是文学化、艺术化的，表现出的都是沉沦的过程。战争或者饥馑之后，人们创作大量的作品来展示寡妇的悲惨生活，追根求源的完整故事只是为了声讨生活的残酷，作者们将原先根本对立的、甚至不连贯的寡妇形象聚合起来，她们或者含辛茹苦地哺育子女，或者浪荡街头沦为娼妓，或者背井离乡过着颠沛流离、朝不保夕的生活。悲惨的寡妇形象作为灾难的象征进入历史记载。

而男人，为了更崇高的理想捐献了自己的生命以及俗世生活，活着的则负责帮助寡妇或与她们偷情。这其中凝固了一整套的权力关系。男人们与寡妇一起共同完成了不幸土地上的社会生活图景，那些因死亡而缺席的男人们显得尤其重要——对女性来说，没有他们就没有幸福。

正是男人以各种各样的方式在两性关系中界定着自己。男人为了言说自己的忧患意识，塑造了他们的皮格马利翁（而皮格马利翁最后是会变成活人的）。

事实上，从社会学的角度来看，寡妇在社会生活中并不处于边缘位置，她们负责诉说苦难，负责为浪荡子提供浪漫而堕落的生活机会。寡妇被嵌入了塑造她们故事的人的历史，嵌入了一种她们几乎没有意识到的、毫无竞争力的一场权力争斗中。

然而这种嵌入并不意味着静止不动。寡妇们，事实上并不特殊、也并不比她们实际数量更多（当然，也并不更少）的那群人，很快就明白了哪一种表达自我的方式可以使她们获得利益最大化的处境。于是，我们看到的、听到的有关寡妇的种种描述、自白，并非简单意义上的一连串"事实"，而是它们的炮制过程。

"事实"并不是被发现的，而是在人们生产意义的过程中被建构出来的。在认知与记忆之间、在记忆与重构之间、在重构与讲述之间，本来并不存在截然的界限。

最简单的事实，最简单的女性历史的事实就摆在这里。所有的女性主义者们到最后总会问这样的问题："非主流群体会说话吗？"并且总会给自己一个直言不讳的回答，"她们不能说话"。

虚无主义者可以说，人类的生活里有太多的静默无声，有太多的无法解决的含混和暧昧……唯一的区别只在于如何面对这种含混和暧昧。我宁可依靠自己的意志行事而不要去搁置怀疑。

我打算培养一个好习惯：凡是遇见避开寡妇年结婚的朋友，我就会问她："为什么？因为你怕做寡妇吗？做寡妇很可怕吗？你的丈夫怕做鳏夫吗？做鳏夫不那么可怕吧？"

一个不激进但很坚决的女性主义者就这么干。

2005 年 5 月 8 日

之子于归

是这样的,我是最近才回到家住的。

这么说很奇怪,好像我是一个不良少女,一直离家出走,然后忽然有一天回家了。因为说那句话,就是那句,第一句话的时候,我想起小时候看过的台湾电影(或者没有看过,但是有这种印象),某个少女从家里跑出去,她家可能在新竹,然后跑到了花莲,吃了很多苦,譬如在夜市卖炸鱼丸,很辛苦。住在棚屋里,每天洗很多脏衣服,男朋友还爱喝酒、赌钱。真的是很凄惨,台湾妇女是很可怜的。

然后她有一天回家了,是被家人接回去的,穿上干净衣服,略施脂粉。但是她经历了很多苦楚,就不像原来那样天真烂漫,有一些通达人情世故,所以对人对事都有一些哀悯,亲切中透着底层人民特有的温暖,于是很得大家的喜欢。啊,对了,她家应该是还过得去的小康之家,像张艾嘉经常演的电影里那种,比如《我的爷爷》里面那家人那样。这么一来,谁都能看出来我根本就是个台湾电影爱好者。

这个故事再发展下去,一定是一个哀情得不得了的故事。台湾人很喜欢拍那样的电影,一个接着一个的哀情。

可是我完全不是那样的,我确实是回家了,而且还打算把回家这件事写成一篇驴唇不对马嘴的文章。这么一来,我必须要声明一下我是知道"于归"的本义的,但是看着"之子于归,宜其室家"还是觉得温暖得不得了，亲切得不得了。回家毕竟是好的。

十多岁的时候，我写过一个电影剧本叫作《暑假快乐》，没写完。为什么要写呢？是因为看了《阳光灿烂的日子》，很有感觉，想想自己的生活比王朔、陈凯歌的还要牛、还要多好多少年暴力，应该拍出来，送出国去得奖。而且我还觉得我能写得很诗化，这种自信支持了我两个星期，写了四十分钟的分镜头剧本。后来手稿被弄丢了。

但我还记得我的剧本里的男主角，直到今天。男主角其实就是我们院子里的邻居。我对他真是又爱又恨，严格地说呢，恨要多很多，爱则几乎谈不上——完全谈不上，简直是在玷污这个字眼。但这么一说，我自己也就明白了，其实我是爱他的，不过这种爱是完全不同于任何正常情感的。而且它以后也不会再出现了。

在每一个少女时代，可能都存在这种爱，这种日后难以启齿，甚至自己也觉得厌恶的爱，但是它毕竟存在。

有一天，我又看见了我的男主角。我看到的是背影，他挽着一个身材瘦小的女子。那女子很普通，从身材到发型到衣着都普通到极点。我偷偷在背后看了很久，几乎没有看我的男主角，主要都在看那女子。个子不高，到他肩膀，瘦得很，细腰裹在发白的牛仔裙里。虽然身材矮小，但还匀称，小腿的形状不错，而她的头发染成栗色，有一种略略透出几分苍老的风骚。男主角的胳膊在她左侧，他们于是挽着，闲闲地走着。

我有些害怕他回头看见我，又有些希望如此发生。毕竟这个场面还是很生动。他终于没有看见我，而我也没有看到他们的正面。那我看到了什么呢？我看到的其实只是一个事实。

后来有一天他终于还是看见了我。当时我在路上走着，他正在阳台上抽烟，我知道他在那里，但没有抬头，只是自己走路。他忽然退回屋子里，我余光扫过去，看见他躲在窗帘后面正探出半张脸朝着我。我忽然有些骄傲起来，掠了掠头发，走得更端正些了。他大概一直在那里看着我走远，而且没有看到我回头，大概也以为我没有看到他吧。

怎么说呢，这种感觉。如果用一种很俗气的表达，就是在内心里，有一点什么东西，好像碎了。"砰"地一下就碎了，再也找不到了。但是并不难过，也说不上开心。只是那样的，看见一个背影，然后有个什么东西，就那么碎了。但是完全没什么好遗憾，完全没有。

2005 年 5 月 8 日

何处是我朋友的家

有一年的秋天，我刚刚失恋。基本上，生活总是在失恋与失恋之间度过，一次失恋与另一次失恋，总有些不同，因此就一直过着，过下去。

我收到一封信。一个不熟悉的朋友，他去买书，在我的家乡小城，过一条河，桥头附近的小书店里。阳光下晃动着树叶，他在阴影里选来选去一个下午，又去翻了些旧书。骑着自行车回到住处，已经疲惫。晚上台灯下，抚摸着柔软的书页，在不知不觉的时候睡去。

然而，当我从工作室浑浊的空气里抬起头来，除了日光灯什么也没看见。

一直到晚上我都沉浸在一个白日梦里。在石板路上骑着自行车冲来的孩子，车轮压破平静的积水，那是一个下午，草绿色的旧书包里塞满了不值钱的宝贝。他甚至没有笑，也没有车铃的声音，一切都是寂静的。我恍惚不已。

后来，一个暮春的傍晚我见到了这个孩子。

在那之前，我们互相写过一些信，我还收到过他的一封贺年卡。以单位的名义，贺年卡的大红大绿上烫着金字招牌，里面写着的字也显得有几分大义凛然。我把那张卡翻来倒去看了一通，塞到抽屉里了。抽屉里有各种莫名其妙的东西，一包药草，装过巧克力糖的空纸盒，还有这张金碧辉煌的贺年卡。

后来我辞职收拾的时候，再次翻出了这张卡，找到了他夹在卡里的名片。

是一个已经开始闷热的暮春傍晚，在他从前念大学的地方，我和朋友吃饭，他很和善地来参加了这个小型的聚会，然后带着散漫的笑容又走了。我和陌生的或不陌生的朋友，坐在草地上。开始下雨了。

雨下得很突然。和以往每一次聚会结束时一样，我坐在车上抚摩熟悉的虚空。

都好几年过去了，我换了很多工作，以至于失恋都没有换工那么频繁了。这么讲可不可以呢？换工的快感绝非失恋可比。

有一天傍晚，我们约好见面，在一个桥头上，那里有一家花店，在那里见面。我张望了半天，最后他在我身后出现，并不是花店，我们到一家面店胡乱吃了晚饭。

就这样，并不是换工那样简单的事情，除了换工和失恋，毕竟还有一些其他的事情。比如一个男孩，换工、失恋之外他也要住在一间屋子里，进门穿上干净的拖鞋，倒一杯水喝，买一个柜子放在床边装点东西，有时候他也在房间里落寞地走来走去。

我说，你的窗帘不好看。

其实我是想说，这窗帘很好。

我说，你的书太糟糕了。

其实我是想说，这些书我很喜欢。

2005 年 5 月 8 日

绵绵若存的力量

吴冠中先生的一生虽然远未结束，尤其是他作为艺术家的生涯仍有诸多值得期待的方向，但纵观他这八十几年来经历的种种事件，确实有如一出悲剧。一位年轻的江南才子因为深深感动于同时代大师的艺术，而投身绘画。那是在杭州美专，虽然没有成为林风眠先生的入室弟子，却在精神与技艺上成为林先生真正的衣钵传人。

没有极高的天赋，他绝不可能领先于同时代人数十年而领会到林先生绘画中的奥义。林先生给中国绘画带来了"面"的概念，对"面"的全面体贴与亲近，这在中国绘画中是没有过的。先前的人物画都有一张平平板板的大脸，却难免敷衍的嫌疑，是肉眼对于不得不应对的面所做的搪塞。那些脸平板得透出犹疑，透出对世界整体的没把握，所以有眸子里的一丝闪光，有脸颊上一抹水红，却没有将面铺开大胆写实的勇气，没有抒写无边无际的气魄，又因此有铁线描，适可而止，安全第一。

但林先生给出了面，给出了色，也就给出了光，给出了肉眼。到吴先生这里，面的概念得到了更大的扩充。林先生画仙鹤与水草，是捕捉一个瞬间的世界一面，而吴先生画的水乡则有水，有墙，有门，有远树疏影，是世界汇集在天空下，互相抗衡互相支撑。又有大幅的花卉，是真正的花团锦簇，密密实实铺排到极限，这铺排中却有世界的秩序，这面不平，有弧度。这些花儿整饬的格式是对秩序的承认，但也不妨说是对秩序的一种反讽——这似乎是美的，因为它们在细部上是优雅的，它们无一不具有典型的美，按照既定的序列整齐划一，准确地展示出恰如其分的善，它们唯一不具备的是真。这不可能是真实世界的序列，这是一个被构想的完美境界。

吴先生的画与林先生的画是这样的不同，而他们又都具有极大的独创性，他们在相同方向的路上，先后走出很远很远，远于欣赏者、评论家所能及。也因此，吴先生被认为是中国当代最有个性、最有成就的画家之一。

吴先生的画有阴戾之气。他在欧洲学艺的时候，大约正是立体主义大行其道的时候。以立体主义为代表的现代画派一扫古典油画直至印象派时期仍然残存的阳光气息。1920年代，蒙得里安在巴黎的家里只有冷冷的光。立体主义者热烈追求着不规则的几何图形所带来的和谐、稳定与均衡，而这一切的代价则是长时间的孤独思考。出于狂热追求与众不同、追求在艺术史上留下名字的荣誉感（这种伟大的、不可磨灭的、罪恶的希腊精神），他们面对空白画布，将所有的不安、激动，通过可能具有金属质地的情感过滤器的转化作用，化为坚固的图案造型与简洁到近乎偷懒的原色运用。这一切不可能不对当时年轻的吴先生产生影响。

1950年代，吴先生在中央美院执教时，一定也使用了某种类似于纯形式感的手法来描绘伟大的工农兵群众——太不识时务的人！这种对艺术的热与对物质的冷，凝结出的作品不可能符合全面飘红的时代。因此即使是风景画，也不可能让他去教。热衷于这种显而易见的冷的形式，就只能去建筑系教水彩技法。对艺术的热仍然在，只是因环境的变化而异化了，像高热高压下形成的变质岩。

不少评论者扼腕于吴先生前半生被禁锢的艺术生涯，这种观点其实有一个前提——健康是首位的，画面中的健康必然是好的，不论这幅画是什么时候的画。但如果没有这些磨难，吴先生的画也绝不会是今天的模样。吴先生的"风筝不断线"说也可理解为一息尚存——这存与不存是一个境遇，境遇不可能虚拟。境界的大开大阖需要一个立足点，他需要一个立足点，但有几十年他几乎无立锥之地，这时候存与不存成了生死一线的大问题。如果将吴先生的画比作风筝，那么这不断的线就是身为大师所特有的强悍脉搏，一息尚存，他就可以把绵绵几十年的体验与锤炼注入画面。

这就是吴先生那些看似轻灵、通透的画面中所具有的力。这力可以说是老庄一脉下来的生命哲学，但更应理解为一个艺术生命的孤苦奋斗。构图的均衡、色彩的映衬，这中间又有对抗有冲突，他身为八旬老人，体内的力量仍绵绵若存，该是一个伟大奇迹。

也因此，看他的画除了美感还有辛酸，这辛酸不含抱怨，是画面表现出了作者看待世界的眼光，他所看到的世界就是如此——甜美到甚至有腻俗的嫌疑，但却不贴切，这甜美有些虚浮，这世界着不了根。他借用画笔表现幸福，给出一把安乐椅，他熟练于形式，醉心于虚构。

大师的悲剧表现于此，完备而恰当，但他作为创造者的一生却是完善的，他经历了理应经历的一切，也做出了身负烙印者应做出的艰苦努力。今天，在他江南家乡最时髦的城市上海，人们对他的回顾展趋之若鹜，不论是出于浅薄的商业风习，还是对美的诚恳追求，从古至今一直都存在的三教九流都献上了应有的敬重。的确，对于物质世界，我们应该尊重，因为他们给出虚

绵绵若存的力量

荣；对于精神世界，我们也应尊重，因为他们具有真正意义上的力量。

吴先生正是凭借自己的力量，在绘画中给出了自己一生的力量，这力量理应赢得尊重。不论这尊重来自艺术史还是拍卖市场，他当之无愧。

2005 年 9 月 23 日

杭州

那年我去杭州是老胡给我想的办法。有一天,海威说我带你去看谁谁,然后我们就走。快到的时候,海威问,你见了它怎么叫它呀?我想想说,叫它老胡吧。海威没说话,快进门的时候,海威说,我一般叫它胡老师。唉,不过我还是叫它老胡。后来也取了别的名字,不过现在还是叫它老胡吧,毕竟它岁数也不小了(我很小心不透露老胡的性别,机敏吧)。

我跟两个中年人一起去的杭州。去之前和杭州的一个人发短信说我要去,人家说欢迎欢迎——是文绉绉的说话,但我不记得了,记得也不这么写。文绉绉的,没意思,肉麻。那天晚上,我和人家约好喝茶,是在六公园附近,一个茶楼,三楼上。门口的小姐说,在三楼。我去,看了半天,一个人侧过身在看外面夜色里的西湖,真是惊艳啊!我这辈子见过的最帅的男人。

半天他也不回头,我叩了桌子他才回头,还是再惊一回艳,人生里惊艳的机会不多,要抓紧时间多惊几回。先是接电话的时候就惊了一回,声音那样好听。这回呢,讲话,讲到一处我又惊。那人说他写诗,他的爸爸研究《红楼梦》。那就是有家学的,文豪世家,了不起。但是不惊,这没什么好惊。红学爸爸说,你看你写的诗,没有痛苦没有命运,你的经历也不行,大不了谈过几回恋爱,你这样写诗是不行的,死路一条。于是他就醒悟了,不写诗了,到俄罗斯去卖兔子毛的毛衣。那之前是生了一个儿子，每天打麻将，赢了儿子就喝进口奶粉，输了就喝国产奶粉。他责任感冒出来，一定要长期喝进口奶粉，所以去卖兔子毛毛衣。

杭州的茶好喝，杭州的茶楼里有好吃的马蹄，这在别处没有吃到过。别处，比如成都有把马蹄削好了卖的，但茶楼里没有。马蹄就着茶刚刚好，爽口，但是不压到茶香。前次和老吴喝茶吃到一种黑色的落花生，也是就茶的，但是不好，有油气。今天有人给我桂花茶，我还喜欢，但更喜欢桂花。今年没去赏桂花，荷花开时也没去，所以今年过的是猪狗不如的生活。只能指望一下菊花了，过天要去就菊花。

再说杭州，杭州夜里看西湖真是好。后来有一天我喝醉了去了一趟保俶山对面，看得真好，夜里有浪拍在脚边，凉风过来。再之后就不太高明了，是冷得去吃涮羊肉，吃过之后去洗脚。洗脚的时候看足球赛，但是看不懂。

六和塔我也喜欢，"郡亭枕上看潮头"，怎么在枕头上看呢？枕头如何能有这般高？不过钱塘江真是好，又宽又白，水又那么大，一直往前涌，怎么能有那么多水，流也流不完。我都只在做梦的时候梦见家门口那条河见底了，还去抓鱼。又有一回梦见在一个饭馆吃饭，河边，引了河水流进院落的假山水池，几尾青鱼游来游去。我就趴在池栏杆上看，足有四五米高，但也看不尽的喜欢。

最喜欢是河里有涌得密不透风的鱼，还有东北的泡子，不知道是什么，只见人家写泡子里的鱼要用瓢舀，那得多少鱼？又得多少时间？是我就得一辈子耗在那里，不把鱼舀尽夜里睡不着。东北我也去过，但我还是喜欢杭州，植物园的树林简直像森林，那么绿，就像没人管。难管难收。有一回晓宏说在杭州植物园租了房子住，我差点想去投奔他，这样真是不行的。还好没有告诉别人，否则又是一辈子的笑柄。

但是我的杭州就没有了，只有这一点点，那些园我都不喜欢，那些乱七八糟的我统统不喜欢，还是晚上闲散地亲昵着她，我喜欢。我也喜欢晚上亲昵着成都，但是只在少城，而且脚会很容易走疼，一出门就回不了家。我家门口很好，有女贞树，还有路灯，我晚上在那里走路，香香的是女贞花的味道。这样很容易走到很晚，路上没有人，只有车，显得不正经，还是早早地回家好。

            2005 年 10 月 18 日

一个无限解放性的象征

老曹说,生子当如孙仲谋;我说呢,嫁人当嫁孙悟空。

虽然他其实是个猴子,不是人啦!而且我也不是《大话西游》里的紫霞。我来分析分析为什么孙悟空之可爱具有普适性。

一直纳闷:既然西天距离大唐有十万八千里,孙悟空一个跟斗就十万八千里,为什么唐僧不找个干净石头坐一会儿,让孙悟空去翻个跟斗,一趟把西经取回来交给他算了?想来想去,只能是唐僧太蠢,榆木脑袋!

可孙悟空不蠢啊,他干吗不出个好主意呢?恨得要死。

卡夫卡的《有关桑丘·潘沙的真理》是这么写的:

> 从未因此而炫耀过自己的桑丘·潘沙日复一日地向他的魔鬼——以后他给他起名叫堂·吉诃德——提供大批骑士武侠小说充当晚间读物,终于使他走火入魔,毫无缘由地干下了一系列荒唐之事,只因缺少事先臆想的对象——这对象原该是桑丘·潘沙本人——才未对任何人造成伤害。
>
> 桑丘·潘沙,一个自由自在的人,也许是出于某种责任心,满不在乎地跟随堂·吉诃德南北征伐,从中获取了巨大而有益的消遣,直到终生。

而孙悟空,一只自由自在的猴子,也许是出于某种责任心,满不在乎地跟着唐僧南北征伐，顺便杀几个妖怪，把故事名义上的男一号唐僧从被吃掉的险境中解救出来，从中获取了巨大而有益的消遣，直到终生。

这一点在《西游记》里是有明证的，在朱紫国，孙悟空读到国王征求名医的榜文，便满心欢喜道："古人云：'行动有三分财气。'早是不在馆中呆坐。即此不必买甚调和，且把取经事宁耐一日，等老孙做个医生耍耍。"

可不是吗，只要他高兴，可以做个医生耍耍，当然更不妨捉几个妖怪耍耍。在高老庄他就这样同高老说话——"高老道：'二位原是借宿的，怎么说会拿怪？'行者道：'因是借宿，顺便拿几个妖怪儿耍耍的。动问府上有多少妖怪？'"

怕是只怕妖怪还不够拿呢！妖怪也不光是来拿的，所以说是耍。

平顶山那回，孙悟空一会儿变成传令的小妖，一会儿扮作二魔的母亲，变换往复，其乐无穷。扮小妖时因为要在二魔的母亲面前下拜，几乎委屈得哭了起来，轮到扮二魔的母亲时因为想到要受人拜靖之礼，立刻欢天喜地，方才的委屈和烦恼一下忘得一干二净！

也是因为这好玩，他又是对谁都敢开玩笑的，就连恩主观音菩萨也不能幸免，气愤时曾骂她"活该一世无夫"。虽然是不论宗教常识的胡扯，却也刻薄得聪明，刻薄得有趣。

他又不是个活宝，当初去须菩提祖师那里，祖师问他要学些甚么道，把请仙扶鸾、问卜揲蓍、能知趋吉避凶之理的"术"字门中之道，以及"流""静""动"字门之道的十八般武艺都在口头上卖弄了一通，但孙悟空聪明死了（要不怎么说人聪明是一车猴也不换呢）——

一个无限解放性的象征

"悟空道：'似这般可得长生么？'祖师道：'不能！不能！'悟空道：'不学！不学！'"

要的是终极关怀。

可是他又不呆板，当初在太上老君的炼丹炉里烧了七七四十九天都没奈他何，到得火焰山，买了一块热糕，"行者托在手中，好似火盆里的灼炭，煤炉里的红钉。你看他左手倒在右手，右手换在左手，只道：'热，热，热！难吃，难吃！'"这似乎有些说不通，可他是孙悟空，他有层出不穷的方法和手段，他的行为从不落于一定的格式，你无法预料他接下来会做什么。他的行动里充满了即兴式的花样翻新和尝试。

是孙悟空成就了《西游记》的想象性，他也成就了我们想象力的无限性。要不怎么老毛也把孙悟空看成是无限解放性的象征呢？

回到开头，如果孙悟空一个跟斗翻到西天把经书取回来给唐僧，那就没有这个故事了，也就没有拿几个妖怪来耍耍的乐趣头。非不能也，乃不为也。

生活本身是无限，但我们的生活却如此局限，还好紫霞代表我们所有人嫁定了他。且不管紫霞怎么想，在我呢，因为他无限，所以我喜欢。

2005 年

未免有情，我私人的鲁迅记忆

写下这个标题，顿时怀疑自己是不是早就死了几十年的老太太，这会儿又诈尸出来要写写旧情人的故事。真是麻烦的事情，在对鲁迅抒情之前，要先辟谣，这就是爱上名人的后果。而且还是个死名人。

本人早年十分崇敬的戴锦华女士在谈到另一个死名人王小波的时候，不无讽刺不无刻毒地说，对于一个死去的名人来说，比有一个作家遗孀还可怕的就是，有两个作家遗孀。还好鲁迅先生的两个遗孀都不是作家，而我既不是作家也不是遗孀。

遗憾是遗憾我小时候念书少，家里没文化，什么书都没有，只有几本地理杂志和鲁迅文集。因为生就不辨方位，所以自识字以来就一心刻苦攻读鲁迅。又所以十岁上就爱上了《野草》，为只为那刻骨的恶毒还有着大作家的名头。

"野草，根本不深，花叶不美，然而吸取露，吸取水，吸取陈死人的血和肉，各各夺取它的生存。当生存时，还是将遭践踏，将遭删刈，直至于死亡而朽腐"，像这样的句子，真是华丽煸情——在我的字典里，华丽煸情的所指就是暴力色情（譬如说我觉得好电影要华丽煸情，朋友说那你该喜欢《英国病人》，我说不行，那不够华丽煸情，要《天生杀手》才够华丽煸情）。所以也顶喜欢反复诵读《墓碣文》：

……于浩歌狂热之际中寒；于天上看见深渊。于一切眼中看见无所有；于无所希望中得救。……

抉心自食，欲知本味。创痛酷烈，本味何能知？……

痛定之后，徐徐食之。然其心已陈旧，本味又何由知？……

"待我成尘时，你将见我的微笑！"

真是酷毙，就像听音乐我最爱听哥特金属，鲁迅这则散文我看就有哥特式的恐怖：黑暗、奢靡、锋利。而这坟墓里的死尸则"胸腹俱破，中无心肝。而脸上却绝不显哀乐之状，但蒙蒙如烟然"，连写死尸都写得这么帅！我真幸运！

长大一些，也看过一些新文艺文章，谁又有他的华丽？像鲁迅极欣赏的萧红，也不过《呼兰河传》里拿些平白话来煽情，够赚眼泪，美感还是不足。美感是要艳得冷漠，要不落窠臼。都说鲁迅是思想家，我看却是个酷到骨子里的人，"捐起黑暗的闸门"不过是他所有譬喻里最不精彩的一个——偏偏被拎出来单独说，这些废话尼采说得牛多了。就连"历史中间物"也早被卡夫卡说得烂街市，我看书可没有金牌意识，不去想哪些哪些是我国作家第一次认识到的，只觉得全人类的精神财富统统可以拿来主义一把——唯独那些拿不来的才值得悉心把玩。

真爱上鲁迅还是看他的杂文。《从孩子的照相说起》写道：

因为长久没有小孩子，曾有人说，这是我做人不好的报应，要绝种的。房东太太讨厌我的时候，就不准她的孩子们到我这里玩，叫作"给他冷清冷清，冷清得他要死！"但是，现在却有了一个孩子，虽然能不能养大也很难说，然而目下总算已经颇能说些话，发表他自己的意见了。不过不会说还好，一会说，就使我觉得他仿佛也是我的敌人。

他有时对于我很不满，有一回，当面对我说："我做起爸爸来，还要好……"甚而至于颇近于"反动"，曾经给我一个严厉的批评道："这种爸爸，什么爸爸！？"

看到这里我当下感动起来，这父子之间的生动都出来了，又是爱怜又是幽默。一个人能有这样的生活，还敢于、善于把这体验表达出来，那他的生活一定比这更有趣万倍——岂不值得人爱么？

定是要认真生活的人才有这样的态度。一是对黑暗的体验，一是生活的喜乐，没有这任何一方面都是浅薄。我之爱鲁迅就是爱他的生活，认真生活。只有看到这一点——认真生活，才能知道鲁迅所经受的是什么样的折磨和幸福。因为看到这些痛苦与幸福，所以心生爱恋，所以未免有情。

鲁迅也常说，他的灵魂里太多黑暗是不能拿来与青年人分享的。可是又是什么样的黑暗呢？他有什么罪？他一直想要尝试的是过一种更正确的生活，却始终认为自己只是在错误中彷徨。他错误的原因只是因为事实上并不存在正确，这就是原因。

画家雷诺兹1870年在英国皇家美术学院演讲时曾表达对米开朗基罗的景仰，他的说法深得我心："后人纪念他时的崇敬也许是出自偏爱吧；我自豪于身为其中一员，就算不是他的仿效者，也是一个热烈崇拜者……如果我有机会重新开始自己的事业，那么我将要大胆地跟随这位大师，即使不能胜任，只要能达到他全部完美成就中的一丁点儿，也就可以满足了。我认为，我能够体会到他所努力表达的感情,这便是我的幸福。"

最后,我也不揣冒昧地设想,这整篇文章都是证明我对一位真正神奇人物的敬仰。在这篇文章里,在这结尾,说出的最后一个词,我希望是:鲁迅。

2005 年

棲水

我说，这个棲字有些惨淡的样子。其实是想错了，想成了凄。但也不然，比如于我心有戚戚焉，这个音节总惨淡。他又喜欢椴树，不知道是不是我喜欢的那种槭树，就连我自己也拿不准是不是这么写，俗名叫作水冬瓜。想来真好，水边长着的阔叶树，竟然就着水也可以结出冬瓜。其实不然，结的果子并不如冬瓜样饱满，却是豆科，又像菠萝或香蕉。刚才打菠萝，打出了碧落。碧落真好，抽象得好，又是"蓝田日暖玉生烟"。

我说"沧海月明珠有泪"不好，白花花一片，又说脏兮兮的，像月亮。月亮就是脏兮兮，人们却说皎洁的月亮，洁白的月光。其实小孩玩得下来一张脏脸，恰好月亮，如此皎洁都要挨打，可见"沧海月明珠有泪"不好。没说是一副挨打相，这样真粗俗。所以后来又说要注意修养，说得我脸上难看，修养就那么差吗？不过喜欢喝咖啡的时候翘脚丫。没关系的，就当喝的是可可，不那么讲究吧？还是少说两句吧。

"蓝田日暖玉生烟"好不好？好，因为有一个日，又红又绿就好。这也要注意修养。又红又绿，修养不好。再说嘛，这个蓝不是真蓝，这个玉也有变数，翡翠城外孔雀石，也勉强当是美玉。玉石美不美，可以因人而异，看谁脸皮厚，譬如说我戴个玻璃珠子也可以说是水晶，不可以摸，那样叫轻薄。玉石被焚才会生烟，所以坏，真坏，比煮鹤焚琴更坏的是煮琴焚鹤。我再坏也

棲水　　291

想不到要把水边白鹭拿来烤了吃，所以还有救。我说，她埋着头在思考，抬着头在琢磨。站得那么优雅，不仓皇，不像我，惶惶不可终日。走路看女贞树，地上有黄黄的灯光，和乌色的影子。你看我是不是卖颜料的。

有蚊子就要点蚊香，凡事要讲科学。有时候我会掉很多眼泪，知道的人都会说活该，谁让这人这么坏；可是不知道的人呢，看见那么伤心地哭着，大约总会觉得一个人这么伤心，总不会毫无良心吧？所以说，我说我愚蠢，没有人信。其实我和你一样，大概只是在水边走着，万事万物都在阳间，有一点真心。

2006 年 7 月 14 日

那天上午
读《阿赫玛托娃传》

我想记一下那天上午。去年九月的样子，我从父亲家出来，乘公车到上河坝下车。沿着北岸走起路来。那天飘着点雨，我没有打伞，从一条便道那里拐弯，路窄，且依着河流曲折着，没人也没车。我燃了一支烟，朝前走着。右手边有几家靠河做生意的茶坊，我拣了临河的小桌，要了一杯菊花，开始看书。看的是海特的《阿赫玛托娃传》。慢慢地一页一页翻。今天为写这事，拿出来翻到古米廖夫的《她》，第一节真是写得传神：

> 我了解这个女人：沉默，
> 痛苦地厌倦了说话，
> 她是活在她张大了的
> 瞳孔的神秘闪烁中。

刚才不小心打成"痛苦地厌倦了生活"。想想真是的，是我自己的心思进去了。契诃夫笔下的知识分子慨叹"哈姆雷特害怕做梦，我害怕生活"。我也害怕，有时候我说厌倦，其实只是害怕罢了。生活，说起来多简单的一个词，可是盲目地活下去吗？我可一点也不愿意，即使全世界都说放弃，我还是只能把它捡起来卫护着它。而这也是矛盾的，因为我毕竟不敢说是热爱它。又有几个人能这么说呢？大多数人都有生活的轨道，这除了说明我比他们更愚蠢以外还能是什么呢?

　　但有时候我还是一个很勇敢的人。不过不提也罢。

　　河水很脏,如果出太阳的话,水的臭味会更明显。方才经过的小桥,是一个小小的纪念地点。水被橡皮大坝拦住了,而冲下来的水中很多白沫,还有雪白的鹭鸶停在河中小洲。一个乞丐戴着帽子、裹着塑料布躺在花坛上,我的脚边还有一点湿迹,乞丐躲过了潮气。我觉得他像一个飞行员,我应该向他致敬呢。

　　我喜欢阿赫玛托娃的这一首:

> 你来迟了整整十年,
> 但你还是让我高兴。
>
> 坐得离我近一些吧,
> 睁开你快活的眼睛:
> 瞧,这蓝色的笔记本——
> 上面的诗是我童年的冲动。
>
> 对不起,我曾悲哀地生活,
> 很少因为太阳而欢欣。
> 对不起,对不起,为了你,
> 我接待了太多的人。

　　最好的是,人们虽然讥嘲地,说她半是"修女",这是她的真实身份,不过难以究诘的世俗生活也给了她很多收获和艰难。是的,她精神上的面孔不够端庄,但并不是堕落,而是在朝向真理的道路上,她遇到的同路人丝毫不能启发她,却反而耽误了她的行程。从这个意义上说,她是不合格的朝圣者,但寻求佑助并非耻辱。也许,根本没有人能够给她佑助。在众人中,距离那朝向真理的窄门最近的,是阿赫玛托娃自己。

想起有一回康赫问我,怎么看待《大师和玛格丽特》中两人的相遇——当时,玛格丽特手捧一束难看的黄色鲜花,大师走上去,问她为什么拿着花,玛格丽特立刻把花扔掉,而大师捡起来捧着。就像"平地冒出来个杀人凶手似的",两人被爱情击中。康赫的问题,当时不懂,后来觉得离谱。现在才知道这一幕的意味。安娜和列文都害怕一件事:还没有体验过爱情是什么,就死去了。

说到爱情,似乎永远是难题。忽然又想起来《西洲曲》,东一句西一句的好。真有意思。

2007 年 4 月 23 日

向大师致敬

蒙文通，后来是搞民族史和地方史比较出名，但其实他真正着力的还是今文学。不过今文学在近代以来的中国学界不大受待见，廖平先生经学的创见被人剽窃，却还没剽窃者康有为有名（想起一个对联，"国之将亡必有，老而不死是为"，横批忘记了，对得不错），而且说实话，廖先生的文章实在佶聱，而且有些迂气——爱慕他的人觉得可爱，厌恶他的人说他妖异。汪公公一度对蒙老先生感兴趣，不知道他为什么会感，他又不是学这个的，我去巴蜀书社帮他买过《古地甄微》。今文学在有汉一代是显学，之后王莽新政到隋唐的禁绝谶纬，今文学在政治上颇受了些委屈，到唐《五经正义》已经几无传承。

学记里，蒙先生堂弟回忆说蒙先生曾提道，清人颇有些是不讲家法路数的，像魏源、龚自珍、康有为之流的爱谈公羊学，其实常常胡说八道，议论似高实空，到陈寿祺、陈立则又拘泥于家法，不得会通。廖平先生讲"通经致用"我是知道的，但要看到蒙先生说他一度爱好说文段注，而廖先生斥他，要搞说文一辈子也弄不完结，看个三两个月能够读经了便了——这话还是叫人吃一惊。胡三省音注《资治通鉴》被传为佳话，清人勤治小学是经学家的楷模，廖先生却说音韵训诂不值得花费大力气。以前虽然纳闷皮锡瑞是今文家，可古文学派仍看他的《经学历史》重于江藩《汉学师承记》，不明就里，只以为前者大概是细致工夫到家。这时候才明白清代今古文家之间关系万千重，哪里是当代人以为的那样清白。

蒙先生的"八儒"之说，我是不懂的，汉儒的家法须下工夫才能熟悉，我懒，但"素王""革命"是懂的，不枉也曾抄过《白虎通义》，自然那是抄着玩，不见得读进去了。董仲舒在《汉书》儒林传里排第二，地位十分崇高，治公羊学，讲天命、阴阳，是当时儒学主流，虽不讲谶纬，但《春秋决狱》也是穿凿附会的样板。蒙先生的主张是，今文学虽不是孔子的本来意思，却是时代的产物，对研究汉代的政治思想、社会形态有很大价值，儒学是中国文化一以贯之的核心，几千年来的流变正能反映出中国社会、政治、文化的内在逻辑与力量，一味讲古文学也许在文献学、史料学上十分有价值，却与历史、事实越来越隔绝，更遑论"通经致用"。今文学派对自身立场和方向这样明确清晰的主张，我孤陋，在近代以来的学者中是第一回看到。

想起来凄凉，四川是今文学派在近代以来的一个保留地，同样有见地有成就的还有王利器先生，也是不见重视的。四川的儒学家似乎只有这种非主流的位置吧。学记里收钱穆先生《八十忆双亲·师友杂忆》的节选，提到胡适主持北大文学院时，委屈蒙先生的一段公案，我本不喜欢胡适，现在就更不喜欢了。

2007 年 11 月 16 日

两相思,两不知

全北京最寂寞的是十三陵水库西岸的大坝。

夏天的傍晚,十三陵水库上没有了游船,即使白天湖上的游船也很少,也许是湖面太阔大的缘故吧。但比这里更宽阔的,海边,或官厅水库……我并没有在那些地方想过关于寂寞的事情。在十三陵也没有专门去想过,只是,我在那里的时候恰好,看到了寂寞。

继续说夏天的傍晚吧。水库的水有些退了,不是退潮,是水没有满满地涌到大坝,露着小片沙砾地。几辆车,面包车和小轿车,停在沙砾地上,主人撩起水洗车。似乎,那些车永远没有洗完的时候,一直在那里洗。沿着沙砾地,水库的南岸,是坡地和浅滩。一只老绵羊,带着几只小绵羊。也没有吃草,它们只是错落地站在那里,有的抬着眼睛望。也不会受惊逃跑,只是站在那里,静静地。羊羔"咩咩"地叫两声。

那是我们要离开昌平的前一天,我和 TQ 骑着自行车,来到十三陵水库。TQ 和我一直都不是特别好的朋友,即使在十三陵水库那个傍晚之后,一直到十年后,我们都一直没有特别好过。我们来到水库的大坝上,坐在大坝斜斜的坡面上。天上是黄金般有着透明光泽的霞,在天顶弯成弧形,天是那么的圆,还有一些霞透过白杨树的枝叶射出一道道短促的光芒。

水面上卷来一浪浪风,把我的短发吹起,是那么清洁的刚刚洗过的短发,发端轻飘飘地在耳后飞起。现在我听着 Sigur Rós 的(),但我不是唱片封套上那个伸出手臂的盲孩子。"'明月出天山,苍茫云海间'/这让人安详,有力气对着虚空/伸开手臂……"但并不是那样。那时我还不懂那么多,不懂强大与软弱,不懂得的太多。那时我只知道忧伤。

是的,我只知道忧伤。最应当快乐的时候,也只会忧伤。一切的情绪里,只有忧伤是我所擅长的。我还记得下第一场雪的时候,站在图书馆门口的走廊上,望着窗外的雪,那已经是夜里九点,我只穿着一件衬衣。还有就是两只水晶耳坠,坠子似乎在轻轻晃动,像冰雪那样,一丁点,凝聚在耳垂下面,轻轻地晃动,发出撞击声。

也有不寂寞的时候。也是夏天,快要离开昌平的时候,我和 HZ 一起,傍晚,散步。在校门外,一直走到天黑透了。一辆辆黑色的轿车无声地滑过我们身边,是多么热的柏油路,我赤脚走在上面,感觉到那些小小的石头嵌在柏油里。柏油路是多么温暖啊,我始终记得。

可是,如果拿出 HZ 给我拍的那张照片,在学校附近的废河床上,我站在一辆机车旁,斜靠着,偏脸对着镜头,那神情里有一些倔强,和困顿。

我也曾经在火车上远远地望见过官厅水库。那是初冬,可是官厅水库已经结冰,几乎带着些蓝色,凝固的。然而真正美的是被枯草围绕着的永定河。那不是岸边掩埋"犹是春闺梦里人"的枯骨的无定河,永定河是不缺乏生命的,即使萧瑟的枯草也不能掩蔽它的动人。

那么还有珠窝。GS 去过那里,在路上弄碎了琉璃项链,所以出了意外,差点死在那里。她们去的时候叫它珍珠湖。可是,火车上，几个隧洞钻出来，仍旧没有丢失的那个湖，我愿意像小站的站牌那样叫它珠窝。每一次从隧洞出来，我都像一个急切寻找失散的爱人的离乱中人那样，搜寻它，而它在那里，一次次地不叫我失望。

美的也有落坡岭。水面上架着长长的窄窄的桥，火车从上面开过，那么平静地，不兴波澜。下面是随风起伏的水面，不是波光，而是浪，不妖媚也不狂大。

我闭上眼睛。有些冷，手指是凉的。不打字会觉得冷。那些逝去的时光。那些逝去的人。

但是，知道么，我已经不是当初的那个我。闭上眼睛。十六岁那年听着《幽灵》，想象在云南山里做个乡村女教师，雨后跋涉在烂软的起伏的黄泥路上，雨林的潮湿和绿像洇染开的水彩。一直染到我的想象全部变成湿漉漉的绿。

我真的在起伏的黄泥路上跋涉过，那是夏天，走去一处荒山上的坟地，晃眼的太阳照在头顶，"阳光打在地上"。多好的音节，我念念不忘的那些，无时无刻不在意志当中。"阳光打在地上"，可以用它来描述爱，也可以用来描述恨。但我从来没学会过恨。

曾经很想会。但是仍旧不会。

每个人都有一面镜子。可以在入睡前，对着镜子凝视片刻，向她道晚安，向自己的孪生姊妹。也可以在梦里，梦见在无人的乡间公路上，头顶是苍凉的桉树。清凉洁净的水漫过路面，踏着这水走向夜的深处。那时 CM 和我躺在各自的床上，各自望着自己的天花板，说着各不相干的话，她的爱和我的梦。"就像一面镜子，但是比你自己更美好，更如你所愿。"

全北京最寂寞的是十三陵。那里埋葬的人已经消散了，像尘土。那里的柏树越长越高，越长越大。那里蜿蜒着山陵，不远不近的几座陵墓似乎在呼应着，又似乎……活着的人也是这样，那些居住在那里的人，那些不居住在那里的人。

"两相思，两不知"也是如此，两情相悦者如此，老死不相往来者也是如此。总有一天，我们会隔着鬼门关这样相思，或者同在鬼门关的一侧仍只是这样的相思。而相思，本来就是不知。

2007 年 12 月 17 日

波伏瓦：存在主义最著名的情人
评《第二性》

西蒙娜·德·波伏瓦也许是有史以来最畅销的女性作家之一。从初版至今，《第二性》的法文版累计销量已超过三百万册，英文版、俄文版、日文版与德文版的销量也以数百万计。

《第二性》分为上下两卷。上卷是理论框架，从生物学常识到弗洛伊德精神分析学和历史唯物主义的妇女观，从游牧民族的女人到写作本书时女人社会地位的变化及其根本原因。下卷描述了女人是怎样从女孩变为女人，怎样历验各种不同的处境（婚姻、母亲、社交、妓女、中老年），在这些处境中受到怎样的局限，以及可以采取什么样的方式获得解放。

《第二性》使波伏瓦获得世界性的声誉，梵蒂冈把它列为禁书，而不少西方妇女则将之奉为"圣经"，据说这是"有史以来讨论妇女最健全、最理智、最充满智慧的一本书"。

几乎所有涉及存在主义的哲学史、思想史、社会史的著作，都无一例外地把波伏瓦描述为"法国著名存在主义作家，女权运动的创始人之一，让-保罗·萨特的终身伴侣"。而同时，在女性主义内部，现代西方最著名最强势的女性主义者之一、《妇女：最漫长的革命》的作者 Juliet Mitchell 的话仍有代表性和权威性："严格地说，《第二性》并不是第二次女性主义的一部分"。（《未出版的手稿》，Troil Moi 整理）也是这位整理 Juliet Mitchell 著作、继承其女性主义大家衣钵的 Troil Moi，总结之前多位法国女性主义者的共同意见后指出："现在波伏瓦死了，女性主义终于能够自由地进入二十一世纪了"。

波伏瓦矛盾的处境和声誉，某种意义上，正暗示着她矛盾的立场、矛盾的价值、矛盾的行为——此处可参照波伏瓦终生的爱人、同志和阴影，存在主义哲学家萨特的名言之一，"人是自己行动的结果"。百年来，她的生命经历了诞生、成长、辉煌、死亡，直至死后起伏错落的荣耀和诋毁……现在，我们也许可以进入波伏瓦一生经历的内部，体验一次小小的、不全面的探险。

波伏瓦出生于巴黎中产阶级的天主教家庭，母亲是一位虔诚的天主教徒，而她信奉第三共和国的世俗主义的父亲则认为宗教只适合妇女和儿童。在父亲的世俗主义和她自己想要逃离宗教教育的欲望的共同作用下，她进入了索邦大学，成为一名知识分子。1929年，波伏瓦通过了哲学教师考试，成为法国第九名被授予哲学教师头衔的妇女。也是从此时开始，她结识了萨特，开始担演自己一生中最重要、甚至可以说是最主要的角色——萨特的终身伴侣。

在那次哲学教师资格考试中，考官们为了将第一名授予波伏瓦还是萨特，展开了艰难的抉择，有人说："如果萨特展示了伟大的智慧和坚实的——但有时是并不精确的——文化基础的话，那么每个人都同意，在这两个人中，她是真正的哲学家。"

但即便如此，波伏瓦还是被授予了第二名。

而在波伏瓦自己内心里呢？在《回忆少女时代》中，她曾提到过对"另一半"的憧憬："我们共同攀登高峰，我的丈夫比我稍稍敏捷、强壮一些，他常常要助我一臂之力，与我一级一级地向上攀登……命中注定能成为我丈夫的人，不能是有别于我的一类人，既不比我差，也不超出我许多，他保证我很好地生活，但不剥夺我的自主权。"然后,她在二十岁的时候遇见了萨特。她感到他严厉地斥责了她的思想,"一天又一天,在这些日子里我都与萨特相对而坐,而且在我们的讨论中,我和他完全不是一个等级"。

她迅速地否定了自己的哲学天赋,直到死都声称自己"不是一个哲学家"。

波伏瓦不放弃要在自己的经验中"传达独创性的要素",而且"为了成功地做到这一点,我知道我必须转向文学"。她在1940年代发表了三部小说:《女宾》《他者的血》和《人都是要死的》。在这些小说中,波伏瓦实践了她关于"寻求一个既是具体的又是基本的真理,似乎是在追求实际存在的特殊性和抽象的一般性的不可能的结合"的文学观念。在《人都是要死的》一书中,为了理解死亡的意义和人的有限性,她创造了一个具有永恒生命的人。波伏瓦凭借着其他的方式继续着她的哲学。然而,她的大部分著作都既不是严格的哲学著作,也不是严格的文学著作。从1949年开始,波伏瓦的创作采取了两种主要的形式:自传和关于社会问题的论文——很显然,这两种都是无须创造力的写作形式。因此,即使《名士风流》获得了法国最高文学奖项之一龚古尔奖,波伏瓦也从来不被列入二十世纪最优秀的小说家之列。

更大程度上,波伏瓦是作为一个情人而存在的,她与萨特"自由伴侣"的关系被人们不断引述。她一生最主要的事情就是担任一个情人,甚至有一种说法认为,如果萨特不是那么风流成性,波伏瓦就不会写出《第二性》。这种"伟大而独特"的关系并不像她自己所声称的那样美好。《女宾》中那句"轻率信任的代价,就是她猛然面对一个陌路人",透露出了这个秘密。回顾她十九岁时那著名的独立宣言"我绝不让我的生命屈从于他人的意志",难免显得可悲可笑。

《第二性》想要表达"作为女性的抗议",最终表达出的却是"抗议成为女性"。作为女性的抗议,意味着一种新的选择;而抗议成为女性,则是轻松的,并且不意味着进一步的创见。在这个意义上,她不被认可为女性主义者,也不被认可为存在主义者。

她最终的身份只能是存在主义最著名的情人罢了。

2008 年 1 月 9 日

电光火花

一

"曲终人不见,江上数峰青。"

二

韩国爱情电影抓住了孱弱的感情心理。像《异时之恋》这样的片子能感动的,就是那种没有勇气去争取爱情,却诉诸客观原因的人,而且把这客观原因极端化,假设两个人处在不同的时空,在见面之前就有一个先死去。这背后是整个社会的心理需求。或者说,这是一个基本的社会心理状况,编剧的想象力和心态也就是大家的状况。

三

畏惧困难是人类永恒的天性。不,不是畏惧困难,是畏惧。畏惧这种情绪可以完全没有对象也成立,它可以为了使自己存在而去虚拟一个对象。对一切都心存畏惧。见什么怕什么,甚至什么都没见到,就是怕,然后就说有鬼啊,好可怕。没什么是可怕的。甚至,怕这种情绪就不应该存在,没理由存在。

四

没有真实的东西,不可能接触到、看到任何真实。光有速度,你看到的,已经不是它了。你接触到的感觉,也是以光速传递到大脑去,你感觉到的时候,它已经不是它了。世界有可能是在五分钟前创造出来的,但它却包含了五十亿年的历史。没有确定的真实。

只要敢想敢决定,没有什么是不能消灭的,比如死亡。既然如此,我们就是多么自由啊!自由得无法想象。解放自己!如果我可以解放自己就好了,比如说做梦,想梦什么就梦什么。一切都是束缚:我有重量,我不能飞到天上去,像热气球那样。

五

人可以消除不幸,消灭死亡。

如何消灭?

它根本就不存在,有这么个词,但是实际上没有这个东西,就像"以太"。

就是消灭它,很简单。消灭,然后就消灭了。

2008 年 1 月 13 日

地震

当时在电脑前写东西，忽然摇晃得厉害，地板。对面的同事站起来，说：地震了！我没反应，我以为是外面在过大货车，因为我们的办公室是在危房里，在建工程管理现场。同事又吼：地震了！快跑！我站起来，第一反应是要拿些什么东西，紧接着听见外面一阵脚步声。我们的办公室在二楼，大约二十来人办公，有施工单位的来办事，不超过三十人。办公室其他两位同事开始夺门而出，我认为应该拿上手机、钥匙和公章，但只拿了钥匙。他们出去后，我开始跑。楼梯上大家跑得很快，但不乱，大家都只想赶快出去。

办公室外是一片土坡，我们站在外面，我忽然想到还有些同事不知出来没有，这时看见领导慢悠悠地出来，站在门口，离我大约十米远，说：没事。我们站到土坡上，看见地面明显在晃动。带了手机出来的同事，说打不通。震动平息了，我叫上一个同事，回到办公室，叫他把权证从铁皮柜拿出来，和我的公章一起锁进保险柜。然后带了一点水出来。领导已经组织人员到湖边的茶座坐下。人力资源主管点了人数，除了工程师在山上工地，人员都够。总助说，他回去看见QQ上，集团的同事发了两个字：地震。

我建议领导去工地看看。然后领导和我还有一位同事一起往山上走，路上看到我们代建单位的人员全都出了办公室，在草地上坐着。

到了山上，施工面都没人了，路边埋的临时施工用水管道，因为还没完工，有一些露出地面，但显然不符合施工标准，估计是地震造成了一定的影响。

到了最大的在建工程项目，三人连滚带爬去看一个整改面。有一些问题，一些工人还在建筑物里工作。经询问，我们的工程师已经要求他们停工，但他们要赶工期，所以又悄悄进去干活。

到了山上最高点，一个刚发开工令的项目，围墙垮了二十多米。这时现场工程师从山下开车上来，说山下的一个在建工程项目，围墙裂开了。和现场工程师、监理在一起，问监理日志记得怎么样。施工用电已经停了，工程师按惯例处理为停工，等地震局通知复工。没有人员伤亡。

然后回办公室，大家已经准备陆续回城。我把办公室同事送出去，看她上了其他同事的车，又把工程内业送上山，交给工程师。又去山下墙裂的项目看，告诉他们我的办公室电话。再回到办公室，领导还在，正在看地震图，跟我说，我们这里离震中九十公里吧？按道理算，不该5.6级。他家乡是地震多发区。

我开始写应急预案启动情况的报告。其间接到施工单位一个电话，同事家人一个电话。因为根据线报，十八点还有一次余震，我决定等到那次余震过后，工程现场没有状况，再走。

十八点半，我关电脑，出门。外面基本上没什么人。我决定不走主要公路回城。路上车很少，一般这条路车速都在八十迈左右，但当时车速都不超过六十迈，我基本控制在四十迈。油不多了，遇到第一个加油站，排队的有二十来辆，我没加；第二个，四十来辆，也不加。进三环，户外的小吃摊人满为患，车多。靠近二环，通往火车东站（货站）的路上遇到一列军用卡车，有开道车。加油站外排了上百辆车。路边坐满了人。

我家在一所大学附近，也有工厂宿舍，都是危楼，一条次要公路上，坐满了人。二环路基本还通畅。回家，门口保安说没见我家人，我到家以后找猫，不在，找人，也不在。之前电话要求他们在家等我，不许乱跑。我于是装了一罐水，拿了充电器和一本画册（因为如果在户外，没有灯，只能看看画册了），出去找人。路边找了一圈，没有，有很多人带了孩子，在人行道上铺席子，小孩很高兴，满地乱滚。

去父亲那里，他很好，就是水电气都停了，他说水是够的，平时为怕做礼拜没有水，所以存了很多水。父亲住九十年代的楼房，五楼，但他不怕，我也不怕。然后我离开，继续去找别的人。

回家，喝水，其他人回来了。我们研究了一会儿，认为这里很安全，我们的床都在承重墙45°倾角下，非常安全。然后去学校看看，安抚学生，学校里喇叭在喊，某某学院的同学请到东操场集合。宿舍楼全黑灯。通信工程学院的楼已经成了危楼，从楼顶到地基，裂了长达几十米的缝。很多学生在草地上睡觉。校园墙外河边，很多人停了车在那里睡觉。九点多，本地报纸发了号外，电视上不停地播市政府一号公告。

回家，接到同学电话，他大学在汶川念的，是当地打架王，在成都也是著名的打手。他问问我安全，情绪很不好。零点，睡觉。睡着后，家人代我接到以前工作的报社老总来电（我把手机转接到家里电话上了），零点到四点间，还有一次余震，6.3级，叫我躲好。家人说，我们这里很安全。

夜里四点有一次余震，外面狗叫，猫叫，我翻了个身，继续睡。早晨起来看凤凰卫视。同事电话，问是否平安。他车坏了，我去接他,车快没油了,但够到单位。接到两人,慢速到达。学校已停课。公司和工程也全面停工,现在我值班。

2008 年 5 月 13 日

晃动的国土

总之，再多的表态也没用。而平白的描述我又不会。遇到一个彭州的孩子，人在北京，家人没死，但房子坏了，他着急，也懂地质，动员很多人去捐赠、救援，是几天来少见的有行动力的人。包括那些之前就认识的人，虽然也在激动、愤怒或者悲痛，也捐赠，也做志愿者，但和这个孩子比，仍然不够有行动力。但即使这个孩子，我想仍然是不够的。

昨天随 XY 去都江堰，我和 ZY 坐后座，到了聚源，路面有裂缝，XY 说，这就是聚源。我一下意识到，睁大眼看外面，没有灾难片那么壮烈，这是实在的灾难，所以没有表演性。胸腔一阵紧张，呼吸深起来，刚刚开始多云天气，早晨出门还飘雨，空气是清新的。ZY 的神情也紧张，WX，上次在建川博物馆，我已经见识了他的刀枪不入，可以说，一个人的内心可以在苦难面前暴露无遗。这样，可以认识到一个人的本性。我不想多说什么。我正在经过苦难，朝向苦难的核心。

WY 近四十八小时没睡，直到救援人员进入汶川县城，我说要去震区，问他有无担心的人员名单，他给我的，全是老师，没有一个哥们，他并不是一个打架王，在他心里仍把老师放得最高。这是一个人的本性。

胸腔的紧张过去后，我忽然想到 XY，她会是什么情绪，从后视镜里看到她的脸，平静、冷峻、和平日一样。她不是冷漠的人。我也知道，她经历过一个行政区的难事，她处理了。她必须处理，在难事面前，洒眼泪是简单的。一切都在分崩离析的时候，除非有一个人站出来，承担整体的苦难，像个冷血动物一样：放弃这些，争取那些。甚至抛下活着的，率领着整体撤退。能够下这样决断的人，可以救人，也必然不会落泪。千夫所指时，她也会怀疑自己吧，这种怀疑也许比苦难的场面更使她无法平息。

因此我理解 XY 的面无表情，她甚至不多张望一眼。有什么意义？那些沉迷在血腥照片前的人，他们的痛苦是多么值得沉醉的痛苦，多么轻微的痛苦，多么不值得喊叫出的痛苦。

洒眼泪是简单的。承担是艰难的。场面能煽动起各种廉价或不廉价的情绪，但只是观看，不导致行动。唯一的行动也许是号哭，那不是真正的行动。那是沉迷，是面朝苦难，转过脸去。不断地后退，不断地转身。

一切都只是情绪，包括围观着挖掘抢救的人，包括愤愤于救援不力的人；而在紧张的挖掘现场旁边，熟睡在躺椅上的医生，他必须睡好，他必须在血肉模糊的伤员抬到面前时，精神抖擞。不淌半颗眼泪。模糊的视线将妨碍手术的迅速与准确。风尘仆仆奔波于各灾区、向遗体三鞠躬、不停抹眼泪，都不是行动，只是抒情。

但现在我要克制，不要指责。但我也不会沉默，指出错误，但不必废话，对于帮闲者，指出就已足够，不肯醒悟者，不值得花费精力。要想有益于受难者，最好的莫过于做些不耗费资源、又有利于救援的事情。

而对当局者，我也不会彻底地信任。居高位者控制了太多资源，与他的良心和智力不见得成正比，没有民间的敦促，总难保证他们所做的不是最坏的选择。有民间的敦促，也不见得他们不做最坏的选择。

唯一有效的办法，就是充分调动能调动的资源，不管是多么有限，相对于能力的极限，这些资源就是无限。最起码，节约用水、用电、用油以及少占用通讯线路；其次，认真负责地做好本职工作，且全力承担同事的工作，腾出人手去做力所能及且政府许可的救援支持……我还要专横地说：除此之外的行为，就是虚弱而不负责任地空谈与表演，或一个关于高危地带周末探险远足的幻想。这样的人，除了蔑视，我暂时无法有别的态度。

2008 年 5 月 15 日

人生只若初相见：必须持续地抗议和反对
评《性别政治》

刚刚回来的时候下起了雨。我因为抱着一厚叠布，却看见旁边小径上一树的白栀子，便下巴扣住肩胛夹住层叠的布料，伸手摘了一朵来。外面雨声也够大，音乐间隙中就可以听见，新买的荫丹蓝色府绸正好换新窗帘，也是够美的事。足以抚慰十余日的辛苦。

再长的辛苦也可抚慰。世上绝没有不可被怀柔的刁民，只看胡萝卜味道可好。譬如汽油就涨到十块一升，只要给足了交通补贴，也无不可。况且，这也是高低错落的参差对比，并不是亿万富翁与睡在立交桥下的乞丐才有对比，一家之内也是高下立判。所以讲四海一家。家里人怎么也不能闹翻，只是床头床尾的差异罢了。

必须首先展示框架和起源，展示它们是如何互相竞争，然后再说明，在框架之内，在起源之后，是一拼凑之物。如果不以颠倒的方式使屠龙术合法化，或使社会主义使命终极化，就无法谈论这种拼凑物（地缘学/社会学在这里必须也必然被忘掉）。

上面不是乱码。

有一天，我和同居伙伴、国内老牌女权活动家某女士说，当下，真正的女权主义者应该承认：在性别差异和斗争的问题上，我们应该为我们的欲望负责，我们真正想获得的并不是清白的真理，而是世上的权力。女士立刻反驳：啊，不对，怎么可以这么暴力？当然不是这样，我这一生只追求真理。

但是，真理在哪里，女士？

像我们这样的女权主义者，女士，不犯基础性的错误，不与那种理论不断地被政治规范的空间隔开是不可能的。也是无法开始的。最熟悉的替换或他性为我们定义并提供了我们所谓的自我。最亲密然而却最难以接近。如此亲密，以至于我们无法通过自我抓住它，以至于它把我们限定于框架之内。

但是，从某种意义上说，这种限制，或者说不确定性，是学术的基础，是女权主义的基础——如果，学术／女权主义不仅是一种意识形态，还是有可能实现的意识形态批评的话。因此，我们必须冒进行归纳的险。今天，2008年8月8日，不论我能看到的东西多么有限，似乎都指向了关于主体地位的三组不同对抗的归纳：资源、民族和性别。但几乎没有人把女权主义纳入当下在地的斗争或竞争当中。把这些规定性的政治能指从它们各自所代表的所指领域中抽出，将重新组合或分解霸权，这显然不可能是民族哲学、阶级—意识形态的骄傲。而我们所被赋予的主体地位，是被自己所模糊构想出来的。对于当下在地的女性来说，赋予女权主义以特权，就是忘记女性想通过取而代之来成为对抗中的优势主体。作为无处可处的女权主义者，主体位置可能就这样破碎了。

但我希望的是进一步打碎，以有所用。真正发生的事情，从根本上讲是不确定的。对真理怀有本质主义式的热情，就会被这种热情控制，就会在认识和实践之间建立起一种道德联系。正如事实本身，女权主义者也把阶级斗争看作是唯一一种在连贯叙述之外起作用的斗争。因此，即使妇女，也只是最漫长的革命。这是女权主义者必须或主动或被动做出的肯定性解构之一，甚至可以说，唯一的。阶级论将不可避免地成为永恒。因为阶级斗争论的强大性使它成为了一切斗争的原发性虚构。

也就是说，正义的斗争必然成功。革命必然胜利。宗教也就是真理。宗教是祈祷，而不是行动。当女权主义被纳入一个普遍化的领域，当斗争成为模式化生产，当斗争成为符码化进程，所谓的立场和态度就是规范性的。女士，你摆了个姿势，把自己分离出来，返回到自己的道德责任。而一个女人如果不能发出个人的声音以反对丈夫，那她就不可能发出集体的声音以反抗战争／暴政。道德不可能是个人的东西，也不可能是女性的东西。并且，当道德只为男权社会主体拥有时，这里的任何抗议中就不会有女性的声音，那么这种抗议就是不完整的，就是以压制实现的解放。当这个国家的抗议者正关注着民族的文化／资源事务，应该也必须重新考虑这种话语的总体结构，延迟性别差异的道德基础，将是脆弱的基础。其破碎和女权主义的破碎一样，都是悲剧性的。

在我看来，可抵制性、开放性、创造性和不完整性，正是活力所在。此刻，这个国家的世纪盛会即将结束，我这里外面雨已经停了，这一切同时发生，同等重要。也同等愚蠢。同等可恶。也同等有趣。我继续听着低沉的工业舞曲，对难以辨别的世界感到趣味：斗争无处不在，无时不在，必须持续地抗议和反对。

人生只若初相见，每一记耳光都是火辣辣地打在这一时刻你的脸上。你要疼，就时刻都疼，不应只某一晚。

2008 年 8 月 8 日

青海笔记

一

没有太多冲突，至少，没有太多抽象的冲突。

二

这里就是中心，除此之外都是胡扯。我是我的界限。因为中心就在这里，尽头也就在我这里。这种自大也是谦卑。世界的中心就在你那里。而尽头当然不会是个好东西。尽头就是死亡。死亡没什么不好。也许是好的，但我不知道。我只知道现在是好的。但这样显然还不够。

三

主要还是听闻。但是听闻没什么价值。价值也谈不上是什么。我离开我的生活，但又进入不了他们的生活。如果他们的生活是真实的，那我的生活也是真实的；如果他们的不是，那我的也不是。所以我们只是互相观看。或者连看也不看。就是转过脸，但是没看见，不仅没看见，而且连看也不看。有时候假装看一下。很消极。就是怀疑。也有一些东西似乎没有什么怀疑在里面，但是，这种念头没有力量，连它自己也说服不了。

四

每个人都在撒谎，垃圾堆里的人，或者住在稍微好一点的窝棚里的人，又或者很好的房子里住的人。但是没有什么目的，对着并没有听众的世界撒谎，所以只是说给自己听。当然不会相信，但也不会去怀疑和辨别。只是说话罢了。

五

有的人很有意思，因为被烦恼纠缠；也有的人没有烦恼，只好四处找可用的烦恼。我们对于自身是没有办法认识的，对于别人，也无法认识。每个人都盯着脚下的影子，随着太阳高度的变化而有所变化。而别的人呢，是光的折射，或者触觉神经关于热量感的传递。如果伸出手，直接穿过一个身体，那将是多么神奇而诚恳的事情。永远都有这样的幻想故事。

六

虚无是不好的。就像从望远镜里没有看到美景，只有过于熟悉的，早就厌倦的自己的脸。就像从瘟疫的村子逃出来，却发现唯一的一条公路在空中中断了——除了坐在公路的断面上，晃着双腿，听着风刮过耳边，还能做什么呢？

七

应该反对"赤裸裸"的爱。今天一个藏文老师说的话。这是一个很有意思的表达,不知道藏语里有没有这个词。这个词很厉害,因为很逼真的样子,虽然这种逼真其实很难存在。有活力的身体才可能赤裸裸;一具已经冷透的尸体,不可能赤裸裸。

八

每个人都在争取权力。权力有一百亿个名字,每一个都会被叫到,然后不再有所指。就是说,把它唤到面前时,就不再认识它;或者说它可能会到面前,却不可能知道为什么它会来。旅行是一件糟糕的事情,因为没有人知道我的名字,不知道我为什么来这里,也不知道我在这里是什么。我和任何人,都是如此。可能只是一个会移动的东西,大家都会移动,这样就没什么问题了。就是说,其实应该没有任何念头,我不是我自己,你、他都不是。谁又是他自己呢?

九

我开始怀疑所有的说法。我只想看看谁能把我打成碎片。或者我能把谁打成碎片。但其实,这只是碎片之间互相暗怀的猥琐念头。我们只是些碎片,我们也没有移动。碎片无所谓在哪里。虚无是不好的。应该有一个工作,每天劳动、吵架和甜蜜。各种概念,这里有,那里也有。希望多一些好的概念,但,谁能说什么是好?

十

我宁可他们是愉快的。

2008 年 8 月

独自生活 *

今天下了雨,这会儿外面就是雨点的声音,很好听。仿佛和很小的时候就开始注意到的下雨的声音一样,一直都是这样的。我的楼下有樱树,春天的时候会开樱花,有的是粉红色的,有的是浅绿色的,都不见得很好看,但花怎样才叫好看,也没有定论吧。有时候想起来,我会想应该告诉谁我楼下每年都有这样的樱花开,很多年,从我小时候一直到现在。以后可能还会继续开下去。那个颜色和那个样子,它们很重要,因为在我这里,它们每年都要开。此外没有别的很醒目的花了。但这件事情并不是很重要,就像所有的事情都不重要一样,虽然有时候我又觉得好像并没有比这更重要的事情了。生活里有很多点点滴滴,每个人的生活也就是这样构成的,小心地记得和重复地观看,大概总是为了有一天能够表达出来。然而也并不见得是这样,所以就只是不断地体验它,然后带着无数的隐秘活下去,直到死那一天。愉快的事情也是这样,比如听着雨点的声音睡着。比如穿着拖鞋去踩水。不愉快的事情逐渐地就消失了,不记得了。末日审判是怎么回事呢?也许一切细节都会像洪水一样过来,覆盖和席卷,然后意志在其中消失,再也不能有所判断。

个人的体验真的是太不重要了,只是独自生活,却好像和所

---

* 原文无题。

有人作伴，然后死去。有时候爱也是很难的事情，人人都生活得如此富足，人人都显得如此多余。但这只是尘世的一种现象，凡此种种现象都是诱惑和陷阱，是为了让人得不到快乐，不得老实地生活。而所有的痛苦和琐碎的烦恼，都应当被视为无物，虽然应当尊重它们，并且继续如常地不向它们伏低。万物有同样的音高，我们是一架琴，每一条肋骨都是琴弦，拨弄它们就会发出声响。因为疼痛而产生的呻吟也有它被听到的权利。如果一个人坚信交流是不可能的，那交流就是不可能的。同时，即便坚信交流是可能的，交流同样是不可能的。人陪伴自己走完一辈子，你看，多么喧闹而孤独。互相张望只是向自己反复凝视，就算这样反人类的念头，也并不妨碍过完愉快的一生。所以，神性和奴性大概是同一种东西，对魔鬼的信仰也并不更多一点智慧，并不更少一点良善。只是选择，而选择的可能与结果没有真正的差别，甚至选择这件事情发生或不发生都没关系。当时间的一维性被推翻，大概就是基督说"我已复活了，仍同你在一起"的时刻吧。

2009 年 4 月 19 日

谜一样的姿态
《小团圆》及其他

1961年，夏志清《中国现代小说史》（英文版）将张爱玲首次纳入中国文学史（张爱玲、钱锺书在此书中被抢救出土，至今是现代文学研究史上的一件奇事、一个骄傲）：

> 她诚然一点也没有受到中国左派小说的影响，当代西洋小说家间所流行的一些写作技巧，她也无意模仿。有些西洋小说家专写意识流，即为她所不取；因为在意识流之外，还有更重要的道德问题，需要小说家来处理。人心的真相，最好放在社会风俗的框子里来描写；因为人表示情感的方式，总是受社会习俗的决定的——这一点，凡是大小说家都肯定，张爱玲也肯定。张爱玲受弗洛伊德的影响，也受西洋小说的影响，这是从她心理描写的细腻和运用暗喻以充实故事内涵的意义两点上看得出来的。可是给她影响最大的，还是中国旧小说。她对于中国的人情风俗，观察如此深刻，若不熟读中国旧小说，绝对办不到。

也不知是有趣的巧合，抑或隐蔽的抗议，1976年，久已绝迹于华文报刊的张爱玲发表了一篇《谈看书》。其中，提到一部不知名的三十年代社会小说，"它的好处也全是否定的：不像一般真人实事的记载一样，没有故作幽默口吻，也没有墓志铭式的郑重表扬，也没寓有创业心得、夫妇之道等等"。真和《中国现代小说史》之力捧张爱玲一样，好处都是否定式的。这是否意味着她的作品，也和这类社会小说一样无法找出肯定性的好处呢？

《谈看书》下文里解释这类社会小说多是小报编辑随手写成，不传奇化，保留一点真实性便算不易。隐含台词即将自己与其撇清，社会小说到底不是正经的文学创作，其结果顶多也就是"这部书在任何别的时候大概不会出版……料想没有蚀本……只是像随便讲给朋友听，所以我这些年后还记得"。而张爱玲对自己的定位显然远高于此。文章接着远兜远转回到上海时期创作谈的主题："一切好的文艺都是传记性的"，把"真事比小说还要奇怪"阐释为，"我们不知道的内情太多，决定性的因素几乎永远是我们不知道的……这意外性加上真实感……造成一种复杂的况味，很难分析而容易辨认"。一贯强调的"真实性"有了新注脚。但当时华文读书界印象里，张爱玲久已疏于创作，并不知道《小团圆》正在写作中。因此，《谈看书》虽然颇有所指，当时却并没有引起足够的重视。现在结合张氏在《小团圆》写作同期的若干文章、书信，应当可有新发现。当然，这只是对文学评论工作的一个理性化的想象。事实是，《小团圆》在张爱玲离世十五年后出版，所引发的热议仍没超出一场朝野瞩目的情爱官司。甚至一班研究张爱玲的专家也没能保持住清醒和理智。

止庵在关心"比如盛九莉多大程度上是张爱玲，邵之雍多大程度上是胡兰成，我们无法找到那个确切的点"；陈子善在考证"贯穿《小团圆》始终的正是张爱玲对自己与母亲关系的文学书写"；一般爱好者则认定《小团圆》是作者对自己一生的清算，向世人给出了生平的谜底——不论水平高低，一律是八卦心理，虽则肉麻有趣，却毫无意义。

谜一样的姿态

往远里说，大概没有人会认为塞万提斯就是《堂·吉诃德》主人公的原型，或者他曾出于奇思妙想去当过流浪汉；也没人会以为吴承恩有像《西游记》一样的异邦历险，哪怕他曾以客商的身份一路与强盗搏斗；即使不少评论者引证《红楼梦》考据学（以便多少取得一些合法性，继续拿盛九莉的故事来附会张爱玲？），也不敢说曹雪芹一生就是和贾宝玉一样处处留情，或曹家也有一个王熙凤式的人物，泼辣到前后几个妾室求生不得求死不能。可是，邵之雍提了一箱钞票给盛九莉，胡兰成资助张爱玲这事就坐实了是发生过；竺蕊秋的遗物交给外人拍卖，变成钱才给女儿，张爱玲就坐实了是被提防了几十年的贼，没见过母亲身边的金银细软……之所以《小团圆》中似是而非的背景、人物、情节，搅得人方寸大乱，无非两种情况：一是不把张爱玲作品当文学；二是没有对张爱玲作品做文学评论的能力。

两种情况都有例证：时至今日，文学史要么以"不按常规""奇迹般的""耳目一新""最耀眼""最具影响力"以及"最有争议"来给张爱玲的创作空泛定性，要么在新一轮与"鲁郭茅巴老曹"一样暴力逻辑、匪寨风格的论资排辈中，给她个好位置。试图进行文本细读的专著无力从叙事层面进行分析，并未突破一般读者的读后感或"严重剧透"。仅有的两个异数是傅雷和胡兰成，但前者进行文本细读的工具仅有十九世纪自然主义小说理论，根本使不上力气，开出的药方更与作者的价值观、方法论不相匹配；后者则从中国传统、骑士文学、殉道意识到希腊精神，东拉西扯，不知所云，力所不逮，流于浮夸。少数否定张爱玲文学价值者也找不到着力点，只好纠缠于其是否拿过日军的津贴，将创作的理论态度与本人的生活选择直接挂钩，贴上"汉奸文学"的标签便可发配论处。只是，作者本人的爱憎情仇，联系不到潘金莲之前世今生。文学就是文学，翻烂张家的家谱，找出三亲六戚间的奸情，也无法如此洞察创作的源泉和真谛。

如今理论高度发达，更当廓清为"文本就是文本"。这才是文学研究的本分。

张爱玲在文学史上一直保持着一个谜一样的姿态，与她自称疏离于"五四"新文学以来的创作主流，始终不明确交代自己的文学师承，以及不就外界的评论发表任何意见有关。而《小团圆》的出土价值至少在于其中涉及人物角色众多，叙事时间横跨几十年，几乎将所有少作的故事重新书写一遍，情节与此前作品形成广泛的互涉，类似故事的多个解释向度或许可以交织出一幅较可信的矩阵。序言中引用的若干书信，更透露出作者的创作态度和价值倾向。

首先，《小团圆》提示了一个有趣的因素：张爱玲对叙事时间的重视与把握。《小团圆》从阅读第一印象即可判断存在两个时间，情节的时刻和讲述的时刻，小说一开头：

> 大考的早晨，那惨淡的心情大概只有军队作战前的黎明可以比拟，像《斯巴达克斯》里奴隶起义的叛军在晨雾中遥望罗马大军摆阵，所有的战争片中最恐怖的一幕，因为完全是等待。
>
> 九莉快三十岁的时候在笔记簿上写道："雨声潺潺，像住在溪边。宁愿天天下雨，以为你是因为下雨不来。"
>
> 过三十岁生日那天，夜里在床上看见洋台上的月光，水泥阑干像倒塌了的石碑横卧在那里，浴在晚唐的蓝色的月光中。一千多年前的月色，但是在她三十年已经太多了，墓碑一样沉重的压在心上。

但是她常想着，老了至少有一样好处，用不着考试了。不过仍旧一直做梦梦见大考，总是噩梦。

闹钟都已经闹过了，抽水马桶远远近近隆隆作声，比比与同班生隔着板壁，在枕上一问一答，互相口试，发问的声音很自然，但是一轮到自己回答，马上变成单薄悲哀的小嗓子，逐一报出骨头的名字，惨不忍闻。比比去年留级。

也许关于《斯巴达克斯》一段很难判断其所处时刻，但日记及后一段则应当是在三十岁或之后，"但是她常想着，老了至少有一样好处"这一段就毫无疑问是在三十岁之后了，也正是"老了至少有一样好处"的价值判断实现了两个时刻的转换。下一段顺利过渡到大学时的某一次考试。这是主人公第三人称倒叙带来的便利。

而比较隐蔽的一层时间因素需从序言所引书信中发现，"《小团圆》……里面对胡兰成的憎笑也没像后来那样"。这"后来"指向什么时间？当然不可能是现在的后来，不可能指向未来。憎笑于写信前已经发生，但又在小说的叙事时间之后。情节的时刻、叙事的时刻及憎笑的时刻（甚至还有一个写信的时刻），代表不同的价值取向——书中的态度与当下不牵连，联想到"我在《小团圆》里……当然也并不是否定自己"，"不否定"正是通过有意设定的叙事时间实现——不论小说如何表达，都不代表作者此刻的态度（这多少意味着某种自我辩护）。"总清算说"可以休矣。

需要注意的是，写信是在《小团圆》成书同时，因此叙事时间前置是有意为之。小心地将取材于身边题材的创作活动，与自己的现实生活划清界限，不仅是为了自我辩护，更是因为创作题材源于自身经历，必须保持足够的疏离才能免于个人恩怨——这种严肃的创作态度有赖于专业技巧才能实现。因此，叙事时间的存在从侧面强化了《小团圆》在根本上是一部虚构文学作品（即使有自传成分，也不能做信史）。所有通过文字给出的一切，都与文本之外的任何其他因素无关。这是作者在不得不以自身经历为创作题材时，所能做的最大努力。

书信里又提到："……但是为了国家主义的制裁，一直无法写……近年来觉得 monolithic nationalism 松动了些……所以把心一横，写了出来，是我估计错了……改成 double agent 这主意非常好，问题是我连间谍片与间谍小说都看不下去……"通常外间把张爱玲在这里提到对 monolithic nationalism 的顾忌，看作是她害怕早年的准汉奸身份构成作品发表的障碍。甚至宋淇夫妇也简单地把 nationalism 当作是民族主义或爱国主义，一味坚请把有影射嫌疑的男主人公履历进行改写。但其实都是道三不着四，《小团圆》中对此有明确的表达：

> 她希望这场战事快点结束，再拖下去，"瓦罐不离井上破"，迟早图书馆中弹，再不然就是上班下班路上中弹片。
> 希望投降？希望日本兵打进来？
> 这又不是我们的战争。犯得着为英殖民地送命？
> 当然这是遁词。是跟日本打的都是我们的战争。
> 国家主义是二十世纪的一个普遍的宗教。她不信教。
> 国家主义不过是一个过程。我们从前在汉唐已经有过了的。
>
> 这话人家听着总是遮羞的话。在国际间你三千年五千年的文化也没用，非要能打，肯打，才看得起你。

但是没命还讲什么？总要活着才这样那样。

她没想通，好在她最大的本事是能够永远存为悬案。也许要到老才会触机顿悟。她相信只有那样的信念才靠得住，因为是自己体验到的，不是人云亦云。先搁在那里，乱就乱点，整理出来的体系未必可靠。

这一段把 monolithic nationalism 只译出了 nationalism，但也矛头分明地指向了二十世纪、现代国家概念、机械进化论、威权主义和实证主义。

也许这么说有代人立言的嫌疑，但别忘了张爱玲曾准备赴英留学，英国是经验主义的主要阵地之一。三十年代显学牛津哲学从语言学出发，强调"词语的意义依赖于它如何被使用，而不是依赖于支配词语和事物之间关系的某些语义学的规则"，从而支持经验主义进一步反对黑格尔道德哲学——她要考伦敦大学的语言文学专业，不至于没听说过这些。事实上，没有任何证据能够说明张爱玲不关心政治，目前只能看到她从不在作品中谈论时代大潮，讲述投身革命事业的故事。

她在作品（包括散文）中塑造了一个清朝遗民家庭的天才，如《谈吃与画饼充饥》："我姑姑有一次想吃'粘粘转'，是从前田上来人带来的青色的麦粒，还没熟。我太五谷不分，无法想象，只联想到'青禾'，王安石的新政之一，讲《纲鉴易知录》的老先生沉着脸在句旁连点一串点子，因为扰民。总是捐税了——还是贷款？"根据《私语》，这同一个人物幼年热衷于历史政治素材的游戏：根据正史故事，用身边器物扮打仗，"征伐苗人"，"埋锅造饭"。十岁前开读《纲鉴易知录》（《纲鉴易知录》是严格遵循传统主流政治观点的中级蒙书，毛泽东十七岁那年开读），进新学前已形成坚定的"大国寡民"的政治观点（《道德经》在传统文化中的正式身份是君人南面之术），以"鸡犬之声相闻，老死不相往来"为最高政治理想。因此，在这个人物的心目中，青苗法之类是不受认可的政府干预行为，即使临危受命，最后真的扭转了国运，还是要落下个扰民的罪名。早年的历史和政治教育，足以作为自由主义的背景。

事实上，不能说张爱玲是政治冷漠或道德冷漠。在小说中谈论生活价值、生活目标、社会生活的趋向，社会中人们怎样生活和应该怎样生活，善与恶、真与假、对与错，都是典型的伦理学、道德哲学和政治哲学话题。政治哲学不是权力理论（单纯的权力理论或社会学，只做纯客观的分析比较）。《中国人的宗教及其他》《有女同车》等早期散文，《金锁记》《茉莉香片》等早期小说，已表现出对政治和道德的关心；早期作品对女性生活核心价值的关注，是伦理学意义上的：所有的出发点都非确定无疑。《小团圆》中塑造的人物也许是政治冷漠的（更准确地说，是权力冷漠），但一句"邵之雍像是要当皇帝的样子"，又有蕊秋和楚娣不说"做官"，因为认为那样"不民主"，都流露出近乎病态的政治敏感。

张爱玲早期作品通常拒绝给出伦理问题的答案，也避免做出明确评价，也许仅仅是为了符合相对主义和多元论的一种策略选择，但如果相信她作为一个作者的诚实（如《自己的文章》《谈看书》中所说），则更可能是她并不清楚怎样是好的。虽然她以政治冷漠的面目出现，但却始终关注主流价值体系的变化，外部变化在她内部的个人主义、自由主义、多元论基础上起作用的结果就是反 monolithic 和反 nationalism。因此，早年对"时代纪念碑"式文学的不置可否，到了《小团圆》时无法避免地变化为以文学的方式参与政治理论潮流——《小团圆》不再回避政治话题，全力塑造了一个真正政治冷漠的女主人公：九莉冷漠到毫无政治敏感，仅仅因为情感因素就做了一个政治上有争议人物的有争议的妻子。之所以塑造这样一个人物，不是因为作者不懂政治，而是作者根本不把政治态度列入其小说人物的关键问题清单，政治身份不在她的小说人物属性之内。强烈的政治态度体现在坚定的反 monolithic、反 nationalism 的思想立场。于是，早期作品一贯的反浪漫主义与反民族主义，顺着其内在逻辑得到了发展，《小团圆》使遗民家族教育形成的自由主义态度在现代理论思潮中借尸还魂。《左传》："太上有立德，其次有立功，其次有立言，虽久不废，此之谓不朽。"张爱玲终于通过语言的游戏，高强度地表达了她的政治选择和政治态度，并以大众文化的途径实现了对广泛读者的潜移默化。这未尝不意味着一种超级政治野心的实现。

"没有信仰"也是一个重要的提示，也可以说是一个隐患。柯布西耶羡慕回教徒"信仰的是叫他们不必害怕死亡的宗教"，"这是一种没有限止的信仰"，"可惜我却只知道一种让人痛苦的信仰"。基督徒信仰的痛苦源于这是一种叫他们不必害怕失败的宗教，这种宗教使罪人都不放弃上帝。因此，波德莱尔一生致力于危言耸听和以诗渎神——夸大自己在现世的失败，就是向上帝的容忍度提出挑战，把自己的获救与上帝的获救拴在了一根绳子上。而张爱玲则不同。通过易于被市民阶层接受的通俗小说形式，动员了最广泛的人群来参与对既定善恶标准、通行道德法则的发现、质疑、颠覆——这就是她之异于其他作者的独特之处。完成这一工作，必须依靠亲民的态度和疏离的理性。因此，虽然《金锁记》《倾城之恋》《十八春》等早期作品着力记述感情的故事，却是以理性的态度来安排角色和剖析人物（有时显得冷漠)。为了保证作品的动员效果,作者只是呈现故事,并不得出一个最终的结论,读者需要自己判定。

张爱玲整个创作生涯以晦涩始,早期作品借助感官刺激的诱惑,利用态度暧昧的叙述,试图在写作中逐渐明确(从《沉香屑·第一炉香》到《十八春》是一个逐渐明确的过程)。《小团圆》也试图遵循这一原则,不对九莉及其他人的生活选择做出评价,也不进行反思,只是不断地回忆和描写,但又努力对生活进行理性的辨别(有时甚至让人心寒,如九莉与母亲的关系)。但与之前作品不同,《小团圆》的主人公最初有着明确的个体思维和判断体系,对生活价值有着明确的衡量和选择,但到了小说结尾,经过几十年,却仿佛失去了最初的明确:

> 大考的早晨,那惨淡的心情大概只有军队作战前的黎明可以比拟,像《斯巴达克斯》里奴隶起义的叛军在晨雾中遥望罗马大军摆阵,所有的战争片中最恐怖的一幕,因为完全是等待。

同样的文字安排在小说的开头和结尾,在开头部分是将全部的生活定格在一次考试前,以一场即将来临的战争作为譬喻,极言其恐慌、混乱,结尾则将经历过的生活以比喻进行总结,仍是战争的恐慌、混乱,结论已经显而易见——生活没有给出更多,更不是一次能够清算评分的考试。因此,小说的结局仍归于晦涩:

> 但是有一次梦见五彩片《寂寞的松林径》的背景,身入其中,还是她小时候看的,大概是名著改编,亨利方达

与薛尔薇雪耐主演,内容早已不记得了,只知道没什么好,就是一支主题歌《寂寞的松林径》出名,调子倒还记得,非常动人。当时的彩色片还很坏,俗艳得像着色的风景明信片,青山上红棕色的小木屋,映着碧蓝的天,阳光下满地树影摇晃着,有好几个小孩在松林中出没,都是她的。之雍出现了,微笑着把她往木屋里拉。非常可笑,她忽然羞涩起来,两人的手臂拉成一条直线,就在这时候醒了。二十年前的影片,十年前的人。她醒来快乐了很久很久。

与《小团圆》之前已逐渐成形的明确相比,这种晦涩貌似一个倒退,但又不尽如此。之所以晦涩,是因为明确必须建立在超然的基础上,就像她早期小说里常常出现的叙事者自称"仿佛云端里看厮杀似的"。不超然,便不能再做一个全知全能的外在者,便必须选择在作品中表态。可能的选择不多。《小团圆》选择让九莉最后做了一个美好的梦。这不是一个交易,而是无条件的快乐——也就是说真正的宽恕。这一次,太上没有忘情。

最后,关于《小团圆》的命名,张爱玲文学遗产执行人宋以朗说,"张爱玲的一封信有说《小团圆》是一连串的小团圆,比如说她去香港大学读书,妈妈从上海到香港,她去接妈妈,那是其中一个小团圆;到了她自己回上海跟姑姑住在一起,那是另外一个小团圆,所以那本书其实不是一个小团圆,是一连串的"。《张爱玲全集》主编止庵于是马上领到了令箭:"《小团圆》这个话肯定是,就是说从现实意义上……确实有一个含义是针对大团圆的……这个小绝对是对大的一个颠覆,就是不完满……一切落幕了,这就是做不到大团圆……小团圆就是不团圆的意思。"但对于张爱玲这样一个富有文学野心也具备文学策略的作者,阐释的可能是多样的：除了戏仿剧本写作所要求的剧情模式，向小说中一再出现的电影致敬之外；也可以说是一次真正的创作生涯的团圆，以一部虚构作品作为全部文学创作活动的谜底，通过文本互涉使过去所有作品（包括失败作品）重新有效，形成一个巨大叙事圈套的团圆。

同时，也是一个抗议——她的自负与天才始终没有得到应有的尊重，而不得不自己为自己的创作献上圆满的阐释。

2009 年 5 月 24 日

《闪灵》不耽误时间

我看过不少恐怖片,因为我爱看恐怖片。但其实也没看过多少,因为没那么多时间,很多恐怖片都只一点点吓人,却耽误很多时间。

《闪灵》不是的,《闪灵》不耽误时间,每一秒都掐得死死的,虽然我不喜欢那个男人胡子拉碴的模样,尤其是还把脸上横肉都挤到变形——一定要狰狞才是疯狂吗?有没有很秀气、文文静静的疯狂呢?就像一个年纪轻轻的姑娘,坐在有些局促的三人沙发上,埋着头,含着笑,一粒一粒纽扣解了,一件一件衣服脱掉,然后拿起解剖刀,对照着抄写得工工整整的讲义(有红墨水字是老师给她的评语),还有解剖图,紧咬银牙,斯斯文文地把自己开了膛破了肚,连不小心割断大静脉都没有。

这样就很好,很像恐怖片的感觉。但我又拿不准别人是不是也觉得好看。再说了,这种风格很陈旧,电影是个喜新厌旧的行当——你这次拍了航天飞机,下次就必须击中飞碟、活捉外星人,否则不能赶英超美。而且这样拍恐怖片,人的胆子是越吓越大的。但也不一定。

我小时候胆子大,什么都敢做,也不怕黑屋子,但后来大一点学会害怕了。然后老一点,又学会不怕。就像上次我跟从前同室的姐妹说:怕是不管用的,凡是不导致行为的都只是情绪,而不是力量。有没有一种恐怖的力量呢?设想出各种冤魂野鬼,布置了各种艰难困苦，其实只是要你正面面对困难，不要转——转——转——转到死角里去了，困难一点没剪除。世界上就两样事：发现问题和解决问题。总是纠缠我们的，常常是发现了，像《闪灵》里小男孩说，"不，是 Timmy 在说话……Timmy 是住在嘴巴里的小孩"，但解决却遥遥无期，找不到正确答案。世上总有个真理在的吧？大概是有的，但在具体某个问题上不完全适用。不知道怎么样。困难这个事情啊，难我是不怕的，但困有点没把握。一枝独木被关在庭院里，左也不是右也不是……

但我却老忘不了《闪灵》里那小孩的口气，一想到就惊喜——他也知道自己是个小孩吗？他接受了自己的身份，并且构造了自己的世界。电影造了很多可怕的幻象，但没关系，他照旧蹬着脚踏车四处游荡，偶然闯入而又并无不妥。他还有一份秘密的礼物——"住在嘴巴里的小孩"。那借脚踏车游荡冲撞的、孤独而骄傲的王子，在与世隔绝中，悄悄话说给自己听。不论对是不对，他就这样想象世界。

我看恐怖片常常是顶着一床被子，漏一细缝，一到惊险处就蒙住头，问他们：怎么样了？快和我说！这样可不好。我又忽然想到，四川地方有一种门神叫"吞口"，是请了姜子牙的老婆马氏咬着梳子来把门。话说该姜夫人不可小觑：要不是她，姜子牙怎么会去卖场零售面粉，哪能一开市就被撞翻了箩筐，可怜他虽有杏黄旗、打神鞭，却拿这撒了一地的面粉没办法，回到家——好一顿奚落！家里有个夫人叼着把梳子，在等官人卖面粉的银钱回家，那是姜太公都没办法的事情，所以做门神可真合适。

又有一种说法，说是封神的时候，姜子牙开小差，让一个张子牙误顶了他的功名籍位，但已经来不及，没剩下什么好岗位了。来来去去，姜子牙当了个坛神。我看坛神是不错的，因为有容乃大，姜子牙毕业分配的时候阴差阳错，却撞到了好运气。我觉得，姜子牙是耍杏黄旗的，跟陶质的团花纹样坛子比较配搭。

据说，拍恐怖片的人，最后往往要中魔咒。魔咒是什么玩意呢？我相信魔法是有的，但智能ABC打不出来"魔法"这个词。就是说，不是常用词，还没有为人民群众喜闻乐见。

卡夫卡说，每个人在这世上所求的容身之地，不超过其双脚覆盖的大小（原话好像比这说得好，但也懒得去查了）。契诃夫跟卡夫卡对着干，说：死人才只需要三俄尺土地，活人需要的是整个地球！他们俩都死得早，都肺结核。

我写到这会儿，觉得基本上唠叨够了，可以告一段落了，但是和《闪灵》好像没什么联系。不是没有直接联系，是一点联系都没有。这种事情是不多见的。

2009年8月3日

爱劳动的人有爱情

关雎

关关雎鸠，在河之洲。窈窕淑女，君子好逑。
参差荇菜，左右流之。窈窕淑女，寤寐求之。
求之不得，寤寐思服。悠哉悠哉，辗转反侧。
参差荇菜，左右采之。窈窕淑女，琴瑟友之。
参差荇菜，左右芼之。窈窕淑女，钟鼓乐之。

我当过老师，现在的小孩子好像都不做清洁了，都有阿姨来做，我小时候却是要做清洁的。每个班级都有一个劳动委员，这个劳动委员就安排大家怎么排值日。值日生每天要擦黑板，擦讲台，还要给配合他做全天清洁的同学打分，然后劳动委员给值日生打分，最后全班同学给劳动委员打分，这几权分立得十分严谨。我从小就不爱做劳动委员，也确实没有做过，我也不爱做值日生，却没办法被劳动委员排来做过。

我们班有个坏男生，小时候大家都叫他歪歪，因为据说他上厕所要歪着屁股，这都是幼儿园老师给他起的名字，可见是一个从多么小就引起大家敌视的人。这个歪歪喜欢追女孩子，所以但凡他喜欢的女孩子值日，他必然会义务来帮忙做清洁。还好，他从来没帮我做过清洁。虽然我心里也羡慕那些能被帮做清洁的女生，但是歪歪真的是个难缠的家伙，与其是他来帮忙做清洁，还不如自己做。有他来做清洁，那比没人帮忙还乱，为什么呢？因为他常常有些奇思妙想，譬如本来只是扫地，洒洒水就好了的，他偏偏要去提一大桶水来，然后泼得满地都是，那怎么办？只好拖地了。于是做清洁的时间就要延长，于是他得以和心仪的女同学多在教室里耽搁一会儿。这真是非常聪明的做法，由此可见小朋友们的智慧有多高。

做清洁实在是件讨厌的事情，因为扫把、撮箕都是公用的，有小朋友会往上边吐痰，想想都恶心。其实现在大家觉得恶心的事情，也都是自己要做的，但脏还是自己的脏要好点，别人的脏就难以接受。譬如我同桌的男生每天早晨要吃一个鸡蛋和一只葱油花卷，所以他身上永远有一股鸡屎和大葱混杂的味道，那真是我这辈子最害怕的味道。然而不能提出意见，因为这关系到同学的营养问题。所以，恶心也只好忍着。在班级做清洁也是这样，恶心只有忍着。放到现在来说，就是生活里总会遇到恶心的人，恶心你还是只有忍着。

我念大学那会儿，我们宿舍窗户正好对着一架双杠，每天早晨都会有男生来做双杠，我看他们不见得是热爱锻炼，倒是想偷窥女生宿舍的想法多一些。甚至有一天来了个露阴癖。这一次我们宿舍的女生都要疯了，每天早晨一起来就看见窗外双杠上有个肌肉男在晃来晃去已经够烦人了，现在还来了个一见你转过脸来就脱掉裤子的家伙，简直叫人活不下去了。

于是我们就说好一个办法。第二天那人又来了，先起来的女生只穿着内衣就大叫起来："哎呀哎呀……"那露阴癖一阵欢喜，因为坏人就喜欢吓得女生大叫，但接着叫起来的就不那么好玩了："你们快来看啊，快来看啊，那人脱了裤子什么都没有耶！"于是其他的女生也都来了，"戴上眼镜再看看吧！""还是看不到，真的太小了！"于是那露阴癖只好提着裤子跑掉。之后又来做双杠的男生，我们又围到窗户前喊："去掉一个最高分，去掉一个最低分，平均得分7.5分，同学你可以走了，下一位！"很快，我们这个宿舍就臭名昭著起来。附近男生楼都知道这个女生宿舍很可恶，他们联合起来都不追我们宿舍的女生。我们于是在大学时代成为了著名的一屋剩女。

但是生活就差不多是这样的，总会遇到问题，你得想些办法来，有时候办法很好，很奏效，却有副作用；有时候办法只是暂时抵挡一下，貌似不是长远之计，其实却是非常聪明的办法。就像学校生活，或者劳动，一劳永逸的办法是没有的。我小学同学歪歪因为长期帮女孩子做清洁，所以最后连初中都没考上，虽然他追过的女孩子最多，但他上学就很吃力了。总是会自作聪明，而下场悲惨。

那个爱窈窕淑女的君子，其实蛮聪明，但他不该想那么多办法。人家去采荇菜，他可以去看到，却不可以长期地看，那叫不务正业；弹弹琴跳跳舞是可以的，但也不能一辈子如此，还是柴米油盐的爱情可靠。采荇菜的女子他若真的喜欢，那就娶回家不要叫她再抛头露面，只是做点家务。音乐什么的虽然陶冶性情，毕竟不是日常生活所必要的，偶尔弄一下，她还是当年那个窈窕的模样，天天搞就成了老年秧歌队，有点滑稽。我觉得，家庭生活里最动人的是一起做清洁，是银钏金钗来负水，还是垂手明如玉，都看君子怎么说，淑女怎么听。王子和公主从此幸福地生活在一起，真不如这样的劳动场面叫人神往。

2009年9月7日

在密不透风的现代性中遭遇爵士乐

读《爵士笔记》

著名道学家、性感的英国人 D. H. 劳伦斯，在提到史上最邪恶的小说家之一梅尔维尔时说，"这就是典型的美国人……他们的理想就像盔甲生了锈再也脱不掉了……他同样以超越痛苦与欢欣的能力记录下孤独灵魂的极端变化——这是从没有真正接触过他人的孤魂"。虽然刻薄，却命中要害，揭示了某种关于现代写作的秘密准则。

当菲利普·拉金，主宰二十世纪下半叶战后英语诗坛的那一位，坚信"只有死亡才能实现世界大同"的同时，又写作了乐评《爵士笔记》并引起我们注意时，一些矛盾也就此展开。

在诗歌中，拉金偏执地关注死亡关注恐惧，偏执地使用前缀 un、in、dis 定制各种各样的否定式，用无所不在的"几乎不"无所不在地否定实在……大量喝酒，写些诗文，记录下对死亡的恐惧，否认永生或死后再生的可能，虽然土得掉渣，却是一个典型的现代形象。而这本《爵士笔记》似乎给出了一些不同的东西——一贯长于否定的拉金，从头到尾都在肯定。几十年如一日对爵士乐的爱好，以及对于在英国寒冷地区青年时代的描述和记录，暗示了生活并非十分乏味。他甚至有过一套架子鼓，用来支持对摇摆即兴的黑人音乐的忠诚爱好！诗歌界怀疑大神的稳固身份，不得不因此动摇。

听爵士的拉金不那么愤世嫉俗。没错，写诗的拉金是昏暗的，但这昏暗中实际上弥漫着享乐。十二三岁时，搜集一切舞会音乐，并痴迷于反复地倾听。壮年时期的乐评，对爵士乐手们吃苦受累的生活和钻牛角尖式的追求，唱颂赞歌或者挽歌。一本《爵士笔记》透露了拉金内心的声音——对他来说，爵士乐最大的吸引力在于它是在不可能中形成的必然性。那些流浪的、吸毒的、漫无目标的乐手们，像巴尔扎克笔下自我怀疑的天才一般，永远不知道该如何在不受肯定中混下去，却永远都能拿出更美妙的旋律，在无所不包的否定中盘旋直至谢幕，再三谢幕……现代性的幕布拉开，拉金就不可避免地要接受凌迟，而爵士乐使这场凌迟集聚了所有人，所有的生命力和幸福感。

没错，当他所喜欢的 Louis Armstrong 的大粗嗓子吟唱"Do you know what it means to miss New Orleans"，并非一时代的结束，而是另一种开始——对拉金来说，爵士乐具有诗学的高度：

> Do you know what it means to miss New Orleans
> When that's where you left your heart
> And there's one thing more, I miss the one I care for
> More than I miss New Orleans

爵士乐超越经验，每一回环永远有别一种可能性。在密不透风的现代性中遭遇爵士乐，是多好的一件事。而拉金的独特性在于，即使乐手们艰难困苦，他也不会给出更多的同情（当然，也没有他一贯的冷嘲热讽），有的只是那么多的惊奇和那么多的肯定。这是对偶然正确性的肯定，对突围现代性的钦佩。甚至，这种基于惊奇的肯定和钦佩，在他的诗中也曾流露过：

而这一切永远不会被人摒弃，
因为永远会有人突然间发现
自己渴望变得更加严肃
他与这种渴望同被这块土地吸引

——《去教堂》（李力译）

  一个充满矛盾的拉金远比一个只会挖苦或悲观的拉金有趣得多。不妨把否定生活的拉金看作一个可爱的骗子：对于一个热爱生活的人来说，死亡的阴影，将使生活更加愉快。这种看法并非空穴来风。因为，他为比莉·哈乐黛写下的句子："……你或许会忍不住纳罕，她歌声中的甜蜜究竟从何而来"，也可以改写为"如果不是对生活的热爱，拉金的否定与怀疑究竟从何而来"。

  当然，拉金的秘密绝不只在这一本书中。

  世界的目的也许是成为一本书，而拉金所有的书或许也有其目的：谦卑而自得其乐地对语言进行排列与组合，形成一个美妙的回环，像按理不可能存在于现代的爵士乐那样，富于魅力。

  答案早就在那里：信念和朴素使拉金的昏暗明亮，自由和即兴使爵士乐的享乐深刻。

2009 年 9 月 10 日

来自牛津的陷阱
评《隐字书》

"灵魂契约"大概是历代惊险小说都无法回避的一大母题。要在"灵魂契约"母题下写出新的成就，十分困难。《隐字书》大概没有去选择这个母题，而这个母题不肯放过马修·史坎顿，因此福斯特（Fust）来了，尽管只比浮士德少一个字母"a"，他的野心却丝毫不减；可能少一些魔力，因此他被困在故事里。小说讲述了一本神奇的有生命力有意志力的"龙皮书"，是印刷术邪恶的象征，相传具有巨大的知识包容力，其拥有者将获得看破世界真相、控制世界方向的能力，但它只向特选的子民敞开知识，而其余的人则出于贪念或嫉恨，意图伤害其拥有者。追逐由此展开，横越六个世纪……

相隔六个世纪，两个十二岁左右的男孩，被同一本书选中：十五世纪的恩狄米翁和二十一世纪的布雷克。一个是穷困内向的孤儿学徒工，一个是家境小康的女学者之子，都聪明但似乎不够灵敏，都充满好奇而不善于保护自己。两个故事像DNA链一样交织并行，但彼此之间似乎并没有环环相扣——这是小说的美中不足之处。但惊险是足够的，如果只求感官刺激，《隐字书》非常合适，很刺激。从一开始就出现了童子之血——小布雷克穷极寂寞地在图书馆摸着书架上的书脊走路，不小心，被一本书划破了手指，溅出的血，开启了这两根链条交织成的故事。

一开始，我以为这又是一个符号学的故事。近年来符号学大热，要感谢翁贝托·艾柯，更要感谢《达·芬奇密码》，给中国人好好上了一课，光是徐克们的武侠电影是远远不够的。但《隐字书》会让你略略失望一下，这个故事不玩符号学。不过只要够惊险，根本不需要任何学术的参与。《隐字书》里只提到了《浮士德》《精灵市场》，再就没有了。不需要太多的知识积累，你一样能被这小说吓得够呛。恐怖感是古今中外人同此心心同此理的，马修·史坎顿得悟真知。

没有道理的恐怖是最恐怖的。就像小说里十五世纪的小学徒恩狄米翁根本不明白，为什么厄运会降临到自己头上，反正就降临了。对于当代人来说，这实在太容易理解了——六个世纪过去了，我们依然对周围世界琢磨不透，生活仍旧如同冒险，只要你心生好奇，就总有意外的惊骇。

小布雷克的身世如此明了，又显得扑朔迷离，在全书最大的坏蛋出现之前，谁都像是要加害于他——包括他那与母亲分居的父亲。真是步步为营走到悬崖上，你伸手都拉不住，看着他四处受险，你还是没有办法。小说对小布雷克着墨不多，但光写写他那可爱的妹妹穿着黄雨衣像只鸭子（妲可，Duck），你就能想象出他这个做哥哥的该有多可爱，还有一点点犹疑，小知识分子风味十足，我见犹怜。由不得你的心不被他的行径牵着跑。那叫一个揪心，四处都是坏蛋啊，你还不小心点。

恩狄米翁被老板的朋友、自己的同伴陷害，摊上了有魔力的龙皮，不得不送到牛津去，让龙皮书消失就像水消失在水中。这不是一个寻宝故事，是个送瘟神的故事——大吃一惊吧？布雷克被自己的纯真所拖累，一大票老知识分子红了眼睛要争夺的隐字书，偶然就选中了他来做藏宝人。原来又和预期大相径庭，这是个藏宝的故事。藏宝可比寻宝还难得多，各色人等有各种理由要求你把龙皮书交出来，顺便还有你的小命，理由冠冕堂皇，如何逃脱得靠自己。

不使用符号学，是因为这里还没到需要使用符号学的程度。故事没有结尾，只有一个小小的过程性结局，显然是准备好要钓足读者胃口的大制作。宝贝在小布雷克脱险的时候，暂时性消失了，宝贝在恩狄米翁到达牛津时，暂时性平静了。

还有更复杂的过程在后面，不久就会有电影拍出来——这小说实在写得太像电影了。没办法，书里也说了，《爱丽丝漫游奇境》和《魔戒》都是在牛津写出来的，这是个有魔力的地方，新的一个大制作就叫《隐字书》，如果你有幸做到它第一批中文版读者，那么恭喜你，你的烦恼将源源不断，这个小说可不是玩的，是个巨大的陷阱。

你赶紧准备好掉进去吧，要不就来不及了。

月亮代表我的心

击壤歌
日出而作。日入而息。
凿井而饮。耕田而食。
帝力于我何有哉。

我问他，我今天写个什么好？他说，月亮。因为我早晨上班的时候看见月亮挂在天上，是弯弯的一轮新月。我说那我写《击壤歌》好不好？他说，可是我看见的是月亮。我说，那《击壤歌》写的就是八小时以外。他说，但我是上班路上看见的呀。又说，月亮代表深情和缠绵。我说，不是月亮代表我的心吗？

这话真奇怪，月亮怎么代表我的心？难道是变来变去，一个月才圆满一回吗？只一回，真可怜，应该太阳代表我的心，天天红彤彤暖洋洋，即使阴天，你看不见它，它还是圆满着。可是不行，我还是要写《击壤歌》。我现在每天就像写日记一样写一首古诗，因为好像诗歌中有生命，又因为我的生活里有诗歌。都说中国人最爱的是诗歌，《唐诗三百首》是永恒的畅销书。可不是，我小时候，还不怎么会说话，就已经会背好多唐诗宋词，虽然一到父亲带着我在陌生人面前背诵时就心里打鼓，可终究还是会背很多。小时候不晓得长大会遭遇什么，只想大约和自己已经会背的诗一样，于是远远的世界也只是"青山横北郭，白水绕东城"。世界必定是如此，难道还有别的可能性？除了幼儿园，我的世界就是诗歌。

现在知道不那么简单，可是只要你辞职在家，做一门手艺活，一样是日出而作，日入而息。只是比上班更辛苦，上班的时候我是九点钟上 MSN，现在是一起床就上，早晨六点一直挂到夜里十点，不管是工作伙伴还是熟人朋友，统统是七乘二十四小时的在线响应。不简单啊。可是把生活理解成上班也没什么不好，只是我不是一个一般有事业心的人罢了。

于是知道安心上班的人也是不易，日出而作也不是那么容易的事情。试想没有一个打卡机在等你，或没有一笔生意非今天签署协议不可，何必早晨懒懒地起床，振作精神扮演勤奋人。又或者没有一个温暖的家或幼儿园里的小宝贝，又何必在做得兴奋时收工。我们的生活里责任太多，不论是对人还是对己，并不是真能够按照生物钟来存活，生物钟是最基本的人权标记。可是人人都还是为此感到不自由。自由这玩意像是玻璃杯里的开水，仿佛清澈，其实够烫，不见得真正舒服，可是却是一个象征，表明你没有被物质文明所污染，其实也是物质文明时代才有的新向往。

再说凿井而饮，似乎也无此必要，何况也不能实现，我们生活所需与实际上所得并不超过自己双脚大小的一块地面，水井是想也不要想的奢侈。农民现在也是种经济作物更多，真正能够以自己双手养活自己，而无须与社会达成契约的人，整个地球上都没有。现代文明无孔不入，你有什么办法。

但是片刻的自由是可以的，你可以辞职在家，休息那么三五个月，你可以在小花盆里种上一棵燕麦，仿佛超市购得的麦片中也有你的一份辛劳在。都是自欺欺人啊，帝力如何可能不占有你的全部尊严与自由？

唯有爱情可以使人安宁，可是爱情天生不是安宁的东西，它叫你心里的小鹿日出而作，日入而息，且自有它的逻辑，不会听你的劝阻，就连月亮或潮汐也无法控制它的存灭，只是强烈与否可以看看天气。

但是他说，你不会算数啊，早上六点到夜里十点，那是十六个小时好不好？怎么变成七乘二十四小时了。我说，你就是那个笑话里讲的，大女婿写诗说"一轮明月照姑苏"，小女婿是个写公文的，说是应写作"一轮明月照姑苏及各处"。

这样我就终于从《击壤歌》写到了月亮。

2009 年 9 月 11 日

必须保卫黑社会

无衣

岂曰无衣？与子同袍。王于兴师，修我戈矛，与子同仇。

岂曰无衣？与子同泽。王于兴师，修我矛戟，与子偕作。

岂曰无衣？与子同裳。王于兴师，修我甲兵，与子偕行。

我这个人从小有兵气，喜欢打架，还打得很好，经常把对手打得乱七八糟。小时候我们学校没有帮派，但有打架的传统。我们学校打架凶的人好多，但我一个也不放进眼里，所以我很快就成长为帮会老大。其中的经典建立起来就是鲁迅的"无花的蔷薇"。有时候，人生就像无花的蔷薇，有香的可能性，有美的可能性，但可能性只存在于一瞬间，除此之外就是唯有带刺而已。要小心伺候着人生，因为不小心受伤的是自己。而蔷薇是生命力最茂盛的植物，我外公家的篱笆就是蔷薇和木槿编织而成，木讷和谨慎当然好，但还需有蔷薇做支架，否则立起来也无防御力。

但要防御力来做什么呢？现在是升平的盛世，我也不至于没有房子住，连我这样的寒士都生有所依，没有什么了不得的大事，所以现在基本上没人家还有蔷薇做的篱笆了，有的是铁篱笆，不留一点多余的可能性，也没有香气。

再来说帮会的事情，前几天我看了点帮会的书，还有香港黑社会红棍被砍杀的新闻。话说红棍不算厉害的，我看的帮会书里，讲的都是大人物，比如罗祖，唉，都是些英雄豪杰，也有劳动人民，挑私盐的。但书里说四川袍哥是因为关老爷不肯穿老曹送他的新袍，要将刘皇叔的旧袍套在外面，这是不对的。袍哥的来源是《诗经·无衣》，这是帮会经典《海底》里的说法。穷人苦命人亡命徒念了"与子同袍"，然后经过若干仪式，就可以算袍哥。

怎么说没衣服呢？我拿我的来和你穿，这比小时候穿连裆裤还铁。一件袍子可以裂帛而衣，要打仗的时候，我们就一起上。和阿Q的"白盔白甲，同去同去"一个道理。但我们四川人有文化些，知道引《诗经》。帮会真的是神秘而美妙的力量，但普通人只有一个帮，就是自己家。要么就是爱情。

我觉得爱情是，再苦恼再艰难，想起心上人都是欢喜，不是互为出气筒——当然我愿意为你分担，但爱情的前提是坚信对方给出的是最好的，千挑万选来的，就像彼此能够在一起。我们有困难，但想到没有爱情的人，我们已经很幸福了。虽然现在这样苦，我也感激有你和我分享不多的快乐。

这就是与子同袍的意思。

2009 年 9 月 13 日

一本增强本雅明之神秘性的解密书
评肖勒姆《本雅明》

与一般的回忆录或传记不同,《本雅明》一书非但没有减少本雅明身上已经叠加太多的神秘性,反而增强了本雅明的神秘性,在汉语语境来说。

该书从 1915 年本雅明二十三岁、作者十七岁开始写起,以大量的书信摘录、谈话记录描述了本雅明的研究及日常生活;直到 1930 年本雅明三十八岁,都没有写到本雅明大规模地阅读及实践辩证唯物主义或马克思主义文艺理论(当然这有可能是由于作者后来与本雅明的直接接触减少,以及作者本人对新兴左派理论的不热衷有关,但考虑到作者的学术身份及严肃态度,这种遮蔽的可能性相对较小);而始终贯穿回忆的一些细节与习惯,例如本雅明对笔相学与喀巴拉的终生爱好,则从侧面印证了本雅明若干著作的神秘性之起源。

总的来说,本雅明是一个神秘分子,虽然他的身份、历史已经被汉语读者翻炒无数遍。看看本雅明一生热衷的笔相学——字行高低不平是机智或狡猾的人的笔迹;字迹有棱有角说明书写者意志坚定、观点鲜明,不会改变立场;字迹圆滑者则是性格随和、办事老练,能一唱百和;笔画轻重均匀适中,说明书写者有自制力、稳重;笔画不均匀的书写者多半脾气暴躁、喜欢破坏和妒忌心强;笔画过重的人比较敏感,笔画过轻的人往往缺乏自信……何止是神秘学,简直就是跑江湖卖跌打伤药的。专注、深入地沉迷于此，不是作为娱乐，而是真正地钻研一生，这对于一个学院知识分子绝对是不可想象的；大概多少与此有关，本雅明一生没有以正式从业者身份进入过学院系统。充其量，他只是个自由撰稿人（和在下一样）。冲破犹太知识分子们出于种种理由加于本雅明身上的若干光环，说白了，他主要是个有才华并且有意思的读书人（但这绝对不是说他没有意义或没有价值，或意义与价值仅止于此，最起码，他丰富而横野的趣味增加了当代学术的向度）。

本雅明始终没有被正统的马克思主义文艺批评家接受过，即使阿多诺也只是很有保留地对待他的成就。他对于辩证唯物主义的态度更多的是一种严肃的杂耍，正如阿伦特指出的，"外表上令人迷惑的地方，始终是他关注的中心"（《瓦尔特·本雅明：1892—1940》），他最热衷的无非是马克思及其徒众大量隐喻式的论断，是被一个持续的、辩证实用的、理智上可解释的过程所困扰的，而在他看来明显荒谬的一种思想，他所着迷的是无需解释、富于直观性的抽象联系——正如他所爱好的笔相学，或更直接的犹太教神秘主义主流：喀巴拉。

只有喀巴拉才能解释为何本雅明能够毫无障碍地把上层建筑理论理解为隐喻性思想的终极理论。他回避中介。这种回避，在他早期使《德国悲剧的起源》无法被人读懂，在他后期使拱廊研究被布莱希特拒斥。总的来说，世界对于本雅明来说是神秘莫测的，不仅他个人的命运如此，整个世界对每个人都是如此。这种因其全面的荒谬而更加彻底的悲剧感，也在他的研究对象身上有所体现，比波德莱尔更显明的是卡夫卡——又一个犹太人。

喀巴拉是个复杂的话题。或许可以将本雅明的信仰及兴趣简单地表述为受难意识，这也与卡夫卡一致。只有放弃得救时，上帝才会出现，其出现也许是于事无补的，但这并不表明上帝或救赎无意义或无价值。而这种简单的解释当然可以直接导向一种趣味：对细节的无限癖好——正如本雅明一生所致力……

2009 年 9 月

学习隐忍 *

人一辈子最重要的一点学习是对隐忍的学习。隐忍是个很复杂的本事，最起码很高明。想想我认识的人里最懂得隐忍的是我外公。关于他……先拉杂说点别的。今天看到定浩编的一本朱自清的《你我的文学》，书的说明写得很好，不晓得是不是他写的。朱自清年轻时候的态度是从"我"出发，到了最后却变成向着"你"的文学了，简单几句话当然说不明白，不过这种隐喻化的表达我却很喜欢，因为说到心里去了。后来找来朱的一篇讲《唐诗三百首》的文章看看，本体论性质的开头说到"无关心的同情"，十分喜欢。简直有些词不达意了。因为这里是关键性的道理，我还没有领会清楚。诗歌以及更广泛的艺术是教会人一种同情的本领，不同时不同地不同处境的人可以透过作品，体会到他人的心情和感受，这种同情是审美，更是功力。毕竟我生之有涯，还有更广大的生命体验远远重要于我。不能指望自己也有多么重大的情感，但却应当同情地领会，这也就是一种知人知心的力量。"哀"这种情绪是这样：我有某种痛苦不能表达，但希望你能体会和体谅，也能报以一种同情，虽然同情于现实上其实没有直接的作用，却可以是一种支援。我们总还是需要支援的，否则人为什么群居，又为什么需要朋友。亲人之间有时候是没有这

---

* 原文无题。

种同情的，因为生活里的事情没什么大不了，但上吐下泻的时候艺术也好朋友也好，都不如粗笨麻木的至亲来得关键。

我外公这个人没什么脾气，儿媳妇几乎是虐待他，因为不洗衣服，他年轻的时候大概还是讲究的，但经过了几十年尤其是红色年代，也就学会不讲究了。脏当然不好，但他能学会睁只眼闭只眼；一旦有旧亲来信，他必然还是拿起毛笔来写回信，一丝不苟的小楷——这事于他大概有点享受的意思。并且按照儿媳妇指示的内容来写，落款也是儿子同儿媳妇的，哪里有他的份，那个家里他早就是行尸走肉的地位，他当然心知肚明。就算是老不死这样一个角色也无不可，谁家没有个把老不死呢？他照旧每天读报纸，拿着放大镜再配合老花镜能勉强看清楚通栏大标题，也就可以了。活到九十岁的人还不懂知足就是犯罪。

我小时候不是个讨喜的小孩，譬如说写毛笔字，我记得写的大概是"春眠不觉晓"之类的，总之是花花草草，最后要落款是"马雁五岁书"，我学会写毛笔字以后最大的用处就是到处墙壁上去写"打倒马鸿。马雁五岁书"。马鸿是我哥哥。有一回家里请客借了一家姻亲的大圆桌，我在桌子背面也写上了我的斗争口号。那一次外公是发了火，因为给他丢人了，都知道我是他在教着写字，蒙着毛边纸临他的字，且是一家姻亲，实在是给他丢人。过后不再过问我写字的事情了，我也乐得不写。就这么一回发火，其他时候他都温吞得很，平时同着家里人就是看他卷他的叶子烟，抽了再卷，卷了又抽，就是这么混日子。连天气冷了都无所谓烧火盆，反正有别人来过问这些事情，他无非是卷着羊皮袄坐在太师椅上得瑟，没外人看见。有外人的时候，就是文史馆的人来找他做口述，那时候连儿媳妇都如临大敌，唯恐家丑外扬，十分孝顺的样子。他也乐得佯装。好像有一回有个老亲远道来访,他说了"难得糊涂"来开导对方。这也就是他怨气冲天的极限——过后肯定后悔过,老头爱面子,疑心被对方听出了弦外之音。

那些老亲里,我只喜欢一个三爷爷,是个医生,现在也还没死,据说身体很好。我见他时才三岁,因为他是个光头,我觉得好奇就伸手要摸,他于是就探着头给我摸,我摸得好不开心。给我爸爸看见了就要骂我,或者想扬手要打,但三爷爷说:让她摸,让她摸。后来爸爸说,大人的脑袋不能随便摸的。又和三爷爷说,要我从小懂得礼义廉耻。三爷爷于是说佩服佩服。我后来一直想为什么不是要教我懂得仁义礼智信或温良恭俭让呢?不得而知。这种话在大人也就是随口一说,做不得准,反正都大同小异,无非就是做个好人罢。但世界上无所谓好人坏人,至少我的世界如此,没有作奸犯科,也没有杀人越货。

我以后要是有个小孩,我不会要他懂得礼义廉耻,不讲那些大套的词语,说起来一辈子都是个枷锁,我就给他读点古诗就好了,也不读《诗经》《楚辞》那样高明的东西,就《千家诗》就好了。《唐诗三百首》第一首是张九龄的,我看这是在讲政治,因为张九龄是宰相,按政治地位排列作品顺序,这太没想象力了。《千家诗》是怎么排序的我不明白,大概是随便排的,第一首是"春眠不觉晓",诗选得也不怎么精当,就是个随便的意思。倒过来顺过去都是可以的,反正没什么高明之处,只是玩玩。过日子就是玩玩,人一辈子就是玩玩,不要讲究那么多理想啊尊严啊情操什么的,靠山吃山不明就里是最好不过的。最好还有一点小小的本事,也就是混吃搂钱的小本领,可以给难兄难弟接济接济,大家有福同享脑满肠肥好不快活。

这样写着,我的心情也就越来越颓废,本来想讲一通大道理，不仅自己情感高尚，还要号召熟人一道提高思想境界，学会温厚地体会他人的痛苦悲伤，结果却成了这样。可是，并不是人人都有那么大的力量、用不完的力量，能够把自己的烦恼和伤痛视为无物，心地澄明地洞察他人的苦难且予以担当。真的不见得总能做到，尤其是这样坦诚地敞开自己的烦恼和伤痛、面对无物的正是自己，除了要坚持下去，还要期待一个不存在的人——这就是一般人感到悲哀的缘由吧。要做到这样的将心比心也很不容易，等理解到这一层时，人家的情绪早已经化开，所以其实我的同情并无用处。无用处的人也有一种悲哀，我想我外公大概就是有这样的一种悲哀的人，能理解的东西太多，反而就没什么特别的使命或用处，只是个和气持重的平凡人罢了，一张无悲无喜的老脸那么不起眼。

今天人家告诉我说："你留在我家的项链不知道为什么打了个结，我在想办法解开。"我说："打不开。"因为之前试过很多次都没成功，也不是贵重的东西，所以就任由它那样。但是那人却还是兴致勃勃，大概因为这种小小的困难也是乐趣，倘若真的被弄开了，于人于己都是件了不起的事——于是我也就遗憾为什么这项链不贵重了，倘若是一件贵重的东西、一个重大的难题，这样有一个解决，该是多可喜的一件事情啊。

2009 年 10 月 15 日

旧学漫议

最近我家楼下来了个新邻居，很喜欢听音乐，大约是六十年代左右的流行管乐、电影配乐那种。几乎每到周末就放，而且是成天到晚地放。我很喜欢这家人放的音乐，所以就不自己放音乐了。但是他们家放音乐不受我控制，有时候反复听一张，这也是很叫人烦恼的事情。当然我也很想知道这家人到底谁爱听音乐，到底是谁，不过，这种好奇的事情适合小孩做，不适合我。我是一个成熟乏味的大人。只适合悄悄地听，感到一些不激动的满足。

然后有点辛苦，一个是认识一些陌生人，一个是看书：一边对着《古文字诂林》和《道德经》，细读《礼记》和《论语》（《论语》虽然是浅近的文辞，但却对礼如何施行做了十分具体的描述，类似杂志的生活方式报道），再就是读吕先生的书；一边仍是和读经子有关的在家参看目录学的指导，在外面是看近代史。批评《史通》和《文史通义》的那本史学著作也是有的，但是里面有很多态度和方法，都是我不懂的——并不是读不懂，只是没有读过足够的史料，看这些也就没什么心得。

现在有些明白读书的取径，且发现自己并没有犯过太多错。比如经子，一定要先读够原文，不理解或读到了错误的注解都不怕，但是一定要熟悉原文，这样即使是不得要领或误会甚深，都可以恍然大悟。只读目录学或今人研究，终究是隔膜的。不论解读得多么精准，一律是隔膜。我幸而之前上班的十年，经常无聊时就读读诸子和《诗经》（十三经里仅《尚书》和《周易》没有反复细读过；《孝经》我不当它是经，只是蒙学，所以不读），所以再来看目录学就很有收获。切不可以为目录学只是图书简介或版本考释，它是传统学者研究古代学术的观点集合，究其原因无非古代学术分家不分人，一本经书或子书就是一个价值理论的流派（不成流派的自然就归入了集部，前汉之后我看就朱子还可算是有点流派的意思）。

于是进一步理解，"辨章学术，考镜源流"就是对书中文句段章从历史语言、古书版本和义理传承的角度做出或客观或主观的分析和判断，这是一种重视理解传统的学术方法，并不是泥古。旧有的价值体系，说明在旧有的两难面前如何选择，倘若出现新的两难，是否借用旧有的工具手段得出新的态度，抑或要发明新的工具手段？清代古文学派主张少讲义理，其实是怕了宋人的臆测附会，这是从学术方法上的取舍，所谓"校书如扫落叶，越扫越多"，但清代仍有出色的今文学者，传承下来的就譬如有吕思勉；两汉今古文之争是解经家数不同，政治立场不同，全是另一回事。

在学校念书的时候十分懵懂，现在跳出来看，忽然有些明白那一路学统正是古文家数。虽然没有认真去考察过师承，但从授课时的坚持可以看出大概：不讲道理，只是将"述而不作"高压下来。但要做同情的理解，或者像前几天悟到的做经验主义立场的研究，却真是避不开今文学。就譬如说读《诗经》，《毛传》只是训释了名物，需读三家传才能理解到歌咏的情感指向。做诗歌研究当然不能是理解到字面意思即可。因此朱自清可以做歌谣研究，但北大只能做全宋诗整理。但话又说回来，天下有道则现，无道则隐，也许北大的学统无非是希望像司马迁似的做好了文本的梳理，然后藏诸名山，传诸后世吧。只是这样的话，未免太阴谋论了，就像疑心孔子其实并没有春秋笔法，北大也没有如此深埋的以不合作为抵抗。倘若真是如此，那真是可怕的学统，可怕的虚无态度，可怕的中国知识分子。是不是存在一种强烈的仇恨，对西方学术的侵入，埋藏于传统学者的骄傲深处？总之就是不合作，就像先生们授"文献学"课仍说："文，典籍也；献，贤也。"这个"献，贤也"对于当代中国一般受过高等教育的人来说，简直就是个天方夜谭——但是谁能把这种顽固怎么样呢？他们以退为进，死不投降，哪怕窒息于故纸堆里，只要内心的道德准则。况且谁也不会有心思要对这种顽固怎么样，汉语作为一种自然语言正在消亡，最基本的价值概念、抽象概念的所指已经模糊，能够找到的语源将逐渐只剩下翻译史上的词条发明。

但也不一定。有时候我看见运送混凝土的罐车上，印着我从来没见过的由"石、人、工"组成的会意字，还有 douban 上经常可以看见的象形字"囧"，多像一张因尴尬和惊奇而拧出了八字眉的脸。如果相信语言的神圣属性，那么我也应该有信心重新掌握破碎的词语，将词语重新织成语言，恢复我念念有词的能力，以书写和念诵拯救事物于黑暗。在人的有限的生命里，有一个梦想并且去实践它，是很好的。有时候我甚至怀疑自己是不是有这样的幸运，居然发现了余生的道路或者说解放。

2009 年 10 月 30 日

生活就是穿过不幸

评《依然美丽》

早晨，她起床，望着公寓楼下肮脏的河流，想着并且看到邻居肥胖的红色身体跃入水中游泳，倾听另一个邻居的抱怨，和他们道早安，来到一处工作室，开始做清洁，这时她说她的胳膊坏了，不能擦玻璃，她偷偷地抽烟，主人对此不满，但那也是她的朋友，不会与她计较，然后她慢慢地走出来，撑开红雨伞，路上有陌生人，有汽车，有泥浆，她爬上山坡，看见生病的树，和没生病的树，望见瀑布和雨点，路上的年轻人告诉她，树没有生病，那是正常的，最后她想打电话告诉父亲：是的，年轻的时候，坏蛋们把她从甜蜜的家人身边偷走。现在她听见了父亲痛苦的声音。

一整本小说都在讲这样一个过程，但中间有一个死女人，名字叫作薇若妮卡。患艾滋病去世的薇若妮卡。褐色头发的薇若妮卡。小个子的薇若妮卡。喜欢臧否人物的薇若妮卡。那个死去的女人，不是她害死她，她甚至爱她，用她从小习得的一点爱的技能去爱她。最后，在死后多年的一个早晨，薇若妮卡，死去的薇若妮卡在回忆里告诉她，爱是怎么回事。但是一切都迟了，她已经老了，容颜都被摧毁了，但是没关系，小说想说，对于爱来说，只要意识到了，你就依然美丽。这毫无疑问是一个悲剧，巨大的悲剧，发生在一个雨天早晨，依然美丽的雨天早晨。

玛丽·盖茨基尔是个残酷的小说家，如果这个小说是虚构；

她也可能是个饱经沧桑的家伙，如果这个小说不是虚构。怎么可能不是虚构，这也太惨淡了。美丽的高挑的艾丽森，自由自在的跷家女孩，先在公园附近的酒吧街卖花，卖到深夜去飞大麻，那些人们喜欢她的长腿和她的单纯，但她自己浑然不觉。那时节，贞操不是件要紧的事情——对于不要紧的人，什么都不要紧。失去之后才知道严重。跷家女孩一度回家，学习做个诗人，虽然不知道做了诗人能怎么谋生；小诗人还去做了模特，因为美丽高挑，因为妈妈跟着修车厂工人同居去了，而爸爸天天在家听歌剧唱片，这一切不能影响她的衰颓之路。妈妈说："你以为你长得漂亮就好混吗？"

每家人都必须有三姐妹，各有各的命运。艾丽森的命运就是被薇若妮卡点化。整个雨天的早晨，艾丽森都在回想她的一生，每个早晨她想同样的问题，到底如何走到现在，老了，胳膊坏了，抽烟都犯法，和亲人远隔千里、互不关心。每天中午，她大概都可以得到这次的结论了。从跷家、卖花开始，她的命运就不可避免，不管多少模特经纪人捧场，不管多少英俊男子亲吻过她的脖子，事情就是这样。

每个孩子都要经历这些，有一天他们会发现，听话的孩子有好报，自作聪明的会踩着面包掉进泥沼。这是个多么古老的故事。古老的真理指向永恒的幸福，而美丽的艾丽森如此不幸，狡黠的薇若妮卡同样不幸。这是个不幸的时代么？不，这是个有很多不幸者的时代。而每个时代都是如此。生活就是不幸，生活就是穿过不幸。有一些幸运儿，但也许他们自己是不知道的。

2010 年 4 月 4 日

作为某种意义上的最高理想
评《当代无政府主义》

我来写个书评,但是正经看书评的人就不要看了。说实话,我写书评已经是一年前的事情了,给某个报纸写了一篇关于一本音乐评论的书的评介,写得极其糟糕,这里来专题悔悟一下吧:他们找我写是因为那本书是一个诗人写的(我想是这样的原因,或者是因为我当时失业了,需要救济一下,这也许更接近实情。而现在我仍然失业,却没人找我写书评了,所以……写书评的事情被我搞失败了。真是失败啊,所以我来追求一下人类最高理想,这样——即使失败,也是全人类的失败),而我没读过那人写的诗,音乐倒听过不少,所以就闲扯了一通——我觉得写得不好,相信别人也这样觉得,人类是可以有共通经验的吧。一旦对人类有信心,对自己就立刻丧失信心了,这样的逻辑就推论出自己是个公敌之类的人物?哦,我们人类世界的逻辑是很高明的,不要用外星人逻辑或类猿人逻辑来打击我,打击我就是打击全人类,的一员。

继续来说说去年我写的书评吧,写本雅明传记的书评写得挺好的,但是由于本雅明已经被人说滥了,所以没有引起注意。并不是我写得不好,我还不是很红,嗯,一点也不红,所以我不怕被人说滥,也会在适当的时候引起注意——这样的发展态势是不大好的,还是不要走这条路,本雅明这样没出息的人走的路,我不要走。我要走一条光辉的无政府主义之路,这是我们地球文明的前途。至少目前看起来是这样的，至少这本书告诉我是这样的。这可是一本不可多得的好书，讲了很多科学无法验证的道理。并且不屑于科学。科学很厉害，就连科学共产主义最近都不怎么敢去沾染科学了，科学太厉害了。现在大家都在谈科学发展观，我看科学发展观其实也就无非是经验主义那一套，所以可持续发展也无非就是把经验的触角向前延伸——这个话题还是打住为好，像我这样思想过于先进，已经开始研究无政府主义的人，当下已经够不容易了，不要再用过于高深的未来干扰这些沉迷于当下而无法自拔的可怜人……

要发展无政府主义，道路还是相当艰巨的。在我看来，无政府主义的常态就是"鸡犬之声相闻，老死不相往来"（注意，是常态）。可是现在的情况很不妙，无政府主义已经发明出来一百年了（没有搞个无政府主义诞生百年庆典，这是不对的，可能因为无政府主义者比较少。不，根本不是这样的，我们无政府主义者不搞庆典——庆典，那是前无政府主义时代的事情，一旦进入无政府主义的境界，庆典就被"后"掉了，但是那些向往无政府主义的人呢？难道不搞庆典吗？这里有一个小秘密，我已经发现答案了，但是我不想说，我们无政府主义者想说就说，不想说就不说)，还是有大量的违背无政府主义逻辑的事情发生。比如说，刚才taobao网给我发短信说我买的东西已经发货了，叫我赶紧登录去查一下送到哪里了——这个事情就很反无政府主义，想支配我的日常生活，不就买了个东西吗？不就发了个货吗？就想以此来叫我登录taobao网，还想让我登录以后按部就班，这是很坏的事情，虽然做这事的人以为他是好心（？）。但真的不一定，因为我嗅到了阴谋的味道，现时代的生活貌似提供了越来越多的便利，但其中大多数是不必要的便利，或者说，对于已经很容易由个人自动发现的便利，如果一旦加上了提示，就一定有动机——用老话说，"无事献殷勤，非奸即盗"。而我用一颗无政府主义的心灵来看待生活和生活的需求时，一切都变得那么简单。比如说吧，现在我们回到这本书，有一章，我挺喜欢，可以拍成一部超级大片（我是按照投资预算，而不是票房预算）:《纽约市大停电中的无政府主义》（H.W. 莫顿）——

  1965年11月6日下午5时后不久，在安大略省昆士登城的亚当·贝克爵士第二配电厂里，一个四平方英寸的小小的继电器主动承担了阐明若干无政府主义原则的任务。在这样做时，它采取了一种其本身就具有无政府主义色彩的方法：直接行动。无疑，这是世界上最大的一次断电事件，这次断电使美国和加拿大有八万平方公里的地方灯火熄灭，使三千万人完全处于黑暗之中。这是一次电子暴力行动，其范围之大使人们很难予以忽略。但通过黑暗，它像一座灯塔，照亮了无政府主义的一些基本原理，诸如分权主义、相互帮助、直接行动等等。

  就个人而言，人民行动得如此漂亮，甚至连克鲁泡特金也会深受感动。当然，也有一些人像资本家那样行事的例子——以一点五美元一支的高价出卖蜡烛，乘一次出租汽车要价高达五十美元（十八英镑），手电筒的售价高得要挖人一磅肉等等。然而，正如《新闻周刊》（1965年11月11日）所指出：一个黑人女清洁工的行动代表了"真正的主流"，她陪一位住在曼哈顿做职员的姑娘爬上了十层楼梯，把她引到她的公寓房间，给了她两支蜡烛，并且谢绝了五块钱的小费，说道："不用谢，宝贝，今天晚上每个人都应该互相帮助。"

不知因为什么，整个这座疯狂的城市似乎在这次停电的前一天都读过了《互助论》。请记住，纽约一向是以这个星球上最大的相互残杀、激烈竞争的场所而声名狼藉的……

然而，尽管所有这些人都很出色地完成了职责以外的任务，但这出戏的真正明星却是人民。综合各种有关那段时间的报道来看（参看《生活》《时代》《周末新闻》《美国新闻与世界报道》《纽约时报》和《纽约邮报》），许多人实际上享受了断电的乐趣：在街上有饮酒的，有唱歌的，有接吻的。被困在帝国大厦第八十六层瞭望顶楼上的一群群法国人和美国南方人，互相轮流齐声高唱《马赛曲》和《美国南方各州》这首歌，虽然没有报道他们究竟唱了多久。一位教堂司事向人们免费分发蜡烛——甚至上帝也损失了钱财——与此同时，一个女盲人领着旅客走出了一座地下铁路车站。一个十九岁的女孩说："这种情况应该经常发生，在这种情况下，每个人都十分友好。我们又成了一个大集体——大家有时间停下来互相交谈了。"

十分美好的画面，嗯，整篇文章都讲这个，但我没法全部放在这里，我还想放点别的，现在地方已经不够用了——写长文章是很严肃的事情，我不想那么严肃，虽然是我一直很认真的无政府主义的话题。但是也很幼稚，无政府主义者，我是说那些老无政府主义者，都很幼稚，他们被很多表面现象打动（表面现象没什么浅薄的意味，只是还有很多不表面的阴谋，无政府主义者往往就意识不到了，他们经常欢欣鼓舞，我是说那些老无政府主义者。新无政府主义者，越来越少，他们隐藏得比较深，我愿意做个老无政府主义者，最近一百年来几乎所有的幼稚分子都有无政府主义的气味或血缘，中国就不少，但是这里不能点他们的名，他们很多后来又变成了托派——真是怎么幼稚怎么来，自然，新托派们要反对我这种使他们陷入滑稽的说法，所以我这里就不说了）。

我已经意识到了应该回到无政府主义本身的话题上来，比如说谈谈无政府主义的定义或内在矛盾什么的，但显然这种思路是错误的，因为，无政府主义，它一生下来就是个巨人。无政府主义经过百多年的自我修正，已经在逻辑上非常完善了，简单地说吧，这是无神论者的天堂理论，跟科学共产主义相比，还规避了集权主义的陷阱——要论证集权主义的正义性是个太费劲的事情了，需要和人类几千年来的宗教文明、平民文化、革命历史对抗，这件事情目前还没谁能够去干。当然这只是我的简单逻辑，我很害怕那些懂政治理论的人看到这里，我劝他们赶紧别看了，赶紧走，我就在这玩一会儿，真的。

仅仅从我的简单逻辑来看，无政府主义最高明的地方在于：它代表了一种从未被玷污的形象。无政府主义具有不妥协的特性，一种道德上的绝对主义。要么是完全没有政府的社会，要么根本没有社会。没有发生革命，可是充满了造反的气氛。没有一种强制的正统思想，没有已指明的革命道路。它是一种特殊性质的造反。在情绪和气质上，共同的是对权威的不信任，对人民苦难生活的真诚关怀。退一步说，无政府主义的目的是激起一种推动社会向自由方向前进的力量。作为一种学说它经常变换，作为一种运动它发展、分裂，不断地上下波动，然而永不消失。它追求一种无结构的结构。有多少无政府主义者就有多少种无政府主义。

　　无政府主义者从未踏上漫长的达到目的的旅途（这个不成功的光荣记录对无政府主义目前倒大为有利）。有一种预言说：无政府主义者将永远不能建立他们自己的世界。因为，他们以自由和自发性的名义，拒绝按照自己内心深刻的认识办事，已经到了无法实行政治纲领，甚至无法提出政治要求的地步……因此，再回头想想克鲁泡特金，这个人类有史以来最聪明的人之一，就不难得出这样一个结论：无政府主义确实争取到了最大的正义，以至于无法实现这种正义。而这就是目前所能看到的人类的前途。这是悲惨的前景，然而就像信仰末日的人不痛苦一样，认识到这一点以后，承担作为一个无政府主义者的最终失败，成为一种在逻辑上最美好的价值取向。我就是这个意义上的无政府主义者，我为此骄傲，而更多时候，无政府主义者是很谦卑的——我们是永远在斗争着的失败者。

2010 年 10 月 24 日

想想他，马骅

丁丽英给我看了一篇她写马骅的文章，这事完全没有来由，我算不出现在是什么纪念的时间。然而，纪念，这样的说法非常滑稽。假如我们这样的人消失，也只是个人的事情，不是公众的事情而使用"纪念"这个词语就显得荒唐——没有什么人会去纪念，我们有时候会去怀念，但怀念就意味着接受了时间的隔绝，那漫长的距离就此形成，所以我很久以来已经学会了不去怀念任何事、物。即使是马骅，有什么可怀念的呢？即使现在他在我面前，我一样不会珍惜他的任何方面。有时候诚实一点，显得不那么残酷，当他一切正常的时候，他就仍是那个烂人。没有办法给他一个神龛，用词语就更没办法了，在梦里，有砖石搭建的神龛给他——这是我对他最大的恩惠，由于他经历的神奇与不可思议。虽然神奇和不可思议通常用来形容美好的经验，但为什么不可以形容糟糕的记忆呢？神奇而不可思议，没人规定它们只能用于美好，恰如一切词语我们都可以用反讽的态度赋予它们千奇百怪的所指，至于有没有人能读懂最初的动机，那又如何呢？存在一个最初的动机，它是不纯洁的，因为自己无法返归自身寻找一个基点。

痛苦常常成为我的主题，真不见得是因为我经验过很多痛苦，而是这种对象适合被描述，适合被省力地制造出美感。马骅，我要拉近我和他的关系，教会我美感。和丁丽英不同，我倾向于把他描绘成一个神仙,一个真正的神仙。神仙不需要什么业绩,他天生如此,有可能会犯错误,导致层级降低,这恰好符合马骅的经历。即使是一个神仙,也不见得总是优美的,他常常学着妖怪去猥亵,从而就真的变得猥亵了。比如说,他常常,我看到的,以某种不够优雅的姿势坐在电脑前面,或者并不动人的姿态抽烟。这一切都不符合神仙的属性,但他会写好看的钢笔字,有一个做工精良的本子记录着隔三岔五的琐碎事件。

并且不显得厌烦生活。是多么沉闷啊,生活。从北太平庄到中关村的路程,没有丝毫赏心悦目的可能性,连售票员也只用土话来骂人,连羞辱都不那么刺骨。但是当他跌跌撞撞地作为酒鬼闯回简洁至于简陋的家时,那本几乎没怎么翻阅的王尔德(他从公司撤销部门买来的特价书)在台灯旁边含情脉脉,他也睁开娇柔的桃花眼。有一种男性的妩媚,只能在马骅身上读到。多数时候他羞于表现出这一点,不是出于高贵的教养,而是深刻领会了妩媚的本性,只有神仙才有的领悟力。因此他也不常写字,但打字飞快,用的全拼,甚至手指快到像在痉挛。他常常有一种痉挛般的情绪,像蜻蜓飞进十三层高的写字楼,因为能捕捉蚊子而得到人们的欢迎——但那毕竟毫无用处。

而从十三层高处俯瞰时,他可能正和我在北大游泳池里游泳,不能辩驳地可能是出于好色的动机所以会尾随而去,但无可厚非。他是个多么强健的男子,尤其穿着草绿色的T恤时,生命力蓬勃得乃至显得畸形。谁都没法摧毁他强大的自信,他就是认为自己长得像黎明,虽然黎明的长相其实很精致,而且毕竟是个二流艺人,再像也没什么光荣。他还有一种庸俗的审美观,在节日庆典时不可遏制地要把自己装扮成未毕业商科男。几乎从不失败。还有那些庸俗的爱好,比如弹吉他,再比如户外野营——

一个如此聪明的人，熟读前四史，过目不忘，对朋友亲切诚恳，却简直毫无自控能力地每周去三里屯和自来熟的所谓当代艺术界人士觥筹交错。他始终错得离谱，乱来，完全是乱来，纯粹是乱来，但是没有办法遏止。谁都拿他没办法。就像他灵巧的小拇指，拨弦的时候，你会觉得格外动听，就是在他那里。

他对于我来说曾经是个很糟糕的废话，因为他总在我旁边的办公桌上神秘兮兮地搜索阅读玄幻小说，还经常以一种奇怪的眼神批判我，仅仅因为他是我的上司。但后来我决定把他塑造成神话，他善于把握场景，在离开北京前——实际上，我也在那时离开北京，但他更善于安排自己的退场。他太擅长这些把戏了，一个和自己玩的孤独小男孩，他一直是。他穿着红风衣站在灯市西口，一二月的冷风啊，多么匹配，还有背景故事要去尼泊尔旅行。对于不同的人他有不同的剧本，有时候是越南，有时候是云南，我恰好被安排为尼泊尔，三个字，我很荣幸。他如同悲哀的失恋情人坐在我身旁，我们互相依恋地坐在公交车上去往北沙滩，这是神仙才能布置出的剧情，一切都恰到好处地充满美感。他把剧情安排得太煽情了，以至于一年半以后回想时，我会失声痛哭，被他半遮半掩的柔情打动，即使延迟一年半。

他过得过于精致，每个人都得到恩惠，每个人也施与他恩惠——但不自知。当最离谱的消息传来时，每个人都需要回想他的好与坏，然后一点点剔除那些不利于高大光辉形象的细节，他于是变得更像个该被纪念的家伙了。但是，有一些真实正在悄悄溜掉，去了尼泊尔，去了越南，或者还在云南。总之，它们获得自由了，我想象是由于他的安排——但这只是个新的剧情，我以及一些人会这样生活，把所有的情节拿来反复钻研，希图得到一个更刺骨的结论，但是不能。马骅对于每个人来说都不一样，大家甚至当时没有意识到是在互相说服，后来就接受了彼此说服，达成了一致。于是，又一些真实溜掉了，获得自由。丁丽英提醒了我，六年过去了，现在是一个不是纪念日的日子，毫无意义的日子，有人又想起了写点什么关于他，但已经不抱说服别人的私念，纯粹个人冲动。而在我的文字里，他将不断地获得自由，最后当我们老了，互相不再跋涉着见上一面，连自己的真实也溜掉大半时，还有一部分的马骅始终溜不掉，像个神仙，像个精灵，像个无赖，像个色鬼，像个天才，像个亲人……

2010 年 11 月 10 日

双去双来君不见
评姚莉《站在高岗上》

莱姆在《完美的真空》里论述了虚拟评论的正义性——或者不该这么措辞，无关正义，就是一点趣味和智慧吧。在他那里有没有正义，我还没有得出结论，读得不够，想得也不够。很多时候都是这样，好像时间是不够的，又好像生活这样辛苦——其实无非是在发呆或者做些毫无意义的事情。要很低很低的姿态，这样才能稍微好过点吧；可是有时候我听着姚莉唱歌，却会忘记这回事。至于为什么要提虚拟评论，是因为我常常听的那首《站在高岗上》，这张唱片里没有；我的姚莉也来得不明不白。反正就凑合着听吧。张惠妹也唱过这歌，好一派豪迈的气象，好像阿里山上美如水的姑娘发动了大海啸。倘若那是爱情，那也罢，我是不太懂得了。现在的世道，我们老年人，很多都搞不懂，但是并没有什么大意见，有意见也是没有用。其实只是想啰嗦一下，东拉西扯，在这些方块字中间忽然觉到一点趣味和情调，弥漫其间——奇妙的事情。

而旋律中间也是有趣味和情调的。

今天早晨下着雨，一到冬天我们这个地方就会下雨；下雪是奢侈的事情，没有够高的纬度便不能奢望。小时候，我有一件玫瑰色的缎子披风，每次把它系到脖子上以后，我就去到处乱跑，然后披风就横着飞起来。我觉得，披着披风跑就像飞。可是后来，跑得太快，就跌到水坑里了。再后来很不高明：披风被打湿，飞不起来了。那也是冬天的雨天，否则不会穿披风。而二十多年后的冬天早晨下了雨，我再没有这样的披风可以跑得飞起来。我把这种念头的由来和后续命名为惆怅。那个在雨地里飞跑的小人，如此快乐，如此不可一世——拿全宇宙的智慧和财富给她，也换不到她要飞跑的执念。

姚敏和姚莉这一对兄妹，唱得《站在高岗上》如此清冽清亮。前奏像一块一块的玉石方珠，要用金属丝来串，每颗珠子之间要结个结，互相隔开一段；又他们开头唱，一个字一个字不是咬出来的，是唱，唱念做打的唱。有一点忧愁，很少一点忧愁，因为歌词写成了忧愁，但他们这样正大，字正腔圆，是民歌的质朴华贵，而非咏叹调那样的美丽——美丽这种情状，是紫罗兰的花蕊，纤细得很，又近妖娆，大概我只领会到这样。质朴好说，不容易误会；华贵却容易误会，必须打比方——虽则打比方这种事情很费神，有时候却也有意思，大概是没有旁骛至近于寡淡才有这癖好——就说华贵，好比不出茶叶的地方借用沟渠边上的坡地种少些茶树，近清明的时候摘下来，不多几捧，盛在袋子里卖给外乡来收购的人去制，价钱高也高不起来，最后这茶菁的下落很难分明。可是没办法，不懂炒茶的手艺，更犯不上去购置器具。这事情里就有点分理不明白的华贵。我也不知道这么打比方到底有没有打到，可能只是越来越糊涂罢了。这糊涂是真糊涂，而真糊涂，我暗暗疑心也有一点华贵的意思在。很多时候，说不出来，说出来也不清楚，最后还是要皱着眉头转过身去。转过身去，转不出这个处境，所以一转再转。

歌词好到一定程度也有一点质朴和华贵。

因为这一早因雨而来的低落情绪，我也听了听林忆莲的《多谢》。年轻时候很喜欢的歌，是那张《回忆总是温柔的》里的；

好多首都喜欢，这首是之一。近些年听流行歌似乎朝着浑厚的方向时间长了些，多葛兰、徐小凤之类近乎粗大的性感，乃至有时候疑心快到悍妇境界了。再听林忆莲早年的哀歌，有商业味道浓郁的配乐，像揣着信用卡逛百货公司，对灯火辉煌中的琳琅商品爆发热烈的爱恋——Andy Warhol 说，最好的艺术品就在布卢明代尔——是自己给自己设置好陷阱，然后以修炼多年的前空翻腾九周半姿势跃入。《多谢》好听，不使人沉沦，即使做到爆棚效果，大约也无非如此。乱七八糟地，这样又再听姚莉吧。总之，各种消极情绪，登峰造极……所以又要如何如何，又能如何。

哀愁和外面的雨，已有秦少游的"无边丝雨细如愁"，是那样不着痛痒！我听《站在高岗上》，想象中城市里的人并没有高岗可站，只能站在高楼上，而要极目远眺，却没有苍茫无极可眺望。《西洲曲》里前前后后、里里外外、上上下下，凡百地点、物事都是剧毒药引，是不想结念也在结念，是不想办法也在想办法，而最后总归到一个"望"字上面，对在在的触动并不摧毁，也不怨恨。"仰首望飞鸿"是真姿态，真得不得了的凄绝；接下来却"楼高望不见"，这虚写就是又恢复勇气了。难成这样了……又有温庭筠的名句"过尽千帆皆不是，斜晖脉脉水悠悠，肠断白蘋洲"，也是"望"，以前不喜欢这诗前面铺垫下的脂粉风尘气，现在也不喜欢，可是明白了这"望"的难写——最后自然要回来听《站在高岗上》，也是在说"望"，且只说这一点点。

> 连绵的青山百里长呀
> 巍巍耸起像屏障呀喂
> 青青的山岭穿云霄呀
> 白云片片天苍苍呀喂

连绵的青山百里长呀

郎在岗上等红妆呀喂

青青的山岭穿云霄呀

站着一个有情郎呀喂

我站在高岗上远处望

那一片绿波海茫茫

你站在高岗上向下望

是谁在对你声声唱

连绵的青山百里长呀

蓝天白云配成双呀喂

青青的山岭穿云霄呀

我俩相爱在高岗呀喂

我站在高岗上远处望

那一片绿波海茫茫

你站在高岗上向下望

是谁在对你声声唱

连绵的青山百里长呀

郎情妹意配成双呀喂

青青的山岭穿云霄呀

我俩相爱在高岗在高岗

　　要不为什么说"相看两不厌"是高境界呢？可绝不能进一步，玩笑地说，"三秋桂子，十里荷花"那样美，所以给南宋引来了元兵。

　　做题目的"双去双来君不见"是《长安古意》里的，我自由自在地想成是《站在高岗上》的真相。真相残酷吗？其实不见得，真相都有一点悲哀，这倒是的。有时候想得太多确实很倒人胃口，就像写这个文章，就是随便写写，可是因为智力低下，所以就拉拉杂杂地写这写那，写到结尾了还结不了尾。

            2010 年 12 月 24 日

我在中文系的日子 *

北大中文系在我的记忆里最早是和中学语文老师相关的。高中的语文老师杜学钊是五十年代中文系毕业的，因为家庭原因没有得到更好的工作，在中学当语文老师。杜老师给我最深刻的印象是风度翩翩，即使是在校园里散步也围着五四式样的长围巾，上课不爱讲泥石流之类的科普文章，偏偏满黑板地写着荀子，讲天道有常。因为崇敬杜老师，考大学的时候执意不同意父母的意见，报考了中文系。其中也得到杜老师的支持，向系里做了推荐，至于这种推荐到底有多大的效力，就不得而知了。

进了中文系第一课，班主任张渭毅当头一棒说中文系不培养作家，此外还有北大不培养职业革命家的说法。现在看来是出于爱护，让学生不要做无谓的梦，当时却觉得纳闷，因为作家或革命家都不是十多岁的孩子所憧憬的职业，大家大约只是糊涂着进了北大，进了中文系，并没有为未来做更详尽的打算。所以这当头一棒其实作用相反，倒勾起了作家、革命家之思了。

分专业是比较有趣的事情，和别的地方不同吧，北大中文系选专业是学生自己选。其实文学、语言学和古典文献学之间的差异有多大，绝不是一堂课就能讲明的，多少老先生做了一辈子学问也没有搞清楚这中间的玄妙，要让些孩子自己选，其实是很为

---

* 本文是应邀为北大中文系建系一百周年所写的纪念文章。

难的事情。但似乎中文系不怕这为难，又或者中间有这样一种逻辑：人生无常，有多少事情是能够自己做主的呢？自己做主又在多大程度上真的能左右自己的人生呢？所以所谓的选专业也就变成了一个过场，和我们人生中其他的过场一样，只是个形式主义的仪式。但即便如此，大家还是绞尽脑汁地思考来思考去，终于选择了一个自己的专业。我们这一级，全班有八十多人，选文学的有一半，剩下的二十来人选了语言学，十来个人选了古典文献学。我选的是古典文献学，理由其实很虚荣，觉得越是难学的专业越有意思，其实后来后悔过，但没有做出任何改变，只是继续在这专业里耗着。这也和人生一样，太多不如意不顺心的环节，但究竟我们还是这样活着，活得好的人大有人在，活得差的就数都数不清了，不能计较太多，人生是难得糊涂的。

  大一的那年是在昌平念的。对于北大非文科且非九三级以后若干届的学生来说，昌平并不意味着什么，但对于我们来说昌平却是大学生活最初的记忆。中文系有一本系刊，还是昌平园有一本园刊，名字叫作《世纪风》，大约是园刊，因为任编辑的并非只中文系一系的学生，我们班的缪川大约是主编，他是有名的小诗人，写我们不大能看懂的现代诗，意象十分叵测，叫人好生敬畏。昌平园里还有广播站，我那时在广播站混，经常做节目，有一期做了王小波解读，被经济学院有见识的男同学鄙夷过，但鄙夷过后也没有下文，大概是因为王小波这样的作家无论怎么解读都是可以的，并没有那么深刻的意蕴。《世纪风》是最早发表小说和诗歌的地方，在那上边发表作品的不光是中文系的同学，但以中文系的居多。我念中学的时候写诗，大致是和于坚他们一路的那种口语诗歌，也在《世纪风》上化名发表，不用本名是因为觉得这样的诗歌和缪川同学他们的不能比，也发表小说，小说一般都是模仿玛格丽特·杜拉斯的写法，因为当时她正流行。那样的新小说结构对于新手来说似乎是容易模仿的，其实需要很考究的功力，但那时候不懂，只是天马行空地乱写，且在园刊上居然也有了读者，很是得意。

认真想到写诗是在第一次参加未名湖诗会之后。那是1998年的3月，当时臧棣老师在教我们当代文学。他是一个著名的优秀诗人，给了我们很多启发。我记得我上他课没多久就给他写过一封信，把自己的诗作抄了几首给他看，并且提问我写的到底算不算诗。没想到臧老师很快给我回信说，维特根斯坦曾经请罗素看他的哲学手稿，问到底自己有没有做哲学的前途，没有的话就要去当一个飞机设计师，罗素回信说你千万别去当飞机设计师，现在我也回答你，千万别放弃写诗。但这封信在即使很稚嫩的我看来，也是客气话居多，不能当真的。未名湖诗会那天，我们坐着校车来到燕园，在诗会上见到好多诗人，但直到擅长朗诵的剧社成员用表演性的腔调朗诵海子的《祖国（或以梦为马）》，我们才真的被诗歌震慑住了。朗诵者完全是用一种舞台性的气魄在进行，催人泪下是绝对不过分的描述。我记得回到昌平以后，几乎整夜我们宿舍几个同学都没有合眼，开着应急灯，朗诵海子的诗，想要获得朗诵会上催人泪下的效果而不可得。简直如同一场醒不过来的急梦，把人急得啊没办法，为什么我们就不能朗诵出那种澎湃来呢？大概就是从那晚起，忽然掀起了一阵写诗的热潮，不光中文系，其他系的同学也开始写诗，大家忽然都皱紧眉头思考海子骆一禾们思考的问题，更厉害的则去思考爱伦·坡思考的问题。那时写得最好的还是中文系的缪川，然后有社会学系的郭婷婷，写的是意象派那一路的诗。

中文系还有一个好传统是演戏。昌平园里我们成立了剧社，担纲的还是中文系的同学。王靓自己创作了一个剧本，讲几个同学去山里露营突然遇到塌方，一时间冲突四起，同学之间矛盾激化起来。也有用李健吾的《这不过是春天》演了出折子戏的，我参加演出的是一出当代剧，叫作《亲爱的，你是个谜》，有些荒诞派的意思在里面，主要还是搞笑。公演那天，全园子的同学都来看，声势十分浩大，我们的道具相当简陋，甚至连舞台都没有，是用桌子拼凑出来的，但仍然获得满堂彩。

昌平园里印象深刻的还有讲座。因为学生离得太远，系里经常有老师过来做讲座，印象最深的是李零先生来讲治学道路，空荡荡的大教室里坐着些不知所谓的孩子，先生讲他半生治学，也不谈寂寞，也不谈辛苦，只是顺着逻辑和理路把自己的经历老实交代出来，现在想起来，先生当时可能会觉得有些无奈，一群孩子能听懂什么呢？可是就是这样的讲座却在学生心里埋下了伏笔，总有一天会懂得这中间的玄妙。

到了夏天，我们终于回到了燕园。在回燕园之前是军训，军训对于中文系本没什么好说，但这一个月中我们厉害的有两样，一是打扑克牌，一是喝酒。打扑克牌我们是赢了教官，所以从来不用做清洁，都是教官帮忙做，这在军营里是独一份的。喝酒厉害主要还是中文系女生，喝得营长满地乱爬，要找中文系女生拼酒。在军营里的生活其实是苦闷的，还好我们没有像九二、九三级的学长那样军训一年，但仅仅一个月也是苦闷的，记得当时一次午休我做了个动作是拿手枪朝太阳穴开了一枪，被同学说是这就是军训的感觉，由此可见一斑。

大二印象最深的是上倪其心先生的"古籍整理概论"。倪其心先生是林庚三大弟子，但他除了早年研究宋诗，后来著述并不多，似乎就一本《校勘学大纲》，前面序言是费振纲先生所写，可知还是文革过后恢复教学的成果。倪先生身材中等，微胖，头大如斗，身体不太好，似乎是癌症手术过后仍坚持教学。我们那时候上课很不专心，经常迟到，十个人的课堂都常常来不整齐，倪先生有一天生气说："你们为什么来得这么晚？我住燕北园每天七点就坐公共汽车出来，不会迟到！"我们好奇地问，为什么不骑自行车。倪先生很有道理地说："我不会！"又有一次又是很多人迟到，倪先生来气直接把门栓上，不许后来者进教室，这就是他生气的极限。

大二我也修了"古代文学"，那是大课，大家都去，但我不怎么喜欢上课，只记得交过一份课程论文写宋代话本里的女性形象，40分满分得了39分，很是得意，是不上课的学生又能得高分的好例子。老师对学生总是宽容的，我还修了温儒敏先生的"现代文学"，考试那天因病要延考，温先生改了题目给我，也仍然考了一个97分，是我大学里除了体育之外拿的最高分了。

到了大三，专业课增加了很多，我仍然不认真学习，每天只惦记着写诗和小说。那一年我们和九八级的同学一起撺掇着把未名湖诗会搞成一个诗歌节。似乎排演了一出诗剧，是海子的《太阳·弑》改编的，大家没有戏服，就去扯了很多布料，像希腊人一样围在身上。法律系的撒贝宁师兄现在是中央电视台的知名主持人，那时候还和我们一起演出玩，记得他当时赤裸着上身，围着布料上台，不料忘记摘手表，所扮演的人物好像是一个国王，国王戴手表当然是不行的，被台下大笑。更过分的是他动作幅度太大，几蹦达把布料给挣脱了，露出了牛仔裤，还是 LEE 牌的，这下台下彻底炸开了锅。好玩的还有，两个人分别演"青草"和"吉卜赛"，结果忘了词，"青草"冲上前大叫："我是吉卜赛！"这下演"吉卜赛"的那个没办法，只好也冲上前去大喊："我也是吉卜赛！"又有管理学院的黄建军演"大祭司"，站在台侧念白"太阳神庙是在朝东的一块圣地上建造起来的"，忽然换了综艺节目介绍的腔调说："亲爱的观众朋友，你猜对了吗？"演出的事情往往是一个晚上的辉煌，但排戏却是好几个星期的精彩，不深入到其中无法体会。

诗歌节以前从来没搞过，我们搞未名湖诗歌节之前，似乎大陆也没有诗歌节一说，因此怎么搞都是大家由着性子来。先是要搞些演出，把摇滚乐队拉拢进来，那时候九五级的王敖有一个乐队，自然是拉拢了来。又要搞些讲座，大请各路诗界神仙，同时又搞网络在线的诗歌活动，拉到一小笔赞助。最后耗资巨大，至今也想不起来是怎么搞到的钱，总之无非是拆东墙补西墙给弄出来的。但现在竟然变成了北大的一个传统，也算是给后来的中文系遗祸万年，弄得大家都被这个诗歌节缠身，无法解脱。

诗歌节最好玩的还是朗诵会，而且是第一场未名湖朗诵会。以前的传统是每次必朗诵海子，有表演性质，其实主要还是纪念，而且海子在学生中有号召力，凡上大学者必然知道他。保留曲目有《祖国（或以梦为马）》《春天，十个海子》《面朝大海，春暖花开》，等等，都是大家耳熟能详的诗作，每次朗诵必然引起轰动。其次是在京的著名诗人也会带着诗作参加，最后是在校学生朗诵自己的作品。九八级曹疏影的诗写得好，这在当时是一个共识，现在她在香港也是非常有名的诗人、活动家。

大四的时候参加了北大在线新青年网站的工作。之前是有读研的师兄办过一个燕园书网，也给他们写过一点书评，但都是小打小闹。到胡续冬师兄主持新青年网站的时候，他招呼我去，诱饵只有两个：办公室有空调，还有冰冷冰冷的矿泉水。新青年网站现在已经不存在了，但在 2000 年的时候是大陆最重要最著名的文化网站之一，充分表现了北大的人文和艺术底蕴，计有文学、电影、音乐、学术等频道，文学频道自然是中文系把持的地盘。我们开设了诗歌、小说、戏剧等子频道，还和《书城》《视界》等杂志合作，上传了大量精彩的内容；最有名的还是我们的文学论坛"文学自由坛"，吸引了上至著名诗人、作家下至中学生的各类人等的参与，一时间几乎成为国内创作最活跃的严肃文学阵地，每天更新各种作品数十篇，影响很大。

至于我个人，后来勉强毕业，拿到毕业证的时候教务老师还抱怨"你还差不少学分呢"，也终究还是混到了一个证书，继续在新青年网站工作了些时候，仍旧和校内系内勾扯不断，成了一个离开了学校离开了中文系仍旧阴魂不散的家伙。

2010 年

我一生的愿望其实是做一个游吟诗人

我小时候在一个子弟校上学。所谓子弟校，是从小学一年级一直到高三都有的。那时候，我悄悄喜欢一个比我大三岁的男生。其实说起来喜欢，也是很模糊的一种好感。但那个男生的眉毛浓密，睫毛细长，实在是很值得喜欢的，更何况他还会笑。我相信喜欢这种情绪是可传染的，比如说我走过操场，会发现他在教室走廊上看着我。有一天，学校贴了通知说要开一个现代舞班，欢迎同学报名。我当然会参加这个班，在通知前面，大家也都知道我要参加这个班。这时这个男生走来，流里流气地，看着通知说："哇，现代舞……摇滚……听说过没见过两万五千里……"他唱着歌走了，走时还回头笑看我一眼。

他唱的歌我知道，在《抒情歌曲》上有这首歌，是崔健的《新长征路上的摇滚》。后来我也听崔健，是《红旗下的蛋》。上课我和同学打扑克赌博，赌一盘是一毛钱，可是同学竟然会一天之内输十块钱给我，他于是拿磁带来抵债。我记得老崔在歌里骂街："我去你妈的……我去你妈的。"但其实我是个好孩子。初二时才真正听摇滚，那是唐朝，每天放学都飞车回家为看五点一刻电视里播放的《梦回唐朝》。那时候最喜欢的是 Aerosmith，因为节奏铿锵。

第一个男朋友是摇滚青年。他在学美术，因为喜欢画圣斗士，所以误以为自己可以当画家；我在写诗，因为喜欢词语的堆叠,所以误以为自己可以当诗人。十多年了,第一个男朋友果然在当画家,我也果然在当诗人。这也是很有趣的事情。

那天下午我们的老师说大家去人民公园看菊花,然后回来写采风作文。我们没去,我们出了校门直接去了一家茶馆,打麻将。我记得我要做一副将对,却偏偏做不成,追我的小混混在旁边看牌,我喜欢的未来画家在另一边和人高谈阔论。有一天,他和别的同学问我要不要看 Pink Floyd 的 *The Wall*,我们于是在美术教室看了这张碟。记得有很色情意味的开篇是动画,也有仿纳粹的军事化集体训练场面,总的来说还是符号化。我从来就不喜欢符号化的东西,包括《红旗下的蛋》。但有的乐队是毫不符号化的,我却不知道该归入哪一类。比如说 Portishead,加电也不难听。

又过了些年,我念大学,相交好的同学当然不多女生,我是这个脾气,不会和女生特别好,但也不会和男生打得火热。最要好的一个男生知道我爱听摇滚,于是找到他认为最摇滚的磁带送我,大约是 Metallica,但那时我爱的是 The Doors,喜欢是喜欢那种不见明天的明媚和腐朽。但还好我没成为摇滚女青年。有一个男朋友的前女朋友唱歌酷似王菲,我心中悄悄嫉恨。但是也喜欢她娇媚的声音,若我是男生我就追她,不追到绝不罢手。可是追她的男生也并不见得多。大约太酷的女生都这下场。譬如说我。

我还认识王小波那想当摇滚乐手的侄子,有一回他过生日,我和朋友一起去五道口一家酒吧给他祝贺,他扭捏地问我可不可以给他写歌词,因为我是一个女诗人。这样,我终于成了名副其实的女诗人。连摇滚乐手都认定我是女诗人了,谁还敢反对呢?

但是我却终于没有给他写歌词,后来又过了好多年,我有个给电视剧写歌的好朋友——自信会成谭顿第二——约我写歌词，我还是不会写。好的诗人，应当是她的诗歌被谱曲，而不是给别人写歌词，这就是林夕当不成罗大佑的缘故。倘若我会写曲子，也许可以成为罗大佑，但也不一定，我的歌词恐怕写得也不好。有时候我会怀疑自己，也有的时候我自信得过余。都不是坏事，只是不稳定，让人摸不着头脑。我也纳闷自己的状态时好时坏，但巴尔扎克《不为人知的杰作》里说：

> 那些看轻金钱，才能臻于成熟，站在大师面前心也不会怦然跳动的人，往往心里还缺少一根弦，缺少不可名状的一笔，作品里缺少一种感情，某种诗意的表现。有些华而不实、自我骄矜的人过早地以为前途无量，那只有笨伯才把他们看作有才具的人。在这方面，不知名的年轻人看来倒真有值得赞扬的品质，如果才能应以这最初的胆怯来衡量，应以这难以表达的羞耻心来衡量的话；这种羞耻心，一般有希望获得荣誉的人在经营他们的艺术中都会丧失殆尽，正如漂亮妇女在风月场中会丧失羞耻心一样。对胜利习以为常会使怀疑越来越小，而羞耻心也许就是一种怀疑。

只有大师的话可以使人安宁。但大师却不希望那些需要他的人能够安宁：他们给出题目，并且告诉你这是个无解的难题。然后却已经在考卷上署好了你的名字。他们还告诉你评分的不是别人，正是你自己……怎么办？自己给自己开大会，自己给自己发奖状。然而，需要怎样的路程才能走到颁奖台，发现那待发的奖品正是自己，而哀戚地站在奖台边几十年的也是自己？

十五岁的时候，我也想过当一个摇滚乐手，我不知道可以做什么，也不能想象自己去当个主唱，我甚至不知道可以做些什么。但没关系我有梦想。每天晚上我都要威胁自己，再不睡觉就崩溃了那样就不可能考上大学了，才能骗自己不要再编织美梦，老实入睡。每天晚上，我想着有这样一个女子：

她念了戏剧学院，但不是演员，有一个从房子外面的铁楼梯进入的大空房间，她有一条白色的连衣裙，常常踮着脚尖在室内旋转，然后仰卧在地板上，心中怀着戏剧的梦想。是那种摇摇欲坠的铁楼梯，连接着残酷而乏味的世界与冰冷而倔犟的内心，所有的物品都可以不要，但务必要有一道铁楼梯与世界相连。为了这个梦想，我读了好多戏剧的书，准备了好多考题，甚至装扮成一个艺术青年。就连和我打牌赌博的同学，都因为知道了我的理想，而不再和我上课开小差。

但是事情终于不是那样发生，当然也不会那样结束。

有好长时间我不听音乐，有一天有个很好的朋友忽然叫我听听电子，像电脑游戏里的配乐，又像钢丝拉断时的危险，刺激得要命。这个朋友还说 Radiohead 就是张信哲，唱英文的张信哲。不管怎样，我赞同他的说法。张信哲没有你们想象的那么糟糕，不妨把这理解成一种赞美。但摇滚青年不这么看，甚至一般文艺青年也不这么看。

后来的男朋友是一个前摇滚青年，他当初的乐队也是喜欢 Radiohead 的。我说张信哲，他有些不高兴。但也不表露，毕竟资深前摇滚青年，不应该和我斗嘴。但是有一天他说，曾经住在人家加盖的铁皮屋里，我忽然触发了多少年的旧梦。那种梦之可怕在于坚信世界荒芜，所以自己的生活也要颓败，否则就是不诚实。那个住铁皮屋的人，大概深知生活的艰难，而我不知道，我只知道生活如此简单，从来没有饿过，也从来没有遇到过坏人。我的世界里最大的坏人是我自己。比谁都该杀。

可是摇滚是什么呢？现在谁还愿意说清楚。或者只是有锋利和剧烈的装饰性的一些声音——因为有 Grindcore，甚至都不必涉及音乐感。

这样讲真的有些残酷。要说起来，我一生的愿望其实是做一个游吟诗人。

2010 年

日记选

2004
年

2月1日

我不在你们中间

> 绝色呼他心未安，品题天女本来难。
> 梅魂菊影商量遍，忍作人间花草看。

ZY用过的句子，因为喜欢，所以找来放在这里。《己亥杂诗》。

精神恍惚，浑身发抖，我看我快生病了。今天早上想到，我再也不能回到从前的生活，也许可以，但是目前这样是不可能了，很有可能不会再有以前的生活了。我非常厌烦这些感觉，但确实是事实，我不能回避它，不能无视它的存在。事实是世界上最顽固的东西，而我在把自己的生活继续败坏下去。继续败坏下去。王靓十一结婚，那我也要去，算是对自己的过去进行一次缅怀。天哪，缅怀。不如说一次有生命的遗体告别仪式。嗯，仪式，是的，我喜欢各种仪式。但仪式已经越来越少。

"你们必晓得真理，真理必叫你们得以自由。"这句话叫我感到多么虚妄。再譬如说，"对于生命中全部有价值的东西，我希望，记忆能战胜死亡"。我是一个多么卑劣的人，没有勇气也没有智慧，总之在世界上愚蠢地生活着，说一些自以为是的话，这些话永远飘扬在我这种自以为是的人的嘴边，像面肮脏的旗帜。

我对自己厌倦透了。我甚至不如那些我每天都忽视的人。在广场上漫步的小偷,他们眼珠发亮,双手平静,而我现在浑身发抖。我不觉得冷,而人都不要来碰我。我把自己弄脏,再继续弄脏。我写的 centimeter 就是我自己啊,她一早就知道,我也一早就知道。我迷恋她,非常迷恋。甚至我们都爱龙舌兰。

我把自己的生活败坏了。看 Millet 的画也不能救我,而我这样一个卑微、无望的人也不可能指望得到任何宽恕。其实只要有一个人说,我宽恕你,然后我对他说,不,我不需要宽恕。这样就可以了。我可以这样生活,继续这样。但是不是的,不是这样,没有人能宽恕我,因为我的罪孽都在我内部,在我的内部,你们看不见。我也不能清理它们,但我感觉得到。现在这感觉如此强烈。

那么我应该用精神去找一个清洁的源泉,在那里是清洁的,但是不可能,不可能到达那里。除非死。

亲爱的,我正死去
给小黄、我的爱和赎罪

亲爱的,在成都,雨雪开始于清晨,
我正死去。我在阴沉的下午死去,
你看,自从那时起,我就混乱至今。
他们一个个离开,我曾经跳舞,在
石板地上,这是一个快乐的节日。
我们都有节日,你穿过锋利的北京,
亲爱的,穿过高大的白杨树,他
一个声音就处死了你。谁也不能

处死我，你的尸体叫我快活。你我
曾经是英雄的小姐妹，但现在是
灰暗的中国大地上堕落的一对。
对，我无耻近于勇，请亲吻我吧，
我期待与你有关，潮湿、腐烂、冰凉，
与死亡有关，与一切的堕落有关。

3月8日

关于历史感

　　唐之前是史学的时代，唐之后则是语词的时代。最近无聊时翻翻谢和耐《蒙元入侵前夜的中国日常生活》，结合以前看的一些关于宋代的笔记，对宋代有了一个更直观的感受。那是一个非常接近于现代社会的时代，建筑也好社会生活也好，都已经向市民生活下降，仅仅南宋的皇宫规模就显得像是一个隐喻，它不比一个县衙大多少。

　　唐的《五经正义》修订，把史学的神圣地位降低到学术一级，到了宋，胡三省作为一代史学大家竟然地位非常卑微，而庙堂之上不懂历史的显贵大有人在，大家热衷于从娱乐事业中寻求社会地位的确认。

　　联想到清朝，则又是一个有趣的现象，清的学术又再次注重史学。跟某些皇帝的个人兴趣有关？抑或满人意识到自己是一个缺乏历史感的民族？

　　红色中国也缺乏历史感，但似乎暂时还没有人意识到这一点。

那么，我们生活在现代社会——或者说一个彻底蒙昧的蛮荒时代。

5月9日

关于卡尔维诺

Andy Warhol 说："因为你比我虚弱，所以你正在死亡。"

对于卡尔维诺也是这样，他对于所处的时代没有清醒的认识，事实上要对这个时代有清醒的认识几乎是不可能的，大多数人都对这一点毫无认识。而毫无认识并不会妨碍到每个人的日常生活，多数人都可以毫无认识但成功生存于一时代。卡尔维诺以貌似现代艺术家的形象做着一些无关痛痒的写作活动，以及想象。想象是一个创造性的活动，当这一想象确实与你所处的环境相关，而不是幻觉以及自我安慰的时候。卡尔维诺的想象之无价值就在于缺乏创造性。虽然具有一定的美感，甚至一些有说服力的逻辑结构，一些像冰一样的精致结构，晶莹剔透但不堪一击。

但是卡尔维诺带来安慰，所以人们为他鼓掌。

对于不需要安慰的人来说，卡尔维诺一钱不值。

因此，卡尔维诺是一个赝品，一个关于生活之价值的赝品，当虚弱的人感到对生活的价值无从把握的时候，卡尔维诺向他们伸出援助之手，并且把他们拖进更加无望的、但有几分古典情调的美丽深渊。

如果所有人都虚弱到喜欢卡尔维诺的地步，那么大家就全都咯屁了。

5月10日

关于马蒂斯

这两天在看马蒂斯。马蒂斯是学法律出身的,他擅长为自己辩护,比如人人都知道他依赖塞尚,他的构图几乎就是塞尚的构图,但马蒂斯却委婉地说,他并不忌讳自己的师承,只为了更好的表现。再比如《画家笔记》里,他一开篇就说画家写文章容易落入一个文学家的陷阱,但他又说到米开朗基罗、德拉克罗瓦(暗示了他与这些大师之间存在着某种联系,即使是在文字表达这个行动上)。

因此,看马蒂斯的文,更多是看到论辩的智慧,逻辑清晰、立场坚定,这是出于一个艺术家直觉的力量,当然也可能是一个玩弄艺术权术的高手所为。

表现主义一代出了好些个写文章的高手,简直难以想象一个现代的艺术家不能写一手漂亮的自我表白的文字——即使他说,对一个艺术家来说,应该只给出作品,任何诠释文字都只说明他作品的失败……但他毕竟需要说这么几句话,表明他的高傲,和自制。必须,表明。

6月16日

一封回信

艾略特说的二十五岁,我以前大约能猜测到,也大约能知道其中的深意，但幸好自己还没有狂妄到说能够抵御这个考验。不是技艺问题，而是对生活形成的一种安全情绪——不幸，我现在只能承认自己是个聪明人，这聪明使我容易获得很多东西，并且会对更多的东西产生一种似乎能够获得的幻觉。

但没有一件东西是真正有意义的，那么以前获得呢？似乎也只是具有体验的意义——如同说某某的作品具有文学史的价值。人的衰老是怎么开始的呢？以我现在的感受，就是觉得最可贵的已经到来，也就是说再也没有希望。事实上，从来就没有希望可言。以前如此，今后如此，最关键的是现在也是如此。生活以她本来的面目来临，只有狂妄的人才去自以为是地为生活奋争，然后获得本应获得（甚至本来不至于遭受）的东西，等死是一种比找死更高贵也更艰难的境界，现在我这么说。

无限期推迟生活中最实质性的内容，让生活始终充满奇迹和不可知，这是只有少数人才能达到的高度，或者说深度——朝向堕落的深。

有一种为无价值、无意义的生活不惜付出一切代价的观念可能是伟大的。但是，为生活的幻象所迷惑从而为某些不值得付出的东西去付出，与一种绝对出于勇敢的类宗教式态度，难道真的能够将两者区分吗？理智与克制是必须的，还有对自己的残酷，除此之外，我毫无办法。

甚至这办法其实也只是一个安慰。所以我又必须承认，我还是太愚蠢了，以往的一切选择都是自然来临的，我从来没有为自己的生活付过代价，一切都来得太容易。灵巧地跳过了一个陷阱，并不意味着下一个陷阱也能被避开。生活里有太多陷阱，甚至我们就生活在一个陷阱当中。"生存是不应赞成的东西。它作为安慰奖送给我们，所以不应相信它……实在是不应赞成的东西。它作为模拟的事物出现在我们面前，而最坏的是，相信它是因为没有其他东西可信。"

7月27日

2003年部分书目

生活有些变化，好些书都不在手边。日记、笔记都残残落落，整理是不全面的。另外，这个书单不把2002年底看的书彻底排除在外。

先说巴尔扎克，《驴皮记》和短篇小说集，小时候看，觉得累，这回看喜欢了，尤其是《驴皮记》。太喜欢中间的一些描述。好几年不看小说了，感觉。今年却任何理论书都看不进去，只能看小说，和一些随意的东西。退化了。《不为人知的杰作》好。

《德拉克洛瓦论美术和美术家》，那个封面真难看，而且翻译也很不好，譬如《现实主义和唯心主义》，简直句子都不通。但是《米开朗琪罗》写得太好了，语句不通都不能掩盖文章的美。

《德拉克洛瓦日记选》，有很好的插图，都是他的画，有一天和室友讨论其中一幅，两人关了灯还激动得直哆嗦，后来她也去买了一本，还买了《印象画派史》，我没买，我有旧版，但没插图。

皮兰德娄《自杀的故事》，这些自杀的故事各不相同，皮兰德娄的确是大师，一本书没有阴森恐怖，只有最深刻的、似乎表现为明媚的绝望，对生命最大的一种态度。几乎不能读第二遍。最喜欢的是《孤独者》，讲四个苦闷的男人，一个去自杀了。

看完《布莱希特》，就是当初非常流行的黑白马赛克大头照片封面的名人传记丛书，好像也不算传记。《尼采》也是那一套里面的，昨天翻家里的书箱又找到了。那个丛书真不错。

《布莱希特戏剧选》看完了，但感觉很难讲。

薇依《在期待之中》，非常好，喜欢中间的一些句子，更喜欢她的纯正。有一天看国内人评论她，说很多人喜欢她，但都是男性。奇怪了，我就很喜欢她，我觉得别的女性读者也应该喜欢她才对。

维特根斯坦《论确实性》，一本小书，有趣，狡黠。很适合在路上看，如果坐车的话。

卡夫卡的一些书信，买了一套《全集》，所以有时候就拿起来看看书信部分，小说和随笔都看太多，反是书信看着更有一种动人心魄的力量。

让·博德里亚尔《完美的罪行》，这本书太牛了，我的偶像。《完美的罪行》在我看来是一本神学的著作，我决定要宽容、自由和坚决。

梅尔维尔《白鲸》，翻译有点怪，很多俚语，很多湖南话。为什么要表现狂暴就要语言粗俗呢？小说里有一段圣歌很有趣，我重新翻译了一遍。要勇敢地生活，不准懦弱。

《世说新语》，慢慢地翻，慢慢地，有时候就睡着了。

《冯梦龙笑话辑》，很有趣，中国古代文人的幽默，不看是想象不出来的。

布烈松《电影书写札记》，是一个有控制欲的导演，明确地表明一切恶魔天赋的大人物。

《蒙得里安》画册，基本上没看文字，把画一幅一幅看过来，心里很欢喜。

薇依《重负与神恩》，片段式的。

乔治·桑《我毕生的故事》，翻译很糟糕，校对也很糟糕。责编是我从前的同事，所以就谅解他了，书是好书。看完才理解为什么老陀那么喜欢她，真的是高贵的品性。

邓肯《我的自由我的爱》，没有想象中那么精彩，也没有太多精彩的段落，却是八十年代影响巨大的一本书，所以看了还是有用的。

《知识分子为什么反对市场》，好久不看社科类的书，觉得自己土得要命，羞愧难当。

《爱伦·坡集》（下），从一个朋友的母亲处索要来的。真是高兴呀，以为这么老的书一定买不到了，我只有一本上册。下册里最喜欢《催眠启示录》。

别尔嘉耶夫《自我认识——思想自传》，写自传真是件好事情，自然首先必须是个大人物。

《伯林对话录》，wizard 推荐的，我好好学习了一下，没什么感觉。大概是我太没悟性了。

《尼采反对瓦格纳》，好书。他对瓦格纳的批评，且不管对错（我其实蛮喜欢瓦格纳，看了以后仍然爱听），是一切批评都应遵循的标准之一。

本雅明《单向街》。

《纪德文集》。

新的计划是，打算好好利用读书的焦虑，刻苦学习，把那些不系统不专业的知识统统重新归一次类。此外还看了一些和工作有关的书，类似《公司精神》《母子公司管理》和一些畅销的战略管理类的书。这两天在看《作为话语的新闻》，大约年内能看完，正好要做一个内地报纸的战略发展分析报告，到时候会把看书的心得也融入进去。

8月1日

周末去了白鹿上书院

应一家报纸的约稿，到四川彭州辖内一处天主教教堂遗址去拍些照片，再根据地方志写个人文地理的小文章。

路上非常辛苦，因为正在修高速公路，又下雨，外加不认识路。中间在一小县城吃了午饭，味道不错，也便宜。到目的地已经下午三点，还好雨后有一些阳光，所以对拍照首先放了心。

先在小镇上看了看那里的天主教教堂，几个老人在那里打麻将，我犹豫了半天：请问厕所在哪里？出乎意料的干净。院子里养着两只虎皮鹦鹉，鲜艳但怯生。院子里有一幅黑板报，写着与教义有关的内容。我看了看那几位打麻将的老人，又看看教义。社会本身污七八糟，这些老人有心思读这些吗？我想是有的，否则写在这里也评不了先进，何苦呢？我欢喜他们有这样澄明的人生。

这个新的教堂是1998年修的。所谓白鹿书院是天主教在本地修建的神学院，总共有两处，一处叫白鹿上书院（就是计划中要去考察的教堂遗址），一处叫白鹿下书院。推测所谓"上下"，是根据地势高低来命名的。

下书院就在镇上，遗址上修了白鹿中心小学，几乎完全看不出原来是教堂。有趣的是，该小学在河的对岸，从操场到教室有三十级左右的台阶，给普通一所小学平添几分威势。仔细观察，可以发现这所小学和一般的乡村小学还是大不同的，最明显就是它的布局，非常开阔，各个功能区域分布也比较均匀合理。估计是原来的教堂地基如此。

从镇上到上书院据说走路要四十分钟，三四米宽的水泥小道刚修好不久，不时有山泉从山上直冲到路面，使人有些紧张。有时候对面来一辆车就不知道怎么办了。幸亏不时的拐弯处可以暂时躲避。本地有煤矿，现在一般都私人开矿，估计经常都有矿灾发生，这山底不知道有什么样的辛酸。

到一处河谷就必须下车步行，因为来这里参观的人逐渐多起来，所以镇政府也修了一座簇新的水泥桥。过了桥就是山坡了，本地山地多种植草药，这里种的是黄连，用黑色的塑胶隔光网遮着。空气里弥漫着草药味道。又因为树木覆盖不够，所以河沟里的水都是黄色，和本地龙门山山脉主要河流白水河的景况相差甚远。

上到半山腰有一处竹林，掩映中一座青瓦房，竹子清幽的味道叫人欢喜。所以特意记一笔。

一路上有不知名的玫瑰色小浆果铺地，有鲜嫩的蕨菜嫩芽，地里种茄子、豆角，也有未被翻挖出的土豆，雨水一冲刷就露出半边脸来，萝卜老到开花也不管不顾。阳光忽一阵猛烈了，于是蝉声大噪。

在蝉声里走到一处陡坡下，正好看见路边一处木板棚外随便扔了几张条凳——长短高低，形制各不相同，摆放的格式又似乎有些漫不经心的节奏意味。坐下，对面一家人在屋檐下休憩。一位老婆婆，头发全白，牙齿全掉，虽是坐在凳子上也拄着拐杖，摇摇欲坠的样子。恐怕她也听不见，但却对着那几个年富力强滔滔不绝的，咧开嘴巴在笑。又有她的小孙女舞着玉米秆在她身边做法。老婆婆不把我看在眼里，小孩却不时警惕地盯着我，我对着她们照相，她更不满，直挥着她的棍棒来威胁我来。

这一次走不多几步却看到了教堂的大门。

白鹿上书院修建于1908年，是一位外国传教士主持修建，具体人物名字还待查（成都市图书馆新搬迁，去看过一回，书不多，但方志文献还是充足）。门口立着一石碑写着是县级文物保护单位——我已经细致到要考察县级文物单位的地步，很是贴近乡土人民！光是门已经叫我觉得很有花费胶卷的必要，在斜坡上换来换去几个姿势，镜头太广，很难拍出写实的效果，费了一番周折。

进门十来米又是二门，大门内左手边是一处与主楼相连的台阶，所以又上去，二门的形制不那么恢弘，却典雅许多，欧洲味道也浓郁些。拍二门时蹲在地上被荨麻蜇了屁股，很狼狈，幸喜此地无人，所以大肆揉了半天。

二门以内就直接面对到了上书院的教舍楼群，大约有七十米宽的正面直对着山谷，弧形的双楼梯连上去是教舍的大门。大门周边写满了一尺见方大字：白鹿上书院属教会财产，闲人不得入内，如需参观请先与四川省宗教局联系。又柱子上写着：开门请找某某，电话多少……正在门口琢磨这些标语时，一个老农扛着锄头，从书院内铺天盖地的玉米地里钻出来，打开锁头，要了一元钱的开门费。

这时候才看见衰败的内里。二楼是不许上的，"这么大的孩子都掉下来过！"老农用手在他腰际比画着。走进一楼东侧的大屋，一米见方的青石地板上覆着薄薄的一层淤泥，估计是漏雨进来的。又有讲台，又有黑板，又有黑板上方的仿宋体大字"努力学好社会主义文化理论知识"。

三边的教舍和正北的教堂围成长方形的院落，教堂白得明晃晃的，估计就是有名的为修建上书院专门从外洋运来的大理石了。教堂正面大约有四五层楼高，雕刻不甚精致，但犄角旮旯里积着灰土，与建筑石材明亮的白色一起，很有层次感。

换了几个位置拍照，踩了一脚的淤泥，走近了看见内里的景况：地上是厚厚的淤泥，一根原木横梁架在当中，弧形天花板已经破损小半，看见上面的青瓦顶——和本地民居并无二致。似乎室内并不十分的大，叫人有些失望。再看墙壁却是一直延伸出去的——估计现在六十平方米的室内从前只是一个前厅，但从前通内厅的那道门已经用大石头封死，山上冲下来的泥石填满了内厅，并正从石头缝里努力往里冲。这教堂正在被山上的泥石蚕食——不知道这些堵门的石头能抵挡多久，也许来一回山体滑坡，那还苟延残喘着的大理石正面就在一夜之间轰然倒塌，那恢弘也就连幻觉都不会留下了。

此处弥漫着的毁灭味道叫人难以坚持。我又来到西侧，一处黑糊糊的小房间正好迎接来南面的强光，效果很好，拍了几张。外侧的游廊也十分宽阔，书院的排水沟到了这里就彻底见到了天日，又有从山引下来的急流冲刷着，也是一个很好的设置。排水沟不宽，一两尺之间，深却有一米多，里面清水流得淙淙作响。过了排水沟，应该是书院的厕所。因为这一路来深感如厕之难，所以仔细考察了一番，数了数，可以接待二十人以上同时蹲坑——上书院是男性神职的教学基地，这些坑位数光体现了解决大便问题的实力，小便另计——这也可推测出当时的规模形制。

这时候忽然发现不远处几朵白色喇叭花，下午的阳光正耀眼，这花看起来简直有几分灿烂。就着教舍做背景，又拍了几张。

出来老农关了门，把我送下楼梯，又去劳作了。以前这里是一位姓辜的本地教徒在看守,今天没有见到,周围也没有他的行踪,估计是已经去世。我没有问老农,慢慢走下山去。

下山时,又看到山腰农民自家种的锦葵花,从粉红、大红到浓郁的紫红,都开得很旺。锦葵这种花城里不多见,因为是草本,又长得奇高,稍微土地肥一点就要长到三四米,长高了下面的叶子却枯萎黄烂,十分有碍观瞻,这里却开得好,远远地就能看见。走下去了百把米再回头还是能看见。转个弯,到了山坡的另一侧,忽然一只白底黄黑花的猫窜过去,脏得一塌糊涂。

8月20日

我为什么喜欢 waits 的诗

纸箱子

waits

你一定还记得那些捆扎结实的纸箱子。
汛期来临的时候,它们漂浮于每一条楼道,
像男孩子们手里的船模,轻盈、坚固。
这曾叫人多么安心,
因为我只有两只手,你也一样,
不能带走一切。

可我能不能告诉你,我正听见
它们不断下沉的声音?
而原以为它们会顺流直下的,

以为它们会先我们一步，
抵达桃源的深处，早早准备好无数
令人唏嘘的礼物。

我能不能告诉你它们正在沉没，
正穿过幽暗的水藻，
穿过迁徙的鱼群和漩涡，
以及一层层绵软如糖的流沙？

我能不能告诉你，
它们正静静地躺在我身旁，
而一切都不曾被毁灭，
它们只是自水面消失。

我为什么会喜欢 waits 的诗？

第一是他的语言，一无多余，干净。我喜欢干净利落的语言，否则就当作者是没有考虑清楚——思想问题解决了，语言问题自然就解决了；如果语言问题没解决，那思想问题肯定没解决。语言是第一步。即使繁复如《蜻蜓》这样的作品，精致、绚丽的语言也有着无可挑剔的严谨和简约。

第二是情绪的干净。这没有道德的判断。人的情绪不复杂，这是我的基本出发点。但如何使自己的诗表达得干净利落，则不简单。或许有天才，能直接、准确地把握到情绪，但一般的作者容易在没有对情绪做透彻的清理之前就仓促下笔（waits 最近也有这样的败笔，他自己应该比我更清楚）。也是这一因素，我会不那么喜欢 waits 自己很喜欢的那首《小丑汉斯》，因为那首有些

"滥情"。

第三是道德。道德很难讲，比如萨德，有道德吗？我看是有的。或许应该换一个词，但我又找不到一个词能替换它。就是道德，但不是唯一的、标准的、教义的道德，而是一种对生命的诚恳要求。如果没有这一点，那就无所谓好诗。要诚恳，而且有要求。能体现这一点的最典型的作品就是《1825年12月14日》，这是我最喜欢的 waits 诗作之一。

第四是力量。力量和道德相关，力量是决断，而不是描述。即使是描述，比如 waits 的《冬天》，是很典型的描述，但是风景画也是有立场的。这个不难证明，也不难找到旁证。

最后就是他整体的风格，沉郁、灵活而略带感伤（当然，他的散文里还有一些狡黠）。这些风格特征显然不足以成为判断好诗的标准，但在 waits 的名下，它们相对完整而自信。这是非常非常值得钦佩的，在我看来。

10月12日

看画展

我今天看了李苦禅的画，他真是凌厉，画一个荷花，也有刀光剑影。又有张大千，两棵水仙。那么大一幅，他就两棵水仙。真是大师手笔。还有一幅是齐白石的《双喜图》，两只喜鹊，一丛梅花。乍看就是个年画。看来看去我最喜欢就这三个。

水仙那幅是品格最高的，有佛性。优美但不柔媚。留白很多，丝毫没有怯意。是洞晓了天地人事，又知道自己其实什么都不知道，心地纯净，而且有慈悲，所以是两棵水仙。

双喜呢，是热闹的，但又不俗气（俗气其实不坏，热辣辣的，但没深度），所以很温暖。

李苦禅那个简直是在拼杀，一幅画，留白的地方就是死前在喘最后一口气。

水仙的境界很难追求。另外两个基本上是差不多的，就看个人的境遇决定往哪个方向走。

水仙是欲动的样子。随时可以动，就像湿婆舞蹈的那个雕像。佛是可以普度众生，也可以杀人如麻的。佛就是自由。自由就是在确定选择之前的最后一瞬间。把那一瞬间无限放大，随便什么都可以想。但是充满了也就是空无。

2005
年

7月26日

动物园的夏日狂喜

《倾城之恋》里写，白流苏在香港一上岸，还没进旅馆就遇见情敌萨黑夷妮公主，"只见一个女的，背向他们，披着一头漆黑的长发，直垂到脚踝上，脚踝上套着赤金扭麻花镯子，光着脚，底下看不仔细是否趿着拖鞋，上面微微露出一截印度式桃红皱裥窄脚裤"。而这边厢，流苏穿的不过是月白色蝉翼纱旗袍，跟那野火花一般滚烫的香港是几万光年的不靠谱。

怎么叫人不帮流苏捏把汗？她只是亡灵前纸糊童男童女般的不禁打！

这写法真好比《红楼梦》之写王熙凤人还没到，先是一阵笑声，把凡人那点不磅礴的阳气都一掌打得灰飞烟灭。

今年的夏天也好比能把弱质秀气都劈得尸骨不存的掌法，所以中国遍地的空调都卖得格外好。冰肌玉骨自清凉无汗，既然生就了贵体，那自然不惜千金也要保全才好。

但我却不欢喜这过法，偏偏找个最热辣辣的天气，要去逛动物园。星期天早上，风也没有，还有夜的一点清凉，并不闷，但太阳光秃秃地出来，比闷热还可怕的先兆。走几步路买三两只桃子，慢悠悠地也是一身汗。等终于来了公车，已经脸庞到耳垂都湿漉漉，像蒙了一层水帘。

这时候乘公车去往郊外的人，都是命苦到无法推脱的，个个脸上都是哭相。可我却不同，所以整条马路上就这一个女子有新鲜得好比水蜜桃似的好脸色，怎么能不跋扈？

2005年

也有人发短信来揶揄两句——"这么热的天,动物园里一定好气味……"那是自然,青草的味道都在河马池边,连河马都浸在水里五个小时不曾挪窝。平日里走动不歇的美州豹也躲在阴影里,沮丧地望着玻璃墙外探头探脑的人。还有猴子,偌大的猴山,只有三只实在是无聊地坐在地上等游客喂食,花生掉在地上,两步路也不肯爬过去捡。

可是还不够,要一一地看完,热得难受了,就赤脚在荫地里站一站。最活泼是骆驼,热得密不透风的四下里,它们却兴奋异常。一个动物园里,生命力最旺盛的就是它们,还有我。

玛格丽特·杜拉斯写的,"一本打开的书也是漫漫长夜。我不知为什么刚才说的话会使我流出了眼泪。"但其实她知道,因为她接着写"一整年中的问题就是黄昏,不论是夏天还是冬天"。也就是说,虽然强悍如杜拉斯,也仍然孤独。是每一个横在她面前、与她做对的漫漫长夜使她颤抖。生命力是很好的,但每天都有黄昏,黄昏都是每天来临一次的地狱时刻。

但也许更好的,更适合于夏天,适合于每一个难以熬过的季节的话,是克尔凯戈尔说的,"只要不把生存理解为得过且过,则'生存'没有激情就是不可能的"。

7月31日

宽巷子

昨天上午十点从家出来的时候没有下雨,乘七十六路,到建设南路下车。我很喜欢横穿马路,也不知道是为什么。做一个走路的人是很幸福的，做一个人是很幸福的。

这几天老听的是一个德国的乐队，做电子音乐的，中世纪电子民谣。其中有一支曲子很好，有女声唱歌，十分清亮，比 Celtic 强不知多少倍。而且上瘾，一听就老听，再听 Jazz 或其他的电子都不过瘾了。

这样听着那支"Stella Splendens"一直走到游泳池门口。进门之前先是有一个陡坡，那里开始下雨。有伞的人纷纷撑开，我没有，只是慢慢地走路。在桥上，看到灰蒙蒙的水上落雨点，层层叠叠的雨点直到远处，河岸的一边是游乐园，有大的转轮看不仔细是否在动。河边都是柳树，是浅的绿色，没有风的时候就是团团的绿雾。看灰色河面上的雨点真是浩荡。过了桥，点一支烟，对面的人在雨棚下喝茶。我也不要他们。我要游泳。

下水之前接到曾老师电话，叫我陪他去买花，不去。

好久没游，体力不如先前，二百米就累了。但休息一下就好了，一口气又游了四个来回。水很蓝，是浅蓝。北大露天池的水是没有颜色，可以看见池壁上的青苔，因为没有漂白粉，所以可以长青苔。

比赛池里一半分了泳道，有小孩在学游泳，教练是个大高个，长络腮胡子。我的新羽毛球教练也是络腮胡子，但个不高大，也很黑。开放的一边没有分泳道，所以总有人迎头游来。高兴是池里的人都游得不好。

游着，忽然脚踢到一个人，或者有人的手碰到我的脚，所以游得快些，发现自己竟然可以游得这样快。

十一点半出来，慢慢走到公车站，跟人约的一点，所以先去逛家具店。看到新一款沙发很喜欢，但贵，所以坐坐就走。又有几款台灯我也喜欢，也贵。发现一个抽屉柜不贵，也好看，可以买。

然后到冠城广场，发现卫生间很脏。香港公司很拥挤，又会议室的白板太劣质。跟我说话的人讲普通话，不是香港人。大致谈了一小时，然后拷给我一些文件，在他办公室随便谈谈，又谈出很多东西。港资的公司也算外企了，在成都是十分憋屈的，又谈到拖欠付款，他倒是盛赞成都人不拖欠，其实也是十分在乎的。所以说做生意是难的。

出来，给小鸡打电话，到宽巷子喝茶，又叫了曾老师和我主任。四人打拖拉机。不是很好玩。我主任走后，曾老师请喝粥。十米远处，看见唐海威，过去招呼他。他和两个朋友于是坐过来。

海威到西部中小企业研究院上班，是企业文化实验的小白鼠。但他很开心，我听听也觉得有趣。我们都是自由散漫惯了的人，有一天忽然被吸收进了一个正规单位，都觉得激动，虽然本性不合，但居然可以蒙混进正常人群，心里不由得窃喜。

宽巷子的人很多，简直太多了，开了很多酒吧。我不喜欢酒吧，小鸡知道我喜欢里约咖啡馆。但是现在去不了，也不想去，所以凑合着坐。

后来李安来，推着自行车，齐耳亚麻色头发揪了小辫，很好看。他去把自行车放在哪里了，然后来坐在我旁边，开始说话。先说的是他刚看了《七剑》，不好看。问我喜欢吗？喜欢武打片吗？我说也说不上喜欢，但很羡慕那些穿古代衣服的女子，从小就羡慕，小鸡说也羡慕古装片里的男子，因为他们身边有那样的女孩子。李安说他也很小就羡慕骑士穿盔甲，两个骑士打架，胜利的一个趴在贵妇的膝盖上倾诉。

互相问近况，李安说要去新疆，但他想坐船去。我笑倒。他讲坐船去龚滩，讲得我也很羡慕。坐的是农民的短途小船，和鸡鸭牛羊一起。他十月回法国。然后说到我，上午去游泳了，昨天打了羽毛球，李安表扬我最近过得很好，又说，一定是生活发生了很大的变化。是的，发生了很大的变化，自从我开始打羽毛球。是十二月的一个晚上，我忽然决定要改变自己的生活，于是列计划，半年的，三个月的，一个星期的，当天晚上的。有没有很远的呢？有的，那就是幸福地生活，全面的幸福生活，一个终极目标，不可能完成，只能无限接近。

那么，有假期去旅游吗？可以请假吗？不能，我也不喜欢旅游，不喜欢旅游，并不是不喜欢旅行。旅行是喜欢的，在一个县城的小站上坐着，或者在一个村子里走，农民爬上岌岌可危的树枝，看他们打柿子。只是看。郊外的生活，一想起北京的郊外，会觉得生活毫无意义。既然有那样的林荫道，为什么人们还要忙碌呢？

我不喜欢旅游，因为我有很多事情要做，第一，我必须去某个地方，如果不去，我的生活不可能幸福。那里不好去，需要时间，而且假期里人很多。但是如果不去的话，我去任何地方都是非法的，不应该的；我没有理由活着，如果不是为了继续活下去，然后去那个地方。必须去过那里，我才能有理由继续活下去。

不过有一只小船，那真是很好。李安讲到他在龚滩救了一个落水的小孩，一想到这个，他就觉得非常难过，因为他并不知道，当时。只是很偶然的，虽然人家很感激，但他知道，其实并不是那样。想到这个的时候，就去游泳，我也是这样。去游泳会比较好。

后来是穿过很多人去买了冰淇淋吃。小鸡的钉子在北京，李安的钉子不知道在哪里，我的钉子不是WP，李安误会了。李安说，哦，钉子是需要找到的，每个人都有一颗钉子，要很好地去找，否则时间长了会生锈，并且，他指着自己的手，会很痛。

其间还说到我的工作，李安说，你是个明白人。但是，明白人没什么意思。重要的是，怎么才能又明白，又高兴。比如说知识分子，我不喜欢，契诃夫，有肺结核，还那么认真地结婚，爱他的妻子，每天写热情洋溢的情书，其实他死到临头了。但即使每天写情书，他也很绝望。没有用。李安说，但是知识分子有办法，他们可以写，我们的痛苦不就在于时间吗？写字可以把自己从时间里拔出来，升起来。那么痛苦呢？因为不在时间里，所以不痛苦了。可是，那怎么可能？痛苦就是痛苦。没必要写什么字，只要吃一只冰淇淋，就不会有痛苦了，因为那又甜又冷，痛苦被冰淇淋淹没的时候，就没有痛苦了，只有又甜又冷的快乐。就是讲到这里的时候，李安说，啊，我想吃冰淇淋了，所以我们就走过去买冰淇淋。

8月4日

记忆中有复活的力量

别尔嘉耶夫那句话原本是，"我最希望使自己生活中的光明和创造的时期复活，对于生活中全部有价值的东西，我希望记忆能战胜死亡"，但前面半句太自私了，也许对于一个有天赋的人果真应该如此，但我想我的天赋是不够的，我并不能做一个以自我为中心的人。即使我很想那么做。

而生活中全部有价值的东西，我想李安那句话是对的，痛苦在于时间。而书写则是对时间的抵抗，当成功地抵抗住了时间的侵袭，那么痛苦就被克服了。但是，痛苦并不是要被克服的，它可能仅仅是一种生活的内容，这种内容使我们更清楚生活的真相，既然是痛苦，既然也有对痛苦的克服，而痛苦仍旧会按时到来，那么这就是一种安排，一种力量。

对于一切真正的力量，都应怀敬畏。即使是罪恶的力量，即使是人心中最丑陋的部分，只要它有力量，就当敬畏。力量是最伟大的，因为那就是生命。个人的道德微不足道，重要的是如何使生命延续，越来越强。

时间本身也是一种力量，它是来自那种安排的力量。时间是对生命的反对，是力量对自己的微嘲，和最绝对的肯定。

最终，我必定会被遗忘。不论生命有无价值、有多大价值的东西，它们的命运都是消逝。痛苦不可避免，但可以抵抗，痛苦不可能被战胜，但它不断地挑逗以获得我们对它开战。对人来说，这是荒谬的，而思考这些也是幼稚可笑的。十足天真的问题。

但我必须生活下去，这就是答案，关于那个每天出现、时刻折磨我的问题：怎么才能继续生活下去？

8月9日

陈老师平原

见到陈老师平原，谈的话题因为准备不够，所以很不深入。样样谈点，却没有线索，太随意了。譬如大学精神，但谈得少，又谈谈武侠，又谈谈大众文化——他对中国当代大众文化是两面开刀，这个态度不新鲜，但还是有效的，否则还能怎样？

不同的人身处不同的立场，只能选择最明智的那种态度。做学者做到一定岁数，想不稳健都难，所以，不恭敬地说，我对陈老师平原的敬仰之情并不澎湃。那种态度不难选择，那种表达也不难进行。可以很有效地持续下去，在书斋里享受学术的快乐。当然，这也是一种选择，做学者就是拿了寒窗苦读做发言权的代价，这种看似超然的发言权，其实威力有限。虽然现代的学术机制已经明确承认学术的有限性，以此维护自身的合法性，从而获取多少还算宽松的生存环境。我不欢喜学术的地方也在这里，大多数没有天赋的学者都是靠熬年岁来获得话语权。当然，我不是指陈老师平原，他还是相当优秀的学者，我是指那些混在高校里的年轻人。他们的虚弱已命定了在未来的时代，其影响力会越发微弱，抱怨谁都没用。

物质的诱惑是可怕的，而安全的诱惑更加隐蔽。安全是个可憎的东西，不应该要安全，应该消灭安全这个概念。对我来说呢，最大的诱惑则是虚荣，是不可救药的虚荣使我不断地努力，是一种想要压倒一切的虚荣动机使我始终充满力量。我看着我体内的，现在甚至已经漫溢到体表的虚荣——多么了不起的东西。

8月12日

医院

在我们这个城市的中心，有一所医院，我母亲病故之前的大半年，我几乎每天都在这个医院度过十到二十四个小时。这是一所很大的医院，可能是全中国最大的医院。它被分成许多区域，每一个区域有一个名字，几条斜路分开了这几个区域，区域和区域之间甚至隔着不相干的居民区、菜市场以及一所学校。因此，那个掌管医院的首脑必须是个了不起的人物，他每天不能做其他的事情，只能在不同的区域之间来回走动，他甚至没那么多时间去走动，只能坐在办公桌前想象他的疆土。

医院的每个角落里都有一个当权人物，比如在第一住院部的地下室里，我的姐夫就是个当权人物，他掌管着第一住院部所有药品的采购、库存和发放。放射治疗室只有一个医生，但他也有很大的权力。庞大的一组机器，占据了好几个办公室；机器被拆开，这里安放一部分，那里安放一部分，它们之间由一条细小的电线连接着，电线穿过办公室的墙壁，只需要一个小小的孔。这个穿白大褂的人，坐在机器背后某个角落的阴影里，所有的病人都等在过道上，不知道自己什么时候会被召进治疗室。他们窃窃私语，有时候互相警惕地观察着，生怕被别人抢了先。全部的权力都在那个角落的阴影里坐着的医生手上，他有一枚红色按钮，就在那里，他的食指顶端。

而我是这个医院里游手好闲的一个，我穿过不同的病区，观察卖报纸的人，乘坐电梯，我对一切都是冷漠的，包括对我母亲的病。我爬上第一住院部的楼顶，在楼顶上来回走动，小心地躲在空气压缩机背后，不让别的上楼顶的人看见。我在消防楼梯里上上下下，或乘坐电梯，从一个楼层上电梯，又随心所欲地选择一个楼层出来。

在这个医院里，一定还有别的像我这样的人，但我们不能辨认出对方，于是我们孤独地、毫无希望地从人群中穿过，终于感到绝望，准备学着像别人一样，不再做一个游手好闲的人。但因为我们主动脱离人群的时间太长，所以现在根本不知道怎么样找到他们的节奏，只好继续游手好闲下去。

8月21日

一个有意义的星期天

李安电话，说给我看一个东西，四点多在宽巷子。帮他看了四个小时的文章，他写得不错，排除个别语法问题，比绝大多数专门写字的中国人都写得好。题目是"容身之杯"，写茶馆的。看完之后，我们随便谈了谈语言的问题。

一开始是他说开始读苏东坡，我说，我比较喜欢读《诗经》。为什么呢？因为《诗经》里有中国语言最古老的法则。现代汉语有很多语法，那是借鉴印欧语系的语法，做了很多工作，但在涉及翻译的时候总是词不达意。出现这种情况的原因在于，现代汉语本身有很大的问题，实词比虚词更"重"，"重"太多。每一句话都有表达的中心，句子中有一个支点，支点两边分布着意义的重量。对于复句来说，这个支点就是虚词，这个支点将使句子中不同词语具有不同的重量。而由于现代汉语中虚词本身的语法意义太薄弱，虚词系统的使用不够规范，不同虚词之间的力量对比是不明确的。因此，当使用一个复杂的表达时，人们盲目地造句，靠直觉去调整，只有语感特别好的人或为之做过专门努力的人（由于语法的不成熟，只可能是自觉摸索，通常没人做出书面的总结），才能比较高明地表达。中国现代文学中真正具有语言风格和表现力的作家，例如沈从文，他使用了大量的简单句子，他基本上只用单句。他表达的准确，我认为有赖于这种语言风格。而复句则一直没有成就。

我想做的就是研究古代的语法。中国古代尤其是先秦的语法是非常简单的，但是具有基本的规则，这些不多的行之有效的规则就是中国语言最基本的限制，深入了解这些限制，揣摩中国语言中的力量分布与均衡，是建立现代汉语有效表达的基础。

之后我们还谈了点政治，九点多回家。李安多次向我表达了他的谢意，因为他没想到我给了他这样大的帮助——我能迅速地理解他的文学想象，非常尊重他的原意，对语言尤其是语法有异常严格的要求，并且告诉他为什么需要这样改。我的收获是，他的文学想象，还有他文章结尾的一句话，太好了。不过，他说这是整篇文章里，唯一一句他先用法语写好，然后翻译过来的。这不是很有意味吗？此外，我听了他关于普鲁斯特语言特征的介绍，萌发了学法语的念头。

他那句非常好的话是："以上片段由现实的甜蜜来开启，以上片段由现实的粗暴来终止。"

8月22日

哑巴桥

这两天我有一个很恶劣的癖好，就是上淘宝网去买东西。最开始是这样，我经常去买碟的那个老板，他要求我上淘宝网，为什么呢？我现在想，是因为他想赚好评，好加"心"冲"钻"——

这些术语，你们都不懂，但我懂，因为我现在已经是专业人士了，最近几天我废寝忘食地搞这个淘宝网，下一步估计会把自己的家当拿去卖掉。

卖碟的老板，姑且叫他东华，因为他的店在东华宾馆208。东华是个中年人，长得比较木讷，我是让陈小美带去的，第一回买是十块一张，第二回是八块一张，现在十二块一张。东华对我说，刚有一张好碟被人买走了，我眼睛冒火，他就说，你以后可以先去淘宝上拍下来。

东华宾馆是个很糟糕的地方，就是说像暗娼出没的地方，每次我去买碟都很小心，先看看四周有没有熟人，没有，我就一闪身溜进去，出来的时候也贼头鼠脑地打探一番，再从玻璃门背后蹩出来。

经过第一回的淘宝，就是前几天去拿碟之后，我迷上了看各种外贸服装拍卖，各种冒牌运动鞋拍卖，各种床单被罩拍卖，各种北欧风格沙发拍卖，以及，最丢人的，各种冒牌世界名表拍卖。

我甚至一度就要成功拿下一只冒牌gucci女表，豪华镶钻淑女表哦！只要二十五块哦！但我还是失败了，被人抢了，我很难过。但我成功拿下了一只做工精致真丝简约风格台灯，只要十七块。

我认为我的淘宝热情来源于早年热衷于逛旧货市场的恶习。我念中学的时候，成都开始大规模拆迁，在那些废墟上经常都会有流动的旧货市场。我曾经买过两枚石头质地的象棋子，几颗陶土项链珠子，一只军用生牛皮腰包……我最怀念的是一把只卖二十八块的绿色十六弦琴，因为我没有钱，所以没买上。其实那天和我一起去的那个男生，表示愿意回家拿钱，但我没同意，后来，我后悔了一辈子。

本来我今天想写写星期六那天，我经过的那个地方，一个叫哑巴桥的地方。那里有一条非常美的林荫道，就像天津我去过的那条道，不宽，没有公共汽车，三层楼的旧房子，一些在潮湿的屋子里认真生活的人。地板很干净，组合音响，很过时的那种，还有带花边的窗帘。见到这些认真生活的人我很伤感，如果这条路再长一些，也许我就会一念之差想要结婚，再也不过这种自己朝自己开战的生活。难道衣柜里发出的霉味不是很迷人的吗？用旧铝锅炖汤，在人造革沙发上坐着看电视，外面是骑自行车的人。

在每一条林荫道上，都有生了青苔的铺地砖，还有倾斜的路面，阴沟里有各种奇怪的虫子。还有小孩，生蛔虫的小孩，或者发出"突突"的冲锋枪声音互相追赶的小孩。还有裁缝，照着日韩秋冬流行套装裁剪图做衣服的裁缝，挂在墙壁上的各种布料，画粉，煮在蜂窝煤炉上的肉汤。

后来只是，我背着一个大背包，坐在马路牙子上，直到一辆没有载客的出租车开过，站起来，招手。我的脚已经走得疼了，我必须坐车回家。

9月1日

茱萸一人

昨天早上在公车上看见卖茱萸的人，于是慢慢在脑子里念起一些诗句。昨天那样的跋扈，当然不会记起这个细节。但现在想起来了。总去说别人的生活怎么样是不好的，沉下来的时候，会觉得比较好一些。只是我经常很糟糕，动辄跋扈，涵养不好，境界不高。

卖茱萸的人，是从乡下来的，也有人买，也有人不知道那是什么，自己就走开。满街都有卖花的人，比如卖玫瑰花的。我顶不喜欢一支一支小孩兜售的玫瑰花，若是再有人买了送我，更是要鄙薄。不过现在看到茱萸，却很愿意摘一朵插在头发上。茱萸这种东西，是为自己，也是为别人，但主要是为自己，可以低着头，想一些事情。

以前和王靓一起读《西洲曲》，最喜欢"低头弄莲子，莲子清如水。置莲怀袖中，莲心彻底红"。这个"彻底红"和"低头""清如水"在一起，有动有静，有艳丽又有素淡，情绪就很好，很全面。而且是单独的，不是给人看的。都是前半句在讲动作，后半句是只有动作者本人才知道的直观感受。又有"清如水"，是想得很细了，很认真了，没有顾及周边其他。最要紧是要会得凝聚心神。

这会儿在听 Cannonball Adderley 的萨克斯风，看 LYB 的评介说"Cannonball 经常在经营旋律时长篇大作地冠以装饰音，让听者喘息难当"，这说法有趣。但我没感觉。只觉得优雅得过分，优雅得像溜冰时忘记转圈还有停止的时候，像完美的圆形过于完美以至成了椭圆。优美天然是滑润的。

9月8日

为理想健康工作五十年

这几天很忙，几乎每天忙到夜里两点才能回家。还好工作地点离家很近，五分钟车程。不踩刹车调头的感觉很妙，叫人心情无端激荡——结果就是激荡以后，三点半才能睡着。回家后看一会儿书，《黑夜号轮船》或《论摄影》。早上八点准时起床，然后收拾屋子，骑车去买点乱七八糟的东西，在我的昏暗的客厅里听bibop，躺在沙发上，在橙红色的垫子上抽烟。

到现在为止还没有买炒菜锅，不打算买了。就这么过吧，电视和冰箱也没有，但是有一台高级洗衣机。

猫每天出去玩，半夜回家，要和我亲热，我就抱一抱她。

人和人真是不同啊。昨天和别人谈话，有几个人热衷于装修，一个房子装了一年半，因为要把细节搞清楚，还有比如说喜欢吃石榴，因为是碱性食品——我说，肯这么讲究，一定是生活态度比较积极的人吧。我还是不够积极，我相信生活是无意义的，而不善于从细节中去找乐趣，因为乐趣必须让位于意义，首先要寻找意义，那是乐趣的基础。

后来又谈到蹦迪。我从来不去，我不喜欢那些磕了药的人乱跳的样子，我不想看见他们。我也不想穿了紧身的丝衬衣，看见眼神迷乱的人在我旁边狂甩头发，性欲勃发。即使他们没有碰我，我也觉得反感。

但是，人家却说，心情压抑，需要去放松。原来大家都是有毛病的，我还好一点，我是一个有建设性的人，我打羽毛球。我一打羽毛球就精力旺盛，可以连续工作二十四小时。为理想健康工作五十年。

每一件事情都有它本身的面目，关键是要让自己有清澈的目光，能够看到事物本身。还有就是不要压抑，要放松，要贴近自己，要和世界和解。问题是谁也没跟你开战啊，为什么要跟生活过不去？这道理很简单，但是需要很麻烦才能理解到。我太厉害了，我是个善于生活的人，我心情很愉快——即使我今天只睡了四个小时。

9月12日

破记录了

昨天晚上工作到3：40，回家看书，4：30睡觉，早上7点起床，收拾之后到报社，查阅旧报纸，12点吃饭，12：50到电视台。下午1：30打算去成都台或金沙还资料，下午3点回父亲家，吃饭、拿衣服，晚上6点回电视台工作——到4点？

前天和昨天的运动会，拿了羽毛球女单亚军，乒乓球女单进了半决赛，但没进决赛。如果不是大腿韧带拉伤，拿羽毛球女单冠军的把握是百分之百，只输了两个球，而且是在不能移动的情况下。太牛了。

现在大腿上贴着膏药，膝盖上一片血痂——拔河摔的。

太强了，太强了。

等电视片弄完，我要好好休息一下，然后投入新的火热的战斗中去。

不过说实话，这种生活是不理想的，因为太忙碌了，能够爆发出惊人的能量，却不能获得惊人的收益——至少暂时看不出来。

我六月给CA的信里说：

今天晚上我要写一个具备了典型的革命修辞学特征的半年总结，这是对文字驾御能力和想象力的真正严峻的考验；这也是生活给我的最好的礼物，让我看看自己的生命有多大的忍受摧残的能力——如果没有这些摧残，我们就不懂得反抗，而有了这些摧残，我也许会彻底失去反抗的主体，但让我试试看，就像一个冒险家一样，我宁可每一步都面临生命危险。

不能说成都的生活没有诗意，但这诗意不同于任何想象，它太实际了，所以只能展现给那些愿意忍受它无聊乏味一面的定居者。

这代价也是惊人的，我正在付出，并且努力使这代价不升级为感受力、想象力和创造力的丧失。你看，我其实非常紧张，我每天都在紧张中度过，随时都面临着生命危险。不过，其实每个人也都随时面临着生命危险，哪个人不是随时都经历着力量的流失呢？只不过他们也许有一副更好的盔甲，而我没有，我只能使自己具备源源不断的力量，大部分用于流失，还有一部分用于维持自己的生命。

这就是我全部的态度。真的是不错，我很满意。

9月28日

《心事》

晚上工作到十点半，外面开始下小雨，这让我心情很好，但坐在车上时是懒散的，甚至是颓废的——导致司机几次转头看我，是不是已经自杀？不过，在飞快向后掠过的灯光下，手指是多么好看啊，它们自然下垂，在风卷来的尘土里，慵懒得只是随着惯性晃动，留下瞬间消失的影子。

多么充实的一天啊！早上看了一会儿材料，写了 HB 的讲稿，下午继续看材料，写了 HK 的讲稿。晚上研究了座次与排名，然后去新大楼看走台，那个我讨厌的前同事的姐姐，竟然是个可人，不过一想到她的妹妹，她的魅力立刻直落。

和地位不高的人相处是愉快的，就像信仰一个家神。快活地，随便地，可以说很多夹枪带棍的话，真是非常痛快。

中午的时候 BH 来电话约稿，是书评和碟评，详细问了杂志定位和稿费周期，一是职业要求，二是提醒她我是重视稿费的。国庆期间要给她大量稿子，这样我又有事做了。稿约是一拨一拨地来，但有稿约的感觉很好，有事情做很好。

我是闲不下来的人，比如说，这几天老是加班，也不觉得难受，不加班的话我就回家写稿子，再实在没事做就想找人去玩，喝酒或者胡扯。这样还不如加班或写稿子。

下午梁老师来，在报社门口，给了他东西，然后谈了一会儿。现在成了习惯，不管时间多么紧迫，总要在他车上聊个半小时。他也跟我讲了些他的事情，叫我出主意——这当然只是表示友善，他是多么狡猾的人，还用我出主意？我也和他谈了谈我的想法，他的回答是他是做死了这一行了，欢迎加入黑社会。

BH 的杂志叫《心事》，多无聊多媚俗，又多么没卖相啊！这种杂志，就应该被我提到，在它关门倒闭之前。

9月29日

物质生活

这一个月来，我过的都是物质生活。至于之前，也许还不完全是这样。有太多人指责我，但我一早就决定不在乎了。他们热衷于指出我的天赋，指出我是一个多么值得在某方面做出成就的人——他们痛感自己天赋不够，而见不得我糟蹋自己。他们没有力气使自己完美，却要求我应该不惜一切代价地完美。但是不行，我说，不。不能这样，不是这样。

十多岁的时候，我很天真地做了一个选择，那是我最任性的一次选择，给我和我的家人造成了巨大的痛苦，这一点没有人知道。当然，我也从中获得巨大的幸福，这幸福转瞬即逝。但我始终记得，并且希望有一天它再次降临到我身上，但是不再是当时的那个我，也不是现在的我，现在的我千疮百孔。我要为幸福付代价，这代价没有人能替我付出。我要为选择付代价，一个又一个选择，它们互相叠加。每一次选择都在前一次的基础上进行，所以，我要冷静地看待自己。

必须冷静，必须看清楚。物质生活在我身上留下烙印，不可能去掉，正如痛苦的烙印，它们使我变了个样子。也没有所谓本质性的东西，没有任何本质，生活就是本质，但是生活什么都不是。生活是一个答案，同时也是一个问题。它主要是一个问题，我最大的天赋就是去面对这个问题，它是一个全面的问题，忽略任何一方面都只能得到谎言。因此，我要对自己诚实。除此之外，我对任何人都没有责任，更没理由去听取他们的抱怨——他们出于对自己的不满而产生出复杂的抱怨。我绝不抱怨。

10月5日

我的朋友GQ

我昨天对他说，我决定给你这一生所能得到的最高的赞美，那就是：你是一个有资本主义精神的人。之后，他遍查中外典籍，以及万能的google，终于得出结论：资本主义精神的意思就是借了钱会准时还钱。没错，这就是我的意思，当然不仅是这样。

当我们说物质的滑动，应该可以感受到这一点，物质在我们的世界中滑动，或者更准确地说，我们在这个滑动的物质世界中；但时常会忘记这一点，时常会沉迷于不存在的精神世界里，给自己致命一击，用宗教的或者道德的子弹。而聪明过头的人们，甚至在享受性的愉悦时，也会想起一些精美的描述，他们实际上享受的是古往今来人们共同的经验，因与其他人同在——包括死去几百年的人，而感到幸福。

GQ这个人，喜欢自作聪明，这一点我和CJ已经达成了共识。有一天我攻击CJ，她先说，我有我道德的底线——意思是我没有我道德的底线，于是我就攻击她，你有道德的底线，但你没有智力的底线。她于是就不和我说话了。GQ这个人是没有什么道德的底线的，他可能会有一个行为的底线，那就是不能把自己搞得太糟糕。至于道德，我想这玩意对于他可能存在，但很可能他不会去考虑这个。他不太会去考虑那些没有实际用途的东西，比如说爱情，他可能会体验爱情，有时候甚至会沉迷其中，但是他很清楚这玩意，"如果不能用来发明一种烹饪鹰嘴豆的办法，那就一钱不值"。而所谓他的自作聪明，就是关于控制欲。他总想去控制局面，当然很隐蔽，就男性来说，的确是非常隐蔽的。

但显然，我们都发现了，他总想去了解一些事情，从而做出判断。

我想说的其实是，在这个时代，机会正在不断涌现，每一次平静结束的时候，人们往往不会意识到这一点，只有那些最敏锐的人，那些始终心存欲望的人，那些伺机而动的人，那些做好了准备要精心行动的人，那些双手平静始终不会颤抖的人，才会踩着别人的尸体走过去，走向他们必然的灭亡。

必然有无数的人倒下，只是先后问题，先倒下的，有的甚至不需要别人给他轻飘飘的一拳，就两腿一软，脖子一歪，咽气了。而走得太急一个跟跄或者被别人的尸体绊倒的人，他们也许可以挣扎着爬起来，这完全取决于欲望的强度。当他们的欲望足够强劲的时候，甚至会改变自己的体能，甚至，他们的欲望会通过遗传留给下一代。那些远远没有得到过满足的欲望，现在穿过了时间密实的网，在特选者身上再度复活。

我们也看到了同样时代仍然活着的人，他们的欲望没有遗传下来，他们无可避免地衰弱了。但是这些人，这些欲望，强悍着，究竟为什么呢？这一点，GQ 也没有想过，大不了他会像第三帝国无可救药的狂妄理想主义者一样，给出一个经不起推敲的答案。但其实说穿了，不过是该死的虚荣在作怪，是那些奢侈的金色场景在诱惑我们，是那些似乎是为了了解更多真相的幌子使他不断努力。了解些什么呢？当你尝到了甜蜜的滋味，了解它的秘密还那么重要吗？这秘密只对那些尚未品尝到它滋味的人才重要，在这之前，对秘密的好奇将支撑着你不断匍匐前进，即使是在非常卑微的境地下，也不需要反省，反省将使人失去力量。

我们谁也不想做哈姆雷特，即使他的身体里充满了智慧。我们只想要一具完美的、有欲望并且欲望可以得到满足的躯体。

10 月 10 日

胡思乱想

是什么样深重的寂寞才会使人想要急于和陌生人说话呢？有时候，是生活的环境给你造成这样的痛苦，如果每天都没有人和你说话，说比较有意思的话……虽然人们都是友善的，至少他们不会想要伤害自己（那些伤害自己的人，也许才是最善良的吧。他们甚至认为自己比别的人更可恶）。

仅仅是因为不够谦逊，才会有关于寂寞的痛苦。其实和别人没什么不同，大家都是错误的，在错误的泥沼中错误地爬着。甚至他们其实是在走，而只有我在地上爬着。这种区别是值得掩藏起来的，而不应该兴致勃勃地去找别的趴在地上的人。我们要努力学会站起来，这是最要紧的。但是，如果站不起来呢？那就应该小心地，尽量不引起别人的注意吧。

10月14日

我见犹怜

昨天夜里又在看《禅是一枝花》，真是丢脸到头，怎么这时节还在看，总是看不完，又是纵容自己呵，因为爱看胡兰成讲故事。譬如讲若洁的对话，又有两个小孩对着墙角里一枝白蔷薇，一个小孩骇然道："花！"另一个对着他也骇然道："花！"两小孩相对惊异发笑。真是好。想起来觉得日常生活真是妙处太多，但是这好呢，要解人才懂得。所以看胡兰成的解，就好比是看小孩相对惊异发笑，真真是怎么能这样，怎么这样好，这样被他看见了，这眼睛真好。我的眼睛也好，所以相看两不厌。

今天上午的时候，和人先是说什么，但是忘记了。不知道怎么的，先在讲一个正事，我突然想起来就和他讲：前天晚上坐公车，路过人民公园，是傍晚，公园铁篱笆外是卖糖炒栗子的人，一排坐在篱笆下面。有竹子从篱笆上探出来，黑影子就罩在炒栗子人头脸上，又有橘红的路灯光，打在脚背上。我坐在公车上，闻炒栗子香，心里喜欢得不得了，你说，这好不好呀？那人道，好呀。真是好得不得了。

下午呢，HB拿了一幅画出来，我说我去给你装裱起来好不好，他说再买几张碟来听听，我就趁机出去了，碟没有买到，画拿去裱了。裱了画旁边有神学院，走走过去，看见一个青砖的小楼，二楼有木头的密密实实的栏杆，我喜欢就往前去看，还没走到发现一个小书店。店名一看就是神学书店，就进去。有小桌子，也有三五元一杯的茶。要了一杯茶，老板开了收音机和电灯，我坐在店里看书。外面是白茫茫似的路面，也看不仔细，对面有神学院唱诗的声音传出来，也听不仔细，背后有老板煮水的铁壶咕嘟咕嘟响。桌子板凳都是黑色的，高矮刚合适我。老板坐在店门口，也不巡视，看他也是紧张，来人坐着看书，要茶，他要现烧开水的。难得他这样惶恐，我也这样惶恐，今天的天气是灰白的阴天，满天下的人都在惶恐，连风也刮得这样认真，这样才是秋风的样子。

10月17日

冲天香阵透长安

写下这句诗是想怀念一个人。但是现在没有话好讲，今天是多么愉快，杯酒在手，高朋满座，我是吹牛大王，或吹牛大王听众的一员。每个人都在讲，大家一会儿笑起来，一会儿又笑起来，有人送了酒来，又有人拿了另一种酒，开酒瓶甚至都成了笑料。没人说这欢乐的时光不存在。正像有人在深秋的桃林里吹口琴，就连千里外听说的人，以为他寂寞都是臆测。但是有一些疯狂还在，比如深夜前往远处，喝一点酒或者不喝，看一个人笑，看一个人在冷潮的夜里歪歪倒倒走路。明明一条折路，他却问：那么到这里怎么走？

还有恐惧，这恐惧是真的。冬天夜里被熄灭的路灯吓着了，从此害怕背后，但是现在不怕，因为猫暖暖地趴在腿上，它真温暖。对，真温暖。所以讲一个故事，吹个牛，比如说睡前应该想想武侠故事。四哥和我坐在台阶上，上面是蓝到快黑的天，四哥说，为什么这样？我说，在那里做什么？还不是吃饭睡觉。四哥说，人要谦虚一点。但是谦虚有什么用？爬上楼顶拍片子的人，我喜欢，因为他自得其乐。我也要自得其乐，你看，所以洗衣服。老许也是，拖地要拖三遍。他们总说，哎，你们怎么笑成这样，何苦呢？

何苦呢？他们说何苦呢？他们是不知道。我也是个不知道，最近吃药，吃得三心二意，吃过三两回不想吃了，就扔掉，兴致来了就喝点。有建设性的时候我就喝药。因为不打球，所以想起来这菊花，想起来说过的这样那样。冲天香阵透长安，这真好，香煞人，现在是我一个人，只是不知道该怎么走。万人万事，看起来都是一样，长安不知道在哪里，这香也是白香。

11月5日

chenv 和俄罗斯

chenv 到成都来出差是很突然的事情。之前我们还在 msn 上讨论无聊的生活，chenv 说可以出来走走，我说哎呀不行，走不了。

结果他忽然说要到成都出差。昨天晚上去学了球，他短信说到了，我就背包来到喜来登，大门口都是外国人，我好不容易才挤进去。

我们去吃森林烧烤，我以为我点多了，结果还是吃完了，真厉害。然后去玉林南路我喜欢的那家酒馆，一人要了一罐汽水。背后坐着几个念大学的小男生，现在的男生真糟糕，他们在说什么壮阳药，小男生讨论这个真是丢脸。酒馆的女老板不在，男老板很瘦，很有礼貌。

chenv说到俄罗斯人，说俄罗斯人真是无耻呀。先说了一个项目的事情，又说同事去俄罗斯出差，如果你是一个中国人在那里走，那么遇到谁就有谁来查你的护照，没有护照要么送你去移民局，要么给点钱就放了你。我说，但是俄罗斯人还是有道德的。你看，他们都那么无耻了，都还有道德。他抢了钱也不会存到银行去，而是买酒喝，因为这是不义之财，他在道德上接受不了，必须去挥霍掉，一分不剩。他必须用更大的堕落才能抵挡自己的罪恶感呀。由此可见道德真是无比强大。最后说到契诃夫写的，"俄罗斯是个巨大的荒原，坏蛋们在上面游荡"，以及"坐马车在涅夫斯基大街上走的时候，请你先眺望一下左边的干草广场：云色如烟，落日如球，其色赤紫，这是但丁的地狱啊"（chenv补充，是在圣彼得堡）。

11月9日

All beauties must die

"当清晨早起，在空旷的海滩上，可以看到黑岩旅馆完美图形略略侧向北方地区。随后，随着时间一小时一小时逝去，高空中阴影渐渐冲淡，一直到消失得不见踪影。"八年前（这样说起来又一次意识到时间过得太快，这期间发生的许多事情几乎使自己感到陌生，而我仍然活着），也曾经有过这样的日子。在北方晴朗的天空下，看山岭起伏的形状。那是一生中最美好的时候。什么都还没有开始。因此，现在也是好的。生活每到冬天就会给出一些奇迹，一些意想不到的东西。夏天也是。几乎每个季节。

所有期待过的都没有发生，甚至在最开始的时候也没有期待什么。就是那样，站着或走路，看着远处，从来没有看过那么远的远处。从很远的地方会来一些人。不可能一一把他们想起来，只能想起那些与痛苦有关的。可能也有过欢乐，始终是欢乐，后来才发现其实是痛苦。是这个发现本身是痛苦的。但现在只有欢乐，不可能推翻的欢乐。毫无疑问，只能是这样。

11月13日

伤感的几天

好几天都伤感，伤感是不可能压制的。再强也不能。前一阵做了一些计划，但是没有实施起来，除了学羽毛球。就好像一个窗口，又好像一杯水，每次打球都让难以捕捉的伤感消失片刻。每天早上走在大街上也很好，但是安静下来就不行了。

"Where the Wild Roses Grow"终于把这种伤感推向了无与伦比的高潮。悠长的小提琴前奏，布莱希特在慕尼黑的酒馆里演唱的黑色歌谣也是这样么？那他要多少勇气才能从啤酒和咖啡兑匀的沉沦中出来？即使他的出来只是为了把这种颓废传达给更多人。沉浸在必将灭亡的思想中，需要无比坚定的魔鬼念头。这是享乐主义都无法解救的恶癖。抽搐、神经质算什么？比起坚韧的想象力。但是我想要的不只这些。我希望出来的时候，还有一些健康。

下午在公车上偶遇球友，于是在东门大桥才下车，下车后给李安打电话，正好他在家，去拿杂志。又有两个人来找就一起吃饭，然后去民院附近一个日本人开的漫画咖啡。一群人在黑糊糊的树下坐着，有些冷。我只是懒懒的，叫人疑心我不高兴这么玩。

其实无所谓，在哪里都一样。回家听音乐，要抵抗 Nick Cave，于是听《恋爱症候群》，还有《幽灵》。是一些美好的东西。记得是从辽宁归程的汽车上，暴雨和唱歌，小高坐在后面，和我一样是不会闹的人，但是很享受。那个唱歌的人，给了我们多少快乐。心里想的只有爱你爱你爱你。但是我现在却宁可一个人，没人打搅我的伤感。而生活还是有很多美好的东西，我知道，我知道，这带来甜蜜。非常的甜蜜，在遭遇暴雨的夜晚，像那些黑色歌谣里的爱情一样甜蜜。王子公主哪有这样甜蜜。死去的才甜蜜。

至于《幽灵》，十年前总是和一个荒诞的梦想联系起来。雨后的树林里，黄泥的路，乡村女教师的生活。从来没有实现过，我所有的不过是一些梦想，浪漫的，不切实际的，毫无代价地沉浸于关于牺牲的想象，这就是享乐。关于痛苦的享乐。譬如现在，关于忧伤的享乐。放大放大，继续放大，以便使自己沉浸其中。

这些伤感什么时候结束呢？我现在想要一些积极的、进取的、功利的享乐，我要那种很强悍的享乐，我上瘾了，我不想要病歪歪的！

11月26日

橙子

下午在金堂摘橙子。回来路上，回望丘陵上蜿蜒过来白色的水泥路，只三四米宽，两边是贫瘠的农田，并不显得穷困，四川的乡下总是可以活人的。暮霭渐渐地漂浮，还有冬天已经干涸的鱼塘，这景色有些熟悉似的。但其实并没有见过。

去金堂的路也不过一小时车程。却有大的山，还有随处都有的芦苇，在山壁上。同车的人在讲去贵州玩，我却觉得就这路边的山就很好了，若是可以长时间在这里，大概会很忧伤吧。会一直忧伤下去，但是并没有什么不好，因为城里要忧伤很难，一个人走在闹市里，怎么能够任由自己沉下去，直到忧伤到来呢——前面有个红灯。

心情是不大好的，要学会不要和人说话。但是抒情的话是可以说的，譬如有关心，是可以表达的，但是其他的就不要说了。不要说了。倘如有一天有大的欢喜，也是好的。那时节欢喜捧出来，立刻就是窒息，就是死。

12月28日

散步

昨天晚上去散步，听着涉谷系炫极俗丽的音乐出发，外面黑得很，偶尔一辆夜行的车也是冷漠的，人人都冷漠因为生活并不简单。宽巷子口上有小树在桔红灯影里，又三两夜归的人，十分优雅的画面。到大的路口就有风，猛而让人顿感无助，人是这样的，不与现实短兵相接绝不承认英雄气短。后来是在槐树街想起二奶奶家的春节，想起白粉墙上的八仙，然后是母亲，忍痛的脸容，还有病重时也偶有的浅笑，想这街上来往的人并不了解的残酷。到长顺街口想去熟悉的咖啡馆于是向北。但是直到八宝街才发现已过了路口，到一家茶店买炭醺乌梅，又称一两普洱。顺着东城根街走下去，想起十年前的里约咖啡馆，过路口走黄瓦街，又想起车公庄雨后的傍晚，从滴水的树枝下走过去，一路是水一样的颜色。出黄瓦街看到一对老夫妇携手散步，老先生头大如斗戴贝雷帽，两人并行，面色欣然甚至略带骄傲，我也微笑起来，这是最值得骄傲的事情。这时正听到周璇唱《花样的年华》，真是样样好事无一遗漏，想起陀先生《白夜》里的句子："这真是个十足幼稚的问题。这样的夜晚只在我们年轻时候才有。"十足幼稚的问题，我忽然觉得轻快了。回家路上决定向人道歉，并努力快乐地生活，每一天。十足幼稚的问题，为什么要怒气冲冲充满怨恨呢？把思想放在那些真正的问题上，虽然那些晚归的人各有心事，但我真愿他们和我一样心思清平。

2006
年

4月19日

摘一段信

> 这条路叫阿西娅·拉西斯街,作为工程师,她使这条街整个地穿过了作者。

他在书的扉页上写下这句话。是我看到过的最美的情话,不,甚至不是情话,是一个表达,但是不针对她。是一个叹息,是被自己、生活和世界感动的痕迹。——这是上回写的,虽然没有一个字有伤感的表述,但非常伤感。有一种错误的风尚一直毒害着文艺青年,就是伤感而无望、无力的审美态度,我一再抵抗、一再沉迷的就是这种错误……它影响着我的每一次表达,影响着我的每一次体会。今天我再次承认,再次抨击它,但也许并非如此,我不想再抨击它——让沉迷于它的人们继续沉迷吧,但我不是他们中间的一个……我一直在培植自己的力量,它应当出现,我努力了那么久,尤其是现在,我下了决心,也付了代价,如果我得不到,我就制造。力量自己会产生。

……出太阳的天,也是非常好的,尤其因为它是必须的。我做出了努力,还会继续努力,所谓的良心和道德、承诺和自制,这些都不成问题,可以去遵守,也可以不,一切都是可以改善的,没有不能改善的……

有一种韩国的民间舞蹈音译作 Sakuli,意思是"呼吸",也有"熬"的意思,呼吸、生活,就是熬完生命的过程。这很悲观,似乎,但是真的,享受这个"熬"的过程,认真完成每一次呼吸的过程。所以痛苦，也是必须的，但不可怕，是丰盈的，有很多很多的力量，用来欢喜，也用来沉浸在痛苦中，充分地体会痛苦。其实没有什么痛苦，难道有完整的、纯净的痛苦吗？……

这就是我的希望，为此我愿意付出代价……

7月5日

这几天

"北京下了好几天雪，今天晚上尤其的大了。很是欢喜，拿袖子接那些雪，左一下右一下。"翻看零二年日记，看到这两句，节奏也很好，高兴自己曾写过这样的句子，不如说，高兴自己曾经这样轻盈。拿袖子接那些雪的人，现在已经死去了，至少死了一半。

前天，李安和我喝茶。下午时分在同仁路见面，然后我领他去二道桥，说一些关于中文表达的小问题。拿《道德经》里一句和《诗经》里一句对比，转而说到仁政、福利国家和威权主义。后来在西安路走走，走到西马棚吃饭，之后又走，忽然说起去吃法式点心，李安要买马桶圈，商量路线：李安说，我们先到盐市口，先吃点心，再吃马桶圈。我大笑，李安正色说：我去丽江玩，隔壁人家小孩清早唱歌，"因为爱变了态，骑着马桶去买菜"，我觉得非常可爱——我就是从那时开始吃马桶圈的。

吃点心是在染坊街附近小巷里，喝茶，很好的树荫，树外就是小路，雨后空气凉爽。然后马桶圈没有卖的，李安没吃上马桶圈，但是买到一只竹枕头，很难看。我买了几条塑料珠子手链，颜色鲜艳得像暗娼和女中学生。

走路回家，越来越凉爽。回家是可怕的事情，不是因为幻觉，是为了抵抗幻觉，同时保持敏感。所有的感情在一天内消耗干净，明天起来我还要像个活人。像个活人一样生活是多么的难。今天，很热，中午起床，药物有一点副作用，浑身疼痛，像个废人，而不是活人。

8月23日

教我如何不想他

天上飘着些微风……是这么来的吧？昨天和QL一道，采访两个开车的女子，一个是开BMW的小姑娘，一个是开越野的专业级票友。中间午饭是杨子来成都见人，我代约了朱广皓，菜点得不好，一桌酱糟糟，我的错。杨子这次装扮成中央美院的老师，不大像，我还是觉得NGO艺术行会堂主的扮相更适合他。

和朱闲聊，脸皮厚到自称八三年的同学，这就过分了，虚报年龄也不能一个甲子一个甲子的来，驻颜有术也要讲社会责任感。朱说，你我是两世界人，我是体制内的。我说你看你哪点像体制内的？他说心态上像。我又同意了：我去采访，人家说这是某某杂志的记者，我立刻更正我只是他们的撰稿人；你去做活，人家说小朱你这么能闯荡啊，你正色道我是有单位的！然后宣布以后要叫他朱台长，类似叫康路康团长。临别切切叮嘱要记得我是第一个叫他台长的人，潜台词"苟富贵毋相忘"，也不晓得他理不理会得。

在置信丽都采访，那人颜色不够，风采却好，蛮喜欢。小区进门有水塘，水草上殷红的落英，我煞风景地以为是夹竹桃，仔细看却是紫堇，真是煞风景的绝笔。水面有半腐的落叶，正好已入秋，应景，虽不见得妙。人为的香艳，却也真香艳。

请 QL 来家吃饭，看黄秋生大烂片，早早睡觉，半夜醒来读乐府。宫体诗好比小电影，乐府也好不到哪里去。卢照邻是刘雪华主演的琼瑶剧。李贺是数码时代惊悚片。元稹是张恨水小说改拍的电视剧，冯宝宝当主角，俗得这样雅。

8月29日

心如地下流水

中午时接到电话，之前也有一个电话，但是不接，因为想睡。拿来看看，正是最该接的工作电话，还是不接。失职事小，失眠事大。没有失眠，只是昨晚通宵工作。但还是没有写好 ZD 朋友那边的约稿，是我这辈子最光荣的约稿呢。

电话说有一封信不知道我收到没有。没有收到。然后随便说说话，说看了魏晋六朝的诗，不好看，都差不多。偶尔看见一首好的，却发现那是失手写下的，毕生为之悔恨。比如说陆机。陆机是个理论家嘛！都写得不大好。但还是看看。说话好像国家领导。是这样的吗？该表扬的就得表扬，该批评的就得批评。夸我说心放宽了，是呀，比前一阵好多了。还是笑啊笑，胡说八道真好，我知道电话那边的人也是真高兴。只是挂断电话还是一样的惘然。我呢，继续睡觉。

取到了信，等饭的时候看了。几乎掉泪。电话里怎么也听不出来。是那样惨淡的生活。没有人知道。我知道了，应该同情和深味。还有感激这样与我说道生活的难过。我很会讲笑话！脸皮很厚！我还很聪明，知道怎么收拾生活，牙膏牙刷毛巾手帕，这样千手千眼，多好呀。所以，告诉我也很好。句子里有隐情，但是不肯给人一眼明白，又想说又说不出口，这样千回百转的让人好不难过。还在叮嘱我不要吃药。其实早就没吃了，偶尔被幻觉折磨得受不了，会吃一两粒。知道那样不好，可是折磨的时候没有办法。再顽抗就要行为异常了，宁可伤身体伤脑子。"大又不治的病是蜀中无人相语，其他地方也无人相语。"这哪里是说我呢？

又看看信纸和信封。据说是从年前在某处买的，草灰色纹纸上印了一角稗草、狗尾巴草。是简简单单的装扮，僻乡女子的节日，再鄙陋也是她的光华，里里外外都是郑重。也有些遗世独立的味道，但是不浓。

午饭后走到家门口，站了下，窗下的野参草已经耷拉到花坛边上。春天的时候，它们叶片宽阔碧绿，新鲜的生命力逼人不敢多视。想起从前常常通信的朋友，好久没有去过信了。此刻看到窗下草木深，也是一种寂寥吧。这样慢慢耗到傍晚，应该早些躺下了。要写的薇依的评介文章，既然起心那么大，总要好好打算一番。想起来，朋友们都很儒雅，说话互相礼让，自然就谦逊了，真是很好。所以会想到感激，是这样好，我也没有愤懑和惊遽，只微笑，喝一点茶。

再有就是记一个昨天晚上乍想起的和歌，大概是从什么书里引文看来的，格式什么的都不太对劲。当时抄了不少，最喜欢的是两个。后一个 wizard 喜欢，很意外所以记得。

  心如地下流水，在那里翻腾

不言语，却比言语更强

风吹白云，在山头分别了
是绝无情分的你的心啊

11月10日

来自生活的战争学校

　　这句话很好找。《偶像的黄昏》。原句不确切了，意思是那不能杀死我的，使我更加坚强。身体的健康正在恢复，每天监视着护士和病历册，确信病还没走。它留下来，尽全部的力量，要和我融合，要砍掉所有枝节，要占据我——即使只是以俘虏的形式。它谦卑又善变，它伺机而动，这正与我相同。来来，大家都有进展，大家都经历了洗礼。我留着我的病，有用的部分，其他的，我吩咐医生，干掉它！剩下的，干掉了我，然后我们又复活了。这么说像病人，这就是我要的，强大有力的病人，甚至可以摧毁健康而活下来。

11月15日

来一个！

　　我和老许是多年的朋友，有好多我们共同的第一次，简直数不清，简直是闺中密友，简直是亲如手足，就好比上完厕所要洗手，所以手足就是一对腌臜泼才。之所以说到她，是因为想起一个话，叫作"来一个"。人家在跨步子，这是一种游戏，有人叫道来一个，就是半路出家的意思。我和老许就有很多个这种来一个的时候。有一回我们来一个参加了跳橡筋活动，老许大吼大叫，比手划脚，她比我个高，手长脚长，外加一颗大脑壳，一头黄头发，我心里三分怯，外表足有八分，因为不及她泼辣。老许指控我钻土狗子，这是跳橡筋术语，意思是脚擦着地皮跳，这样不容易出错，也就使对方永难翻身。我被指控以后手脚发软，眼看就要输了。忽然一只田鼠从我们旁边的阳沟里窜过，大家丢开橡筋，去看田鼠。

这就是我第一次见田鼠的经过，也是老许的第一次，和我们一起的很多小孩的第一次，就这么消磨在一个初秋的傍晚。

写这个是为了想念老许，我想念老许，因为她外表凶恶，内心柔弱，和我一样啊，和我一样的好，一样的可爱，一样的杀了她还嫌污了刀，所以苟活至今，还要继续欢乐下去。老许啊，我真想你！孙胖也喜欢老许，但没我那么喜欢，因为必须和老许一样可爱的人才懂她的可爱之处。老许啊老许，这会儿我想念你，就像你经常莫名其妙地想念我一样，没心没肺还嗲三嗲四。

忘了说了，写到老许是意外，抒情嘛，不能泛滥，这上边大禹治水了一把。写日记是因为今天收到色情电话广告短信有四个之多，有暗夜教室、女警心声……太多了，一个个油暴暴的，看得我心花怒放，随即明白又被人煽了情。稳重一点好，但是我还是不断地激动，所以写写老许，大家应该可以领会到，遇到这种情况，老许无论如何不会比我更冷静。

12月13日

一些啰嗦话

对于我们的生活,是值得反复研究的。生活中那么多事件、环节很难说得清楚。在不多的几十年生涯里,有几次选择是真正经得起考验的呢?我们更多的是在趋利避害的本能引导下,自然而然地滑落进最近的一个陷阱里去。而事实上我们可以简单而准确地意识到并承认,这个与我们的本性最贴近的陷阱,是最适合我们用习惯的姿势躺下休憩的坟墓,当然,如果奋力一跃,也许会落进更远些的墓穴里去,这是了不起的举动,甚至会引人注目。……而在这之后所发生的则是循环的过程了,不断地滑进早为我们准备好了的墓穴中去。这些墓穴并不是像洋葱一样层层包裹,而是像蜂巢一样,布满平面。因此,我们的滑动不是朝向更深的墓穴纵身,而是有节奏地滑向同一平面的下一个墓穴——但不必担心会滑进已经有人的墓穴中去,每个人都拥有足够多的墓穴,我们只是互相张望,却不能结成同盟者,一起跳来跳去。根本的原因在于,每个人都有他自己的墓穴,有几十上百甚至更多的墓穴在等候着,但那也都是完全一样的内容。我们不断地挣扎,徒劳地想摆脱落入同样的墓穴的命运,却恰恰忘了追问,是谁挖掘了这些陷阱。

也许我们可以尝试老实地待在里面,自己动手改造那个属于每个人自己的陷阱,这是无法避免的,也恰恰是我们唯一能做的。

2007年

5月19日

繁华最深处

  这是下午，我坐在家里写字。不是写毛笔字，虽然很想写一写，如果写得好看就更好了。我有一本字帖，是简帛文字的，写不到那样好，看字帖也喜欢。繁华最深处这个话好，是乘公车时看见的新楼盘的招贴。我们这里要变成商业区了，可是现在还只是几大片空地，围着不知道在干什么，我一点不喜欢。我喜欢的是夹竹桃和法国梧桐，小叶榕也不错，气根垂下来已经发黑，千丝万缕地体察人生。

  离城不远的地方有个三圣花乡，以前去买过鲜花，这最近一次是去梅林吃饭。饭没什么好吃，北湖是好的，但不在这边；东湖离城太近，水脏且浅，不好。去梅林吃饭，吃的是椒麻鸡，因天下着小雨，人少。吃饭前是在一个玻璃房子里喝茶，别的都不记得，只记得茶舍里好亮的天光。这会儿我边写字，猫边绕着键盘跑，似乎也想写一写它的什么。

  WJ的新画室也在三圣乡，但是还没修好。小蓓的村子大概要盖好了，据说她很霸道，不准人家采访报道，俨然一个村子是她的。但她这样不觉得不好。最后一次见小蓓，是在她家里，我们还到光秃秃的柿子林拍照，又有一个旧而破的和尚庙，是上苑的古迹。

  繁华最深处是什么呢？是细枝末节的欢喜。幸福是谈不上的，幸福是终极的么？有他人去撑繁华场面，自己躲在最深处，喜悲都不值得说，都是这里的奥秘。我的心情怎么就是好不起来呢？

10月10日

"漫山遍野都是今天"

张爱写给胡兰成的这句情话和她的小说不一样,十足是新文艺腔,这是摘花高处赌身轻,却不幸赌输了,结果屁股摔开了花。但我这里用不是新文艺腔,因为我其实是想写"今天",却觉得好像少了点什么,循着脑子里的节奏和音高,就找到了这一句,虽然还不甚合意,但至少可以用了。不能写太多,不能写得太考究。平时我写得考究,甚至别人以为我没雕琢,其实是雕琢得不行。脚趾头都抓紧了。

昨晚看了一场职业拳击赛,吴志宇真可怕,我看见他黑胖地站在拳台上,肚子隆起,背上一条青龙。他打人时还好,只是个凶霸的胖子,防守的时候却满场游走,似乎带着怯意和畏惧,躲也躲不掉,生生吃对方几记老拳,脑袋被打得东摇西晃,有报仇的念头,却没有报仇的体力和勇气。他就满场躲逃,我看得一阵一阵恶心。

卑贱地逃跑是丑恶的,所以本雅明死在路上。他受不了这无计可消除的腐烂世界,越不过最后一道山岭。凶悍、冷血、好战的拳手被打得无还手之力时爆发出的拼死也要捞回来的样子,最使我难受。双手抱头,身体弓起,是悲惨地以泪洗面。但其实不是,只是在挨打而已,一会儿有机会了他也一样去攻击对方,嘴角还淌着自己的血,但看到对方比自己还伤得厉害时,就又冲上去。

不停地打,不管老少胖瘦,一律要打,而人们在台下喝彩:打他!不准躲!快打!

10月18日

川端

"浅草公园最高贵的,是林金花的忧郁。可是最……最其次的,是要接着写什么自己也忘记了,我曾想这样开头写写江川蹬球戏棚的老板江川某的亲女儿的故事。"这两天偷着懒,看电子书。《林金花的忧郁》是川端的掌小说。我喜欢看作者的随笔、笔记、日记和信件,好像是一条隐秘的隧道,可以直达他作品的核心。川端的小说,像《雪国》《伊豆的舞女》《日兮月兮》《山音》《湖》《名人》《千只鹤》都很平淡,短篇也似乎刻意追求平淡。他与新感觉派的牵涉其实并不深。但我最喜欢的是他的掌小说和《浅草红团》。

关于浅草,可以参看谷崎润一郎的《痴人之爱》,里面对浅草公园的混乱秩序有很生动的表现。又有永井荷风,也写过浅草,当然永井更适合写的是银座的咖啡馆。川端之写流浪艺人的心态在《伊豆的舞女》里很明白地说明过了,一个略忧郁的学生,对流浪艺人的生活十分好奇和着迷,但并不会迈出最关键的那一步——这也许是出于胆怯,也有可能是偶然的,这偶然性造就了川端,否则他最后也只是个流浪艺人吧。谷崎喜欢能乐,和川端的喜欢浅草艺人是不同的。谷崎有很强烈的文人气味。永井则更颓废,《墨东绮谈》里的艺伎和作者很贴近,没有距离。川端到老来也只是满腹优柔地用目光抚摸少女们的影子。

因为看永井小说的缘故,我一度对江户时代非常着迷,还专门找过江户地图。不过喜欢川端已经是好些年前的事情了,大概还在念中学吧。

川端平淡而犹疑的口气让一个单薄的孩子感到安全和亲近，而他有些病态的孤儿情结，也塑造了年轻的读者。现在又重新看川端，也许已经不能进入作品深处，因为懂得了川端给出的艰难生活，却不能像他那样还能在感慨中经营字句，把艰难写得像流淌的溪水一样清澈、灵活。

11月12日

这两天很冷。晚上看《卓别林自传》，第二部关于电影拍摄的部分渐入佳境。第一部写他母亲发疯的地方清明悲哀。提到《寻子遇仙记》中的小孩，一下子想起来觉得是非常好的。

看了Fassbinder的几部，《闰年》和他编剧、别人拍的《干柴烈火》算是同题作品了。后者镜头语言颇有当代式的雕琢，作为室内剧，布光也十分考究，演员都长相漂亮，变性人十分像女人了，因此观众对同性行为的想象也不会有压抑感。演Franz的男孩很漂亮。也同样有跳舞的镜头。

但前者才是真的。

Elvila在黑屋子和修道院的那两场戏是真好，他发胖了，高高的个子，可能刚变性的时候他很漂亮。疯人院出来的算命者讲他的梦，黑咕隆咚的，他还一边在练肌肉；修女讲Elvien小时候，Elvila倒在地上。

黑人自杀那场很文艺片，大段的议论，像哲学家。挽绳子、喝酒、挂在天花板下甩来甩去，绝对的文艺片套路，但不如癌症患者在街角咒骂那一场那么够花腔。Elvila拿出年轻时的照片——叫人惊艳。

旧情人热吻 Elvila 的朋友，Elvila 死在他们旁边。他一点也不美，全是失败。他终于发现自己失败了，十多年来，他一直在一个错误的方向上。他猛地想回头，匆匆忙忙地，不顾一切要调转车头，他忙活半天，折腾来折腾去，弄得一塌糊涂——那边，另一个方向上，没有人等他。没有人在期待他。他回过头才发现，这是单行道，没有可去的方向。他懵了。试探着找个人谈谈，找那个访问过他的记者，他把自己这些年过的生活都掏心窝子告诉了他。记者说，我要睡了，明天要早起……他只好回家，死在卧室里，旁边，旧情人正在热吻他的"闺中密友"，他就死在他们旁边。

这种猛可里想要回头却没有路的感觉，大概每个人都会有过那么一两次吧。我一直在想，Elvien 爱上那个男人，那人说"如果你是女孩，我就会爱你"，于是他就飞到卡萨布兰卡去做了变性手术。这是一种什么样天真而热切的爱呀。当时他都已经结婚、生了一个女儿了！他会爱一个男人爱到那种地步！也说不定他就是个大傻瓜，少根筋；否则我们就要相信世界上真有这样深、这样真的爱——太危险了。

11 月 15 日

关于《卓别林自传——一生想过浪漫的生活》

我就是看见这个副题才买的书，多少钱忘记了，估计不会是原价。我这么穷。也说不定是用券买的，我也一度有很多代券——这可是特权阶级的标志。我也一生想过浪漫的生活，但这种话有点像临终回顾。很多人脑子里有不切实际的梦想，可能也很浪漫，但他们羞于承认这一点，仿佛这是很可耻的事情。想过浪漫的生活有什么不好？而且要一生都想，至死方休。已经浪漫了，还要更浪漫，从浪漫走向浪漫，把浪漫上升到哲学的高度。虽然哲学也没多高。

卓别林有一个女秘书帮他修订文稿，所以文章的好不能全算在他自己头上，不过想想秘书也能有这样干净生动的文笔，还是值得赞赏的。因为是回忆录型的自传，结构上就没什么考究或穿插躲闪。写伦敦的童年颇费了些笔墨，且不那么好看，虽然已经尽量经营。看到卓别林能够演出赚钱时，松了口气，总算不那么窘迫了。当时卓别林家里就和他中后期作品《小孩》里的情形类似吧，住在小阁楼里，衣服补丁重补丁。

即使在成为公众人物后，他也是郁郁寡欢的，至少是有时。他见过的名人可太多了，叫人羡慕，不过他自己也是大名人了，也许比那些他见过的名人更有名。这个明星喜欢信步游荡，不自觉地走到贫民区的边缘。

动人的是乌娜·奥尼尔对他的爱，还有他对她的。乌娜美得惊人。卓别林写爱情真是厉害，好多大作家也没法望其项背。《自传》结尾百把字，是我最爱的。是值得认真看一遍的读物。

11月19日

关于《我将是你的镜子》

这本书比我想象的厚太多了，买到的时候被吓了一跳。从图片看，应该在十个印张左右，可见书封设计者做得不好，厚书和薄书是应该在书封上看得出区别的——就像大饼，厚度也是很重要的一个指标。

一般汉译的 Warhol 简介都大有问题，比如把《康宝浓汤》和《梦露》版画归于后期作品，还有把《帝国》《睡》跟《雀西女孩》放在一个时期，此外，地下丝绒和尼可是 Warhol 一段时期非常重要的艺术生活主题，却不被提及，《毛》系列和后期丝网版画也是重要的，却往往被漏掉。Warhol 日记还没有翻译，估计是量太大。这本访谈集是根据 Warhol 文件来的。

国内对 Pop Art 的理解有偏差，总是有股苦大仇深的味道，比如一些搞革命版画的，大胆地将 Warhol 引为鼻祖，很可笑。Warhol 喜欢说的是"那很棒……他们都很好"，喜欢说"如果你想知道关于 Andy Warhol 的一切，只要看表面"，还喜欢说"我不知道"。这些虽然都是他的访谈策略，和他后期穿精致的西装，出入于高级百货商场一样，是一种策略，但策略并不意味着撒谎。

> 可口可乐就是可口可乐，它们全都一样的好，总统和乞丐都喝它，没有更好的可口可乐，这就是美国，这一切非常好。

他有一张犹豫的、忧伤的面孔。

12月21日

今天是我的偶像吴镇宇的生日，我要向他致以诚挚的问候和热情的祝贺。

最近好忙啊，忙着出差和生病。上周六携带高级海鲜，和猫王一道去看望了小S和他家的小母猫，猫王很给我丢脸地钻到小S床下不肯出来，而小S的小母猫则对我打喷嚏，威胁我。午饭后，我去37度看了看书，买了《诗词四论》《佳吉列夫传》和《拓印技术入门》（好像是这名字）。

星期一下午和同事若干人出发去卧龙出差。LX坐我旁边，我们一路上胡扯，出都江堰就堵车，于是折回去到一茶房等着，我拿着公司的EOS到小河边拍了几张。那是都江堰城外的一僻静处，也有旧的单位宿舍楼，就在河边，有台阶可以下到河里——我喜欢这种可以下到河里的院落，就好像可以乘着船随时出发一样。河水不怎么干净，但仍可见底，这我也很喜欢。对面有个压水的机井，大约是把河水压到岸边，洗衣服，洗拖把。有个女人在洗衣服，她的孩子在一旁看，三两岁，穿红衣服。

六点多终于又出发了，这次看到紫坪铺电站造出的水库了。远处是灰蓝的山影，好像水墨画。水面是苍蓝色。水库很大，开了快一小时才离开它的岸。然后进到一条小路，据说明年才能修好。天已经黑了，我们三辆车颠来颠去的，很惨。地上时有从货车上掉下来的卷心菜。哦，对了，我带了一张电爵，很好听，但他们都说容易叫人睡觉。电爵怎么会叫人睡觉呢！真是的！

卧龙挺冷，早上有-10℃。我因为夜里光脚踩了凉水，所以感冒了。

卧龙的熊猫好活泼，有一只被我逗得发怒，要爬上围栏来打我。我还抱着一只一岁多的熊猫照相，我去坐在它旁边，它一边吃苹果，一边把右手放在我手心里，我搂着它，它就靠着我肩膀，继续吃苹果。

回来以后就天天上班赶进度，因为年前要交很多东西，而新公司很多东西没现成的，也要随时弄。我不喜欢琐碎的事情，我是个有计划的人。但是并不是所有人都有计划。要学会忍耐，学会不把自己的心情放进工作里去。其实都是很简单的道理，但是我还是要反复地说服自己。还是太情绪化了。

　　生病真是很糟糕的事情，时间过得很快，人很容易累，心情很容易颓废。

　　周末和YJ约好了喝茶，好久没见了，上次喝茶还是在夏天，还有一次是YJ夫妇请我和ZY吃饭。ZY是我在成都最喜欢的朋友之一！是一个非常聪明、有趣，而且有理想、有追求的人。我要跟他打电话，改天吃饭！

12月30日

与WJ谈话

　　与WJ聚餐。

　　先问了问他最近画得如何，因为今天下午他也在工作室，本来我如果不打球，我们可以看看画。他说没有去年状态好，去年夏秋大概是最好的时期，今年始终感觉差那么一点。我讲了讲最近读的书，先说Andy Warhol，顺便谈了谈艾未未，WJ对他评价颇高，也颇有保留，我十分赞同。我再次隆重推荐《完美的罪行》。

　　然后谈Leni Riefenstahl，WJ认为她和Marguerite Duras都是才气很高的人，我不赞同，我认为才气有高低和大小两个标尺，

Duras 可以说才气大，但不高，她一辈子就围绕一个爱情问题纠缠不清，WJ 认为即使只有一个主题但只要充分地挖掘也是不错的，我仍然反对。又谈到我自己的主题是"出走"，我开始胡搅蛮缠说"出走"是一个重要的母题，引经据典到《堂·吉诃德》《西游记》乃至 F.Kafka《美国》《城堡》。

"出走"表面上看是一种对生活的肯定态度，认定在远方存在着完美的生活，出走因此像是一个积极的行动。而实际上，出走是对现实生活的否定。不要此身要何身？不生今世生何世？所以说，出走是虚无而悲观的。而 Kafka 的高明处在于，他的现实生活是乏味的，他通过每天夜里沉浸在虚构中，完成对夜晚噩梦的抵抗。他的出走故事都构筑在作者所不了解的领域，他的主人公都没有到达目的地：每一次似乎到达了，却再次发现世界比自己想象的更复杂……最终，Kafka 在懵懂中开始书写的他自己也不知道将终于何处的故事，结束于远远还望不到终点的途中。这就终于形成了他的主题，WJ 说那是一种弥漫在整个作品中的气氛，作者也许无法说清楚那是什么，也无法回忆起生活给他的所有细节，但他的感觉被捕捉到了，没有消失，成为了作品的灵魂。WJ 说，这就是他想要追求的，如果完成了这个任务，他就会不同于一般的画家，而进入到一个新的层次。而我说：Kafka 的作品富有生命力、幽默感，同时也非常悲观，他似乎用一种漫不经心地态度在写作；而作为一个犹太人，他又是一个富于道德感的个人主义者。这两者如何在他的作品中达成妥协乃至共谋，就是我一直没有解决的问题，解决了这个问题，我也会进入新的层次。

哦，对了，在谈到 Leni Riefenstahl 时，我说，她是最后一个表现主义者，表现主义在她那里达到了顶峰，从此以后不会再有表现主义者了。WJ则称自己就是一个表现主义者,我不同意,只是说没有人能绕过表现主义罢了,你WJ也不例外。而当我们谈到Kafka,WJ扬言自己要追求的就是那种来源于感觉和记忆、用充分的形式感来塑成的作品氛围时,我同意了他是一个表现主义者的说法。

2008
年

3月24日

下午到集团开会,一路上啊,狂奔,还抄近路,很有成就感,但还是比 XY 和 ZK 晚。不能攀比,尤其不能和一个能把 Mondeo 开成越野车的人攀比,那是自取灭亡。开会前前台给了我一张包裹单,原来 Amazon 的书是要去邮局取的,还好今天来开会,可以去取。开完会发现包裹单被弄丢了,我这样一个有条理有追求有思想有道德的女青年,也会把自己的包裹单在三个小时内弄丢,实在是一大进步。可见我不再是四有女青年了,开始进入中年写作了。哈哈,那年和 XS 说,要考虑中年写作,那年他大约刚二十岁。HD 到处和人讲,MY 居然和 XS 谈中年写作!

WT 是个好玩的小孩,我和他说,你该考虑喜欢女孩子了,你这个年纪连这都不懂,长大了还能成什么事?不能只会玩手机游戏。但他认为我是他妈的间谍、密探、告发人,不和我讲实话。但有一回被我撞见了。我问他,你把电子贺卡发给男生女生?他说,女生,怎么着?我说,不怎么着,要是发给男生,我就和你妈讲,带你去看病。

我和自闭症小孩好,去三亚的时候,HR 妹妹的女儿就有自闭症,但是喜欢我。一见我就过来拉我的手。因为我把她拎起来甩,甩了几十回,她就爱上我了。

收到 MZ 的毛笔和书和书签和信,毛笔我比较喜欢,书我不是很喜欢。其实我不是很爱读书,这一点往往被人误会,我只是喜欢读书罢了。我最喜欢的还是混吃等死,就是"暮春者,春服既成"的境界。多么高啊!

Amazon 的书后来还是取到了。历尽千辛万苦,客服电话上搞到包裹号，但是笔丢了，所以用眼影笔写在纸上，但是看不清。然后邮局的人实在看不得我在那里阴魂不散，就帮我找，竟然一找就找到，可见我国服务业实在大有问题。书不少，装在箱子里，竟然不用牛皮纸包，不给我省钱，Amazon 是不对的。那个讲种植物的画册我很喜欢，但是可看性不强，道理太简单。一看就懂了，而且似乎很好操作。明天就去园子里捡种子。但是，想想种一颗枸杞，却不能让它顺顺当当结出果子来，还是不愉快的。植物就应该有完备的一生，就像人，卡夫卡的老话了嘛：结婚、生子，在一个靠不住的世界上把他们养育成人，甚至在可能的时候给他们一些指点，是一个人所能达到的最高度。对于植物，就是应该开花、结果。养在浅水盆里，看看叶子，就像育婴堂里营养不良的婴儿，再怎么眉清目秀也是人间惨剧。即使是不会得嫁接，只是一粒橘子籽，也该让它在土里发芽……有荣枯，也有不值得人品尝的枳。这就是所谓室内观叶植物总难免些妖气、戾气的缘故。

　　头疼，因为集团办公室空气不好的缘故。

　　周末去参观，之后做了可怕的噩梦，回来给 FD 讲了，她首先称赞我有很高的思想水平和政治觉悟，又建议我不要钻牛角尖。后来也没有想了，确实没必要想。周六晚见到 ZD，他号称是来出差的，但我看不像。懒得拆穿他。不过我还是紧张，不知道怎么讲话。我这人内向，大家都没看出来。就像没看出来我梦想着混吃等死一样。太浪漫是不好的，不过我这个人、ZD 这个人都是很浪漫的。但是浪漫这个事情，就需要不浪漫做底色，所以我见义勇为地充当了那个不浪漫的底色。再说，我今天看到了一些东西，有点难为情。所以更不能讲出来，讲出来大家都要难为情。

昨天下午带 ZD 去茶经楼喝茶，但隔壁在修房子，实在是给我丢脸，只好站起来关了窗户。还是太闹。应该有个新的茶楼好去的，但是还没找到。后来是实在不知道怎么相处下去，难为情的呀，所以就叫了 YF 来一起吃饭，然后带 ZD 去买碟。也买了一张动画片，请他带回去送 MZ。回去路上接到 MZ 电话，本来要去银行存钱的，结果接电话就停在路边，顺便去拔眉毛。因为拔得太疼就忘记了存钱，直接回家了。

我觉得 FJ 是个恐怖分子。

差点忘记：答应 LY 两篇书评，一篇 Truff，一篇关于写二十年代一拨名女人的畅销书。后一本还没见到书，似乎书店也没卖的。答应他 3 月 31 日凌晨前给他。可怕可怕。更可怕的是这两篇都是去年就应下的。可怕可怕可怕。

5月22日

可乐男列传

戊子年四月八日未时，娘子关地忽大震，至申时势稍定，至夜复数动，后连日小动，数十日未止。川北绵州汉旺镇地大陷，房屋俱塌毁，东汽学庠亦坍卸。至十一日，戌时，或云：重压下似有儿啼？兵民并往趋探，试掘之出。既久乃知有男女童各一，埋墟中，虽被重创，一息尚存。力掘得一小隙，然不足并出。男言救女，女则求告：彼创甚，宜先。亥时，女出，男身有创，众人抬之出。及脱，乃言：吾欲饮可乐！继又曰：冰镇者！众为之噱，寻因震后可乐难寻，以牛乳代之。姑受而徐饮，意犹忿忿。

爰有好事者爱而录之，哄传一国，世遂以可乐男名彼，一时噪于南北，其本名薛枭反隐。

赞曰：或云，此虽历浩劫而不损天然者，童心也，人性也，吾川人、国人历地震之巨难而无伤少年中国之希望也。

6月2日

夜色

昨天中午接到 XY 电话，一小时后出发到 NC 会见一位世界级的生物多样性保护专家。一路上有 XY、TH、YY，经过 JT，想起三年前秋天。晚上七点往回走，专家给我留下很好的印象，很谦和。一直在谦虚，目前国内最牛人，不过是他的学生。七十八岁的人，一蹦就起来了。而且会用电脑，要求我给他写 mail。

回程路上 TH 先下，于是就轻松起来。出了 NC 市，陆续经过 SN 等地。不高的山，也谈不上多美，有树，但也不葱郁，不像西线的山，要么险峻，要么秀美。

XY 说，清晨和黄昏时最好。想起 LH 说，只想到一个没人的地方，看看周围。我也是这样的。四川的山就是这样，其实这里没有多美的景色，四川谈不上美，桂林啊三亚啊，都有纯净得叫人透不过气的景色，但四川，也许除了九寨沟，就是人间。

那次在 XK 老家，出了县城，上黄土的破路，一个小镇，过桥，也不是多美的桥，平桥，一个大洞，两个小洞。下面是青绿的水，平平的，上面是桑树，因为采桑，所以修剪得实在难看。但是好，"蚕饥妾欲去，五马莫流连"，胡兰成教我但凡是美，都要有斤两，否则就算是五光十色，也与我无干。所以说神仙世界，也是因为先有人间。是人间就有疾苦，但是那也很好。爹妈打孩子，老的心疼，小的肉疼。在在都是动人的喜剧。

没有在夜色里的四川盆地长途旅行过的人是想象不出这种景色的。天色灰蓝，空气静谧。也许有一点忧伤。

然后我一直在心里唱，而且比以前理解得更深一些，爱你情深意绵。

夜色正阑珊，/微微萤光闪闪，/一遍又一遍/轻轻把你呼唤。/阵阵风声好像/对我在叮咛，/真情怎能忘记，/你可记得对你/许下的诺言，/爱你情深意绵。

6月4日

宫本武藏打羽毛球

前两天我的羽毛球教练表扬我了，说我学习刻苦，进步很快。这事是一个起因，所以先写。

回家路上，我一直在想和教练拉球时的感觉。我的教练是一位退役专业运动员，很清瘦的一个人，他打球和业余选手最大的不同是，动作幅度不大，之前我看过国家队前队员车玲打球，在一个馆里就她的动作最不起眼（业余对战和看赛况录像两样，比赛比较激烈，动作幅度大很正常，一般的对战，专业队员显得非常悠闲）。而在练习基本功的时候，教练说了一句话，我印象很深，"不要做多余的动作"，要直接、轻快。

所以我就回家看宫本武藏的《武士的精神》。

在现在的兵法中，无论是教的人还是学的人都喜欢过分炫耀花哨的技巧，片面地讲求利益，这是兵法的大忌，必然会导致严重的后果，就像有人曾经说的那样，"不成熟的兵法是致祸之源"，这话是很有道理的……

人应该使自己的心像水一样灵活，这是兵法的一个基本要素。水的形状可以随容器的形状而改变，或大或小，或圆或方；它可以是微不足道的一滴小水珠，也可以是茫茫大海。在幽幽深潭之中，水便有了澄碧的颜色……如果你精通了剑法的奥义，那么，当你能随意击败一个敌人时，就意味着你能击败世上的任何一个人。战胜一个敌人和战胜成千上万个敌人的道理，并没有什么不同……

总之，"二天一流"的精神就是必胜的精神，不管是使用什么武器，采取何种手段，能够获胜才是最重要的。

这些道理几乎每一个高手都会讲，而且不管是哪方面的高手。于是大家听到千篇一律的大道理就宁可不听。其实这里面大有深意。这是最根本的致胜之道，一个人能成为高手，除了先天的优势、刻苦练习基本功之外，就是他领会到了做好一件事情的办法。事情与事情的不同，在细节上，在特征上，但在本质上有一个共同点。不领会到这个共同点，即使能有技巧上的娴熟，也不可能成为出类拔萃的一个。

在我看来，就是要勤于思考，找到最有效地发挥自己技巧的途径。当然，对于基本功都没有练好的人来说，这一步几乎是没什么用的。不过，换句话说，每个人在不同阶段有不同的目标，如何达成这个目标，如何尽快、尽量准确地达成这个目标，就是急需取得的胜利。比如说，我现在想怎么练好基本功，规范自己的羽毛球动作，那么就要不断地观察、思考，找到最关键的环节加以改进。而且每一个阶段性目标都要朝向最终目标，这是在整体的进程中追求有效性。

人生苦短，如果不想在庸碌中混过一辈子，那么不管做什么事情，都希望取得最大的收益，这收益可以是名誉、金钱，也可以是快乐。要取得最大收益，就必须珍惜在这世上生活的短暂一生。在每一件自己看重的事情上，做能带来最大回报的最小投入，压缩投入是为了使有限的精力能够分别投入到多件事情上。

因此还要强调一点，就是目标的清晰、准确。否则即使有了投入，有了回报，但却不是自己真正想要的，那么其实也等于是白白投入了，毫无收益。当然，也许有人说，生活本来就是盲目的，怎么可能看得那么清楚，生活得那么精打细算？我觉得，人活着就是要克服盲目，在有限的范围内使自己更有理性。如果本来追求的就是生活的闲散，只求轻松一世，那么就应该把自己生活的盲目性尽可能地扩大。这也是个很浪漫的事情。

6月7日

忠贞

下周将绕道八百公里，去送一些东西。目的地是安全的，如果到了，会住两天。五月下旬，回绝了期待已久的一个邀请。准确地说，是反悔了已经接受的邀请。

并不是一件事情发生了，别的某些事情就已经与我无关，而是还有更有关的东西。最近一直在想那些远亲，以及常常会到爷爷家拜会的家乡人。都江堰—漩口—映秀,一直到马尔康,都是他的子民。为他们或他们先辈六十多年前一张选票,他忠贞五十余年。所谓不事贰主,不是以某人某国为主。

我关注,思考,睡很少的觉,只为责任。或者说我以为的责任。六十多年,他无以为报,他没有做什么,保全此身已不容易。但至少他还是一个象征。虽说只是一个象征,但有他效力的时刻,只是来不及。他应忠贞,我应代劳。

6月10日

遗嘱

按照计划,我会在□天内起程到□□,并在当地停留两晚。沿途□□□公里环境复杂,我们将翻越□□□,地震后时发山体塌方,且6月13日左右正是双震、群震的高发时期,路上有可能会遭遇危险。因此,我提前就可能发生的意外事件写一份遗嘱。

这份遗嘱可能没有任何法律效力,考虑到我暂时还没有违法犯法,而我的个人财产也可以忽略不计,因此这份遗嘱所交代的事项也就不会涉及太复杂的法律事务。希望读到这份遗嘱的人,能尊重我的意愿,替我做到一些事情。

一、关于遗嘱的生效

我会在我出发前,将计划行程、可能遭遇危险,向□□及□□(他们分别为遗嘱的第一和第二执行人)说明,并告知此信箱的存在,及开启信箱的条件。同时把行程和信箱密码告诉

□□□（第三执行人）。根据我提供的上述计划和我发送给第一执行人的每日平安信息，执行人共同确定是否开启这个信箱，三人共同阅读这份遗嘱。遗嘱在被除我之外的人第一次阅读后，即视为生效。

如果上一排序执行人有不愿意执行的遗嘱条款，请及时转告下一排序执行人。除第一执行人外，其他人均无须具体实施上述遗嘱，仅需向相关人员转达我在此表达的意愿，如转达中需一些联络方面的帮助，恳请其他执行人提供必要的、慷慨的帮助。

二、关于我的财产

我的财产不足□□元，具体数字不清楚，分别存在□□□□银行□和□两张卡上，密码都是□（其中第一张为定期存款，大约二年半后到期），另我还有一张□□□□银行的信用卡，每月底还款，希望在我出事的次月再提取□上的存款，以便完成信用卡还款。我会将身份证复印件留在我借住的□□家靠南房间床头柜和我办公桌第一层抽屉里各五张，并附签名和指印，供代提款用。

遗嘱生效后，我的存款归我父亲□□□使用；如届时□□□死亡或失踪，财产即赠送给□□。如上述人员均无法或不愿接受我的财产，请将这些钱捐赠给□□□□□协会。

三、关于其他遗物

1、我的衣物及日杂，请□□□处置。2、我的书、碟，请□□处置，如不愿保留，请转交□□。3、我的笔记、写作，请尽数销毁。4、我的猫请视瘟疫传播的情况，安排安乐死或溺毙。

四、其他

1、请通知、安慰□□。2、请通知□□（电话□、□，他是□□□重点培养的后备干部，如无法电话联系到，也应该有办法找到他）。3、请通知□□□。4、请告诉□□□，我非常感谢他，请他不必自责（电话□，□公司董事会秘书）。5、请代我向□□道歉，我在和她一起生活的时间里，经常伤害她。6、如有其他人关心我的死亡或失踪，请感谢他们，并告诉他们我准备得很好，没有任何遗憾。7、请向与我同行的□□、□□的家人说明，我会与他们互救，决不会抛弃任何人，也不会被抛弃。

五、未尽事宜，请参考上述意见，由执行人讨论决定。

谢谢！

2009
年

3月6日

早晨我穿着一双漂亮的灰色和玫瑰色条纹的袜子出发去参加三八节活动。然而看了一会儿打麻将，吃了两口难吃的农家菜，乘车到大姨家喝茶。回家后看了会儿《里芬斯塔尔回忆录》，就睡了，做了一个怪梦。梦醒以后浑身大汗，幻嗅到毛衣上有敏杰的味道，空气里有菠萝味道，以及真实地嗅到了炒蒜薹味道。想，我是不是应该学丁玲写一篇《三八节有感》，虽然今天不是三月八日。

梦是这样：我在一片富有生气的林荫里读书，还带着妈妈去看那片林荫，向她解释为什么那里富有生气，我们像在骑自行车，又像坐着飞毯，因为竟然可以飘。林荫附近忽然幻化出一片河岸，有深浅不一的绿色，我正想着这绿色，忽然到了一个班级，貌似大学。老师给我一张纸条通知下午开讲座，我看看纸条，内容就复印到了黑板上。有一个男同学比我认真，把讲座通知抄到了黑板上。老师长相高古，和高中数学老师一样，难看，并且大舌头。很快就到了实质性的讲座。这真是一个实质性的讲座，因为老师把讲座的内容变成了实质。一座用松木搭成的高台，破碎的部分是西方历史，稳固的部分是中国历史，每个人必须找到自己的立场。实际上，只有我一个人代表了所有人在寻找立场，我恐惧着在心里抨击着西方历史，但牢记着西方历史的代表人物。老师像个阴谋家和别人交流着对我个人的评价，认为我是叶公好龙的传统文化爱好者。我心想，不，我至少很诚实。

3月9日

我以后要修个房子，外面种草和芦苇，水边养鱼和虾，坐在大窗户下面写鸿篇巨著，满地打滚，跟猫打架，冬天烧火盆，夏天下河游泳，跟钟师傅成天鬼混。

3月10日

关于《大师和玛格丽特》

有一天，我站在一处山上，看山下的湖水，是有一点风的日子，湖水也很清澈。但是这样的一天其实不存在，虽然可能有这样的湖，也有这样的山，我也曾经经过，甚至也曾经站在山上看这湖，但其实这样的一天并不存在。很多时候都是这样，尤其是情绪不好的时候，就乐于去否定自己的感受、选择和信念。其实有什么信念呢？没有，我们只是做无规则布朗运动的粒子，有时候互相也并不认识。

五年前我住在北三环外的一栋旧楼里，空间很高，暖气不好，大多数时候是在和生活做斗争，就是说，在忍受摧残，但是心中快乐无比。除此之外也就没有什么了。忽然想到四月的一天，从郊县回来，在外环上的一瞬间。那一瞬忽然看到一些油菜花。就像现在想起几天前的很多瞬间，很多很多小小的黄色野花，在公园的山上，还有我身边的人。这是怎样的一种绝望。穿过马路，是身边那人熟悉的马路，每一间铺面，每一处拐角，对于他来说是理所当然，对于我来说全都是新的，希望可以深深地记得，希望也成为理所当然。

《大师和玛格丽特》里，最喜欢的是利未·马太说，"按功德，他们不配得到光明，他们理应得到安宁"。不配和理应，仿佛是不匹配的说法，但这才是对的，并不是不配和只配的问题，只是恰当。应热衷于恰当。这是偏执狂的念头。最沮丧的时候，我连话也不会说，只想沉默。有的人却一直沉默，并不沮丧，而只是沉默，有时候沉默里也有很多愉快在，但我不晓得享受。沉默对我来说就是消亡。我也不能看到那些比我更沮丧的人，看到他们我会幻灭，所以应当混进积极的愉快的人群里，直到他们把我驱赶出不应混入的群体。啊，夏天，夏天快结束的时候，我们在北京路，有长长的街廊，我跑进一家文具店买到胶水，又跑出来，和朋友们坐上出租汽车，是多么明媚的闷热的上午，后来开始下雨。那雨真是可怕，像倾斜飞降的匕首。

我宁可那些匕首当时就把我杀死，也不希望之后发生任何美好的事情。

但是，"亲爱的读者，请随我来！谁对您说人世间没有忠贞、永久的真正爱情？撒这种谎的人，应该把他的烂舌头割掉！"这是第二部，第十九章。"诸神啊，我的诸位神明！这个女人究竟需要什么？这个眼睛里无时不在闪着某种莫名其妙的火花的女人究竟还需要什么？这个一只眼睛微微含睇、那年春天用洋槐花装扮自己的诱人女子究竟还需要什么呢？"真是个美人呢，那年春天用洋槐花装扮自己的女子，我也会爱上。我爱这样的女子。只是对镜贴花黄的女子，多少是悲哀的。

> 特维尔街上有成千的行人，可是，我向您保证，她只看到了我一个人，而且，那目光里包含的不仅是不安，甚

至像是痛苦。使我惊奇的与其说是她的美貌，毋宁说是她眼神中那非同寻常的、任何人都从未看到过的孤独！

……我很痛苦，我觉得必须同她谈话，但又怕没等我说出一个字她便走掉，那我就永远再见不到她了。

……她歉疚地微微一笑，把手里的花一下子扔进了排水沟。

……就像走在僻静小巷时平地冒出来个杀人凶手似的……

她每天只进栅栏门一次，可是在此之前我的心却总得跳上十来次。真的，我不说谎。而且，每到时钟指着正午，她就要出现的时候，我的心甚至是不停地怦怦跳，直到她那双皮鞋几乎完全无声地出现在我的小窗外为止……

记住，任何时候您也不要请求任何东西！任何时候，任何东西也不要请求！尤其不要向那些比您更强有力的人物请求。他们会向您提供的，他们自己会给予您一切的。

是的，不应该请求，也不可能有请求，只有虚弱的号哭，有人会在虚弱时对着不存在的对象说话。而我们从来也不可能对着任何人说话，这一切只是虚幻的感觉，这些感觉像生物电一样迅速。而虚弱的号哭也是美的。只是沉默，只是更应该沉默。最沮丧的时候，我想像你一样沉默，这样我就到了离你最近的距离，仿佛镜子里映照出了你，但那正是我自己。我们穿同一个身体。

关于《包法利夫人》

《包法利夫人》可能是有人类文明史以来最好看的小说之一

了，当然是我个人的人类文明史。就像一部电影，它描述了各种可能性，但留给爱玛的只是痛苦。这可能是十九世纪的法国、欧洲人的预感和体验。的确，按照福楼拜的逻辑，爱玛也可以算是具有资本主义精神的冒险家，不是别人，就是爱玛。她在修道院时就热衷于华莱叶小姐的桃色新闻（旧闻），一只漆画的碟子就可以使她浮想联翩。马克思说，多少比例的利润，就可以使资本家发动一次世界大战？当爱玛处于她一生的巅峰时刻，也许就是夏尔在下午看到她收拾家什的时刻，那一刻爱玛仍有可能性，但从舞会归来的路上，当子爵策马前行的时候，爱玛的命运已经确定无疑。

因此，想想福楼拜的话吧，"包法利夫人就是我"。福楼拜也摧毁了自己的可能性，他开始认命。他只想做个娼妓一般的文人。这没什么不好。最关键的问题在这里，当一个作家及其主人翁成为资本主义精神的标本时，他是否悔恨，是否内疚？不应当悔恨和内疚，既然上帝选择了他，那么就是他。

当一双可爱的黄手套戴在一位乡村花花公子的手上时，爱玛被彻底打动了，折服了。被太多人喜欢并不是什么好事，比如那位年轻的法律系学生，他给爱玛带来最终的毁灭，但重要的是，爱玛有无上的权力，既然"她是加邦特拉的恺撒，她追求理想"，那么对她来说，她天生就可以选择更好的可能性，她只不过在这部小说里，留下一个哀婉的结局，供人感叹。

而一部好的小说应该具有开放性，如果让今天的人来写《包法利夫人》，也许会让爱玛以一位觉醒的女性主义者的角色谢幕。这个结局使人鼓舞。

如果你仔细地阅读《包法利夫人》，阅读任何一部作品，你就会发现它们永远预留了可能性给读者，读者才是真正的恺撒。

幕布收起时，恺撒们应该站在台上，接受赞美和荣誉。

关于无政府与辩证法

没有任何死亡是出于意外，它只是到来，在它想来的时候来，但不一定是你愿意的时候。每个人都有追求幸福的冲动，也有用想死的勇气去生活的行动。这是人类所能达到的最高度，我想，除非我们有其他的途径。向原地深挖，事物有多重的意蕴，每天我们穿着同一个身体，等待所谓的意外，但等死不如找死啊，只有真正的斯多葛主义者，能做到这一点，我是说经典的斯多葛主义者，但谁又能做到斯多葛呢？能做到的只有神秘主义。神秘主义不同于不可知论，但它同样是不负责任的一种态度。

那么意外，也就意味着不负责任，不负责任是不好的，即使是好——那都是很好很好的，但我偏偏不愿意。人同此心，心同此理，我们唯一不能看到的只是自己的鼻子，但当你眼观鼻、鼻观心的时候，你会安静，会发现别人的心，会发现众人的心，这就是所谓的交流。交流不是一种力量向另一种力量的压倒或屈服，交流是我们终于从别人眼中看到了自己的鼻子。没有人能仅仅依靠自己而看到真正的自己。你在生活，你在行走，你在这一切中都可以看到自己，而你用同样的方式对待别人，别人就会用同样的方式对待你。

人人都说要善待他人，但能够做到的毕竟不多，世界上还有那么多男人和女人不被别人爱，因为他们不能做到爱自己，所以他们也就不能促成别人对自己的爱。什么是无政府？无政府就是企图用不爱不恨，换取免费的爱，以及不能实现的恨，这是不公平的。人类的社会就是交易，人们的生活就是做生意（生活的玩意)。我们交换,所以我们存在。

因此无政府是不可取的,在我们仅仅依靠自己去看自己的鼻子时,暂时还是不可行的。凡事必须可行,才能实现。生是如此,死也是如此。我们不追求意外,我们追求必然性。这就是狂热的理性主义,它甚至高于意外。高于事前的阴谋或阳谋,不论是悲剧还是喜剧,因为生活只能是正剧,它提供证据,它也消灭证据,但它不会是"完美的罪行"。

人类的乐观大于一切阻碍,因为我们始终在一起。

多像巫术的一则笔记,但它不透露任何秘密,它只是揭示一种态度。这个态度就是我的态度,也可能会是你的。态度是被决定的,也是决定性的,这就是辩证法。

关于相对世界

更多的可能性是可能的,否则这就不是可能性,这个世界就不是可能世界,而是必然世界。必然世界必须有一个对称的相对世界。这就是永恒的可能世界。这就是世界。

世界是词语中产生的爱。可能性创造世界。不是一生二,二生三,三生万物,而是另一种算法。永远有另一种算法。其中就有无进制的可能性。

这就是新规则。但无进制要求被验证,如果可能世界不给其被验证的机会,也可能随时都是这种机会。无进制保护无进制,可能性保护可能性。相对性消灭相对性的同时使之复活。

相对的均衡需要无穷大和无穷小,当这两者重合,就是他们的分离,这种情况每一瞬间都在发生,只要有光。这是一切的前提,也是一切的遵守与不遵守。无进制是什么?规则什么时候发生变化?此刻。也包括下一刻。又有谁能决定?谁决定就是谁不决定。现在是一个秘密,下一刻是秘密的公开与更新,是更秘密的秘密。

这是规则:在是与非之间,只有一个是的可能性。只是一个感觉,但永远不止于感觉。不止于生死。现在该你说,这是语言的智慧。

永恒是什么?

必然世界的存在是有可能的,但这个世界不接受妥协,只接受改变,改变是质与量的工作。神秘与偶然成就了可能性。也证明了相对性。

3月11日

建筑风格笔记

场地被规划为要建成儿童、青年以及老人都适用的场所,它必然应具有公共型建筑的安全、舒适和灵活。在这里,光的设计是最关键的环节之一。光效果的营造,有利于造成安全感和宏伟感。考虑到这个场所还被赋予了降耗和减排的功能,并应将花费控制在预期水平,要求应充分考虑水和风、动与静。找准风向和汇水,是整个建筑设计的关键。所有的建筑和构筑都不能破坏场地已有的生气,而应加强循环、回转的气流和水向,保证园区游客密度较低的场地有流水围绕,充满生气和活力,但不过多地通过挖填方实现。

需要建成的是一座完整的小镇，人们在其中徜徉而忘返。每一处节点都应不着痕迹——对于不同的进入者，场地中的每一处都可能是各人体验和认定的节点。应实现中国园林的"移步换景"。陌生的愉悦于此刻唤醒记忆的愉悦，唤醒中国文明史上最有生气的那些时刻和情境。

第一次进入这个场地，应通过道路。道路的设计应依据四象八卦的原理进行规划，以有限的迷宫设计，体现智慧求索的活路。

道家思想中的不确定性是最关键的尺度之一。不确定性能提供更多的规划可能。黑白的对立与统一最值得重视。通过有限的元素来限制场地进入者的组织与辨认行为，将大大拓深有限的场地导致的局促感和重复感。唯有迷失能带来深度与广度的幻觉。

需要建成的是一座完整的迷宫，人们在其中体验到恐慌和甜蜜。每一处节点应与此前出现过的节点有雷同之处，却毫不重复，似曾相识却无法借鉴。进入者在迷惘与困惑中获救，获得愉悦。

获救的道路应全部由进入者自行形成。形成的过程就是迷宫价值塑成的过程。这一过程应充分体现对光效果的追索。应更多地依靠光空间的划分，而不是硬体建筑的隔绝。

在创造过程与完成的作品、工具与完满结果之间的活动，使人们感到兴趣和吸引，而不是彼此替置的往复运动。正如儿童在其中扮演成人世界的场所，真正动人的不是人，也不是场所，而是完全以人为中心形成的一种关系。通过设计，将机械力和有机力结合成对周围世界的极度敏锐的知觉。

需要建成的是一座丰富的马戏营地。这里布满新奇、灵动的景色，给予进入者亲切感，并且愉悦发自内心，不会使人觉得它是外部的、强加的快感。

景观、建筑将一道构成一个充满象征、指涉和参照的符号系统。应通过中国气派的平和、朴实，而不是新奇的造型、壮观的场面和视觉的冲击力而实现愉悦。建筑师应专注于人和人的生活而设计，必须重视人的接受过程，并为人提供便利。进入者在此得到期盼中的愉悦。通过动态分流的道路组织，如画的景色与现实的景色之间，形成某种连续性。

通过光空间的设计，把具有诱惑力的明暗关系处理为危险物—避难所的交错布置。人们在危险物面前或当中感觉到的控制力，形成刺激感，进入避难所后，感受到安全和舒适。通过光来划分空间，通过光影的移动，形成短暂的动态空间。

关于建筑材料，羌族的碉楼主要建立在石头的语言上。石头能带来富有宗教色彩的情感。中国西南民间的树崇拜可引申到修剪植物、绿毯、墙和庭院主要景观。最典型的危险建筑类型，如设计精美的假山楼台，充作昂贵的愉悦感之源。必须穿过陡峭的峡谷边缘，越过横跨在激流上的小桥，才能达到流水别墅所在的悬崖，一旦到达，则进入真正的避难所，享受自由的视野。单独存在的避难所是迷宫中的高贵处所。以水造成的轴线、创造倒影和错觉，凝练、隐喻地表达出迷宫。

考虑到场地本身及基地土质的限制，不宜对建筑物在高度上要求过多，但在信步走出迷宫，享受开阔的视野时，一座宏伟的宫殿式的剧院会带来强烈的激发感，危险的刺激需要类似于音乐的节奏感。剧院就是长声巨响。它应当避免精巧和装饰，以免缩小了自己的格局（应用专门的声音景观设计，并加强隔音设施建设）。

应创造一个结构，为稳定的、生长的以及意外出现的惊喜提供一个空间。园区的建筑风格体现了从儿童到老年的人类生活环境，并利用水的循环形成生生不息的自然之境。就像巴黎是一座流动的圣节，凡是在少年时候来过这个园区的人，都不会忘记它。对体验者来说，园区以娱乐的方式，实现了教育的功能（加强道路的循环和可达性设计）。

最终，园区应成为一个事实上的小镇，集合所在地区、所有游客的生气，化解矛盾，求得兴旺。

3月11日

"夜中不能寐，起坐弹鸣琴。"凌晨盘脚坐着，手脚冰凉，对着对话框，说些与气温同热的话，感觉自胸口以上一口气不断而又没有温热。这种时刻大约是最像我自己的。平静而不痛苦。盲人都应当做无神论者，因唯有他们有资格，也唯有他们天然地具有渎神的能力。真相就在那里，闭上眼睛就能认识到。绝圣弃智。他们比我有智慧，我只有盲目的力量和不盲目的认识。这就是糟糕的地方。早晨起来除了喝水没有别的需求，进食对我来说从来就不是必要的。走路能感受到重力，看到别人使我知道自己还活着，这种幻觉才是不治之症。

3月12日

今天XY过生日，把之前自己过生日时LH送的暗红色嵌金长丝巾送给了她。我有很多丝巾，我也喜欢帽子、鞋子和包包，但是因为要和钟师傅过日子，我现在已经戒掉了乱买东西的坏习惯。前天ZY送了我PL项目上拿的新茶，但是去的时候他在外面听同济的汇报，我就自己开抽屉拿了茶叶。ZY是个好孩子，我喜欢这个小朋友。而且还那么帅。就是因为他，我认为乐山话也是很好听的。新茶喝了一些，给了LT一些。我也十分想念LY，我很想去SCH项目看看他。我也想去重庆望龙门，那里的房子真好看，但是我要准备司法考试，钟师傅也还等着我考试考好。我要做个好计划，前天GC告诉我要好好看辅导用书，我下定决心要好好看。

中午吃了饭，我爬麦冬地上去，XY问：你要去踏青啊？是要去的，满地的棉花草，我喜欢。还有蒲公英，可以做沙拉。我爱黄花地丁。还有雪青色小花，有毒，小时候我吃了差点被毒死。有人吃毒蘑菇追求幻觉，我比较节省，吃米饭就有幻觉。我也不用钟师傅的声音艺术，因为我自带幻听。那天和ZL说，我这人从来不嫉妒别人，因为这是个习惯，从小我就因为有幻听，所以知道自己是一个外星人。所以不管什么事我都不是很专心，也不注意别人比我厉害，我最主要的任务是要保守好我是外星人这个秘密，除此之外都不重要。我踏青还看到了好看的草，各种草，最好的还是黄花地丁。在新征地的草里躺了一会儿，看了一会儿天，天是很好看的。

然后看到一大棵大黄，大黄真好看，放在水里还会自己长根。野莴笋插花瓶也好看，也会自己长根。掰了根野莴笋吃，很清香。我走到断崖下面，很长很长时间没去山上了，很想去山上俯瞰。又看到一棵大黄，我想砍一棵大黄回家插花瓶。XY送了我一只法国大花瓶，在我生病的时候。她是个很懂礼节的人。以前同事的律师也送过我一只花瓶，想来他们都懂礼节，送花瓶好，我以后也送人花瓶。钟师傅那里有我种的草和芋头，我们没有大花瓶，我们用大可乐瓶子种。我想用一些旧衣服的布剪下来包在可乐瓶子外面就很好看。钟师傅还要去买 LIBERTY 的杯子给我喝牛奶。

我掰了一大棵野莴笋回来插花瓶，还是很好看的。新出一本杂志约我写稿，稿费很高，我很高兴，这样每个月有一千多块可以用来买机票看钟师傅。稿子要采访本市遗老遗少，编辑说先采访王国维后人，再采访陈寅恪后人，然后就可以采访我自己了，还可以当封面女郎。我可以像博尔赫斯写《我的生活》一样，自己采访自己，既当封面女郎又拿稿费。

昨天下午和 WB 在银河王朝喝下午茶，谈了谈国际夏令营，是个好玩的且能赚钱的事情。我觉得我很快就会发财了，各种征兆层出不穷。

3月19日

昨天半夜又看物理学。爱因斯坦使物理学不可逆转地成为一门关于逻辑的学问（其中也包括量子论的粗暴逻辑），也就是数学的学问。看起来，几乎所有难以表达的东西（除了信仰或者信念）都应该用数学来表达，而数学本身不包含其表达的内容（如果有内容的话），只是一种语言工具。所有人类的学问无非是对工具的掌握和锤炼，就像卡夫卡所说的游戏：孩子们选择扮演国王抑或信使，出于好玩的天性，他们都选择了信使，最后发现到处是忙碌的信使，但没有国王的文件可以传递。宇宙学和广义相对论的逻辑趣味在于，开放的或关闭的宇宙是两极，当中富有无限种可能性，而中间状态是最荒诞的，包括无数关闭和开放之间的情况，这种最不可能的情况，貌似就是对宇宙最准确的描述。这么说，关于生活，最糟糕的可能性大概就是最后会成真的那种了。其实这也并不坏，我们能想到的最糟糕的，就是最现实的，谁有最大的现实性，谁就有最大的存在可能性。生活有这么残酷吗？真理有这么残酷吗？上帝有这么残酷吗？事实也许就恰恰有这么巧妙。如果你还能想到更残酷的，那么，好，就是它。这就是可怕的辩证法吧。但也并不是那么可怕。反正我们什么也不怕，我们是伟大的无神论者，也是伟大的唯心主义者，而唯心主义者也是唯物主义者。

我大概是被科学给吓坏了。昨天晚上躺在床上翻来覆去地睡不着，想着关于暗物质，关于宇宙的扁平性质。我们所能看到的不过是宇宙物质的百分之一。那么就是说，在空气里漂浮着无数的外星人（如果是空气的话）。其实我们大概在一个粒子里面，我们所有人都只是一个人，我们也不是某个确定的点，不是某种理想的状态，我们只是一次虚构。上帝有五十亿个名字，但所有的人只有一个名字，并永远是他，是不在场的第三者。我们永远不知道量子论的对象到底是什么情形，但事实就是这样了，而且我们还看得到其中的百分之一。这百分之一还使我们相信人类是宇宙间最伟大的智慧生物。真是可怕呀。而且我这个智慧生物想了那么多，居然还要睡觉，早晨起来还要上班，不上班就得失业饿死。我上了班还要在靠不住的时间里前进，好去和我的钟师傅携手共行乐。但是早晨我还是醒过来了，并且有点困，听着浅薄的电子音乐来上班。

上班。研究当代建筑的非欧几里德倾向。我忽然对一向不喜欢的计算机语言发生了浓厚的兴趣。

……设计师原本憎恶计算机生成的图像，认为它们呆板，没有活力，限制了建筑师本人的想象力，直到他在设计完迪斯尼音乐厅之后发现了CATIA这个软件。CATIA系统的曲面造型和表现能力，使他的艺术天分得以更好地发挥，而他在之后的设计中，也一直延用着这一系统，特别是西班牙毕尔巴鄂的古根汉姆博物馆。在这里，电脑并不像国内大部分公司一样，被用来制作施工图或表现图，而是协助他将建筑构思生成的工具。这种（方案）的演化过程最重要的是下一步会发生什么？计算机系统能精确而迅速地将人脑无法理清的东西表示出来，而实际施工过程中发现的问题经过妥善处理后，同样会成为作品中的一个个亮点。

计算机技术、CAD和CAM的发展为建筑构思和建造方式带来革命的变革。NURBS曲线能使建筑师更好地控制复杂的建筑形式，创造出复杂生动的曲线造型；三维输入设备可以扫描复杂三维模型表面特征并在计算机内生成三维模型；三维输出设备可以利用计算机控制的设备把一些形式特殊的构件按模型生成出来。新的建造模式的出现必会产生新的建筑外观，新技术发展了建筑师实现复杂形态的能力，推动了建筑形态向着非欧几里德的复杂形态发展。

正如科学的发展推动了第一次文艺复兴，现在也应该更关心科学。但说穿了，糟糕的教科书让我们把机械论、相对论都当成客观内容，但其实这都只是人类的一种想象。既不持久，也不独立，也不是可以证明的结果。科学的整个结构和内容，包括其不真实的经验式的方法，就像一场巨大而复杂的游戏，其规则是我们根据自己的用处、能力和安全创作出来的。实验室和隐修室是同一种地方，套用相对圆满的理论，把玩具翻来覆去地玩几回，并且形成实验报告，以增强我们已经把握了现实这一幻觉。凡是颠覆了既成理论的，我们就叫作科学大发现。在科学大发现、人类理论的失败面前没有抱头痛哭，则完全依靠于我们的勇气和愚蠢。

科学就是当代最权威的宗教，所以像我这样的科盲是了不起的无神论者，因为我只关心那些和实验室无关的永恒真理。应该回到伟大的炼金术时代，那是科学与宗教最相亲相爱的黄金时代，是物质和精神追求提纯和高贵的伟大时代。

3月24日

今天早晨天气很好，龙青路上光影重叠，非常动人。这是不多几条让我喜欢的路。昨天和敏杰闲聊我看的书和工作上的学习。说到城市规划的问题，说到不美。敏杰说，街道表达城市力量，可以有舒适，也可以有压抑和紧张。这种说法我当然同意，但是建筑和城市设计始终还是在追求美，不管是舒适的美，还是宏伟的美，就像TB上次和我说的，现在的建筑还是梦的实现。这种态度也许是前现代的。不时髦并不是不好，但不诚实是不好的。什么是诚实呢？最关键的还是在于有没有一个终极目标的问题，艺术终归是无边的现实主义。美就是功能的实现，中国不可能修建大而不当的林荫大道，但是车公庄大街是美的，建设部的宿舍也是美的，它们的美就在于它们是实在的；长城下的公社是不美的，港湾别墅是不美的，它们的不美在于它们是无根的。

我一直在想敏杰家楼下的DJZ路，那条路上存在着美：DJZ路就整个的尺度来说并不大，因此隔着路可以望见对面的人脸，道旁树不算高大，最高也不超过五米，有松散的树冠。在略旧的高层居民楼的夹迫下，DJZ路略小的弧度和节制的宽度，造成了一种流畅的效果。路南在BY山脚下，从上午开始逐渐被照亮，因为没有喧闹的店铺或小贩，车流也不拥挤，因此行人穿行在紫堇花树下是非常愉快的事情。而DJZ路周边的城市肌理由不超过四米的蜿蜒密集的通道和沿线五至七层的城中村建筑组成，凌乱阴暗的街区和明媚美观的DJZ路形成了一定的对比——DJZ路给整个区域提供了位置感和秩序感。严格地说，它不是一条明确标志出生活氛围的马路，它更像是为整个街区规定了一个理性的节奏，使生活有可能从杂乱的城中村中抽离出来。这种相对关系构成了一种带来紧凑感的街道模式，虽然DJZ路有比较大而稳定的车流，但它却是一个明亮的、可以短暂休息的空间。当然，我也不觉得DJZ路是一条非常舒适的街道，但也许就像敏杰说的，它是有一点压抑和紧张的，表现了这个城区的力量——确切地说，是比较和谐地表现了，比最脏乱的要好一些，但并没有脱离地面。

昨天下午搜集了一些最新的国际工程项目融资的资料，归纳了上海、苏州和西安模式，但是还没有搞到内部的详细材料。SY貌似搞到了华侨城的材料，但他没给我，那我也就不要。只是看了下隆务寺的活佛访谈，去青海的时候见过一些僧人，有时候很接近的时候不觉得有什么神秘，但现在想来其实是很宝贵的经验。我理解宗教、民族人士的态度和情绪，只是有时候光有情绪是很幼稚的。

3月27日

　　昨天下午和 SY 谈了谈工作，提了一些建议，他大概是很疲劳了，我是不想接活的，之前 XY 也和我谈过一回。确实身体不是很稳定。只是 SY 始终进不了状态，譬如现在，几多人在外面折腾运动会，其实是很小的事情，犯不上那样折腾。如果手上的事情不知道头绪，还不如埋头于简单。但我还是继续看新闻和想事情。不该我做的事情，就不做。

　　继续说昨天，昨天下午去城里，ZL 身体不好，来得晚。两人在城里走了走，好多人，热得不行，满街潮人，我们只是两个闲散的家伙。然后到水碾河吃了点东西，买了点东西，到 ZL 家小坐。ZL 和我研究我是否要离开本地的事情，也研究她的婚事。和她讲了讲我的落坡岭，那是一个很要紧的时刻，过后生活就很不一样了。没有什么是不能放弃的，生活里发生什么我都不害怕。就是不害怕。

　　今天早晨，路上看陀先生的传记，吃点心。风好大，天阴。这才是正常的气候。douban 上都在说海子，大家都站在自己的角度上说几句，我也忍不住想说，但又觉得无聊。写诗的人要紧就是作品，之外的都是八卦了，做成绯闻主角就不好玩了。海子的诗有一种不可靠的质感，对于无根者来说，是安慰，对于生活本身来说，也是安慰。只是安慰要深切才好，现实是幻觉的集合，幻觉也要足够现实才好。说来说去，我只是不喜欢罢了，至于认真生活，大家都是这样。前几天我家对面一家人吵架，全家大小，两兄弟，连父母妯娌子女，此起彼伏，各有各的情绪，各有各的苦楚，我听了一会儿也关了窗户。人家的痛苦再精彩，我无动于衷听下去就是不厚道了。

天下大事，就在新闻网站上，要关心它们，就没有什么可安慰的了。"天下安宁寿考长，悲去归兮河无梁。"

4月3日

昨天开始有些神思恍惚，一是因为 HX 推荐某人唱《将进酒》的日记，最末说"念及清明将至，愿以陈兄之曲献与津门马骅，阴阳畅达，关津勿阻"，最后两句好像巫祝，有一种求告的力量。五年前的事情了，至熟悉的几人却都没有忘记，虽然都知道是不会忘记的，但有一人提起了，就引得旁的人也黯然。这个世界忘记一些东西是很容易的，但也有些事情是矢志不忘的，也不是悲愤或不平，只是记念。友情到了最后就只能是记念了，歃血为盟是早已失传的事情。我们也不能只愿同年同月同日死。这是我辈的软弱。又或者只是我的软弱吧。而朋友在一起的时候，现在我想，应该多多地喝酒，朋友倘若没有一起喝过酒，那么到了死别那一天就再也不能了。应当喝酒。酒精是会进入血液的东西，"惟有饮者留其名"，所以以酒之名，我们可以互相进入生命。文字到底是脆弱的东西啊，不过会写字的人比不会写字的人还是多些痕迹。只是，要那些痕迹做什么，众生都只是不得闲暇地过完一生，我不应该希求多出平常人的本分。只是清明节，以前从来不过，如今却要过上了，更明白古人说"愿言怀人"四个字的无力。因为怀人这件事情到底只是自己知道，只有无可告白的时候才是真正的怀人，而帝王之求告上天的无力也是如此，他是万人之上，是无人可诉，"悠悠苍天，此何人哉？"是永远得不到回答的。"举头三尺有神明"之类的话只有真绝望的时候才明白它的分量。看迈克的《"老来成为漂亮的一对"》，他把同性恋写得轻松了，除了那层刺激感，只是真爱情吧。一一都是过去最好的时光，是人老了以后才会有的记忆力全面恢复。最美好的事情只有在绝没有机会重新来过时，才真的成为最美好。所以这种美是很残酷的，你在当时是不知道的，人浑浑噩噩的时候最幸福——到底是能有一天意识到当日的幸福好呢，还是浑噩至死好呢？我也得不出答案。也许真要随时都在生死边缘，每一秒都当成最后一秒地活，才能懂得惜取最好的时光，才晓得眼前纵有千般不是，也是好得不得了。

只是，那又何必。过日子就是过日子，就是想到了多少种悲哀，也只是一拍脑袋又过回酒囊饭袋的强悍，只要此刻没有死到临头，就永远都是金刚不坏之身。而消失的人就让他消失吧，清明节的时候记念一回是交情至此没有办法，我总还是要过我的日子，"不以物喜，不以己悲"，继续担当好生前好友的角色。

4月6日

并不漫长的三天假期终于过完，仿佛有种如释重负的味道。三天里也没做什么有趣的事情，仿佛人恋爱了就是这样，多数的日子都是食不甘味，这大约是不好的。但我这样的人却总以为恋爱是好的事情，想想其实是糟糕的现实生活使自己不堪，所以需要一点脱离。看完了张爱的《小团圆》。这名字起得不错，终究还是来了一回聚首，所以那许多神秘感都消失了，像我这样熟悉她小说的人，大约都会有一点失望吧。不过也还好，因为这小说本身写得也不坏，至少从手法上说，除了九莉这人，名字的恶俗，到刻画的留情，都是不好的。就像《留情》是她不好的小说一样，没有贴近，是因为没有足够狠心。对自己还是不能狠心，所以仍旧不好。就像《琉璃瓦》的不狠心一样，所以有些美感，却终于还是不好。反而这样一看，《连环套》却是好得很的，难怪张爱当初自己还是得意这一篇。不在日记里啰嗦这些，都是些没完的话，这是对方太容易被评论的缘故吧，人应当小心言多必失。

4月8日

我跟钟师傅讲立陶宛有人要求总统拨地给外星人修大使馆的事情，然后就和他说到了《奥秘》杂志、飞碟爱好者协会什么的。他居然说从来没看过《奥秘》杂志，我就跟他找了好多《奥秘》封面风格的漫画。他问我是不是那时候开始关心外星人的。我告诉他我很小就开始研究飞碟，并且简单回忆了一下自己的阅读史：

三岁以前，《看图说话》；

三至五岁，《连环画报》；

六至十岁，《故事会》《奥秘》《飞碟探索》；

十一至十三岁，《人民画报》《星星诗刊》《少年文艺》《儿童文学》；

十四岁，《读书》《艺术世界》；

十五至十七岁，《东方》。

算起来，我研究飞碟的时间是最长的，所以造诣也是最深厚的。《奥秘》除了讲食人花、大鳄鱼、食人鱼，每期都讲外星人，什么地方出现神秘的大面积草皮消失，什么地方有人看见空中有不明发光物体，什么地方有小孩被带到飞船上，失去几小时记忆。我就想我们家不好，住平房，我的房间没有窗户，外星人来了我都不知道。我那时候每天观望外星人来劫持我的动向，观望了一段时间，我就发现很可能我才是外星人。

那天我在我们家最里面屋子蹲马桶。我一边蹲一边玩自己的手，很奇怪，我发现我可以控制我的手动来动去：我的意念想叫手翻过来，它就翻过来。我进而推论世界的存在也依赖于我的意念。当时我有点害怕，怕自己一不小心把世界给毁灭了，认为自己任重道远。考虑了一会儿，我决定不告诉我爸爸妈妈我是一个外星人。我决定还是好好上学念书，和小朋友一起玩，做一个普通的外星人，不跟《奥秘》上那些外星人学坏。

我当时还想我是怎么来地球的。想了一会儿，觉得这事没有什么难度，想来就来了。要是我去跟我爸爸妈妈说的话，他们知道我不是他们生的，可能会受不了。我就没告诉他们。蹲马桶的时候很神秘，可以思考一些形而上的问题。钟师傅现在搞不清楚自己是不是外星人，就是因为他们家用马桶的时间太短。他现在只有一点外星人特征还在，就是吃东西吃多少都没感觉，我认为这是因为碳水化合物不能满足他的能量需求。他又问我，《奥秘》有说外星人应该吃什么吗？我说，没说得很清楚，再说我也二十多年没看《奥秘》了，现在的情形也不一定还那样。他又问，那我怎么才能做外星人呢？那我于是继续开展我的逼婚计划。

4月9日

哈哈，明天，明天这时候我就出发去广州会我的钟师傅！明天晚上我就跟着钟师傅出了机场去压马路。我们一起去当压路机。我们有新茶和一把紫泥的倒挂西施——我说这壶名字起得色情，钟师傅说是西门庆起的名字吧。我们还有什么呢？没有了，有也不能说。昨天我和 ZS 说，要送礼物就送壶和花瓶，因为谐音吉利。ZS 说她要给她的公子送一把壶，我说那不行，就给他个花瓶就行了，壶不给的，给他说：要想要福就要跟了我才行！我还有一把高级壶，价格贵达两万，我就不给钟师傅，我给他个小的，小倒挂西施，想要真福就得跟了我才有。

我今天看见又有人说孙东东的上访户精神病问题。烦得来，精神病又怎么了？精神病又不丢人，得病光荣，不是说大思想家大艺术家都有病吗？还经常拍电影写小说赞美精神病，怎么现在精神病又不好了呢？好多文艺青年都向往得精神病。再说了，精神病就不能上访吗？民法都规定精神病人还是有民事权利的，实在没有的还可以家里人呀亲戚朋友呀或者居委会来帮他行使，没有剥夺上访权。光孙东东一句话，就能随便抓人？孙东东说上访户有精神病，就可以高于民法了？何况还有宪法呢。孙东东不说，一样有人抓上访户，抓精神病。我看是上访户问题搭便车，因为最近精神病是个时髦话题。再说了，上访的都是什么房子拆迁呀，单位下岗啊，这些物质层面的问题，这些问题是可以上访的。假如公民最基本的自由和尊严都不得保障，你到哪里去上访？要是你去上访，为自由和尊严，那么连上访户都要说你有精神病——连最基本的现实都接受不了，还谈何融入社会生活。所以精神病这个事情，其实是有一个最基本的标准的，就是你接不接受现实，不接受现实就是有精神病嘛。那些鼓励上访的，说是就是要发神经上访，这样才有利于社会进步的，他是知道这个社会没有法制保障的，但他就不去上访，因为他怕人说他是精神病。

4月20日

ZD找我写个张爱的文，字数好多，倒是可以随心写了。一般写书评都要限制，不痛快。这样写，又不是很高不可攀的对象，实在是痛快啊。而且期限也还远，所以蛮开心。《天涯歌女》开头那一段旋律真是婉妙，是女儿心：有一点脆弱，经不起风波，也没经过风波，但是开始了，虽然那样曲折，却还有点欢喜，是见到风浪了虽然有点怕，却还是兴奋，还有点得意，想要把这见闻拿去与人讲，并且不忘记唱唱家仇国恨，但到头来还是在想她的郎，胡琴拉来拉去还是回旋，话说从头，家家都有本难念的经啊。姚莉我也好喜欢的，最喜欢是马来风光，那样开阔，有时候想起来汪先生和陈璧君，虽然陈实在是其貌不扬，但马来风光好，她也就顺带着有风情了。Debbie那张号称是Punk堕落的标记，我倒不觉得，多流行啊，谄媚得叫人想亲她两口。就是要有这样的亲民气质。现在的流行歌都要搞点艺术味道，这是不对的，商品的尊严不可侵犯。

4月23日

今天看田纳西·威廉斯的访谈，十分惊喜。之前对他不了解——基本上对美国作家不关心，只喜欢一个坡和一个梅尔维尔，印象里别的作家似乎和卡波特或纳博科夫一样，属于聪明的技术创新派，值得参考但不值得阅读。当然我喜欢聪明的作家，但更重要的是要有智慧。在作品中，智慧表现为力量。力量不需要聪明的参与。陀先生是不聪明的，他的智力仅中等以上，他的智慧比较纯净地呈现为力量。而聪明人的力量通常呈现为可怕的分裂和早夭。美国式的聪明在坡身上最早呈现，由于自我毁灭的气质和冲动，他的热情压倒了聪明，从而始终没有陷入巧言令色的小格局。梅尔维尔相对来说则不那么聪明，他有一点中西部人的自大和颠顸，对一切都容易信任，同时在终于闯进了繁华后又迅速而全面地自惭形秽——这种难以掩饰的敏感性与无法放弃的宗教感，使他成为一个有着豪放气质的抒情歌手。美国人到死也不忘记身上的道德盔甲，即使它已经生了锈，与皮肉长到了一起，也不舍得脱下来。

相应的，因为之前的稿约，我联想到张爱女士是没有道德感的，她很想要道德感，但还是没有。可能这就是真正的贵族气——在中国没有什么人比贵族更自由更淫乱的了，尊奉黄老之学治国的那一群人深刻地理解了自由的真味，他们自由得简直没有机会去体验越轨的快感。因此，张女士的小说有时会给人意外的感觉，惊讶人竟然可以纵欲到这个程度（不仅是性欲，各种欲，包括她本人在味觉、视觉享受方面的高度发达），惊讶人竟然可以如此轻易地就堕落了。其实只是，在她的世界里，没有堕落这个概念，每个人都是一样，区别只在于他们穿的是什么衣裳。道德只存在于愚昧的民众：他们因为不喜欢自由而被剥夺自由，因为不愿意自由而被限制自由。这是一种与众不同的权力关系。在这个意义上，张女士真是现代得无与伦比。

一本《美国作家访谈录》，真是可以看出高下的。田纳西是唯一的一位大师，他关心了真正的问题。而其他的所谓政治、民族、阶级、性别的问题，都不过是过眼云烟似的东西，而不好的依旧不好——不正确不平等不公正不……痛苦依旧存在，比痛苦略轻微的不舒服也存在，其他的还是存在。永恒的存在，但田纳西不谈永恒，他只谈谈写作，写作对他来说不意味着什么。因为不可能解决，而技术更不算什么，思想问题解决了，一切问题都解决了。所以对他来说，没有更先锋的技术，也没有更精巧的结构，只有现有的不充分不准确不恰当。而他的固执则不可变改，他的洞察永远瞄准同一个位置。他在镜子里看来看去都是糟糕的，都是自己，他如此丰富。

4月27日

今天看《汉语的时相、时制、时态》，关于汉语的时间结构的这本书，使我想起大学时某位老师似乎狂妄的说法：虽然已经过去了一百年，今天我们对汉语语法的认识，并不比清末民初时《马氏文通》里提出的观点有更进一步的发展。用基于印欧语系语言范本建立起来的语法系统为基本标准，来研究汉语（不论古代还是现代），似乎已经很明显是行不通了，动词与时间结构的关系就是最主要的一个难点。甚至可以质疑，汉语的时间结构存在吗？或者说在汉语中时间是必要的吗？我对现代汉语语法没有深入地研究，不敢随便乱说，但仅仅就直观来说，我觉得现代汉语中真正值得重视的也许不是动词系统，而是副词系统。现代汉语使用者的时间感不通过动词来实现，或者说，时间关系不是最重要的，重要的是事件关系。

　　大概是作者本身水准不够的缘故，这本书条理不大清楚，或者说把语法研究的路数搞得比较死。譬如说，套用时相结构的时候，同一个动词分属多种时相，而且按照他分类的逻辑，几乎每个动词都分属多个时相——这样的话，这种划分也就没有什么意义了。语言不是死物，但现有的指标不足以用做分析工具时，就应该考虑建立新的指标，现有的角度不足以有效地切入时，就应该考虑以不同的角度切入。这个指标和角度需要自己创造。我们利用逻辑来辨识世界，但世界上的事物从来就没有先天的完善的逻辑结构——逻辑本身也只是实证的产物，并不高于经验。诗歌，语言的游戏，大概就是创造新的表达，质疑现存的语法，修正现存的语法，乃至更新我们的逻辑——就像相对论颠覆了物理学，进而使人类思考的逻辑也发生了一定程度上的更新。有一个笑话，有人从酒会上传话问歌德的母亲在做什么，母亲回答说："告诉他，他母亲正忙着去死。""忙着去死"，这本身在语法上有问题，因为"死"这个动词在时相上不是持续的，而是完成的，一旦违背词法但又遵循了语法，按照持续时相来使用"死"这个动词，就造成了一种陌生化的表现力，带有游戏性质的表达使这个动作获得了新的意味。而现代汉语中，"嫁"在词法上是限制了主语性别的，当周华健唱"明天我要嫁给你啦"，他是在违背词法去使用这个动词，由此却获得了全新的表达效果。不夸张地说，这种对语言的诗化使用，颠覆了男女在婚姻关系、权力关系上的隐喻。这虽然只是一个小小的例子，却很好地说明了通过颠覆现有的语言习惯，实现更大的颠覆的可能性。现代汉语一般的诗歌写作，是遵守广义上的语法系统，以意象的陌生化布置来实现经验的更新。但我想，经验还能更新多少呢？有时候我喜欢臧棣前几年的虚词游戏,那是语法层面的游戏,但现在我想那也许还是不够的。我们的语言是不足的,越来越多的人在参与这场语言的狂欢,但一般常见的还是默认既成的语法系统,所以这种颠覆是浅表的,就像"智取生辰纲"的反叛意义。其实,我们还可以做得更多。

今天看了一篇某个作家在北大校庆活动上的发言,大概是抗议某著名的部,同时批评北大精神。虽然我不喜欢对这种事情说三道四,但最近似乎这样的事情越来越多,知识分子的立场、行为、勇气、操守越来越具象,成为不可回避的社会新闻事件。这也许说明知识分子越来越参与到社会生活之中,还可能说明知识分子越来越不可能独立于权力之外,但似乎没有人能够提供一个真正有效的解决途径。当知识分子可以分享到权力的时候,除了某种虚无的道德规范可以指导他,还有什么呢?而全社会都在呼吁道德,关于南京的电影引起了广泛的争议,而这个国家关于意识形态的态度和标准却更加模糊。事实上,二十年来,不管是知识分子还是权力本身,都没有过多地谈论这个话题。仿佛意识形态是不存在一个导向的,或者它是不重要的。但事实上,它的重要性不容回避。我们所获取的所有信息都是在控制之内的,但我们甚至连筛取这些信息的筛子的存在都不愿意承认,却专心批评那些筛子下的不知情者。可能没有绝对的无辜的不知情者,但政治就是如此,每个人都参与,每个人都只在局部,你不反抗就等同于共谋。这是多么简单的道理——所以我不明白那些批评者到底在说些什么。

我呢,一贯坚持不谈国是,今天还是忍不住。但不管怎么说,这绝对不会影响我的生活。在骨子里,我的态度既猥琐又旧派,还是《论语》的老一套,"知者不惑,仁者不忧,勇者不惧"。我呢是忧惧都有的，所以只能做个化外之民。而对于那些有志气且有能力入世的人，也许还应该继续向《论语》看齐："危邦不入，乱邦不居。天下有道则见，无道则隐。邦有道，贫且贱焉，耻也。邦无道，富且贵焉，耻也。"如果这是一个糟糕的世界，那么任何改良的建议都只是使它能够继续苟延残喘。

6月3日

今天我再来写一个日记，不晓得明天写不写得成日记。估计很多人今天要熬更守夜地等十二点，真比春晚还有号召力。这是一个盛大的节日。当代人似乎对喜庆不感到刺激了，但例如广岛炸原子弹的日子或者四川地震那天却仍年年都有兴奋点。对灾难的爱好有一个美丽的名目。当然还有我国二十年来不衰的知识分子狂欢节日。这一天所有知识分子和有知识的分子以及自认为有知识的分子，都要过节。活着的任务就是过节，或者说，过节其实只能证明你活着。不证明别的。是的，不证明别的。要搞清楚这一点。

我还没说那句，少扯淡，都是受惠者。换个思路说，也都是受害者，但其实人命关天的大事情面前，活着的说穿了还是受惠多于受害。但是很多事情不能说穿，因为不是什么都能正负抵消。我是个坚定的骑墙主义者。而且绝不伤感。

前天吧，CH向我置疑了：向别人头脑灌输思想的职业。惶恐，我不是人民教师。但其实，比人民教师更厉害，我所在的行业是商业。购买行为是真正意义上的价值传播。因为基于等价交换。关于生活价值的贩卖，是比学科知识的贩卖更隐性，也更严重的，因为除了物质利益的盘剥之外，还有精神价值的拟定和输出。所以我上班上得辛苦，很多事情我不愿意做。我可是个有商业头脑的人，我知道什么东西好卖，但是我不说。因为有的事情太刻薄是不对的，最便捷的途径我第一时间就可以找到。因为洞悉自己的卑劣，所以我知道人们所喜欢的是什么。但是，那样是可疑的。我不知道为什么，总之我总是落到这样的处境中。其实做一个图书馆管理员真的是很好的工作。但是我没做上。

今天我还是有些伤感，因为头疼，但不是猪流感，只是一般的头疼，这就更叫人伤感了。一切都没什么大不了的。

买了四只芒果，很好吃。我想起广州路边的芒果树，还有我喜欢的那人小时候在树上摘芒果的事情，好像一个小孩子，摘了一树，又飞到另一树上。多么动人的情景。我的那个他，现在在做什么呢？沉溺于儿女情长是多美好的事情啊。

6月5日

上午开会，午饭后才知道九路车烧车的事情，下午下班时外面出租车一下子生意好了。估计还会好个几天。但不会持续很长时间。毕竟不是一件很大的事情，新闻公开是做得越来越好了，事情也没有当局想得那么严重，虽然一开始确实会骇人听闻，但慢慢地也就习惯了。没有那么可怕，老百姓就算知道自己生活得如何猪狗不如，也不会花多大代价去改变——比如说，烧车之后，成都人没有去游行，只是选择了不坐公车。之后，大家更努力地赚钱，努力买车或者花钱坐出租车。

还要烧死多少人，才会有人去关注城市公共汽车无限超载的现实呢？火车超载已经那么多年，有法律法规仍是那样，公共汽车更不乐观。纳税人所缴纳的税金，被用来做政府形象工程，但一般市民仍然乘坐超载的公共汽车，每天在城市里进行生命的历险，在基础设施几乎无一合格的城市里做浑然无知的冒险家。

中国的问题很多，但和每个人生活密切相关的是"基础设施建设"问题。其中也包括医疗、教育、能源、治污等等，这些都不应该是赚钱的行业，但在中国都是以赢利为考核指标的。就是说，关于这些，你为它们纳了税，你还要为它们买单。政府通过税务局剥削你一次，政府还要通过国资委再剥削你一次，然后你还是连在城市中生活的基本安全都得不到。

6月9日

一段翻译，我很喜欢。原文：

Gun Safety

Gun safety is important because it allows everyone to achieve greater enjoyment from the use of firearms.

Being swept with a gun barrel makes almost anyone nervous, which raises the stress level, pumps adrenalin into the system, and reduces the fun level.

Learning and practicing gun safety can not only help to keep you and everyone else around you alive, it can also help everyone to have more fun together and learn more effectively.

人类翻译：

枪支安全

枪支安全是重要的，因为它容许每个人在火器使用上实现更大的愉悦。

被扫射的处境几乎令任何人焦虑，它升级压力，刺激体内肾上腺素分泌，并且减少愉快。

学习和实践枪支安全不仅能使你和你周围的每个人免于丧命，还可以帮助大家一起得到更多愉快和更有效的学习。

机器翻译：

枪安全

枪的安全是重要的，因为它使每个人以实现更大的享受从使用枪支。

被横扫出局的枪管使几乎任何人都紧张，这就引起了应力水平，水泵肾上腺素进入系统，并降低了有趣的水平。

学习和实践枪安全不仅有助于让你和你周围的其他人还活着，还可以帮助每个人都有更多的乐趣，并有效地学习。

有代表性的是"降低有趣的水平"。多有意思的表达。直译揭发出日常语言背后某种文化或生活态度中的科学主义倾向。"实现更大的享受"则使"享受"与"enjoyment"两个词语/概念之间的对应关系显得滑稽。在中文语境里，享受从来不是一个对象化的、客体化的、可量度其实现程度的目标，而 achieve 则透露出 enjoyment 在英文语境里的这种属性，它和 ambition、target、goal、purpose 属于一个概念序列。于是，类似的常用而很难翻译的词语，比如 nice，也就显得不那么难于找到其对应内涵了（虽然不见得能在汉语里找到对应的外延）：我以前一直很难想象这样一个表达，the table has a nice size。通常 nice 是指向内在化的个体感受，修饰 size 这样一个具体而数据化的概念，意味着什么呢？一个使人愉快的尺寸？如果 enjoyment 是 achieve 来的，fun 是有 level 的，那么 size 当然是可审美对象化的。

我多聪明啊——每天都能找到赞美自己的借口，并不见得是件好事吧。一个人蠢一阵子不可怕，怕的是一辈子都很蠢。

7月7日

是某个纪念日，历史书写权大于责，忽然想起倪其心先生。我还记得上他的课，十来人的教室，有一天只来了三个人——不幸，其中有我。先生很生气，但是不言语，把门拴上，不许后来者进入——我也不记得，是不是还有后来者。知识分子自有其骄傲，不是为己，是为历史，是为先贤，是为人之经验。万物有灵，鸡同鸭可以打架，却不能吵架；人同人可以吵架，也可以握手言和。哪怕只是暂时，哪怕只是当下，哪怕只是幻觉，哪怕只是情之所牵……一念犹存，就是风筝不断线。昨天读《诸葛亮集》，因为过几天可能见到一位令人尊敬的老先生，要求教都不知道从何谈起。历史书写责任重大，可是哪怕世上从无信史，所谓信念却从来不可灭绝。惶惶不可终日，夜夜还需笙歌。汪先生那句"搁笔凄然我"，今天能领会的人不多。身处书斋，自然有些话想说而不敢说，或不能说，或不应说，或不知当说不当说。可是，自然，有愿意说的人来说。蒋先生当年说："地无分南北，年不分老幼，无论何人，皆有守土抗战之责。"毛先生后来说："世界上怕就怕认真二字。"今天呢，也许负责扮演公共知识分子的那一小撮女权主义者要说："人无分男女。"可是，世界上的事情，不是说说就行，民生问题才是第一要义……我要去做点小事情，没工夫去想纪念什么的，这种事情交给书斋里的知识分子们写学问论文吧，那是多么复杂的事情。

8月1日

7月8日至31日住院，计二十四天。读/重读了一些书或文章：《中国的局势和我们的任务》（第四国际中国党1988年文件）《为学十六法》《文字学概要》《墨子》《汉语中的马克思主义术语的起源与作用》《资本主义的法律基础》（后两本没读完），写了半本笔记（可能20～30页的样子），需要整理一下。

一

第四国际文献主要反对"技术官僚"，强调1980年修宪，认为中国当时在生产形态上处于无政府状态，因此必然导致银行控制力的增强。支持国族主义与精英政治的联合（即人大制度），对集权状态下的统计工作寄予很大的期望。对立法也是一样。也提出一些具体的建议，如发展工农、世界革命。但总的来说很幼稚——说一旦剩余价值出现，人类进入共产主义社会就只缺制度安排了。典型的托派。

二

《汉语中的马克思主义术语的起源与作用》说，中国现代的政治术语中，只有"买办阶级"是汉语特有的，其他都是转译来的。买办大概是中国特色，在当下，和"官僚阶层""斯大林主义者"关系比较复杂。最糟糕的是古代汉语"思想"一词的所指本就包含"自由"的意思，且是动词（例见曹植诗作），但现在它已经丧失掉了这些，成为一个可怕的名词枷锁。

三

ZJ 从新疆回来，带了土产来探视，我要他打印《墨子》原文给我，结果他却买来一本书局新出的注译本。先读了一遍，粗知门径，《非儒》一章实在是不错的。读第二遍，看看注解和译文，简直错乱得可怕，书局现在出书大概是连校对都不用的了。译文根本与原文对不上。大概是我太有旧学功底了吧。这简直是个大笑话，书局不如关门算了。我又发下宏愿要至少重注《墨子》一章，虽然不必要，孙老先生的间诂必定早解决这问题了，但如果是那样，书局为什么还能出这么可怕的注译本？抄了几页《墨经》，发现自己写字还蛮好看。

四

《为学十六法》好厉害，看得我两个傍晚都幻听，以为读到这书必然受大任于身，要不怎么会勘破那么多秘密呢？《文字学概要》看出裘先生傲慢，《为学十六法》看出吕先生大局。说他是人类的祥瑞，绝对不过分。"沉潜刚克，高明柔克"也是治学方法。先经后子。经学做到后来，都难免要做今古文的选择，廖平先生晚年著述多怪诞，就是一个好例子，但仍自是大师不待言。阴阳五行不出于王官，是看的另一本庞朴的书（爸爸带到医院看，我顺手翻翻），但对于汉语语法的重建是有益的。古汉语的使用者一旦消失，中古的历史、文化、艺术之研究都成为不可能，必须重塑汉语表达的能力，重建经院研究的传统。玄学史、堪舆学均无佳者，可着力。汉字造字法是一切律例的根源，一切定义的基础，一切解释的终结。又《左传》非儒家学问，乃是兵家，正统儒家是《公羊传》，虽有白虎观会议，其实是外儒内法，名儒实兵——但仍都是相国术。君人南面之术，一是《道德经》，一是《墨经》。道术不分家。汉语是非常厉害的一种语言，因为其每一个义符都能够复活，重新构造出一个汉字，并被接受。这是一种会生长的语言。不过像宋人讲理学，就只好说是有语用学价值，太笨。

五

子墨子曰："万事莫贵于义。"

六

打算多翻译几首 Hart Crane，可先在某核心期刊上发稿，给自己吹嘘吹嘘，大胖负责找出版社。或者找别的老师帮我也是可以的吧。反正是一件值得做的事情。

8月17日

不知道为什么，今天过得特别愉快。上午没做什么，把要写书评的书看完，喝了些茶。起得很早，大约七点半自然醒。看书之后做了些针线。十二点多去找 GL 拿图片，下午玩了玩，写了展览说明几百字给 GL 发去。高兴的源头是把衣柜收拾了一下，整齐的生活使人摇摆。因为我有一把摇椅，所以我喜欢这个世界，这个有人发明摇椅的世界。晚上听着 Louis Armstrong，继续高兴，写完了稿。现在想，也许愉快在于拉金和我喜欢同样的乐手。比如说 Fats Waller，比如说 Charles Parker，再比如说 Lester Young。真好。还有我喜欢他写的那句话："……你或许会忍不住纳罕，她歌声中的甜蜜究竟从何而来？"现在我去吃药，好好睡觉，养好身体。身体是我的宠物。

8月20日

我来写个日记。scallet 的小说十分好看，虽然我都没怎么看，在一个小小的旅游城市的网吧里上网，一会儿去江边喝茶，遥望一处景观，这是现在的中国，所以一切都可以抹消，完全可以当作一切都不曾发生。最近我在关心语词的定义。也跟大胖出了一个字谜，非常好玩。一直在思考"义"字，定义，这是基本的出发点。但是，义字的本义是什么呢？在一个祭器中盛放着祭用的牲口。同时关心墨子说的，义的成立基于各行其务，然后义成。和ZM说汉字的表义功能时想到，大概正是这种基本的文字属性，使得以汉语为基本共同语的远东的多个方言，在历时意义上成为独立语言的可能性几近消失。生活复杂而简单，有时候很辛苦，有时候放松得过分。但时间在消逝，我们有不可逃脱的局限性。今天看到一则短文提到福克纳批评海明威说"我不喜欢一个走捷径回家的人"，其实对于回家来说，没有捷径：有家可回的人可以随便怎么走，或者说重要的是一定要找到能回家的路，不管是唯一的一条，还是很多条中的一条。但是假如没有可回的家，或者不想回家呢？福克纳在这一点上没有说出什么来。

8月25日

waits《国年路上的圣诞老人》第四节的节奏：

> 他 / 好似 / 破浪 / 归来，
> 缓慢 / 而坚定；
> 他的 / 胡须 / 漫山遍野，
> 阳光下 / 飘动 / 不止。

第一行："他"字慢慢的长声渐弱，"好似"轻声渐轻，"S"

音带来空间的转换，"归来"，"来"开口音，由虚转实，一行结束；

第二行："缓慢"两个字都是仄声，沉郁的感觉，"而"字阳平向上转入"坚定"平声去声，略上扬后转沉着；

第三行："他的／胡须"节奏承上，"漫山遍野"四字拉长节奏，略舒缓，绵延感；

第四行："阳光下"承上节奏舒缓，"下"字开口音去声，略轻，转入下一音节，"飘动／不止"之间切分较单薄，其实可连读，"止"擦音上声，起伏有音乐感，结束本节，余音未了。

9月14日

昨晚去ZY所开店铺读诗一首，得红包若干。会前LB来，赞"致张春桥同志"诗好，大喜，请他和XT吃蛋糕，花掉一百零五块。LB说，不要怕写得差，要有量。同意。然后又见BL、SY等熟人。有彝族诗人叫魂，十分好。回家看社会学工具书，记笔记，有忽然要发达的感觉，原来社会学这样实证，原来实证主义这样纯洁。因为喝茶缘故，早晨不想睡，起来读书，想读ZJ送的《墨子》，但顺手拿来《诸子集成》，看看魏源的《老子正义》，想想，开电脑来看新编《集成》的朱谦之校释。校注者越谦虚则越自大，因为所校注者为经，凡说只为复原古本之声韵文句者，都是嘲笑别人连原本都分辨不出就出注。从文献学的角度看，中国人真自大，自大得好玩。新编本是1954年注毕的，可是吕思勉先生三十年代就说《老子》全本皆真——这才是真正读懂了，不于小处着力的读法。杀鸡焉用牛刀，该自大时且自大。

9月17日

昨天上午倒在床上看《本雅明》，看得昏头转向不明所以。但是现在知道那个看法是对的，这是后话。上午还接到电话，本周末到广州参加一个活动，需准备一个感言，不知道是否正式，姑且按正式地来。主要是关于语言学和神秘学。神秘学暂时不知道写什么好，语言学姑且把上海一号改头换面去，已经足够。下午继续看《本雅明》，继续不得要领。三时半许出发，五时许到土桥，陪父亲转夜。然后一直看，这次是又从头看一遍，间杂中间几次吃东西，一直看到凌晨四点，睡了二十分钟，还剩小半本，终于得了要领。现在记一下。

国内目前对本雅明的研究几乎止于特里·伊格尔顿的境界，当然伊氏并不浅薄，他只是过于直线（一切西马都显得像愣头青）。我看到的最好的论文，仍是张旭东的三联版《发达资本主义时代的抒情诗人》的序言，也许是被本雅明自己的故弄玄虚给糊涂住了，马克思主义成为本雅明研究中徘徊不去的幽灵，而实际上徘徊着的却是喀巴拉，至少我这么说是没错的，没进得正殿的都是幽灵。在遇到阿西娅·拉西丝之前，本雅明对马克思主义的认识何止是浅薄，简直是无知。近十五年，他在灵知主义中徘徊，时而以挖苦的姿态逡巡于无神论。《德国悲剧的起源》之所以无法解读，不在于中国学者的弱智，而是基本的知识基础没有构建，但也不一定需要构建，只是一个借鉴。他是个神秘莫测的人物，从某种意义上说。这也恰好是布莱希特及其主要舞台形象的基本特征。而卡夫卡式的源源不断貌似儿戏的审判场面，也同样在本雅明那里回响不绝。仍旧是犹太教，尤其是喀巴拉的氛围。而这种氛围，熟读卡夫卡日记仍是无从理解的。必须深入到犹太教神秘主义信仰内部才能理解，即使本雅明始终对犹太教保持暧昧的距离。

这种神秘性增强了本雅明的可读解价值，仅此而已，其他的答案已经无法从他的西马研究理路中寻得，我坚信这一点。至于后面的小半本，大概要睡一觉以后才知道。只是发现之前所做的功课大大不够，以前读书计划的未完成现在折磨着我。需要重新看至少三本书，《布莱希特》《犹太教神秘主义主流》和《塔木德四讲》。这三本书正好可以在广州完成。很好的计划。

刚才回来路上想到，不夸张地说，在一定范围内，我是目前神秘学领域最专注的人之一，博古通今，中西贯通，但是这并不是件有荣誉的事情。专注的结果是什么呢？为什么总是有这么多问题呢？现在脑子有点钝，我要去睡觉了。

又，阿来估计已回成都，但我这两天不知道能不能找到时间去找他，应该先通电话，我不应该害羞得总是发短信，这样是不尊重的。我要反省。

我要反省。

10月12日

起床晚了，十点出发和ZL一起去了几家咖啡馆和书店，在第一家店喝了极难喝的奶茶，吃了极难吃的芝士，去了书店之后，又去洗脚，再去手工艺品店看看，没什么意思，最后去了一家建筑书店。花掉一百七十块。

回来看看douban，看见说有人说要把国学列为一个学科，和文学哲学并列。之前FD撺掇我和WQ一起参与一个什么国学研究所的项目，当然前提是还要去念个学位，我肯定不要去念学位。但最主要的是，FD 说要用现代科学来研究国学，我觉得就完全不靠谱了。跟她讲了几个小时，所谓国学是和西学相对的，所以国学是不能用西方现代理论工具来研究的，更何况现代科学已经不是一个知识范畴了。现在的所谓国学热，也是很奇怪的东西，因为国学就是旧学，旧学这东西没有了科举和士人生活以后，就已经不可能了。我觉得我可以弄一下国学，但也就是早晨起来打开电脑读读《礼记》什么的。不抱目的，或者心里念念不忘要正人伦……之外的什么国学就不对了。包括教小孩念《论语》，念《论语》是识字课差不多的，主要教人写句子，现在念都是教人古代名人故事和做人道理，这是不对的。我很不想念学位，一是不想考试，二是不想和老师同学打交道。和同事打交道是可以的，因为那是上班的一部分，是薪水所要求的一部分。为什么我去学校交学费，还要和老师同学一道生活、受罪呢？

　　WF 被我搞得很难过，我也被自己搞得很难过。不过走在外面马路上的时候，并不觉得有什么，日子就是这样一天天过去的，天空是灰白色的，有时候是浅蓝色的，路上有骑电瓶车的人，也有开汽车的人——有的开宝马，有的开菠萝，但是都开得差不多。买菜的人提着口袋，他们有各种各样的苦恼我不知道，我其实没什么苦恼，人生苦短，只要有享乐的精神随时都可以有愉快。心里有理想的人时间过得快，很快就老了。和悦己者对视仿佛宇宙洪荒都只一刹那，但这只是幻觉，生活里大多数时候都是乏味的。有时候我甚至觉得连食物都不带来享乐。睡觉很香甜，尤其是肌肉放松的那几分钟。烦恼统统应该让位于清新的空气。有一个小孩也许不一样，但生活态度不好的人看到孩子，也更多只看到时刻必须处理的麻烦。等 WY 和 ZL 有一个小孩了，我就经常去逗着玩。

10月13日

读某教授谈古典文学研究的讲稿,想法如下:

旧学的方法基本失传是一个基本事实,但即使回到清代,所谓朴学也是重新探究方法的一种企图。中国的传统学术其实是对语言材料在语言学、阐释学意义上的研究;语言本身在变化,材料也在增生,所以研究的立场虽不变而方法可以一变再变,仍可出新的成果,但对语言材料本身的掌握则是必须的。

现代学术的传入使旧学遭遇了一个质疑,蒙文通先生治史学,其实是西方意义上的史学,所以他的方法是小学一掠而过即可,否则终生难有小成。但其他学科,如文学研究,则似乎还没有提出一套可行的方法,林庚三大弟子之一的倪其心是前些年去世的,那之后有文献底子而又有治文学理想的,似乎就没有了。貌似一个葛兆光,其实是用了海外汉学的理路在做研究,就其眼光和立场本身无所谓陌生,却往往有陌生化的效果。其他人就更不值一提。

与藏僧谈过他们的经院研究——也读英文著作,也做文献的掌握,但最大的要点是要维持一种传统,其中就有带徒弟和不问世事。现在的显学是在社会理论方面,往往向各个学科渗透,文学也不例外。但社会理论是以实证主义为出发点的年轻学问,古老传统却是以经验为底子的,若看不清这点,任由社会理论的观点或方法动摇了立场或眼光,拿着孤立的文本仿佛是面对田野,以为一番数字式的折腾就能出一本专著,只是头脑不清醒,没搞清楚本门学科的理路罢了。但这却是个常见的情况。

在显学的影响下做传统学问,最要紧的是坚持经验主义的立场,因为除此之外别无立场。这才是方法的入手,而不是耐心或甘于寂寞。旧学失落在于缺少方法论,但凡缺少方法论都必然失落。

10月14日

我很饿,想吃东西,中午吃了一碗没味道的拉面,现在还有一点山楂条,但是我不想吃。我看见新疆驻京办有招牌菜葡萄干炖羊排,所以决定来杜撰些菜谱,等以后有时间就做来吃吃看。

一、葡萄干炖羊排

小羊排一斤,斩成一寸见方,加葡萄酒、盐、胡椒粉腌一小时,洋葱、生姜、芹菜切末下油锅爆香,下羊排翻炒至血水收尽,白萝卜滚刀切块下锅翻炒几下,加水炖三十分钟,黄葡萄干、绿葡萄干各一把下锅炖软,红泡椒、青泡椒各五个切丝撒在汤上,好了。

我猜:味道略甜微辣,有洋葱和芹菜香。不加胡萝卜免得压了葡萄味,白萝卜去油不腻。腌羊排的葡萄酒换成啤酒会有麦香,但不能用黑啤,坏颜色。

二、菊花莼菜生鱼汤

玉女拳菊花三四朵不拘,掰散花瓣弃掉花蕊,放到汤碗底。乌鱼去头去尾剔骨切丝,淋料酒、蒜汁少许,放到花瓣上。盐、胡椒粉、生姜丝摆在鱼肉上。紫苏白苏不拘取叶十来片,下高汤中煮滚后捞出弃去不用,莼菜漂洗后下高汤煮滚,淋鱼上,好了。

我猜：汤略有药味，可去莼菜水腥味，菊花入口生脆和鱼肉刚好对比，生姜要选嫩一点的才好切得够细，否则粗喇喇的就成了败笔。

三、橄榄菜蒸钵

马蹄十个去皮，云南鲜米线二两，小油菜四棵掰下叶片，一起放进瓷钵，橄榄菜平抹一层在上述诸材上，上笼蒸十分钟，蘸酱油吃。酱油要选好的，可以淋上芥末油，不能加辣椒。

我猜：马蹄微甜，米线爽口，小油菜略苦，空气里一股橄榄菜味道。

四、藕粉

鲜藕切丁煮熟，藕粉调好，麦芽糖调味，淋藕丁上。可淋少许椰奶。要用白花藕才脆。

啊，我很满意，现在更饿了，但是心情愉快起来。这些菜你们谁都没吃过。

10月22日

最近娱乐很少，基本没有，就是在网上看看烂片（那些赞美普通人心灵美的片子，看来看去还是觉得普通人心灵不见得美。英雄崇拜这件事多少有些像个笑话），要不就是大片。douban 上大家免费贡献点击，以支持我国社会公益事业、推进我国法治化进程，我有时候也贡献一点。最有意思的大概就是大量的FML事件汇总，原来日常生活如此有趣，但我的并不有趣，就是坐在沙发上吃两瓣橘子，读两页电子书。家里的书架已经堆了两层，不能再买书了，而搬家还遥遥无期。经常我看着并不局促但却无法放下更多东西的屋子，感到绝望。要改变生活是一件多么艰难的事情，尤其是我这样一个对生活要求很低的人。大多数人都在思考一些没营养的事情，有的，比如自诩为聪明人的那一类，居然数十年如一日地发布自己那些没营养的思考，这是多么悲惨的现象。

新生计略有眉目，慢慢来，我不想负太大的责任，这是一贯的态度。我也不想有很多钱或权，我只想有小于自己能力的责任。要坚持这种态度，坚持下去。再说说看书吧，看书当然是件有意思的事情，绵延的生命力可以最终获致丰美的成果，这就是活下去的意义。学习计划进一步清理净化，目标准确，难度清晰，还有同伴，简直是难以置信的好事。这是我应得的奖励。最近还有两篇稿子要写，一个写写理学和朱熹，有佻脱的当代态度不怕对付不了深厚传统；一个写写李劼人和成都，比之前想象的要难，要分析和比较，因为已经有人写了某王和北京、某叶和南京、某刘和上海，而地缘和八卦都不适合李先生。

要继续调整心性，安静读书，一步一步按计划完成工作，然后就可以更加幸福。这个道理真简单，但是我从没看见谁做到过。

10月23日

今天白天累死了,左边头疼变成了右边头疼。累的原因一个是写些没意思的字,一个是看了很多建筑设计的杂志,发现好多喜欢的图片,尤其是盼望着搬家,便细细看,所以就累了。晚上回家看WB的来信,查《道德经》、三《礼》《论语》《说文》《广雅》……继"觉"字之后,又发现一个很复杂的"学"字。不过后来算是想清楚了,这里就不写了,明天写。《道德经》真是一部复杂的书,因为解释之解释都可以不成立,而它又模糊暧昧得近乎美,耽美则忘义。再说,"义"字也好复杂啊,墨子说"万事莫贵于义",那么"贵"又是什么意思呢?我很像《92黑玫瑰对黑玫瑰》里面的冯宝宝,要到处贴条子免得自己忘记生活里的事物。语言,是个坏东西。

10月25日

记几条想法,有的还没想好。

一、关于读书

前一段集中地想了想为什么要读书。准确地说,不是为什么要读书,而是进一步清晰读书这件事意味着什么,重点在于读书的收获、灵感可以转化成什么。通常,读书直接获得的大概就是智慧的乐趣,理解作者的意思,发现作者没有明确但能够朝向的领域。就智慧的乐趣来说,就是无限地读。但仅仅这样的话,还不够，所以进一步就是掌握了认识、判断的某种工具，然后这里有两个出路，至少：一个就是拿这种认识和判断的工具去决定、实践，这种就是一般的实干家；一个就是改良这个工具，形成新的认识和判断，这种就是所谓的理论家。这其实也还在乐趣的层次上，不过不仅是智慧的乐趣，还有行动的乐趣：耍耍别人锻造的工具，屠龙之术也无非如此。耍工具，有一类就是显摆聪明；还有一类并不为了显摆聪明，但他也不知道还有别的出路，就只好继续耍……反正我看多数的知识分子都在耍工具：工具箱里家伙越多的，就越厉害。再高明点的，有成就的，就是拿着工具去修理或雕凿点玩意，有的玩意就成为了别人眼中的新工具。

以上的结果我都不喜欢，但是好像也没什么别的出路。单纯的智慧的乐趣我不满足，行动的乐趣我也不满足，那到底做什么呢？我描述不好。反正我不想成实干家，也不想成理论家，我想成一个魔术师，就是说，关心那些无解的问题，或者尚未被发现的问题。这多带劲啊。

二、关于诵读

"古兰经"三个字的本义就是诵读，穆斯林的本分就是诵读《古兰经》（我记得基督徒为了表达虔诚似乎也是日复一日地诵读《圣经》）。古代阿拉伯本来有好多诵读的流派，后来被限制了，只剩一个。奥斯曼销毁了十八个版本，这种销毁在我看来和罢黜百家独尊儒术有类似的动机和含义。尽管如此，今天什叶派、逊尼派、苏菲派在经文的解释上还是存在差异，比如关于表面经文和隐微经文的分歧，关于《古兰经》节数的分歧等等。其中后者还和朗诵有关，因为分节就是为了朗诵。而《古兰经》最重要的是诵读，传统的有八种诵读方式，后来貌似更多，因为现在有人精通十种诵读方式。由于阿拉伯语的词语意思要根据上下文才能确定，发音则要根据词语的意思确定，所以对经文的正确诵读，必须要根据对上下文的理解。因此，伊斯兰教历来不赞同翻译《古兰经》，坚称《古兰经》原典是神圣的、不可译解的，只有进入这种语言内部才有可能理解真主的降示——严格来说，没有人能彻底理解《古兰经》，因为《古兰经》是真主的话语，人类不具有彻底理解这种话语的最高智慧。而阿拉伯语其实也是经过《古兰经》的洗礼和改造的，《古兰经》降示之后，阿拉伯语文学随之发生了巨大的改变。

但是，在先知时期，有人用不同于先知的方式诵读，穆圣听了并没有制止，而是说：用你觉得最简单的方式来诵读吧。是奥斯曼禁止了更多的诵读方式。我不清楚是谁说过，必须用阿拉伯语来诵读才是有效的。但是，既然《古兰经》从根本上是不可解的，那么重要的就是穷尽一切可能去领会，或者说不领会，只是全力赞颂和顺从？赞颂和顺从什么呢？所以，我现在每天都读一节《古兰经》。

三、关于"学而时习之"

《论语·学而第一》："子曰：学而时习之，不亦说乎？"

学字的意思，在汉代有两个说法：一个是古文家的《说文》，"上行下效谓之学"；一个是今文家的《白虎通义》，"学之为言觉也"。

古文家的说法可以参考甲骨文来看，学字写法和教、效字相似。在三《礼》里，学主要是太学的意思，是太子受师、保傅授礼仪与国事的地方；学字也做动词，和教字相匹配。教在甲骨文里是贞人一种，巫卜之流。也从甲骨文看，效字的意思则是模仿教者进行一些仪式的操作。因此，学字的意思是注重传授和模仿。而今文家的说法主要是声训，此外并没有对觉字再做解释。觉字在《说文》里的解释是"觉，寤也。从见，学省声"。省声一说本身有很大问题，这在文字学里已有定论，这里姑且不管。学字在今文家那里就只能找到寤（悟）这个源头了，悟就是由不知到知的过程，因此，学就是注重领悟和理解。在汉代及以后对《论语》的注解里，都没有说明学到底是被传授，还是自己领悟的（甚至有的就直接把学解释为学者，不做动词）。

再来说这整句。习字，对照到甲骨文，比较肯定地说，习就是反复练习、实践的意思，因为甲骨文里习字是小鸟试图飞起来的样子。那么，基于学字的不同训读意思，"学而时习之"的涵义相应的也不一样：当学字作被传授讲，这句话的意思就是，学到了规矩、礼数要按着天时节气（按照春夏秋冬的阴阳属性去做一定的神秘仪式，就叫作时，即节气——节做动词，意为据定、控制，气即绵延不断的年月日）来执行；学当领悟来讲的话，意思就是领悟到了一定的道理、知识，就要按照知识积累的时间原理，来勤奋地反复巩固。这个差异可不小。

最近读《论语》读得很细，参看着《古文字诂林》和《道德经》，有一些新想法，但不一定对。先一句一句记些笔记。大概逐渐可以总结出点什么吧。但《论语》本身没有《道德经》可信，这又是个问题，虽然是问题，却不能一直悬而不决，所以姑且继续。

四、关于道本语

先结合一下前面：到底文本的读解是否存在歧义呢？这里有一个前设假定，就是语言本身指向是确定的。这个能指和所指的问题纠结不清，至少我纠结不清，但我觉得歧义更应该基于语言本身的性质来考虑：自然语言或人工语言的性质。假定接受认知心理学，那么自然语言本身就是不确定的，只是一种记录符号，不是程序符号。人工语言有精确或误差一说。但能产生歧义的语言才能使人类有出路（当然，程序语言可能也可以产生歧义，因为总有语言不能穷尽的地方，程序语言或意外或意料之中也都有可能遭遇黑洞）。

人类生活需要什么样的语言呢？人类的思维、情感和行为需要被定义的并不多，并不复杂。虽然说，人类生活里有貌似很繁复的内容细节，比如：爱斯基摩人关于雪有几百个词，阿拉伯语关于骆驼有几百个词。爱斯基摩人告诉阿拉伯人某种雪，阿拉伯人是不能知道他指的是什么的。但是现代社会解决了这些问题，用数学模型解决了。颜色用原色比例代替，雪的性状用更多参数也可以精确表达：物理问题有物理学，生物问题有生物学……生活里哪方面问题比较突出，就发生什么学问。

这时，关于基本生活的表达，就出现了一种人工语言叫道本语。它只有不到二百个单词，但是试图表达人类基本生活的一切意思。那么，关键就在于如何定义人类基本生活了。

道本语以表达人类基本生活为其功能设计。只确定了最基本的概念，比如说，关于数字，只有"1"和"2"。然后相关的有"无"这个概念，"手"这个概念，"无"可以借用表示"0"，"手"可以借用表示"5"。有"男"和"女"的概念，可以借用表达"阴阳""正负"……

这个道本语正是以道家思想为基础。发明者认为道家思想所覆盖的就是人类基本生活，之外的属于别的学科，应该用别的语言来表达。它的任务就是表达情感、认识、宇宙思想，表达人类最基本的需求，只关注最基本的话题。

一套语言就是一套认识系统。因为道家思想的基础是辩证和不可知（辩证是对可认识和可读解对象的基本态度，不可知是对神秘、不可言喻对象的基本态度），在这两个态度的统领下，道家对人类生活的重要方面进行了归纳和联系，指出主要因素之间的斗争关系和依存关系，以及发生关系的潜在条件。如果对人类情感、态度进行合理的归类，同时规定充分必要的能量级别并保留出一定的余地（包括推翻这一系统、重建新的系统或彻底撤销这一系统的余地），那么就够实用了。所以说，道本语的基本逻辑就是：按照人类某一时期智慧的极限来设计一种语言，并在这种语言中留出未知或自我摧毁的功能——当然，如果世界此刻停止，这一语言就不可表达了。但是它可能预计到了世界随时会停止的这种可能性。因此，这种语言在我的想象里是无敌的（包括这种语言允许数学来证明它，同时它还设定无须任何证明它就成立），这就是语言本身的魔术。

道本语正在被证明的过程中，其证明必须依赖认知心理学、普通语言学之类的吧，进而可能必须依靠人类现存和曾经存在的一切学科，要穷尽一切可能性，因此这个证明活动无法完成。那么就去慢慢证明吧。而这一切仅仅是因为道本语保留了不可知，于是所有它不能表达的，都归于不可知；被毁灭不是它试图表达的，但却在发生之前就已经充分表达了。

那么，假如这个世界根本就没存在过呢？道生一，可见道这个概念最重要,是原初的不可知。而道法自然,则启动了对抗、妥协和循环。那么,从不可知到辩证的转换是如何达成的呢?这不过是几千年前的一个脑筋急转弯。想达成就达成了,不怕做不到,就怕想不到,意识就是这样创造了物质的。

11月3日

这几天比较忙。今天和 GL 介绍的一个赚钱活路的上家十分不愉快,后来转给 XS 去做了,我也没时间做。世界上的人做事的方法各样,有人聪明有人笨,但我顶不喜欢没礼貌的人。前几天集中看了看经学,这月清华国学院重开,也有多少名人写文章,在我看来不过是海外汉学之海内分舵成立仪式而已。又有某小枫的弟子主持的 douban 小组上,若干青年才俊探讨国学出路,术语名词大把,国际国内形势了然,我却多少疑心他们是否读过原典。就譬如十三经之间到底是个什么关系,又如四部之间是个什么关系,读过三五年就有心得。名人多半很老了,头脑不清楚是可以原谅的,但新的学人却依旧糊涂,就不应该了。

现在说国学的,为避免说话漏洞太大,开口就是传统学术博大精深——既然说它博大精深,便应当对这博大精深有个看法,否则有什么胆量来说话呢?可是就是有。仿佛一旦冠之以博大精深之名,就有理由见识浅陋。我先是不喜欢国学的提法,因为事实上现在是西学大一统,国学无以对抗,如何成立?也不喜欢汉学的提法,因为汉学是以汉语言民族社会形态为客体的学问,既然身在其中,又怎能将自己客体化?我倒是宁可称之为旧学。

我读书不多,但有一些简单认识:旧学不论如何博大精深还是有一个界限，自然科学和应用技术是不算在内的（例外者有二：一是《墨子》城守诸篇讲应用科技，一是纬书讲宇宙理论和数学理论，都见斥于正典之外），其核心是经学（子、史分别作为经学的参照和应用）。而经学则全部围绕伦理秩序的建构和阐释展开，讲究的是正人伦，被经学打败的子学也是人伦之学，史学则是人伦之学的应用记录。近现代以来社会生活最基本的前提就是破除旧礼教，那毫无用处的伦理秩序又有什么可研究可讨论的呢？现在重提旧学，如果不明确以儒学尤其是礼制为研究和讨论的主要对象，则仍是空谈——难道谈古代汉语？名物考释？哲学思辩？文学鉴赏？这些都不是旧学的观念核心，也非其立论所在，即使研究和讨论，也缺乏内在的动力机制，勉强而行也必定行之不远。

十年前有人将孔子的仁政学说提出来，作为新威权主义福利国家的伦理基础和理论依据，后来也不见明确的响应。不过，这毕竟是很敏感的政治主张，过于高端的话题本来就不适合普众来讨论，也不必交给权力圈层之外来信口开河。但应看到旧学的价值在此，无法被降低到一般学科的层次；而所谓的国学热，大约是学术教育体系内的有识之士敏感地嗅到了权力的气味，于是手忙脚乱地张罗起来。但我疑心这种情形甚至谈不上书生意气，而只是出于盲目的权力冲动。

11月14日

前天读到 WM 的诗，最近的那首写得太好了，太羡慕了。然后这两天激动得不知道看什么书好，于是今天路上继续看吕思勉先生的文言，大概这样能抵挡一下诗歌语言的蛊惑力，我总还得做点日常的事情吧。下午和 SW 聊了聊，明年的传播事件基本上有了想法，其中三件都成了，还有最后一件没想好，因为做"198 区域"和城市绿肺的话题，似乎和主刊有一些重复，不是很适合。还是应该回到服务业领域来。但是还没想到其他合适的。晚上大胖过生日，两桌人，我一点酒也没有喝，只和 WQ 说话。她终于从赵毅衡那里拿到了学位，虽然工作还没完全搞定，但基本上没太大问题。然后说了些知心话，真奇怪，我和这样一个中年女教员居然说了很多知心话，要知道她本来恰好是我所轻蔑的那类无才华的学院分子。可是忽然我像懂得了很多道理，毕竟学术不是一件很重要的事情。在 HY 那里，看到了很多专业人士的卑微和无力。好吧，继续回来说 WM 的诗，因为这是个主要问题，写了些笔记，略引在这里："……他在绿化养护工和巡警都消匿的晚上，采取行动。这是夜晚的战斗之一种。……于是，这一切就像是谎言，但这个谎言的基础是他任由记忆衍变为幻觉的某种笃信。只缺最后一个毁灭性的自行爆炸，但似乎这个爆炸永远不会发生，它只是毫无疑问地在时间的前方随时发出恐吓和预警。在这个意义上，WM 是个性情温和的恐怖主义者，他的一切不满情绪都先天地具备消解自我的功能。然而，这不是一个阴谋家的行动或行动计划，这只是他不得不继续进行的事情。"

还有一件事，WM 问我有没有穷孩子，我就问大胖。和大胖在林荫道上走着，她小小的身躯和我讲一些其实并不十分惨苦的事情，但却几乎要落泪。我也觉得几乎毫无办法，虽然说，明年有无数的品鉴会、高尔夫活动，但那些和我有什么关系呢？我没有办法让他们拿出钱来，为了修一堵墙；我也没有办法就靠在杂志上登几张光影动人的生活照，为那些需要住校费的孩子搞到钱。一切都需要回报，但大胖做过的事情，并不能永远做下去。因为出钱的人就那么多。然后一直走回家都还在想这个事情，虽然其间在大胖家和她说了说怎么把 MM 请出山来讲今文学，骗些钱来做大胖的项目。很多很多事情，大胖和我的惨伤都只是一瞬间。回到家里，喝了一点开水，我想我要继续简朴地生活。我还想搬家且不需要装修新房子。我还想前天 XY 请我吃饭花了四百块钱，下次再有人请我吃饭，我就建议去吃牛肉面，然后就有了三百九十块钱。这些都只是生活里很小的事情，但也就是克己复礼的意思。我要做一个很卑微的人，只有这样才能活下去。我还希望赞同我的人也都愿意过自己接受限度内最卑微的生活，这样这个世界就会好一点。但这是个很俗气的说法，应该换个说法。然而说法有很多，在生活里的每一秒，重要的只是行动。有一种人会让人感觉到某种类似于光辉的东西，我希望处处得见这种光辉。

12月4日

昨天傍晚去欧洲房子路上和 XK 通电话，他对我提出了批评。之前是说到 XS 和 JH，其中 JH 被推荐去了瑞士参加一个写作计划，然后 XK 严厉指出我最近的诗写得不好，其实之前也批评过，但我一贯是听着就听着，不反驳也不焦虑，这次他指出我最近一两年的态度很不好。按照我的理解，就是不管写作什么样的题材，重要的是有一个健康和积极的心态。这是很重要的，就譬如说梅尔维尔写了很邪恶的一本书，但总的来说他对生活充满了热情，即使是病态的热情，或不为自己理解和认可的热情，但由于这种热情的不可磨灭和坚定，也就使作品具有了价值。我一直认为，我之前的写作没有什么特别大的价值，但是我对生活充满热情，对世界也有热情，而现在这种热情在减退，这是一个非常非常不好的信号。一个人如果对生活没有了热情，就会陷入无休止的抱怨和冷嘲热讽，这是区别一个有意义的人和一个没意义的人的主要标准，也是衡量一个人的作品的最重要的尺度，技术是在这个层次之下的。这真是真知灼见。厌恶是一种热情，憎恨也可以是一种热情，这都是某种态度，但冷嘲热讽不是，因为讽刺没有力量，要有把自己放进去的胆量，哪怕是鲁莽。

我今天隔三岔五地反思着，同时还一边做着上班的事情。上班的事情自然是很糟糕的，但是不能仅仅困扰于自己的一点小是小非，这是很小的格局。至于痛苦，没有痛苦又怎么样呢？要始终保持对世界的参与冲动，这样才会是一个好的作者。明天我要振作起来，首先就是，早点起床去把稿费取了。明天我还要看一本《法斯宾德论电影》，他有着多么阴郁的热情。这热情阴郁得仿佛是冰冷的。

12月9日

乱忙了一阵，终于主编到了，可以松口气了。最近对于自己的语言能力产生了很大的怀疑，原因之一是读《中国语文札记》，感觉自己对方言太陌生了，但是现在开始去关心方言调查之类的，显然来不及了。写文章容易自负，或者陷入反复的简单修辞，想了很久，觉得试着翻译也许是不错的，尤其是找一个很好的译本作为参照，如此重新掌握表达的能力。我参照的是罗山川先生译的《白鲸》。以前读过一个《吹牛大王历险记》，也很喜欢，但那是从德语翻译的，不在我的能力范围之内。今天慢慢地译了一段，发现一些问题，就慢慢来吧。仔细把自己喜欢的小说重新译一遍是很巧妙的娱乐途径。

12月11日

昨天晚上先和DL说了说喜欢的小说，还没把博先生谈霍桑的PDF转给她，她就溜走了。可巧，她一溜走HX就来了，于是接着和HX谈小说，把卡夫卡说了两句，后来就开始讲太极拳。想起外公有个好伟大的习惯，叫作养神。我们家有一亩大小的花园，篱笆是外公亲手编的——土木工程出身的老家伙，连这也不会弄就太给黄埔军校丢脸了。篱笆门上钉着巴掌大的长方形木板，正楷写着"江源巷42号"，是老家伙写的，平和儒雅得似乎带点女气了，但骨架方正却分明是旧时读书人的阴阳调和。外公养神的地方，春秋天是在花园中间，那里摆放着不知哪年就备好的他和外婆的两副红砂石撒米——即汉地穆斯林的石棺，他的茶杯就搁在撒米上。冬夏是在屋前的凉棚里，两把高竹椅，一面大方桌。他养神就是闭着眼睛，不说话，不动，仿佛在睡觉，一叫他却马上会睁眼说："啊？"那时太小，不记得他是否爱读书，报纸是一定要看的。外婆总是走来走去，或者骂骂咧咧。我就想起他二十岁那年，从松潘骑着大白马，背着一褡裢银子上成都省投军的事情——到了灌口，已经被土匪抢得只剩下一条短裤衩。若不是世代行医，土匪早就把他杀了了事。这个书生去到军队里做了个文书，然后好几年的行军，出生入死，在战役里长官被打丢了，士兵们用担架抬着他，一路收着散兵跟他叫长官，只因他算是个念过书的人。也奇怪，并没有带过兵的一个书生，却能够指挥上万人去冲破日本人的封锁，爬到悬崖上用绳梯解救了大长官。就是这样的出生入死，多了不起的事情，他自己并不觉有什么。倒是打了胜仗回到成都，外婆拖着最大的孩子，也从松潘出来——家里人不给她盘缠和马匹，她也不走映秀灌口，却先绕道回小金县娘家，绵延八百公里，翻五千米的夹金山，一定要到成都捉拿逃夫。便是这样一位女英雄，收服了出生入死的他。他大概这时才明白，就算去日本人枪口拼杀流血，捡回来的这条命，终究还是老婆的。这老婆又是如此的凶悍，他便只好学会了养神。自然还有老实按她指挥，做了赃官，又做了地主。英雄气短啊，且不见得儿女情长……养神这件事情当真难，但还有比这更难的，就是和命运对抗，所以他就学会了养神。我爸爸的休闲方式是斗龙。我想想，不喜欢。因为这个事情耗脑子，但他乐此不疲。

本来想写昨天下午和 LH 说到的关于当下道德伦理严重失范的问题，却扯了一通养神然，而现在又不想写了。昨天和 GQ 发短信说某报主编约我谈商业思想，我宣布：作为可靠潜力人士，本人现开始接受定向实物赞助（汽车一台及以上，排量 1.5 以上，款型不限）。结果被委婉拒绝了。作为一个绝对可靠的成长型潜力人士，我发誓会怀恨在心。

12月12日

《白鲸》译文一小段：

下面将会看到，这位图书管理员助理热衷于搜集与大鲸有关的典故，不论是虔敬或亵渎的。从任何途径得来的任何书，这可怜的家伙都查阅；就像蟛蜞不管在圣城还是市集，遇土则挖。所以在某种程度上，你不能尽信这些摘录，这些鲸类百家言确有出典，却不可作为鲸类学的真理书。此外，这些摘录独特的价值或意趣在于：它使古代作者亲切可感，使诗人们现身此处，提供了一个鸟瞰古今内外（包括我们自己）关于大海兽的各种奇思妙想、奇谈怪论的角度和视野。

罗山川译：

我们将会看到，这个纯粹是辛勤的钻研者和穷书蠹式的可怜的初级管理员，似乎翻遍了世界各地的图书馆和书摊，将任何书中所能找到的以任何观点随意提到大鲸的文字，不管是神圣的还是亵渎的，都摘录了下来。因此，请务必不要把摘录中这些杂乱无章的有关鲸的文字，不管它们怎样具有权威性，当作真正可靠的鲸类学看待，至少不要把每一则都作如是观。源于古代作家及在此处摘引的诗人们的有关文字，之所以弥足珍贵或饶有趣味，一般说来，纯粹在于它们就许多国家许多代人，包括我们自己的国家我们自己这一代在内，如何随意说过、想过、想象过和歌颂过这种大海兽，向我们提供了一个粗略的概貌。

我的翻译和罗山川的翻译很不同。情节意义上是差不多的，但基本的阅读感受已经有了非常大的差异。我不是专门的翻译者，对自己的阅读理解力也很怀疑。我会不会不具备最基本的语感，没有找到原文的表达重心？在中文阅读里，我有绝对的信心，但在英文里则不然。为了翻译这一小段，反复地念诵了好几个小时，想找到所指的核心——这里要按存在一个核心的假设来考虑。如果我的理解是错误的，最基础的障碍没解决，那么我的翻译就走偏了。但也存在着一个新价值的可能性：虽然不好读，但这样会有其他层面的价值。最起码，第一句我的好：这是一个多重隐喻的结构，但无论如何都不能全部转译出来。我甚至想到了"上穷碧落下黄泉"，但这背后有着巨大的文化差异，"黄泉"与"碧落"之间的对比是中国神仙世界／意象系统背景下的，而"Vaticans-Streetstalls"之间的对比是神圣教会与世俗商业的对抗意志系统背景下的——这种神圣与世俗的对抗以及颠覆消解，是小说最重要的主题之一。

此外，原书的语体风格是最重要的，罗山川提到他曾利用湖南方言表达方式来辅助翻译，我也一度想要用四川方言表达方式来辅助翻译——与普通话相比，以口语习惯为主要维系的方言里保留了大量的汉语文法惯习，较少受到印欧语系语法阴影下（在一定意义上）拟建的现代汉语普通话语法干扰。然而当我感到需要用严谨、洗练的语体风格时，我不得不借助于古代汉语，比如"遇土则挖""不能尽信""确有出典"，以及用"不可"而不是"不可以"，这就多少导致了我的译文不够亲切，甚至难以理解，感觉很"隔"。总的来说，我还是更倾向于自己的译法——虽然不够易解，但我却认为它表义的层次更丰富——这本就是一本隐喻式的小说，如果一切都如此显白，那就失去了它的深层魅力。当然，其伟大不会受制于区区几句构成的修辞环境，寓言的完成在于整部作品的结构——但，我坚定地认为，中文读者如果只能从一个极少语法力量参与、单靠情节内容支撑的"故事会"文本来理解、认识、领会一部本来富有多层意蕴的系统型的伟大作品,那么就只能永远停留在极低幼的阅读层次。现代汉语语言内部的张力,不必只依靠普通话向印欧语系语法系统复制来建立。书写者自身需要提高,而阅读者也不应该只读得懂《毛选》。复杂的意蕴,必然通过复杂的语言来表达或呈现。

又想到一点:我的译文读起来就是不好,就是糟糕,不像小说。血肉消失了。也许汉语就是这样一种不依靠句法、词法来实现隐喻效果的语言(甚至不需要隐喻效果?),它的构字法已经提供了无比丰富和宏大的修辞元素库,每一个字里都埋藏着宇宙的肌理……那么何必苛求句法、词法?所以,翻译是不必的。但我想学会用这种寓言式的文字,写/说出复杂的意蕴,所以现在就用翻译来做一个练习吧。

12月13日

看《黑侠》,刘青云继续出演一味淳朴的主流人士,多年来从不变身,不知是否有点烦;李连杰继续不懂深情款款,但继续神情专注,果然内功在身;莫文蔚镜头感很好,凡摄程内必做表情;黄秋生之出演配角戏份有限,之所以他演,大约别人不肯裸身透明雨衣出镜,且是配角,且非性格配角。看到一半,想到这片该叫"下水道超人";当男女超人在铁塔上攀援对殴时,我忽然灵机一闪——所有人类叙事文学母题都有一个元母题,就是身份叛离。没有身份叛离动机及行为,人类文明史上的一切陈述和立论都会失效。确是cult片经典,硬件很差,软件很好,不光演员和导演，编剧也玩玩小花样，且处理得简洁明快，虽然是从头到尾在工业废墟和垃圾堆里搞事的垃圾片，但也确实垃圾得很专业。是一部专业垃圾片。

下午看某记 blog 讲哥本哈根，恍悟周围人最近忽然如此环保——譬如显示器也要关电源，那不过一发光二极管，开关的损耗大于任它不关。但是生活不能如此算计，生活只是个习惯和态度。若凡事都这样那样，就成了偏执狂、强迫症。倘若地球要变暖就变吧，谁家海水淹了就来我们这里，多双筷子的事情。死生有命，地球要毁灭就毁灭吧，我们这样的肉身，别说汽车，电动车就能撞死，难道还能和宇宙的意志抗衡吗？或许说人类是有意志的，而宇宙没有？我看，内脏经脉引发的激情远远大于大脑和神经系统，不信你喝半斤乙醇，或七天不吃不喝。没有血液循环就什么都没有了，所谓人类意志无非来源于水、碳水化合物、蛋白质、脂肪和天体运行周期。说白了，人类就是能量和控制机制不明的机器，信上帝的认为意志在上帝，不信上帝的认为意志在自己脑子里，整个都只是这台机器在运行中所完成的一次有始有终的叙事，用于自慰。每个人活着都牢固秉承一个隐秘的信念，那就是：自己将不同于过去的任何人——将获得永生。因为这个念头，我们一次次地醒来；失去这个念头，你将不是会再次醒来的我们中的一分子。

12月14日

昨天又看《功夫》，发现这是一部具有深刻的社会批判改良意义的政治讽喻片。

首先电影开场就呈现了作为国家机器重要组成部分的警察机构对社会生活的无力现状。然后电影院门口发生械斗而无人在场，则表明文化艺术也已经丧失了对社会生活的见证能力。电影的整个社会文化背景从而建立，也就是当时社会道德伦理严重失范。接下来，黑社会与贫民区展开斗争，一个小的误会引发了黑社会试图霸占贫民区、将之改建为娱乐区来获取高额利润的企图，直接点明了作品要讨论的问题：中国当下社会经济畸形发展，未来抗暴斗争的群众形态和组织资源。

压迫最开始朝向无反抗能力的妇孺，一般平民中的个体斗争高手挺身而出；接着黑社会找来了搞高雅艺术的主流文化工作者，来对付民间自发反抗力量；接着小资产主良心发现，站出来了，凭借其多年积累一时间取得了巨大的话语权；这时黑社会想起了中国传统的黩武文化，于是将已经被打入非正常另册的火云邪神请来；传统黩武文化骄傲而不遵守现代社会基本伦理规范，比如穿拖鞋背心、挖鼻孔，但确实具有很大的威力，同时联合英美法系的群殴力量（黑衣打手和《黑客帝国》场景互涉，影射美国文化），迅速取得上风。

周星星代表的是新一代文艺人士（未来的弥塞亚住在交通灯的铁箱里，因为他们具备最敏锐的方向感和安全感，能指挥人群在价值观严重沦丧的社会环境里，选择最安全的交通路线），他们最开始想凭借雕虫小技向权贵资本寻租文化影响力，但不受待见，于是转而欺负市民阶层，甚至向自己的亲人、伙伴下手。但是在大众受苦的景况面前，他们觉醒了，重新拾起良知和天赋（周星星吹捧自己是万里挑一的天才艺术家），借助传统文化中维护世界和平的侠客主义精神，苦练内功，终于打败了邪恶力量——大手印打在地上，把火云邪神打翻了，意思是唯有哥本哈根式的城市规划才能战胜邪恶力量，因为哥本哈根市地图就是手掌形状，是环保规划，而中国现在都是野蛮的商业地产开发规划。电影最终要说明的是，能拯救中国的只有艺术，而艺术只有具备了天赋、传统、正义、磨练，才能打败疯狂的现实。

片中还有多处小的暗示和隐喻：贫民区里各人方言及行为的不同，代表了国内各地区在这场斗争中的立场、姿态、力量和行为，山东人最受欺负但不反抗，上海人比较有斗争精神但慢热（包租婆穿睡衣，就是影射上海人），广东人吃蛇结果导致艺术家被咬。其中还暗示了适合发展中国家的正义产业，包括美发服务业、缝纫设计业、食品加工业、小食品零售业等，符合我国重点扶持现代服务业的十一五规划，很主旋律。另外，包租婆用大钟来打火云邪神，意思是可以借助民间宗教信仰来抵挡暴力，但不是最终解决，而且破坏文物也不好，所以还是不用武器，只用内功最好。还有贫民区到处是医药广告，也是讽刺中国到处都是假药，没有现代医学思想，必须建立现代医疗社会保障系统。

12月24日

去年十二月初，大约，在广州喝茶的时候，CG说他打算做一个村民拍婚纱照的作品。我很迷糊，然后他说：艺术就是为生活制造意义。今天我理解，艺术就是提供支持人活下去的理由，当代艺术认为以往的意义生成模式已经无效，所以用另一种方式制造意义。常常，作者的生活乱糟糟的，但是也许对于她来说怎么乱糟糟都无所谓，这里存在一个双重标准。作者有时候有一种愚蠢的勇气——在根本上看是愚蠢的，从上帝的角度看——

但是他自己又觉得幸福。就是说,存在一个普遍的幸福标准,但通过有效的创作,可以使这个标准成为无效。创作就是有力地建立自己的标准。事实上,每个人,即使不创作的人,也有自己的标准,但不一定够强大,经常轻易就被颠覆,所以需要借助于宗教或道德。但伟大的作者使自己的标准甚至覆盖了以往的一切标准,他不仅讲了个故事说服自己接受苦难为幸福,还使听了这个故事的人也都相信苦难不是苦难,而是幸福。

而幸福不是一个很简单的概念。因为它的背后是完整的社会环境、个人记忆和价值体系。如果作者不能通过作品在至少以上三个层面上全面地说服自己,那他绝不可能说服任何周围的人,而即使他能够说服周围的人,他也不见得能说服未来时代的人。这就是很复杂的一个处境。今天和 DL 说到最近的社会事件,她问我对社会生活的态度,我说要寻找和接受社会生活的影响,然后我的创作还是呈现出个人,但已经是受到过影响的个人了。虽然这样说,但我并不是一个很坚强的人,只是有一点信念和理想。今天又发布了一通宏伟说法,理由是再次发现这个世界很疯狂:生存和发展是几乎每个人都认可的主题,但是生存和发展的目的是什么?或者在我们的世界里,生存和发展已经是完全自足的了。当下的中国人信奉一种没有限止的宗教,最低的标准已经被消灭了,因此最高的标准也是不存在的。这比帝国主义还要疯狂,这是有理性的疯狂。而力量是唯一的衡量标准,唯力量论正在取得永恒的胜利。永恒就是结束。

2010年

1月14日

去年五月底我写了一首《学着逢场作戏》，这首诗的题记不断地遇到各种半心半意的询问。这些问题难以回答，却促使我去认真思考法权观念、1975年宪法和世界体系/世界国家之间的关系。

通行的宪法学研究十分不看好1975年宪法。但也可以抛开具体的法案，只考虑一下宪法的功能到底是什么，它可以规定些什么内容。

1975年宪法的主要内容是规定积极权利和消极权利，规定立法、司法和执法，并对整个社会的经济基础和组织形态进行了似乎过于理想化的制度安排。按照通行的法学观点，这部宪法的主要缺点是流于空疏。可是，如果一部宪法其主要内容可以用一篇《优秀公民思想道德行为规范》来替代，却对国家机器与国家公民的权利设定含糊其辞，那么空疏大概也不算一件很严重的罪过了，假如在言辞的空疏底下有着可行的权利安排。

更有意思的是，1975年宪法严守公有制的底线，为使各类所有制迅速向公有制转型进行了制度安排。它还规定："矿藏、水流，国有的森林、荒地和其他资源，都属于全民所有。国家可以依照法律规定的条件，对城乡土地和其他生产资料实行征购、征用或者收归国有"，以及"国家保护公民的劳动收入、储蓄、房屋和各种生活资料的所有权"。将这两条结合起来看，似乎可以看出一个小小的心计——"所有权"不是"法权"。

1975年宪法在极力抵制工资制度而一时又难以成功的情况下，设定了一个相对于思想改造和阶级专政而言更加形而下的阶段性目标：从经济社会生活入手，逐步瓦解法权的观念及其存在。

2003年，亚历山大·温特提出世界国家的生成理论，称"简而言之，通过争取承认，无政府逻辑导致了无政府状态自身的消亡"。从此前的民族国家阶段进入世界国家阶段后，国家主权转移到全球层面。虽然，国家仍然被承认为主体，但个人和国家都具有完全得到承认的主体性，因而也就获得了正面自由。这种生成理论的基底是目的论和无政府逻辑，即：一是关于完美世界的理想及达成途径，一是法权思想的破除。

从这个意义看，1975年宪法具有极其重要的基础文献价值。

在世界国家阶段，一个全球性的自我因此形成，最近十年来的国际政治状况也印证着这一点。经济动机推动了国际货币基金组织、世界银行和世界贸易组织等新组织形式的诞生。相应的，物质越丰裕，文明程度越高，社会的精神需要就越强烈。

今天，2010年1月14日，Google发布了一个关于计划退出中国市场的宣言。在某种意义上说，这可能是全球资本主义的一次表演，但在中国大陆用户中激起的响应情绪，却呼应了世界国家生成理论的这些观点：

当国家在平等地位、民族尊严层面的精神需求不得满足，当个人在自由、平等、道德层面的精神需求不得满足，当一个利益群体的集体身份不得确认，他们就会试图寻找新的集体身份。这种企图及相应的行为，将内在地推动国家不断探索新的互动方式。

用更直白的话说，这将引起一次严格意义上的无政府逻辑风潮。只是，即使发生什么也不能改变一个事实：在这个世界上，黑暗、压迫和剥削仍无处不在。

哪怕所有的信息载体都不受到任何意义上的审查。因为这就是事实。

4月5日

我遇见过平行空间里的自己。她有个gmail信箱，我跟她写信了，但她没回我。不知道她是不是长得和我一个样子，不知道她是不是比我有钱，要是她比我有钱，希望能分点给我，毕竟我们是平行空间里的同一个人啊。

6月23日

CG

他和我一样过于依赖经验，如果剔除掉自我的有限的生活经验，他的诗歌将毫无可取之处。这么说也许过分，但恰恰揭示了某种程度上的真实，他的诗一旦脱离了经验，留下的将仅仅是空虚的节奏。这是CG最大的危险之处。但价值也在这里，因为他的诗歌里有经验，因此任何一种说理都无法强悍过他，这使他的诗歌获得了一种绵延的力，这种力使人无法从这些诗里抬起头来，这里面充斥了太多的生活，使人无法脱身，也使作者无法自拔。这是他最大的危险，他将无法自拔，也许穷其一生，CG都将在自我的经验里挖掘，这将导致他的生活成为一种灾难，每一事物都寻求着被书写的可能性，生活本身成了一具空壳，或者说成了精美的木乃伊。这未尝不是一个好的现象,但也未必不坏,他失去自我了。那些植物和海边小动物,现在都要向他索命。

9月23日

读庄子应该听 Madonna 的"4 Minutes",这样才有味道,才能读出庄子的力量。好久没这么认真地读书了。前几天读刘师培《经学教科书》读到第五课,发现有硬伤就不读了,可惜之前做的笔记。再是读谢朓,喜欢《和王中丞闻琴诗》:

> 凉风吹月露,圆景动清阴。
> 蕙风入怀抱,闻君此夜琴。
> 萧瑟满林听,轻鸣响涧音。
> 无为澹容与,蹉跎江海心。

有月亮的夜晚,凉风吹到露水,成就了有阴有阳的景况,起句就造出个局面;"蕙风入怀抱"的"怀抱",好结实的真情,描绘出一个人的存在,有挥之不去的真性情;而此人却不仅此人,有琴声便有彼人,有了对象的世界不寂寞,即使对象不现身;光有人尚且成不了完满的世界,诗境里又造出自然流水声——从自然到人又到自然的回环,宛若天成。话虽如此,但这圆满还略单调,若再破一下,便能够上更美的高度。于是有最后两句"无为澹容与,蹉跎江海心",泄露了自身局限——"江海心"本是大气象,"蹉跎"二字颓丧。颓丧有特殊的美,何况有分寸。有分寸,又自省,这颓丧正暗示着起色。

不多八句，回环辗转每两句一个局面，终还留下无穷念想。好在够简洁，局面虽回环辗转却控制在一个度里，始终在说"心思"，且扣紧题目"闻琴"——能如此，已近于杜甫的"为人性僻耽佳句"，所以不奇怪李白这样拜服他。

但他又不同于李白。李白是纵横开阔几千年，天地万物浩荡自远古来，悲是如天体运行的宇宙伦常。谢朓的诗里，情绪的密度和体量都要小些。"大江流日夜，客心悲未央"是他放诞和磅礴的极限——不敞开来抒写，大约是怕自己有些邪恶，又或者是有孱弱的命门？毕竟一时代有一时代的感觉，谢朓的时代不是李白的时代，而读谢朓诗有意思的也在这里：不成熟的时代，端倪也有光彩，却看不仔细，让人分享到开天辟地前的勃勃生气和无从着手的赤子心。打个粗俗的譬喻，有的人喜欢最辉煌的爆发时刻，有的人却喜欢挠痒痒。

我就是经常在"蹉跎江海心"，但又发现了顾贞观词里说"河清人寿"，比"大江流日夜，客心悲未央"要近古了些，凡不高古就少悲哀，越近越不悲哀，《黑客帝国》除外。今天上"水木"把签名改了，总有三五年了，用的"人生过处唯存悔"，那是明清的境界，现在仍是明清的境界，改成"河清人寿，愿得展眉"，还是一副欲求不满的样子。欲求不满显得很有现代性，我爱赶时髦。其实已经后时髦了，我很想当个潮人，潮人不痛苦，也不欢乐，就是很潮。

但是不行，我是落时的人。时间到底是标量还是矢量？这个问题解决了就没痛苦了吧？至少少一点痛苦。我很希望亲密的人研究出时间机器，又担心他研究出来了不给我用。所以还是只能自己去研究，以前有个法国人提醒过我怎么研发时间机器，但是我一直没有什么进展。大概是读的书太杂了。又或者我们本来就有时间机器，只是我们的时间机器是一维的，跟没有还是不一样，只是不一样又奈何呢？

庄子真悲哀，他已经那样自由了，还是不自由；他那样不自由，却得到了自由。此外，读一些他的句子，也许有后人所附会的衍文，都没关系，此生此世何时了，一切都显得那么无所谓。痛苦来的时候，看谁还敢说无所谓，吓得屁滚尿流的时候，庄子也好时间机器也好，都是扯淡。

最后要用《古兰经》的一句来结束今天的日记：

> 真主的仆人在路上小心翼翼地走着，蒙昧的人呼喊他们，他们回头答曰："和平"（Al-salam）。

10月9日

我来写个日记吧，都是些扯淡的事情。最近很多未来人对我说话，他们都是隐形人，我都看不见他们，但是能听到一点，因为我自带幻觉。未来人经常在半夜里跟我说话，反正就是黑天，杂声小的时候，有时候我半夜坐起来看着远处高楼顶上的灯，听未来人说话。未来人主要是在批判我，说我做了很多坏事，可我没做什么坏事，我就是研究人类精神文明，且没什么心得。

我特别想搬家，地点都想好了，得住在小镇上，以后我家就住在小镇上，旁边还有条湍急的河，可以漂流的那种，我还开个车，这样才方便进城，我家得住一楼，好种菜。都想得特美，在家做老姑娘，几书架书，找个清闲的工作，反正有好人帮我买养老金了。看看，我这后半辈子都规划好了，特美。

昨天我读《当代诗》，萧开愚的访谈特好，还有个叫文乾义的诗也写得不错，一查，是个老家伙了，还是什么电信局的党委书记——和 WY 这些家伙一样，我以前也是他们那样的人，可我自由散漫，所以就断送了我的党委书记之路。

今天天色阴沉，我也不想去哪，但是不行，这样耗在家里是不行的，LX 把全中国都搞乱了，我的 gmail 都收不了信了，我和我崇拜的小说家写信的事也被搞乱了。我都写了些什么呀，一点都没写关于色情文学大业的事情，都在扯淡了。所以我决定一会儿骑上我的自行车，去小商品批发市场购物去！我要买一个带盖子的高级杯子，这样过两天我的郊游计划实施的时候，可以随身带着杯子去，搞生态旅游活动，去乡下吃大户。反正我成天干的也无非就这些事——前几天我去了蓝顶，WJ 住了个别墅，一楼有三百平米，真大啊。他画不动画，成天在后院翻菜地，他们家院子好，比上苑强多了，这些资产阶级小画家们。

10月29日

要准备正式下乡了。

昨天见 SW、YS、XT、LB、XS 等人，先在 SW 家附近喝茶（我没有要茶，节省了十块钱）。XS 说 HQ 最近的诗写得不错，问我看过没有，我说我不看她的诗，因为我认为她没有意识到一些基本问题，就是写些简单的抒情诗，这样的诗对于我的阅读来说是无效的，并宣布了我和 ZD 讨论出的我的写作是前现代写作这个重大发现。关于语言问题，是这样，日常语言和诗歌语言处于一种很微妙的环境中，由于现代汉语的发展史本身很值得考究，比如胡适与毛泽东的影响，这些影响在今天已经被放大了无限倍，不理解到这种影响，并且重新求助于古典文言资源，写诗这件事就显得很没意思了。至于 HQ，一会儿关心佩索阿什么的，那可是个无政府主义者啊。我们无政府主义者都很关心语言问题，要改造社会话语什么的，可是 HQ 没这么考虑，所以我不读她的诗。同样的，还有别的几个诗人，我也不读。SW 接着说了说 XK 最近几年的重点。SW 重申了前天已经表达过的世界文学背景下写作的无力（绝望？）感。然后我们就出发去吃饭。

XT 开车带了两个人，我、SW、LB、YS 一起走路。我和 SW 走前面，先说 XY 的诗，又说到旧诗伟大的人——自然抒情传统，研究了一下大师发生学，SW 说苏东坡很厉害，规定和定义了后来的文学规模，我很同意。我们好像还说了说陶渊明，一边过马路。坐下之后，LB 说，就在我们说陶渊明的时候，一个骑电动车的人正好经过，在听到"陶渊明"三个字的时候，骑车人猛地减速，转头看我们几个。我问：他没有摔倒吗？然后就吃火锅，一直吃啊吃。吃到快结束的时候，SW 忽然很低声地说：我一直对谢安很感兴趣，他在谢氏家族的地位远远高于谢朓……

XS 不是要去深圳，而是要去厦门。我们要求他去忽悠钱，什么都不用担心，有我们在成都，还有 WY，WY 什么活都能干，所以 XS 可以随便忽悠。SW 还传授了忽悠秘技——虽然没有成功经验作为支撑。我们还讨论了成都两个一样姓氏的人的不靠谱行为及人格缺陷什么的。反正就是胡扯，这就是诗人吃饭活动的主题和概况——下乡以后，这种活动就会很少发生了，所以写这个日记是一个怀念。现在我去睡觉。

10月31日

我一早起来穿上西装，赶到长途车站，下乡。下雨了，跟老板开了三个小时的会，然后去小镇上找房子，又去县城找房子，都没有找到，但是留下几个电话号码。在网上看到一处让我十分心动的房子：友爱镇的一个独院，一个月只要一千块，有几百平米的桂花林。天哪，这简直不是真的。以前我去过很多次友爱镇，那里有很多花园，还有一条可以钓鱼的河，并且友爱镇有班车直接到成都。我现在开始动摇搬家去团结镇的想法，我想搬去友爱镇——反正都是抽象名词，我觉得只要住抽象名词，就是差不多的吧。LB说他的新家在三圣乡，他以及另外两个谁谁（我不记得名字了），合称三圣，我觉得这也挺好的。

今天我不想翻译Plath了，眼睛有点累，我想是睫毛膏造成的。但是我也不知道可以做什么。我来卖书吧，有些书很可以卖掉，当然真要卖掉它们，我也有点舍不得。比如裘小龙译的叶芝，虽然我不喜欢裘小龙也不喜欢叶芝，但是一旦要想卖掉的时候就有点奇怪的感觉——上大学的时候，有一天我决定把一些不重要的信件烧掉，一封一封地翻捡，非常舍不得，像是给自己截肢。即使是无痛的。

11月2日

虽然不是十一月的第一天，但是我也来感慨一下。窝在家里看了三张还是四张碟，昨天的事情和今天的事情似乎同时发生，我也记不清楚是不是昨天去寄了快递，就算是昨天吧。像这样的日子不会太长了，很快我也要被迫重新开始规律的生活。规律的生活是这样，人们乘坐交通工具在家与工作场所之间奔赴往返，做一些事情，在我看来其实是没什么意思的事情，包括教师，教授出来的孩子又做什么呢？还是奔赴往返，做一些事情。其中最伟大的，也不过就是做教师吧。甚至那些维权律师什么的，在我看来也没有什么正义可言。可能种庄稼的人是好的，那也不过是因为我也需要碳水化合物。这是自私的出发点。至于艺术、创作什么的，CG说是给人寻找生活的意义（顺便记一句，CG从北京打电话来说他到了桥梓，我告诉他我已经回了成都，他是个好人，仅这一点来说，有一次我认为他是魔鬼），我一直觉得不对，现在也看不出什么不对，但显然这也是一种贴金行为，因为他自己是艺术家嘛。发明家也许是好的，但他们也发明了武器和炸药。有什么是好的呢？

看见某建筑师写世博，下面的留言有人说到了世博使家人聚面，该建筑师说家人也许是什么唯一的安慰（？），就是这一类的说法，但比我的说法要规矩高级得多。这个世界动荡吗？不，对于一般市民来说，并不动荡，他们的生活很好，那是些为生活付了代价的人，现在他们过得很好。这么一看，我就生活在老年人中间，是这样的。我周围都是些老年人。而年轻人，我的同学朋友都在奋斗着，为房子孩子或别的他们自己也没弄清楚的东西。我就是每天看些莫名其妙的书，睡觉，甚至电影也没什么好看，培根说爱情就是欣快症和纯粹的恍惚症，这就是上一代伟大艺术家的说法。一旦完全放弃古典主义的盲点，就发现当代世界是多么残酷而无望。所以我要坚持一种前现代的心态和姿态，心态是为了我的正义，姿态是为了保护我的正义。让我来发明一种当代吧，仅仅是我个人的小秘密，甚至对自己也需要保密，因为毫无疑问，我已经学会了毁坏。我们每个人都善于做这件事，看看每个人每天所说的话吧，我还没有遇到谁能始终微笑着面对生活。而生活本身是毫无罪过的呀。

但即使得出这样的结论，我也无法高兴地去睡觉。睡前读物无非是《中国古代科学思想史》或《欧美哲学与宗教讲演录》——也没给出什么让人充满希望的结论，而古代人的智慧，又好像没有领会的天赋。我就是个充满抱怨的人，现在看起来。其实并非如此。我不高兴的只是现在只有滚水，而冲蜂蜜需要的水温不能那么高，等待是多么烦人的事情——一个养蜂人告诉我，全中国都买不到真正的蜂蜜，真的是毫无希望啊！

11月3日

又一天没出门。做了很多梦，稀奇古怪，做梦可能是到平行空间去了，附体到另一个自己身上去体验生活，否则怎么会那么真实？尤其是焦虑，太真实了。梦里在念中学，数学不好，这怎么可能，我数学最好了。所以非常着急，数学不好怎么可以？而且几乎要考不上大学了，可能会去念个师范什么的，那么整个人生道路就要改变了，我真是受尽折磨。

收到LL来信，是在一个不常用的信箱里，费劲回了信。过一阵会得到一点钱，虽然如此，我还是得上班，一点点钱是不够过日子的，况且长期不上班以后就越发没工作了。我在不断地鼓舞自己要好好上班。

看完了孙康宜写六朝诗的书，不怎么好，有闻一多这样的诗歌研究著作，再看别的汉语古诗研究都很难满足了。不过，也许我的口味也不怎么好。翻译诗看着也不怎么好，个别句子还是不错的，翻译毕竟是一件辛苦的事情，我以后读翻译诗的时候应该更恭敬些吧。还是读古诗好。不需要刻意去恭敬。然后开始看张文江的另一本书，他有做文献的基本功——这么说太不恭敬了，但也真是不多见的，读起来是大不一样的。只是中间有点小纰漏，他说天地会是和道教有关，这就不对了，天地会还和佛教有关，拜天为父拜地为母并不是道教的思想，是民间主要是漕帮搞的，为了结拜异姓兄弟。也有天地会和添弟会谐音的说法，但都没有道教因素在里面。红花会也是五祖什么的，都是佛教的，还有万云龙也是和尚出身。其实它和佛教也没什么关系，就和和尚有点关系而已。

与《渔人之路和问津者之路》相比，《古典学术讲要》确实有会通的意思在了，尤其还涉及当代生活，但我不喜欢行文的故作娇憨。又或者这样说太不厚道了，人家毕竟也是一个堂堂中老年男性知识分子，不过性灵这个东西，要没什么大学问的人才适合，否则就总显得不伦不类。学问大到一定程度就不能撒娇，只能摆酷。

吃饭的时候没有佐餐读物是一件多么悲哀的事情啊。我现在对语用学充满了怀疑，对类似句群这样的概念充满了怀疑。但我不怀疑外星人和星球大战，还有月亮是外星人的宇宙飞船。

11月6日

今天过得稀里糊涂的。早晨又是六点醒，看了一会儿关于细菌病毒的科普书，接着睡到十点，起来后整理书架，又弄出了几本书，把目录理出来，就下午了。然后去邮局寄了三本书给 ZD，《诗经》研究两本，吴清源传记一本。陀夫人回忆录两本果然都还在我这里，但是我又不舍得分他一本了，两本略有不同。跨踌了一会儿后，去河边要了一杯柠檬，看《汉语句群》，写得很差。大约三点多，回到家，看斯大林的小册子，《马克思主义和语言学问题》——1950 年在《真理报》上的通信三四篇。其间接到电话，通知大约下下周报到，那要准备搬家，先找房子，得去那么远的乡下找房子。接着整理家里的一些影碟。赫然发现有一张 A 片，以前只看了开头，以为是国外小文艺青年的实验片，没看下去。这些 A 片导演，还追求文艺，真是过分。小成本就好了嘛，偏偏还搞点中世纪布景什么的，何必呢？况且作为 A 片拍得一点都不好。还有一些碟在大胖家，明天去取。还有一些书也在她那里，都是不想要的书。

记一下关于斯大林同志、革命话语及语言更新的胡思乱想：和斯大林同志对俄罗斯语言的看法相对应的，现代汉语恰恰就是一种明显处于建构过程中的语言，各种语言势力之间竞争极其明显，事实上也不存在一种凝固不变的语言。阶级/阶层所认可的规范语体有很大的差异，例如网络用语影响着官方语汇，又比如口语缩略语对书面标准语的影响（事实上，1949 年以来官方发起了大量的缩略语构造行为，党内习用的缩略语作为词条大量进入《现代汉语词典》）。根据《现代汉语缩略语词典》，中国是中华人民共和国的缩略语——其实在语言现实中，这是一个反向的缩略语构造行为，比较有讽刺意味。而斯大林同志认为，语法是不受社会势力、政治运动影响的，这是不对的，意识形态就深刻影响语法，革命话语不光是几个新兴词汇的事情。例如无政府主义在中国革命话语生成过程中影响极大，文学作品尤其是新文艺，影响也很大——但新诗的影响不是很大。想得不是很清楚，晚上搞东搞西，头昏脑胀。

我最近做梦做太多了，每晚都在导大片，越睡越累。

11月8日

刚才我随便总结了一下这两天嗜睡的原因，就是因为我换了那张亚麻床单。亚麻床单使人嗜睡，这是我今天得出的结论，我决定再去搞几张亚麻床单。厚棉被也是必要的，只有厚棉被才适合人类使用，还有一种棉毯也适合人类使用。一切毛皮类的东西都不能使人得到安宁的感觉。亚麻是一种带有抚慰性质的材料。棉花不带抚慰性质，棉花带来安全感，像睡在云朵里面——这是什么样的感觉！睡在湿漉漉的沙滩上，也是不错的，但是会得关节炎。

12月10日

2010年读书小结

《乔姆斯基入门》：2003年买的，读过一遍，印象不深刻了。这次旅行途中又读了一遍。因为最近几年读了一些语言学的书，对乔先生的成就更知道一些了。但这本书还是八卦内容居多，讲了些他小时候的事情，以及他如何的富有天才。不是很需要读的一本书。

《社会城市——埃比尼泽·霍华德的遗产》：工作原因读的，其实是《明日的田园城市》的导读本。介绍了很多英国十九世纪及之前的城市、乡村发展概况，从社会学角度来解读《明日的田园城市》，以及大量的背景资料，适合做社会工作或者行政工作的人读。也不是很需要读的一本书。

《全球城市——纽约、东京、伦敦》：工作原因读的，很典型的政府主导的研究项目资料。很没意思的一本书。但也许做行政工作的人需要读。

《世界城市与创新城市——西方国家的理论与实践》：工作原因读的，同上一本。城市问题是非常复杂的一个问题，有多方面的力量参与其中，即使《比较城市化》或《理性增长》这样的重量级专著都很难把这些力量做一个合理、清晰的分析，何况这种行政任务式的研究资料呢？

《全球城市——区域的时代》：工作原因读的，对全球城市下定义，其实是从全球化时代一些国际城市的表象上做描摹，谈不上深入地研究和理解，很没意思。

《半身》：帮 LT 写书评读的，萨拉·沃特斯小说，比较阴郁的氛围，整体格调也不是很高——用古典的眼光来看，似乎有一点女性书写的意思，但从女性主义的叙事学眼光来看，又是一本相对比较传统的叙事作品。总的来说，畅销读物吧，我也不是很有把握，不是很喜欢。

《荆棘之城》：帮 LT 写书评读的，萨拉·沃特斯小说，讲孤女被拐卖的故事，有一点心理恐怖的意思，还是维多利亚时代氛围，印象比较深刻。有一个回环的故事结构，这样的想象力或者说现实，让人感到绝望。女性的恐怖主义。

《齐白石谈艺录》：很薄的小册子，齐白石有一点幽默感，气度也很开阔。但感觉有一点邪恶。

《作文本》：在清远 LH 家遇到的一本书，LH 是一个很有意思的艺术家 / 包工头，我对他的口味充满了神秘的信任，但这本书到处都在脱销，所以又找 LT 要了一本。张永和显得比刘家琨有意思一些，富有双性气质，他对建筑的理解，颇具幻想性。文笔不坏。略酸。我喜欢富有男性气质的建筑师。

《书太多了》：吕叔湘先生的随笔，文笔很不错，讲了一些小故事也有意思。他侄子写的序言，有一些神秘气息。这套丛书出得很不错。

《布鲁诺对话：论事物的神性原理和本性原理》：在飞机上读完，不是很喜欢，谢林在他的时代显得天赋少于气质，因此，这本书也显得少一些亮点。对话体其实是一种比较神秘而危险的体裁，当然这是从亚里士多德的理论圈套出发来讲。问题只会越来越复杂，其实这些大师们一直致力于增加复杂性，而不是解决问题——真的有需要解决的问题吗？或者只有需要掩盖的真相？

《明日的田园城市》：工作原因读的，但确实是本好书，非常优雅的态度去对待社会危机，作者是一名议会速记员——我本来也会走这样的道路，但现在知道已经有人很成功地完成了这项任务，所以我决定赋闲在家弄语言学和诗学了。这本书毁了我的入世之路。

《依然美丽》：帮 LT 写书评读的，美国女性小说家作品，倒叙、插叙什么的，也不是很复杂的叙事手法，故事也不复杂，情感呢，有一点动人，但总的来说没有解决或制造什么特别重要的问题。

《当代无政府主义》：开始是考虑研究无政府主义的修辞原则来读的，后来发现非常有意思的是，当代无政府主义者几乎是一种艺术家，他们充满了想象力和行动力。而且他们对待社会问题的态度富有趣味，当然这本书一定程度上回避了他们的暴力冲动。很有意思的一本书，人生必读。

《革命委员会好》：张春桥同志研究计划中的一环，某种修辞研究。总的来说，这是一种具有强烈暗示力量的修辞手法，一种世界幻象可以从句子中产生——我不说词语，因为显然，汉语的力量已经至少达到了句式。或许还应该说到句群，但也许并非如此，当然古代文言文的修辞力量达到了篇章，这是很高的高度，现代汉语还没有能力达到。

《庄子四讲》：法国还是瑞士人写的庄子研究，总的来说没什么新鲜的，但对于不熟悉古代汉语著作的人来说，读一读还是有意思的。从中发现了亨利·米肖，这是一大收获。

《当代诗》第一辑：SW赠书，他有他的文学野心，这一点他从不讳言。最近几年，当代诗歌界沉默了，今年几个重要诗人都发招了，这是其中之一。SW选择了一条比较中庸的道路来拓展他的文学疆域，但并非不好，总体来说选诗都比较不错。

《完美的真空》：关于虚拟评论的最好例证，莱姆是一个极具恶作剧精神的幻想作家，但同时充满了忧伤。智慧而忧伤，以前这是博尔赫斯的标志，莱姆的智慧缺乏一点仁慈，或者当代世界不合乎仁慈的定义了。所以有一点暴力。

《人类曾经被毁灭》：夏天无聊的时候读了很多这类书，不能说毫无趣味。

《外星人就在月球背面》：由于我的科盲处境，几乎被这本书说服了。

《藏地密码》：写得很不好的畅销书，虽然糅合了大量畅销元素，但显然没有利用好西藏这个文化元素。

《傀儡主人》：海因莱因的科幻短篇集，很像一般的科幻电影。他确实影响了一代人的想象力。

《物理世界奇遇记》：据说是非常重要优秀的科普读物，但我觉得不怎么好，不如去年读的一本好，至少去年那本让我大致理解了量子理论的基本原则。

《这里不平静》：XK 主编的非洲诗选，我参加了在上海的作者、译者 party，算是今年的一项重要活动——大概今后每年都会去金泽吧。这是 XK 的发招活动，书很精美，翻译在我看来有一些问题，但也不是大问题，因为都是诗人翻译的，每个人对语言有自己的理解。

《地中海的婚房》：LG 赠书，讲他在意大利留学期间的见闻，文笔不坏，但也不够好。

《厄瓜多尔》：米肖的日记选，其中有的段落把残酷表现得非常有创造力，米肖是天才艺术家，这一点从他对残酷的理解和呈现可以看出，天才其实并不是那么远的。

《古典学术讲要》：张文江先生的讲座稿，朋友的赠书，我很感激张先生，此书可读，但不如《渔人之路和问津者之路》。学者有时是很悲哀的，我不是说他们的处境，而是心境。这种心境也是审美的，但无人看到的时候，他一个人悲从中来，再美也是一言难尽。

《危险的杀手——微生物简明史》：多年前买的特价书，非常有意思，揭示微生物世界，大概人类湮灭之后，微生物仍能统治地球乃至宇宙，他们很强大。

《论暴力》：法国无政府工团主义著作，阐明了暴力革命与宗教传统之间的关系，有创见。无政府主义者很多都才华横溢。

《米修与中国文化》：比较早的一本国内研究米肖的著作，但写得缺乏想象力，大概对中国文化理解也不生动，对米肖把握得也不地道。

《四川民居》：特价书店淘来的，但在公车上又弄丢了。很多插图，关于小镇规划的部分比建筑风格部分还要丰富和有价值。

《简论上帝、人及其心灵健康》：斯宾诺莎早期著作，很好的装帧和手感，非常使人爱悦。内容较《伦理学》要常规一些，没有使用几何论证，但这些问题仅仅用文字来阐述确实有点纠缠。总的来说，还是一本非常清晰的著作。论魔鬼一章是后期著作所无。

《轻舔丝绒》：帮 LT 写书评读的，萨拉·沃特斯小说，很多女性视角的感官描绘，某种意义上的极度色情。女性书写往往可以在这一点上做得淋漓尽致，虽然在我看来没什么大意思——但也许不，对人类感官的书写是某种意义上的最高书写，但真的不合我口味。

《日本汉诗精品赏析》：比较失望的一本书，如果一定要借鉴日本汉诗的资源，那就必须学日语，这是唯一的收获。

《欧美哲学与宗教讲演录》：一些欧美——主要是比利时及低地国家——哲学家的讲演录，北大出的，好多年前买的了。质量很不高，北大出版社一直都不是什么好出版社，这一点一定要记住。以后也好不了，因为他们出的书一直都不怎么好。

《抒情与描写——六朝诗歌概论》：孙康宜的著作，比较失望，从她自己发明的中国古诗观念出发解读六朝诗歌，而六朝诗歌确实非常复杂，她没有做够文献工夫，就贸然动笔了。不值得读的一本书。

《蒲宁抒情诗选》：某个版本，蒲宁的诗大概确实很难翻译，俄语诗歌的翻译一直是个很大的问题——其实我几乎不读诗，很少一点，诗歌只有对了口味才能读。

《闻一多诗歌讲义稿笺注》：WQ 赠书，不是很有意思的一本，一些校勘学和训诂学上的研究成果，但也不是很重要，对于闻一多来说，只是他挥洒才华的过程记录。需要做很多乏味的工作，才能有才华横溢的瞬间，这中间的辛苦读起来没有意思的。

《汉语句群》：据说是汉语语法研究领域的新课题，但无论从理论架构还是论点阐述上都缺乏说服力，句群也许确实很重要，但研究还没出什么成果。不值得读。

《龙华集》：张春桥同志研究计划中的一环，文笔比较清新，立意也不低。但内容没什么大意思。一个有才华有志趣的人。

《你我的文学》：ZD 赠书（我们都是走才华横溢路线的），朱自清的论文写得很清楚，是后来论文的典范，也因此缺乏意外惊喜，一代宗师的真实面目就是如此。ZD 的编选很不坏。

《我的构想——迎接挑战追求卓越》：迪拜亲王的著作，有一点宗教气氛，还有伊斯兰文明被压制多年的雄心。迪拜过于特殊了，是一种想象力爆炸的产物，甚至一般的道德伦理视点都可以被颠覆。

《反对方法——无政府主义知识论纲要》：其实是一本科学哲学著作，科学家的无政府主义理想，可以看作解构思路在科学思想界的影响，比较残酷的一个境地。

《严厉的月亮》：海因莱因小说，有想象力，但并不出奇。有一点反讽意味。比较好看。

《群星，我的归宿》：有一点黑暗的意思，所谓科幻小说，似乎离奇，假如实现就有点恐怖。但是我不信。

《思考建筑》：年度被炒得最厉害的建筑美学著作，但实际上不够好。可以读一读。

《精致的瓮》：美国新批评派的重要著作，文本细读的典范，有一些启发，但我做细读可以做得更好吧？使人自大的一本书。

《解读叙事》：非常意外和使人震惊的一本书，主要原因是我对叙事学一直不够刻苦。做了大量笔记，总的来说只是印证了一些基本常识。对柏拉图的批判很痛快。

《三生石上旧精魂》：白化文先生的一本小书，对中国的神仙世界、文学想象中的神仙世界做了非常精到的梳理和分析，很值得读。对世界宗教系统中的神仙世界也有比较清晰的介绍。

《梓翁说园》：陈从周先生的一本小书，对中国园林艺术有很体贴入微的书写，很值得读。

《卑贱者最聪明》：张春桥同志研究计划的一环，也是革命修辞学研究中的一环。另一种句群修辞。

《忿激派运动》：巴黎公社前的法国革命运动，对革命的力量有比较独到的认识眼光。

《冷记忆》：一共五本，语言不坏，但是翻译的，所以很难说。想象力，也不见得如何。可以读一读。

《论对资产阶级的全面专政》：张春桥同志研究计划中的一环，逻辑严密、论证有力、语言优美。

《春桥文录》：张春桥同志研究计划中的一环，他的演讲很有意思，充满了无政府主义精神。

《天地会文献录》：革命学研究计划中的一环，比较翔实的资料整理。

《太平天国歌谣》：革命修辞学和革命学研究计划中的一环，单纯的资料汇集。

《上海青帮》：外国人写中国秘密结社的著作，不是很精到，不值得读。

《旧上海的帮会》：不是很精到，不值得读。

《洪门真史》：秦宝琦先生著作，比较全面地介绍洪门历史。值得读。

《洪门·青帮·袍哥》：对近代秘密结社目前最全面的介绍和研究著作，很值得读。

《考茨基文选》：爸爸推荐的读物，但不太读得进去。很厚一本，我觉得很贵，买亏了。

《罢工的策略》：工团主义的重要文献，不适合中国国情，不需要读，但值得读。

《分形——大自然的艺术构造》：介绍了分形几何学，也结合伊斯兰教文明，总的来说，没有说出什么实质性的内容。

《时间的玫瑰》：北岛关于诗歌的随笔集，他的语言典雅而正派，其实是他的作品建构了我们的语感。关于欧美诗歌的介绍很值得读。

《借深心》：HB赠书，他的诗越写越精致，很有个性的诗，也很难写的一种诗，他几乎不会被模仿。

《布莱希特诗选》：翻译不太好，黑暗歌谣传统几乎没有在译文中体现出来，不值得读。

《阿赫玛托娃诗选》两种（王守仁、戴骢译）：翻译都不怎么好。不值得读。

《中国近代史·中国制度史》：吕思勉先生著作，近代史写得很好，很值得读。但是没有做笔记。

《孔雀羽的鱼漂》：丁丽英短篇小说集，不是很喜欢。她的语言是不坏的，但小说总体的氛围很不好。

《中国无政府主义史稿》：福建某博士论文，比较翔实可靠。

《汉语口语语法》：赵元任的一本小册子，对北京话的口语语法有比较细致的摹写，不是很有价值。

《古文字诂林》：太多本了，有空的时候一本一本慢慢地看，需要花很多心思和文献工夫，非常消耗精力和时间的书。但是很值得读。明年还要继续读。

12月11日

和ZS说到LA写的一篇文章，《容身之杯》，最后一句："以上笔记由现实的甜蜜来开启，以上笔记由现实的粗暴来中止。"虽然LA是法国人，却能写出我心目中最美的中文文章之一；最后一句是先用法语写好，再翻译来的，而恰好又是文中我认为最好的一句。这个细节很有意思，但一直也没有想明白。大概是形容词名词化带来的效果。汉语里这是个小小的秘密，名词和形容词之间有一道模糊的界限，小学语文老师放了一个枷锁在我们的语言习惯上，使我们看到和说出的世界少颜寡色。然后你要挣脱这重枷锁，或者因为强烈的表达欲望，或者仅仅因为想要更多的表达可能性。

我喜欢卢照邻的《长安古意》，夏天的时候写过一篇笔记想要理清楚这缘故，但是没成功，今天忽然觉得大概明白了一点这里面的秘奥。

> 长安大道连狭斜，青牛白马七香车。
> 玉辇纵横过主第，金鞭络绎向侯家。
> 龙衔宝盖承朝日，凤吐流苏带晚霞。
> 百丈游丝争绕树，一群娇鸟共啼花。

啼花戏蝶千门侧，碧树银台万种色。
复道交窗作合欢，双阙连甍垂凤翼。
梁家画阁天中起，汉帝金茎云外直。
楼前相望不相知，陌上相逢讵相识。
借问吹箫向紫烟，曾经学舞度芳年。
得成比目何辞死，愿作鸳鸯不羡仙。
比目鸳鸯真可羡，双去双来君不见。
生憎帐额绣孤鸾，好取门帘帖双燕。
双燕双飞绕画梁，罗纬翠被郁金香。
片片行云著蝉鬓，纤纤初月上鸦黄。
鸦黄粉白车中出，含娇含态情非一。
妖童宝马铁连钱，娼妇盘龙金屈膝。
御史府中乌夜啼，廷尉门前雀欲栖。
隐隐朱城临玉道，遥遥翠幰没金堤。
挟弹飞鹰杜陵北，探丸借客渭桥西。
俱邀侠客芙蓉剑，共宿娼家桃李蹊。
娼家日暮紫罗裙，清歌一啭口氛氲。
北堂夜夜人如月，南陌朝朝骑似云。
南陌北堂连北里，五剧三条控三市。
弱柳青槐拂地垂，佳气红尘暗天起。
汉代金吾千骑来，翡翠屠苏鹦鹉杯。
罗襦宝带为君解，燕歌赵舞为君开。
别有豪华称将相，转日回天不相让。
意气由来排灌夫，专权判不容萧相。
专权意气本豪雄，青虬紫燕坐春风。
自言歌舞长千载，自谓骄奢凌五公。

> 节物风光不相待，桑田碧海须臾改。
> 昔时金阶白玉堂，即今唯见青松在。
> 寂寂寥寥扬子居，年年岁岁一床书。
> 独有南山桂花发，飞来飞去袭人裾。

这么长一首诗，形容词几乎没有（其实是完全没有，但我拿不准，心里急，也不想细辨），平庸地说，是充满了物质的细节，这就近张爱玲的境界了，她喜欢各种描绘感官的形容词……我觉得所谓物质的细节这样的说法，统统不对。充塞之类的拟态也不着痛痒。又拿戏曲舞台感之类的说事，还是没点到要害。语言，是个很狡猾的对象，凝视它，就失去了焦距；闭上眼，又或者以心目视之，却发现它似乎溜走了。语言是我们自己和自己玩的一个游戏，你越是亲近它，越发现它圆滑、优美、不可捉摸。好多好多的名词，像竹子的纤维凝聚在一起，进不去，出不来……

哪里有容身之处呢？恰好我是一个虚滑的空间，空间之物不在我之内，而我却在物之内，这个小小的举意也未尝不是一个新游戏的开始。如此进入《长安古意》，物之不可见、之不可感似乎也无甚遗憾，你可以想见的，其实见不到。见不到的，其实在都与你亲近得不得了。还有一点哀愁，这点哀愁诗里不写，所以就是自己，在语言里游来游去，是一尾鱼，双去双来君不见。

鹦鹉啊，桂花啊，宝剑啊，谁给我这样多幻象与谎言……就譬如撒谎的人，若不撒谎便不能理解无法用其他方式理解的世界。这种想法有点邪恶，就好比虚数概念之被发明，持续扩展的边际。

写到这里，忽然四下寂静得心惊。本来想说说下午在WY

家,三人坐在新装修好的客厅里,毛玻璃透进来白光,后来几乎倚坐在沙发上,说起春节出游,一点忧虑也无,真像是着了魔似的好生活。那点与生俱来的悲哀,被原子弹炸过似的消散得干干净净。他们的新家,用旧我的眼光看,总有点不够完美,洗手池是好的,可是和椅子不般配,床是好的,可是和地毯不般配。但却说不出地觉得好,大概因为这两个人好的缘故,因为我和这两人是这样交好的缘故。又因为他们的烦恼我不知道,他们的幸福我却无限地想象得到。

为贺喜送的一盆杜鹃,美则美矣,却如此有限。夏天想到的,好作品有一类是美并且动人,动人是难得的,譬如雨夜里黑如墨水的空气并非液态中,比肩道旁的小叶榕,密密层层又互相间离的叶子,好比旋律,听之不闻,就是好音乐。再比如潮湿的水沟旁铺几尺方圆的浆草,矮得近地,每一朵叶片好比含着汁水的碧玉。骑自行车在郊区的桉树下飞快地飞一样地过去,那影子一样的自己对自己来说是最动人的一幕。可是,有时候,我只在尘土飞扬的快速路上忧愁地望着绵延不尽的前途。哪有那么多忧愁啊,WY家的妆镜上方有一瓶竹子,地垫上一双洗澡用的拖鞋——两人合用才是正经,生活里到处都是道理。

五六年前有一天和LA一起去逛街。他打电话来说,出来玩,我说我要去吃蛋糕,他说他要去买马桶圈,我说马桶圈和蛋糕很近的,他说:那我们先去吃马桶圈,再去吃蛋糕。逛完街去了饮马河边废园里喝茶,形容粗鄙的十来人坐在荒草里,我们也乐得这样贴近本城。而今天忽然怀念一下LA,是因为他的好句子,和我感怀自己容颜憔悴。然后,就下定决心,生活要越来越美,我告诉WY,新家自己的房间要满墙贴上宝蓝色彩釉壁砖,要琳琅要纷繁——现在一想,觉得真是莫名其妙地欠考虑。容身之杯，我也有，就在手边的桌上，谈不上美，感情上也谈不上喜欢，里面泡着明黄的野菊花，似乎也乏味。WY 和 ZL，我觉得他们有幸福的生活，但这幸福可不是想象来的，很艰苦很努力的时刻只在这两人分享过，这些也是幸福，是幸福的高级含义。只是这样再想下去，就很难收尾了吧，终归是平淡的。很平淡的，安详的。

后来，回家路上，买了一盒眉粉，比眉笔好用，是个好发明。我想学会把以前觉得丑的人看美。

12月14日

最近时常昏睡。天气一冷，被窝的吸引力就显得格外的大，虽然一直认为秋凉时候的三斤棉被是人世间最优雅的发明，但松软的人造棉被装在一面亚麻一面薄府绸的被套里，覆盖在身如同一种轻飘飘的抚摸，虽然不是最舒服的，但也已足够俘获不坚定的清醒态度。近中午的时候收到几本书，《结构诗学》比书影还要漂亮，装帧精致得不行，扉页上的线条叫人喜欢，还有序言也写得极丰富，居然还有各章概要——真是美轮美奂——找不到形容词了。

于是下午昏睡两小时之后，决定去进行一项消费活动以示庆祝。去看了看搽脸油，没有喜欢的瓶子，还是友谊雪花膏最美。一家简洁的咖啡馆关门了，于是去一家繁复的。由于是庆祝活动，所以要了一客蛋糕，但是，并不好吃。好像豆腐的口感，但是要卖贵十倍。成都最好吃的蛋糕在一家酒店，可是只能在大堂吧里吃，并不体面……不过，书真是好，特别好，连写笔记都特别有劲。又譬如插图页，错落有致的安排，说明文字简洁优雅。发现目录页上一个错别字，标注了，此外没有在书上做任何记号。我要好好对待这本书，它真优美。真优美啊。

然后因为ZJ生病以及最近ZS没有消息的缘故，给她去了一个电话，并说及十月去上海而没有见她的缘故，该ZS立刻要求下周见面，所以下周或者再下周，我要去上海玩。

12月15日

晚上忽然找到钱起一首诗，音韵好。外面雪停了。

省试湘灵鼓瑟
善鼓云和瑟，常闻帝子灵。
冯夷空自舞，楚客不堪听。
苦调凄金石，清音入杳冥。
苍梧来怨慕，白芷动芳馨。
流水传潇浦，悲风过洞庭。
曲终人不见，江上数峰青。

一般唐诗选里都说最后两句是鬼诗，至少有鬼气。起句好，来得自然，又来得自信。是天然去雕饰，但更天然，因为没有怪异语法。唐诗的怪异语法今人读了不觉其怪，认真计较起来，在在都是。可是湘灵之善鼓瑟还是凄清，所以知道诗人心底的一点不自救。都说不自救不好，至少也该归入不自助，可是这点美感就要这样来，又或者因为实在太过凄清，所以不忍心，没有办法帮忙，只好以之为美？这种想象太天马行空，还是不要继续了。洞庭一直是好地名，想起了洞庭枇杷，和一般枇杷颜色不一样，口味大概也不见得好。"传"字下得好，但原因是前面有一个"流"字。自然最好是最后两句，因为最好的一种境遇大概就是消失。

下午午睡起来，不知道做什么好，《结构诗学》也看不下去，就出去买东西。路过旧书店，店主在劈旧板凳要烤火，院子里收破烂的那帮人好几天都在烤火。最近他们聚集在那里，非常有趣。前几天把车开进窨井，有一个邻居帮我推车，长得非常精神，可是这邻居也做不了几天了。我喜欢搬家搬出来的各种旧家具，在一边专注地瞅。

赫然发现往南路口新开了星巴克，我是不去那里的；还开了一家欧洲房子，我也不喜欢那里，贵而且老板长得太风尘。可是，那总是两个新去处，不大可能去的去处。然后去商场，决定去看看高级毛衣，可是并不高级，而且也卖得不贵，更加显得不高级了。忽然遇到WQ，她想买靴子，但是觉得太贵，说到她最近讲课讲诗歌翻译，于是拿新读的新批评派的高见来和她聊了几句，但她并没读过，所以聊不下去。后来分手，我去楼下买食物。买了饭团几枚，方便面几包，酸奶一罐，牙刷一支，酱油一袋。回家路上又买花生半斤，香菜二两。差不多就是这样。

12月16日

好几天没锻炼了呀。昨天晚上下雪，据说超级大，我也没注意去看，直到下午出门看见阴凉处还有积雪，真是不简单。走路到玉皇观喝茶，原来自带杯子开水出堂只要两块，老板娘提醒我冬天喝菊花要加红枣和枸杞。喝了一会儿，ZJ来了，聊几句就差不多该回去了，在路口吃了几串烧烤，好好吃。晚上打完球回来，ZS来电说盘了一个店，叫我提前过去帮她想想怎么搞，大约要在上海多呆几天。哇，这样的话，一个下岗女工可以焕发新的光彩了，这事十分意外。但是不能和ZJ一起赶飞机玩了。我下周一就去上海了，大城市哦。

12月19日

昨天中午ZJ请吃羊肉，之后去MT处喝茶，这也算是走亲戚。MT给我看了松潘老家的房子照片，欢迎我夏天去住。还说了说他相亲的事情，比较好玩。然后去了一下石田咖啡，用ZJ的话说是去考察主题酒店。石田开了新店，但我不认识路，所以没有去，老店没有什么特别有意思的地方，墙壁用水泥着色，大概算是一点特色。不过像CG这样的人，下次我就带他去石田，他们喜欢舒适的细节和一点内地（外省？）式的奢侈。

今天去了新家，把东西搬回来。主要是取几张卡，有用。还有我的厚棉被，多舒服。晚上搞了一下电脑，但似乎并没有变快。搞了几乎一晚上，还没得到成就感。

收到新世界出版社的一个申请表，但不知道怎么填。我要问问ZD，可是他总不在线。最近还有一个语焉不详的稿约，也应该郑重对待——作为一个下岗女工。和ZS说到写作，本来我想讲个笑话在日记里，可是现在不想讲了，心情不大好。我只想身体健康，生活平静。这个也可能是奢望。要求不能太高，还是根本不应该有要求？想得越来越惨，不知道怎么收尾。最近经常这样，大概是智力退步，又或者是自知之明增长。

12月24日

读完《博尔赫斯七席谈》，买了三年后终于读完，很不好看，后附了翻译者的随笔文章，写得也不大好。有股俗气。这样说好像不太好，王永年翻译的博的诗很好，虽然没看过他写的文章。《海底》也读完了，好多诗。其中写天佑洪打仗的一首长叙事诗不错。还有一些有趣的对话，有点像《龙门阵》记录的早年江湖对话，非常有意思。我喜欢四川人的豪爽和气派。他们现在看的《让子弹飞》大约也是这样的情调吧？但是我不看，因为我没有钱买电影票；我也不下载，因为我买不起那么多流量。我等别人捐给我旧碟子。话说，我斥巨资购置了光驱。洪门大约典出《孟子》"洪水横流，泛滥于天下"，但说到帮会诗，我还是喜欢王纯五《洪门·青帮·袍哥》里引用的，那是我们四川出的，责任编辑是我以前的大老板，一个胖子。

> 喜洋洋，笑洋洋，
> 敬请五祖下天堂。
> 今日请祖无别事，
> 与那新丁贵人换衣裳。

> 脚踏一步，天长地久；
> 脚踏二步，地久天长；

脚踏三步,到忠义堂。
忠义堂,忠义堂,
忠义堂前喜洋洋,
先安神位,后安香堂。
桃花放,梨花香,
带领洪家哥弟进木杨。

喜洋洋,笑洋洋,
我与佛祖来开光。
天光要开日月光,
日月光,照四方,
万物感戴到上苍。
一点圣人头,我们弟兄尽封侯;
二点圣人腰,我们弟兄骑马跨金刀;
三点圣人脚,我们弟兄打遍天下,万国来朝。

这三节诗分别是《请圣》《安圣献果》和《点圣开光诗》。我还喜欢《斩凤凰诗》,喜欢《裁鸡令》:

鸡呀鸡。
头顶红冠角角尖,五色毛衣更是鲜。
借你鲜血来祭献,今晚弟兄结桃园。
宝刀出鞘亮堂堂,小弟今夜裁凤凰。
仙鸡飞过品仙台,众位拜兄来看裁。
鸡血滴进碗中央,碗里装的是杜康。
同袍弟兄饮一口,患难祸福同担当。

若有谁把良心丧,照着此鸡一命亡。

因为这里有袍哥,袍哥的诗要好玩些。洪门的诗更多是讲要复国封侯什么的,少一点活色生香。

昨天和 LB、WJ、QW 以及 LH 喝茶。说到了洪门的诗歌问题,比如说,我们去喝茶,进门先不要要茶,要先念一首诗,如果这个店是洪门的,那么喝茶就不给钱。然后对方也要念一首诗,才能给我们倒茶。LB 说的确如此,他爸爸就会念很多诗,有一本书上有各种诗,用在各种场合,从天地洪荒开始讲,很多很多道理。在他们老家,有一点什么事情的时候,比如红白喜事,大家就坐在一起,来一个人一拍桌子,开始念诗,念完坐下,这边也要有一个人拍桌子,念一首诗驳斥对方,然后轰隆隆一阵锣鼓……我们想起来 HY,去年还是前年年前,开团拜会,大家说:韩总,年终奖发一下吧?HY 沉吟一下,说:这样吧,我给大家念一首诗。于是我们现在恍然大悟,其实当时职员也应该站起来念诗,HY 私下一定写了很多诗,以防万一。进一步,我们讨论认为,必须要写很多诗,不写诗没法活。再进一步,我们认为高速路不设收费站,每辆车过站都要念一首诗,比如从陕西入川,先要过绵阳,念了诗才能到德阳——再再进一步,我们明白了为什么 XK 是当代最重要的诗人,因为中江是北进成都的最后一关,必须由他来把守,至于我嘛,把守二环路,LB 目前把守一环路,明年搬家以后把守三环路,WJ 把守外环路。

LB 因为喝茶忘记了去幼儿园接小孩,但他不担心,已经安排好说明。LB 的女公子有点儿童怪癖,一直没纠正过来,最近 LB 夫妇告诉她:圣诞爷爷就要来给小朋友送礼物了,但是不听话的小朋友就没有。于是她开始每天按照要求改正,并且睡前一定要悄悄地呢喃：我听了话的，圣诞爷爷要给我礼物的。而LB晚上回家会告诉她：圣诞爷爷已经来成都了，爸爸今天去找他商量送你什么礼物了。我们提醒LB：过了节，她会不会恢复怪癖。LB很有把握地说：我们已经告诉她了，圣诞爷爷在成都买了房子，要一直监督小朋友，不听话礼物马上就收回去。

饭是WJ请的鲶鱼，又说到下午喝茶的地方，我说我现在已经形成了很奇怪的心态：每到一个地方就开始盘算这个地方，是我自己来，还是可以带别人来的。俨然是全国驻成都办事处主任，负责各项接待事务。WJ说，以后他所在的社区和会所可以作为接待处之一，我连连摆手，不能这样。看WJ那是铂钻级待遇——事实如此，到目前为止，我只带了XK一人看他。而所谓的VIP路线是看建川博物馆和刘家琨。大众团就是转宽巷子，碰见ZY、SG之类就顺便看看吧。LB及时补充提醒QW：如果以后我忽然电话通知有观光团要来，就赶紧把WJ洗干净。

12月27日

读《读书日程》，说："言学便当以道为志，言人便当以圣为志。"是程子的主张，好像和上古之人意思不悖，只是话越说越大。自然是儒家的，因为《道德经》说"为道日损，损之又损"，和为学大概是不同的趋向。又譬如说圣，是可以不知有圣的。虽然我喜欢《道德经》，但孔子的水平也很高，所以他们可能都是有道理的。换个思路，就是褒义词虽然有层次的差别，可毕竟都是褒义词，就像聪明虽不如智慧那么好，可是说人聪明，总还是夸奖。修身齐家治国平天下，步步都似有吸引力，这样就亦步亦趋齐头并进了吧?我热衷于搜集褒义词以及成句段的好话,以前记忆力好一点,不用抄在小本子上躲厕所里默念,以后大概要稍微费事点。只是志气清明、义理昭著之类的境界,还暂时领会不到其高明——高明这个词总显得有点嘲讽似的,大概因为比而不周……我来追求一种朴的境界,然后散了就成器了。可是,这种玩弄古人理念的事情终究显得不厚道,要沉潜。吕思勉先生的说法、做法总能让我于感愧中改过自新。这几天也翻了下《文史四讲》,准备读了《读书日程》学会点读古文,就好好依照着读书。需要克服的是不要玩游戏,不要刷网页,不要多喝水,不要吹暖气,不要抽太多烟,不要懒惰。《读书日程》说要每天打扫卫生,所以把地板擦了,但是还没做到每天擦桌子和书架,明天起要做到。

近晚去到 ZJ 新家参观,首先,装得太贵了;其次,不是有钱人而多花钱在起居上让人感动于生活的有劲道。ZJ 的小房间虽然略局促,但看起来很养元气。ZJ 妈妈人很好。然后去吃了涮羊肉,又去了陕西会馆喝茶,回家路上和 ZJ 一一评说宜居地点,致使还没入住新家的该同学起意要买个临河的二手房。我蛮喜欢人民公园附近的宿舍院,简静而近陋,却有一种寡欲清和之气。却也不见得——我很知道那一带有真实可亲的物质浮动。大概我是个隐藏很深的坏人。什么是坏人呢?喜欢坏东西的就是坏人。这样又结不了尾了。

参考 WY 新家,我来设想我的新家,虽然搬家遥遥无期,但眼看着周围灾难性地演变为高尚社区,我还是觉得应该等不了多久吧。我要这样天花板颜色的厨房和厕所:(图略)

我还要这样差不多花样的瓷砖贴自己房间一面或两面墙:(图略)

再来这个实验室水槽给我又洗衣服又洗脸：(图略)

最后屋外小花园里种上月见、桔梗、茑萝和油麻，还有桂花树和小叶榕，再来两畦蔬菜——都是我爱吃的。然后，我的猫猫，两头左右，呼啸而来，迤逦而去……越想越知道，很难实现。但是这是我小小的梦想，已经很小了，待我看能否进化得更小些。

图书在版编目（CIP）数据

读书与跌宕自喜 / 马雁著. -- 上海：上海文艺出版社,2021.1
（艺文志文库）
ISBN 978-7-5321-7820-9

Ⅰ.①读… Ⅱ.①马… Ⅲ.①散文集－中国－当代
Ⅳ.①I267

中国版本图书馆CIP数据核字(2020)第202919号

发 行 人：毕　胜
责任编辑：肖海鸥　邱宇同
封面设计：尚燕平
内文制作：常　亭
封面摄影：陶立夏

书　　　名：	读书与跌宕自喜
作　　　者：	马　雁
出　　　版：	上海世纪出版集团　上海文艺出版社
地　　　址：	上海市绍兴路7号　200020
发　　　行：	上海文艺出版社发行中心
	上海市绍兴路50号　200020　www.ewen.co
印　　　刷：	苏州市越洋印刷有限公司
开　　　本：	890×1240　1/32
印　　　张：	18.5
插　　　页：	4
字　　　数：	429,000
印　　　次：	2021年1月第1版　2021年1月第1次印刷
Ｉ Ｓ Ｂ Ｎ：	978-7-5321-7820-9/I.6207
定　　　价：	88.00元
告　读　者：	如发现本书有质量问题请与印刷厂质量科联系　T：0512-68180628